野有蔓草

大理石龙民间故事集

董秀团　朱　刚　段铃玲 编著

商务印书馆
创于1897　The Commercial Press

2019年·北京

本书获得

董秀团入选的第二批国家"万人计划"青年拔尖人才培养经费资助

目　录

村落历史及风俗故事

人与自然、人与动物的故事

神奇宝物与奇遇故事

爱情婚恋故事

善恶伦理故事

名人故事、机智故事及滑稽故事

神佛鬼怪故事

序　言

口耳相传一直是民间文学最主要的传承方式，口头性也是民间文学最重要的特征之一。很多少数民族的民间文学就是靠着一辈辈人的口耳相传成为一种持续发挥力量的"传统"，在民族文化系统中显示出独特的力量并发挥着重要的作用。然而，随着时间的推移，我们发现很多以前流传着大量故事的地方，现在已经看不到讲故事的情景了；以前各个村寨中有很多故事能手和民间艺人，现在这些讲述者大多已经去世，后继乏人了；以前热衷听故事的听众，现在多数已经被电视、手机、网络传媒所吸引了。我们不禁发出疑问：在我们的民间，现在还有多少人会讲故事？现在还有多少人喜欢听故事？

主要分布在滇西北大理地区的白族，拥有丰富的民间文学内容，形成了灿烂的民间文学传统。在中华人民共和国成立后，有关部门和学者曾深入民间进行调查，收集、记录和整理了大量的民间神话、故事、传说，出版了《白族民间故事传说集》①《白族民间故事》②《白族文学史》③《白族民间故事选》④《白族神话传说集成》⑤等

---

① 中国科学院文学研究所民间文学组主编，李星华记录整理，《白族民间故事传说集》，人民文学出版社，1959年。
② 大理州《白族民间故事》编辑组编，《白族民间故事》，云南人民出版社，1982年。
③ 张文勋主编，《白族文学史》（修订版），云南人民出版社，1983年。
④ 大理白族自治州文化局编，《白族民间故事选》，上海文艺出版社，1984年。
⑤ 云南省民间文学集成办公室编，《白族神话传说集成》，中国民间文艺出版社，1986年。

著作。20 世纪 80 年代以来，大理白族地区也和很多地方一样，进入了经济、社会发展的新时期，现代化、全球化的浪潮和生活方式的改变使得民间文学的生存语境发生了巨大变化，民间故事的演述活动逐渐减少，村寨当中自发、自然的讲述场景难得一见。如果不是在田野调查和学术历程中邂逅了石龙村，或许笔者的头脑中仍然是"现在白族民间村落中已经没有几个人能讲故事了"的成见，但这个看法在与石龙村村民的一次次深度接触中逐渐得到改变，通过数次调查，我们在石龙村收集到的民间故事不论从数量上还是从内容上都远远超出了原有的想象。

2004 年，云南大学"云南少数民族调查研究及小康社会建设示范基地"的子项目"白族调查研究基地"将大理白族自治州剑川县沙溪镇的石龙村选择为基地建设的地点，笔者担任该子项目的负责人，从此便与这个美丽的村寨结下了不解之缘。

石龙村位于剑川的西南部，距镇政府所在地沙溪 22 千米，距剑川县城 30 千米，东距石宝山景区约 2 千米。周围群山环抱，林木密布，景色宜人。石龙村由三个村民小组组成，据 2016 年的统计数据，全村共有村民 392 户，总人口 1256 人，其中男性 633 人，女性 623 人；白族 1038 人，彝族 187 人，傈僳族 31 人。本书稿主要调查了聚居于石龙村盆地中的白族村民，未涉及散居盆地四周的彝族和傈僳族。由于地处石宝山腹地，这个四面环山的山区白族村落，比其他的白族村寨保留了更多的传统民间文学艺术形式。在这里，男女老少几乎都会唱白族调，还出现了白族"歌后"李宝妹以及参加 2008 年第十三届 CCTV 青年歌手电视大奖赛获得优秀奖的歌手阿鹏；这里有最原汁原味的白族霸王鞭，表演者李定鸿老人被云南省文化厅授予"民族民间舞蹈师"称号；这里有着每年春节上演乡戏的传统，所有的演员都是本村村民。这里有太多太多的不一样。所以，当我们来到这里时，我们在民间故事方面也有了意外的发现。尽管这里和其他的许多地方一样，会讲故事的人和喜欢听故事的人都不像以前那么多了，如果不是深入调查和访谈，甚至不可能知道在这里还流传着那么多的民间故事，但是，毕竟我们还是和当地的故事能手有了接触，这些村民将他们所知道的故事向我们娓娓道来，让我们对白族民间故事在当地的流传状况有了不一样的认知。

在石龙村，现在还有很多村民会讲民间故事。这些村民，并没有太高的文化水平，有的甚至没有接受过学校教育，但是他们得益于深厚的民间口头传统，受上一辈的熏陶和感染，在不知不觉中记忆并传承着这些故事。他们所讲的故事，有的是在汉族或其他民族当中也有流传的，如西天问佛、梁祝故事、杨家将等；有的是在白族当中流传，换句话说是白族的其他地区也可以听到的，如本主故事、火把节的故事等；还有一些是石龙所特有的，如关于石龙村的来历之类的故事。当然，对当地流传的故事进行一定的分类，探讨其来源和与其他地区的关系，从纵横两向的网状格局中审视、理解石龙故事，是我们在故事述评中试图尽力体现的一个目标。

调查前后已持续了 10 多年的时间。2004 年 8 月，调查组进行了一次初步的田野调查，此次调查涉及了石龙村人口、生态、政治、经济、文化、宗教、教育等各个方面的基本情况，其中涉及民间故事的部分主要由董秀团和段铃玲完成。此后，我们于 2005 年 1 月和 2 月又集中进行了关于民间文学特别是民间故事的专题调查，此次调查主要由董秀团、段铃玲和朱刚完成，2005 年 2 月的调查则由董秀团和段铃玲完成。2008 年 7 月，董秀团和杨建华又到石龙村就民间故事进行了再一次的补充调查。在 2005 年 1 月和 2008 年 7 月的调查中，时任石龙村天保员的赵春旺两次承担了向导兼翻译的工作，为课题的完成提供了无私的帮助，张金兰同样担任了向导和翻译。其后，董秀团每年均会带研究生进村调研一至两次，有时也会涉及民间故事的内容。2016 年 7 月底 8 月初及 2017 年 8 月初，董秀团又两次带领研究生到石龙村进行民间文学传承状况的调查，再次收集到不少故事，李志兴、张吉昌、李银梅、张宇等村民担任了翻译工作。

一、石龙村民间故事的讲述者

在调查中，总共有 43 位石龙村村民为我们讲述了 291 则故事，即使刨去同一故事类型的不同异文 111 则，故事数目也达到了 180 则。我们从石龙村收集来的故事，涵盖了广义故事的所有类型，包括神话、传说、狭义民间故事等。43 位讲述者中，讲述数量最多的村民总共讲述 71 则故事，最少的 1 则。给我们提供故事的讲述者有男性，也有女性；有老年人、中年人，也有年轻人，这些讲述者之间有的还存在亲属关系。从文化程度上说，既有从未上过学的，也有小学、初中等学历的。

从性别来看，这43位村民中，有21位是女性，有22位是男性，所占比例基本持平。如果与讲述故事的数量相联系，可发现，女性共讲述158则，人均7.6则；男性共讲述133则，人均6则。女性讲述者最多讲述故事71则，男性讲述者最多讲述故事37则。从民间故事的传承数量和熟悉程度来看，女性稍占优势。当然，讲述者的性别、年龄与故事的掌握、熟悉程度之间也存在一定的规律性，如在老年人中通常故事能手多为男性，而中年人中故事能手多为女性，青少年除了个别人外基本上不会讲故事。

从年龄来看，故事讲述者年龄偏大，以中老年为主，最长者1926年出生。这一点，与各地民间故事演述场合的减少以及民间故事传承的断代等问题是一致的。众所周知，随着影视、网络等现代传媒深入乡村社会，随着人们娱乐生活的丰富和多元，随着民众生活方式的转变，民间故事的讲述场合逐渐减少，以往一群人围着讲述者听故事的场景已难觅踪影。在很多地方，民间故事的传承人主要是上了年纪的老一辈村民，民间故事对年轻人的吸引力日益降低，造成年轻人懂故事、会讲故事的人越来越少，民间故事的传承面临断代的危险。当老一辈的故事讲述者逐渐去世的时候，很多民间故事极可能随着他们的逝去而消失。石龙村同样面临着这样的问题，目前的讲述者以中老年居多，年轻村民的情况不容乐观，熟悉故事和会讲故事的人很少，很多青年人甚至一个故事都讲不出来，有的甚至明确表示不喜欢听老人讲故事，而宁愿以看电视、打牌等娱乐活动来消磨时间。一些孩童虽然表示自己很喜欢听故事，但是，总体传承场和传承语境的变化又让这些孩子听故事的时间和场合少之又少，更多的孩子接受信息包括故事的途径已变成电视、手机等媒体，所以他们熟悉的是一些已经改编成动画片等影视剧的我国传统的民间故事，但对于具有本土特色的白族的传统民间故事以及与石龙村密切相关的民间故事则多无从知晓。同时，随着时代和生活的变化，年轻一代在审视那些自己村子里流传了好多辈的故事时有了完全不同于长辈的视角，以至于长辈们笃信的故事中的情节和恪守的故事中的教诲，在他们眼中有时却变成迷信无知和因循守旧的代名词。于是，年轻人能记住的大多只是某些故事的片断，却很难完整地复述一个故事。

从讲述者的文化程度来看，文盲有 14 人，小学文化水平的有 14 人，初中文化水平的有 12 人，读过私塾的有 3 人。可以看出，文盲的比例占 34.1%。文盲中，男性 3 人，女性 11 人，各占 21.4% 和 78.6%。男性文盲，年纪均在 70 岁以上。女性文盲，年纪也都在 50 岁以上。年纪较大的讲述者，男性多有私塾经历，而女性均无读书机会。中年以下讲述者，男性普遍有受教育经历而女性文盲者较多。以上事实说明，在石龙村，男女两性受教育程度有所差异，男性受教育程度普遍高于女性。这与我们在石龙村调查到的村民总体受教育情况和文化程度是相符的。在实际的调查中，男性村民几乎都能用汉语与调查人员交谈，而女性村民则大多无法用汉语顺利交流。当然，在故事的讲述中，不管是男性还是女性，都是用白语进行讲述的。从他们讲述故事的数量来看，故事的讲述者对民间故事的熟悉程度和掌握情况与他们所受的教育并无必然联系，也许文化程度较低的故事能手反而比具有更高学历的故事能手掌握着更多的故事。当然，受教育程度与个人所掌握的故事的内容题材倾向之间却有一定联系，具有中学学历的故事能手除了能讲述流传于本村的民间故事外，还会从书本上获得信息并有可能将之与口耳相传的故事内容融会，从而成为其讲述故事的新内容。而只上过一段时间小学或没有上过学的故事能手通常只会讲述流传于本村的民间故事。从故事的语言表现上看，似乎没上过学或只上过小学的故事能手语言更为生动，对本地方言的运用更为贴切、妥当。具有中学学历的讲述者在讲述故事时，有时反而会有意无意地带入一些书面语言。

从讲述者习得民间故事的途径来说，主要是小时候听大人讲述、以前在劳动过程中听到别人讲述等。在石龙村的故事能手中，张明玉是比较特殊的一位，她为我们讲述的故事是最多的，达到 71 则。张明玉是典型的白族农村家庭妇女，平时或忙于到田间地头干活，或者操持家务，勤劳而善良。她从来没有进过学校，但却拥有令人惊讶的记忆力，我们常常在她绘声绘色的讲述中感到惊诧：她怎么能记住这么多的故事？而且每一则故事都讲述得那么细致完整？虽说民间文学没有"权威本"或"标准本"，但听张明玉的讲述总会不自觉地想把她的版本当作标准本来看待。张明玉说她的故事都是小时候听老人讲的，且多数是在去干活的时候。去放羊的山上，去插秧的田里，去拾粪的路上，都是她听故事的场所。后来，她也慢慢地开始给别人讲故事。但她的故事都是以前听别人讲过的，也就是说她从没有自己创编过故事。现在，她能讲得很完整的故事有七八十个，还有一些故事是记得一部分，但讲不全的。男性讲述者中，张福友比较突出，他所讲述的故事涉及的范围和主题较复杂，对于历史故事和民间机智人物故事、笑话等显示出超人的谙熟。此外，张德五、张四合等村民也为我们呈现了大量精彩的民间故事。张万松老人则讲述了多则有关杨状元的故事。还有一些老人，他们对村寨传统和与历史相关的民间故事的熟悉也给我们留下了深刻的印象。其他的讲述者均表示，自己所掌握的故事主要是从上一辈听来的，听到故事的场合也主要是一些日常劳动或休闲的场合。讲述者们回忆在他们小的时候，也有围在火塘边听老人讲故事的经历。可以说，所有的故事都是在潜移默化之中习得的，也并没有刻意去记忆，但久而久之，一些故事在他们的脑海中留下了深刻的印象。上述的讲述者中，绝大多数有向别人讲故事的经历，如张明玉、张福友、张四合、张德五、李金德等人，是村中公认的故事多的人，张明玉常常给家中的几个孩子讲故事，在劳动、休闲的场合也会给其他村民讲故事。也有一些老人表示自己知道的故事较多，但是自己无法讲出来。其实，笔者相信，有些人是因为从来没有进行尝试，没有机会发现自己的潜能。当然，讲述者们也都表示，如今他们讲故事的时候越来越少，年轻人也不像以前那样喜欢听故事了，大家都看电视，觉得电视的直观画面更能吸引人。

民间故事通过口传心授的方法进行传承，很多民间故事具有教育意义，所以父母有时候会通过给子女讲故事的方法达到教育的目的。从这个意义上说，一个家庭就是一个小的传承场，这里传承的故事往往会和父母的爱好取向以及讲述目的相关，所以具有亲属关系的民间故事持有者所掌握的故事类型一般较为相似，如父母擅长讲滑稽故事，则孩子所掌握的滑稽故事会比较多；父母懂得的风俗故事多，则孩子对风俗故事也会相对更为熟悉。

总结起来，我们在石龙村收集到了291则故事，但是，我们相信，在石龙村蕴藏的故事数量远不止于此，也许有的人知道一个故事，有的人知道两个故事，也许有的人会讲我们这里已经呈现的故事，也许有的人会讲这里并未收集到的故事，也许有的人讲的故事完整和精彩一些，有的人讲的故事简单和平实一些，但必定还会有很多故事是我们所没能收集到、还未在这里记录下来的。因而我们的调查工作也是不会停止的。自石龙村的民间故事收集工作开展以来，一些故事讲述人已经相继辞世，张金鸿、张松玉、张炳坤、李年登、李定鸿、李根瑞、李富花、张万松、张庆长、张国用等老人都已经离开了我们，无法再听他们讲故事成为我们心中永远的遗憾，而这也让我们更加感觉到收集工作的价值，我们希望更多的人能听到、看到这些故事，而不要让故事随着老人的去世而随风飘散。

石龙村民间故事讲述人基本情况表

序号	姓名	性别	出生年份	文化程度	职业	讲述故事数量	备注
1	张明玉	女	1959	文盲	务农	71	记忆力很好，掌握许多故事，是村中有名的故事能手，时候从夫家的爷爷那里听来，擅长谜语和谚语。
2	张福友	男	1954	初中	务农	37	县级乡戏传承人，是村中有名的故事能手。
3	张四合	女	1962	小学	务农	20	是村中较有名的故事能手，记忆力较好，知道的故事多数是以前听别人讲就记下来的。
4	张定坤	男	1938	初一年	务农	12	在剑川一中上过一年中学，村中洞经会的诵经师父，会诵很多经书，也是村中唱戏师父，擅长讲故事，谚语。还会唱白族调。
5	张德五	男	1958	初中	务农	11	剑川一中初中毕业，擅长竹编斗笠和背箩，所知道的故事是从村中其他人那里听来的，他的父母从来没有和他讲过故事，而他自己现在也基本不给子女讲故事。
6	张灿兴	男	1942	初中一年	务农	10	村中洞经会的师父，也是村里能说会道的民间精英式的人物，其父亲张士元曾是石龙村的民间精英人物，聪明人，故事都能从父亲那里继承而来。
7	李年登	男	1938	文盲	务农	9	董桂兰的父亲，擅长读书人故事、清宫故事，李年登老人于2009年8月去世。
8	张万松	男	1938	文盲	务农	9	擅长文人故事，故事多是小时候从村中的老一辈处听来，如张士元、张振东等老人处。张万松老人于2016年2月去世。
9	张奎顺	女	1944	小学	务农	8	州级霸王鞭传承人。
10	张庆长	男	1940	文盲	务农	7	熟悉崇教祭祀等方面的仪式，也掌握着较多的谚语和俗语。张庆长老人于2017年5月去世。
11	张松玉	女	1931	文盲	务农	6	张明玉的婆婆，故事多从父亲那里听来。张松玉老人于2006年3月去世。

（续表）

序号	姓名	性别	出生年份	文化程度	职业	讲述故事数量	备注
12	张国用	男	1948	高小	退休工人	6	长期担任村农协主任，熟悉的是村落来源的故事。张国用老人于2017年4月去世。
13	李银吉	女	1953	文盲	务农	6	小时候因重男轻女，没读过书。年纪大了，身体不太好。以前她是听老人讲的，现在也会讲给自己的孙子听，在石宝山的时候，讲给来拜佛的人听。
14	张金瑞	女	1957	文盲	务农	5	张国才的妻子。
15	李定鸿	男	1926	读过六七年私塾	务农	4	获云南省文化厅"民族民间舞蹈师"称号，是村中最会跳霸王鞭、掌握套路最多的老人。擅长风俗节日来源的故事。李定鸿老人于2013年7月去世。
16	张祖元	男	1938	小学	务农	4	在张国用之前担任村农协主任。后来又常年负责服侍村中本主庙、观音庙等寺庙的香火。
17	张义佳	女	1944	文盲	务农	4	会唱一些白族调，但年纪大了很多唱不完整。平时会和村中老年女性一起打霸王鞭玩乐。
18	张佳祥	女	1944	小学二年级	务农	4	曾到钢铁厂做事，现在主要在家种地，捡菌子。
19	张发瑞	男	1948	高小	务农	4	洞经会文书组成员，会写对联。
20	董桂兰	女	1964	文盲	务农	4	擅长滑稽、诙谐故事，故事多从自己亲父李年登那里听来。
21	张四喜	女	1965	小学	务农	4	是李金德的妻子，故事多小时候听大人所讲。
22	李根瑞	女	1929	文盲	务农	3	村念佛会当家人，是念佛会中的重要人物，擅长与宗教信仰有关的故事。李根瑞老人于2013年7月去世。

（续表）

序号	姓名	性别	出生年份	文化程度	职业	讲述故事数量	备注
23	李玉福	女	1942	文盲	务农	3	故事主要是10多岁的时候听家里的大人讲的，自己也曾把这些故事讲给子女听。
24	张定全	男	1951	初中	务农	3	李定鸿、张定坤的弟弟，接替李定鸿担任石龙慈佛会念师父。
25	李长顺	女	1952	小学	务农	3	会唱白族调。
26	张万鸿	男	1956	初中	务农	3	张明玉的丈夫，村中洞经会主要成员。
27	李福娘	女	1959	初中	务农	3	多年担任村妇女主任，是石龙妇女中文化水平较高的人，其掌握的很多故事来自于自己的父亲李定鸿。
28	李金德	男	1964	初中	务农	3	张四喜的丈夫，小时候听爷爷讲的。故事多是小时候听父亲讲了不少故事，很多故事就忘记了。
29	李福四	女	1966	小学	务农	3	李定鸿之女，小时候听父亲讲了不少故事。
30	李富花	女	1933	文盲	务农	2	故事主要是小时候听父亲和叔叔讲的。李富花老人于2015年10月去世。
31	张金鸿	男	1935	读过六年私塾	务农	2	是村中的民间文化精英，唱戏的戏师父，各种风俗礼仪、民间艺术都少不了他。张金鸿老人于2005年4月去世。
32	张长宝	男	1949	高小	退休工人	2	为公路养护工人，退休后回石龙村居住。
33	李福英	女	1954	小学二年级	务农	2	霸王鞭传承人李定鸿的女儿。
34	李海玉	女	1963	文盲	务农	2	讲故事表现生动，故事多小时候村中老人所讲。
35	李秋吉	女	1988	初中	打工	2	李福娘的二女儿，初中毕业，曾在北京打工从事民间艺术相关工作。

（续表）

序号	姓名	性别	出生年份	文化程度	职业	讲述故事数量	备注
36	张四华	男	1988	初中	打工	2	2005年初中毕业开学做学做雕塑，跟着既是师父也是姐夫宾川的李兴成学，平时在外四处做佛像、雕塑。
37	李泽应	女	1997	初中	务农	2	已结婚，在家领小孩儿，故事从奶奶处听来。
38	张炳坤	男	1924	读过近十年私塾	务农	1	擅长汉族故事或地方戏曲，曲艺中的故事，这些故事与其爷爷张耀彩的影响分不开，张耀彩是石龙村历史上颇有威望和传奇色彩的人物，曾进京赶考，力倡修建了村中的一些庙宇、路桥，还曾组办村里的宣善坛。张炳坤老人于2007年11月去世。
39	张海印	女	1936	文盲	务农	1	故事主要是10多岁时听父亲讲的。
40	董佳兴	男	1947	小学	退休工人	1	曾在昆钢工作，退休后回乡居住，熟悉村落来源的故事。
41	张庆荣	男	1950	小学	退休工人	1	1968年去当兵，1971年转业回来到省地质局矿局地质三大队工作，退休后回村中居住。
42	姜路宝	男	1951	小学	务农	1	洞经会成员，对各种乐器比较在行，技艺主要是向外公张有才学来的。
43	李根繁	男	1969	初中	务农	1	石龙村著名歌手，在剑川也颇有名气。曾担任石龙村村委会主任。熟悉石宝山歌会和三弦的故事。石龙村有两个李根繁，这里的李根繁是歌手李根繁，村民喜称之为"一队根繁"，与另一位会唱戏的"二队根繁"相区别。

二、石龙村民间故事的题材和来源

尽管我们相信调查组现已收集到的这 291 则故事并不是石龙村所有民间故事的全貌，但通过目前已经收集到的故事，仍可大致看出石龙村民间故事流传的状况以及石龙民间故事的主要题材和内容。为了更清晰地把握石龙村民间故事的整体状况和叙事焦点，我们对这些民间故事进行了大致的分类。在后文的编排中，为了让读者更直观地阅读，我们按照其情节和内容将石龙民间故事分为七类：村落历史与风俗故事；人与自然、人与动物的故事；神奇宝物与奇遇故事；爱情婚恋故事；善恶伦理故事；名人故事、机智故事及滑稽故事；神佛鬼怪故事。其中，有一部分故事主题比较多样，较难划分，只能根据其主要内容进行大致归类。

后文编排的七大类型主要侧重于故事内容本身。为了更好地把握石龙民间故事在更广阔范围中的位置，笔者在此还想从石龙民间故事的题材来源上对这些故事进行一定的归纳性分析。当然，也要指出，这样的划分还是比较粗略的，而且有一些民间故事本身就是一种复合型的故事，在几种类别之间存在交叉，不易截然划割。有的故事既有本土的特色，也有外来的影响，有的故事虽是外来传入，但在进入当地后逐渐发生本土化，打上了本土的烙印。还有一些故事，基于目前的资料还无法判断其是本地产生还是外来流入。

（一）石龙本土题材

这里的本土题材指的是石龙村民间故事中围绕本村落历史、环境和周围标志性地域展开讲述的题材。包括石龙村的来历、石龙村村名的来历、是谁先到石龙村的、石龙村关帝庙的故事、石宝山的来历等故事内容。这些关于石龙村本身或石宝山这一与石龙村有着别的村落不可比拟的亲缘性的故事，可以说是石龙村的特有资源，某种程度上也是村落口述史的一部分，或许对于其他地区或其他村落而言，这样的叙事无关紧要，但其对于石龙村村民自身的意义却尤为重大。当然，每个地方的这一类民间故事，都反映了当地最富特色的本土文化内涵，都是村落共同记忆和共享传统的载体。

甚至，在某种程度上，这样的民间故事对于本村村民而言其作用不亚于神话、史诗等体裁的"根谱"性质。

从石龙村的实际情况而言，对于石龙村来历、村名更替的民间故事，村民给予了较大的关注。说明石龙村的村民具有深厚的本土情结，并对自己的村落怀有浓厚的感情和强烈的自豪感。特别是老一辈村民中，一般上了一点儿年纪的老人都知道并能讲述这些故事，访问的村民所讲述的故事内容、情节上的一致性也可以证明这一点。男性村民对这一题材内容的熟悉和认知程度大大高于女性。涉及这一题材的故事，多数由男性讲述者讲述和提供。这也恰好说明这类本土题材对于村民来说意义重大，是村落集体的大事，在某种程度上可能还具有神圣的意味。所以，这一类故事主要在男性村民中得到传承。很多男性村民恰恰也是自己有意识地去了解和熟悉此类民间故事和村落的口述史。

除了关于村寨来源和村落历史的故事之外，关于村寨内部各家族之间的关系的讲述在村中也比较流行。石龙与外部村寨间的关系也是村中口述史叙事的一个重点。在有关石龙人和为段家收租的小伙子间发生的恩恩怨怨的故事中，一些内容的真实性已经值得怀疑，其中至少加入了一些夸大的成分，但从这个故事可以知道，石龙村与外面的村寨和人员之间确实存在过矛盾，而且，在村民的意识当中，本村的人具有神勇的气质，在与外部的冲突中能够维系村寨权威，这是村民引以为傲的地方。

尽管上述三个方面即村落历史、村寨内部各家族关系、村寨与外村恩怨的故事内容各有侧重，但它们都说明了一个问题，那就是石龙村村民对于关乎村寨历史的口述史倾注了相当的关注，而这些故事传说中，还往往体现出石龙村村民对本村落、本家族的自豪感和热爱之情。在和外界发生纠葛的时候，所有的村民都是一致对外的，而当本村寨内部各个更小的利益集团发生冲突的时候，村民们又是按照各自所属的家族集团来为自己定位的。在故事的讲述中，石龙村村民毫不掩饰地表达了他们的本土情结和民族情感。

（二）白族传统题材

这类题材指的是那些在石龙村流传，同时也在石龙之外的白族地区流传的传统民间故事，包括了石宝山歌会的来历、三弦的来历、火把节的故事、大黑天神的故事、跳霸王鞭的来历、老人为什么要参加念佛会、鲁班的故事以及一系列的龙故事等。这一类的故事，讲述的内容多数是白族各地都存在的文化现象或传统习俗，解释传统节日、习俗和文化事象的来历。

石龙村的这一类民间故事，从内容上来说，既有与大理其他地区白族的讲述有差异的，也有很多是与大理其他地区的白族在讲述上存在一致性和共性的。前者比如石宝山歌会的来历、三弦的来历、跳霸王鞭的来历、老人为什么要参加念佛会等，在其他地区的白族民众中也有其他的解释。后者比如火把节的故事、本主大黑天神的故事、鲁班的故事、关于龙的故事，大理白族各地讲述内容多有一致或重叠的地方，如普遍将大黑天神与吞瘟丹母题相联系，将火把节的来源与火烧松明楼故事相联系等。关于鲁班的故事和龙的故事，尽管在其他地方和其他民族中也存在，但石龙的鲁班故事和龙故事往往体现出白族同类故事的特点，诸如鲁班造木人，以及医龙病、与龙打老友结富甲、斗龙的情节，都是颇富白族特色的叙述。无论如何，这些民间故事的题材和内容是大理白族民众共有的一种资源，不管是哪个村寨、哪个地方的白族，都会流传着这方面的民间故事，都用自己的方式在叙说着他们对这些白族民众共同拥有的传统的理解。

当然，这一类的题材，尽管与第一类围绕石龙村而展开的本土叙述相比范围有所扩大，但从总体上来说，仍属于白族传统和本土性的题材内容，是所有的白族民众都可能会涉及的一块领地。从另一个角度来说，这也恰恰是石龙村村民受整体性的民族传统熏陶的体现。

另外，杨状元的故事在白族各地均有流传，在云南的其他地区和民族中也有一定流传，是富有地域特色的民间故事。但由于这一类数量较少，不再单独列为一个类别，仍可将之归入白族传统题材一类中。

（三）外来题材

这里的外来题材，主要指的是一些在汉族或其他民族中流传的故事，后来传入了白族地区包括石龙村。尽管我们还无法全面、准确地判断每一则故事传入石龙村的具体时间，但结合某些故事在汉族地区流传的情况，大致可以认定该故事外来传入的属性。这一类故事，包括目连救母、埋儿奉母、张孝和张礼、李翠莲上吊、泼掉的水收不回、悟空学艺、薛仁贵、王玉林、蟒蛇记、梁山伯与祝英台以及一部分鬼故事等。其中，有的是汉族传统的民间故事，如埋儿奉母是二十四孝故事之一，梁祝故事是汉族四大民间传说之一；有的是在汉族民间流传后被民间文化精英或文人加工过的故事，如悟空的故事、薛仁贵的故事和一些鬼故事；有的是在汉族民间产生流传后又被吸收到戏曲、曲艺当中并获得更广泛传播的故事，如目连救母，在很多地方以目连戏的形式存在，并形成了一些独特的剧种，还有张孝和张礼、李翠莲上吊、王玉林、蟒蛇记、泼掉的水收不回即朱买臣休妻的故事、梁祝的故事，都成了戏曲曲艺中的经典剧目和曲目，影响非常大。目连救母、李翠莲上吊、蟒蛇记、梁祝等也进入了白族的大本曲、本子曲等曲艺形式当中。

这一类的故事和题材，可以断定是伴随着汉文化的传播进入大理白族地区的，故事的情节母题与汉族地区故事相比大同小异。当然，故事流传的背景、线路和时间等问题还需更细致地考证。

（四）各地共有和普遍出现的题材

类型化和模式化是民间文学的突出特征，石龙村也不乏此种更广泛区域层面甚至是世界性的故事类型。它们在中国乃至世界各地广泛流传，已经形成相对固定的母题和情节类型。比如螺女型故事、无手姑娘型故事、蛇郎型故事、两兄弟分家型故事、百羽衣型故事、感恩的动物忘恩的人型故事、西天问佛的故事、老虎外婆型故事、主宰自己命运的公主型故事、老父阴曹寻子型故事、巧骗和傻瓜型故事、滑稽女婿偷岳父型故事等。

这一类故事，往往具备了该类型故事的基本情节和叙事结构，因而，我们一看到这样的故事自然就联想到了同类型的故事。当然，也可能会出现部分情节缺失或与其他类型的故事相结合形成复合型故事的现象。

当然，还有一种情况，就是在石龙村流传的民间故事中，也关涉诸如洪水神话、兄妹婚神话之类的世界性或各民族普遍性的故事类型，但这样的故事已不是原初的神话体裁的传承，而是夹杂了其他的情节母题，或者发生了较大的变异。如桥生与龙女、龙王三公主等故事就是这样的。一些关于人类起源、太阳等万物起源的叙事，尽管情节不太完整，但其中保留的较原初的神话色彩和叙事内容，仍具有独特价值。

关于鬼怪的故事在其他民族和地区也广泛流传，但是石龙的鬼怪故事也颇具自身特色。我们在石龙村收集到的鬼怪故事主要有鬼故事和妖精故事。妖精故事一般在结合石龙村地理环境和劳作习惯的基础上，通过人妖之间的斗智斗勇，表现出人类在劳动和生活中积累的智慧。鬼故事在某种程度上体现了石龙村村民的信仰世界，此类故事中难免夹杂着幻想甚至迷信的成分，但也同时反映了村民的宗教观和是非观。大部分鬼故事存在的主要目的并不是通过渲染恐怖气氛达到控制震慑人的作用，而是通过故事讲述起到告诫和劝世的效果，教育人们要做善事、存善心，这样才会收获好的结局。我们在石龙村收集到的鬼故事数量不少，这与石龙村的生态环境和信仰状况有一定关系。白族地区普遍存在诸种宗教共置并存的复杂状态，石龙村也一样，佛、道、本主崇拜、原始信仰等多种宗教信仰形式在这里共存互容。加之石龙村自然环境艰苦，生产条件相对落后，宗教信仰的功能在此更易被扩大。特别是中老年妇女群体，她们的文化水平较之村中同龄男性相对较低，除了从事繁重的生产劳动还要操持家务，生活的艰辛让她们比男性更易倾向于从宗教信仰的角度寻找精神寄托。尤其是佛、本主崇拜两种信仰的交织高度契合妇女们的精神需要，因而在石龙村，佛教信众和本主崇拜的信仰实践中，妇女是最主要的力量，她们不仅人数众多而且颇为虔诚。所以我们收集到的鬼故事很多是由中老年女性所讲述的。鬼故事本就神秘、诡异，这正好和妇女们对宗教信仰的理解有相似之处，于是鬼故事在妇女这里尤为流行，而妇女们秉持的宗教观、善恶观、是非观也在鬼故事中得以体现。石龙村流传的鬼怪故事大多都具有劝化的作用，在善恶有报的故事叙述中教育人们要与人为善、宽容待人。

　　需要指出的是，石龙村民间故事的不同题材和内容与讲述者的身份之间存在一定的关联度。这种身份的关联可能是性别上的不同，也可能是年龄上的差异。在各种不同题材的民间故事中，参与者、持有者的身份存在一定的差异和不同的倾向性。也就是说，某种题材的民间故事可能与某种类型的村民之间存在更加紧密的联系。男性主要掌握的是村落历史、事物起源、文人故事等宏大题材。比如，关于村落来源、历史的口述史资源，被更加牢固地掌握在中老年男性村民的手中。在我们的调查中，这些故事均由中老年男性来讲述，而女性和年轻男性几乎没有人能够讲述这一类的故事传说。这表明，男性较之女性更多关注村落的历史，也更注重对村落口述史的运用、传承和讲述，而这样的口述史资源，恰恰从某种程度上说又是村落权威的象征，谁拥有这些资源，谁就是村落的智者和主宰。这些关于村落历史的故事，同时也是年龄和经验的象征，只有经过了时间洗礼的长者，才有条件和资格知晓这些源自远古的知识。关于本村落与其他村寨关系的故事传说，同样在具有上述身份的人群当中获得更广泛的流传，这一方面与男性更注重与外界的联系和交往且他们也更加容易被纳入这样的交往事件中有关，另一方面也与这样的故事往往隐藏着村人对自我的认同和骄傲的同时彰显着村民过去的辉煌有关，而这无疑也是与那些从过去走过来或者与"历史"有着更多直接承继性的男性关联更大，很多故事就是这些年长的男性在回忆往事和编织理想的过程中产生的。那些为整个民族群体所共享的历史故事，如火把节与《火烧松明楼》的故事、大黑天神的故事、白王的故事，同样是深谙本民族历史的男性长者的独特资源。而关于家庭伦理、孝道善恶的故事和具有神秘色彩、因果报应思想的故事以及生活故事则更多在女性村民那里得到传承。因为这恰恰是女性构筑自己的理想和展现自己的愿望的最佳舞台和空间。比如说，石龙村流传的两则埋儿奉母的故事及《晒金银》《三姐妹祭父》等关于孝顺父母的故事，均由女性讲述者提供。两兄弟分家型的故事，收集到的 15 则文本中仅有 1 则出自男性讲述人之口，其余皆为女性讲述。

三、石龙村民间故事得以较好传承的原因

前面已述，当前民间故事在民间的传承面临着很多的冲击。在现代化等诸多原因的冲击下，民间故事的传承范围、传承场合、传承主体都受到了极大影响，过去一度十分兴盛并支撑乡村社会文化传统的民间故事讲述活动业已渐趋凋零。石龙村的故事演述活动同样存在讲述场合萎缩、传承代际谱系难以为继、一些故事传承面临危机等诸多问题。但与此同时，不能否认在村寨生活的底层基因中，还存在故事的印记，通过深度接触和访谈，我们还是收集到了数量颇丰的民间故事，这对于以往的惯性认知也是某种程度的改变。

尽管由于资料的缺乏，对于石龙村过去曾经流传着多少民间故事、有多少群众是讲故事的能手，我们已经无从知道，但相对于其他地区民间故事当前的流传现状，我们仍深深感动于石龙村仍流传着这么多民间故事的事实。那么，到底是什么原因使得石龙村能够保留着这么多的民间故事？为什么在这里民间故事得到了较好的传承？

笔者认为，石龙村民间故事的相对完好保存与石龙村的地理环境和区位环境有密不可分的关系。前面已经提到，石龙村地处石宝山腹地，可以说其地形是四周环山，村子与外界联通的唯一一条公路也要经过石宝山再延伸出去。如果翻越周边的高山，也可联通其他村落和坝子，但总体而言群山成为天然的分隔屏障。石龙附近没有其他村落，离石龙村最近的明涧哨也有约 4 千米的距离。长期以来，石龙村都是一个相对封闭的村落，与外界的交往联系较少，村落中绝大多数的村民选择村内通婚，显示出亲属关系构建和文化传承上较突出的内倾性。再加上地处山区，外界传媒和现代信息传播方式对这里的影响存在"减速"现象，所以当地的传统文化氛围长期得到较好保留。在这里，各种各样的文艺活动仍然与村民们的生活连为一体，以更为"日常"的方式上演于村落生活当中。唱白族调，跳霸王鞭，奏洞经古乐，演乡土戏剧，凡此种种，都体现了石龙村传统文化深厚的积淀和浓厚的氛围。正是在这样的环境和氛围中，石龙村的民间故事也得到了较好的保留，不仅故事的数量多，而且故事的题材、内容较为丰富。不过，石龙村相对封闭的环境并不代表这里完全与外界隔绝，事实上

这里不仅受到白族传统文化的熏陶，而且也受到了汉文化的影响。在前面的分类中，我们提到石龙村除了有关于村落来源、历史的故事，与白族传统的火把节、大黑天神等相关的民间故事，也有很多汉族民间故事或地方戏曲、曲艺中常见的故事，这也充分说明，石龙村与外界的交通阻隔并未切断其与外界之间的文化交流。

时至今日，我们也不否认，即使是在石龙村这样相对封闭的村落，外来文化涌入的速度也已经加剧，现代化和全球化的影响已深深触及当地文化。正因如此，石龙村民间故事的流传也出现了种种值得关注和需要解决的问题。当然，文化变迁是不可阻挡的潮流，但这样的变迁应该是传承当中的变迁，而不是抛弃传统的巨变。就目前的情况来看，一些民间故事仍以口头的方式存活于村民的实际生活之中，仍在村民的生活中不断被讲述和被表演，这样的故事还具备内在的生命力，还不会马上消失。但是，很大一部分丧失了传承土壤的民间故事如果要像过去一样完全回到民众生活之中，还是有很大难度的，我们能做的就是将目前还在流传的这些故事尽可能收集起来，通过书面资料的方式将这些故事保存下来。尽管我们都知道民间故事的演述和表演中的互动有多么重要，我们也知道一旦鲜活的民间故事固化成书面的文本，其中很多生动和充满变数的内容就被"格式化"了，但是，通过一定的方式予以保存毕竟比任其自然消亡要好得多。这也是我们把这些收集到的民间故事以书面的方式呈现出来的原因之一。

石龙村是许许多多个白族村寨的代表，这一个案既拥有自身鲜明的特征又具有更广泛层面上的典型性和普泛性。就前一方面而言，包括丰富的民间故事在内的诸多文化特点使得这个藏在深山的村落显得很不一般，不论是对剑川当地人还是对外来者来说，都能够轻而易举地捕捉、感受和体察到这个村落呈现给人们的那些不一样，而这些又大多通过标志性的文化符号、资源载体而被人们感知。所以，人们会对石龙的白曲、乡戏、霸王鞭、洞经音乐等津津乐道，这也是经过多年的经验积累、实践运作后石龙村村民最愿意展示的文化符码。从后一方面来说，尽管石龙村在当下现代化、同质化背景下因保留更多传统文化因子而显得别具特色，但深究起来，这样的村寨无疑仍只是成千上万个白族传统村落之一。不论是白族调的对唱还是乡戏的扮演，不论是霸王鞭的挥舞还是洞经音乐的合奏，唤起的是人们对传统白族村落的认同和怀旧，人们看到的是一种能够代表白族村落传统精神的底蕴和特质。正如本书中呈现的一则则民间故事，唤起的是人们或围着火塘或在田间地头讲述故事的情境，故事中流淌的生动韵律和生命脉络构成了白族人民传统"生活世界"的多彩图景。从这个意义上说，石龙村是"这一个"，但同时也是许许多多白族传统村落的缩影，或许其他民族和地区的村落也能在这里找到自我的痕迹和过去的身影。当然，石龙村也并不是封闭、凝固、静止、不变的，相反，动态的进程在这里从未停止，但时间在这里似乎变得慢了一些。正是因为现代化的步伐和历史的车轮不可阻挡，我们今天看到的石龙村以及村落中暗涌的传统与现代的交织、碰撞、共生显得越发真切，唯其如此，对石龙村数百则民间故事的呈现也才显得更有意义。

四、故事采录与述评的结合

对于收集到的同一类型故事的不同讲述文本，我们将之归为该故事的异文。由于调查收集持续了多年时间，所以也出现了不同时间、场合下同一位讲述者讲述同一则故事的情况，我们也同样将之归为异文，少数此种异文的收录主要是想为同一讲述者围绕同一故事的不同讲述提供一点比较研究的资料。有些故事，名字虽同，但内容有异，故仍列为不同的故事，不予算作异文。还需说明的是，不少故事讲述者在讲述时并未说到故事的名字，凡是我们根据内容概括出来的标题都予以注释说明。

每一则故事均单独注明讲述人、讲述时间、讲述地点、采录人等重要信息，并在前言中交代了每一位讲述者的基本情况，以期让读者能对讲述者有更多的了解，让讲述者的讲述活动与读者的理解阐释能够更加接近。

由于体量、区域等诸多因素的限制，以往对民间故事的收集采录与学术研究工作通常是二分的，本书立足于一个村落收集至今传承的民间故事，并力图打通收集与解读之间的隔阂，所以在每一则故事后面都加上了简短的"故事述评"。述评的方式或结合故事类型、母题等故事学研究中的公共话语进行分析，或结合石龙村的历史传统、文化背景、宗教信仰、民俗风情予以阐释，其间还涉及与其他白族地区乃至汉族的对比参照，或挖掘故事源流和异同，也不乏与国外相同和相似故事类型的并置对举。如果是同一故事的异文，则重在强调异文之间的关联和差异，从中展现民间故事讲述的恒定性与动态性。有些相似度较大的异文，则前面述评后后面不再重复。故事述评毕竟是我们的主观阐释，有时难免偏颇，但也体现了我们对这些故事的一种理解。

石龙村的来历

以前，有人在石宝山做会，经幡被吹到石龙水库那里，挂在树上，来找经幡的人看到石龙这块地方很好，就叫人从鹤庆松桂搬到这里居住，还把这里叫作挂纸坪。"挂"和"蕨"同音，"纸"和"市"同音，故又叫蕨市坪。村里有一个叫张耀彩的人，有一次到沙溪做客，送礼记账的时候，记账的人把"蕨市坪"的"蕨"写成了"绝"，张耀彩觉得这很不吉利。回来后，他见石龙这个地方石头比较多，从现在的石龙小学到后山山脚都有小石头，就像一条龙一样，所以就把村名改成"石龙"。龙头就在石龙小学那里，龙尾则往西南一直延伸到一个叫猪圈场的地方。龙头那里，过去居家盖房都不敢盖在那儿，后来盖的学校是公家的，这样才可以镇得住。（讲述人：张金鸿　讲述时间：2004 年 7 月 25 日　讲述地点：张金鸿家　采录人：董秀团、段铃玲）

故事述评

在石龙村，很多上了年纪的老人，特别是男性，大都熟知石龙村来历的故事，而且，他们的讲述大致相同。都说是石宝山的宝相寺或金顶寺做法会，经幡被风吹到石龙水库处，来找经幡的人发现了石龙这块小盆地，发现这里有山有水，适宜居住，所以就从鹤庆松桂或大理搬了一些人家来此居住，从此就有了石龙村。从鹤庆松桂搬来石龙居住的说法，可能与宝相寺是元末鹤庆知府高伦首创的说法有关，鹤庆知府建了宝相寺后，发现了离宝相寺不远的地方石龙这一小盆地，故让人搬迁至此也是可能的。

在这则故事中，除了将石龙村的来历归于做会、找经幡之外，还提到了石龙村村名的更迭情况。这同样是村中很多老人熟悉的"村落知识"。石龙的村名几经更替，原来叫"挂纸坪"，多数村民将这个村名与做会、经幡被吹到石龙所在处且挂在树上联系在一起，因为经幡挂在树上，所以才叫"挂纸坪"。同时，石龙又有"蕨市坪"之称，一说因当地盛产蕨菜，然而颇有意思的是，"蕨"的白语发音与"挂"接近，"市"的白语发音与"纸"一样。所以，二者的关联实难判断孰先孰后。后来，村名又改为"石龙"，此次易名在村落口述史中几无例外均与该村名人张耀彩联系在一起。张耀彩本名张全贵，耀彩是他在海云居吃长斋时取的名字，他就是村中张炳坤[1] 老人的爷爷。张耀彩曾经上京赶考，并力倡修建了村中的一些庙宇、路桥，还办了村里的宣善坛。宣善坛初一、十五搭棚，讲经说法，家家户户出来听。当时讲经的人有张耀彩、张仁佑、李灿根、张士农等人，所宣讲的内容多为劝善性质的，有时则照着经书宣讲。在张耀彩的倡导下，村里曾在现水库东南的出水口处山上修了一座文笔塔，因为当时常常无风不雨，风不调雨不顺，于是张耀彩建议修塔制邪，此后就风调雨顺了。在张耀彩手里还修了一座文龙桥。文笔塔和文龙桥都在 1958 年修水库时毁掉了，后来在 20 世纪 80 年代又重修。这样一个名人，在去沙溪做客的时候，却被别人将村名写错，而且写了一个很不吉利的"绝"字，恰与"绝世"谐音，这里也不排除是故意写错的可能，因为在石龙流传着很多俗语、歌谣，大致讲的是石龙地处山区，以前被沙溪坝子的人看不起，这一事件当然会在他的内心产生震动，所以张耀彩回村后就察看地形，为村子重新取了一个文雅的村名"石龙"。

当然，在白族话中，仍将村名称为"挂纸坪"或"蕨市坪"，因为这两个名字在白语中的发音是一样的。而石龙之名主要出现在汉语交流和书面文本当中。（撰写人：董秀团）

---

[1] 张炳坤生于 1924 年。

异文一：石龙村的来历

金华的段桓在明朝时被封为段总兵，段桓从外面运回来一尊玉佛，于是在石宝山上建了金顶寺，同时在那儿做会。做会用的经幡被大风吹走了，一直吹到石龙村村口的水库那里，当时那里是一片森林，幡就挂在大树上。于是把这里叫挂纸坪。来找幡的段家人开辟了这块地，并到鹤庆、大理动员了几家人来这里安家。

由于石龙是段家人开辟的，所以石龙村一带都要给金华的段家交租。剑川^①有一个小伙子负责为段家来这里收租，他非常有本事，来村里收租的时候，和村里人赌博，经常赢钱。村里有一个很漂亮的姑娘也被他勾引，明目张胆地到赌博的地方给他送饭，村中的小伙子对此很不满，村里的老人们也看不下去，最后，这个外来的小伙子和村里与他相好的那个姑娘都被村人活埋了。小伙子那个村的人要来报仇，男男女女拿着镰刀、棍棒，走到村口见到一个犁田的人，就向那个人问路，那个人手举着犁指来指去，那些人看到这个人如此有力气，被吓到了，不敢进村来打，就回去了，这件事也就这样了结了。（讲述人：张国用　讲述时间：2004 年 7 月 29 日　讲述地点：张国用家　采录人：董秀团、段铃玲）

故事述评

该故事中说到明朝段总兵段桓运来玉佛并在石宝山建金顶寺，这与《剑川县志》中所载金顶寺由京城总兵段晅所建的记载是一致的，只不过段晅之名在流传中被讹误为段桓。

故事的后半部分，说到段家收租的小伙子与村中的姑娘有染，引至村人的不满，将他们活埋。这个故事在石龙村也常常单独出现，这也是为很多村民熟知的故事。有的老人还能够指出当年活埋二人的地点。也有的说这个男子勾引的不是村中的姑娘，而是有夫之妇。据村中的李绚金老人讲述，这应该是确有其事，发生在约 100 年前，但该男子的身份不明，只知他是一个会武功又专嗜嫖赌之人，勾引了村中的有夫之

① 石龙村村民说到"剑川"时一般指的是剑川县治所在地金华镇。

妇，村民对其兽行不满，便合力将奸夫淫妇活埋。

这则故事的结尾提到男子所在的村子本要来复仇，但看到石龙村犁田的人能用手将犁轻松举起，故而被吓退。这一点在村民的口头也多有提及，村民在讲述的过程中，多流露出对自己村寨的自豪之情。石龙历史上虽然没有与其他村寨发生大规模的争斗，但因山林、水源等问题也会与其他村寨发生一些小的纠纷和摩擦。当然，最终问题是如何解决的，现在已不得而知，但村民在追溯这段历史的时候总是将自己的村落进行一定程度的美化，这无疑体现了村民对本村、本寨自然、自觉的依恋情感。

（撰写人：董秀团）

异文二：石龙村的来历

清朝的时候，金华有一个叫段赤山的人，他的曾祖父牵头在石宝山金顶寺做水陆大会，寺门前立了一个两丈多高的竿子，上面挂着经幡。忽然，吹来了一股风，把挂起的幡吹到了石龙水库入水口那里，当时那儿还是一片森林，没有人家居住。经幡挂在了一棵树上。做会的人打发人来找经幡，找到了这里，看到这个地方有个小盆地可以居住，就从鹤庆松桂搬过来三户人家居于此处，一家姓董，一家姓姜，一家姓李，这个村也就被取名为"挂纸坪"。张家是后来才搬来的，是从南京应天府搬来的，可能是充军去的这个地方，到现在已经有十几代人了。后来，有人挖苦这里的人住在山上，蕨菜多，就叫这里"蕨市坪"，有的人不知道，还以为是"绝世坪"，到民国时期，有个叫张耀彩的村民嫌别人挖苦不好听，就把村名改为"石龙"了。（讲述人：张定坤 讲述时间：2004年7月27日 讲述地点：张定坤家 采录人：董秀团、段铃玲）

故事述评

这则故事与前面的故事有相似之处，都提到因石宝山金顶寺做会而开辟了石龙。至于故事开头说的段赤山的曾祖父是否就是前面故事中说到的段桓或县志中记载的段晅则无从知道。

该故事不仅提到了石龙村的开发，而且将最先搬来的人家的姓氏说得较为清楚，当然，关于是哪个姓氏的人家先到石龙，村民中有不同的说法。有时候，这一类的故事是单独讲述的。

故事结尾说到石龙村村名的变化，与前面文本一致。🐦（撰写人：董秀团）

异文三：石龙村的来历

鹤庆松桂的人来金顶寺做会，他们的旗子被风吹到了水库边，就到水库边来找，发现这里很好，就想搬过来，还把这里取名为挂纸坪。最开始从鹤庆松桂搬来的有张、李、董姓，来了之后各自去找地占地，张姓的人用稻草人占地，李姓和董姓的人用石块占地，他们把张姓的稻草人烧了又用石块占了那些地，所以李姓和董姓的人占了很多地，而张姓的人占的地很少。但是张姓里面懂得做会、唱戏的各种人才很多。

（讲述人：张灿兴　讲述时间：2016 年 8 月 2 日　讲述地点：张灿兴家　采录人：杨英、赵晓婷、卞宇田、宋妮妮、张宇）

故事述评

这则故事讲述村落来历仍从石宝山金顶寺做会入手，但后边更侧重于各姓氏来到石龙的先后以及争夺资源的情况。🐦（撰写人：董秀团）

异文四：石龙村的来历

以前，我们村是从松桂搬过来的。松桂一对打猎的父子追赶猎物，一直追到了这边的一个山洞里，进山洞后发现里面藏了好多金银珠宝，就拿了一些珠宝出来，但是因为没有地方放就用这些珠宝盖了个寺庙，再把金顶旁边的一个寺也重新修了一下。那个寺庙里都是尼姑、和尚在上面做法事，官宦人家也经常来这里游玩。

有一天，做法事的人写的一道经幡被风吹到了山下的一个小坝子里，人们就一直跟着经幡找到这里，他们发现这是一个好地方，于是就从松桂搬到了这里。松桂以前属鹤庆，村民们爱来金顶这边做法事，如今相中这块地便搬了过来。于是，便请了个老人给这里取了个名字叫"盖寺坪"，但是这个老人去街上做客挂名字的时候，又把村名改成了"石龙"，回来告诉大家村名已经改了，从此以后石龙就成了这里的名字。包括村里的文龙桥也是那个老人给取的名字。

搬来的人当中姓董的一家来得最早，抢了块地后便去拉石头填地了，姓张的这家人来了以后也是去占地，他们占地是把上面的草割干净。大家都想着多占点儿地，姓董的这家人回来看见张家占的地后，便拿了一把火把张家地上的草烧掉了。

从松桂搬过来的张根全，他的后一代是张长远、张长进、张长久、张长寿，前三个都在村里有了自己的家庭，张长寿则到玉华上面那儿了，从他们几个往下算下来已经有十二代了。

以前，我们村二队另有一个寺庙在村子最里面，后面把两个寺庙搬在了一起，那会儿供奉的神有四尊，马也有四匹。本主庙里的大黑天神姓景，他本是天上的神仙，被派去湾桥执行任务，因为那里的人们良心不好，上天打算将他们全村毒死。大黑天神来到村里看见一个妇女背着一个老人，手里牵着一个小孩儿，便问她为何要这样做。妇女答道："大哥您不知道，老人是我后妈，小孩儿是我自己的孩子，要是我背着孩子，牵着老人会被别人取笑的。"大黑天神不禁感慨她们良心这么好，竟然还要我毒死她们！没有办法，他只好去到后山自己把那瓶毒药给喝了，心想："让毒酒把我毒死好了，不要把百姓毒死。"他中毒后疼得在地上打滚，蛇也缠在了他的身上，当上天派人来救他的时候已经太晚了。因为他救了大家，村民便将他供奉为本主。（讲述人：张福友　讲述时间：2015年7月25日　讲述地点：石龙小学　采录人：董秀团、杨英、普燕、李昕）

故事述评

这则讲述石龙村来历的故事综合了村落来源、各姓氏到达石龙的先后和占地情况、本主大黑天神的故事等多个小故事，由于都与村落历史这一核心要素相关，并且讲述人在讲述的时候也是将之当成紧密联系的整体，所以我们就没有对之进行分割，保留了其完整形态。大黑天神故事中，与别的异文不同，此处强调背着的是后妈，其他异文一般说背着的是丈夫前妻生的年纪较大的孩子，这一细节较为独特。

故事开头还与石宝山开发的故事相关，由于此情节讲述得相对简略，所以就将之归入石龙村来历的故事。🐚（撰写人：董秀团）

石宝山和石龙村

当初，有丽江的两父子要来石宝山这个位置种地，他们到了桃源明涧哨那一带的时候，看到前面有一只白狐狸。父亲对儿子说："今天我们父子俩有运气，人家说千年黑万年白，我们抓住这只白狐狸，那这辈子的运气都用不完了，我们一定要把它抓住。"这样，两父子总是追着白狐狸，而白狐狸也是跑几步就蹲下来等着他们，慢慢地引着他们，把他们引到了石宝山的山谷里。到了一块岩石那里，眼见着它就钻进了岩石下，他们的肚子也饿了，力气也没有了，于是父亲就对儿子说："拿几个石头堵在岩石那里，这只白狐狸一定是我们的了，我们慢慢来，先做饭吃，等吃完饭，我们再抓它。你去淘些米，我去弄水烧茶喝。"这样，他们烤上茶罐，父亲在那里烧茶喝，儿子在那里焖上米做饭。吃完饭后，父子俩又准备捉白狐狸。父亲说："把筐拿来，把堵的石头拿开，等它一跳出来，我们就把筐罩下去，活捉它。"父子俩一人拿着筐，一人准备掀石头，想要等狐狸跳出来就把筐罩下去。可是，他们把石头都掀开了还是没见狐狸爬出来。父亲说："把火拿过来，用烟熏，活捉它不成的话就把它给熏死。"儿子拿着烧着的火把伸到里面熏呀熏，也没见狐狸跑出来。他们说："咦，奇怪了，眼见着它进去的，看来要把岩石撬开才行。"父子就在那里撬，当他们把里面的石头撬起来的时候，石头变成了黄金。老人比较有经验，这个父亲知道今天这事不寻常，心里害怕起来，于是就跪下来赔罪祈祷："阿弥陀佛，我们原只是求财，今天遇到了这一块黄金，我们许愿在这里盖一座寺庙，盖完寺庙要是剩一些钱我就用来生活，要是盖好了没剩下钱了我也无所谓。"这样，他在这里许下了愿，之后就开始盖起寺庙来。一天，他们在那里写对子，对子被风吹到了现在我们石龙村外面的水库那里，挂在了大松树上，他们派了两个人下来追，说："今天我们写对子，纸被风吹了下来，一定要出好事，你们跟下去看看，是不是神灵要给我们什么指示。"那俩人到了以后看到对子挂在大松树上，拿也拿不到。他们回去报告说："这大概是神灵教我们要到那里住了，那个地方很好，有山有水，土质也好，可以住很多人。"后来等到庙盖好了以后，那些人就开会商量，让人搬过来住了。所以我们村子的名字就是从松树上挂了对子这一点取下来的，叫"挂纸坪"，而那里就叫"石宝山"了。（讲述人：张万松　讲述时间：2005 年 1 月 24 日　讲述地点：石龙村村委会　采录人：董秀团、段铃玲、朱刚、赵春旺）

故事述评

关于石龙村的来历，一般以石宝山做会经幡被吹至水库处引发村落的开辟为核心，但是石宝山为何做会，有不同的讲述。第一则故事及其异文多只交代石宝山做会，却不追溯石宝山的开发，本则故事则重在叙述石宝山的开发。所以虽然说到石龙村来历时存在交叉，但我们还是将此类文本视为另一故事单列。

石龙村地处石宝山腹地，村民与石宝山的关系十分紧密。以前，到石宝山上放牧、砍柴，后来石宝山被列为风景名胜区加以保护，不能砍柴、放牧，村民也时常到石宝山找菌子之类。石宝山上的寺庙，如宝相寺、石钟寺、金顶寺、海云居等更是村民常常光顾的地方，他们与寺庙中的住持、居士结下了深厚的友谊，寺庙中有活动村民也经常参与。每年的石宝山歌会，村民必到石宝山游玩或参与会务。石宝山可以说是石龙村村民除了村子之外活动的第二个主要场所。就连村民到镇上，到县城，到其他的村子，也必须经过石宝山，所以，石龙村流传着关于石宝山的故事，甚至村民将石龙村的来历与石宝山联系起来都是自然的事情。

"石宝"一名最早见于明景泰元年（公元 1450 年）土官百户杨蕙墓碑，石宝山峰峦叠嶂，谷幽山秀，历代文人雅士多到此游览，如明代的杨慎、李元阳、徐霞客、担当和尚，清代的师范、赵藩等。石宝山中的寺宇修建的年代较早，据《新纂云南通志》记载，石钟寺建自元代。清代又多次重修。宝相寺据说是元末鹤庆知府高伦首创。金顶寺是明崇祯年间京城总兵段晅返乡，为母酬愿而建，又名佛顶寺、慈云寺。

石宝山最有名的是石钟寺石窟，从晚唐开始开凿，历经五代至南宋，延续300多年开凿而成。共有16窟，139躯造像。[①]

故事中，说到盖寺庙，虽未说明盖的是哪座寺庙，但结合村民讲述石龙村来历的情况，这寺庙指的可能是金顶寺或宝相寺。故事将石宝山的发现和寺宇的修建归因于丽江父子受到白狐狸的指引，这里的白狐狸是神性力量的化身，说明石宝山寺宇修建行为是具有神圣性的。但为什么是丽江父子呢，这可能与石龙村是一个外来移民开发的村落有关，根据村中的口述史，多认为首先搬到石龙的是鹤庆松桂的人，鹤庆和丽江均与剑川相连，鹤庆在剑川之东，丽江在其东北，且丽江一些地方的彝族也不断来到石龙村周围的山上散居，所以在故事的流传中，也可能将丽江与石宝山的开发联系在一起。🖎（撰写人：董秀团）

异文一：宝相寺和石龙村[②]

以前鹤庆松桂那儿有几个打猎的人撵了两只白兔，撵到现在宝相寺岩洞那里就不见了。他们拿棍棍棒棒在兔子躲进去的地方敲来敲去，在里面敲出来两罐金银。他们说这些金银不是我们的，几个人商量觉得这里是最好的地方，就想用金银在这里建个寺庙。建的大殿三间屋子共用一根中梁。寺庙建起后，他们就做法会，砍了一根长长的木头，把做会的会文写在上面，把最长的那根安在大殿，用五颜六色的纸剪了几面旗帜。一阵风吹来，把最长的旗帜吹到现在石龙村这个位置。他们去找旗帜，找来找去到了水库上面那里，几个人商量觉得这里很平坦，可以从松桂搬来这里居住。他们回去说给松桂的人听，大家都赞同。姓张的先来，把地上长出来的干草一窝窝捆起来占地。姓董的后来，看见姓张的把平坦的地占了，就想了个办法，在姓张的占的地上面点了把火把草烧掉，又堆石头，所以好的地方被姓董的这里一堆、那里一堆都占了。最后就去打官司，姓董的有证据，姓张的草被烧了没有证据，那些地方就是姓董

[①] 云南省剑川县志编纂委员会，《剑川县志》，云南民族出版社，1999年，第763～765页、第773页。

[②] 标题为编者所加。

的的了。后面姓姜的也搬来了。

以前这个村叫挂纸坪，石宝山的寺庙取名叫宝相寺，后来按石宝山的名字改为石龙村。（讲述人：张定全　讲述时间：2016 年 8 月 2 日　讲述地点：张定全家　采录人：昂晋、古珊子、李银梅）

故事述评

张定全是村中念佛会的师父，此职位由其父传至其大哥再传给他，几代人都与石宝山宝相寺渊源颇深，至今张定全仍有很多时间是守在宝相寺的。他的讲述突出了村落与石宝山的关联，事实上这体现的就是石龙村与石宝山的密切关系，这一点在村民中有较高的共识。对于张定全一家来说可能对此有更深的体会。🕊️（撰写人：董秀团）

异文二：石宝山和石龙村 ①

石龙村人以前是从鹤庆松桂搬过来的。以前松桂那边有几个打猎的人来到石宝山这里，看到山上的大石头很漂亮，很神奇，觉得是块宝地，所以把它叫石宝山。他们在那里休息时，看到一只小白兔，他们想打兔子当晚餐，就追兔子，追着追着就追到大石头下的一个洞那里，他们就一直在那里挖，挖出了一箱金银财宝，他们把财宝取出，说可以在石头上建一座寺。建寺庙当天，写的对联被风刮走了，他们追对联追到石龙村这里，觉得这块地方很好，适合居住，于是，带刀的人把树砍倒用来占地，没带刀的用草打结做记号，做好记号他们又返回石宝山把寺庙建好，这就是现在的宝相寺。建好寺他们才把家人接到石龙这里居住。因为这块地方是他们追对联追到这里找到的，所以就把这里叫挂纸坪。后来又因为旁边有石宝山，所以又改名为石龙村。（讲述人：张佳祥　讲述时间：2016 年 7 月 31 日　讲述地点：张佳祥家　采录人：王丽清、苏苑琴、李志兴）

---

① 标题为编者所加。

故事述评

关于村落起源和历史的叙事是石龙村民间叙事中的重要组成部分，除了男性，女性对此类叙事亦有一定掌握。本则讲述人即为女性。讲述人在讲述中同样突出了村落与石宝山的关联，并明确表示讲述此类故事的目的就是告诉后人石宝山是石龙村的，不能丢了这座宝山，尽管这样的表述在外部话语中很难被接受，但至少它折射了石龙村的历史与石宝山确实密不可分。（撰写人：董秀团）

异文三：石宝山的故事

听老人讲的，以前有两个猎人经过石宝山，走到悬崖峭壁下，看到一只兔子睡在那里，一动不动。他们以为白兔死了，想打它。兔子就盘坐起来，双手合十，猎人没见过这样的情况，不敢打了。他们问小白兔："你为什么动也不动？"白兔就起来了，身下有一石头，上面有一首诗，大意是：这里是个好地方，以后一定要建寺庙。

两个猎人是鹤庆的，回去后就召集人去建寺庙。剑川人听到了这个事情，就抢先把寺庙建了起来。鹤庆人说是他们建的，剑川人说是他们建的，争执不下。去到官府，官员也判决不了，就问他们：建房子时有没有做记号。剑川人说建五间大殿的中梁是同一根，鹤庆人说是一间一根共五根中梁。大家去看，果然只有一根，这样就判决是剑川的。还有一个石钟，鹤庆的说是他们的，因为敲一下剑川能听到，鹤庆也会听到。剑川人在钟上擦了一点儿狗血，这以后鹤庆的就听不见了，石钟也是剑川的了。

（讲述人：张室顺　讲述时间：2016 年 7 月 31 日　讲述地点：张室顺家　采录人：昂晋、古珊子、李银梅）

故事述评

故事的前半部分充满了神圣和灵验的叙说，后半部分则强调了鹤庆、剑川两地人们在石宝山争夺中的斗争，在这场争执中剑川人最终获胜，当然这与石宝山坐落于剑川的地利之便是不可分割的。而鹤庆人来此打猎并想建寺的叙说，其实也有历史折射的印记，前面已述石宝山宝相寺的开发就与元末鹤庆知府高氏有关，虽然在故事中

鹤庆人在资源归属中未占利，但也反映了石宝山开发与鹤庆人的关联。🦅（撰写人：董秀团）

异文四：宝相寺的传说

有个鹤庆人到宝相寺那边打猎，看到一只白色的兔子，他就去追，追到悬崖处，他顺着藤子爬下去，可是兔子不见了，他看到下面有很多金银财宝。这人许愿说要用那些金银盖一座寺庙，于是就建了宝相寺。建宝相寺大殿时，用了一整根木头做中梁，后来剑川这边的人把它换成了三根小梁。再后来，双方打官司争寺庙，鹤庆人说大殿是一根梁，剑川人则说是三根，最后判定说如果是一根的话就归鹤庆人，如果有三根的话就归剑川人。于是去察看，发现是有三根梁，宝相寺就归剑川人了。石宝山对歌台旁边有一块石头，能敲出很大的声音，鹤庆那边的人听到石头的响声就会有很多人生病，加上争寺的失利，鹤庆人为了报复剑川人，就在那块石头上泼了狗血，还把石头敲掉了一块，所以现在敲石头都不是很响了。鹤庆人后来又在鹤庆建了一座宝相寺。（讲述人：张灿兴　讲述时间：2016年8月2日　讲述地点：张灿兴家　采录人：杨英、卞宇田、宋妮妮、赵晓婷、张宇）

故事述评

本则故事与异文三讲述的内容大致相同，但细节却有差异。关于建寺的中梁这一细节的描述更为细致了，中间还穿插了剑川人换梁的说法。能发出响声的石头，因鹤庆人的报复被泼了狗血以致不再响，尽管发生矛盾的双方不变，但斗争的细节却在民间的讲述中发生了变化。🦅（撰写人：董秀团）

异文五：宝相寺

南诏国王异牟寻带着两个儿子来石宝山打猎，在宝相寺那儿遇到一头大白象。他们追了几天几夜，最后追到现在宝相寺大殿后面的石窟下面，大象跑到石窟里面不见了。异牟寻让人来挖石窟，挖出了很多白银，他就用这些白银在石窟那里盖了一座寺庙。这就是宝相寺。（讲述人：张国用　讲述时间：2016 年 7 月 31 日　讲述地点：张国用家　采录人：王丽清、苏苑琴、李志兴）

故事述评

故事将宝相寺的庙宇兴建前溯到南诏时期，并且与南诏王发生联系，同时又提及石窟，显然这几个与石宝山密切相关的事件在村民的记忆中发生了交织。虽然事实上石宝山的石窟、宝相寺等修建时间并不一致，但石宝山最早的开发即石钟寺石窟的开凿确实是可以追溯到南诏时期的。（撰写人：董秀团）

异文六：宝相寺

宝相寺是村里人自己建的。去石宝山打猎的人看到山洞里有两头大象，一头是金的，一头是银的，后来这两头大象变成了金山银山。人们就用这些金银来建房子，取名宝象寺，后来又叫成宝相寺。（讲述人：张庆长　讲述时间：2016 年 7 月 31 日　讲述地点：张庆长家　采录人：卞宇田、宋妮妮、张宇）

故事述评

故事基本与异文五相同，但没有对时间和人物的特定强调，没有说到是南诏王。（撰写人：董秀团）

金顶寺和歌会的来历[①]

现在金顶寺所在位置原来有个鸡冠寺，寺很大，里面有很多和尚、尼姑。这些和尚、尼姑不好好修行，在里面乱搞。百姓把这丑闻反映到剑川州官那里，州官带着手

---

① 标题为编者所加。

下前来视察。州官为了不暴露身份，只说来烧香。他带着妻子来，却没和妻子住一间房，和尚、尼姑也不知道真相。州官想了个办法，让和尚过来磨墨，在他们衣服上涂了墨水。第二天又让和尚和尼姑排成一排检查，发现尼姑衣服上也有墨水，由此说明寺里的和尚、尼姑鬼混。于是州官下令把鸡冠寺烧掉，和尚、尼姑也被烧死了。

明朝时，剑川有户姓段的人家出了个大将军叫段恒，他在大理担任了统领军队的职位。段恒后来受迫害，回到剑川，他嫌县城不安静，觉得金顶寺那里很适合建一座大寺庙，就在原来鸡冠寺外建了一座金顶寺。段恒把母亲、兄弟接来这里住，在此修行、生活直到去世。金顶寺原来很壮观，后来被野火烧掉。金顶寺大殿那里原来有一个龙潭，里面的孽龙是从剑川剑湖飞来的。段恒建寺的时候命人把龙潭堵住，把铜柱打在龙潭上，把大殿盖在龙潭上面。竖房子那天，天上下起了狂风暴雨，官员都跑来抱柱赶龙，费了好大力气才把龙赶到距金顶寺一公里（一千米）左右的黑龙潭。大殿盖起后，段恒请人做了七七四十九天法事。做法事的时候，门外竖着个经幡，大风把经幡吹走了。第二天，人们发现经幡不见了，法会师父到处找，发现经幡被吹到现在石龙村东面的树上。从那天起，石龙这里就被叫作挂纸坪。从鹤庆松桂来的人发现石龙这块地方，就下令移民过来，从那会儿起就有了石龙。之前烧死的那些和尚、尼姑阴魂不散，剑川州官晚上做梦梦见他们，州官请了法师、巫婆来看，后来州官许了个愿：每年七月二十七至八月初一，允许他们在石宝山鬼混，也让四面八方的百姓在这期间来和鬼魂一起热闹、娱乐，就像是超度他们一样。这就是石宝山歌会的由来。

（讲述人：张国用　讲述时间：2016 年 7 月 31 日　讲述地点：张国用家　采录人：王丽清、苏苑琴、李志兴）

故事述评

故事也涉及石龙，但更多是在讲述金顶寺，故单独列出。对时间的叙说有前后不能对应之处，前面说到明朝，后面又提到南诏、大理国。结合石宝山开发的历史，前面已述，金顶寺是明崇祯年间京城总兵段晅返乡为母酬愿而建，则故事的背景时间当以明代更为准确。石龙村村民在讲述村寨来历时，多追溯到石宝山做会，但本则故事可谓将前因后果交代得更为清晰，只是村民将段暊误为段恒。另外，故事的结尾又与石宝山歌会的来历相结合，虽然此说在目前石宝山歌会起源传说中不占优势，但也可资参考。🐦（撰写人：董秀团）

石钟寺的来历

听老人讲，大概是唐代的时候，甸头村有几个老妈妈认为石宝山那里风水好，就请了几个工匠在石钟寺那儿建寺庙。老妈妈天天送饭给工匠，一天三顿，但是饭送过去却从没见过他们吃饭，也不见他们做工。他们就是天天在那儿下棋。几个月后，竣工的时间到了。老妈妈说："后天就到期了，你们到底能不能建好呢？"到那天，老妈妈去看，寺庙已经全部建好了，里面佛像也有了，佛像是木匠们自己变的，那些平时送过来没吃的饭堆在一起变成了开花的石头，样子就像米粒和馒头一样。其实这些工匠就是神仙。（讲述人：张定坤　讲述时间：2016年7月31日　讲述地点：张国宝家小卖部　采录人：昂晋、古珊子、李银梅）

故事述评

这则故事主要渲染的是石宝山庙宇修建的特异性和神奇性，口头叙事中强调寺庙乃神仙修建，自然增加了其神圣属性。同时细节的阐释恰到好处，石宝山上形状独特的石头，也在民间叙事中找到了其成因。🐦（撰写人：董秀团）

异文：石钟寺的故事

以前，石宝山那里是没有寺庙的。后来有个老太婆，请了一批木匠师傅到石宝山盖一座寺庙。她天天给木匠师傅送吃的，可他们今天没开工，明天也没开工，天天在那里打麻将。这样持续了一个月，选定的完工的日子快到了，他们还是没有开工，材料也没准备。老太婆催这些木匠师傅："明天到期，你们怎么什么都没有做？"第二天，她去给木匠师傅送饭的时候，那座寺已经建好了，那些木匠师傅全都变成了佛像。（讲述人：李银吉　讲述时间：2016 年 7 月 31 日　讲述地点：李银吉家　采录人：董秀团、王丽清、苏苑琴、李志兴）

故事述评

异文所述的故事基本与前面相同，在讲述中有木匠师傅"打麻将"之说，这一点或为下棋之误。打麻将这一娱乐传入石龙的时间应当是较晚近的事，加之讲述人为老年女性，在其生活经验中，本身对打麻将和下棋均无过多接触，因而极可能将之混为一谈。（撰写人：董秀团）

石钟寺的石牛

以前，石钟寺那里有一头石头雕成的牛，它经常跑到沙溪的稻田里吃水稻。我爹亲眼看见过这头牛。他看见这头牛的时候，石钟寺旁边的石壁上还刻着一首诗，"怪石生来长似牛，不知经历几千秋。风吹遍体无毛动，雨打浑身似汗流"。可是我爹看到石牛的事，都没有人相信。后来，有一户人家，看见石牛吃水稻，就打算用包头（老人头上缠的）把它绑起来牵回去。但是牵不动，拉了几下，石牛就自己跑了，脖子上还挂着包头。人们看到石牛脖子上有包头，才相信石牛真的会跑去田里吃稻子。（讲述人：李福四　讲述时间：2016 年 8 月 1 日　讲述地点：李福四家　采录人：昂晋、苏苑琴、李志兴）

故事述评

故事属于动物灵异一类，在石龙村也还流传着本主庙里的守门将军手中牵的马跑出去吃庄稼的故事，是渲染本主庙的神圣及本主的灵验。石钟寺的石牛的灵异同样渲染的是石钟寺和石宝山的神圣。（撰写人：董秀团）

谁先到石龙的

据说，是董家的人最先来到石龙。来了以后，就先占地。其他家族的人是把草结起来占地，这样，一把火烧过去，标记就不见了。而董家的先人是用石头占地，把石头一堆一堆地堆在地里，这样，火烧过去也毁不了这些标记。所以现在董家的田地最好、最肥沃。（讲述人：董佳兴　讲述时间：2004 年 7 月 29 日　讲述地点：董佳兴家　采录人：董秀团、段铃玲）

故事述评

在石龙村流传着很多讲述是哪个姓氏的人先来到这里的故事。有时候这样的内容是单独讲述，有时是与其他的内容如石龙村的来历等联系在一起的。在村民讲述这一类故事的时候，多有一个规律，即故事的大致内容是一样的，但是哪个姓氏的村民在讲述，就会说是该姓氏的人最先来到村中。如这里是董佳兴讲述，就说是董家先到这里。如是张家的人讲述，则可能就说是张家人先到这里，即使不是先到这里的话，也总是会说到自己家族的人利用聪明才智先占了好的田地。而如果是姜家人讲述的话，故事的主角可能又换成了姜姓族人。这一情况表明，在利用口述史进行家族权力资本角逐的过程当中，各个家族利用了同一个资源，他们都试图通过对家族历史和地位的强化来赢取家族在现实空间和权力格局中的筹码。因而，尽管石龙村各姓各家族之间，表面上相安无事，实际上，相互之间的权力竞争却仍然存在。事实上，哪个家族人丁兴旺、经济实力强大，哪个家族在村社格局中就将占据有利的位置。家族中的每一家有红、白事，要请整个家族的人来帮忙、做客。如果家中发生了什么大事，很多时候，也要家族里的人出手相助。（撰写人：董秀团）

异文一：谁先到石龙的

听老人说是董家人先来的，然后是姓张的。来了后张家是用茅草去占地，把茅草捆起来表示是自己的，他们姓董的是堆石头占地，后来，姓董的放火把张家捆的草全烧了。烧掉以后全部露出来石头，全部是他们的。这样，董家人少但田地多，哪里都有他们的田地。（讲述人：张庆荣　讲述时间：2010 年 7 月 25 日　讲述地点：本主庙　采录人：董秀团）

故事述评

该异文为张姓讲述，表述的内容与上一则董家所述差不多，也就是说在为本姓氏、本家族正名的同时，讲述中可能也会渗入些许历史的事实。　（撰写人：董秀团）

异文二：谁先到石龙的

据老人说，最开始是董家的人先到石龙这个地方的。董家人之后，是张家人，张家的人是最多的。每来了一家人，就要去占地，有的人家是割了茅草、砍了柴来占地，有的是用石头去占地。当时，大火烧了起来，那些用草、柴占地的，烧过之后记号就没有了，只有姓张的人家比较聪明，是用石头来占地，所以张家的地就比较好。

（讲述人：张国用　讲述时间：2004 年 7 月 29 日　讲述地点：张国用家　采录人：董秀团、段铃玲）

故事述评

该异文讲述的重点同样是哪个家族先来到石龙，或是哪个家族在占地的过程中发挥了自己的聪明才智并得到了好的结果。当然，因为讲述者是张姓的人，所以尽管认同了是董家人先到达这里的说法，但又在后面强调是张家的人更聪明，想到用石头占地，而其他的人家用草、柴占地，所以张家的地是其中比较好的。

这样的故事，应该说反映了村民的家族意识，村民都希望自己的家族、自己的姓氏在村落中能占有更重要的地位，能发挥更重要的作用。　（撰写人：董秀团）

异文三：谁先到石龙的

以前，有一些鹤庆松桂的人在金顶寺做会，大风把做会用的幡吹到了石龙水库旁边那个地方。做会的人就来找幡，来到那里，看到这个地方很好，所以就有一些人家从鹤庆松桂搬到这里来住。最早到这里的是张家，叫张根全，张根全来了以后，就想着先占一些地，他把茅草结在一起来占地。他结了很多很多。后来，董家的人也来到这里，他们来了以后，就堆石头来占地，还把张根全结的草全烧了，所以张家的地就比较少。（讲述人：张灿兴　讲述时间：2008 年 7 月 26 日　讲述地点：张灿兴家　采录人：董秀团、杨建华、赵春旺）

故事述评

该异文的核心是谁先到石龙以及如何占地。与上面两则故事所不同的是，故事由张家后人讲述，且也认为是张家先到达石龙这块地盘，但最后，张家占的地却并不是最好的和最多的，为什么，因为张家的先祖采取的是结草占地的办法，而后来到达的董家则利用堆石占地的方式，还烧了张家结的草，所以张家的地不好也不多。这个故事并没有明显的夸耀自己家族的心理，而是在解释为什么自己的家族没有占到好的地盘。故事中把张家最先到这里的先祖的姓名也交代得很清楚，说叫张根全，这一点，与村中的口述史相吻合。实际上石龙村的张家后人，只要是上了一点儿年纪的，大多知道张家最早来到这里的先祖叫张根全。（撰写人：董秀团）

异文四：谁先到石龙的

传说金顶寺的菩萨塑好后人们在那里做会，杆子上挂的旗幡被风刮断，一直吹到了石龙水库旁。金华镇的段志勇派人来找旗幡，来人看到这里是个好地方，就让鹤庆松桂的董家和姜家先搬过来住。两家来了后，都想占好一点儿的地，董家的老大妈去占地时将草结在一起，姜家的老大爹也去占地，他不是结草，而是拿石头堆起来占地。然后，他又放了一把火，把董家大妈结的草都烧了，这样董家没有占到好地，姜家的地则比较好。石龙村姓张的是在董家和姜家之后才来到这里的。（讲述人：张定坤　讲述时间：2008 年 7 月 25 日　讲述地点：本主庙　采录人：董秀团）

故事述评

这则异文将石龙村的来历、开辟和哪个姓氏先来到石龙结合在一起。该则故事虽由张家后人讲述，但故事并未说是张家的先人先到石龙并占得好地，而是说董、姜家先到石龙。说明这一类的故事，总体上是通过口述史强调家族的地位和认同意识，但也有的故事主要侧重对占地的手段和其中体现的智慧的描述，而未将之与现实中的权力博弈相联系。这可能才是故事的原貌。（撰写人：董秀团）

异文五：谁先到石龙的

最先是张姓的人到石龙的，他们看到这里比较好，就从松桂搬来住，已经有几百年了。后来李姓的人也搬来了，之后是董姓的，最后是姜姓的人搬来。（讲述人：张庆长 讲述时间：2016 年 7 月 31 日 讲述地点：张庆长家 采录人：卞宇田、宋妮妮、赵晓婷、张宇）

故事述评

此处讲述基本与村寨中张、李、董、姜四姓目前的大致规模和格局一致。（撰写人：董秀团）

异文六：谁先到石龙的

据老人说，我们姓张的最早来到石龙，是从鹤庆松桂来的。来了就占地盘，姓张的是堆石头。以后是姓李的来，也学张家堆石头。再后是姓姜的来，他们把草捆起占地盘。不知是哪一家放火把那些草烧了，这样姜家的田地最少，张、李两家田地多。
（讲述人：张万鸿 讲述时间：2010 年 7 月 25 日 讲述地点：张万鸿家 采录人：董秀团、赵春旺）

故事述评

张、李两姓为石龙大姓，文本表述与现实村寨格局基本一致。（撰写人：董秀团）

异文七：谁先到石龙的

先来石龙的就是我们姓姜的了。我们来了是搬石头占地，后来来的那些人是把草围在一起。有人放火，草被火烧掉了，我们的石头还在。所以我们的田地相当多。

（讲述人：姜路宝　讲述时间：2010 年 7 月 26 日　讲述地点：姜路宝家　采录人：董秀团、赵春旺）

故事述评

讲述者本人对自己姓氏先到石龙进行了肯定性表述，这种对本姓氏的肯定性表述在村中比较常见。（撰写人：董秀团）

异文八：谁先到石龙的

听说是姜家最先来的，他们在田地中把草结在一起占地。张家来到后，把石头堆在一起占地。后来火烧起来把草烧了，他们姜家来得早也不行了，田地少。火烧了石头还在里面，所以张家田地多。（讲述人：张明玉　讲述时间：2010 年 7 月 25 日　讲述地点：张明玉家　采录人：董秀团、赵春旺）

故事述评

张家后到却后来居上，该表述与张姓作为石龙第一大姓的现实格局相互呼应。（撰写人：董秀团）

石宝山歌会和三弦的来历

明朝的时候，石宝山有条黑龙横行霸道，造成水土流失，周围的老百姓都遭了殃，石龙村也一样。石宝山飞来一只金鸡要制服黑龙，周围的百姓们闻声也赶来为金鸡助阵，最后终于制服了黑龙。为了庆贺和纪念这件事，人们就举行一年一度的石宝山歌会。人们还用龙的身体各部分来制作龙头三弦，龙头当三弦的头，龙脊骨当三弦的品，龙筋抽出来做成三条弦线，龙皮用来蒙鼓，又用金鸡的爪当拨珠的套子。这样，人们用金鸡的爪来拨弄三弦，弹出欢快的音乐，来表达心中因金鸡制服黑龙而产生的喜悦之情。从此，就有了龙头三弦。（讲述人：李根繁　讲述时间：2004 年 7 月 24 日　讲述地点：李根繁家　采录人：董秀团、段铃玲、赵春旺）

故事述评

石宝山歌会于每年农历七月末八月初举行，会期三天，届时剑川、云龙、鹤庆、大理、丽江、兰坪等地的民众都会前往石宝山，对歌唱曲，结交朋友。石龙村离石宝山歌会的现场仅 2.5 千米，深受歌会文化的影响。同时，石龙的村民会唱白族调、会弹三弦的大有人在，龙头三弦是他们生活中不可缺少的物品。这里故事的讲述者李根繁就是石龙村颇有名气的民间歌手，在剑川甚至兰坪、丽江等地也有一定知名度。

关于石宝山歌会的来历，存在不同说法，其中一种是：相传石宝山形如石钟的巨石原是一口金钟，金钟敲响，山下的沙溪坝子便风调雨顺。后来，一条九头恶龙口喷烈焰把金钟化为石钟，给人们带来深重灾害，沙溪一对情侣阿石波和阿桂妞得到本主点化，邀约了十姊十妹天天上山对歌，用歌声破除恶龙妖法，最终击败了恶龙，但二人也失去了生命。为了纪念他们，人们年年上山对歌，成了代代相传的石宝山歌会。

石龙村流传的这则关于石宝山歌会的故事，同是恶龙作恶，但制服恶龙的是金鸡而不是沙溪的一对情侣，似乎体现了此类故事一种更为久远的民族共有传统。金鸡制服黑龙的故事在大理白族当中流传较广，所谓的金鸡，有的学者认为就是印度佛教中的金翅鸟，金翅鸟常常充当着降服龙的角色，龙常常是金翅鸟的猎物。当然，也有学者认为鸡是白族先民重要的图腾崇拜物，是苍洱地区有着土巫文化色彩的神物。大理地区过去水患频繁，人们认为水患的发生与恶龙横行有关，所以，用龙的克星去制服龙和洪水就是人们的一种理想和愿望。金鸡战胜黑龙故而成为白族民间神话和故事中常常出现的题材。故事对白族民间乐器龙头三弦的由来做了详细讲述，用金鸡的爪来

拨弄龙的身体各部分制成的龙头三弦，发出胜利的奏鸣声，这正是金鸡战胜黑龙的最好体现。✍（撰写人：董秀团）

跳霸王鞭的来历 [①]

从前，大理出了一个白王。白王在各地大量征兵，连独生子也不放过。百姓产生了不满，就设计出霸王鞭，唱起关于白王的歌，表达对白王的憎恨。白王听到百姓的歌声和抱怨，感到害怕起来，最后就跑掉了。（讲述人：李定鸿　讲述时间：2004年7月25日　讲述地点：李定鸿家　采录人：董秀团、段铃玲、赵春旺）

故事述评

这则故事非常简短，没有太多的情节，但却是石龙人民对跳霸王鞭来历的一种解释。石龙霸王鞭在当地颇负盛名，其历史较为悠久、保存套路比较完整，而讲述该故事的恰好是石龙霸王鞭的传承人。早在2002年，李定鸿老人就被云南省文化厅授予"云南省民族民间舞蹈师"称号，在同一批获此殊荣的人员中，大理地区仅此一人。简短的讲述中体现了霸王鞭的来源可能与军队有一定关联。✍（撰写人：董秀团）

霸王鞭的故事

大理国的时候就有霸王鞭了。那时，忽必烈带领北方人侵犯大理国，部队骑着马来，马都戴着一串一串的铃铛。大理国王根据这个铃铛，做成霸王鞭，让百姓们每人手拿两个，在城里面摇起来，北方军队以为这里有很多人就被吓跑了。（讲述人：张定

---

① 标题为编者所加。

坤　讲述时间：2016 年 7 月 31 日　讲述地点：张国宝家小卖部　采录人：昂晋、古珊子、李银梅）

故事述评

故事讲述中同样将霸王鞭的来源与军队和战争联系在一起。元朝忽必烈大军灭大理国，是大理白族发展历史上的转折点，故事叙述将结局理想化了，毕竟故事不等同于历史。🍃（撰写人：董秀团）

霸王鞭的传说

宫里面的皇后受他人迫害，在皇帝不知道的情况下，怀着身孕被赶出了皇宫。皇帝回来后就问身边的人皇后去哪里了，大家就骗他说皇后突发疾病死了。

皇后被赶到深山十多天后，小孩儿便出世了，皇后以为孩子已死，就将他放在那里，自己走了。小孩儿被丢在那里，白天的时候老虎就来给他喂奶，晚上的时候凤凰来带他，小孩儿就这样在山上一边喝着虎奶一边练武，慢慢地长大了。这就是后面的楚霸王。

有一条蛇在野鸡的窝里下了个蛋，这条蛇被孵出来后就长着一对翅膀，可以飞上天空，当它飞下来的时候就可以直接钻到地底下休息五百年，在凡间五百年很长，但是在天宫五百年就是五百天。当它用洪水、泥石流的冲力将三座大桥都冲垮的时候，龙王便承认它是一条龙。当满五百年它要飞上天的时候会有一条水柱也跟着飞上天，如果谁胆子大把这条水柱喝了，小蛇就翻不了身，那它就还要再修炼五百年。

楚霸王这时在山上是吃树皮草根的，当蛇飞上天的时候，因为他力气很大，所以他就把那股水给喝了。然后他下山去寻找母亲，才知道她已经改嫁了。而这时他母亲也想着他可能没有死，还四处打探他的下落，经过多方努力终于找到了他。母亲把他的父亲是谁、谁陷害了他们这些都告诉了他，还给他写了张纸条拿着，但是他没有读过书所以看不懂上面的内容，就只有母亲说一句他就记一句。

他从山上拿了根棍子，一边打一边唱着他母亲在皇宫里怎么被陷害的事情。母亲还交代他要唱火把节时唱的《霸王鞭》，这样百姓就会高兴一点儿。因为他是皇子，是未来的皇帝，能说风成雨，所以后来人们打霸王鞭那年收成就好，不打那年收成就不好。他就这么一直打，打到了皇宫里。此时他父亲也就是皇帝还没有过世，听到他打霸王鞭唱冤情，皇帝就把陷害他母亲的人抓起来杀掉了，还把他立为太子，后来他成了楚霸王。

楚霸王力气很大，下面的人就不服，老想把他算计死。所谓"三个铜钱逼死英雄汉"，说的就是逼死楚霸王了。当他们坐船渡江的时候给了舵手十两银子，但是舵手不要，他只要三个铜钱。楚霸王说："我是皇帝，却没有什么给你，也没有三个铜钱。"于是，他就跳河自尽了。（讲述人：张福友　讲述时间：2015 年 7 月 26 日　讲述地点：张福友家　采录人：董秀团、杨英、李昕、普燕、赵晓婷）

故事述评

霸王鞭是一种普遍流传于中国各地的民间舞蹈，除了白族，还在瑶族、布依族、哈尼族、黎族等少数民族中流传。这则故事与汉族地区讲到霸王鞭来历时一样，将其源起与楚霸王附会，尽管这种附会的真实性还有待研究，但故事透露了一个信息，即白族的霸王鞭很有可能也受到了汉地的影响，这与白族文化深受汉文化影响的总体特征是一致的。（撰写人：董秀团）

异文：霸王鞭的传说

楚霸王的父亲，找了一个后妃，后妃煽风点火不断嚼舌根，把大老婆赶了出去。大老婆就是楚霸王的母亲，当时楚霸王还很小，她带着楚霸王一起走，可是没有地方住，就到了山上一个山洞里。楚霸王的母亲把他一个人扔在山洞里，虎喂凤养，早上老虎来喂他，晚上凤凰来喂他。等到他长大后，力气特别大，常常拿一根棍子舞来舞去。后来，他从山洞一直舞到了皇帝住处。他刚从山里下来时没有什么文化也没有什么本领，后来，留在皇宫学会了很多东西，皇上慢慢发现他就是自己的儿子。霸王鞭就是楚霸王创造的，后来，每到火把节都要点火把，还要跳霸王鞭、唱白曲。（讲述人：张灿兴　讲述时间：2016年8月2日　讲述地点：张灿兴家　采录人：杨英、赵晓婷、卞宇田、宋妮妮、张宇）

故事述评

该异文较之上一篇更为简略，但主要的人物和情节均与上一篇相似，特别是对楚霸王神异成长经历的渲染以及他创造了霸王鞭的叙述是文本的重点。（撰写人：董秀团）

火把节的来历

火把节不是为了庆贺五谷丰登，而是另有缘由。大理的白王登上了皇位，他没有儿子，只生了几个女儿，其中一个女儿叫三妹，又叫白姐圣妃，很是聪明。白王良心不好，他先将女儿们嫁给了有钱人，之后又想害女婿们好霸占他们的家产。三妹对白王说："爹，不要把我许配给富商，我要找个人自己嫁。"白王不同意，于是，有一天，三妹偷了父亲的一箱金子，走出了大理城。她见到一头很大的水牛躺在路边，就对水牛说："你这头水牛长得真丑呀，我从来没见过像你这么丑的牛，你躺在这儿是想让我骑吗？"水牛点头说道："嗯！"三妹骑到了牛背上，牛就站了起来。她对牛说："你把我驮到哪家我就做哪家的媳妇。"水牛把她驮到了洱源，走到一个很窄的巷子里，牛把角弯下去一点儿就走了进去。天已经黑了，牛走进一个院子，蹲在院中。三妹问牛："你要让我做这家的媳妇吗？"牛回答："嗯。"三妹于是就走进这家，打开这扇门看看，又打开另一扇门看看。等她再出来的时候，牛已经不见了。她又打开了一扇门，看见一个老奶奶在一盆昏暗的火旁烤火，三妹问道："大妈，您没有伴吗？"老奶奶答："我有一个伴的，就是我儿子。他去砍柴养活我，现在去卖柴了，还没有回来。"三妹说："我来做您的儿媳妇好吗？"老奶奶的眼睛有点儿看不清，她抬头看了看三妹，说："你是皇帝家的姑娘，我不要。我儿子养我都养不起，再娶来你这样一个人，怎么养得起？"三妹怎么劝说，老奶奶就是不答应。这时，老奶奶的儿子卖柴回来了，三妹说："你的柴卖了没有？"他回答："卖了。"三妹又道："我今天来做你的媳妇。"樵郎不同意，说："我连养我妈都养不起，再养你就更养不起了。"三妹说："你不用担心，我偷了我爹的一箱金子，可以够我们吃几年了。"樵郎说："你拿出来给我看看。"三妹将金子拿出来，这是一箱金豆子。樵郎说："这不是金子吧，我去砍柴的地方有很多这样的东西，这是石头。"三妹说："这就是金子，你说你砍柴的地方有，那你明天领我去看看。"第二天，他们借了一匹马，到了樵郎砍柴的地方，真的看到了一大堆的金子，原来这是上天专门变给白姐圣妃的。金子很多，他们拿了一些，拿不完，还挂了一些在马上。后来又买了几匹马去驮金子，驮回来的金子装了满满一间屋子。樵郎说："我们要请你父亲来吃一顿饭，否则就不合道理了。你父亲虽然是皇帝，但钱还没有我们多。"三妹说："不能让我父亲知道，他的心最毒，他盖了一间松明楼，专门害他的女婿。"樵郎坚持要请，于是把白王请来吃烧鸡、烧鸭。吃完后，白王去逛，看到了一屋子的金子，感叹说："我当皇帝，但钱财加起来也不及女儿钱财的零头啊！"于是，他对女婿说："六月二十五日，你一定要去我那儿吃饭。"三妹知道了这件事，嘱咐丈夫："父亲只请你，我不能去，你要带上三根细香，要是你在那边出了事，就点起香，我就会到你旁边了。再戴上一个金镯头。"到了那天，白王把女婿们请到了松明楼上，女婿们都喝醉了。三妹在家中，到了半夜三更的时候，她爬到高处往大理城方向一看，只见大理城中已是火光冲天了，原来女婿们已经被白王烧死了，樵郎的三根细香也没来得及点。三妹去找丈夫的尸体，用双手去挖，挖得双手都是血。樵郎戴着金镯头，所以三妹找到了樵郎的尸体。因白王太霸道，在各地点兵，所以上天不容他，后来白王逃到了缅甸。所以，我们现在过火把节竖火把是为了纪念白姐圣妃的丈夫被烧死。我们用凤仙花包手指甲是为了纪念白姐去挖她的丈夫时手指头挖出了血。（讲述人：李定鸿　讲述时间：2004 年 7 月 25 日　讲述地点：李定鸿家　采录人：董秀团、段铃玲、赵春旺）

故事述评

火把节是白族、彝族、纳西族等民族共同的传统节日，大理白族的火把节是每年农历六月二十五日，届时，白族地区的村村寨寨都要扎火把、点火把欢度此节，石龙村也不例外。

在上述民族中都流传着关于火把节由来的故事。彝族多说是人间的英雄与天上的大力士摔跤，战胜了天上的大力士，天王发怒，撒下无数害虫吃人间的庄稼，百姓为了保护庄稼，点燃火把烧死害虫，因此形成了火把节。

白族地区流传的火把节故事，多与《火烧松明楼》有关。《火烧松明楼》故事将火把节起源与六诏归一的史实相联系，同时将六诏归一附会于松明楼的冲天一炬。石龙村流传的火把节故事，大体也是用《火烧松明楼》的基本情节母题来解释火把节的由来。所不同的是，《火烧松明楼》中说到南诏王邀约其余五诏的诏主前来赴宴，然后火烧松明楼，其中，邓赕诏主之妻，被称为慈善夫人、白洁夫人、白姐圣妃的，看穿了南诏王的阴谋却无力阻止丈夫前往，只好让丈夫在手臂上戴一铁钏，白洁夫人凭此钏认出丈夫尸体。南诏王害死五诏诏主后，还想霸占白洁夫人，最后，白洁夫人纵身投海。为了纪念白洁夫人，人们燃起火把，相互奔走，表示救援白洁夫人。同时，为了纪念白洁夫人用手挖出丈夫的尸体，女性用凤仙花将双手十指染成红色。而石龙村流传的火把节故事，将人物关系演绎为翁婿关系，这一特别的说法在石龙不同讲述者中有着较一致的传承，且当地至今仍存火把节时女婿不到岳父家过节之俗，习俗对口述文本进行阐释的同时自身也不断被强化，二者具有互印互证的关系。石龙人认为以前做官和财产都是世袭的，只是父传子，女婿代表的则是外族，是夺走财产的潜在威胁。故事反映了一定历史时期的家庭、婚姻、财产、世系等观念。

此外，该故事将《火烧松明楼》与《骑牛配亲》母题结合并置。《骑牛配亲》在大理白族中也同样流传广泛，但其主要内容是说白王之女不愿嫁给父亲为她选的人，坚持要自己选婿。她骑上一头牛，牛停在哪家她就嫁给谁，最后牛停在一樵夫家，她与樵夫成婚。后来，她们在樵夫砍柴的地方运回很多金银，铺成金桥银路，一直铺到了王宫。显然，石龙村的这则故事将两个原本没有关系的故事复合在一起。这种情况的出现，应该是大理白族其他地区流传的《火烧松明楼》故事与《骑牛配亲》故事流传到石龙村后发生的一种变异。🐦（撰写人：董秀团）

异文一：火把节的来历

据说，南诏国的国王觉得女婿们比自己的儿子能干，于是设下一计，在农历六月二十五这天，把女婿请来家中吃饭。聪明的三公主知道父亲没安好心，在丈夫临行前硬是在他的手上戴了一个铜镯头。国王命人用松树和明子搭成一座亭子，六月二十五日那天，全家在亭子里最高的一层吃饭，国王灌醉了女婿，然后偷偷下了亭子，让人点燃了亭子，把所有女婿都烧死了。其他女婿的尸体都认不出了，只有三公主凭借铜镯头认出了丈夫的尸体。后来，六月二十五日大家点火把纪念他们，就成了火把节。火把节这天，人们要把手指甲染成红色，表示三公主挖丈夫尸体的时候手指都挖出了血。（讲述人：张定坤　讲述时间：2008 年 7 月 25 日　讲述地点：本主庙　采录人：董秀团）

故事述评

故事为《火烧松明楼》文本的变异，人物关系变成翁婿关系这一点与上一则文本相同。本异文开头强调了南诏王火烧松明楼害死女婿的原因是不满女婿比儿子能干，这一点比较独特。🐦（撰写人：董秀团）

异文二：火把节的来历

大理国国王有三个女儿，没有儿子，三个女儿招了女婿。因为没有儿子，所以以后就只能把王位传给女婿。国王让手下大臣在大理建了一座明楼，农历六月二十五那天，请他的女婿们来赴宴，把他们招待得很好。吃得差不多了，国王和他的亲信大臣全部下楼来，楼上只剩三个女婿。国王下令放了一把大火，锁了门，三个女婿跳下楼也是死，不跳楼也是死，后来三个女婿都被烧死了。三女儿在丈夫赴宴前给他手上带了一个镯子，三个女婿的尸体烧焦以后她凭着镯子找到了丈夫的尸骨。那一年庄稼长得特别好，为了纪念，每年农历六月二十五都要过火把节。三姐妹在灰烬里挖自己丈夫的尸骨把手指甲都挖出了血，所以每到火把节那天，人们都会用染料把手指染红。

（讲述人：张定坤　讲述时间：2016 年 8 月 1 日　讲述地点：张定坤家　采录人：赵晓婷、卞宇田、宋妮妮、张宇）

故事述评

张定坤老人在不同的时间、场合给我们讲述了同一则故事，大致内容相似，但也有一些细节的差异，如异文一说是南诏王，异文二则说大理国国王。异文一说女婿比儿子能干，异文二则说只有女儿没有儿子但又不想将王位传给女婿。两则故事提供了对同一故事同一讲述者文本稳定和变异状况考察的较好个案。（撰写人：董秀团）

异文三：火把节的来历

南诏国王有三个姑娘，没有儿子。他觉得自己的年龄差不多了，要选一个人继承王位，又不想把王位传给女婿，所以六月二十五日那天，在明楼里邀请自己的三个女婿聚会，吃饭、喝酒、唱歌、跳舞。吃得差不多时，唱歌跳舞的人离开，把上楼的梯子也抬走了。楼下开始点火，三个女婿没法逃走，都被烧死了。聪明的三公主知道自己的丈夫要去吃饭，给丈夫戴了一个铁镯子。三公主根据铁镯子找到了丈夫的骨灰。现在的小姑娘、小伙子在火把节要用几种药材把指甲染红，象征当时公主们在废墟里找丈夫的尸骨时流血染红指甲的情景。三个女婿被烧死那年五谷丰登，后来人们就点火把来祈求丰收。（讲述人：张定坤　讲述时间：2017 年 8 月 2 日　讲述地点：张定坤家　采录人：董秀团、杜娟、王玉洁、和丹清、段淑洁、李志兴）

故事述评

文本可为同一讲述者讲述的同一故事不同异文之对照提供基础。（撰写人：董秀团）

异文四：火把节的故事

以前大理国王没有儿子，只有三个女儿。国王怕三个姑爷篡位，就起了歹心想杀死他们。三女儿厉害一点儿，让丈夫戴了一个金镯子。国王让三个姑爷到一个房里，自己跑掉，然后一把火烧死了他们。女儿们去找丈夫的尸骨，却只有三女儿凭金手镯认出了丈夫的尸骨。为了纪念这三个被烧死的姑爷，人们就在六月二十五他们被烧死那天过火把节。（讲述人：李福四　讲述时间：2016 年 8 月 1 日　讲述地点：李福四家　采录人：昂晋、苏苑琴、李志兴）

故事述评

该异文为女性讲述者讲述，松明楼在这里被简单变异为房子。🔥（撰写人：董秀团）

异文五：火把节的来历

大理国国王有几个儿子、几个女儿，国王建了一座明楼，请他的几个女婿来赴宴，三女儿知道她父亲请他们过去是要烧死几个女婿，就给她的丈夫戴了一个铁手镯。后来明楼被烧，几个女婿被烧死，尸体烧焦认不出，只有三女儿靠铁手镯认出了她的丈夫。几个女儿挖废墟找尸骨时，手指都挖得流血了，所以现在过火把节有染手指甲的习俗。火把节立火把就是庆贺火烧明楼，因为火烧明楼那年庄稼长得很好，人们过火把节庆贺五谷丰登。（讲述人：张灿兴　讲述时间：2016 年 8 月 2 日　讲述地点：张灿兴家　采录人：赵晓婷、卞宇田、宋妮妮、张宇）

故事述评

该异文只保留了火烧松明楼故事的核心情节，并且纵火者又被置换为大理国国王。🔥（撰写人：董秀团）

异文六：火把节的传说

南诏国时，国王有三个女儿。在六月二十五这天，他把三个女婿叫到皇宫中好酒好肉招待他们。三女儿较聪明，在丈夫临走前对他说："爹爹请你们吃饭，凶多吉少。"还让丈夫把铁手镯戴在左手。三个女婿被请上松明楼，发现被请的只有他们三个人，在他们上楼后，楼梯也被撤掉了。此时大火烧了起来，他们想要逃跑，但却苦于没有楼梯，于是三人被活活烧死。三女儿凭借手镯找到了丈夫尸骨。那一年，五谷丰登，后来就在这天过火把节。（讲述人：张福友　讲述时间：2017年8月2日　讲述地点：张福友家　采录人：董秀团、段淑洁、和丹清、王玉洁、杜娟、李志兴）

故事述评

异文同样保留了纵火烧婿这一主要母题。🔥（撰写人：董秀团）

异文七：火把节的传说

大理国王有五个女儿，五个女婿是虫子变成的，粮食成熟以前他们就会把粮食都吃了，很多人就饿死了。国王把五个女婿请来，在明楼摆酒席，吃到一半儿的时候国王就走了，国王让人点火把五个女婿烧死，虫子就没有了。为了庆祝五个女婿的死去，百姓过上好日子，每年人们都会过火把节。（讲述人：张庆长　讲述时间：2016年7月31日　讲述地点：张庆长家　采录人：赵晓婷、卞宇田、宋妮妮、张宇）

故事述评

关于火把节的诸种起源之说中，驱虫祈丰是较普遍的一说。在大理白族地区民众在过火把节时也必点燃火把到田间地头耍闹一番，用意即为驱虫避害，祈求丰收。在火把节的起源传说中，《火烧松明楼》文本似乎掺杂了更多历史变迁的隐喻，而这则异文在火烧松明楼一事的讲述中更融入了烧虫的情节因子，似乎更贴近火把节起源的原初性。🔥（撰写人：董秀团）

立夏的故事

村里有个习俗，立夏那天，在房子周围和门口撒灶灰，在门上插白杨柳枝。据说，以前不知什么原因上天派下来一个人要杀光全村。村里有一个人回娘家，她有两个小孩子，一个是自己亲生的，一个是领养的，亲生的年龄小却让他自己走路，领养的年纪大些却背着。路上遇见了来杀人的这个人，这个人问她为什么大的背着小的自己走。她说大的不是亲生的，是领养的，小的是亲生的，如果背小的亲生的这个，别人会说，也违背心意。那人认为她良心好，要跟她做富甲，还跟她说哪天要来杀这个村的人，"我们是富甲，你把你家做个记号，我就不杀你家"。她回去后，就把白杨柳枝插在门上，门口撒上灶灰，并告诉全村人都这样做，由于她良心好，通知了全村，家家户户都做了记号，全村人都幸免于难。（讲述人：张金瑞　讲述时间：2017 年 8 月 2 日　讲述地点：张金瑞家　采录人：王丽清、苏苑琴、李志兴）

故事述评

岁时节令在以农业为主的社会中有着重要的地位。白族民众很重视立夏、冬至这样的节气，每当遇到这样的节气都会举行一定的仪式，所谓"应节气"。石龙村在立夏的时候，村里人要采摘新发的白杨柳枝，一枝一枝地插在外院落的院墙上，整整绕上一圈，然后用灶灰在院墙角依次撒上一圈，用以防止蛇、鼠、蚂蚁、壁虎等进入家中。这则故事讲述了和立夏相关的习俗的来历，是对节日习俗的阐释和印证。

（撰写人：段铃玲）

异文：立夏的故事

宋朝的时候，黄巢杀人八百万。当时百姓作恶的多，黄巢的祖师毛和尚让他去杀作恶的百姓，要杀八百万，到村村寨寨去杀。

黄巢的宝剑、兵书都是上天赐的。兵书上的第一句是"黄巢杀人八百万，先斩开刀毛和尚"。黄巢说杀师这种事情我不做。师父想来想去，这个事情怎么办，最后想了一个办法。师父把话改成了"先斩开刀梧桐树"，刚好在寺庙旁边有一棵很大的梧桐树，中间空心，师父钻了进去，黄巢的宝剑拔出来砍树，却看到师父的头滚到了他面前。

大理沙坪那有个村子叫漏邑村，意思是杀漏掉了。有一个老倌儿带侄儿、儿子赶街，儿子比侄儿小，他却背着侄儿。遇到黄巢的部队，黄巢说他心不好，不背小的。老倌儿就说："说给你听听，背大的是因为他没有父亲，我背的是我哥哥的儿子，小的这个牵着的是我儿子。"军队就觉得他良心好，让他回去在家门口插上一枝白杨柳，房子外面撒一圈锅灰。后面那天军队到村里巡查，发现除了老倌儿家，家家都插着白杨柳枝、撒着锅灰。那些军队的人问："你自己怎么不弄？你该死，谁让你不弄。"他回答："你们要是把其他家杀了，留着我家也没意思。"军队的人想了想就没杀那个村的人。

每年立夏的时候大理都要插白杨柳枝，石龙村还要撒锅灰，就是为了纪念那个心肠好的老倌儿。（讲述人：张定坤　讲述时间：2016 年 7 月 31 日　讲述地点：张定坤家　采录人：昂晋、古珊子、李银梅）

故事述评

该异文同样是为了解释立夏的相关习俗，但前面又附会了黄巢杀人八百万的传说，说明有些注定的命运和事情是不以人的意志为转移的。在结合人物传说与地方风俗的同时，异文兼具倡导人们向善的教化功能。 （撰写人：段铃玲）

七月鬼节

七月初一那天，地狱门打开，所有的孤魂野鬼都会出来。到了七月十四，家里的那些祖先就会回来，家里要做八大碗，有粉丝、白芸豆、竹笋、野生菌、豆腐、鸡肉、猪肉、鱼、烤鸭等菜，猪头肉、猪耳朵、猪鼻子煮在一起，还有几碟小菜。那天要用金银纸包一些金银财宝，在自己家祖先的牌位面前，烧给他们，纸钱灰要一直摆在那里，等过年的时候才拿去一起扔掉。

听人说以前有一家人，对儿媳妇不好。儿媳妇的父母已经去世了。有一天，公公去给稻田放水，儿媳去帮忙，从山上下来时，就有两个鬼爬到公公身上，这两个鬼就是儿媳去世的父母。两个鬼把公公扑倒，拿泥土、牛粪塞到他嘴里，警告他说，如果他们以后再对自己的女儿不好，就要他的命。（讲述人：张佳祥 讲述时间：2016 年 7 月 31日 讲述地点：张佳祥家 采录人：王丽清、苏苑琴、李志兴）

故事述评

故事由两部分组成，前半部分详细介绍了石龙本地中元节时祭祀的过程以及祭品的准备情况，后半部分则是通过鬼故事教育做公婆的须善待儿媳妇，否则会遭到报应。（撰写人：段铃玲）

六皇会和九皇会的来历

天上有九个女子，她们是王母娘娘的女儿，她们心地善良，下凡到村子里教村民盖房子、塑菩萨，村民每年农历六月六做六皇会，就是为了纪念这些为村民做好事的仙女。

九皇会又称北斗七星会，每年农历九月九举行，也是为了纪念天上善良的七仙女。（讲述人：张庆长 讲述时间：2016 年 7 月 31 日 讲述地点：张庆长家 采录人：卞宇田、宋妮妮、赵晓婷、张宇）

故事述评

石龙人的信仰体系非常复杂，不仅供奉本主，崇拜山神、猎神，同时也深受佛教、道教、儒家思想的影响，山神、猎神等原始崇拜也有保留。村里人在农历六月初一到初六举行南斗会，念经拜佛以祈加福添寿；在农历九月初一至初九举行北斗会，拜星宿。六皇会、九皇会，村里的念佛会和洞经会都会参与。（撰写人：段铃玲）

老人为什么要参加念佛会

村里的老人加入念佛会，主要是学习南无、阿弥和陀佛这三个人，要退心火，忏悔过错。传说阿弥买了陀佛的一块地，去挖地的时候挖出了一坛金子，阿弥认为金子不是自己的，要把金子还给陀佛。陀佛也认为金子不是自己的，所以不要。两人一起去找南无这个当官的来判，但始终判不下来，双方谁也不要。南无说："我本来可以要，但你们谁都不要，如果我要了我就对不起你们了。"后来，南无看到《大释利》这本书上说白雀庵要被烧掉，要他重修白雀庵。那个时候，观音在白雀庵中修行，当时寺中有五百罗汉，只有观音一个女人，五百罗汉全部被烧死，观音则躲在紫竹林中幸免于难。南无后来重修了白雀庵。再后来，南无、阿弥和陀佛都上天成了佛。释迦牟尼觉得南无的"无"字不好听，就将之改成念"摩"。（讲述人：李定鸿　讲述时间：2004年7月25日　讲述地点：李定鸿家　录入人：董秀团、段铃玲、赵春旺）

故事述评

故事解释了石龙村村民凡到50岁左右就要加入念佛会的传统习俗，这已经成为村中不成文的惯例，几乎很少有人逾越。从整体上说，加入念佛会，吃斋念佛，积德行善，这是石龙村村民深受佛教文化影响的结果。在石龙村周围的石宝山就有宝相寺、金顶寺、海云居等寺庙，石龙的念佛会通过宝相寺还与大理的观音塘、鸡足山以及昆明的一些寺庙产生联系。当然，这则故事中把村民加入念佛会的原因归结为学习南无、阿弥和陀佛三个人的善举，不管这样的说法有多少依据，我们从中看到的是村民对佛教信仰的虔诚之态。（撰写人：董秀团）

结婚时新房上为什么要挂细筛和镜子

有两个鬼要去投胎，在一户人家门口商量说："你去那家投胎，我在这家投胎，当他们给我缝一条裤子的时候，你就要来接我，你变成一只蜜蜂飞过来叮我一口，我们两个就可以走了。"两个鬼这样商量的时候，被这户人家将要做他爹的这个人听到了，听出了要出生在他们家的这个人是要算计他们家的一条裤子的。所以这个鬼投胎出生了以后，他们家人都不给他缝裤子，平时都只让他穿一件长衫。一直到他要结婚了，家人才给他缝了一条裤子。到了他办喜事这一天，他终于穿上了裤子，家人还给他布置了洞房。因为他爹听到了两个鬼在投胎时说的话，想到现在家人给他穿了裤子，他的同伴就会变成一只蜜蜂飞过来，只要叮他一口他就会马上死掉，所以家人把洞房全部都给封死了，准备和鬼作战，还在门口挂了一只细筛和一面镜子，在下面烧了一锅油，他爹在门口守着，叫新郎官在房间里待着。守了一会儿，有只蜜蜂飞了过来，他爹就把蜜蜂打到油锅里把它给烫死了。这样，这个新郎就没有死去。后来，白族人家在结婚的时候，新房的门上都挂一只细筛和一面镜子。（讲述人：张明玉　讲述时间：2005年1月25日　讲述地点：张明玉家　采录人：董秀团、段铃玲、朱刚、赵春旺）

故事述评

白族人认为如果人死于非命，就会成为孤魂野鬼，在田野山间或者村头巷尾游荡，这样的灵魂没有衣服和收入，他们投胎于妇女的腹中，等到骗到了衣服和钱财以后就马上死去，所以当小孩儿出生后再死亡，石龙人便认为这是偷生鬼在作祟。

这则故事中的偷生鬼正是怀着骗取人们衣物的目的而投胎的，因为事先被人知道了他们的目的，所以家人采取措施粉碎了他们的计划。故事里，蜜蜂作为死亡预兆者的形象出现，可能和农村时有蜜蜂蜇人致伤甚至致死的情况有关。

白族人结婚时在洞房上挂细筛和镜子的缘由，也在这则故事中得到了解释。（撰写人：段铃玲）

本主大黑天神

从前，灶君和其他神仙去天上告老百姓的状，说老百姓的良心差，自己杀猪吃也不祭祀他们。于是，天神就派大黑天神下来调查这事，并给了他一瓶毒药，让他把那些良心坏的人全都毒死。大黑天神到了人间后，遇到一个妇女，身上背着一个娃娃，手里还牵着一个，背在背上的那个年纪大，牵着自己走的那个却很小。于是，他就问这个妇女："为什么背着大的，却让小的自己走？"妇人回答："因为背着的这个是丈夫前妻生的，牵着的这个是我亲生的。"大黑天神看到此事被感动了，心想："怎么能说这里的百姓良心不好呢？"他想把那瓶毒药倒在地上，怕会影响庄稼，想倒在水里，又怕会毒死人和动物，最后，没有办法，他只好自己服下了。当毒性发作的时候，他的脸及全身都发紫、变黑，跳进水里水也沸腾起来，天神下来救他，但已经来不及。后来，人们为了纪念他，就奉他为本主。（讲述人：张祖元 讲述时间：2004 年 7 月 31 日 讲述地点：张祖元家 采录人：董秀团、段铃玲、赵春旺）

故事述评

大黑天神梵名摩诃迦罗，本是婆罗门教和印度教中湿婆的化身，后为佛教密宗吸收，成为密教护法神。在大理白族地区，很多村寨将大黑天神奉为本主，即村落的保护神。石龙村同样奉大黑天神为本主，不管遇到大事小事都要到本主庙中向大黑天神祭祀和祈拜，他们深信本主会护佑所有子民，会为他们解决问题。

信奉大黑天神的地区，多流传着大黑天神的故事，其主要内容基本一致，就是大黑天神为民吞瘟丹。还有一种说法是大黑天神为民除蟒，这种说法与段赤诚杀蟒的故事较为相似。石龙村流传的大黑天神本主故事属吞瘟丹型。吞瘟丹的故事多数是说天神或玉帝不喜欢地上的人，要将人消灭，就派大黑天神来散布瘟疫。大黑天神看到人间美好的生活画面，不忍心投毒，只好将毒药服下，所以他全身变成了黑的。石龙村流传的这则故事，对天神投毒的原因说得比较清楚，是因为灶君和其他神仙到天上告老百姓的状，说老百姓良心差，自己杀猪吃却不祭祀他们。奉命下来投毒的大黑天神遇到反常规背孩子的妇女这一情节，使得大黑天神得以看到不同于灶君等神仙所述的景象。大黑天神通过这个妇女，看到人间百姓的善良，因而宁可自己吞毒也不忍毁灭人类，毒性发作使他全身变黑。所以，现在白族各地的本主庙包括石龙村的本主庙，凡是供奉大黑天神的，其形象必是全身发黑或发青。傅光宇等学者认为大黑天神吞瘟丹情节来源于印度，在印度神话中，诸天神与恶神搅乱海时搅出一团足以毁灭三界的剧毒，湿婆在此危急之际毅然吞下毒液，其颈项被剧毒烧成青黑色，故有"青项"之名。[①] 大黑天神吞瘟疫乃至全身发黑与"青项"母题十分相似。

石龙村大黑天神故事遵循着大理白族地区吞瘟丹型的总体框架，体现了大黑天神信仰在白族地区较普遍的影响。（撰写人：董秀团）

异文一：本主的故事

天上的人说地上的人良心不好，就派人拿了一瓶毒药到人间，要毒死地上的人。派来的这个人来到人间，遇到一个妇女，背上背了一个小孩儿，手里还牵了一个小孩儿，背上背的小孩儿看起来年纪要比手里牵的小孩儿大。天上的人问她："为什么你背着年纪大的，却让小的走路？"这个妇女说："小的是我亲生的，背上的不是亲生的。"天上的人感叹："你们地上的人良心真好！"天上的人不忍心毒死地上的人，就自己喝了毒药，毒药在他体内发作，让他全身都变黑了。这时，来了一条蛇，吸他身上的毒，但这个人还是死了。后来，地上的人就把这个天上来的人塑成了佛像，成为我们的本主。（讲述人：李富花　讲述时间：2008 年 7 月 25 日　讲述地点：本主庙　采录人：董秀团、杨建华、张金兰）

故事述评

这则故事虽未明言此天上的人就是大黑天神，但从故事情节内容可知讲述的确

---

① 傅光宇，《云南民族文学与东南亚》，云南大学出版社，1999 年，第 145 页。

为大黑天神的故事。从这里，似可看到一个事实，对于民间老百姓来说，本主姓甚名谁，这个神灵归属哪教哪派均不重要，重要的是他具备被人信仰和供奉的某些特质，这便足矣。🌿（撰写人：董秀团）

异文二：大黑天神

大黑天神是宾川人，名叫尹伽蓝。他已修成正果成佛。牛街那个地方有一座观音山，据说村子里的人良心不好，天上的人就给了大黑天神一瓶毒药派他去毒死那里的人。大黑天神到了那儿，看见一个妇女背着一个大孩子，旁边还有个小孩子自己走着，问她原因后她说大的那个孩子是丈夫前妻生的，小的是她自己生的，大的这个孩子母亲已经不在了，不忍心让她自己走。大黑天神听了之后就想："这样的人怎么可能是坏人，怎么能说良心不好呢？"他走到下山口①，心想："这个毒药怎么办？上不能沾天下不能沾地。"最后，他自己把毒药喝了，毒性发作使他整个人都变青了，他疼得滚来滚去，滚到了水潭里。天神派了一条蛇绕到他的腿上、腰上吸出毒液来救他，可是已经来不及了。他死后，天神认为他是个好神，就封他为伽蓝祖师。村民感谢他的救命之恩，将他尊为本主。（讲述人：张福友　讲述时间：2016 年 8 月 1 日　讲述地点：张福友家　采录人：董秀团、卞宇田、宋妮妮、张宇）

故事述评

根据傅光宇的研究，大黑天神故事在巍山、大理、剑川等地多流传的是吞瘟丹救人一类，在洱源、大理还流传着斗恶蟒献身一类，本则故事提到故事发生地是牛街，这个地名在各地均常见，宾川和洱源都有叫牛街的地方。此处后文出现的下山口也是洱源县的地名，故推测文中所述牛街应该是洱源的牛街。本则故事也强调了伽蓝之名，折射了故事与佛教的某些关联。🌿（撰写人：董秀团）

---

① 洱源县的地名。

异文三：大黑天神

村民到本主庙去求去拜是很灵验的。我们的本主大黑天神原来是天上的神仙，在天上的封位是伽蓝祖师。有天神向玉皇大帝汇报说白族人没良心，对父母不好、做坏事，玉皇大帝给大黑天神两瓶毒药派他到人间毒死白族百姓。大黑天神下凡后遇到一位妇女，妇女带着两个小孩儿，一个背着，一个牵着。大黑天神问她这两个小孩儿是谁的，为什么让小的自己走，大的要背着。女人告诉他背着的是丈夫前妻的孩子，牵着走的是自己的孩子。大黑天神很感动，觉得毒死白族百姓很为难，最后上去跟玉皇大帝讲，玉皇大帝不信，大黑天神就把两瓶毒药吃了下去。吃下去后，大黑天神全身烧起来，他滚到海里，皮肤被烧成青黑色。后来玉皇大帝救了他，说他良心好，自己把毒药吃了也不忍心毒死别人，既然不想毒死他们就去保护他们吧，所以就划一方水土让大黑天神到人间保佑百姓。这事发生在大理到剑川一带，所以大理的湾桥等地、剑川的几个村子都把大黑天神当作本主，崇圣寺也有大黑天神塑像。（讲述人：张国用　讲述时间：2016 年 7 月 31 日　讲述地点：张国用家　采录人：王丽清、苏苑琴、李志兴）

故事述评

这则故事中强调事件发生地在大理、剑川一带，这与信仰和流传大黑天神本主故事中吞瘟丹型的范围大致相当。故事同样强调了伽蓝之名，并联系了崇圣寺这一大理佛教名寺，仍然反映了故事与佛教的联系。与别的故事否定玉皇大帝不同，本则故事结尾还是强调玉皇大帝救了大黑天神并且划给他一方水土，体现了道教的影响。故事反映了大理地区佛道交融的信仰状态。　（撰写人：董秀团）

异文四：大黑天神的故事

以前，天上派了几个神仙下来凡间调查，看凡人干活怎么样、对父母是否有孝心、良心好不好。几个神仙到了大理湾桥，随便看了一下就回去禀报，说大理人良心丑，男不耕，女不织，好吃懒做。玉帝派大黑天神下凡来，拿着瘟药要把大理的人都毒死。大黑天神下来那天，遇见一个妇女，把大的孩子背在背上，小的孩子牵在手里。大黑天神觉得十分奇怪，于是就问她："大嫂，你奇怪呢嘛，大的背，小的走。"妇女回答："大的这个他娘死了，我是后娘，我嫁过来得了这个小的，如果我把亲生孩子背在背上，人家会说我没良心，心里也过意不去，所以要背大的。"大黑天神心想，这个人良心好，于是又说："今晚你回去，门前撒点儿灶灰，柏树枝插一点儿，我就不在你家房子旁边撒瘟药了。"妇女回去告诉丈夫发生的事，她让丈夫通知他们上湾桥的人，她又回娘家下湾桥通知所有人，大黑天神来的时候，发现除了妇女家其余家家户户门口都插了柏枝、撒着灰。大黑天神心想，这个人良心太好，她自己家不撒，让别人撒。大黑天神不忍心杀害百姓们，于是自己把毒药喝了，全身变黑中毒而亡。蟒蛇来救他，吸他身上的瘟毒，但救不起来了。大黑天神救了白族人，所以大理州很多地方奉他为本主。（讲述人：张长宝　讲述时间：2017 年 8 月 2 日　讲述地点：张长宝家　采录人：董秀团、段淑洁、杜娟、王玉洁、和丹清、李志兴）

故事述评

这则故事提到了大理湾桥这一地名，当地确实供奉大黑天神并且也流传着大黑天神的故事，内容与这里讲述的也比较接近。相较于前面的异文，该故事没有将故事局限于石龙村，这恰好反映了石龙村民间叙事有一部分是超越村寨层面的，与族群的文化认同符号相关联。这与大黑天神在大理地区被供奉的实际情况也是相符的。

（撰写人：董秀团）

异文五：本主大黑天神

大黑天神原是天上的神仙。地上的百姓做了不好的事，没有良心，所以上天降罪下来，派大黑天神拿毒药毒死天下的人。大黑天神心地善良，不忍下手，把毒药喝了，自己全身变黑，脸色变青，最终死了。天下百姓为了纪念他，尊他为大黑天神，还把他奉为本主。（讲述人：张金鸿　讲述时间：2004 年 7 月 25 日　讲述地点：张金鸿家　采录人：董秀团、段铃玲、赵春旺）

故事述评

异文中没有大黑天神路遇背孩子的妇女从而看到人间百姓其实良心很好这一情节，但大黑天神喝毒药救人类的核心母题已经具备。说明在故事流传过程中，因讲述者不同或讲述场合差异也可能导致故事在细节完满程度上的不同。🖐（撰写人：董秀团）

异文六：大黑天神的故事

大黑天神原是天上的神仙，封号是"散财"，分管外出。天王派他下凡，撒毒药到人间，人就会得瘟疫病死。大黑天神本性善良，到民间后狠不下心，心想："他们让我撒毒药可怎么办，想来想去如果我自己死只死一个人，如果撒毒药会死很多人。"他就自己把毒药喝了。

天上的神仙知道这件事，觉得他很善良，没让他死，让他做地仙。但是毒性已经发作了，使他全身青黑，这就是为什么现在本主神像是青黑的。我们村把他供起来，他就保佑我们村。供奉他主要是感谢他，那么善良，为了百姓牺牲自己。（讲述人：张万鸿　讲述时间：2016 年 8 月 2 日　讲述地点：张万鸿家　采录人：昂晋、古珊子、李银梅）

故事述评

该异文简要叙述了大黑天神吞下毒药全身变黑的情节。🖐（撰写人：董秀团）

异文七：本主的故事

本主都是三头六臂，我们村的本主是大黑天神。天上派大黑天神下来毒死大理人民，因为有人说大理人好吃懒做。而当大黑天神下来的时候，发现这个地方的人很善良，不忍心毒死，就自己喝了毒药，结果脸就变青了，死了。当地人民为了纪念他，就立他为本主神。（讲述人：张四华　讲述时间：2016 年 7 月 31 日　讲述地点：张四华家　采录人：王丽清、苏苑琴、李志兴）

故事述评

故事虽简短，但吞毒药的核心情节保留下来了。🕊️（撰写人：董秀团）

本主显灵

剑川有个男人经常到石龙村欺负村民。他看上了石龙村的一个姑娘，两人相爱，但没有结婚，是情人关系。两个石龙村男人看到村里姑娘做剑川男人的情人，看不下去。这两个石龙村男子有钱，敢说敢做，就把那姑娘和剑川男人抓起来活埋了。官府过来村里抓人，要抓村里那俩男子，但他们有钱有势，就找了两个替死鬼。官府把替死鬼抓去。后来是村里本主去救替死鬼。救替死鬼前一晚，本主对他们说："假如他们问你们本主穿什么衣服，你们就说穿着一块一块接起来的衣服。"第二天本主去救他们，就把他们平安无事地救回来了。（讲述人：张义佳　讲述时间：2016 年 8 月 1 日　讲述地点：张义佳家　采录人：董秀团、王丽清、古珊子、李银梅）

故事述评

外村人来石龙与村中女子发生关系，二人最终被村人活埋一事，在村中多有讲述，据该村李绚金老师（石龙村人，在石宝山文管所退休）考证，确有其事。只不过具体情况和细节在村民的传播中已经逐渐变样，而且对于村民来说，重要的不是被活埋一事，而是本主的显灵和对无辜者的搭救。所以这更应该被看作是一则本主灵验故事。🕊️（撰写人：董秀团）

异文一：本主灵验故事

大黑天神管石龙村，求什么都灵验。

以前剑川县城里有一个男的经常到村里来赌博打牌，经常赢钱，人又很没礼貌，经常说这样的话：今天老子就是要赢多少钱。后来，那男的和村里一个女的好了，村里人不服气他经常赢钱，还没礼貌，就把男人和女的抓起来活埋掉了。

这个男的家里人把村里的人告到官府，村里当官的出面，官府要抓当官的去充军。以前充军都是有去无回，等于是要去见阎王老爷了。村里当官的这个人有钱，就找了一个替死鬼。村民就去求本主救这个替死鬼。本主灵验，官府的官员做梦就梦到本主骑着白马来救人，告诉他抓错人了，抓的是替死鬼，把人放了，不能有钱的就活，没钱的就死。后来官府就把替死鬼放了，村里当官的那个也跑了。（讲述人：张室顺　讲述时间：2016 年 7 月 31 日　讲述地点：张室顺家　采录人：昂晋、古珊子、李银梅）

故事述评

异文同样以本主的灵验作为最核心的主题。（撰写人：董秀团）

异文二：本主搭救村民的故事

我们村的本主是大黑天神，村民外出打工什么的都会受到大黑天神的保佑。以前，充军当兵的人也会受到本主保佑。原来村里有张农甲和李茂才两个人，张农甲有文化、有钱、有地位，他犯罪杀了外地的人赖给李茂才，李茂才被判充军。白族以前充军都是去大理，充军的时候身上戴着枷锁，路上遇到什么喜欢的东西都可以拿，反正百分之百都会死掉。李茂才就要顶替张农甲去大理的头一天晚上，本主托梦给负责管理充军那些人的官员，说充军的这个人是一只白虎。第二天，李茂才出发去大理的途中遇到一个甸南的老师，老师写了几个字藏在李茂才的水烟里，上面大概写着"充军应是张农甲，不是李茂才，有钱的活，没钱的死"。李茂才来到大理充军处的大殿，在这里每走一步都要挨一刀或挨一棍，官员问他为什么来充军，是哪里的人，让他抬头，他不敢。后来等他抬起头，官员看到了一只白虎。后面又看到他水烟筒里的字，就让他在那里看了七天七夜的书，然后把他放回家了。以前去充军的人，除了他都没有活着回来的。（讲述人：张定全　讲述时间：2017 年 8 月 3 日　讲述地点：石龙村云南大学调查研究基地　采录人：董秀团、段淑洁、王玉洁、杜娟、和丹清、李志兴）

故事述评

根据李绚金老人在石龙村村民日志中的描述，李茂才充军一事与村民活埋一对有奸情的男女一事是有关系的。但在故事的叙述和流传中，逐渐也有单独叙述李茂才充军一事的，体现了故事流传中的分化现象。（撰写人：董秀团）

关帝庙

我们石龙村有一座关帝庙，里面供奉的是关公。但是，以前这里是供奉天、地、水三官的，所以叫三官庙或三圣宫。有一次，村子里开始闹瘟疫，一家家都生病了，后来才知道闹瘟疫的原因是三官庙离村子太近了，村里面的人吃葱、蒜等呛着三官，三官发怒了，所以大家就抬着三官的塑像在村子里游行，赶鬼，后来又把三官的塑像抬到了石宝山宝相寺。从此，村里的人就不生病了，也不发瘟疫了。后来，村民就在三官庙中重新塑了关羽的像，这里就成了关帝庙。（讲述人：李根瑞　讲述时间：2005年1月23日　讲述地点：李根瑞家　采录人：董秀团、段铃玲、朱刚、赵春旺）

故事述评

三官，指的是道教的天官、地官和水官。道教在大理地区的传播也源远流长。据《新纂云南通志》记载，汉时已有孟优等人在巍宝山传播道教。王崧本《南诏野史》："王（祐）母出家……铸佛一堂，废道教。"说明南诏在崇佛之前就先已崇信道教。贞元十年（公元794年），剑南西川节度使崔佐时与南诏王异牟寻在点苍山会盟时，有"谨诣玷苍山北，上请天地水三官，五岳四渎，及管川谷诸神灵，同请降临，永为证据"的誓文，还有"拜三官"的礼节，行的是道教之术。石龙村的宗教信仰与大多数白族村寨一样表现出多元性，本主崇拜、佛、道、原始信仰在此共同存在。不管是三官庙，还是关羽，都是与道教信仰有关的神灵。故事讲述了三官庙变成关帝庙的过程，而且其中提到村中原来的三官塑像被村民抬到了石宝山宝相寺，不管是否真有此举，但至少说明在村民的心目中，各种不同的宗教信仰其实是可以和平共处的，因为宝相寺是典型的佛教寺庙，将三官抬到这里，不就是让道教和佛教的神灵同处一处吗？所以，神的更替似非故事的重点，村民信仰世界的呈现或许才是关键。🖋（撰写人：董秀团）

大理有三宝之风不进屋

大理有三宝，其中一宝就是"风不进屋"。据说乾隆当初来大理，他坐在窗前看书，大风一吹，打得窗户"哐当"响，书页也被吹乱了，他便说了一句："你何必乱翻书！"然后，风就出去了。后来，大理这个地方即使外面风很大，屋子里也是没有风的。（讲述人：张福友　讲述时间：2015 年 7 月 26 日　讲述地点：张福友家　采录人：董秀团、杨英、李昕、赵晓婷、普燕）

故事述评

大理地区有个特点，就是风特别大。但因民居是合院式，窗户也开得较小，所以有避风的功能。该故事将大理的风物特点与乾隆相联系，虽是附会，却也给自然风物赋予了生命特点。🖋（撰写人：董秀团）

人与自然、人与动物的故事

地母化生 [①]

很早以前，天地间有一块大石头，这个石头就像一个大鸡蛋。石头里面住着地母。地母在大石头里不知住了多少年，有一天，石头忽然自动滚了起来，滚着滚着，石头破了，地母就从里面钻了出来。后来，地母就化成了整个世界，地母的左眼化为太阳，右眼化为月亮，头发化为森林树木，骨头分为365天，也就是一年。地母的毫毛化成了各种动物。（讲述人：张定坤　讲述时间：2008年7月25日　讲述地点：本主庙　采录人：董秀团）

故事述评

这则故事包含了宇宙卵和化生型两大创世模式，与盘古神话颇为相似。这两种创世神话类型在西南少数民族中也多有流传，白族神话中也有关于盘古开天辟地的讲述。故事中的创世主体为地母，目前还很难判断石龙村的这则创世神话是更为原初的一种讲述还是盘古神话发生变异的结果。（撰写人：董秀团）

人类的由来

很早的时候，世间本没有人。后来，天上派了两母子来创造人类。两母子下凡

---

① 标题为编者所加。

后，慢慢地，这个儿子就长大了。儿子长大了，该有个配亲的对象了，但是，人间没有其他的人，所以他也找不到人做他的妻子。最后，这个儿子只好和他的母亲配亲，繁衍人类。后来，人渐渐多起来，从几个人发展到几个村，之后人也就越来越多，各个地方都有了人。（讲述人：张庆长　讲述时间：2005年1月23日　讲述地点：张庆长家　采录人：董秀团、段铃玲、朱刚、赵春旺）

故事述评

这是一则讲述人类起源的神话故事。在我国的民间故事中，几乎每个民族都有关于人类来源的解释。总体上看这些神话故事具有类型化的特点，其中"泥土造人""洪水过后兄妹开荒""葫芦或岩石生人"以及"人与动物结合"等属于常见母题。本故事提到的母子结合繁衍出人类的情节，与古希腊神话故事相类似。赫西厄德的《神谱》提及，天之神乌拉诺斯同为大地女神盖亚的长子和丈夫，二者结合生出十二个儿女，为十二提坦。 ⚑ （撰写人：朱刚）

最初的人是怎么生活的 [①]

人出世的时候，和山上的那些动物一样，一起栖息在山上。人也不穿衣服，只用一些树叶、树皮来遮羞，吃的也是树皮、草根。后来，那个唐天子给了我们人类火，火在山上烧了起来，人类躲来躲去就活了下来。动物不知道避火，就给烧死了。人们去看那些被烧焦的动物，发现烧过的肉闻起来很香，就拿过来吃。再后来，还专门找一些柴来生火，把那些肉拿来烧，一块接着一块烧熟了吃。久而久之，人们发现这些东西很适合人吃，然后就去抓些野生动物来，把它们敲死，放在火上烧。人就是这样开始生活的。这些野生动物害怕人，看见人就跑，人也抓不到它们了。唐天子又给了人们五谷，五谷中荞麦排在最前面。唐天子弄了个香炉，把五谷放在里面，抓点儿香

---

① 标题为编者所加。

灰把五谷给盖住，倒在我们的土地上。这样，五谷都长出来了，而且还长得相当好。五谷生长成熟了以后，人想拿来吃，开始的时候没有碓和磨，就用火烧一下，揉开了就吃。这样弄来弄去的，留下了些种子。人们在用火烧过的地上用棍子插了些小洞，把种子丢在里面，这样种出的庄稼长势非常好。等庄稼成熟了以后，人又拿来吃。就这样，人慢慢地变得聪明起来，开始干农活，去山上开荒，人也就慢慢地生存了下来。最初的人就是这样繁衍起来的。（讲述人：张万松　讲述时间：2005 年 1 月 24 日　讲述地点：石龙村村委会　采录人：董秀团、段铃玲、朱刚、赵春旺）

故事述评

该故事对火和谷物的起源进行了解释，属于释源故事。一般而言，民间故事大多包含着有关文化和自然的知识，特别是这类释源故事。它们既新奇好玩，又能解答人们的疑问，在人的社会化过程中具有非常重要的教育作用。作为一个民族口头传统的特定组成部分，论证某类事物或事件的客观真实性（以他者的眼光来看）并不一定是此类故事主要的文化功能。但是，在其语境化的活态讲述和传承中，特定群体的传统知识，经由口耳的途径得以代代相传。该故事所涉及的人类对于火的使用，荞麦在五谷中排在最前，以及庄稼的耕种等细节，都与当地的生态环境和生产、生活方式密切相关，也是特定地方性知识的具象性表现。（撰写人：朱刚）

射太阳

以前天上有九个太阳，把人们晒得要死。人们无法去干活，也就不能正常生活。树木和鸟兽也不能活，种下的庄稼全都死了，不管是什么东西都会被晒死。后来出了一个人，是个神射手，也不知道他叫什么，也不知道他是什么时候的人。有位仙人给了他八支箭，于是他就用这八支箭射天上的太阳。他射一箭，天下的太阳就掉下来一个；再射一箭，天上的太阳又掉下来一个。就这样，八支箭射完了，天上的太阳被射掉八个，只留下来一个。留下一个太阳就刚好合适了，人啊、鸟兽啊、庄稼啊都可以生存了。从此以后，天上就只有一个太阳。（讲述人：张万松　讲述时间：2005 年 1 月 24 日　讲述地点：石龙村村委会　采录人：董秀团、段铃玲、朱刚、赵春旺）

故事述评

这是一则关于太阳来历的神话，与我们惯常所见的汉族"十日并出"的故事类型的基本情节大致相同。中国的上古神话中，射日的英雄是后羿。在我国的少数民族中广泛流传着英雄射日的神话，据研究可能是各族原始先民与洪水和干旱做斗争的折射，是客观世界在先民头脑中的反映。[1] ✍（撰写人：朱刚）

石头本主

有一年，苍山的龙溪发大洪水，冲下来一块大石头，这块石头看上去还有点儿像一个人。大石头旁边有个小村子，只有几户人家。村里有一个人说，我们村人少，钱也少，想塑个本主像也没有钱，要不我们把那块大石头抬回来，在上面雕刻一下，供为本主好不好？大家听了都表示同意，就一起去抬那块大石头。开始的时候，大家都觉得这么大的一块石头肯定会很重，没想到抬起来却很轻。大家都说很奇怪，可能是这块石头显灵了。石头抬回来后，村里人请了个石匠来雕刻，然后村民把它立在本主庙里，这块大石头就成了他们的本主。（讲述人：张德五　讲述时间：2005 年 1 月 23 日　讲述地点：张德五家　采录人：董秀团、段铃玲、朱刚、赵春旺）

故事述评

这是一则本主的传说，体现了白族本主崇拜中自然崇拜的遗存。作为一种古老的宗教形式，白族本主文化含有自然崇拜的痕迹。本主崇拜由原来的自然崇拜发展、演变而来，并没有完全排除早期文本对于石头、大树、日月等自然物进行崇拜的元素。

---

[1] 朱宜初、李子贤主编，《少数民族民间文学概论》，云南人民出版社，第 51 页。

现今在大理境内的很多地方，仍有不少村落直接以天然大石作为崇拜的对象。比如云龙县的开子地村本主庙内，就供奉着一块长约两米的白色岩石。本则传说的独特之处，在于其并非讲述当地本主的由来，而是关于外地即龙溪的地方传说。不论讲述人从何处听到或者读到这则传说，其中包含的文化逻辑和理性是其能够理解并认同的，这大概也是我们能在当地搜集到异地白族本主传说的原因所在。🐦（撰写人：朱刚）

龙富甲 ①

剑川有一个人去考状元，苏见士 ② 那里的一条龙也要去考，他们就一起去了。结果两个都没考上，又一起回了家。当时那条龙装成了一个既有眼病又害麻风病的人。剑川的这个人心肠好，一路上叫龙和他同吃同睡，还买东西给龙。龙想："这个人心肠好，我要和他做富甲 ③。"于是他们做了富甲。龙问："富甲，你是什么地方的人？"他回答："我是剑川人。"龙这时才告诉他："我是苏见士人。跟你说实话吧，我是苏见士那里的龙，这回去考试我只是去看看而已。"龙还对他说："以后你要来我那里玩，你来了我就会知道的。"他说："去你那里玩我现在没空，等我办事情的时候我会叫你，约你去我们剑川玩。"后来这个人办喜事，他给龙寄去了一封信，让龙来做客。信寄了以后，他天天在家摆一桌单独的酒席，留给他的富甲。许多大官、富人来他家做客都是八人一桌，唯独他的富甲单独一桌，但他的富甲总也不来。有一天，约晌午时分，龙来了，只见他身后拉了一把锄头，叮当哐啷 ④ 的，整个人看上去邋里邋遢，他直接走到那桌单独的酒席处，自己吃了一桌，吃完和他的富甲告辞了一声就要回家了，身后依旧拖着那把锄头。剑川富甲还一直远远地目送着他。那些有钱有权的看了很不高兴，说："我们有钱有权的，你让我们几个人吃一桌，那个叫花子你却让他一

---

① 标题为编者所加。

② 白语发音，一个村子的名字。

③ 打老友之意。打老友是白族民间的一种习俗，两个人年纪相当、情投意合就可打老友，也就是成为终生的好朋友。一般是男的和男的打，女的和女的打。

④ 象声词。

人吃一桌，你这样做是不对的。"他回答说："那是苏见士的龙，我们两个做了富甲，他叫我不要和其他人说，我今天看你们不高兴才告诉你们实话的。"那些人说："不可能，是龙的话你叫他回来变成龙给我们看看，我们到老都没见过龙，让他回来变成龙出来看看。"他说："你们叫他吧。"那些人喊了半天，龙也不答应。剑川富甲走到门口叫了一声，龙就转回头来。他对龙说："富甲，他们几个要你变成龙给他们看看。"龙说："变给他们？我干吗要变给他看？"于是，龙就变成了一条小水蛇，那些人觉得不行，说："这怎么可以？我们看不够，这太小了，你在龙潭里是什么样的就给我们变成什么样的。"龙于是对他的富甲说："我要是变成了龙他们是一定会害怕的，富甲你不要怕，要是你也被吓死了，没人给我做会，我就回不到我的龙潭了。"那些人还是坚持要龙变出原形，还说："你变吧，我们一定不会害怕的。"龙变成了在龙潭中的样子，结果把那些人都给吓死了，只剩下了他的剑川富甲一个人活着。剑川富甲买了好几捆蒲席盖在龙的身上，为龙做了七七四十九天的法会。到他去看龙的时候，龙已经把蒲席掀到了一边，不在下面了，也就是说龙已经回龙潭去了。从此以后，这条龙就恨上了剑川人，所以剑川人出门到了苏见士那里，要回家的时候不能说"回来"这句话，只要说了"回来"龙就会把那个人给抓走。于是，人们在要回家的时候都会相约去买一把茴香，这就意味着要回家了。（讲述人：张明玉 讲述时间：2005年1月24日 讲述地点：张明玉家 采录人：董秀团、段铃玲、朱刚、赵春旺）

故事述评

龙的故事，在中国汉族和少数民族中都有流传，在大理白族中也有丰富的龙神话故事。早在20世纪40年代初，徐嘉瑞就对白族龙文化进行了探讨，提出"九隆神话之特点，在以龙为图腾"[①]的说法，认为龙是白族的图腾，这一说法影响深远。赵橹则在《论白族龙文化》中提出了不同的看法，认为龙不是白族的图腾，而是传统的"水神"意识与外来龙文化交流的产物。笔者认为，白族神话故事中的龙，是自然的折射和化身。在白族的神话传说中，既有大量的善龙形象，也有许多对恶龙及其恶迹的描

---

① 徐嘉瑞，《大理古代文化史》，云南人民出版社，2005年，第111页。

述。其中，既有人与龙交朋友、成夫妻之类的叙述，也有人与龙殊死斗争、你死我活的描写。这些都反映了白族民众对龙既敬又畏、既爱又恨的复杂心理。这其实也反映了白族先民面对自然的复杂心态。在白族的龙神话故事中，有一个突出的情节，讲到人与龙交朋友，最后总是因为人看了龙的原形而被吓死，或造成严重后果。这其中，似乎包含着一个道理，龙是自然的象征，人与龙是可以成为好朋友的，但二者之间又是有区别的，人不可能毫无限制地接近大自然的本真，人在自然面前仍需适当保有崇敬，否则受害的还是人自己。白族有一则民间故事《青龙潭》[1]，说青龙化身小伙子与龙潭边寺院中的老和尚成了好棋友，小伙子还送了一件宝袈裟给和尚，得知小伙子是龙，和尚要求小伙子现身给他看看，小伙子于是让老和尚穿上宝袈裟，支走了两个小和尚，现出龙身，两个小和尚不知师父有什么瞒着他俩，便折回来，看到天井里有一条碗口粗的青龙，被吓死了，青龙因被两个小和尚看到而变不回人形。老和尚悔恨不该逼青龙，出游到外地了。《浪穹龙王的传说》[2]同样有类似的情节，浪穹龙王和陶进士成为好朋友，陶进士想看龙王原形。龙王变成小黄鳝，陶说不稀奇，后来龙王变出原形，陶进士却被吓死了。这里实际强调了一点，大自然毕竟是造化万物之本，人类须对自然存有敬畏之心。

张明玉讲述的这则《龙富甲》的故事，尽管被吓死的不是与龙做富甲的这个人，而是旁人，但那些人也正是因为有眼不识泰山，对龙没有应怀的敬畏之心而丧生。龙的富甲则因为龙的叮嘱幸存了下来。所以，这则故事与流传在大理白族其他地区的上述故事之间是有相通之处的。 （撰写人：董秀团）

和龙太子做富甲 [3]

从前有一个人良心非常好，但他的母亲却是一个很不讲道理的人，常常到处乱

---

[1] 大理州《白族民间故事》编辑组编，《白族民间故事》，云南人民出版社，1982年，第114页。
[2] 中国科学院文学研究所民间文学组主编，李星华记录整理，《白族民间故事传说集》，人民文学出版社，1959年，第5页。
[3] 标题为编者所加。

泼水。他们家的房子正好盖在龙宫的上面，他的母亲乱泼水，惹怒了龙宫里的人，龙宫的人就把他的母亲抓走了。但他这个人良心非常好，龙宫的人也就不忍心杀他的母亲，还把龙宫里的龙太子派出去跟他做富甲。龙太子在这个人家里待了一段时间后，有一天对这个人说："富甲，我在你家住了好多天了，明天你也跟我回去住几天。"这人答应了，还问龙太子："富甲，你家在哪里呢？"龙太子说："你跟着我走就行了。"第二天，他们两个人一直走，快到龙宫的时候，龙太子说："你看看我的袖子，我们就可以到家了。"这个人看了看龙太子的袖子，他们就到了龙宫。他在龙宫待了三天，相当于人间过了三年。龙太子对他说："你已经闲了三年了，耽搁了你的学业，你也差不多该回去了。我送你样东西，你要什么？"再说龙宫里的人把这个人的母亲抓去后，把她变成了一个砍柴墩，龙宫里的人在上面砍柴的时候，他母亲就疼得在下面呻吟。这个人来到龙宫后，听到了母亲的呻吟。听到龙太子问他要什么，他就说："我什么都不要，就要那个砍柴墩。"龙太子答应了，于是，这个人的母亲就恢复了原样，他和母亲回到家里过上了平常的生活。（讲述人：张四合　讲述时间：2005 年 1 月 24 日　讲述地点：张四合家　采录人：董秀团、段铃玲、朱刚、赵春旺）

故事述评

这是一则带有教育意义的故事，主要强调个人的行为准则及修养，同时褒扬了孝顺和善良的道德品质。当地白族对于"好人"的一般定义为"有良心的人"，与其他民族或者共识意义上的"良心"或"良知"并不能精确对应，而是一种具有概括性的、笼统的说法，可指道德、行为、伦理上具有良好操守的人。该故事表面上强调一个人应该具有良好的行为规范，却在故事的结尾简洁地指出孝顺的重要性。其背后的逻辑在于，如果做好人，即便是神也愿意与你交朋友；孝顺是一个好人的重要品质，一个人如果"有良心""孝顺"，可以挽回行为上的不敬或失范所引发的结果。在石龙村，小孩子从小就被教育不能污染村中流动的活水，不能往水里便溺、倾倒不洁物。在很多时候，水在当地人观念中是与龙直接相关的，也存在一系列与之相关的习俗和禁忌。上面这则故事虽然是道德劝喻型的，但其深层的文化表达也与当地的民间信仰

有关。🕊（撰写人：朱刚）

白龙潭、青龙潭

山上有一个白龙潭，里面住了一条白龙。因为干旱没有下雨，村民拿些铁的、铜的扔到里面搅，搅完了以后，就有狂风暴雨。

以前这个地方会发洪水，说是因为上面还有一条青龙，住在另一个水潭即青龙潭里。两个龙潭的水流混在一起，两条龙就会打架，就会有狂风暴雨，造成水灾。也有老人看到过两条龙打架。所以后来只能把两个水潭隔开，这样才会平静。青龙潭的水流到村里，白龙潭的水流到隔壁的羊岑。（讲述人：张佳祥　讲述时间：2016 年 7 月 31 日　讲述地点：张佳祥家　采录人：王丽清、苏苑琴、李志兴）

故事述评

这则故事与龙的信仰有关。当地白族认为龙主水，凡是与水有关的自然现象如雨、雪、冰雹等都与龙有关。因此，一旦发生干旱，当地人就会举行特定的祭祀活动，实施求雨仪式以保障农业生产的正常进行。一般而言，求雨的仪式大致离不开向龙神等主司降水的神灵祷告求祈、奉献祭品、操办法会等仪式环节，实际表达的是人类渴望控制自然力的美好愿望。本则故事也表现了人类控制自然力的观念，只不过在做法上由原来的"祈求"转换为"激怒"，最终实现降雨的相同目的。相似的民俗，我们还可以在该村流传的关于石宝山歌会的传说中找到，即歌会后的降雨是由于人类的行为"弄脏"了石宝山圣地，老天为了"清扫地藏"，才降下倾盆大雨以洁净场地。①🕊（撰写人：朱刚）

---

① 朱刚，《作为交流的口头艺术实践——剑川白族石宝山歌会研究》，中国社会科学出版社，2015 年，第 162 页。

水神

有水有桥就有水神，水神一直在那里。水神有两个，一男一女。老太婆性格比较暴，脾气大。每次祭拜她，如果供品她不喜欢，有求于她的人病情就会加重。以前我帮别人祭拜过水神，带的那些肉没有煮熟，水神就托梦给我，说那些供品有些不干净，没熟，没有收。因此请我祭拜的那家人，他们的孩子就一直发痧，上吐下泻。第二天，我们重新把干干净净的供品送过去，那个孩子才逐渐好起来。（讲述人：李银吉　讲述时间：2016 年 7 月 31 日　讲述地点：李银吉家　采录人：王丽清、苏苑琴、李志兴）

故事述评

这是一则与当地民间信仰有关的故事。有学者认为，古代滇西白族地区居民的想象中，人间社会是一个由各种超自然力主导的世界，人类会被各种鬼怪戕害，他们也认为神灵可以制服鬼怪、保佑人类。于是，这种关于鬼神的观念与人类的理性相结合就产生了祈神降鬼的民间宗教活动。[1] 在这则故事中，与特定神祇相关的特定祭祀规则被提及，也在某种程度上对与该信仰仪式相关的文化观念和实践规则进行了强调：凡是合乎规定的祭祀活动，才能达到既定的祭祀目的。（撰写人：朱刚）

猎神

以前，村里一个老人路过土地庙，庙的后面有几棵白桦树，那是猎神的所在。他从山上下来，路过这里，看见几只小青蛙，那是猎神变的。他就把小青蛙捡起来，放在高处，并对青蛙说："等会儿放牛的回来了，你在下面会被牛踩死的。"过了一

---

[1] 段寿桃，《白族打歌及其他》，云南民族出版社，1994 年，第 8 页。

会儿，另一个人放牛回来，他的牛恰好在土地庙旁边打架，打着打着就打到白桦林里去了，还撞倒了几棵树。那天晚上，猎神就托梦给捡青蛙的老人说："那家放牛的比较穷，重新砌墙砌不起，请你们吃顿饭就算了。"捡青蛙的老人就跟放牛的人说了，放牛的那家去那里好好祭拜，请人在那里吃饭，就没事了。（讲述人：李银吉　讲述时间：2016年7月31日　讲述地点：李银吉家　采录人：王丽清、苏苑琴、李志兴）

故事述评

这则简短的故事传达了当地民间信仰中的一些基本观念，比如白桦树、青蛙都与猎神相关联。这其实也是以故事的方式提醒当地人应该注意日常生产生活中的一些行为规范。白族人的信仰具有多元性和复杂性，在儒释道之外还存在着大量原生的民间信仰。本则故事就传达了这样的文化观念，即特定的青蛙和白桦树具有神圣性，如果有所亵渎就必须要举行一定的祭祀活动，以保证村民的安全和村落的平静。（撰写人：朱刚）

山神和土地

一个村子里有一户人家，已经九代不分家了，所以家里的人很多。上天给了他们家一个梨，让他们一家人吃。但是，他们家的人太多了，一个梨不够吃，所以他们就把梨砸成了粉，搅入水中，一人喝一口，喝了的人马上就会成仙。这样，他们家的人全部都成仙了。只有两个去放牛的回来晚了没赶上。但是家人已经给他们在杯中留了一点点，还留下话说让他们把这些喝完，喝完了以后来找家人。两个放牛的人回来的时候，天色已晚，肚子又饿，看到留在杯子里的只有这么一点点，很是生气，说："就只留给我们这么一点点，怎么够喝？"他们就把这水倒在了他们家院子中，刚好倒在了一群鸡身上，鸡也成仙上天了，所以天上就有了一群鸡，另外还有一点儿倒在了他们的犁上，这样犁也成了仙，就变成了"三牲星"。这样，犁也成了仙，鸡也成了仙，而放牛的两个人没有成仙。上天又对他们说："那你们在地上成为山神和土地吧，让人们一天供你们一百次。"所以，山神和土地就是他们两个了。（讲述人：张明玉　讲述时间：2005 年 1 月 25 日　讲述地点：张明玉家　采录人：董秀团、段铃玲、朱刚、赵春旺）

故事述评

中国人讲究家庭和睦、人丁兴旺，特别是在农业社会中，一个家庭劳动力的多少往往会决定这个家庭生活质量的高低。但随着家庭人口的增多，个体间的利益冲突会更为明显，维持一个大家庭变得极不现实，分家成为必然。本故事一开头就说到了九代不分家，这一情况极为罕见，不难想象接下来会有些不平常的事情发生。果然，上天看到这种情况就让全家人都成仙了，成仙的方法是将一个梨分吃掉，这和许多民间故事中描述的将一个神奇的果子吃掉后发生了奇异现象的情节有相似之处。

故事中两个放牛的丢失了成仙的机会，却使他们家的犁和鸡都成了仙，颇有点儿"一人得道，鸡犬升天"的意味，而这两人虽未能上天但最后成为山神和土地获得人们的供奉也不失为圆满的结局。（撰写人：段铃玲）

山神、土地

一个人去要饭，路过山神庙，每次他都会拜一下里面的山神和土地，所以土地神保佑他，让他要到了东西。这样，他在外面待了好几年后生活好了起来，要饭要成了个富人。回来的时候，他骑了匹白马，"嗒嗒嗒"地从山神庙前面经过，这回他没有拜了。山神对土地说："跟你说了，别保佑他，你不听，你看到了吗？现在他日子好了就不看我们了，过上了好日子就骑着马从我们前面经过了是不是？"土地说："没关系的，我把他拉回来好了。"山神说："好啊，你把他拉回来吧。"这样，那个人到了前面不远处，就下了一场雨，他只好转了回来到山神庙避雨。到了山神庙，他看来看去，看到山神塑像是弯腿坐着的，这样就和他坐的台子中间空了一小截，所以那人就把马的缰绳拴在了山神弯腿的那个洞上。土地对山神说："还是让他走了算了，你看这回他回来了可好了，把马也拴在你身上了，你看是不是呀？"山神说："他把马拴在我身上，我捉弄他一下好了，让他的马吓一跳。"于是，突然间就电闪雷鸣的，马吓了一跳，挣了一下就跑了，还把山神拖在了它的身后。所以现在那个山神庙里就只有土地没有山神了。（讲述人：张明玉　讲述时间：2005年2月12日　讲述地点：张明玉家　采录人：董秀团、段铃玲）

故事述评

这则故事在艺术表现手法上极为诙谐，在思想内容上不同于以往那些故事中对神灵一味的尊崇，不再盲目迷信神灵的权威。

故事中的那个人发迹源于对山神和土地的尊敬，于是土地神便保佑了他，让他过上了富裕的生活。然而等他变成富人后却忘记了要继续尊敬山神和土地，于是神灵们想要给他一定的惩罚，但是却不想弄巧成拙，山神反而害了自己。

看到这个故事不禁使人想到剑川一带山神庙中山神和土地的形象，山神威风凛凛骑在虎上怒目圆睁，一副爱憎分明的模样；土地长须拄拐，平和慈祥。故事虽然没有直接对山神和土地的形象进行描写，但通过山神和土地的行为以及对话，仍可以给听者一个想象的空间。　（撰写人：段铃玲）

山神、土地吃荤、吃素的故事

山神、土地是保佑我们出去、回来都平安的。山神吃荤，土地吃素。所以村里人去祭拜时都带一荤一素，给山神的是一块肉、一个鸡蛋和酒、茶。土地吃素就供一盘甘蓝①和茶。

山神和土地在一个地方，山神有点儿狡猾，如果吃的没有，就会提醒老百姓，

---

① 凉粉皮一样的东西。

有老百姓从他身边经过，回去就会生病，带东西来祭拜就会好。有一次，山神出去三七二十一天，就跟土地说："我出去你没有吃的，我拿个头箍给你，有人经过时你戴给人家，他就会头疼，就会拿吃的来祭拜。"等山神二十一天后回来问土地："有没有吃的？"土地回答："没有。"问："有人经过吗？"土地回答："有，但你说的那事我做不出来。"山神就说："你的命就是这样，只能吃面前这盘甘蓝。"（讲述人：张室顺　讲述时间：2016 年 7 月 31 日　讲述地点：张室顺家　采录人：昂晋、古珊子、李银梅）

故事述评

石龙村通往外界的主要路口都有山神、土地庙，山神和土地对于村民而言与其说是神灵，不如说是家人般的存在。石龙村流传的关于山神和土地的故事数量多，且塑造的形象类似于我们身边的普通人，性格时而憨厚、时而狡黠，有时会耍小聪明但也无伤大雅。这则故事里的山神和土地形象鲜明生动，且有着完全不同的性格。故事还解释了石龙人祭拜山神和土地时使用不同供品的原因。🖎（撰写人：段铃玲）

土公报仇 [①]

以前，有个员外生有三个儿子。员外家里无道，什么东西都不怕。那时候有传言说某天是不能动土的，地也不能挖。但员外什么都不怕，还说："怎么地不能挖？这只是别人乱说，我不怕，你们说不能挖地那天我就偏要挖地，说不能动土那天我偏要动土。"所以，他就拿了个铁耙子往鸡窝里挖了一耙子，这样就在土公的脊背上挖进了三个洞，后来这三个洞都化脓了。土公所在的那个庙里有个看庙的老头儿，所以土公就常常到老头儿那里偷他油灯上的油来擦，后来被老头儿看到了，老头儿就问他："怎么回事？你不是土公吗？怎么会来我这里偷油擦背？"土公就对老头儿说了员外挖了他脊背一耙的事。老头儿对土公说："那你要让他们尝尝你的厉害呀！你为什么

---

① 标题为编者所加。

不捉弄他们，让他们知道你的厉害？"土公说："我会让他们尝尝我的厉害的，只是现在时间还没有到，他们的禄运还旺，我没有办法对付他们，等他们的禄运衰落了，我就会让他们尝尝我的厉害。我要让他们子杀父、父杀子。"

过了三年，土公也整整给背脊涂了三年的油。到了除夕夜的时候，员外家的几父子在吃年夜饭，吃着吃着听到屋外有人跑的声音，于是他们想是贼来抢他们的东西了，他的几个儿子都跑了出去，做爹的对他们说："你们从那边围过来，我从这边围过去。"他的儿子从那边围过来，他从这边围过去，他以为他的儿子们是那些贼，而他的儿子们以为他是贼，所以几父子就这样互相被杀死在了大门口。（讲述人：张明玉　讲述时间：2005 年 2 月 15 日　讲述地点：张明玉家　采录人：董秀团、段铃玲）

故事述评

这里的土公也即土地神，又称土神。民间有在土公当值之时或土公所在之地不能动土否则就会遭遇不测的说法，白族地区包括石龙村村民也十分笃信这样的说法并按之行事。

故事中的员外不但不相信有土公，还要在别人都说不能动土的时候反其道行之，最终遭到土公的报复，遭遇悲惨结局。总体来看，故事还是宣扬了对神灵的敬畏，又与民俗中的禁忌相关联。🪶（撰写人：段铃玲）

猴子抢亲

几个女孩子去砍柴，来到一座山上。这座山上有只猴子，女孩儿们到了山上的时候，猴子跑了出来。它抢走了其中一个女孩子，还要这个女孩子做它的媳妇。谁也不知道这个女孩儿被猴子抢到了哪里，没有人能找得到。后来，与这个女孩儿同村的人到山上砍柴，他们还带了些火腿、鱼、肉一类的食物，准备去那里做饭吃。他们的食物只要一放在地上很快就不见了，不知道是谁拿走的。其实这就是那只猴子干的，但大家谁也没发现。终于有一次，猴子又来偷火腿，被村民发现了，他们跟在猴子后面，看到它跑进一个山洞里。大家跑进山洞去抓猴子，发现失踪的女孩子也在山洞中。这已经是女孩儿失踪好几个月以后的事了，这时她已经怀孕了。村民们救回了女孩儿，但是猴子还是一直跟在他们身后，一边跑一边哭，一直跟到女孩儿的家门口。人们不准猴子进门，还说要打死它，但它还是没走。后来，女孩儿的大哥、二哥对猴子说："你回去好了，我们也不打你，但我们的妹妹不能走。到我们妹妹生孩子的时候，如果生下的是一只猴子我们就抱过去给你，要是生的是一个人的话就不能给你了。"猴子听了这些话后就离开了。但因为太伤心，这只猴子后来就死在了自己的洞里。之后这个女孩子生下了一个男孩子，长得非常漂亮。长大后，女孩儿家里就供这个小孩儿上学，孩子书读得很好，还考上了状元，做了官。一天，他问自己的母亲，"我爹是谁，他在什么地方？"做母亲的开始并没有回答他，后来被他问得实在受不了，才对他说："我是被猴子抢去才生了你的，所以你的父亲是只猴子，这种事情和你说都觉得不好意思。"但是做儿子的说："就算是猴子也没有关系，猴子也是我爹。他在什么地方，赶快带我去见他。"就这样，他一定要让母亲带他去找父亲，还要让母亲把父亲接回家。这时猴子已经死了很多年了，只剩下一堆尸骨。做儿子的把尸骨拾了回来，造了一个棺材，把尸骨放了进去，还给猴子立了一个大碑。（讲述人：张明玉　讲述时间：2005 年 1 月 23 日　讲述地点：张明玉家　采录人：董秀团、段铃玲、朱刚、赵春旺）

故事述评

该故事与艾伯华所划分的 118 号"蜜蜂做媒"型故事以及 119 号"猴儿娘"型故事类似：第一，"姑娘不见了"，"后来被人们从山洞救出"这两个母题单元属于"蜜蜂做媒"型故事；第二，"姑娘被猴子抢去做它的妻子"，"人们找到猴子的家，将姑娘救走"这几个母题单元属于"猴儿娘"型故事。但是，该故事又与二者有明显区别。"蜜蜂做媒"型故事以及"猴儿娘"型故事均有一定数量的母题交代"少女身陷及被营救的过程"，怪物（猴子）被杀是这两类故事情节发展的最高潮。在本则故事中，情节发展的落脚点却似乎在于赞扬猴子之重情义以及儿子的孝道，不似"蜜蜂做媒"故事中兄弟通过特殊方法杀死怪物（猴子）将女子救出，或"猴儿娘"故事中通过与猴子的战斗解释了猴子的生理特点（红屁股）。简言之，本则故事所描述的人猴关系比上述两种故事和谐，也因此将其造就为一种不同于以往的故事类型。相似故事可参见《中国民间故事集成·四川卷》，第 505 ～ 506 页，"张小二"，以及《中国民间故事集成·陕西卷》，第 490 ～ 492 页，"猴娃娘"。🦋（撰写人：朱刚）

人熊的儿子 ①

　　传说人熊在的地方，人类是有去无回的。如果是漂亮的女孩子，人熊会抓去做老婆。而其他人，还有鸡、猪、羊、马之类的一旦被抓就会被吃掉。所以到那个地方去的，没有一个人能回得来。有一个女孩儿出门，在路上被人熊抓去，做了它的老婆，女孩儿的母亲差点儿被气死。到了岩洞里，人熊给女孩儿吃的都是各种动物的肉，她根本吃不下去。后来女孩儿怀孕了，生了一个儿子。这个儿子在岩洞生活了七年，七年后才开始说话。他问自己的母亲："阿妈，你怎么会来做这种人的媳妇？它那个样子，人也不是，兽也不是，你怎么会给它做媳妇？"母亲对他说："你还不懂事，等你长大了，我再告诉你。"儿子对母亲说："我不愿意你一辈子给这样的人做媳妇，无论如何我也要让你出去。"一天，趁人熊睡着的时候，儿子对母亲说："我们俩一定要趁这个机会逃走，要是逃不掉，它把我抓住了，你不要管我。"母亲不答应，说："把你抓住了，丢下我一个人的话不行。"母子俩跑了一段路，后面有一股青烟冒了出来，原来是人熊追上来了。人熊和母子俩打了起来，要把母子俩带回去。母子俩不肯，人熊就把儿子打伤了。母亲则在一边吓得晕了过去，以为她的儿子被打死了。但这时，儿子跳到了人熊身上，用手扭住了它的耳朵，并用石头砸它的头，最后把它给砸死了。儿子叫醒母亲，一起回到了家里。老母亲看到女儿回来特别高兴，而且还带回来一个孙子。但是，村子里的人总欺负他们，总说这个小孩儿没有父亲，小孩儿

---

① 标题为编者所加。

出去的时候别人总是要打他。一天，这小孩儿出门的时候，别人又欺负他了，他实在忍不下，就和别人打了一架，还闹到了家里。第二天出门的时候，人家又欺负他，他又和人家打架，人家又到他们家里来告状。一天，富人家的儿子欺负他，他就把那个富人的儿子给打伤了。富人的儿子到家里对他说："明天我们来比试一下，我家有一只公牛，你要是把公牛扭倒了，那你就杀了我；我要是把公牛扭倒了，我就杀了你。"他回家把这些话告诉了自己的母亲和外婆。她们听了非常伤心，对他说："我们告诉你不要去惹事，你偏要去惹事，你只有七岁，怎么打得过公牛？"看到母亲和外婆很生气也很难过，他对她们说："没关系的，你们不要难过，明天我过去，一切都会没事的。"第二天，到了比试的地方，先是富人的儿子扭公牛，他怎么使力也扭不倒牛。然后是这个小孩儿上场，这个才七岁的小孩儿扳了一下牛角就把牛给扳倒了。本来说好是要杀富人家的儿子的，但他们家是做官的，有钱有势，所以也就没按照约定杀他。

后来，又有一个良心坏的富人来找这个小孩儿的麻烦，他对小孩儿说："那座山上有一只老虎，你去把老虎杀了，把虎头挂在我们家的门上，我们就不杀你；如果拿不回虎头，我们就杀了你。"小孩儿上了山，真的把虎头给拿了回来，所以他们就没有杀成小孩儿。过了一段时间，那人又对小孩儿说："你要给我弄一百个魔法回来，不然的话我就杀了你。"小孩儿说："要弄一百个魔法。魔法是什么样子的？要到什么地方去找？"但是，没有人能回答他的问题。小孩儿非常伤心，心想："一百个魔法是弄不到了。"后来他来到一座山上，心想："没有魔法这个东西，那么就寻些野生动物吧。"到了山上，那里有许多狼，大大小小的，都在山上睡觉。小孩儿对它们叫道："起来！"狼都站起来了，小孩儿捡了些柴，给每只狼身上放了两捆，一共赶了一百只狼回来给这个坏心眼的富人。他把柴往院子里一放，对狼群说："你们肚子饿了就吃，吃完了就走。"于是，狼群在那里，看谁的良心差就吃谁，结果把富人家的人都给吃了。之后，小孩儿对狼说："你们吃饱了就走吧，从今以后就不要再吃人了。"这样，狼群就走了。因为小孩儿吩咐过它们，所以从那以后狼就不吃人了。（讲述人：张四合　讲述时间：2005年1月24日　讲述地点：张四合家　采录人：董秀团、段铃玲、朱刚、赵春旺）

故事述评

本则故事难以归入既有的故事类型，但含有若干已知的母题要素，比如一开始女孩儿被人熊掳去，沦为兽妻且诞下一子的情节与 AT 分类中 425C "美女和兽" 型故事类似。故事后面出现的人熊之子与富人之间的对抗，也与 "怪异儿" 一类的故事中，怪异儿战胜恶势力的情节相近。当然，从类型学出发，情节上的类似并不足以把该故事归入上述已知类别。各地民间文学的差异性极大，而且叙事情节的复杂性往往超出了既定的学理性总结，需要我们调动多视角、多学科的方法来进行描述和阐释。此外，该故事中没有父亲的孩子回到村子里，受到大家的排挤和歧视的细节，也从侧面反映了当地的婚姻制度的地方性规定。婚姻之外的生育在当地文化中是不符合传统规范的，当事人往往承受着巨大的舆论压力和同村人无处不在的排挤及歧视。（撰写人：朱刚）

孤儿和蛇 [①]

有一个孤儿，他去河边砍柴的时候，看到有一只公牛在那里转来转去，一副看起来忙得不得了的样子。他心想："今天公牛在那里忙得不行，不知在忙些什么？"他又往另外一边看，发现有一条大蛇。他说："你忙什么？那条蛇那么大，你这么小，能对付得了它吗？我给你搭根棍子，你从旁边绕过去好了。"于是，孤儿给牛搭了根棍子，它很快绕了过去，当从蛇的尾巴绕过去的时候就刚好踩到了蛇的头，把蛇的脑子给踩破了，把蛇给踩死了。这只被踩死的蛇变成了一只狗出现在了孤儿面前，孤儿把狗抓了回去。这只狗非常好，孤儿去什么地方它都会跟着去。孤儿去砍柴，他带的午饭，狗天天帮他守着却从来也不吃。孤儿心想："这是一只再好不过的护家狗。"所以他就天天让狗跟着他，不论到什么地方都跟着，连睡觉也一起睡。一天，孤儿从一座寺院经过，庙里的和尚懂得一些东西，对他说："你这个不是狗而是一条蛇，它会

[①] 标题为编者所加。

害你的，而且害你的日子快到了。"孤儿问："那你能不能救我？"和尚说："我也不知道能不能救你。你明天过来，要想办法甩掉你的狗，那样的话我就可以救你了。"孤儿答应了。第二天，孤儿来到寺庙，把狗骗到了门外，把门开了一条缝，孤儿挤了进去，和尚把狗给推到门外。狗就这样一直在门外叫，跑过来跑过去的，也不知道叫了多久。和尚把孤儿罩在了大钟下面，他的狗马上就不叫了。狗的叫声停了一会儿后，就听到他们庙里大殿上有被重物压着发出的"嘎吱、嘎吱"的声音。他们一看，一条大蛇已经从房梁上绕了下来。这个老和尚手里有桃木做的东西，所以蛇近不了他的身。蛇知道大钟下面有人，所以就绕在大钟上，绕成一个圈。老和尚对大钟下面的孤儿说："你挣扎一下。"孤儿在大钟里挣扎了一下，就把蛇挣成了几截。老和尚过来把大钟掀起来，想赶快去救孤儿的命，但是没有救活，孤儿还是死掉了。（讲述人：张明玉　讲述时间：2005 年 1 月 25 日　讲述地点：张明玉家　采录人：董秀团、段铃玲、朱刚、赵春旺）

故事述评

在类型化故事之外，民间还有大量的故事不能被划归为特定的类型。与传统类型化的故事相比，这些故事掺杂了更多个人因素，往往是特定语境下的特定叙事。故事讲述本身属于语境化的言语行为，与讲述人当时所处的环境，听众的构成及反应等因素高度相关。在当地人观念中，蛇是龙的象征，蛇特别是大蛇是不能随意侵犯的。这里，当地白族关于蛇的说法与宗教信仰掺杂在一起，形成一个情节特别复杂的民间故事。（撰写人：朱刚）

懂鸟语的人 ①

有一个人在身上有喜的时候死掉了，人们把她连同肚子里的孩子一起抬了出去埋葬。人们走了以后，她的小孩儿出生了，还在坟里哭了起来。有个小偷儿来偷东西，

---

① 标题为编者所加。

听到了哭声，于是把坟墓刨开，找到了小孩儿。从此，他就把小孩儿给养了起来。小偷儿常常会去偷些猪、羊之类的东西来给小孩儿吃。这个孩子能听得懂鸟兽的语言，就是听不懂人话，也不会讲人话。有一天，这个小偷儿杀了人家的一只羊，给他拿来了一只羊腿。那些追小偷儿的人就追到了坟上，发现了这个已经长得很大的小孩儿。他在那里啃羊腿吃，人们就把他抓回了家，问他："你为什么吃我们的羊？"他不会说话，也不会回答。人们就把小孩儿抓到了我们剑川的当官的那里。但他不说话，也不会说，于是他们就把他给关了起来。他的身边常常有些人，于是慢慢地他也学会说人话了。学会说人话后，他就说："我知道鸟语，听得懂山鸡、小鸟的话。"那些人就问他："你知道鸟语，那么那几只小鸟叫的是什么？"他说："那几只鸟是说装皇粮的房子上烂了一个洞，它们正在互相约着去吃呢。"他说了以后，那些人发现装皇粮的屋上真的烂了一个洞，那些鸟正在啄吃。于是他们就吩咐他说："这次你去收皇粮吧。"所以，他就来到了我们剑川这里收皇粮。我们村里的一个老爷爷欠了许多皇粮，小孩儿就去他家收。老爷爷刚好抓了一只猴子，正把猴子煮进锅里。这个来收皇粮的小孩儿就问："阿大大①，你煮给我吃的是什么东西？"老爷爷说："昨天你的小侄子死了，我没有什么可以给你吃的，所以就准备把他煮着吃。"老爷爷这样子骗他，刚好他也看到了锅里一只猴子的手，他吓了一跳，于是就跑了。他在这个老爷爷家什么也没有收到，于是又去其他人家收。另外的这户人家要把家里的母鸡杀给他吃。这时，这只母鸡正领着一窝小鸡，所以那群鸡一直在那里哭。母鸡嘱咐小鸡们说："别跑到外面去，在空地里扒吃东西就好了，到了外面小心会被老鹰抓走。"因为这个小孩儿懂鸟语，他听懂了母鸡说的这些话，所以第二天早上就没有来收这家的粮。（讲述人：张明玉 讲述时间：2005年2月12日 讲述地点：张明玉家 采录人：董秀团、段铃玲）

故事述评

畲族的"鬼养崽"、江苏的"兰右催母"、青海的"墓生儿"等故事中，都有怀孕妇女死去后被埋葬，并在墓中诞下一儿，最后孩子长大成人的相同情节。有学者将

---

① 阿大大，白语，即大爹、大伯的意思。

这类故事归纳为"鬼母育儿"型故事。[1] 这类故事的主要特点是女鬼在棺材中艰难地养育孩子，故又被称为"棺中饲儿"型故事。我们收集的这则故事，起首采用了"鬼母育儿"型故事中死去妇女诞下小儿的离奇情节，后面则与该型故事有着比较大的差异，应该说是朝着另一个母题的方向发展了，即加入了"懂动物语言"的内容，但与一般的"懂动物语言"型故事不同，故事中的孩子懂动物语言不是因为动物报恩所致，而是因为小时候生活环境所致。另外，孩子除了因为懂鸟语而得到差事外，还因为懂鸟语而感受到母鸡与小鸡间的情谊，不忍吃鸡而未收皇粮，也可以说是做了好事。相关故事，请参见满族的"不漏天俄木特列"，山东的"卖蛇汤的女人""鬼状元"，广东的"木根和鬼妻"。（撰写人：朱刚）

小鸡报仇

以前有一只母鸡领着一大群小鸡，有一天，一只豹子把母鸡给叼走了。被叼走时，母鸡叮嘱她的孩子们说："孩子们，你们快长大，长大了为我报仇。"小鸡们答应了。等到小鸡长大了，想要给母亲报仇。它们走呀走，路上遇到一坨牛粪。牛粪问："大哥、二哥，你们要去干什么？"小鸡们说："我们要去给母亲报仇。"牛粪说："我和你们一起去好吗？"小鸡们说："你和我们去干什么，像你这样软趴趴的一坨，能干什么？"牛粪说："不要紧的，我跟你们去好了。我就躲在它们的门下面吧。"小鸡们答应了，于是牛粪就跟着一起去了。大伙儿走啊走，碰到一个锤子，锤子对它们说："大哥、二哥，你们要去干什么？"小鸡们说："我们要去给母亲报仇。"锤子说："我和你们一起去好吗？"小鸡们说："你和我们去干什么？像你这样无手无脚的大个儿，去了能有什么用？"锤子说："不要紧的，我躲在它们的门上面好了。"小鸡们答应了。于是大家又一起走。路上，又碰到一颗板栗。板栗问了同样的问题，也说想和它们一起去。大伙儿说："你无手无脚、圆不溜秋的一个，和我们去干什么，你去了

---

[1] 刘守华主编，《中国民间故事类型研究》，华中师范大学出版社，2002年，第238页。

又有什么用？”板栗说：“不要紧的，我躲到它们的火堆里好了。”小鸡们答应了，于是板栗也就跟着一起去了。走啊走，大伙儿又遇到了一枚针，针也问了同样的问题，并且一样要和它们一起去，它们也说：“你身上什么都没有，去了干什么呢？”针说：“没关系的，我躲到它们的床上好了。”后来它们又遇到了一只螃蟹，螃蟹也问了同样的问题，也要和它们一起去，还说要躲到豹子家的水缸里。一群人走到了豹子家，躲好了。等到豹子回来，往床上一坐，针就扎了它的屁股一下，把它刺得跳了起来。豹子去扒火，这个时候栗子炸了，火噼里啪啦的，像是要烧起来一样。豹子就想赶快去舀水，这时躲在水缸里的螃蟹又咬了它一下。豹子吓了一跳，想要赶快逃出来。跑出去的时候滑在了牛粪上跌倒了，锤子又刚好砸在它的头上，就把豹子给砸死了。（讲述人：张明玉　讲述时间：2005 年 2 月 15 日　讲述地点：张明玉家　采录人：董秀团、段铃玲）

故事述评

该故事与 AT 分类体系中的 210 型“公鸡、母鸡、鸭子、别针和针一起旅行”的故事比较类似。此类型故事在亚洲、非洲、欧洲和美洲等地均有流传，但表现形式又各有不同。根据丁乃通及艾伯华的研究，该故事一共有 70 多种异文。林继富结合自己收集的 20 多种异文，将这一类型的故事分为两种亚型：动物互助型和动物助人型。我们收集的故事当属前者，是常见的弱小动物或其他物件联合起来，各自发挥特长战胜对手的故事。同类故事还有普米族的“小鸡崽报仇”，哈尼族、彝族的“小鸡报仇”，苗族的“为妈妈报仇”，傣族的“绿豆雀和象”，布朗族的“天鹅报仇”，达斡尔族的“去杀莽盖”。① 　（撰写人：朱刚）

异文：小鸡报仇

从前有一只母鸡去人家田里找吃的，被田的主人宰着吃了。母鸡刚孵了一窝小鸡，小鸡们一直想为母亲报仇。等这群小鸡长大后，它们就想去报仇。它们在路上看

---

① 刘守华主编，《中国民间故事类型研究》，华中师范大学出版社，2002 年，第 78 页。

见了一坨牛粪，这牛粪问小鸡们要去哪里，小鸡们说："我们要去为母亲报仇。"牛粪说："那我也和你们一起去。"小鸡们说："你只是一坨牛粪，你能做什么？"牛粪说："不管你们让不让我去，我都要跟着去。"这坨牛粪就跟着去了。走着走着又遇到一个木槌。木槌问小鸡们要去哪里，小鸡们说要去为母鸡报仇，木槌也跟着去了。走着走着又遇到一只田螺，田螺也问同样的问题。小鸡说："你只是一只小小的田螺，能做什么？"虽然小鸡们不想让它去，但田螺也跟着去了。到了杀母鸡的那人家里，它们就开始各自做准备。牛粪躲在那人家的门槛下，锤子躲在门上，田螺躲在生火的灶里，小鸡们在院子里大喊大叫。那人跑出来，把门一开，先踩到牛粪，被滑倒了。门上的锤子砸下来，把他的腿砸断了。他于是回到屋里想烧个火来烧它们。火烧起来，田螺也跟着炸了起来。火蹿到那人眼睛里，把他的眼睛弄瞎了。最后，那人被弄成一个腿瘸眼瞎的残疾人，小鸡们也报了仇。（讲述人：张金瑞　讲述时间：2016 年 8 月 2 日　讲述地点：张金瑞家　采录人：王丽清、苏苑琴、李志兴）

故事述评

从上述两则故事可以看出，此类叙事蕴含着"团结就是胜利"的道理，许多弱小力量联合起来便能战胜困难。我国西南地区的 210 型故事虽然在具体细节上有所差别，但是在概念的基本层面以及动物协作报仇的方法上却存在着惊人的相似性，有时甚至连参与协作的动物和物件也都基本相同。此外，拟人化叙事手法的使用也是此类故事的一大特征。拟人化手法的使用使得该类故事十分贴近民众的生活，加上简洁明了的叙事特点，使其从头至尾都透露着浓厚的童话色彩，让听者既觉趣味盎然又能深受启发。✍（撰写人：朱刚）

称重选婿 ①

一个皇帝要找女婿，他想找一个净重 1000 斤（500 千克）的人。来了很多人，

---

① 标题为编者所加。

一称，都没有 1000 斤（500 千克），大家根本就不知道要到哪里去找这个 1000 斤（500 千克）的人。后来蚂蚁去了，称了一下，刚好是 1 斤（0.5 千克），所以也回来了。后来又去了很多的人，就是没有一个人能上得了他们家的门。乌龟去了，乌龟有 999 斤（499.5 千克），还是不够重，所以也出来了。蚂蚁对他说："我教你，我和你加在一起刚好是 1000 斤（500 千克），但你要是上了他们家的门，那份财产我们俩平分。"乌龟答应了，蚂蚁就躲到了它的耳朵里，又回去称，刚好是 1000 斤（500 千克）。于是，负责称的人说："刚刚出去的时候你都还差 1 斤（0.5 千克）的，现在怎么就增了 1 斤（0.5 千克）了，你身上有什么东西，我们检查一下。"检查的时候就查出了它耳朵中的蚂蚁，他们问蚂蚁："你验不起来出去了，现在又无缘无故地钻到它的耳朵里是干什么？"蚂蚁说："我是来给它讲故事的。"但由于它们的计谋被发现了，所以乌龟也没能当上上门女婿，蚂蚁也没有得到想要的财产。（讲述人：张明玉　讲述时间：2005 年 2 月 15 日　讲述地点：张明玉家　采录人：董秀团、段铃玲）

故事述评

这则故事将动物故事的情趣融入幽默的寓言式讲述当中，皇帝要找重 1000 斤（500 千克）的女婿，本身也是颇具讽刺性的，因为这显然是不可能找到的。故事的发展在于乌龟、蚂蚁等动物在故事情节中的纳入，乌龟和蚂蚁的计谋就像是设置了一个滑稽的大陷阱，但是故事并没有按照惯常的逻辑来讲述，即乌龟和蚂蚁的计谋被察觉，它们的目的并没有实现，在这里，似乎故事的寓言性质有所削弱，但当蚂蚁被询问为何钻到乌龟耳朵里时，蚂蚁幽默而机智的回答让人忍俊不禁。尽管该则故事的主题不是十分明确和突出，但光是从故事的细节而言，仍能让我们感受到动物故事的魅力。（撰写人：董秀团）

猫鼠告状

听说以前的人和动物是不分的。人也没有衣服穿，赤身露体的。后来天上的大帝吩咐说:"人和动物要分清楚才行。"于是,就教我们凡人说话、穿衣服。一开始的时候,人只是找些树叶之类的东西挂在身子上,裤子也只是一小截一小截的。天帝说要把人和兽分清楚,人要学说话,要把树叶的衣服换掉,穿蒲的衣服,后来又教我们怎样做布,所以我们才开始穿布做的衣服。教我们读书、教我们写字,也都是从天帝这里吩咐出来的。而兽依然只是兽。

猫和鼠两个还到天帝那里去告状,鼠去告猫说:"猫很毒,天底下就是这只猫最毒了,见了我们这些老鼠,不管是在什么地方都会把我们吃掉,一群一群地吃。"天帝听了老鼠的话后说:"猫这样做是不对的。"于是,就要去打猫。这时,猫就说:"那我也把我们的情况说给你听。我们不管在什么地方见到老鼠,就在什么地方把老鼠吃掉,因为那是老鼠的不对,老鼠不管在什么地方见到人的东西,比如布、纸一类的东西,都要拉回自己的窝里,尿也尿在上面,拉也拉在上面,坐也坐在上面。农民常常为这样的事情相互打斗,还会因此丢掉性命。所以我们见了老鼠就要吃它们。我们做得毒一点儿,这也是真的,但我们不是为自己呀。你给我们判一下,我们这样做到底对不对?"猫这样对天帝说,天帝听了觉得也有一些道理,就说:"老鼠这样做是不对的,要是人各个都为这种事情而争斗的话,世间的老百姓就一个也没有了。以后你们在什么地方见到它们就在什么地方把它们吃掉好了。现在我们要顾老百姓,老百姓比较重要。"你看,猫和老鼠还曾经到天帝那里告过状呢。(讲述人:张松玉 讲述时间:2005年2月12日 讲述地点:张明玉家 采录人:董秀团、段铃玲)

故事述评

该故事讲述了猫鼠之间的矛盾,与民间传说中常见的猫鼠争夺十二生肖排名的母题不太一样。其特殊之处在于人类教化情节的加入,以及天帝在裁决猫鼠争斗中对于人类的强调。因此,该故事可以被视作人从动物向人类转变的文明化过程与猫鼠争斗传说的一种拼接。一方面,该故事对猫鼠的动物属性加以文化解释,为猫吃鼠赋予了文化上的合理性;另一方面,人最初既与动物相同又高于动物,天神在将人类与动物区分开的同时,也说明了人之所以为人正因为其文化(教化)上的属性:会说话、知

廉耻。🍂（撰写人：朱刚）

蚯蚓的故事

以前有皇帝的时候，如果要去庄园、花园里面动土、松土都要选日子。一天，皇帝闲着无聊，就去花园里走走。本来那天是不能动土松土的，他看见牡丹花下面有杂草，便拿锄头挖了几下，就把蚯蚓挖成了两截，他连忙说："对不起，今天本来是不能动土的，现在动了土，伤到了你。"他拿了个白布，把它包了起来。所以，现在的蚯蚓身上都有白色的一截，这就是当时皇帝帮它包起来留下的。（讲述人：李福四　讲述时间：2016年8月1日　讲述地点：李福四家　采录人：昂晋、苏苑琴、李志兴）

故事述评

该故事利用"不宜动土"的观念对蚯蚓的生理特点进行了解释。解释为表，告诫为里。"不宜动土"的观念与风水、历法、五行有关，是一种外来的文化观念。与当地文化结合后，"不宜动土"演变为与时间高度相关的一种行动指南。因此，本故事中"不宜动土"的观念，与其原来的文化意义既相似又有所区别。但是，凡事必查黄历的习俗，又是汉族文化影响白族文化的一种具体表现。蚯蚓身上的白节，正是故事中"皇帝"不按历法行事的后果。这同时也在告诫普通人，凡事皆宜"应时而为"，否则将会引发难以预料的后果。🍂（撰写人：朱刚）

神奇宝物与奇遇故事

孤儿与梳子 ①

　　有个孤儿，天天砍柴养活他的母亲。每天他砍一捆柴，然后换成米，喂养母亲。他还每天存下一小碗米，想在生日那天吃。到了他生日那天，他已存了一小罐米了，他想我今天要留在家里，休息一天，要好好睡一觉。于是，他就留在家里一直睡到太阳出来才起床收拾洗漱了一番。他告诉母亲："我存了一小罐米，今天是我的生日，我在家休息一天，所以没上山砍柴。"他的母亲答应了，到了要做饭的时候，拿米出来，却发现他们的米被老鼠全部吃完了，所以没有米做饭了，也就没有饭吃。他哭了一场，心想："我的命怎么这么苦，连生日的时候想休息一天都不成。"哭完后他又出去砍柴了，砍柴的时候发现前面有一棵已被砍倒干掉的树，他把柴砍下来，背到京城去卖。恰好那天也是京城中皇帝的生日，他把柴卖给了皇帝家，皇帝家给了他双倍的钱，还让他进宫里吃饭。进宫后，他们给他摆了一席八大碗 ②让他吃，但是他在席上哭，根本就吃不下。皇帝叫他的心腹来问他："你的柴你要多少？我们已经给了你双倍的价钱，还摆了一桌酒席给你吃，你还哭什么？"他说："你们不知道，今天也是我的生日，皇帝过生日，我也过生日。皇帝的日子太好过了，大请客。我呢，只存了

---

① 标题为编者所加。

② 白族招待客人、婚丧均要吃八大碗酒席，至于是哪八碗，大理各地还有些不一样，过去和现在也有些不同。但一般来说，人们用吃八大碗酒席代表吃得很丰盛、很体面。

一小罐米，老鼠还要把我的米吃掉，我的命怎么这么苦，我伤心所以就哭了，我只是哭我自己。"他们叫来了军师给他算命。军师告诉他："皇帝和你是同一天生的，但皇帝是在鸡喔喔叫的'喔'的时候生的，所以命好，而你是在鸡叫完了以后把气咽下去的时候生的，所以命差，你如果想让自己的命好一点儿的话，你只能活 36 年，你的命差的话你就能活 70 多年。"他说："我要活到 70 多又能怎么样，我只能砍柴过日子，连生日都过不起。就算只过到 30 多岁，只要过得好就行了。"算完命以后，饭都还没吃，就有人来叫他说他的母亲死了，他哭了一场跑回了家。跑到半路上，看到前面有一截断了的梳子，他想："我把梳子拾回去，给我妈梳梳头，不然的话连给我妈梳头的梳子都没有。"他回家给母亲梳了一下头，结果把母亲给梳活了。后来，每个村子的人只要有人死了都会来叫他给死人梳头，只要一梳就会把人给梳活了。把人梳活后，那家人就会给他许多的钱财，就这样，他的日子渐渐好了起来。有一次，皇帝的妹妹生病了，也叫他去梳了一下头，公主的病就好了。梳好了以后，皇帝给了他好多的钱财，用马驮都驮不完。他的日子好过得不得了，钱都没有地方放。他想："钱既然没地方放，那我不如去建一座寺庙。"于是，他拿钱盖了一座寺院，并把十殿阎王的像全部塑了起来，他还居住在寺院里，诚心诚意地祭拜。到了这个人 36 岁的时候，阎王还是派人来抓他了，但是派了好几次人来都没有抓成，原因就是所有来抓他的人他都诚心祭拜过。后来是十殿阎王一起来抓他，阎王们看到了他给他们塑的像，最后没有抓他，反而每人给他加了 10 年的寿命，所以他最后还活了 100 多岁。（讲述人：张明玉　讲述时间：2005 年 1 月 23 日　讲述地点：张明玉家　采录人：董秀团、段铃玲、朱刚、赵春旺）

故事述评

佛教在石龙村村民中有着较深的影响，所以石龙村的民间故事中业报轮回的观念多有体现。

故事中的男主人公和皇帝虽然是同一天出生，但因为出生时间点的细微差异，结果就有了完全不同的生活。男主人公通过辛勤的劳动，每天存下一小碗米，最大的愿望就是能在自己生日那天可以不用劳动，好好地吃上一顿米饭，这本来是很卑微的愿望，但就连这样的愿望也不能实现。于是，孤儿只好改变计划继续砍柴卖，当他碰上了和他同一天生日的皇帝过生日的盛大情景时，强烈的反差使得孤儿心里产生了极大的不平衡。才刚通过算命知道自己的运程，又传来母亲死亡的消息，似乎所有悲惨的事情都集中在了这一个人身上，但此时他的命运却因为在路上捡到的一截断了的梳子发生了改变。这截神奇的梳子不仅使他的母亲复活，也为他带来源源不断的财富。获得财富后的孤儿通过盖阎王庙诚心祭拜而感动了阎王，于是也改变了他原来不能长寿的宿命。

　　故事后半部分对孤儿捡到梳子的神奇经历的描述，与丁乃通《中国民间故事类型索引》中 750B1"用有神力的布报答好施者"型故事有一定相似之处。🪶（撰写人：段铃玲）

孤儿放牧 ①

　　一个孤儿，给一户有钱人家放羊、放牛马。他帮工的这户人家良心很坏，经常虐待帮工。有一个地方，水草很好，但那里有一大群豺狼虎豹，所以大家都不去那里放牧。一天，孤儿的主人要孤儿必须把牛马放到那里。他们村子里有一个老头儿，是一个非常聪明的人。于是，孤儿就去问他："阿大大，他们明天要我把牛马放到那个有老虎、豹子的地方，我该怎么办呢？"老头儿教他："你不用怕，明天到了那个地方，你把两个手指头放到嘴巴里，吹响它，老虎、豹子就都会走开了。"第二天，孤儿到了那里，他照着老头儿教他的方法吹了一下，老虎、豹子都跑开了，他把牛马赶到里面，因为那里没有人放过牧，所以草特别好，牛马吃得特别好，一下子就吃饱了，吃饱了就在那里睡着了。孤儿看到那里长着一棵梨树，结的梨个儿特别大，看起来也特别好看。于是孤儿就爬到树上，吃起梨来，这些梨吃起来又香又甜。每吃完一

---

① 标题为编者所加。

77

个，孤儿就长大了一点儿，变漂亮了一点儿，也聪明了一点儿。过了一会儿，一只熊回来了，它对着一块石头大叫了一声："开！"于是石头门就打开了，熊走进去又说了一声："关！"石头门就又关上，变成了完整的一块石头的模样。另外一只熊回来后也用同样的方法进去。在熊打开石门的时候，孤儿偷偷地往洞里看了看，看到里面有许多金银珠宝。等到熊们都回到了洞里，孤儿摘了一些梨，赶着牛马回到家。主人看到孤儿回来了，就问他："你今天有没有到我说的地方放牛马？有没有看到老虎豹子？"孤儿说："我去了，村里的阿大大教了我一个办法，把老虎豹子都赶开了。"孤儿就把方法告诉了主人，然后又把带回来的梨给了主人的太太。本来这个太太长得很丑，等到她吃完梨就变得非常漂亮了。主人看到了就对孤儿说："这个梨很好吃，树上还有没有？明天你带我们去摘。"孤儿说："还有好多。"主人说："那我们把它全摘回来。"主人很贪心，所以就拿了一个很大的袋子准备去摘梨。第二天，主人就跟着孤儿去了。到了那个地方，他按照孤儿跟他说的方法，也学着吹了一声口哨，这样就把老虎豹子全都给赶跑了。然后，他就爬到了梨树上，边摘边吃，摘了几个后，孤儿对他说："我们该走了，不然虎豹回来会把我们给吃掉的。"主人不答应，还是在那里摘，于是孤儿就先回去了。主人把树上的果子全部都摘了下来，放到袋子里。等他装好袋子的时候，猴子精们回来了，回来一只闻到一股生人味，再回来一只也闻到一股生人味。过了一会儿，熊也回来了，对猴子精们说，"那树上有一块肉，你们上去把他拿下来，我们吃掉他。"其他动物都说自己爬不上去，于是熊就自己去爬树。那个主人已经吓得不行，尿了出来，刚好尿进了熊的眼里，弄疼了它的眼睛，熊从树上掉了下来。猴子精说："我上去拿给你们。"猴子迅速地爬到树上，把人拉下来，于是动物就把他给吃了。（讲述人：张四合　讲述时间：2005 年 1 月 24 日　讲述地点：张四合家　采录人：董秀团、段铃玲、朱刚、赵春旺）

故事述评

这则故事沿袭了善恶对比的主题线索，孤儿在村中老人的帮助下解决了放牧的难题，而且有了奇遇，得到了让人吃后变得漂亮的梨。同时，孤儿看到熊打开石门里面装着金银财宝这一情节，明显具有"石门开"型故事的特点，但在这则故事中，对这一情节并未完整展开，后面没有再提到开石门，孤儿也没有拿石门中隐藏的财宝。这可能是故事讲述中的一种遗漏。在故事的后半部分，贪心的主人因为不满足而导致最终丧命的结局，符合民间叙述中二元对立的美学原则和道德评判。🐦（撰写人：董秀团）

门闩

从前，有个人名叫李高，他去京城赶考。一天，他在天快黑的时候来到一个村子。他走进一户人家，打算在这家借宿一晚。这家主人名叫陈亮，陈亮说："不行啊，我家的女儿有病，我们不待客的。"李高说："麻烦你让我住上一晚吧。你们吃两碗就给我吃一碗，你们吃一碗就给我吃半碗，睡的地方随便给我铺一张草席就可以了。"陈亮答应了，给李高吃了饭，还在中堂里给他铺了一张床。这天晚上，李高梦见仙人对他说："陈亮家房子后面有一棵柳树，这棵树已经成精了。到半夜树精会来到陈亮家叫'门闩门闩，开门开门'，这样就把陈亮的女儿的原形夺去了，所以陈亮的女儿身上没有一点儿血色，半死不活的。你把他家房子后的柳树砍掉，把树烧成炭，砍出的血做成药，再找一对金鱼做药引子，就可以治好她的病。他家的门闩是宝物，可以帮助你。等你治好陈亮女儿的病后，其他的东西都不要要，就要这个门闩。"天亮后，李高一起床就去对陈亮说："你的女儿是可以医好的。"陈亮说："如果你能医好我的女儿，你要什么我就给你什么。"李高就让人把陈家屋后的柳树砍掉，然后烧成炭，并把砍树砍出来的血做成药。又叫他们从井里抓出一对金鱼，让陈家的女儿当成药服下。七天后，陈亮的女儿病好了，脸上恢复了血色。陈亮说："感谢你治好了我女儿的病，你要什么我都可以给你。"李高说："我什么都不要，我只要你大门上的门闩。"陈亮就把门闩给了他。李高带着门闩上了路。半路上，他想试一试门闩，就说："门闩门闩，今天我们住哪家客店？"一说完，门闩上就有字，告诉他住哪里。到了考试那天，他带着门闩进了考场，遇到难题的时候，他就说："门闩门闩，这道题的答案是什么？"之后，门闩上就有字了，正是题目的答案。他就这样考中了头名状元，还在京城做了官。之后，还把陈亮家三口人也接到京城住。（讲述人：张德五　讲述时间：2005 年 1 月 23 日　讲述地点：张德五家　采录人：董秀团、段铃玲、朱刚、赵春旺）

故事述评

该故事很难划入任何已知的类别，但与艾伯华划分的 112 型"与精怪的关系"一类故事大致相似。这类故事的基本梗概为：（1）一种植物或者物件通过血或高龄便可具有人形；（2）一个人认识了它或者跟它结婚；（3）当他发现它是一个精怪时便杀死或者烧死它。根据艾伯华的研究，所有的狐狸故事和精怪故事都属于这一类型。他认为，一种植物或者物件通过血或高龄便可具有人形的观念，至少两千年以前就存在了，并且此类型故事在民间一直不断产生。但是，此类故事有个显著的特点，即只有很少特例能够成为著名的民间故事。一般来说，这个类型的故事只是作为随机的事件在一些地方被讲述，而且很快就会消亡，除非它们被收入文本。[①]　（撰写人：朱刚）

异文：门闩的故事

以前有个人叫葫芦三，他想去考状元，于是就徒步上了路。走到一户人家，他想去投宿。但那户人家的小女儿生病，快要病死了，主人也就无心让他留宿。其实，这家小女儿生病的原因，是他家门前的一棵柳树成了精，专吸小女孩儿的血，都快把她的血吸干了。听到主人家不想让他住，葫芦三说给他张席子，他在院子里将就一下就行，被子也不用给。于是，他就在院子里睡了一夜。那家房子大门的门闩成仙了，睡到半夜时，门闩托梦给他说："你能把这家小女儿的病治好。"葫芦三说："我不懂医术怎么去治她。"门闩说："她不是生病，是门前的大柳树成精了，整天吸她的血，是大柳树搞的怪。要把柳树砍了，砍出来的血拿去烧，最后把烧剩下的灰让她喝下，病才

[①]〔德〕艾伯华著，王燕生、周祖生译，《中国民间故事类型》，商务印书馆，1999 年，第 194 页。

会慢慢好起来。治好病后，人家给你金银财宝你都别要，就要我这个门闩。"门闩还说："他们井里有一对金鱼，你把这对金鱼拿出来煮给女孩儿喝，她就会好起来。"第二天，葫芦三就把这些话说给这户人家，照做后小女孩儿的病也就好了。之后，葫芦三准备离开，接着上路去考状元。走的时候啥都没要，就只带走了门闩。到了考场上，碰到不知道的内容，他看一眼门闩就有了答案。最后，葫芦三顺利地考上了状元。（讲述人：张发瑞　讲述时间：2016年8月1日　讲述地点：张发瑞家　采录人：昂晋、苏苑琴、赵晓婷、李志兴）

故事述评

该故事与之前的故事在情节上基本相似，基本沿着"柳树成精危害人类——主人公砍树救人——得到门闩高中状元"的叙事结构展开。在两则故事中，柳树成精的观念与大理白族的地方文化有关。柳树在大理地区比较普遍，也因其繁茂易生长的特性被认为与人类的生殖力有关。白族的情歌称为"花柳曲"，柳树枝在大理坝区祈求风调雨顺、人类繁衍的"绕三灵"习俗中也具有符号化的仪式价值。因此，柳树既与生殖力有关，也就不难被联想为日久成精的对象。此外，焚树成灰并服下，并以金鱼为药引等细节，又与当地民间宗教"朵兮薄"的巫术行为有相似之处。（撰写人：朱刚）

石刚救人 ①

以前，发了一场大洪水，洪水淹没了许多地方。洪水冲下来的时候把很多小虫子、小动物也冲走了。有一个名叫石刚的人去救它们，他把这些小虫子和许多小鸟雀都救了上来。先前的时候，石刚曾经去算过命，算命的告诉他："以后会发洪水，你去救被水冲下来的东西的时候，看到一个头像木桩的人是不能救的。"这就是我们白

---

① 标题为编者所加。

族话说的"头往上浮的人是救不得的"。后来真的发了大洪水，石刚就去救那些被水冲走的东西。这时，他看到水里还有一个人。刚开始的时候，他想着算命先生和他说过的那些话，所以他就没有去救那个人，那个人被水冲了很远还在往回叫："石刚哥哥救命，石刚哥哥救命。"石刚心想："猪，我也救了，虫子、蚂蚁、蚊子，我也救了，一个人不救，这样的事情我忍不下心，人我也要救出来。而且这个被水冲走的人连我的名字都叫了，我还不去救他的话那是不行的。"所以，石刚就跑过去把那个人给救上来了，还和他做了兄弟，这个人还跟着他回了家。

过了一段时间，这个被石刚救起来的人的坏心肠就表现出来了，他还专门去做坏事。有一天，两兄弟去砍柴，到了一个村子，他们听说这个村子里来了妖精，抓走了村子中的一个女孩子。两兄弟到了这个被抓走的女孩子家里的时候，看到他们家里有一个老头儿和一个老太婆，两个人都在哭。两兄弟问："大大，大妈，你们在哭什么呢？"这对老夫妇对他们说："我们有一个独生女儿，被妖精抓走了，也不知道是做了妖精的媳妇还是被它给吃掉了。"石刚说："你们不用着急，我们可以帮你们把她救回来。"这对老夫妇又说："这是真的吗？你们能把我们的女儿救回来吗？如果你们谁把我的女儿辛苦救回来，就让她给谁做妻子。"于是，石刚和坏弟弟去救人了，他们拿了根绳子，还带了两只鸽子。两个人走了很久，到了一个岩洞那里，这就是妖精住的地方了。石刚对坏弟弟说："我先下去洞里看看，等我到了洞底的时候，我就放一只鸽子出来，你看到鸽子就知道我已经到洞里了，等到我把第二只鸽子放出来的时候，就代表我要上来了，那时你就把我拉出来。"坏弟弟说："好的，好的，哥哥你放心吧。"石刚到了岩洞里，看到了这个女子，那个时候妖精又出去抓人了，刚好不在。于是，他把绳子给女子拴上，放出了鸽子，坏弟弟就把这个女子拉了上来。坏弟弟把这个女子拉上来后，发现这个女子非常漂亮，他一下子看上了这个女子，心想："如果我把石刚拉上来，那我就得不到这个女子了。"所以，他就不救石刚，还把绳索砍断了，然后和这个女子回了家。石刚却被困在洞里出不来了。

坏弟弟和女子回到了女子家，他对女子的父母说："我帮你们把女儿救回来了，你们说过，谁救她回来，就让她嫁给谁，那么现在该把她嫁给我了吧？"女孩儿的母亲说："这太好了，你救回了她，我们就让她给你做妻子。"女孩儿对母亲说："救我的人不是他，救我的人还在山洞里。"女孩儿还说："反正救我的那个人不回来，我也不会做你的妻子。"

石刚被困在了洞里，他左思右想，想到了一个办法，他呼唤那些他曾经救过的小虫子、小鸟、老鹰，它们听到他的声音都飞了过来，飞进洞里把他给驮了出来。石刚从洞里出来后说："人家说一只动物能救，而一个人不能救，真是有道理啊！我救的这些动物回来报答我，把我救了出来，而我救的那个人却这样害我。所以动物能救，人救不得。"后来，石刚把他这个坏弟弟给杀了，而他救回来的那个女子则做了他的妻子。（讲述人：张四合　讲述时间：2005 年 1 月 24 日　讲述地点：张四合家　采录人：董秀团、段铃玲、朱刚、赵春旺）

故事述评

这则故事，从类型上来说，可归入丁乃通《中国民间故事类型索引》中所列的160 型"感恩的动物、忘恩的人"。其大意都是说，在危难之中，主人公同时救了一些动物和一个人，但是到最后，这个他救的人总是反过来要害他，而只有那些动物是来报恩帮助他的。所以，说明了一个道理，宁可救动物也不能救人，救了人，人只会忘恩负义，救了动物，动物会感恩报答。

根据刘守华的研究，这一类型的故事是源于佛经中的"本生故事"的，其原初的形态是一则古老的印度民间故事。但是，印度的佛本生故事中，其情节较为单一，而中国的同类故事，多数是复合形态的故事，在故事的原有结构中又增加了更多的情节母题，使得故事更加生动曲折。[①] 比如，故事的后半部分，主人公与他所救之人一起去山洞救人，最后还娶了女子的情节就属此种情况。在这则《石刚救人》中，石刚与坏弟弟去山洞救女子，因为女子的父母许诺谁救出女儿就把女儿嫁给谁，当看到女子的美貌时，坏弟弟便生了坏心，他在拉出女子后就砍断了绳子，把石刚留在洞中，以为这样自己就可以充当救人的英雄，得到美人的垂青。这一情节又与大理洱海地区流

---

① 刘守华主编，《中国民间故事类型研究》，华中师范大学出版社，2002 年，第 163 ~ 167 页。

传的故事《阿义和阿贵》^①很接近。《阿义和阿贵》的故事中，阿义和阿贵是朋友，不存在谁救了谁的问题。后来，大蟒掳走了公主，二人前往搭救，阿贵杀死了蟒却被困于洞中，阿义假装自己是救了公主的人，但后来，洞中的阿贵遇到被罩于洞中大锅下的龙王三太子，阿贵将大锅掀开，救出了龙王三太子，三太子又将他救出了山洞。最后，阿贵澄清事实，阿义则被赶走。当然，这两则故事也存在一些不同，首先，《阿义和阿贵》从类型上不能划归到"感恩的动物、忘恩的人"型故事中，因为故事中的阿贵和阿义并不存在谁救了谁的问题。另外，《阿义和阿贵》中被掳走的是白王的公主，掳走她的是大蟒，而《石刚救人》中，是妖精掳走了一对老夫妻的女儿。最后，《阿义和阿贵》的结尾，白王原本要杀阿义，但阿贵反而为他求情，故阿义被赶出王宫。《石刚救人》中，石刚最后杀死了忘恩负义的弟弟，亲手惩罚了忘恩的人。

总体看来，大理洱海地区的《阿义和阿贵》的故事世俗性更强一些，而《石刚救人》的故事似乎保留了更多的原初性内容。石龙村流传的这则《石刚救人》的故事，既可能受到了其他地区的同类型"感恩的动物、忘恩的人"故事的影响，也可能受到了大理洱海地区相似故事的影响。（撰写人：董秀团）

敬宝状元

一个小孩儿的父母去世了，他只好去帮一家人砍柴，那家人就给他一些午饭放在篾盆里让他带着走。每次他到了山上都会把这盆吃的东西敬给山神和土地。山神和土地就想："这个孩子心肠好，可是要寄人篱下，真是可怜。"一天山神和土地托梦给小孩儿说："你心肠好，人又可怜，所以我们要照顾你一些，明天你去砍柴的时候到山神庙里，山神庙有三级阶梯，中间那一级下面有一个宝物，你取了它，不要让别人知道，然后到皇帝那里，把宝物拿给皇帝，可以做个敬宝状元，做皇帝的女婿。那个宝物非常好，放到死了的人或者动物嘴里，就可以使其再活过来。但是要记得，动物可

---

① 大理白族自治州文化局编，《白族民间故事选》，上海文艺出版社，1984年，第97页。

以救，人是不能救的。救了动物它们会报答你，而救了人，人会忘了你的恩情，还会害你。"

第二天，他真的到了山神庙，先到山神像前磕了个头。然后去掀那块石头，真的掀出来了一个宝物。他高兴极了，把宝物带回家，柴也不去砍了。回到家中，他想："我试试吧，把这个东西放到死了的东西的嘴里，看看死掉的东西能不能活过来。"刚好他在路上看到了一只狗，已经被打死了，他就把那个东西放到了狗嘴里，就一会儿工夫，狗真的活了过来，还跪下去给他磕头。他继续往前走，看到一窝死了的蜜蜂，他又想："我再试试，看这宝物能不能把死掉的蜜蜂给救活。"于是他把宝物放到蜂窝里，过了一会儿，蜜蜂们果真都活了过来，扇扇翅膀飞走了。他继续往前走，看到前面有一个贼被杀死在那里，他想起了梦里山神土地说的"动物可以救，人不可以救"的话，但他心里有些不忍，还是想试试，于是他就把宝物放到了那个人口里，过了一会儿，那个贼活了过来，就问他："他们已经把我给杀了，你怎么又能把我给救活了呢？"边说还边给他磕头。这个孩子就把宝物的事告诉了贼，说："我把这个宝物放到了你的嘴里，所以把你救活了。"孩子又说："我要去给皇帝献宝，皇帝还要招女婿，我要去看看。"说完他就要走，贼说："我跟你去，我跟你去。"开始的时候，他不同意，但贼一定要和他去，所以他就同意了。两个人到了一个有悬崖峭壁的地方，贼拿走了他的宝物，还把他推下了悬崖，之后贼就敬宝去了。

孩子原先救的那条狗知道了，含了仙草把他救活了，那群被他救活的蜜蜂则托梦给他说："你要赶快去，无论如何都要赶到，明天皇帝就要选女婿了。我们没有宝物也没有关系，敬宝的人这么多，皇帝准备了八顶轿子，每顶轿子都是一样的，哪个人要是能认得出哪顶是公主的轿子，那么他就是皇帝的女婿了。明天他们会把轿子抬到广场上，到时候，我们就停在公主坐的那顶轿子上，你就到那顶轿子那里，那你就可以被选上了。其他的人都会落选的。"

第二天，他到了那个地方，看到大广场那里，敬宝的人很多，轿子有八顶，每顶看上去都是一样的，人看上去也是一样的。蜜蜂们飞到了公主坐的那顶轿子那里，围着飞，没有一个人敢靠近那顶轿子。那个贼也不知道被他推下悬崖的孩子又活了回来，还到了京城。孩子和朝廷中的人说明了情况，他们把那个贼给抓了起来，让他交出了宝物，孩子把宝物献给了皇帝，被封为敬宝状元。孩子还认出了公主的轿子，于是他就和公主成亲了，而就在他和公主成亲那天，朝廷里的人把那个贼捆了起来，浇上油，点了灯。（讲述人：李年登　讲述时间：2005 年 2 月 13 日　讲述地点：李年登家　采录人：董秀团、段铃玲）

故事述评

这则《敬宝状元》的故事，与《石刚救人》十分相似，也同样可归于"感恩的动物、忘恩的人"的故事类型。故事的主要情节仍是主人公既救了人也救了动物，最后，被救的人忘恩负义，害了他，而那些被救的动物则报答他，不仅救活了他，还帮助他和公主成了亲，忘恩的人最终也得到了惩罚。

当然，这则故事与《石刚救人》的故事在细节上仍是有着诸多不同的。如《石刚救人》中，是算命先生告诉他发大洪水时只能救动物不能救人，而《敬宝状元》中，是因为孤儿良心好，每天都敬奉山神土地，所以他得到了一个能让死物复活的宝物，又用这个宝物救了动物和人。在这里，故事中体现的宗教信仰和善恶报应观念比《石刚救人》更加突出，而孤儿得到神奇宝物的情节又让故事充满了幻想性。

此外，《石刚救人》中，石刚救的是一对老夫妻的女儿，最后与她成亲，而《敬宝状元》中，孤儿是在报恩的动物的帮助下认出了公主乘坐的轿子，与公主成了亲。在《石刚救人》中，惩罚恶人的是石刚自己，而《敬宝状元》中，惩罚恶人的是朝廷里的人。

两相比较，《石刚救人》的世俗化色彩更浓厚，而《敬宝状元》的神奇性和幻想性更突出。（撰写人：董秀团）

武林春敬宝

这是发生在宋朝的故事。武林春家的花园里发现了一颗夜明珠，父亲让武林春进京把夜明珠送给皇帝。当时的朱国丈是一个奸臣，朱国丈听说武林春要来敬宝，就设计在路上堵住他，邀请他到家中吃饭，又在酒中下毒，将武林春毒死，然后把他埋在花园里的紫竹林下。时间过去很久，武林春都没有回家，他的魂魄托梦给妻子。妻子把这件事情告诉了女儿开莲，一家人进京去告状，最后，皇帝杀掉了朱国丈。（讲述人：张定坤　讲述时间：2017 年 8 月 2 日　讲述地点：张定坤家　采录人：董秀团、段淑洁、杜娟、王玉洁、和丹清）

故事述评

中国各地民间故事中讲述"敬宝状元"的颇多，武林春敬宝的曲目则在大理地区的大本曲、本子曲中都有，大本曲中又名《上坟记》。另据《大理白族自治州志》卷七记载，在一种主要流传于大理、剑川、洱源、兰坪、云龙以及湖南桑植县的名为"金尺杆曲"的白族曲艺中也有该曲目。"金尺杆曲"以云龙、剑川两地保留传统曲目较多，有《鸿雁带书》《五更月》《渔樵耕读》《武林春敬宝》《出门路上》《抓兵苦》《劝夫调》《二十四孝》《崔文瑞砍柴》《白王故事》《创世历史》等。从这些曲目来看，多与剑川地区的本子曲有交叉。张定坤老人在讲述该故事的时候，事实上也说到这是一个本子曲，只不过在石龙村知道该本子曲的人极少，并且老人说这个本子曲是唱的，只不过他已经无法记得所有的唱词，所以以讲述的形式将故事大致内容介绍给我们。但老人还是给我们讲了部分的唱词，比如武林春魂魄回家时唱："一更打来就二更，叫我两眼泪纷纷，为我死在不明处，冤古说分清。"见到门神，对门神唱："一对门神两边在，两眼睁睁怕煞神，把门将军，我不是邪魔妖怪，我是你主人。"武林春进门后唱："今日大门到绣房，看见妻子在那里，留下她孤儿寡母，看见心好伤。当初你不容我去，你的话说得对，现在后悔来不及，手肘咬不到。"武林春妻子告诉女儿时唱："叫声开莲儿哭女，昨天你爹回来了，回来托梦给我们，苦情说不完。你爹死时心不亏，活时见面死见骨，回来托梦给我们，苦情说不完。"女儿答："听得母亲说这句，叫我两眼双流泪，爹爹下京城敬宝，他想敬宝得状元，不想把命废。"武林春妻子："古说女儿说远古，前世不修我子母，叫我子母怎么活，又下落如何？"

由于叙事方式改变的原因，张定坤老人讲述的该故事只有大致内容，情节不是很完整。（撰写人：董秀团）

教书先生①

以前有一个教书的，是羊岑②人，他到沙溪去教书，来来回回常常要经过我们石龙。刚开始去教书的时候，人家一年只给他10两银子，所以他生活不下去，要养活妻子和孩子都很难，经常向别人借钱。后来每次到了除夕，他回家的时候，那些债主都会到他们家来讨债。这样过了两三年，他想这样实在不是办法，于是就不想干了。因为他书教得好，所以那些人给他加了2两银子，让他带着拿回家。

在路过我们石龙村的时候，那个教书先生看到一个男孩子睡在路中间。于是他就问："你怎么会睡在席子上，这样会生病的，赶快起来。"那个男孩子就是不起来，还说要去跳水。教书先生问他："你这是怎么啦，是不是你爹你妈亏待你，还是你的兄弟姐妹亏待你？"小孩子说："我的兄弟姐妹没了，我的父母也没了，现在就剩下了我一个人。我妈死得早，我和我爹两父子一起生活了几年，现在我爹也死了，没钱发丧，只好借了富人家的钱，一共银子12两，他们现在要来向我要钱，我拿不出来，给他们其他的东西他们都不要，把房子典给他们也不要，他们要我去他们家做仆人，但是我不想去。"教书先生听了以后说："你不要着急，回家去吧，我来替你解决，我来替你解决。"教书先生和小孩子一起回到男孩子家。男孩子家的房子已经烂完了，那个男孩子连做晚饭的米也没有一粒。教书先生说："没关系的，我带了一些米的。"教书先生把自己的米拿出来，和男孩子一起做了饭。吃完晚饭，他和男孩子一起到了富人家。富人对教书先生说："我们不要他的任何东西，我们也知道他还不起我们。我们是看他一个人在家生活，可怜得很，东边讨饭一天，西边讨饭一天，不如和我们

---

① 标题为编者所加。
② 羊岑是地名，是大理白族自治州剑川县的一个乡。

一起生活，帮我们放几年的牛马，那欠我们的钱也都全部免了。但是他不要，所以我们只能让他给我们还银子。"教书先生于是说："我也问过他了，他确实是说不要的。我也没有什么钱，只有去教书得来的一小点儿银子，我拿给我的家人用一些，帮他还一些，你们看可不可以？"富人说："不行，少一点儿也不可以。"富人不依，教书先生只好一次把所有的钱都帮男孩子还了，一共还了 12 两银子，教书先生就什么也没有了。第二天，教书先生叫男孩子跟他回家里过年，男孩子不去，于是他就把自己的姓名、家庭住址什么的都告诉了男孩子，还对他说："今后你有什么困难要来找我。"

　　教书先生回到家中，他欠了钱的那些人都来他们家问他要钱了。妻子向他要钱，但他一分也拿不出来，妻子问他原因，他把这件事告诉了妻子，妻子哭着说："就算是没有钱还人家，那大过年的，你又是个教书的，我们也应该买几张纸，自己写上几副对联。但我们现在什么都没有。"妻子就这样一直哭。第二天实在是没办法了，妻子就把自己的头发剪掉了，好好的编成了一辫，让女儿去卖，还叮嘱女儿说，卖了头发以后就买几张纸，还要买上葱、姜、蒜一类的东西回家。到了晚上，女儿还没有回来，于是母亲想："女儿是没有钱的，只有卖自己的头发可能卖到一小点儿钱，会不会是她到了街上看到了人家的好东西羡慕了，就自己拿了，被人打了也说不准的。"于是她非常着急，又在那里哭。教书先生就出去找女儿去了，等找到女儿的时候，看到女儿已经把妻子的头发卖掉了，而她正在街上闲逛呢，钱倒是也舍不得用，一文都没有花掉，一直在自己兜里装着，一共也就 5 个铜板。一个老妈妈（其实是观音菩萨）在卖画，是非常漂亮的一幅，教书先生很是喜欢，但又没钱买，于是看了好久才要走开，老妈妈叫住了他，问道："你不喜欢我的画吗？为什么一句话也不问我，也不问多少钱就要走，是不是这画不合你的意？"他说："这画实在是太好了，但我没有钱。"老妈妈问："你有多少钱？"教书先生说："我女儿卖了我妻子的头发，才卖了 5 个铜板，你这幅画肯定是很贵的，我只是看一下。"老妈妈问："你是真心要买吗？"他说："是真心的，我太喜欢这画了，但我是真的没钱。"老妈妈说："那样的话，你把 5 个铜板拿过来，我把画卖给你。"这样，他就用 5 个铜板买下了那幅画。等他拿了画回到家中，妻子看到后就又在那里哭，说："马上就要过年了，我要怎么做？"他说："不怕的，不怕的，买了这幅画我们是绝对不会吃亏的，这是一幅很好的画，你不用着急，明天我去当掉它。"第二天，他去了街上，把画拿到当铺里，当铺里的人一看，这幅画实在太漂亮了，那些人问他："你的画要当多少钱。"他说："我的画80两银子也可以，100两银子也可以，反正我这画是很值钱的。"当铺里的人说："那我给你100两银子好不好？"他说："好。"之后，他就拿上这100两银子去买了一匹马，还买了几大块肉，一些菜蔬，都让马驮上，带回了家。到家的时候，家门给妻子锁了，他叫妻子开了门，妻子看到了马和那些吃的东西，以为丈夫在外面借了钱，想到这里，妻子又开始哭骂。他对妻子说了经过，妻子听了才不再哭了，还说要过个好年。过完了年，他故意去赎那幅画，那些人说："皇帝贴了皇榜，你没有看到，我们早就知道了，皇帝想要一幅稀有的画，那幅画给了皇上了，不能还给你了。"那些人怎么说也不还给他了。他说："不行，不行，这是我家传的宝物，一代一代传下来，已经有好几代了，因为有困难了所以才拿出来救急的，你们一定要还给我。"那些人拿出了皇帝的皇榜给他看，还要给他1000两纹银，他就有些害怕了，问那些人："为什么一定要我的那幅画，你们觉得它好在什么地方？"他们说："上面有三大颗夜明珠，夜晚的时候会发光。"就这样，后来他们不仅给了他1000两银子，还让他做了官，在他当了官之后，他把我们石龙的那个男孩子也接过去一起住了。（讲述人：李年登 讲述时间：2005年2月13日 讲述地点：李年登家 采录人：董秀团、段铃玲）

故事述评

这是一则教化故事，AT分类编码为750，与"好施者得到报答"，"好施者有福"，以及809A"一件善事使人富贵"之类的故事有同样的主题指向，即好人定有好报。这类故事的核心，应该是佛教中的因果观念。佛教传入我国后，因果报应的说法开始普遍流行起来，即个人的善恶报应是由自己的业力造成的，自己做的善恶，必定由自己来承担苦乐的后果。因果报应的说法，与传统儒家神灵监督的"天道"思想相结合，产生了巨大的道德约束力，并作为乡规民约的重要补充，保证了社会秩序的正常运行。① 所以，在民间善有善报、恶有恶报的说法成了民众的精神规范，也是很多民间文学作品所着力表现的价值观。本故事中，好心的教书匠一路行善，最终获得了幸福。而给予他幸福的，故事中明确说是观音菩萨。这可以看出，当地普遍流行的佛教信仰对民间文学的影响和渗透。🐦（撰写人：朱刚）

找铁甲龙 ②

有夫妻俩生了两个儿子和七个女儿。两个儿子外出干活，七个女儿给他们送午饭，遇到了一只有铁甲的龙，把这七个女儿抓了去压在金山下，两个哥哥要救妹妹们，走呀走，遇到了一个放猪的老头儿，他们问："大伯，我们到铁甲龙那里了吗？"老头儿说："你们把我这只最大最胖的猪杀了吃完就可以到铁甲龙那里了，否则你们是打不过它的。"两个人杀了猪以后一块吃还总也吃不完，于是他们没吃完就走了。后来又遇到一个放牛的老头儿，两人又问："大伯，我们快到铁甲龙那里了吗？"老头儿说："你们把我那条最大最肥的牛杀了吃了，你们就可以到它那里了，不然的话你们是打不过的。"他们杀了牛，但是怎么吃也吃不完，于是没吃完又走了。最后，他们终于走到了铁甲龙那里，铁甲龙要和他们俩比赛吃铁核桃，龙吃一大筐他们只要吃一小筐就可以。可是，这两兄弟连一小筐也吃不完，铁甲龙就把他们俩也压到了金山下。

他们的父母在他们外出后又生了个儿子，一天，父母和这个儿子在家挖井，挖着挖着挖出了一根针，父亲告诉儿子："我给你数着，把这根针打成一把锤子，我数一千下，打成锤子后把它丢到空中试试看。"数到了一千下后，把锤子丢向空中掉下来时摔了个粉碎。父子俩又接着挖井，又挖出了一根针，父亲又数了一千下让他又打出了一把锤子，这次丢向空中掉下来的时候锤子还是好好的。他便拿上了锤子去找

---

① 刘守华主编，《中国民间故事类型研究》，华中师范大学出版社，2002 年，第 691 页。

② 标题为编者所加。

铁甲龙。走了很长的路，碰到了放猪的老头儿，他问："大伯，我到了铁甲龙那里了吗？"老头儿说："你把我那只最大最肥的猪杀了吃了，把猪吃完你就可以打得过那条龙了。"把猪杀了以后，他就开始吃，把一整只吃完了他都还没吃够。接着他又往前走，遇到了放牛的老头儿，这个老头儿也和上次要求他的哥哥们一样，要他吃那头最大最肥的牛。他杀了牛吃了以后，还是没吃够。后来又遇到了一个放马的老头儿，老头儿告诉他只要骑上他那匹最大最肥的马就可以很快到铁甲龙在的地方了。他骑到马上把马都压倒了，然后他就走到了铁甲龙那里。龙和他比赛吃铁核桃，要一人吃一大筐。龙的那筐还没吃完，他就吃完了，而且还没吃够。龙又和他比赛看谁吃得多，他的三筐吃完了龙的一筐还没吃完，于是龙认输了。他把锤子往山上砸去，救出了七个姐姐，这七个姐姐飞到了天上变成了天上的七姐妹，那两个哥哥却变成了两个石像。他把铁甲龙压到金山下就回家了。（讲述人：张明玉　讲述时间：2005年1月23日　讲述地点：张明玉家　采录人：董秀团、段铃玲、朱刚、赵春旺）

故事述评

根据金荣华的分类，该故事可归入幻想故事，属于"神奇的对手"故事类型中的312D"妖洞救兄姐"型。此类故事的梗概为，一户人家的少女被妖怪劫走，她的兄弟去营救，也被妖怪捉住关进山洞，最后是最小的弟弟去打败妖怪，救出了哥哥姐姐。同类故事可参见《中国民间故事集成·四川卷》，第522～524页，"滚豆儿斗飞龙"。[①] 若以AT分类体系进行衡量，该故事的情节单元分布于神奇故事中的301"三个公主遇难"，301B"大汉、伙伴与寻找失踪的公主"，650A1"神奇勇士"等类型的故事中，属于一种综合性的故事。青海土族有与之相类的"黑马张三哥"故事，该故事由五个主要的母题构成：怪异诞生、非凡伙伴、多头妖怪、火种、死而复活。我们所收集的这则故事，主要突出的是"非凡兄弟"的非凡力量及其除魔行动，没有展开其他母题的叙述。然而在"非凡伙伴"这一母题内部，却又吸收了其他母题的一些元

---

① 金荣华，《中国民间故事集成类型索引》（一），中国口传文学学会，2000年，第22页。

素。在此我们可以看出，在民间故事中母题之间的链接和丛生往往是非常灵活的。

（撰写人：朱刚）

西天问佛

有一个人，他的父亲是地师。父亲对儿子说："我时日不多了，我要先给你看好一块地，不然我死后也没地方埋。"地师和儿子去看地，二人一直走啊走。儿子跟在地师的后面，到了一个地方，地师就坐在那里，对儿子说："地就找在这里。"找好地，他们就回家了。回到家后，地师嘱咐儿子他死后要把他埋在那块地里。地师死后儿子把他埋在了那里，在给父亲挖墓坑的时候，挖出了一坑金子，儿子回来后日子好过得不得了，金子用也用不完。于是，他就把金子塑成了几尊金佛。他们村中的人很穷，生活过不下去了。到了除夕那天，他就贴出了一张告示，说他在金佛旁放了一把锄头，没钱过除夕的人，可以来他的金佛上挖，一人挖三锄，谁挖到金子就是谁的财运，可以拿走金子。除夕那天，什么人都去挖，一直有人不停地挖，于是把他的几尊金佛都挖完了，后来他就变穷了。他想，自己的心肠那么好，为什么还一无所有。于是，他决定到西天问一问神佛，问一问他为什么这么穷。走啊走，遇到了一个放猪的老头儿，他就问老头儿："阿大大，我到西天了吗？我要到西天问佛。"老头儿说："太好了，你要去西天问佛，那你帮我问一下，为什么我养的独生女儿 18 岁了还不会说话，我养的狗 3 岁了还不会叫，我养的公鸡 3 岁了还不会打鸣。"他答应了。又接着走，看到两个白胡子老头儿在下棋，他们问他："你要去哪里？"他答："我要去西天问佛。"他们告诉他："这里就是西天了，你要问什么就问我们吧。"于是，他就先帮放猪的老头儿问，他说："是这样的，有一个放猪的大爹说他的女儿已经 18 岁了还不会说话，他的公鸡 3 岁了还不会打鸣，他的狗 3 岁了还不会叫，这是为什么，我先帮他问一下，然后再问我的。"话音刚落，两个白胡子老头儿就说："他们家的菜园中有两棵柿子树，树下有两缸金银，只要把这两缸金银挖出来，找个主人，他的女儿就会说话了。"他转了一下头，再回头的时候，两个老人已经不见了，而他的问题还没有问到。他想："我的问题还没问到呢，可是西天的路已经走到了尽头，也没处可问了。我还是回去告诉放猪的大爹吧。"于是，他就回去，在路上看到了放猪的老头儿。他把问到的答案告诉了老头儿，老头儿说："那么，金银的主人就是你了。"于是，老头儿把他叫回家中。才一回到家，狗也对着他们叫了，老头儿的女儿也会说话了，他家的鸡也会叫了。他们把这几缸金银挖了出来，这个人做了老头儿的上门女婿。于是，他既有了妻子，也有了金银，从此过上了幸福的生活。（讲述人：张明玉　讲述时间：2004年8月3日　讲述地点：张明玉家　采录人：董秀团、段铃玲）

故事述评

这个故事可以归入 AT 分类中的 461A 型"西天问佛：问三不问四"故事。该类故事的基本梗概为：（1）穷汉寻神找答案，他的问题通常是"自己的将来、贫穷和不幸、如何治愈皇后的病"；（2）别人托他问三个问题；（3）神回答了他替别人问的问题，他自己的问题则没有解答；（4）穷汉得到酬报。根据有的学者归纳，AT 分类中416 型之下的异文达到了 210 多篇，流行于汉、满、藏、土、苗、壮、彝、白等 20多个民族中，几乎覆盖了整个中国大陆地区。此外，按 AT 分类索引，该类型在中国以外的异文也达到了近 500 篇，是覆盖欧亚大陆 20 多个国家和地区的一个巨大的故事圈。① 该故事在世界范围内的来龙去脉已经基本探明，它是一个有两千多年历史，传入中国已达千年的印度佛经故事，后来在欧亚大陆许多国家落地生根，发展成一个世界性的巨大故事圈。② 我们收集的这则故事是 416 型故事的一个亚型，同类故事有四川的"范丹问佛"，浙江的"树洞问天"，吉林的"找幸福"，回族的"太阳的回答"，彝族的"木呷问神"等。（撰写人：朱刚）

---

① 刘守华主编，《中国民间故事类型研究》，华中师范大学出版社，2002 年，第 218 页。
② 同上注，第 221 页。

找太阳

　　苍山脚下有一个村子，村里有一对年轻的夫妻，男的叫阿光。每天太阳一出来，夫妻俩就下地干活，生活很幸福。可是突然有一天，不知从哪里刮来一阵大风，一个又像狼又像狗的怪物一口就咬住了太阳。太阳不见了，到处又黑又冷，庄稼也不长了。阿光决定把太阳给找回来。妻子也同意他这样做，于是阿光就出发了。

　　一天，阿光走累了，靠在一棵树上就睡着了。睡梦中，一个白胡子老头儿对他说："阿光，你要找太阳，必须先去找太阳神，那样才有办法救出太阳。可是太阳神住在东边很远的地方，我给你一把头发，你走一天，就抽一根头发，等到头发抽完的时候，你就会见到一座很高的山，山上有一座金殿，太阳神就住在里面。这颗药丸你吃下去，肚子就不会饿了。"阿光醒了后，发现手里真的有一缕头发和一粒药丸，他吃了药丸，又开始走。他每走一天，就抽一根头发，等到他把头发抽完的那一天，真的就来到了一座高山下，他费了好大的力气才爬到山上。阿光见到太阳神后说了找太阳的事情。太阳神派了一条无角龙把他驮回了大理。过了几天，天空中出现了一位天神，手里拿着一张大弓。天神向那个咬着太阳的怪物射了一箭，怪物跑了，太阳又出现在天空中。后来，村民们为了感谢太阳神，在村中盖了一座本主庙，把太阳神供为本主。阿光死了以后，村民把他的塑像也塑在了旁边，阿光也成了本主。（讲述人：张德五　讲述时间：2005年1月23日　讲述地点：张德五家　采录人：董秀团、段铃玲、朱刚、赵春旺）

故事述评

　　这是一则关于本主的神话故事，阐释了苍山脚下一个村所祭祀的本主的来历。该故事包含我们所熟知的"天狗食日"神话，它在很多民族中都有流传，为中国境内分布较广的一个神话故事。该类型故事可能源于农耕民族对太阳的崇拜。太阳与农业生产的关系密切，农耕民族崇拜太阳是一种比较普遍的现象。在过去科学知识缺乏的年代，人们往往将其当作一种神秘的力量来进行崇拜并偶像化。这大概是太阳的神话故事广泛流行的主要原因，而"天狗食日"就是其中具有类型化特征的代表。这则故事在大理白族的其他地方也有流传。 🦋（撰写人：朱刚）

桃孩儿杀龙 ①

一个女孩儿帮大理的一户员外家放马，每天给马割一筐草。一天，她在放马的时候看到了一棵桃树，树上有两个长在一起的非常漂亮的桃子。她把桃子摘了下来，放在草上带了回来，还对她的马说："这两个桃子你吃一个，我吃一个。"于是马和她各吃了一个桃子。几天后，女孩儿怀孕了，马也同时怀孕了。后来女孩儿生了个长得非常漂亮的儿子。于是她对员外家的人说："你们帮我养我的儿子，我帮你们养 10 匹马。"员外家的人也非常高兴，就帮着她养儿子。她去放马的时候把马放到了苍山上，这只怀孕的马就在苍山上丢了。她的儿子长大了，那时大理的海里有一条龙吃小孩儿，一年总要吃几个。一天，官府贴出皇榜来说："某月某日要杀这条龙，谁能把这条龙杀掉，就让他当大理国的国王。"做母亲的还在害怕儿子知道这件事，其实她的儿子早就知道了，并已揭了皇榜，盘算好要在那个规定的时间内去杀那条龙。杀这条龙就要到苍山上去找那匹丢失的马，找了好几天也没找到。到了规定要杀龙的那天才找到了马，当他从很远的地方看下去的时候看到了一小块草地，马正在那儿吃草。母子俩走到马的旁边，马也回过头看着他们，可是怎样都没法骑上马背。这个儿子是一个非常强壮的人，也没法骑到这匹健壮的马上。儿子看到了一块很大的岩石于是就爬到了岩石上，当马慢慢地走到岩石下的时候他就从岩石上跳下来骑到了马身上，一骑到马身上马就飞了起来，从苍山一直飞到了洱海。此时刚好到了要杀龙的时间，他就和龙打了起来，旁边还有许多敲锣打鼓的人，准备了很多铁包子和面包子。当出现清水的时候，人们就丢下 300 个面包子，这时他和他的马就到水面上吃，当出现浊水的

---

① 标题为编者所加。

时候，人们就丢铁包子给龙吃。龙虽然吃了 300 个铁包子，但还是很凶，他还是没法打赢这条龙。于是，他决定先让他的马逃跑。他的马就浮出水面又飞回了苍山上，海里只剩下他自己一人。龙的嘴巴刚好张开的时候，他掉到了龙的肚子里，他就拿刀刺龙的心肝内脏，把龙给刺死了。龙浮到了水面上，人们把龙的脊背刺了一个洞，把他拉了出来。这个时候，他已经被龙的血水给淹死了，而他的马回到了苍山到现在都还没找到。（讲述人：张明玉　讲述时间：2005 年 1 月 23 日　讲述地点：张明玉家　采录人：董秀团、段铃玲、朱刚、赵春旺）

故事述评

这则故事在内容和情节上与大理洱海地区流传的《小黄龙与大黑龙》十分相似，该故事在大理白族地区有大量的异文，但出生不凡的孩子变成小黄龙与大黑龙战斗，最后终于打败大黑龙为民除害的情节是基本相同的。

这则故事开头女孩儿吃了桃子而怀孕的情节，与《白族神话传说集成》中收录的《龙母神话》① 几乎一样。《龙母神话》中的孩子长大后，也变成了一条小黄龙，打败了作恶的黑龙。在大理有一个绿桃村，村中供奉的本主就是这位斗龙的英雄。

故事中孩子去斗龙，斗龙的过程中，总是要借助民众的力量，翻清水丢面包子或肉包子，翻浊水丢铁包子，这也是大理洱海地区流传的同类故事中较为固定的情节。如《白族神话传说集成》中收录的《小黄龙》②，以及《白族民间故事传说集》中收录的同名故事《小黄龙》③，《云南民族民间故事选》中收录的故事《绿娃》④ 等，都有上述的情节。

当然，在一些细节方面，这则流传在石龙村的故事和大理洱海地区的同类故事还是有一些差异的。比如，《桃孩儿杀龙》中女孩儿吃了一个桃子，马也吃了一个桃子，

① 云南省民间文学集成办公室编，《白族神话传说集成》，中国民间文艺出版社，1986 年，第 84 页。
② 同上注，第 90 页。
③ 中国科学院文学研究所民间文学组主编，李星华记录整理，《白族民间故事传说集》，人民文学出版社，1959 年，第 27 页。
④《云南群众文艺》编辑部编，《云南民族民间故事选》，1979 年，第 285 页。

所以她和马同时怀孕了，而最后孩子杀龙时也是骑在这匹飞马上，这是大理地区其他白族故事中所没有的情节。在大理地区的其他白族故事中，孩子总是跳入水中后变成了一条小黄龙，与大黑龙大战，而石龙村的这则故事中，并没有孩子变成龙的情节。

尽管存在细节上的差异，但是我们仍不难看出石龙村流传的这则《桃孩儿杀龙》的故事，与大理其他地区流传的《小黄龙与大黑龙》故事有诸多相似之处，可以将之看作是同一类型的故事。

还需说明的是，斗龙型故事在大理地区流传也是十分广泛的，这当然与大理地区过去的生活环境有很大的关系。大理地区古为泽国，湖泊密布，水患频生，斗龙实际就是治水，所以斗龙型故事反映的是大理地区人民在与自然抗争过程中的不懈努力。 ✍（撰写人：董秀团）

猎人杀蛇 ①

一个打猎的人来到一个村子里。那个村子边的海 ② 里有一条大蛇，会吃牛马，还会吃人。放牛放马的人到了那里，牛马也会被吸食掉，人也会被吸食掉，这就是我们白族人说的那句话"只有去的没有回的" ③。猎人来到这个村子后，村子里的人对他说了村里发生的事，并希望他能帮着处理一下。刚好，这时村子里有两姐妹去放羊，被蛇给抓走了，他们的父母伤心极了。这个猎人手法特别准，野兽动物之类的特别怕他，他听说了村子里的事情后，决定先留下来帮助村民，制服这条蛇。

猎人走到水边，看到这条蛇是黑色的，它在海里面乱折腾，海的样子都看不出来了，只看到一片黑色。猎人往海里打了一枪，这一枪虽然没有打到蛇的要害处，但也把蛇的身子给打破了一点儿，蛇身上的衣服上也沾上了一些血。蛇回到家中，要这两姐妹给他洗衣服。它把这两姐妹关在一个圈里，这个圈在海的中间，这个圈里没有

---

① 标题为编者所加。

② 大理地区的白族说到"海"的时候其实多指的是一些湖泊。

③ 也就是"有去无回"的意思。

水，两个人就在里面活动，她们出不来，别人也进不去。后来，猎人又跳进海水里，来到蛇关这两姐妹的圈旁边。猎人问她们："你们能不能出来？"她们说："我们出不去。"猎人问："我能不能进去？"她们说："你也进不来。"姐妹俩向他哭诉说："这条蛇你是没有办法对付的，但它三天一小睡，七天一大睡，它小睡的时候一次就要睡上三天三夜，等到它大睡的时候一次就会睡上七天七夜。它睡觉的时候眼睛是睁开的，它没睡着的时候眼睛是闭着的。"猎人说："那到它睡觉的时候我去看看。"到了蛇睡觉的时候，猎人又到了蛇的家门口，但他来得太晚了，蛇已经睡醒了，它闻到了生人的味道。蛇说："我闻到了一股生人味，是什么人这么大胆，竟然闯到了这里。"两姐妹对蛇说："你闻到的生人味是我们身上的，别人怎么进得了我们家的门。"蛇说："不对，今天我还是闻到了生人的味道。"于是，蛇就出门去看，发现了猎人，它就把尾巴卷起来，用尾巴在猎人身上绕了几道。这个猎人会气功，虽然蛇在他身上绕了好几道，他还是在慢慢地挣脱着，蛇虽然绕得很紧，让他不能动弹，但他还是慢慢地在动还是把蛇给撑开了。最后，他用事先磨好的锋利的刀把蛇给杀死了。猎人把这两姐妹给救了出来。蛇吸食了许多人和动物，还吸进去了许多的金银，金银在它的肚子里也不会化掉。猎人和姐妹俩把蛇的肚子剖开，把蛇肚子里的金银都带回了家，这两姐妹中的一个做了他的妻子，他在那里做了上门女婿。所有的村民都很感激猎人，因为是他杀死了蛇，挽救了他们的村子。（讲述人：张四合　讲述时间：2005 年 1 月 24 日　讲述地点：张四合家　采录人：董秀团、段铃玲、朱刚、赵春旺）

故事述评

　　这则故事和大理洱海地区广泛流传的《杜朝选》较为相似，基本情节都是说大蟒蛇作恶多端，吃人吃畜，还抓走了两个姑娘，后来是一个勇敢的猎人杀死了蛇。故事中的蛇都是三天一小睡，七天一大睡，所以猎人抓住蛇睡觉的时机杀死了它。

　　两个故事的不同之处是，《杜朝选》故事中说的是大蟒住在山上的蟒洞里，而这则故事中的蛇则是住在海里。《杜朝选》中，最后两姐妹都嫁给了杜朝选，而这则故事中是其中的一个嫁给了猎人，而且说明猎人在该村当了上门女婿。《杜朝选》中，杜朝选杀蟒的细节表现得较多，而这则故事中，怎样杀死蛇说得比较简单。

当然，从总体上看，这则故事与洱海一带流传的《杜朝选》的故事应该说是一致的，笔者认为石龙村的这则《猎人杀蛇》的故事应是从大理洱海地区传入的，在传入当地后，故事又发生了很多的变异，一些信息丢失，一些信息被改变，一些信息被增补，如猎人的名字被隐去，猎人杀蛇的具体过程被简化。两姐妹被关在海里的一个圈里，猎人做了那个村的上门女婿，则是一些变异之处。当然，民间故事在传承和传播的过程中，既有传承，也有变异，这是民间故事流传中的一个特点，而该故事恰恰印证了民间故事流传中的传承性和变异性的并存。 （撰写人：董秀团）

李亮

以前有个村子里住着一对老夫妻，老头儿叫李亮，对人十分和气。他家生活比较贫困，家人穿得也很随便，但总是洗得很干净。村子里的人都很喜欢他。一天，李亮带着几个馒头上山去砍柴。不知不觉就到了中午，他觉得肚子有点儿饿了，就坐下来打开手巾想吃点儿馒头。可馒头从他的手里掉到了地上，顺着斜坡一直往下滚。李亮在后面追，眼看就要追到馒头了，哪知那馒头又掉进了草丛中的深洞里。李亮很失望，心想："今天看来是吃不到这个馒头了。"他正想往回走，忽然听到洞里传来一阵阵的歌声："馒头馒头滚进来，咚咚咚！馒头馒头滚进来，铛铛铛！"李亮听到声音，觉得很奇怪，便往前走了两步想去看看，谁知"扑通"一声自己也掉进洞里去了。李亮跌昏了过去。等他清醒过来的时候，发现下面是一个老鼠洞。里面有一大群的老鼠，一边唱着歌，一边忙着做饭："猫叫声，不想听；喵喵喵，最讨厌。"饭熟了，老鼠们请李亮一起来吃。吃完饭后，李亮打算要走，老鼠们送了他一只小箱子。李亮回到家里打开箱子，发现里面全都是白花花的银子。从此以后，老夫妻俩就过上了好日子。（讲述人：张德五　讲述时间：2005年1月23日　讲述地点：张德五家　采录人：董秀团、段铃玲、朱刚、赵春旺）

故事述评

该故事情节简单，其特别之处并不在于曲折的情节，而是叙述加演唱的叙事方式，比如馒头滚进深洞后传出的一阵歌声，讲述者是以歌唱的方式将歌词唱出来的。相比单纯的叙述，演唱的加入使得故事讲述散发出特别的韵味。不但将听众牢牢地套在整个故事的情节之中，同时也将故事中的事件情景化，人为地构拟出一种身临其境的效果，生动地图解了白族口头叙事的艺术魅力。当地民众素有喜唱白曲的传统，歌唱与讲述这两种不同的言说方式产生交融是很自然的。因此，该故事虽然情节单一，却也别具地方风味。此外，故事开头说主人公为人和气、行为得体、受人欢迎，也就相当于将其界定为"好人"。"好人必有好报"，所以故事最后老两口过上了好日子，这也符合地方文化规定和当地人的期望。☙（撰写人：朱刚）

飞毛腿

石龙村的张姓过去有一个人叫张宝登，这个人脚上长着飞毛，走路就像是飞一样快。张宝登是专门做小偷儿的。他到沙溪去偷别人的鸭，去的时候村中的两个老妇人在井旁挑水，在那儿讲话，等他把鸭子偷回来，两个老妇的话还没有讲完。有一次，他到剑川去偷东西，同去的还有他的哥哥，晚上他们就在剑川过夜，他哥哥家里养了一头猪，张宝登想好了要杀吃他哥哥的猪，哥哥知道了他的想法，就对他说："弟弟，我们在这里过夜，你不要偷偷跑回去杀我的猪。"张宝登说："不会的，你晚上睡觉时抱住我的脚好了。"晚上，等到哥哥睡熟后，他就偷偷地挪开了自己的脚，跑回村中杀了哥哥的猪，然后又跑回剑川，又把脚偷偷放回哥哥还环抱着的手里。后来，他们回到村口，哥哥就看见了弟弟的脚印，哥哥说："弟弟，是不是你跑回村了？"张宝登说："哪里的话，你不是一直抱着我的腿睡觉吗？"回到家，哥哥却发现猪早已被杀了吃了。后来，张宝登又到东乡偷东西，被人抓住了，送到金华交给大官，他被关进了大牢。关他的那间牢房有一个老鼠洞，他就从鼠洞里钻了出来，又跑到西乡去偷东西，西乡的人发现了他，就追着喊："张宝登偷东西，张宝登偷东西。"做官的想，东乡的也说张宝登，西乡的也说张宝登，到底有多少个张宝登？于是就把他给放了。他回到家后，又去沙溪偷别人的鹌鹑，被人抓住了。这次那些人杀死了他，把他的心肺放在那窝鹌鹑里，摆到了他家的门口。第二天早上，他妻子起来后看到门口有这么多东西，很高兴，还以为是张宝登头晚偷了很多东西，看到心肺，以为是猪的，就把心肺拿了回去，想炒了吃，结果差一点儿就把他们家的锅给炒炸了。从此以后，村中就再也没有人腿上长飞毛了。（讲述人：张明玉　讲述时间：2005年1月25日　讲述地点：张明玉家　采录人：董秀团、段铃玲、朱刚、赵春旺）

故事述评

民间故事中的有些人物是异于常人的，如彝族传说中的英雄支格阿龙、纳西族的桑吉达布鲁都是天生神力的人。他们使用自己的特殊才能造福于民，所以赢得了很多人的尊重。

《飞毛腿》讲的是石龙村一个人的传奇故事，这个人也有异于常人的特殊才能。故事里的张宝登是一个腿上长着飞毛、走得很快的人物，可他并没有用自己的特殊才能做有益于他人的事，而是利用这项特殊专长，成了一个小偷儿，偷别人的，也偷自己亲人的，这样他成了一个很多人都讨厌的人。坏事干多了自然要受到惩罚，特殊才能并不能永保安全，张宝登付出了死的代价。

故事通过张宝登的事情告诫听者不管一个人的本事有多大，如果不将心思用在正途上而是走上歪路，自然不会有好下场。 🖋（撰写人：段铃玲）

砖和金子 ①

一个人晚上出去闲逛，直到很晚才回家。路上他一回头，看到后面有一个黑的东

---

① 标题为编者所加。

西滚了过来。他想赶快跑，却跑不过那怪物。他跑得快，那怪物也滚得快，而且还越滚越大，像房子那么大。他跑不过那个东西，于是就捡了只草鞋打它，没打着，草鞋从怪物的头顶飞过去，却把那怪物定住了。因为老人们说女人穿的草鞋不干净，能辟邪，所以能把怪物定住。定下来后，这个黑色的怪物说话了："你不要跑，你要什么我都能给你。"这个人就说："我要点儿金子，你能不能给我。"怪物说："金子我可以给你，路边的东西你随便找个什么给我。"于是，他就在路边找，找到了一块砖，拿给怪物。那个怪物手脚什么的都没有。当他把砖递到它附近的时候，砖一下就给它吸到了肚子里。过了一会儿，掉出来半块砖那么大的一块金子。怪物对他说："我要在这里三天才能走得掉，你千万不要把我在这里的事情说出去。要是你把我的事情说出去的话，他们会把我给害死的。"这个人答应了。那天他回到家里后，一直盯着那块金子，觉也不睡，到了第二天天亮的时候才睡着。第二天他又拿着金子看，边看他就边想："要是那怪物把整块金子都给我就好了，那样我就用不完了。现在他只给了我一半儿，把另外的一半儿给留了下来，我要去找他要回来。"于是，到了晚上，他又回到怪物那里。因为那个怪物在白天的时候是看不见的，只有晚上才能看得见。他对怪物说："你把另外那半块金子也给我就好了。"那没变出来的半块砖被丢在了路上，于是这个人把砖捡了过来，让怪物吸了进去。过了一会儿，怪物又吐出来半块砖那么大的金子。这个人回家去了。可是他回去以后，又不睡觉地看着那两块金子，把金子摆在桌子上，一整晚都在看。看着看着他又在想："这两块金子要是不要断开、合在一起的话，该有多好。本来可以是很大的一块，现在却是两小块，真是不好。"他想了想，又看了看，然后把两块金子合在一起。没想到，合起来了以后这两块金子却变成了一块砖。他想："哎呀，这么一来就不是金子了，成了砖，我今天要让它给我重新变出来。"于是，这个人晚上又去了那个地方。那天他去的时候，刚好怪物已经定在那里有三天三夜，所以那个怪物已经离开了。最后，那个人的金子还是成了一块砖。（讲述人：李金德 讲述时间：2005 年 2 月 15 日 讲述地点：李金德家 采录人：董秀团、段铃玲）

故事述评

　　该故事大致可归入 AT 分类中的 834 型"穷兄弟的财宝"故事。这一类型故事的核心是"银变"，即银子或金子会变化：遇到老实人就是金银财宝，遇上贪心的人就会变得一文不值。该故事具有一定的道德教化色彩，在各地广为分布。该型故事有三个亚型："途中捡银""藏银变水"和"天财地财"。[①] 刘守华认为，此类故事虽带有宿命论的色彩，但是它的基本精神却是赞扬劳动者的老实厚道，鞭挞贪心自私的邪恶行为。本故事虽然不涉及诚实劳动的内容，但是对人类的贪欲给予了饶有趣味的嘲讽。此外，故事中怪物被妇女穿过的草鞋定住是一种当地特有的说法。这种观念虽然在表现形式上比较特殊，但与我国自古以来关于神仙、鬼怪忌讳不洁之物的说法具有一致性。当地白族认为妇女穿过的草鞋"不干净"，而且又从怪物的头顶上飞过，故能使其法力受损，并进一步受制于人。（撰写人：朱刚）

---

① 刘守华主编，《中国民间故事类型研究》，华中师范大学出版社，2002 年，第 388 页。

贝壳姑娘

以前有一对母子相依为命，生活非常困难。有一天，母亲说想吃鱼，儿子就去钓鱼给她吃，但钓了好长时间换了好多地方都没有钓到鱼。最后，在他收鱼钩的时候，怎么拉也拉不动，他觉得很奇怪，费了好大力气才把鱼钩拉了上来，原来鱼钩钩在了一个大贝壳上。他把贝壳拿回家，在灶背后挖了一个洞埋了起来。从那天起，每当他出去砍柴回来的时候，饭桌上都有热气腾腾的一桌菜，他的破衣服也被补了起来。他很想弄清楚是谁在帮他做事，刚好有一天来了一个算命先生，算命先生告诉他："你明天先假装出去，再转回来从门缝里偷看，就能看清楚了。"他照着做了，发现从贝壳里出来了一个美丽的姑娘，在帮他干活。于是他就冲进去，要把贝壳烧掉，姑娘开口说："你不要烧，烧了就没有好日子过了。"他说："我把贝壳烧掉，你就回不去了，这样我们就可以结成一家了。"姑娘说："你要烧也行，但要把灰撒在外面，撒的时候要说'天平，地平，河平'。"他在撒的时候却因为紧张说成了"天不平，地不平，河不平"。从此以后，天下就是天也不平，地也不平，河也不平，有人聪明有人傻了。

（讲述人：张四合　讲述时间：2005 年 1 月 24 日　讲述地点：张四合家　采录人：董秀团、段铃玲、朱刚、赵春旺）

故事述评

这是典型的螺女型故事。螺女型故事又称为田螺姑娘型、田螺娘型。在丁乃通的

《中国民间故事类型索引》中，将"田螺姑娘"列为 400C 型。[①] 在我国，田螺姑娘型的故事历史悠久，出现很早。据学者研究，该故事在魏晋时期已经成熟定型，即《白水素女》的故事。[②] 在民间，各地流传的田螺姑娘的故事基本情节大同小异，田螺或同类水生之物化身少女为孤儿操持家务是核心母题。当然各地的田螺姑娘型故事也出现了很多的变异，如结尾，有的说是田螺姑娘因孩子被人奚落有一个田螺母亲而离去，或者是丈夫一句无意的话导致田螺姑娘觉得自己的"异类"属性受到侮辱便离开了丈夫。还有的故事，在原有的主干情节的基础上，又增加了一些丰富的内容，如说到皇帝欲霸占螺女，在螺女和皇帝之间展开了一场智慧的较量。在一些故事中，田螺的形象被贝壳、蚌、鱼等所取代。但是，作为一个故事类型，其主要情节是相对稳定的。

石龙村流传的《贝壳姑娘》，女主人公也是以贝壳的形象出现的，而非田螺，但它们在本质上是一样的。故事中，孤儿为了留住贝壳姑娘，要烧掉她的贝壳，这一情节，也是具有象征意义的，它就像"青蛙丈夫"型故事中的蛙皮一样，具有巫术的功能，有时对蛙皮的毁坏会带来对青蛙丈夫的最大伤害。在《贝壳姑娘》中，贝壳姑娘说不能烧贝壳，否则就没有好日子过，就反映了贝壳所具有的神秘功能。当然，为了长久地留住贝壳姑娘，孤儿想烧掉贝壳，所以故事中给出了一个折中的方式，就是让他烧了后要将烧出的灰撒在外面，同时还要说特定的口诀。但故事中的孤儿，将口诀说错了，所以现在我们的天不平，地不平，河流也不平。这里，似乎又是对人类生存环境的一种解释。按照常理推测，孤儿将口诀说错了，那么应该造成的是对贝壳姑娘或是孤儿本身的伤害，但故事中对此避而不谈，而是将之与自然现象结合起来。这样的处理，不知是有意还是无意，但似乎反映了石龙白族人民对孤儿与贝壳姑娘之间结合的高度认同，所以即使孤儿打破了禁忌，他们之间的美好生活仍旧没有受到破坏。这或许又是此则故事的特殊之处吧。✒（撰写人：董秀团）

---

① 丁乃通，《中国民间故事类型索引》，中国民间文艺出版社，1986 年，第 110 页。
② 刘守华主编，《中国民间故事类型研究》，华中师范大学出版社，2002 年，第 362 页。

桥生与龙女 ①

很久以前，地上发洪水，几乎把所有人都淹死了，只剩下了三个人，一个算命先生、一个叫桥生的人和桥生的母亲。洪水过后，什么吃的东西也没有。桥生的母亲肚子太饿了，就对桥生说："你给我钓条鱼吧，不然我要饿死了。"桥生找到了一小段铁，把它弯成了一个鱼钩，接在了木棍上用来钓鱼。他一直没钓到鱼，钓了几天后才终于钓到了一个贝壳，贝壳夹住了鱼钩，桥生把它钓上来，想用刀把它割开，熬汤给母亲喝，想着母亲要是再不吃东西的话就要饿死了。突然贝壳开口说话了："桥生，你不能把我割开，你要是把我熬给你妈喝，那你们以后都会饿死的，你不能杀我，把我放回海里吧。"桥生听了后把贝壳放回了海里，桥生的母亲见到后对他说："你把它放回去，那我就要饿死了。"但实在没有办法，他的母亲就睡着了。

到了半夜三更，桥生听到外面有些响动，一看，原来是一些已经做好的吃的东西，但是始终都没见到人，一连好几天都是同样的情况。一天晚上，桥生没有睡，偷偷地在那里看着，过了一会儿看到来了一个非常漂亮的女子，原来是龙王的大女儿在给他们做东西吃，这就是桥生钓到的那个贝壳。桥生从床上爬起来抓住这个女子，并对她说："请你做我的妻子吧！"龙女答应了，做了桥生的妻子。第三天，龙女看起来一副有气无力的样子，她说自己生病了。桥生问妻子："你的病是怎么回事？"龙女告诉他："这是因为你不去看我的父母，他们想我了，只要你去看看他们，我就不会病了。"桥生问："我怎样找他们呢？"龙女说："我教你好了。"她给桥生用纸叠了一艘船，并在里面放了一盏灯，让桥生坐在里面。第二天，下着一丝丝的雨，龙女还是让桥生去。桥生慢慢地划着船到了海中央，龙女在先前已经嘱咐过他："你只要看到有灯火通明的地方就划过去，就是那里了。"果然，桥生看到了海中央有一处灯火通明的地方，到了那里，门口有两条巨大的龙，龙伸出脚要踢他，桥生说："我来找我

---

① 标题为编者所加。

的岳父母。"龙和他打了起来，他什么都不管地冲进了龙宫，龙还一直追着他打。再往前走，他看到了一个非常美丽的女子，这个女子对他说要做他的妻子。原来这是他的岳母变的，想试探一下他。桥生说："我已经有妻子了，我不要你。"女子说："你妻子的命不长。"桥生说："就算她命不长，活不了，但她现在活着，我已经有妻子了，所以我不要你。"桥生继续往前走，他的岳母又变成了一个老妈妈，对他说："我有个女儿，非常漂亮，让她做你的媳妇，你要是不要的话我就杀了你。"桥生还是说："我有妻子了，所以我不要。"岳母试了桥生好多次，桥生都坚持说自己有妻子了，无论如何都不要。后来，岳母家给了他许多粮食，让他带回家。几天后，龙女又说自己病了，又要试他，还是要他回家找父母一次。还是在下着雨的时候，这次是龙女亲自试他。龙女变成了一个非常美丽的女子，追在桥生的后面说要做他的妻子，可是不管用了什么方法，桥生就是不答应。龙女心想："桥生这个人心眼好，我一定要和他好好过日子。"后来，龙女怀孕了，一次生了一对龙凤胎，一共生了一百对。桥生和龙女把他们的孩子两人一对配起来，配成了一百对夫妻。人又这样开始繁衍起来，世界也才重新热闹起来。我们现在世上的这些人都是由桥生的一百对孩子发展来的。（讲述人：张明玉　讲述时间：2005 年 1 月 23 日　讲述地点：张明玉家　录音人：董秀团、段铃玲、朱刚、赵春旺）

故事述评

这则故事复合了洪水故事、兄妹结婚再繁衍人类的故事、田螺姑娘型故事。

故事以洪水母题开头，但后文夹杂了螺女故事，并且衍生了丰富的试探、考验环节。故事最后出现了兄妹婚配的情节，我们知道，在我国的西南少数民族中，洪水神话与兄妹婚神话往往结合在一起出现，在这里，尽管与一般的洪水与兄妹婚神话有些差异，不是桥生兄妹结婚，而是桥生与龙女结合生下的儿女兄妹结婚，但总体上说，还是与兄妹婚有关。所以，在这则故事中，我们看到了多方面的因素，反映了一种文化上的交流与融合。

当然，这则故事也有自己的独特之处。如前所述，中国南方民族中的洪水故事常常与兄妹结婚再繁衍人类的故事结合，所以洪水中唯一幸存的往往是一对兄妹，为此后兄妹为了再繁衍人类的重任不得已而结合埋下伏笔。但是，在这则《桥生与龙女》的故事中，幸存的人是桥生和母亲及一个算命先生。桥生后来是与异类婚配，娶了龙女，这与纳西族《创世纪》中洪水后崇忍利恩到天上娶回天女衬红褒白反倒更为相似。另外，化身贝壳的龙女报恩送饭，被桥生抓住，这是田螺姑娘型故事的主要情节，但一般的田螺姑娘型故事中，总是在姑娘做饭的时候被发现，但这则故事中并未强调做饭，而是说送饭。而且，在《桥生与龙女》中，还增设了龙女的母亲和龙女本人变成美人试探、考验桥生的情节，这也是与其他的洪水和人类再繁衍神话不太一样的地方，这个情节的出现强调的是作为男性的桥生对爱情的坚定和矢志不移，其中应该加入了一些后起的对爱情、婚姻的忠贞观念，故笔者认为，《桥生与龙女》是一则混融了多个故事类型或母题的复合型故事，其中的洪水、兄妹婚、龙女报恩等情节可能是比较早具备的，而试探、考验桥生的内容可能是在该故事的流传中后来加入的。🖂（撰写人：董秀团）

异文：龙王三公主

以前有一个村子中生活着母子俩，生活比较困难。有一天，来了一个算命先生，告诉这个小伙子说："上天要惩罚有罪的人类，所以过几天要发一场大洪水。明天你就把你的母亲背到山顶上，如果你回头看一下，你们的村子就没了。"第二天，他背着母亲爬到山顶上，他一回头，果然看到的都是一片大水，他们的村子已经不见了。大水冲走了所有的东西，他们在山顶上吃的、穿的都没有，其他的人也都死了。过了几天，龙王三公主来度他们，给他们送早晚饭，他们就有现成的可以吃了。原来是观音菩萨让龙王三公主来度他们，还叫三公主做了这个小伙子的妻子。为了考验这个小伙子对三公主是否真心，观音菩萨变了一百个美女来试他，但他说家里困难就只要三公主。过了一段时间，小伙子说要看看三公主家里的人，但他并不知道三公主是龙王的女儿。有一天，天阴得像黑夜一样，什么也看不见，风在吹，雨在下。三公主说："今天去看我家里人吧。"小伙子说："今天天阴，怎么去呢？"三公主说："不怕，有我在，可以走的。"于是三公主用纸剪了一艘船，又剪了一盏灯放在船上，当她把纸船放到水面的时候，纸船就变成了真船。她又把船上的灯点了起来，告诉小伙子："可以走了。等走到河中间看到有灯光的时候就把船上的灯熄了。"到了河中间，小伙子照三公主的吩咐熄灭了灯，他们就到了龙宫里。在龙宫，他见到了龙王，龙王的一对龙须金光闪闪，看起来很可怕。这个时候，观音也在龙宫里，观音又变出一百个美女要给小伙子，说："你的媳妇有什么好的，我的这些美女随便给你一个。"小伙子说："我不要，我只要三公主，不管她长得好看还是难看我就是要她。"后来，三公主和小伙子在龙宫里住了几天就回家去了。又过了一些时候，三公主又想她的家人了，她和丈夫就像上回一样回到了龙宫。观音又变出一百个美女来试探三公主的丈夫，他仍然像上回一样回答了观音。观音对他说："你们回去吧，让三公主为你繁衍后代。生出来一个小孩儿就抬板凳，生出另一个小孩儿就抬碗，生出一个男的、一个女的就将他们配成一对。"这样，他们回去后一共生了一百对男女，这一百对男女又配成对，从此以后，人类又开始繁衍生息了。（讲述人：张四合　讲述时间：2005年1月24日　讲述地点：张四合家　采录人：董秀团、段铃玲、朱刚、赵春旺）

故事述评

张四合讲述的这则《龙王三公主》与张明玉讲述的《桥生与龙女》的故事十分接近，可以被视为同一个故事的不同异文。与《桥生与龙女》一样，故事综合了洪水母题和兄妹婚的母题。但是，两则故事也有诸多细节上的差异。《桥生与龙女》复合了螺女型故事，桥生钓到的贝壳即龙女为了报恩给桥生母子送饭，而《龙王三公主》中螺女变形幻化的母题相对模糊，只说观音让龙女去度他们母子。此外，虽然都强调考验环节，但《龙王三公主》中考验者是观音菩萨。总体来看，本异文的佛教影响更为突出。（撰写人：董秀团）

孤儿与龙女

从前，有一个孤儿和奶奶相依为命，孤儿每天去帮人家放牛。孤儿的奶奶眼睛不好，孤儿去哪家放牛奶奶也就跟着他。孤儿去放牛要路过山神庙，每次他都将主人给他的饭分出一半儿供给山神，山神被他感动了，就在他放牛的地方变出一些仙草和一潭仙水，他每天将牛赶到这里吃仙草、喝仙水，牛吃喝完后就好好在那儿睡觉，长得很壮实。这样，很多人家都喜欢让他去放牛。

有一天，在放牛的地方的龙潭里冒出两头牛，一头黑，一头红，两头牛打起架来，黑牛壮，红牛打不过黑牛了，这放牛的孤儿见了，就过去帮红牛打黑牛，把黑牛打败了。这红牛原来是龙王的太子，龙太子回到家里，告诉龙王："今天我和黑牛打架的时候，有个人帮了我，要不然我可能死了。"龙王说："那要感谢一下这个人。"这样，一天，龙太子变成一个穿白衣的小伙子到放牛的地方找孤儿，跟孤儿说："我们俩做富甲吧。"孤儿看这个小伙子穿得很好，知道肯定是富人家的孩子，就说："算了，你富我穷，怎么做富甲。"可白衣小伙子一定要和孤儿做富甲，孤儿最后只好答应了。后来，小伙子告诉孤儿他是龙太子，家在龙宫，要让孤儿去玩几天。孤儿说："可我们怎么去龙宫呢？"龙太子说："你只要看一眼我的衣袖我们就可以到龙宫了。"这样，龙太子把孤儿带到龙宫住了三天。龙王对太子说："你的富甲在这儿住了三天，明天该叫他回去看看了。"太子告诉孤儿："富甲，明天你该回去看看了。"孤儿说："我才在这里住了三天，怎么就让我回去呢？"龙太子说："你看见我们院子里的花开了几次？"孤儿答："一天开了一次，开了三次了。"龙太子说："开了三次就是三年了，这里是一天，人间可是一年呢，所以你该回去看看了。你回去的时候，我父亲会送你鸭屎、鸡屎，那些其实都是金银，但你不要要，给你送牛角号，你也不要要，你就要桌子下拴的那只小白母鸡。"第二天，孤儿要走了，龙王说要送东西给他，问他要什么，孤儿什么都不要，就要那只小鸡。龙王只好把小鸡给了他。孤儿又看了一眼龙太子的衣袖，龙太子就把他送回了人间。

　　孤儿回到家中，奶奶已经死了。他把鸡关在家里，自己又去帮别人放牛。等到晚上他回来的时候，看见桌子上摆好了饭菜，家里也收拾得很干净，一连几天都是这样。孤儿觉得奇怪。一天他假装出去，把门留了个缝，往里面偷看，看到那只小鸡把鸡皮脱了变成了一个非常漂亮的姑娘，开始帮他做饭。孤儿赶紧跑进去，一把抱住姑娘，请求姑娘做他的媳妇，还把她的鸡皮丢到火里烧了，姑娘哭着说："你把我的皮烧了，我就变不回去了，我没有了法术，我们会很穷的。"可是没有办法，姑娘做了他的媳妇，可他们真的穷了下来。孤儿问媳妇："我们到底该怎么办呢？"媳妇说："你拿着一把香，往门外走，到一个地方，把香插在那儿，用左手招三下，我母亲就会出来，她会帮我们的。"孤儿照办，他的岳母果然出现了。岳母说："我做80个饼给你们，你们拿去卖，一开始别要人家的钱，让人尝，你们会慢慢好起来的。"孤儿拿着饼到县衙门口卖，让那些差役试吃，他们觉得很好吃，就给县官买了点儿，县官吃了后也觉得好吃，就命令把所有的饼都卖给他，还让孤儿每天都送饼到县衙来。这样，孤儿卖了很多钱。一天，他没去卖，差役就到家里找他，看到他的媳妇很漂亮，回去报告了县官，县官听说后想霸占他的媳妇，就对他说："现在我不要饼了，我要100条鱼，必须每条都是1斤（0.5千克）重的，多也不行，少也不行，如果办不到我就杀了你。"孤儿不知该怎么办，将事情告诉了媳妇，他媳妇说："没事，你像前几天那样去找我母亲，她有办法。"孤儿照办，岳母给了他大大小小共100条鱼。孤儿把鱼送到县衙，县官看到那些鱼有的大，有的小，心想："这回肯定可以杀了他。"县官命人将鱼拿去称，可没想到不管是大鱼还是小鱼，每条称下来都是1斤（0.5千克）重，不多也不少。孤儿说："鱼我已经给你了，你拿我没办法。"县官说："好，那你明天就把'没法'弄来给我，要不然还是要杀你。"孤儿回去，又问媳妇："怎么办，县官要让我拿'没法'给他，可这是什么东西呢？"媳妇说："还是像以前那样找我母亲吧。"孤儿又照以前那样找到岳母，岳母说："山上有虎豹，你把虎豹赶到县衙去就可以了。"孤儿说："虎豹怎么会听我的话呢？"岳母给他折了一根棍子，说："你拿这根棍子赶，左一棍右一棍，到县衙时朝头上挥一下就行了。"孤儿照岳母的话去做，果然把虎豹赶到县衙门口，差役见了都吓了一跳，孤儿说："我把'没法'给大人赶过来了。"到了大堂，孤儿把棍子往头上一挥，那些虎豹一齐冲上去，把县官和差役都吃了。（讲述人：张万松　讲述时间：2008 年 7 月 27 日　讲述地点：张万松家　采录人：董秀团、杨建华、赵春旺）

故事述评

故事的前半部分说到孤儿救了龙太子，龙子报恩，将之邀至龙宫，钟敬文《中国民谭型式》将这种故事类型归纳为"求如愿型故事"。艾伯华《中国民间故事类型》将之命名为"海龙王满足愿望型"，丁乃通《中国民间故事类型索引》中则将之归为 555 感恩的龙公子（公主）。这在白族龙故事中也很常见，往往是主人公救了龙太子，就与之成了朋友。龙太子带孤儿到龙宫时有一细节，说只要往龙太子的袖子中看一眼，就到达龙宫了。这个细节在很多讲到龙、蛇的故事中都有出现，通过看具有不凡身份的异类的袖子来达到时空转换的目的，这是这一类民间故事的共同点。同时，故事中还提到龙宫中的三天就等于人间的三年，这样的时间置换也是民间故事中经常出现的，这与"烂柯山"型故事对时间的处理有相通之处。

故事中小鸡变成姑娘为孤儿做饭，属于螺女型故事。尽管这里是小鸡而不是田螺或蚌，但这只小鸡也是来自水中的龙宫的，所以二者之间应该是有联系的。在螺女故事二人结合的基础上，还衍生出岳母帮助、县官为难的部分，也很有特点，并且恰与中国古代的螺女故事中的一些情节相对应。唐人笔下记载的《吴堪》，是在晋代螺女故事的基础上发展而来的，故事说到吴堪与螺女结合后，县官妄图强占螺女，接二连三地给吴堪出难题。县官向吴堪索要"蛤蟆毛""鬼臂"和"祸斗"三样东西，都是世界上本没有的，这只不过是他的无理刁难而已。而在本则故事中，县官同样无理刁难。《吴堪》中的"祸斗"是民间传说中的一种食人吐火的怪兽，而本则故事中说的是"没法"，最后主人公赶了一群虎豹去县衙，二者尽管有一些差异，但也给人似曾相识的感觉。当然，《吴堪》中全凭螺女的法术而战胜县官，而本篇中，小鸡因鸡皮被烧失了法术，所以求救于母亲。

综上所述，可知本则故事保留了更多螺女故事的痕迹。（撰写人：董秀团）

异文：孤儿赵华 [1]

从前有一个孤儿叫赵华，从小父母就去世了，是奶奶把他抚养长大的。到赵华十几岁的时候，奶奶逐渐老了，眼睛也看不清东西了，于是，赵华就去帮村里的人家放牛。今天帮张家放，就在张家吃，明天帮李家放，就在李家吃，奶奶也跟着他吃人家的。早饭吃了，主人给赵华带上一点儿午饭，让他带着饭去山上放牛羊。赵华去山上放牛羊，要经过一座山神庙，每天不管他带着什么饭，都要到山神庙分一半儿供给山神。后来，山神就上天把赵华的为人禀告了玉帝。玉帝让山神在赵华放牛的箐里设了一塘水，水塘边长满青草。赵华把牛放到那里后，牛吃吃青草，又喝几口塘里的水，然后就睡觉。赵华也就可以在旁边休息了。有一天，赵华正在牛旁边闲着，不知从哪里跑过来两头牛，一头是红的，一头是黑的。两头牛跑到他面前打架，黑牛力气大，红牛力气小，眼看红牛打不赢黑牛了，赵华就帮红牛打黑牛，这样就把黑牛打败了。这两头牛其实是两个龙王的太子。红牛回到龙宫，就对龙王说："今天我出去玩，遇着黑龙的太子，跟我打起来，我差不多被他打死了，这时候一个放牛的人帮我把他打败了，我才能回来的。"龙王对太子说："你要问问他姓什么，叫什么，应该报答他的恩情。"龙太子就变成了一个小伙子，来到赵华旁边，问："大哥，你姓什么，叫什么啊？"赵华回答："我姓赵，叫赵华。"龙太子又说："大哥，我们交个朋友吧！"赵华说："你长得这么漂亮，穿得这么干净，一定是富贵人家的孩子，我只是一个穿破衣服的穷人，我怎么配得上你这个朋友呢？"龙太子说："不行，你交也得交，不交也得交，因为你救了我的命，我应该报答你。"于是，龙太子把自己的身份和刚才赵华相救的事情向他说明，还约他到龙宫玩几天。赵华说："不行啊，我要赶牛回去，我跟你去玩了，那我的牛怎么办？"龙太子说："没事的，到时候它们会自己回家去的。"于是，赵华就跟在龙太子的后面，他俩来到一个水潭边，龙太子说："我的家就在这里了。"赵华一看，吃了一惊，说："我怎么能进去呢？"龙太子说："你看我的衣袖一眼，就可以进去了。"赵华看了龙太子的衣袖一眼，发现两人已经来到龙宫了。

---

[1] 标题为编者所加。

他在龙宫闲①了三天。龙王告诉太子："该让你的朋友回家了。"太子对赵华说："大哥，你该回家了。"赵华是第一次住这么漂亮的龙宫，就说："让我再玩几天吧！"太子说："你看见花开了几次？"他答："早上开，晚上落，已经是三次了。"太子说："这就是三天过去了，我们龙宫里的三天是你们凡间的三年，所以你应该回去看看了。等你走的时候，我父王会送你一个礼物，他给你鸡屎你不要要，给你鸭屎也不要要，什么都别要，就要桌子边的那只小鸡，这样你就一辈子都好过了。"这样，龙王给赵华送东西的时候，他什么都不要，就要那只小鸡，龙王没有办法，把小鸡给了他。

赵华回到家中，奶奶已经去世了。他把小鸡放在家中，把门关上，就到田里干活去了。到了中午，他回来做饭，一进屋，见桌上摆着八大碗，饭已经做好了。他想不出来是什么人帮他做好了饭，而且还是八大碗。第二天，他出去的时候就把厨房的门开着，大门也没有关，到外面转了一圈，他又折返回来偷看，一看，原来是那只小鸡变成了一个美丽的姑娘，姑娘正在给他做饭呢。赵华悄悄走了进去，把桌子脚上拴小鸡的绳子烧掉了，还对姑娘说："你不要再变成小鸡了，你做我的媳妇好吗？"姑娘说："我不会再变成小鸡了，因为我们的姻缘已到，我要永远做你的媳妇。"从这天开始，赵华有了媳妇，他们夫妻过着恩爱幸福的日子（讲述人：张德五　讲述时间：2005 年 1 月 23 日　讲述地点：张德五家　采录人：董秀团、段铃玲、朱刚、赵春旺）

故事述评

故事的开头赵华因供奉饭食给山神而得到回报的情节与前一则《孤儿与龙女》相似，都突出了主人公的善良和对信仰的虔诚。但这则故事中是山神禀告玉帝，由玉帝变出水和草，而前一则是山神直接变出。两则故事中还有很多情节都一致，如都说看到两头牛打架，主人公帮助红牛，即帮助龙太子，主人公与龙太子结为富甲，主人公在龙宫住了三天已是人间三年。此外，主人公要了小鸡作为礼物，而小鸡会变成姑娘为他做饭，属于螺女型故事的嵌入。细节上的不同在于，《孤儿与龙女》中孤儿烧掉了鸡皮，本则故事是赵华烧掉了拴小鸡的绳子，尽管有些不一样，但其内涵是一致

---

① 闲是大理方言中玩、休息的意思。

的。本则故事也充满了白族传统文化的特色，如说小鸡给赵华做出的是"八大碗"，这是白族民间饮食中最富特色的部分。而且一般的螺女型故事总是说到螺女的原形被看见或是螺女的丈夫无意中说出了她只是田螺的话而使得螺女与丈夫之间的姻缘走到尽头，而这里，没有这样的宿命，赵华烧掉了拴小鸡的绳子，就好比其他故事中烧掉贝壳一样，这个具有象征意味的行为并没有导致二人的悲剧，反而是成全了他们自己。这是该异文对螺女型故事的小改造。（撰写人：董秀团）

百鸟衣 ①

有个孤儿靠砍柴过日子，每天砍了柴后背到街上卖，再换些粮食回来。就这样，砍柴卖柴，一直到了除夕那天，卖完柴，他就去赶集，买了一幅画，上面有一个女子的像。回到家，他把画像挂在墙上。奇怪的是，从那以后，他每次砍完柴回到家时，饭菜都已经做好了。他心想："奇怪了，这个给我做饭的人会是谁呀？"于是，他就去问邻居是不是他们帮自己做的饭，邻居们都说没有。他就老是在想这个给自己做饭的人到底会是谁。

有一天，他出门去，走出去一大截后又转了回来，看到自己的家里冒出了炊烟。他回到家偷偷地看，看到画上的女子从画里走了下来，正在给他做饭呢。他赶快跑了进去，把画从墙上扯了下来，放到火里烧掉了。女子对他说："你要是不把画烧掉的话，我可以变出东西来给你做饭，现在画被烧掉了就变不出来了，我们生活要是穷了的话怎么办？"他说："没关系的，只要我们好好地干活，好好地做人就可以了。"女子对他说："那你就去开荒、种菜。"孤儿开了很多的荒地，种了好几块地的菜。菜长好了以后，他就挑到集市上去卖。但是一出门他就会再转回去看，因为他的妻子长得太漂亮了，他实在舍不得离开，所以总想再回去看看。可是老是这样就什么活都干不了，所以妻子对他说："我给你画张我自己的画像吧，就挂在你的面前，这样你就不

---

① 标题为编者所加。

用一天到晚转回来看我了。"妻子真的给他画了一张画像，他把画像挂在了挑菜的担子上。有一天，他上街卖菜的时候吹来了一阵大风，把这张画给吹跑了。画像一直吹到了京城皇帝那里。皇帝拾到了这张画像，看到画上的女子十分漂亮，就对手下人说："你们拿着这张画像，照着画像中的女子找人，要是找到了就把她带回来，让她做我的妻子。"皇帝手下的人就去找人，果真找到了这个女子，他们把女子带回了皇宫。女子在临走的时候叮嘱自己的丈夫："我走了以后，你就到山上去打猎，把打到的鸟毛做成一件衣服，然后就穿着这件衣服来京城找我。"妻子走了以后，丈夫真的到山上去猎鸟，就这样一直过了三年，他终于缝了一件鸟毛的衣服。他穿着鸟毛的衣服，跳着舞，一直到了京城。他的妻子听到有个跳鸟舞的人到了京城一下子就笑了。女子这时已经做了皇帝的妻子三年了，但是在这三年里她一直都没有笑过，现在听说有个跳鸟舞的人来了，她就笑了。皇帝就想："奇怪了，做了我的妻子三年了，她都没有笑过，怎么会一听说有个叫花子来她就笑了，让我们去看看是怎么回事。"他们很多人一起出门去看，看到跳鸟舞的人，女子显得非常高兴，一直笑个不停。皇帝说："这种舞我也会跳，你要是高兴我就把鸟毛衣借过来，然后跳舞给你看。"皇帝真的把皇袍换给了女子的丈夫，女子的丈夫则把鸟毛衣换给了皇帝。女子看到皇帝穿上了鸟毛衣就对手下的人喊道："那是个叫花子，把他打死。"那些皇帝手下的人真的就把皇帝给打死了，这样，女子的丈夫就做了皇帝。（讲述人：张明玉　讲述时间：2005 年 1 月 23 日　讲述地点：张明玉家　采录人：董秀团、段铃玲、朱刚、赵春旺）

故事述评

　　百鸟衣型故事也叫作百羽衣型、羽毛衣型故事，是在我国各地民间流传十分广泛的一个故事类型。丁乃通《中国民间故事类型索引》中将之列为 AT465A 型，名为"百鸟衣"。其基本的情节就是，一个孤儿或穷人娶了一个美貌智慧的妻子，她被皇帝强行抢入宫中，她临走前交代丈夫去打猎制成羽毛衣，丈夫依计而行，穿上羽毛衣到皇宫中，女子被逗笑，皇帝为了逗女子开心，换上羽毛衣，把自己的衣服换给女子原来的丈夫，女子让手下打死了真正的皇帝，她的丈夫当上了皇帝。在一些地方的故事中，因说到女子的画像被风吹到皇宫，被皇帝见到，所以才要抓她入宫，所以这一故事有时也被称为"画中人""画中女"或是"画上的媳妇"等。在大理地区，这也是一则十分重要的故事，除了缝制百羽衣之外，一般都有"画中女"的情节。石龙村流传的这则故事中，则不仅有百鸟衣的核心母题，也有画中女的情节，此外，故事开头画上的女子走下来为孤儿做饭，这又是对螺女型故事的复合。

百鸟衣型的故事，从思想主题上来说，表现的就是贫苦人的一种美好希冀，不仅穷人和孤儿可以娶上漂亮智慧的妻子，而且，穷人的命运还可以因为智慧而改变。故事中，只是设计了一个小小的陷阱或者说在我们看来并不严密的计谋，主人公就巧妙地改变了命运，当上了皇帝。这看起来是不合常理的，但是，每一个读者和听众都不会去追究这样的事情是否会真的发生，却总能为故事中人物命运的改变而欣慰。因为每个人心中都怀有美好的希望，每个人心中也都有对善恶的评判尺度，只要符合良善的准则，又何必计较是否合乎常理呢？这或许也是民间故事幻想性和情节曲折性存在的原因之一，也是民间故事无穷魅力得以展现的一种方式。💫（撰写人：董秀团）

异文：百鸟衣[①]

以前有两口子，妻子长得很漂亮。当时的皇上喜欢美女，常常派人出来找漂亮的女人。一天，两口子去田里干活，皇帝派出来选妃的人看到这女子很漂亮就把她抢回了宫。妻子从宫里写信给丈夫，让他去山上打鸟，用鸟的羽毛做成一件羽衣，穿上去皇宫跳舞表演。丈夫按照妻子说的做了，他穿上羽毛衣服进了皇宫。他能进宫也是妻子安排的。妻子知道丈夫来了，天天很开心。皇帝说："你以前整天闷闷不乐，从来没有这么开心，就把他留下来跳鸟兽舞吧。"然后就把丈夫留下来每天穿上羽衣在皇宫里跳鸟兽舞，给她表演，妻子每天就很开心。皇帝说："穿上这衣服能让你这么开心，让我也穿一下，我也来跳跳。"于是皇帝也穿上羽衣跳舞。那丈夫就对下面的人说："这是乞丐，把他赶出去。"于是皇帝就被轰出去了。这个丈夫成了皇帝，天下

---

① 标题为编者所加。

于是就成了这两口子的了。(讲述人：李银吉　讲述时间：2016年7月31日　讲述地点：李银吉家　采录人：董秀团、王丽清、苏苑琴、李志兴)

故事述评

与前一个文本相比，该异文是比较单纯的百鸟衣型故事，没有复合"画中女"的情节。故事中强调跳的是鸟兽舞，这一点可能与石龙地处山区与鸟兽有较多接触有一定关系。🛶（撰写人：董秀团）

青蛙姑娘

员外有三个儿子，都到了娶媳妇的年纪了，于是他们就去射箭选亲。老大把箭射到了一个员外家，于是老大就娶了员外的女儿；老二也射到了一个员外家，于是也娶了个员外的女儿；老三的箭射到了草丛中，跳出了一只青蛙，青蛙拿出了箭，说要给他做媳妇，所以老三就娶回家一只青蛙。

他们的父亲一直都没有见过三个儿媳妇，到了八月十五了，父亲说："我还没有见过你们的媳妇，这回到八月十五了，你们叫她们给我做八月十五的粑粑，也就是做三个月饼。"两个员外家的女儿心想："没关系的，做月饼很容易的，我们倒是要去偷看一下那只青蛙是怎么做月饼的。"这时青蛙的丈夫则气得坐在地上，青蛙回到家，看见了就问他："你在生什么气？"丈夫说："你不知道，要到八月十五了，爹要叫你们给他做些粑粑，大嫂、二嫂都会做，而你不会，所以我很伤心，我想爹会骂我们的。"青蛙说："没关系的，你不用怕。"这时，他的大嫂和二嫂两个人来看她，看到她拿了一坨坨的面并丢到了火中。她们俩于是就想既然她就这样把面丢到了火中那我们两个也乱做好了，所以大嫂、二嫂真的就胡乱做了两个粑粑，但是她们不知道其实青蛙是龙家的女儿，所以她做的粑粑上还有花，好看极了。第二天，青蛙就叫自己的丈夫端了过去，两个嫂嫂做的难看极了，所以他们的父亲说："我吃你们妹妹做的这个，另外这两个给放牛的吃算了。"然后把大嫂、二嫂的都给了放牛的，他吃了青蛙做的这个。

到了春节，父亲吩咐三个儿子说："春节要到了，让你们的媳妇给我缝几件衣服。"青蛙的丈夫回到家又气得不行，青蛙说："你气什么呢，和我说说。"丈夫说："你不知道，爹要你们妯娌三个给他缝三件衣服，你不会缝，所以我很伤心。"她回答说："没关系的，你放心好了。"她的两个嫂嫂还是去偷看她，她让丈夫买回来了一张蒲席。两个嫂嫂看到后就说："他们缝的是蒲的，那我们也缝一件蒲的好了。"两个嫂嫂果真就缝了两件蒲衣。这时，青蛙则请来了她的大姐、二姐给她的公公缝了一件龙袍。春节的时候，青蛙的丈夫把龙袍端给了父亲，而两个嫂嫂的是两件蒲衣。父亲说："老大、老二媳妇的给放牛的穿好了，我穿老三媳妇缝的这件龙袍。"

要到父亲的生日了，父亲对儿子们说："这回我要过生日了，想认识认识你们的媳妇，把她们叫过来给我看看。"三儿子这时又伤心地想："父亲要的那些东西可以做出来端过去，但这次要怎么办，大嫂、二嫂都长得很漂亮，而我的妻子是只青蛙，要是看到了真是让我觉得太羞愧了。"这样想想又伤心地哭了起来，青蛙问："你又伤心什么？"丈夫答道："要到爹的生日了，所以爹想要叫你们妯娌几个去给他跳舞，可你是只青蛙，舞也不会跳，所以我很伤心。"青蛙说："没关系的，到了生日那天，你们先去，到了中午我就跟着过来。"到了父亲生日那天，大家就先去了，到了中午的时候，大家正在吃着饭，这时"咣"的一声，一个大大的食盒掉在了他们的桌子上，这只青蛙变成了一个很漂亮的姑娘从盒子里出来，给他们跳舞，她把酒倒进左手，把鸡、鱼的骨头倒进右手跳了起来。左手一挥，挥出了大海洋，非常好看，右手一挥，挥出了一座小山，也非常好看。父亲喜欢极了，对这个儿媳妇很满意，于是要叫她的两个嫂嫂也跳舞来看看。大嫂、二嫂两个人也学着她的样子，把酒和骨头倒到了自己的手中，一挥手，骨头打到了自己的脸上也打到了其他人的身上，酒洒到了别人的眼睛里，把人们的眼睛都弄疼了，所以根本就没有人看她们跳了。（讲述人：张明玉　讲述时间：2005 年 1 月 23 日　讲述地点：张明玉家　采录人：董秀团、段铃玲、朱刚、赵春旺）

故事述评

　　人与动物或异类的婚配一直是民间故事中的重要内容。这样的故事，充满了幻想和想象，充满了神奇和曲折的情节，独具艺术魅力。在人与动物异类婚配的故事中，青蛙丈夫或青蛙王子是很常见的一个类型。丁乃通《中国民间故事类型索引》中将"神蛙丈夫"列为440A型。此类型故事讲述一个姑娘和青蛙婚配，青蛙多以男性的角色出现。在民间故事中，还有一类型，青蛙以女性角色出现，也就是一个男子和青蛙成婚，即"青蛙姑娘"型，林继富将之列为"青蛙丈夫"型的亚型之一。[①]石龙村流传的这则《青蛙姑娘》就是这样的亚型。故事的主角是青蛙姑娘，除了异类婚配，又融入了智慧考验和解决难题的母题。青蛙姑娘并非普通动物或凡人，她是龙家的女儿，所以，在为老公公做月饼、做衣服、跳舞表演等考验中，青蛙姑娘不仅化解了自己面对的难题，而且还赢得了胜利和别人的喜爱。与之形成鲜明对比的，就是两个员外家的女儿，在考验中，她们只是青蛙姑娘的衬托。

　　当然，在青蛙丈夫或青蛙姑娘型的故事中，一张蛙皮往往是具有神奇属性和特异性能的，有的常常说到因为烧了蛙皮而导致青蛙丈夫或青蛙姑娘的丧生。但是，在本则故事中，并没有将注意力集中在这张蛙皮上，这样的处理，似乎冲淡了故事的巫术色彩和神秘性，却使我们将焦点更多集中于对青蛙姑娘智慧的描述，为她的智慧和能力而惊叹，为她在考验中的胜利而欢呼。🖎（撰写人：董秀团）

蛇郎[②]

　　据说，贡山[③]那个地方有个老妈妈去割草，有一条蛇爬到了老妈妈的筐中盘起来。老妈妈对蛇说："你要是想咬我一口就赶快咬吧，不然的话你就赶快爬出来。"蛇开口

---

① 刘守华主编，《中国民间故事类型研究》，华中师范大学出版社，2002年，第423页。
② 标题为编者所加。
③ 在云南省怒江州。

对她说："你有三个女儿，给我一个做媳妇，不然的话我就不出来。"

老妈妈回到家以后就一直哭，大女儿见了就对老妈妈说："妈，要吃饭了，你怎么还哭呢？"老妈妈说："唉，你们不知道，蛇要叫你们中的一个去做他的媳妇，是蛇呀，你们要不要？"大姑娘说："是蛇，我怎么能要？"过了一会儿，二姑娘来叫老妈妈吃饭了，见到母亲在哭，她就问母亲道："妈，来吃饭了，你今天一整天的在哭什么呢？"老妈妈说："有一条蛇要叫你们中的一个去做他的媳妇，你愿意吗？"二姑娘说："是蛇，我怎么能要？"最后，三姑娘也来问老妈妈："妈，你今天为什么不吃饭？"老妈妈说："有条蛇要你们中的一个做他的媳妇，但是你的大姐不要，你的二姐也不要，你要不要？"三姑娘对她说："你吃饭吧，我去做它的媳妇好了，你不要哭了。"老妈妈于是去吃饭了，吃完饭发现蛇已经在他们家的门口等着了。三姑娘就这样跟着蛇到了一个照不到太阳的深山老林里，走了一段路，蛇对三姑娘说："你等一下我，我过一会儿就回来。"等到蛇回来的时候已经变成了一个长得非常漂亮的小伙子了，他问三姑娘说："三姑娘，你在这里干什么？"三姑娘对他说："我来给人家做媳妇来了。"小伙子对姑娘说："这样的话，你做我的媳妇好不好？"三姑娘说："不行，我已经有丈夫了。"小伙子说："没关系的，你的丈夫是个什么样的人？你还是做我的媳妇好了，我是个很不错的人。"三姑娘说："虽然我的丈夫不是很好，但是我是不会做别人媳妇的，答应做他的媳妇就是他的媳妇了。"说完，三姑娘还是在那里等着，小伙子离开了又变成蛇回来，等到蛇来了以后，三姑娘就和蛇一起走了。走了一段路以后，蛇对三姑娘说："你往我的袖子里看一眼。"三姑娘往蛇的袖子里看了一眼，突然就到了蛇的家，其实这里是龙宫。回到龙宫，蛇又变成了一个小伙子。

蛇郎和三姑娘在龙宫里过了三天，蛇郎对三姑娘说："我们在这里的三天就是人间的三年了，也该回你家看看了。"三姑娘和蛇郎就一起回到了娘家，还带回家两件龙袍和一堆鸡鸭屎，其实这些鸡鸭屎就是金银。三姑娘打扮得也是光鲜亮丽的，她的二姐非常羡慕。二姐看到三姑娘还把孩子也带了回来就对她说："我们两姐妹换一下，我去做蛇郎的媳妇好了。"三姑娘不答应，于是她的二姐就把她给害了，自己跟着蛇郎回到了龙宫。因为二姑娘小的时候得过天花，脸上留下了麻子，而三姑娘长得非常漂亮，所以三姑娘的孩子看到二姑娘的时候就不要她了。蛇郎说："你怎么才回家了几天，就变成这个样子了？"二姑娘说："你不知道，刚好在我回家的时候家人在院子里晒豌豆，我滑倒了，豌豆就把我的脸印成这个样子了。"蛇郎相信了，然后他们做晚饭吃。三姑娘在死了以后成了仙，就跟在了他们的身后。吃饭的时候，蛇郎端起了一碗饭，盐淡了，再吃另外一碗饭的时候盐又咸了，后来还在碗里吃出了一根头发，刚好有七尺长。蛇郎于是说："七尺长的头发是我媳妇的。"三姑娘就在后面说："盐少盐多你知道，夫妻相会你不知。"蛇郎就说："要说夫妻相会我不知道的话，你就出来见一下吧！"三姑娘和二姑娘同时出来了，她们一起出来，蛇郎也认不出来谁是谁了，于是，蛇郎就说："既然我认不出你们来，我就点上一堆火。"点好火以后，蛇就叫她们从火上跳过去，还说要是能跳过去的就是他的媳妇，要是跳不过去的就不是他的媳妇。三姑娘很顺利地跳了过去，而二姑娘却掉到火里被烧死了。（讲述人：张明玉　讲述时间：2005 年 1 月 23 日　讲述地点：张明玉家　采录人：董秀团、段铃玲、朱刚、赵春旺）

故事述评

　　蛇郎型故事也是一个在中外各地流传广泛的故事类型。由于流传广泛，对该类型故事的研究也引起了学者的高度关注。早在 1930 年时，钟敬文就已对蛇郎故事进行了分析，撰写了《蛇郎故事试探》的文章。1986 年，刘守华又发表《蛇郎故事比较研究》的论文。丁乃通《中国民间故事类型索引》中，蛇郎故事被列为 433D 型。刘守华将中国特有的 433D 型蛇郎故事的梗概概括如下：（1）一老汉因得到蛇的帮助，答应嫁一女给蛇。蛇上门求亲，大姐二姐拒嫁，只有三姑娘愿意嫁给蛇。（2）三姑娘与蛇郎成婚后，蛇郎变形为人，二人生活幸福。大姐心怀嫉妒，害死三姑娘，并冒充三姑娘与蛇郎生活。（3）三姑娘变成小鸟，嘲笑大姐，大姐杀死小鸟，鸟变为竹或枣树，树被砍后做成竹床或木凳，不断揭露真相。（4）大姐烧了竹床或木凳，三姑娘变成火炭、剪刀、金戒指等物，随后复活，夫妻团聚，大姐被蛇郎撵走或羞愧自尽。[①]各地流传的蛇郎故事基本情节相同，但在细节上不尽相同，如三姑娘被害后变化之物

---

① 刘守华主编，《中国民间故事类型研究》，华中师范大学出版社，2002 年，第 408 页。

和提示蛇郎的做法就存在诸多的变异。

石龙村流传的这则蛇郎故事，总体的情节与其他地方流传的蛇郎型故事是一致的，如只有三姑娘愿嫁给蛇郎，婚后生活幸福，三姑娘被害等。但也有自己独特的一些地方，如故事开头，是老妈妈割草遇蛇而非得到蛇的帮助，中间还增加了蛇郎化身小伙子来考验三姑娘的情节。三姑娘并没有因为自己要嫁的是蛇而背叛它，所以最后她通过了考验，得到了蛇郎真正的爱，蛇也变成了一个小伙子。这一考验情节，更鲜明地表达了三姑娘言出必行、遵守诺言的品质，也表达了她对蛇郎的忠贞。故事中还提到蛇的家其实是龙宫，言下之意，蛇不是普通的蛇，而是龙。在白族民间故事中，龙的故事很多，这些龙常常化为蛇的形象，而人们对龙，特别是善龙无疑存着一种崇拜之心。此外，在其他地区的蛇郎故事中，三姑娘变成小鸟、竹子、枣树、竹床、木凳、火炭、剪刀、金戒指等物，但石龙村的故事中没有这些内容，而是通过吃的饭的咸淡和碗里吃出头发等来提醒蛇郎，结尾处，二姐不是被赶走，也不是羞愧自尽，而是在通过跳火堆这一考验时，被火烧死了。

刘守华指出蛇郎故事还有 433F 型，即一女上山劳动遇蛇，与蛇婚配，子孙繁衍，成为蛇氏族。此种以蛇为氏族始祖的神话在生活于怒江地区的白族支系勒墨人中也有流传，典型文本有《氏族来源的传说》[1]。本则故事开头强调故事发生地"贡山"也属于怒江，这样的联系应当不是偶然的。✍（撰写人：董秀团）

异文：蛇郎[2]

"盐巴淡咸你知道，夫妻真假你却不知"，这句话说的就是下面这个故事了。

有一个老妈妈，她有两个女儿，都到了要出嫁的年纪了，姐姐长得没有妹妹漂亮，良心也没有妹妹好。

有一天老妈妈去割草，当她第二次把草放进背篓里的时候，看见有一条蛇在草

---

① 云南省民间文学集成办公室编，《白族神话传说集成》，中国民间文艺出版社，1986 年，第 35 页。
② 标题为编者所加。

里面团成一团。她有些害怕就跟蛇说："你自己爬出来吧，那我就不倒你出来了。"于是，蛇就自己爬出来了，出来以后就变成了一个帅气的小伙子，原来他是龙王三太子。三太子对老妈妈说："大妈，我要娶您的一个女儿。"说完他就一直跪在那里，老妈妈没办法就答应了他，但是答应完她就后悔了。

回去以后她就垂头丧气地把草篓放在一边不说话，晚饭也不吃就一直坐在凳子上。两个女儿问她怎么了，她说："有这么一件事情你们不知道，你们两个中有一个要先出嫁了，你们哪个愿意去？"姐姐良心不好不想去，妹妹就说："不管什么人那我去吧，您不要难过了，您先把饭吃了。"

第二天，老妈妈把小女儿带到龙潭那里，三太子已经在那里等了。三太子给老妈妈下跪感谢她，还给了她好多贵重的东西，之后就带着妹妹离开了。妹妹和三太子去到龙宫后，也不用做什么，日子过得很安逸。妹妹良心好，就想："我嫁来这里这么好，姐姐当初不愿意过来，家里那么穷，我应该给她们带点儿什么东西。"妹妹就带了一些东西回去看她们了。

回去后姐姐看到妹妹穿金戴银，一身贵气，就开始后悔自己当初没有嫁过去。姐姐开始打妹妹的主意，这一天她把妹妹叫到外面准备把她杀了，结果被另一个过路的小伙子给救走了。姐姐就代替妹妹去了龙宫，三太子见了她后就问她："你之前那么好看，这次回来怎么没有以前漂亮了？"她对三太子说："你不知道，我上次回去的时候，妈妈在家里晒豌豆，我不小心踩在豌豆上面滑倒了就有些破相了。"就这样姐姐和三太子住了很久他也不知道。

一段时间后老妈妈发现了，说大女儿去龙宫了，那小女儿去哪里了？老妈妈就到处找她，最后把妹妹找了回来。妹妹把事情经过跟母亲说了，母亲就说："既然你姐姐已经去了龙宫，那就算了吧，你就在家好了。"妹妹良心好就答应了，但是决定还要再去一趟龙宫。

妹妹去到龙宫，看到姐姐和三太子在一起吃饭，她在外面就捂着嘴小声地对着三太子说："盐巴淡咸你知道，夫妻真假你却不知。"三太子听到了，可他不明白是什么意思。旁边的姐姐也听到了，就开始和三太子闹，还问他这句话是什么意思。三太子后来明白了，就开始和姐姐吵："当初就说你和以前长得不一样，你还要骗我！"这时候妹妹走出来说："姐姐，当初让你嫁过来你不要，现在既然你想在这里你就在这里，我不会和你抢的。"可是三太子不要姐姐了，把她赶了回去。

姐姐回去以后，母亲就这件事情骂了她几句，她就跟母亲发脾气还动起了手。姐姐一不小心手刮到母亲的眼睛上把她眼睛碰瞎了一只，这样姐姐就跑了。后面老妈妈去打听姐姐的消息才知道她已经跳河自尽了。

过了几天妹妹回来了，看到母亲的眼睛已经瞎掉，姐姐也不在了，就问发生了什么事情，母亲把事情告诉了妹妹，妹妹就到龙宫找了最好的大夫把母亲的眼睛医治好，还把母亲接到了龙宫。（讲述人：张福友　讲述时间：2015 年 7 月 26 日　讲述地点：张福友家　采录人：董秀团、杨英、李昕、普燕、赵晓婷）

故事述评

该异文总体上也属蛇郎型，但故事中明确说这条蛇就是龙王三太子，白族民间流传着丰富的龙故事，这则故事给蛇郎附着这样的身份当与龙故事在当地的广泛影响有一定关系。　（撰写人：董秀团）

小伙子遇到老鼠姑娘

有一个小伙子家里经常有一只老鼠来偷吃东西，但他没有把老鼠打死。后来这只老鼠就变成了一个姑娘要给他当媳妇，但是他害怕不敢要。姑娘就每天在小伙子去地里的时候，在家给他把饭变出来。一段时间后小伙子便喜欢上了姑娘，他就想着反正她天天给我把饭变出来，我就不用干活了。姑娘就对他说："你不下地去劳动是不行的，还是要去呢。"小伙子只好再出去干活，可他觉得媳妇长得太好看了，忍不住想要回来，所以每天出去干活都要回来偷看她三次。

时间长了以后老鼠姑娘就想了一个办法，把自己的画像拿给小伙子让他带着并对他说："你想我的时候就看一下画像，不要跑回来啦！"过了几天以后，小伙子出去干活时又在想媳妇在家是怎么做饭的，就跑回去偷看媳妇做饭。因为被小伙子看见她变东西会对老鼠姑娘不好，所以她就又把小伙子哄到地里。小伙子假装走了却躲在门口偷看她，当老鼠姑娘正准备变饭出来的时候，小伙子就进来抱住她，从此以后她就失去了法力，不能再变东西，也变不回原样，只能一直做他媳妇了。后面因为小伙子比较懒惰不去下地，他们俩的生活就过得比较贫苦。（讲述人：张福友　讲述时间：2015 年 7 月 26 日　讲述地点：张福友家　采录人：董秀团、杨英、李昕、普燕、赵晓婷）

故事述评

这则人与异类即老鼠婚配的故事，复合了螺女型故事中少女为男子炊爨的情节，后面还复合了妻美不安心劳作，于是妻子让丈夫外出劳动时带上自己画像的情节。同时，故事中还夹杂了对小伙子懒于劳作的批评，体现了白族民众勤劳为本的价值观。🛶（撰写人：董秀团）

找金鸡

有一对夫妻，家里很贫困，生了一个独子。虽然家里穷，但因为只有这一个儿子，所以还是供他去读书。同村员外家的三女儿爱上了这个穷人家的独子，于是就对他说："我给你做媳妇吧，我给你做媳妇吧！"他和同学一起去读书，这个女孩子总是跟在他的身后，还对他说要做他的媳妇。终于有一天男孩儿告诉他的父母说员外家的三女儿不止一次说过要做他的媳妇，他想要父母和他一起到女孩儿家去。父母听了以后说："我们家是讨饭的，人家却是员外家，我们怎么能配得上呢？你去告诉那个女孩儿'我配不上你'就可以了。"男孩儿听了父母的话，就去对员外的女儿说："我们配不上你们，所以我不能要你。"员外的女儿说："没关系的，你们来我家坐坐，我已经决定要嫁给你了。"此后，员外的女儿不停地邀约男孩儿。后来，男孩儿及父母三人还真上员外家去了。但是到了女孩儿家他们却被骂了出来。之后又再去，又被骂出来，反反复复好几次。不过那个女孩儿还是对男孩儿子说："没关系的，跟我去吧，跟我去吧。"过了几天，男孩儿家的人又去员外家，眼看就要挨打。男孩儿的父母说："我们也不愿意来，你们是员外家，我们是讨饭过活的一家，我们配不上你们。只是你家的女儿天天来找我儿子，不然我们也不会来。"员外家的女儿也说："不要骂他们了，我喜欢他家的儿子，我要做他家的媳妇。"员外说："你要娶我女儿也行。离这里很远那座高山顶上，有一棵很大很大的树。树上面有一对金鸡，你把这对金鸡捉回来，我就让她做你家的媳妇。"男孩儿答应了，准备去捉金鸡。那座高山的顶上有一棵大树，金鸡就住在那里。以前去捉金鸡的人很多，但是没有一个能回来。原来那座大山脚下，山谷里有一只大蛇，很多去找金鸡的人都被它吞食了。员外心想："如果他敢去，一定有去无回。"

出门的那天，男孩儿把斧子磨得很锋利，带着斧子上路了。路上遇见一个老人，他问道："阿大大，今天我能不能到那棵大树那里？"老人说："好侄儿呀，那个地方是你能去的吗？去不得，去不得，你回去吧。那里有一只吃人的大蛇，去了几千几百人都被吃掉了，没有人能回来。你独自去的话，它要是把你吃掉就完了，回去吧！"男孩儿回答说："不能去我也要去。"到了山谷里，男孩儿看到蛇的嘴巴大大地张着，一下子就把他吸到了嘴里。这时他拿出斧子，正好卡在蛇的嘴角上。蛇一点点把他吸进去，他的斧子也就慢慢地划了进去。当他被全部吞下的时候，正好把蛇割为两半儿。大蛇就这样被杀死了。蛇的肚子里有很多东西，还有很多金银。蛇被杀死的时候，同村的马帮正好路过。于是，男孩儿就把这些东西全部给了他们，而他自己什么也没拿。之后，他又接着往前走，找到了那棵大树。但那棵树特别高，如果人抬头看的话帽子都得掉下来。金鸡就住在树上。男孩儿没多想就开始爬树了。他爬呀爬，爬到了树中间，一不小心脚底踩空，一跤摔了下来，昏了过去。一天后，男孩儿醒了过来，立刻又接着爬树。又过了很久，快要到树顶的时候，他又摔了下来，差点儿把腰摔断。这样摔了好几次，人都快摔死了。男孩儿心里想："我的腰都要摔断了，怎么还是爬不上去？"于是他就在那里绞尽脑汁地想，最后想到要把树砍掉，并暗下决心："既然爬不上去的话那我一定要把这棵树砍倒。"但是，树很大，要把它砍倒可不容易。男孩儿砍了很久，也只砍出一个小口子。他又不停地砍，过了很久，口子才一点点大起来。就在树快要倾倒的时候，金鸡飞了下来。这时，男孩儿赶紧用衣服接住金鸡，包裹严实后向家中奔去。家中的父母以为男孩儿已经遇难，整日哭泣，悲痛不已。此时男孩儿回到家中，父母亲大喜过望，高兴得不得了。他们把金鸡放进托盘，端到员外家，员外说："这对鸡是你们从什么地方偷来的，还是抢来的？你们家都穷得要饭了，怎么能弄来这对金鸡？"就这样，员外不但拿走了金鸡，还对他们又打又骂。男孩儿的父母说："员外，我家儿子为了拿这对金鸡，差点儿把命都搭进去，希望你不要这样不讲理。"员外的三女儿也看不惯父亲的做法，说："这是你和他们的约定，你怎能不守信用，现在无论如何我都要到他们家做媳妇了。"父亲说："好，你就嫁到他家去。但是，你出嫁的那天什么也不许带，只能你自己一个人过去。"就这样，员外把女儿嫁给了那户穷人家，而且什么嫁妆也没给。

后来，有一天，员外的女儿对丈夫说："你明天去赶集买几张纸回来，我要拾掇拾掇。"丈夫答应了，赶集回来时给妻子买了几张纸。女人把纸剪成一缕一缕的，有一筐那么多。等到人们都睡下，她把这筐纸拿到门外一块草坪上去烧。纸烧完后，她对着吹了一口气，突然间变出"四合五天井"①那么大的一院房子来。院子外面一股活水流过，院子里摆放着桌椅，幽幽静静、清清秀秀，里面什么都不缺。就这样，两口子的日子就慢慢地好了起来。生活改善之后，员外跑来问："你们是从什么地方弄到这些东西的，你是怎么做到的？"女儿只好老实交代，而员外也要求女儿必须给他变出一模一样的院子。女儿只好叫自己丈夫去买纸来，给员外变出一院房子。但是，员外开始以后就停不下来了。一会儿要衣服，一会儿要其他东西，没完没了。不单如此，他还嘱咐女儿，生日和逢年过节的时候都要给他变东西出来。虽然员外得到了很多东西，但是他嘴上还是不依不饶的。到员外过生日的时候，他对女儿和女婿说：

---

① 三坊一照壁、四合五天井是白族传统民居的布局，四合五天井是比较好的、规模比较大的民居。

"这回我要过生日了，你们要给我变个我从来没有见过的东西。过去你们给我的净是些我见到过的东西，我也是做员外的人，你们要给我一样我不知道的、没见过的东西！"女婿很发愁，心想："员外什么东西没见过？"于是就去问妻子："我们要给他什么好呢？"妻子说："别着急，明天我俩去赶集，买点儿东西给他就行了。"第二天，夫妻俩去赶集，买了很多纸，还有很多炸药、火药什么的。回到家，把火药包在纸里面，包成一大包，同时还配上五颜六色的纸，看起来很好看。他们把这个东西放到托盘里，拿去给员外。员外说："我什么东西都见过，但你们今天端来的这一包我却没有见过，这是什么东西呢？"员外慢慢地解开那些纸，解呀解，解到了炸药就把员外给炸死了。这样，员外被炸死以后，两口子的生活才清静起来。（讲述人：张明玉　讲述时间：2005 年 2 月 12 日　讲述地点：张明玉家　采录人：董秀团、段铃玲）

故事述评

　　该故事可对应 AT 分类编号为 923B"负责主宰自己命运的公主"。此类故事的女主角通常不是一个公主，而是一个高贵人家的少女，故事基干主要由"小女儿看上穷人男子"，"丈夫找到宝物变富有"，"两人终成眷属并使势利丈人得到惩罚"几个情节单元构成。此类故事的核心在于穷人家男子在未婚妻的帮助下，解决了富贵丈人所出的难题，最终脱贫与妻子结合。这也是把握 923B 型故事的关键所在。我们收集的这则故事，在总体上并不脱离 923B 型故事的藩篱，只是故事的结尾更加丰富。一般的923B 型故事多以"千金女终嫁穷家汉"收尾，有的会附加上势利丈人受到惩罚的情节，但一般不会着力太多。我们收集的这则故事中，故事讲述人在讲完 923B 型故事后，又链接了一个类似 313A 型"仙女救夫"的故事，使得整个故事又沿着另一个发展方向继续推进。对此，有学者曾做过精当总结，"母题具有极为活跃的变异性，同时具有极强的黏着性，极强的链接能力，具有组织和推进情节的机制"[①]。由此看来，母题与母题之间的链接常常不是单向的和唯一的，而是多向的和多元的，本则故事正

---

① 刘魁立，《民间叙事的生命树》，《民族艺术》，2001 年第 1 期。

好提供了一个较典型的分析样例。相关故事请参见，《中国民间故事集成·四川卷》，第 451 ～ 453 页，"敬灶神"；第 614 ～ 617 页，"在人不在命"。《中国民间故事集成·浙江卷》，第 451 ～ 453 页，"三女发家"。🐚（撰写人：朱刚）

李五宝的故事

京城里有两夫妇，他们有一个儿子叫李五宝。李五宝的父亲犯了错误，要被杀头，还株连全家。父亲告诉李五宝："我救不了你，快去找你伯父，他能救你。"于是李五宝逃到伯父那里，伯父把他藏在花园中。京城里贴出皇榜，谁找到李五宝就可以封官。李五宝的伯父有两个儿子，没什么出息，看到皇榜后就逼迫父亲，说："我们要把李五宝交出去，这样就可以直接当官了。现在读书还不知有没有出头之日，只要交出李五宝，官位就唾手可得了。"开始时，李五宝的伯父还大声训斥两个儿子。不过时间一长，两个儿子软磨硬泡，他也同意交出李五宝了。

这一天，伯父对他说："李五宝，我给你办了一桌酒席，你好好吃上一顿，我不能再救你了。他们已经知道你躲在这里，明天就得把你交出去。"李五宝听了伯父的话，大哭一场，完了就回到花园中睡着了。他伯父还有一个女儿名叫芳玉，芳玉晚上做了一个梦，梦见她家的花园着火了。她吓了一跳，梦醒后连忙跑到花园中，看见李五宝身上射出光来，把他们家的花园都照亮了。芳玉想："这个人以后必定是个官，只不过现在有难而已，要不我就给他做妻子吧。"于是，芳玉就对他说："李五宝，我做你的妻子吧。"李五宝说："明天他们就要杀我，你怎么能做我的妻子。"芳玉说："如果你答应让我做你的妻子，我就放你出去。"李五宝同意了，于是芳玉就把他放走了。临行前，芳玉把衣服的里衬撕成了两片，把她的镜子也掰成两半儿，用里衬包住了镜子，和李五宝一人拿了一半儿。

李五宝逃走了。第二天早上，大伯的两个儿子想着马上就可以做官，都兴高采烈的。二人吃完饭后到花园一看，却发现花园里空无一人，李五宝已经逃走。大伯问："是谁把他放走的？"芳玉说："是我放的，我已把自己许配给他了。"李五宝的大伯正有事要出去，于是他对女儿说："你今天一定要死，要是你不死，我回来就把你剁成肉泥。给你一根绳子和一把剪刀，你要怎么死随你的便。"芳玉的母亲帮助了女儿，她做了一口棺材，假装芳玉已死。芳玉则带了一箱金银逃了出去，并追上了李五宝。他们去了一个很遥远的村子，并在一条街上租了间铺子，在那里卖东西，生活很美满。

他家的铺子是从一个员外家租的，而员外家住得离铺子很远，所以一个星期派人去收一次租金。有一次，员外的家院去收租金，到天黑才回来，眼睛哭得又红又肿。员外问他发生了什么事，家院说："租我们铺子的那个人，年纪轻轻却已经有一个非常美貌的妻子。我命不好，40多岁了还做家院，连妻子都没娶上，我是因为这个才哭的。"员外听了，便说："改天我去收租金。"到了下一次收租金的时候，员外自己就去了。看到芳玉，员外被她的美貌惊呆了，也因此起了坏心。员外对李五宝说："我们也可算得上是主和客，你租了我的铺子，却连我家都还没去过，今天你就跟我一起回去吃顿饭吧。"李五宝高高兴兴地跟着员外去了他家。这时，员外已经安排好人杀死了家院，李五宝一到，就把李五宝推到家院旁，然后去报官说李五宝杀了人。李五宝就被抓去充军。芳玉想："既然他去充军，那就是死路一条。我的生活也完了，我也吊死算了。"于是拿了一根绳子来到院子里的桃树下要自杀。刚把绳子套上去，邻居家的老妈妈走了过来，解下她的绳子，问她："姑娘，你为什么要自杀呢？"芳玉告诉她自己的丈夫充军去了，还不如死了算了。老妈妈说："你千万不要想不开，做我的女儿好吗？"芳玉说："做你的女儿可以，做你的儿媳我可不做。"老妈妈说："我一个人，没有儿子，你就做我的女儿吧。"于是芳玉就做了老人的女儿。

过了几天，李五宝要上路了。芳玉告诉老妈妈，毕竟夫妻一场，她要准备一桌酒菜，去路边给李五宝送行。于是，芳玉做了一桌酒菜，在路边等着。囚车过来后，押解的差人放李五宝下车。芳玉和李五宝也无心吃饭，只是抱头痛哭。过了一会儿，李五宝又回到车上去，芳玉随后也回到家中。李五宝到了要杀头的地方，恰好这里掌管牢房钥匙的老倌儿有一个痴呆的儿子，他和妻子商量，用儿子去换李五宝，这样他们就可以得到一个聪明的儿子。妻子答应了。于是，他们用痴呆儿子换出李五宝，李五宝就成了他们的儿子。三人一起生活了几天，养父心里想："我们原来的孩子是个痴呆儿，现在这个这么聪明，早晚会露馅的。我们不能住在这里了，还是回老家吧。"于是他们返回老家生活。这时，地方上贴出了让学生去考试的告示。养父问李五宝："李五宝，你准备去考试吗？"李五宝说："我想去，但我们家里这么穷，拿不出钱，我开不了这个口。"养父说："你去考吧。"于是，老倌儿把妻子给当了，拿回 50 两银子让他去考试。李五宝想："我手里这 50 两银子是母亲的身价，不能用。"于是，他靠帮其他学子做饭、牵马等，解决了自己的吃饭问题，始终没有动那 50 两银子。后来，李五宝得中状元。回到家里，养父问他："李五宝，你考上了状元，想娶个妻子吗？"李五宝说："我已经有一个妻子了，我要去找她。"养父让他换了衣服，装成一个算命的人去找妻子。于是，李五宝乔装打扮，来到芳玉住的那个村子。正巧芳玉和她的养母出来算命，李五宝又解得分毫不差，芳玉哭成了泪人。过了几天，李五宝又来替玉芳算命，还是算得很准。芳玉母女十分惊讶，没想到这个人算命如此之准，就想请他到家里吃顿饭。这样，李五宝就被她们请到了家中。芳玉心里虽然觉得这个算命的人长得很像自己丈夫，但只是躲在房中哭，不肯出来见客人。李五宝问："大妈，为什么你的女儿不肯出来？"老人说："我女儿的丈夫去世了，她说你很像他，想起亡夫所以很伤心。"李五宝说："搞不好我就是她丈夫吧？"芳玉在房中听到这番话，恼怒不已，脱下鞋子来要打李五宝的嘴。李五宝说："不忙，证据在此。"说着拿出了镜子和里衬，正好和芳玉手里的配在一起。夫妻二人终于相认。后来，他们把芳玉的养母和李五宝的养父母一起接走，去到李五宝做官的地方，一大家子幸福地生活在了一起。（讲述人：张明玉　讲述时间：2004 年 8 月 4 日　讲述地点：张明玉家　采录人：董秀团、段铃玲）

故事述评

从故事类型的角度来看，该故事基本可以归入 AT 分类中的 881A 型"夫妻离散各执信物终得团圆"故事，但是实际情况远比这复杂得多。881A 型故事的重点在于，一对夫妻在逆境中失散，各执一个信物以便识别对方；后来，丈夫千方百计寻找妻子，终于凭着信物寻亲成功，夫妻重新团圆。从上述要点来看，本故事的后半部分可以归入881A型故事。故事的开端则相对比较难以划归类型，但若从功能的角度来看，似乎也可视作服务于881A型故事的核心母题"失散—团圆"。首先，李五宝遭难，却因此娶到娇妻。故事讲述家似乎有意在"遇难"这一情节之上嫁接一个其他类型的母题，却又很快转过话锋，过渡到了李五宝与妻子的分离上。其次，二人出逃表面上是转机，实际上却隐含着离散的危机，各种细节的出现都朝向离散的结果。再次，结尾中状元的情节呼应开头妻子对于李五宝将来做官的预测，为夫妻的团圆创造了条件。最后，凭借信物，夫妻团圆。这就是我们将该故事划入881A型故事的主要原因。（撰写人：朱刚）

小伙子和姑娘私奔

传说村里有一对小伙子和姑娘约着出去，可是姑娘已经嫁人了，嫁的那家人还是挺不错的，婆家人对她也好。但姑娘偏偏喜欢另外这个小伙子，这个小伙子的家里比较贫穷，姑娘就把丈夫的钱偷了一些和小伙子跑了。

这天她和小伙子说好了时间、地点，让小伙子在墙外面等她。可是小伙子有事情来晚了一会儿，这时候另外一个人来到了这里，姑娘误以为是小伙子就从墙上把钱丢给了他，这个男的没有出声音捡起钱就跑了。当她从大门口出来的时候小伙子刚好才到，小伙子就问她钱在哪里，姑娘说已经丢给他了，而小伙子则说没有。但因为相爱，两个人还是跑了，当他们跑出去后没有钱用，两个人就互相指责对方钱去哪里了，俩人便开始争吵起来，小伙子觉得姑娘不信任她就拿石头砸了下姑娘的头就把她砸死了，后面小伙子也不知逃到哪儿去了。（讲述人：张福友　讲述时间：2015年7月26日　讲述地点：张福友家　采录人：董秀团、杨英、李昕、普燕、赵晓婷）

故事述评

故事的道德训诫和教育警示意义更为突出，虽然是相爱的一对私奔，但因私奔的前提有损他人，所以似乎注定了他们的私奔没有好的结果。🕊（撰写人：段铃玲）

梁山伯与祝英台

祝英台和梁山伯原本是天上的神仙，那个时候，凡世的人生活很困难，每天要去喂鸡、喂猪、放牛、放马，穿的衣服也很单薄，所以人们到处找地方烧火来烤。在一个山谷里，发山洪水，大水冲出了很多松树的根，一些小孩子就一起去拿这些松树根。孩子们抱的抱，滚的滚，就把一个大松根滚到了火边，烧了起来。这个松树根烧得非常好，就像我们现在焚香一样，所以就把南天门给熏开了，一直熏到了天帝那里。天帝说："今天也不知道地上的人在做什么会？"于是，他就派了山伯和英台下凡来看看。山伯和英台下到凡间，发现什么会也没有，只是喂鸡、喂猪、放牛、放马的人在烧火、烤火，还在那里一个追一个地玩。山伯和英台看了一会儿就回到了天庭，两个人只看到地上的人一个追一个，一个压在一个身上玩，都觉得不好向天帝如实说，所以两个人你看着我、我看着你笑。天帝说："要你们去地上调查事情的，你们却什么都没有调查出来，一点儿小事都办不了，就让你们下凡做百姓吧。"于是，山伯和英台被贬到了凡间。

山伯和英台出来走到南天门的时候，英台的鞋扣松了，南天门有一只石狮子，于是她就把脚踩到了石狮子的头上去系她的鞋扣。石狮子发话了："你一个女孩子，走来走去的，鞋子松了还踩到我的头上来系，真不像话。你们两个下凡后，我让你们七世也做不成夫妻。"这样，山伯和英台投生到了凡间，奇怪的是，这两个人就算一个出生在上关，一个出生在下关，一个从没见过另一个的面，也会一个想念着一个，想要做夫妻。而那只石狮子也是他们去哪里，它也去哪里，总是要破坏他们的事情，净让他们做不成夫妻。所以，山伯和英台出世前，他们在人世间不能配成夫妻的事情就

已经定下来了。（讲述人：张四喜　讲述时间：2005 年 2 月 15 日　讲述地点：李金德家　采录人：董秀团、段铃玲）

故事述评

梁山伯与祝英台的故事是我国四大民间传说之一，家喻户晓。初步统计，梁祝故事迄今所见，已记录叙事体异文数百篇、韵体歌谣百余篇、说唱百余种、戏曲 60 余种，流传地区广泛分布于中国的 20 多个省、自治区、直辖市以及东亚、东南亚诸国。[①]

梁祝传说在唐代已有记载。元杂剧中，有《祝英台》（全名《祝英台死嫁梁山伯》）、白朴作《梁山伯》。明传奇中，有朱少斋《英台记》，有《访友记》《同窗记》。宝卷中有《梁山伯宝卷》《后梁山伯、祝英台还魂团圆记》。在京剧、川剧、滇剧、庐剧、瓯剧、越剧、壮剧、评剧、说鼓子、弹词等戏曲曲艺中都有此剧目，有《柳荫记》《梁山伯与祝英台》《梁祝姻缘》等名称。

但这则故事讲述的主要内容不是山伯、英台在人间的爱情故事，而是说本为天上神仙的他们为何会被贬下凡间，他们在凡间又为什么总是不能成为夫妻。导致他们七世成不了夫妻的原因，只是英台的鞋扣松了，她把脚踩到石狮子头上系鞋扣，这里实际体现了对女子的道德约束，不能有丝毫不合礼仪的行为。故事中提到上关、下关等大理地区的标志性地名，体现了故事讲述中的本土化因素。（撰写人：董秀团）

异文：金童玉女

金童玉女本是天上的神仙，凡间有一户人家有一片松柏树被人家推倒了，还在上面放了一把火，这火和烟把天上的南天门给熏开了。玉皇大帝就派金童玉女去看一下发生了什么事情。他们看见一群小孩儿去救火，因太热了大家就把衣服脱了，男女一起在水里游泳，两个人看着觉得好笑便走了。回去后玉帝就问他们："你们看到什么

[①] 向云驹，《"梁祝"传说与民间文学的变异性》，《民族文学研究》，2003 年第 4 期。

了？"他们两个说不出来，只是一直笑，于是玉帝就让他们下凡去历练一段时间再回来。其实他们没有做错什么，只是觉得一群小孩儿在洗澡好笑，不知道怎么说而已。出来的时候，玉女不小心踩到了守门狮子的脚，狮子就很生气地说："女人踩到我会很不好的，你们两个既然要下凡去了就不要想着再成仙了！"这样，他们去到哪里这狮子就到哪里捉弄他们，让他们什么事都做不好，而事实上他们是两个好人。他们两人投胎后，这辈子你要是聪明，那我就愚蠢；下辈子你要是愚蠢，我就聪明，不管怎样他们都成不了夫妻。

只有第三世的时候，他俩投胎做了夫妻。他们的母亲是姐妹，所以两人就成了亲，可是进入洞房的时候，两个人躺在床上，那只狮子就来作怪了，在他们中间画了一条线就成了一条大河。即便这样他们也只是做了那一世的夫妻。下一辈子转世即使两人再相爱都不能在一起了。第七世的时候，观音叫他们回去，他们才成了观音的金童玉女。（讲述人：张福友　讲述时间：2015 年 7 月 26 日　讲述地点：张福友家　采录人：董秀团、杨英、李昕、普燕、赵晓婷）

故事述评

该异文情节与上一则相似，被贬下凡的原因和无意中惹怒石狮子导致其报复的情节基本一致。不同的是，本异文增加了第三世为夫妻的内容。此外，本则故事，将天帝的身份明确为玉皇大帝，也与前一则有所不同。（撰写人：董秀团）

山伯、英台

英台家境比较好，山伯家则很穷困。英台女扮男装跟山伯到了同一个书院读书，山伯与英台同学三年，山伯觉察不出英台是女的。两人晚上同睡一床，在中间放碗水。后来英台的父亲给她写了一封信说自己生病了，让她回去。英台回去后才知道自己已经被许配给了门当户对的马文才。他们的师母告诉山伯英台其实是女儿身，让山伯赶快去追赶英台。等山伯去了之后，英台不能出来相见，看到英台即将出嫁，山伯就气病了。师母看到山伯这个样子，拜托英台来看望山伯，但是英台此时不能去看望，便开了一张药方，药方里有蜜蜂的骨头、蚊子的眼泪、三年瓦上霜等不可能有的东西，师母把药方拿给山伯看。最后，山伯死了。

英台答应嫁给马家，但提出马家需要答应她三件事：第一，出嫁那天要穿白色的孝服；第二，队伍要手拿冥币和冥杖，拿三炷香；第三，要从山伯的坟前过。马家应允了她的要求。出嫁那天，英台从山伯的坟前过，哭了几声，墓就打开了，英台跳了下去，墓马上就自己合上了。马家人想要把他们的墓挖开，挖着挖着坟上就长出来两棵柳树，两棵柳树交叉缠绕在一起，马家又砍开两棵柳树，砍开之后飞出了两只蝴蝶。（讲述人：李玉福　讲述时间：2016 年 7 月 31 日　讲述地点：李玉福家　采录人：董秀团、卞宇田、赵晓婷、宋妮妮、张宇）

故事述评

故事总体上遵循着汉族地区梁祝故事的框架，细节上则有独具特色的部分，比如在白族地区流传颇广的"英台开药方"的情节在这里出现了，而这个情节在大本曲和本子曲中都是最有特色的母题。结尾的部分先有坟墓上长出两棵柳树，再有从柳树中飞出蝴蝶的描述，显得更加细致。（撰写人：董秀团）

鸿雁带书

有个男的家里贫困，出门去打工，去了又怕媳妇在家对父母不好。他走之前对媳妇说要好好孝顺他爹娘，也要好好对待儿子、女儿，不要骂他们。那个年代人们都很贫困，饿死的人很多。这男人说他出去几年赚了钱就回来，还交代媳妇说要多写信。后来他出去了一年多，做工的地方只给了他一小点儿钱，赚不到钱，于是他又继续在那里待了几年。他给媳妇写信说，因为没赚到钱，他要继续在外面待几年，等赚了钱再回来看他们。两三年后，男的就回来看家人，钱也赚得不多。他回来后，看见媳妇对爹妈非常好，将儿子、女儿也管教得很好。这个本子曲突出男人去做工，媳妇在家要好好的，男人出去也安心。（讲述人：张义佳　讲述时间：2016 年 8 月 1 日　讲述地点：张义佳家　采录人：董秀团、王丽清、古珊子、李银梅）

故事述评

　　《鸿雁带书》是剑川白族本子曲中的经典曲目。剑川地区素来苦寒，出门"走夷方"者较多，因而产生了大量的"出门调"等文艺作品。《鸿雁带书》就是出门做工家书往来的表现和产物。该曲目在本子曲中广泛流传，本子曲一般要以唱的方式来表现，长于抒情，故而其故事情节并不曲折，但其中的情感寓意特别深厚。（撰写人：董秀团）

两富甲（一）

两富甲共同赶一帮马，走到半路上，其中一个坏心眼的人就把另一个人的眼珠挖了出来，还把他弄到了水中，想淹死他。然后，坏心肠的人就把这群马都赶回了自己家。坏心肠的人回到家后，去骗他的富甲的妻子说："我的富甲说他要在那里住一夜，明天才回来。"

坏心肠的人以为自己的富甲被淹死了，结果这个人却没有死。他从水里爬出来以后，摸到了一个山神庙中，在山神庙中住了下来。一个老头儿对他说："你悄悄地在这里住下，不然的话，我的鸡、狗回来，我怕他们会碰到你。"老头儿的鸡、狗回来了一个说："我闻到了陌生人的味道。"老头儿说："没有的事，你们悄悄地睡。"又回来一个说："我闻到了陌生人的味道。"老头儿说："没有的事，你们悄悄地睡。"它们就都悄悄地睡了，所有动物都没有动他。第二天，老头儿对他说："那里的墙上有一株草，你把草摘下来，嚼碎了放到眼睛里，你就可以看得到东西了。"于是，他便摘下了那株草，嚼碎了放到眼睛里，便真的能够看得到了。这样，他就走回了家。

他回家以后，坏心肠的富甲跑来问他："富甲，你是怎么回来的？"他回答说："我也不知道是怎么回事，摸到了一个山神庙中住了下来，墙上有一株草，把草摘下来，嚼碎了放到眼睛里，就可以看得到了，这样我就回来了。"坏心肠的富甲说："那明天你也把我的眼睛挖出来，我也去试试，肯定很好玩。"第二天，他照做了，挖出了坏心肠的富甲的眼睛。坏心肠的富甲自己慢慢地摸到了山神庙中，对老头儿说："我在你这里住一个晚上。"老头儿答应了，并告诉他："你悄悄地睡在那里，不然我的鸡、狗回来，我怕他们会碰到你。"老头儿的鸡、狗回来一个，说："我闻到了陌生人的味道。"老头儿就说："今天来了一道晚餐。"又回来一个说："我闻到了陌生人的味道。"老头儿又说："今天来了一道晚餐。"等到他的鸡、狗、虎、豹、狼都回来了，老头儿说："现在你们几兄弟都回来了，那里有一道晚餐，你们把他吃掉吧。"于是，老头儿的鸡、狗、虎、豹、狼等把坏心肠的富甲拉了下来，一个几口，把他给吃掉了。这个坏心肠的富甲受到了报应。（讲述人：张四合 讲述时间：2005 年 1 月 24 日 讲述地点：张四合家 采录人：董秀团、段铃玲、朱刚、赵春旺）

故事述评

该故事属于 AT 分类中的 613 型"二人行"（真与伪）故事。该型故事的主题为，两个朋友结伴出门做生意，途中好心人被坏心人所谋害，却因祸得福，后来坏心人依法炮制却自食恶果，遭到惩罚。同类的故事有汉族的"人长人短"，普米族的"本分人与狡猾人"，怒族的"好人与坏人"，苗族的"善报与恶报"，壮族的"张三与李四"，水族的"阿东和阿西"，毛南族的"爱实与爱勾"，仫佬族的"两老庚"，藏族的"克斯甲和劳让"，蒙古族的"额布根敖拉"等。根据汤普森的研究，613 型故事历史悠久并广为流传，故事情节有多方面的发展。他认为该故事形成文学形式至少有 1500 年以上的历史，汉文佛教文献、印度教和耆那教著作和希伯来文献中的记载，均在公元 9 世纪前或更早。该故事在很久以前就流入欧亚民间传说中，具有很大的普遍性。（撰写人：朱刚）

异文一：两富甲

有两个人是富甲。有一天，他们一起赶马回家。两人来到一座大桥上的时候天都快黑了。这时，其中一人把同伴推下桥，任其落水，然后把所有马都赶回了自己家。那个被推下水的人则一直顺水漂流，被冲到了河的下游。大难不死的他从水里爬出来，看到附近有一座山神庙，就想也没想地走进去躺下睡了。此时，山神发话了："你不要在这里睡，要睡就爬到树上面睡，不然待会那些鸡呀、狗呀什么的回来，你可吃不消。"实际上，山神说的鸡、狗什么的，是虎、豹那样凶猛的动物。那个人听了山神的话，就爬到了树上去睡。

到了晚些的时候，虎和豹回来了，它们问山神："哎，今天这里怎么会闻到生人的味道？"山神说："没有，我们整天都在家，什么时候看到进来过人了？"山神这样对它们说，它们都相信了。等动物们都回来了，那个在树上睡的人就听到老虎在那里说："南面那个村子没有水，是他们那里的一个洞上有一块大石头，只要把石头打破了水就可以流出来。那样的话他们就可以好过起来，生活就会变得富裕了。可惜我们不是人，不然把那个打开就好了。"他听到了这话就在心里记了下来。过了一会儿，豹子又说："皇宫里的那个公主生病了，现在北边那座山上最大的那棵树上的叶子能医她的病，只要把树叶子和树皮拿上些，到了皇宫就可以给公主治病了。那样一次就可以富裕起来，官也会有的做了。要是我们能去就好了。"他把这个也记在了心里。

第二天，等到老虎和豹子都出去了，他也就出去了。到了老虎说的那个村子，他看到村子里果真没有水，而且确实有一块大石头，他就把原因告诉了村子里的人，并借了些工具把石头给打破了，上面流出了一股水。那个村子里的人都高兴极了，要给他许多粮食和金银。他只拿了少量的金银当路费，其他的都没有要，还给了他们。然后他就到了北边那座山上去寻那棵大树，后来真的找到了那棵树，他就削了些树皮，采了些树叶，准备去皇宫。皇宫里的公主果然生病了，还贴出了皇榜，要找人去给公主治病。他揭了皇榜，到了皇宫，拿树皮和树叶熬了些药给公主喝，就把公主的病给治好了。由于他治好了公主的病，皇帝很高兴，公主也很感激他，于是就让他做了驸马，当了官，荣华富贵都享受不尽了。

后来他回到了家，那个把他推到水里的富甲本来还以为他已经被淹死了，没想到却看到他回来了，那个富甲就来问他是怎么回来的。他说出了事情的经过，这个富甲听完后很羡慕他，还要求他把自己也给推到水里去。于是，两个人又来到了桥上，那个良心不好的富甲非要让他把自己推下水，而这个良心好的不忍心，但是那个良心不好的一直逼他，所以最后他就把良心不好的富甲推到水里了。良心不好的富甲被水冲了一段，然后他从水里爬了出来，到了山神庙那里，而且还学着良心好的那个人的样子，爬到了树上睡觉。但这个人的良心不好，所以当虎、豹们回来的时候，问山神说："今天怎么也闻到了生人味？"山神就说："你们的晚饭在那里了，就在那棵树上。"它们看到那个良心差的、贪心的富甲就在树上，于是，老虎用尾巴打了一下树，把他从树上打了下来，它们就把他给吃掉了。（讲述人：李金德 讲述时间：2005年2月15日 讲述地点：李金德家 采录人：董秀团、段铃玲）

故事述评

该故事属于 AT 分类中的 613 型"二人行"（真与伪）故事。作为同一故事不同讲述家的版本，本故事与前一则《两富甲》故事应该是同一故事的不同异文。首先，两个故事在基本的情节构架上是一致的，都不脱离 613 型故事的基本母题：两个朋友结伴出门做生意，途中好心人被坏心人所谋害，却因祸得福，后来坏心人依法炮制却自食恶果，遭到惩罚。其次，本故事与前一则故事相比，在细节上更为丰富。比如前一则故事中，好心人是通过别人告知了解秘密的；而本故事中主人公则是偷听到了动物们之间的谈话，之后才因祸得福的。显然，本故事的情节更为复杂，也更吸引人。再次，对于坏人的惩罚，本故事的描写也比前一则故事细致得多。从这三点来看，两个故事家讲述的是同样的母题，在具体的表现形式上却有所差异。应该说，母题本身是比较稳定的，而链接各个母题之间的母题链，正是差异的部分。因此我们可以断定，两则故事的差别，正在于基本母题之间的母题链不同。母题链正是故事发生变异的主要原因。 （撰写人：朱刚）

异文二：两富甲

有两富甲，他们的关系特别好，经常一起去山上挖茯苓。这一天，其中的一个人脚受伤了，就在家里休息，而另外这个人则去山上挖茯苓了。在家的这个人躺在床上睡觉的时候就听见有一个人在"哎哟、哎哟"地叫，而这个声音是从地底下传出来的。他心里就有点儿害怕了，于是就去拿了个锄头在听到声音的那里一点儿一点儿慢慢地挖，结果就挖到了一个茯苓娃娃。他心想："这个就值钱了。"他良心好就一直等到他富甲回来把这个茯苓娃娃拿给他看。

第二天，坏富甲觉得这个必定会值很多钱，就开始算计他。两个人去挖药回来的时候经过一段很难走的路，他手里拿着这个娃娃，坏富甲就从后面推了他一下。坏富甲本来想着他被砸死了，自己就可以拿走他的娃娃了，结果没想到他摔下去后也只是头部受了点儿伤，晕过去了。坏富甲就拿着茯苓娃娃走了，他回去后第二天就把这个茯苓娃娃给卖了。坏富甲的老婆问："你富甲去哪里了？怎么还不回来？"坏富甲说："他在我前面回来了，我也不知道他怎么还没有到。"过了两三天以后，另一个富甲一瘸一拐地回来了，头上还受了伤，当他走到山神庙的时候就进去里面住宿了。晚上的时候山神就对他说："明天你去到某个地方去看一下那个娃娃，买你是买不回来了，但是你可以从娃娃的头上刮一点儿汁下来敷在你的伤口处，你的伤就会好了。"他听了山神的话，第二天找到了茯苓娃娃并把自己的伤给治好了，伤好之后他便回去了。因为他良心好山神就和山里的豺、狼、虎、豹说："这个人心好，你们都不能动他。"所以他在山上的时候，这些动物也只是和他睡在一起而已。

回到家后坏富甲问他到哪里去了，他就说："山上还有好多的茯苓娃娃，我去挖娃娃去了。"坏富甲听了以后就去到把他推下去的那个地方，过去一看什么都没有，只有一个马蜂窝，他被扎了一身的刺。身上被叮一身包后，他就只有慢慢地走到山神庙里面打算晚上在里面住宿。晚上的时候一大群的豺、狼、虎、豹回来了，山神就问它们："你们吃饱了没有？"动物们争先恐后地说自己没有吃饱。山神就说："那这里有一块臭肉，你们去把他吃掉吧！"于是坏富甲就被一群豺、狼、虎、豹给吃掉了。

（讲述人：张福友　讲述时间：2015 年 7 月 26 日　讲述地点：张福友家　采录人：董秀团、杨英、李昕、普燕、赵晓婷）

故事述评

与之前的两则故事相比，本故事的细节不尽相同，但其基本的情节类型也并不脱离 AT 分类中的 613 型故事，即从"朋友结伴——好人被害——因祸得福"，再到"坏人复制——自食恶果——遭到惩罚"。应该说，这三则故事在情节基干上具有相当的稳定性。刘守华经过研究后认为，此类"两老友"的故事，与"蛇郎"中的"两姐妹"故事，以及"狗耕田"中的"两兄弟"故事一样，在我国各民族民众之间广泛口耳相传，是一个具有世界影响的故事类型。他还认为该类型的印度起源已经在国际上被充分证实，中国境内的故事也应当是起源于印度，最早的文献记录可见于《咫闻录》（约刊行于 1843 年）一书中的"徐兄李弟"故事。白族地区流传的 613 型故事在中国境内搜集到的同类故事中具有典型性，异文数量大。其中，"偷听"及"山神帮忙"的情节在其他民族流传的同类故事中也能找到。①　🕊（撰写人：朱刚）

两富甲（二）

从前有两富甲，一个住在山上，一个住在城里。住城里的有钱，住山上的穷。山上的除了种着一点儿苦荞，还以烧炭、卖炭为生，在山上将炭烧好，就挑到城里卖。有一年，要过节了，山上的富甲没钱过节，就下山到城里找他的富甲借钱。城里的富甲怕他还不起，心想："干脆我给他点儿米把他打发回去算了，要是借了钱，他又还不起，岂不是亏了。"所以，城里的富甲就对山上的富甲说："富甲，一斗白米白如雪，交给朋友过个节，仁义不交钱，交钱仁义绝。"听了这个话，山上的富甲知道不能开口借钱了。山上的富甲在城里的富甲家吃了顿饭，就回去了。

过了一段时间，山上的苦荞成熟了，苦荞收回来，山上的富甲精筛细选了一斗苦荞面，送到城里的富甲家，还对他说："富甲，一斗荞面有黄金，送给朋友尝个新，

---

① 刘守华，《因祸得福的旅伴——多民族传承的故事类型"两老友"》，《民族文学研究》，2000 年第 2 期。

仁义不交钱，交钱仁义值千金。"城里的富甲听了，觉得很难为情。

再说，城里的富甲讨的老婆长得丑，山上的富甲讨的老婆却长得很漂亮。城里的富甲总是在盘算，想跟山上的富甲换老婆。一天，城里的富甲约山上的富甲两口子到家里来吃饭，城里的富甲的老婆给他们包汤圆吃。她在一些汤圆里包了金豆子，到吃的时候，她就把那些沉下去的也就是里面有金豆子的专门舀给山上的富甲吃。山上的富甲吃出一个金豆，就往兜里装一个，最后装了一兜。吃完饭，城里的富甲对自己的老婆说："你到山上服侍富甲，富甲的媳妇留下来服侍我。"这样，山上的富甲就带着城里富甲的老婆回去了。没过多久，城里的富甲的日子越过越穷，原来他的福气都是丑媳妇带给他的，现在丑媳妇走了，他的日子也就没落了。而山上的富甲带着丑媳妇去盘荒，挖出了一坛金豆子，挖了又出来，挖也挖不完。这样，他们就到城里买地置房，过上了好日子，而城里的富甲已经生活不下去，去要饭了。（讲述人：张万松　讲述时间：2008 年 7 月 27 日　讲述地点：张万松家　采录人：董秀团、杨建华、赵春旺）

故事述评

这是一则关于两位朋友的故事。故事中充满着二元对立的因素，一穷一富，一善一恶，最终的结局，当然也是一好一坏。穷富甲虽然穷，但却讲仁义，讲信用，富富甲虽然富，却不是真心对待朋友，还一心要将朋友的俊媳妇换过来，将自己的丑媳妇换走。没想到，最终善有善报，恶有恶报，穷富甲和丑媳妇过上了好日子，富富甲却生活没落到去讨饭的地步。

故事中说到丑媳妇是带给人福气的，类似的情节在石龙村的很多故事中都有提及，这其中体现了民众的一种朴素的辩证意识，生活中的民众深深地懂得一个道理，人生在世，没有人能占尽所有的风光和好处，人总有不如意的方面，但或许这其中就包含着转机和好运呢。

两朋友类型的故事，教化意味较为明显，通过两位朋友的不同性格、为人、处事、结局等方面的对比，告诫人们不要有贪欲，也不要总是去算计别人，因为坏人总有坏下场，好人总有好结局。（撰写人：董秀团）

异文一：两朋友做富甲

有两个男的他们曾结拜当富甲，其中一个住在山上，一个住在山下。山上这个的老婆长得特别好看，而山下这个的老婆长得比较丑，但山下的这个是状元，他老婆也很能干。山上这个有八个儿子，山下的这个有几个姑娘，但是没有儿子。

这天，山上的富甲来山下的富甲家里面做客。山下的有点儿看不起山上的，他就让女儿们抬了张吃饭的桌子，并在桌子里面塞了好多钱，吃饭的时候就故意让山下的这个看见，以示他家钱多。

山上的这个就故意一会儿说冷让四个儿子把桌子抬到有太阳的地方，一会儿又说热要把桌子抬到凉快的地方，以表明自己没钱但是有儿子，而对方只有几个女儿。后来，山下的这个又要和山上的换老婆，本来山上的这个是不同意的，结果被山下的这个的老婆听见了，山下富甲的老婆很生气，一怒之下硬是要同意交换老婆。

山下的富甲去给山上的富甲送粮食，他对山上的富甲说："一斗白米白如雪，送给朋友尝过节，仁义不丢钱，丢钱仁义绝。"山上的富甲和山下富甲的丑老婆回去以后好好过日子，生活越来越好。而山下的这个换了个漂亮老婆可是她什么都不会做，光景过得越来越不好，最后只得去讨饭。山上的富甲知道以后就立刻给山下的富甲送去了一袋荞面，还对他说："一斗荞面有黄金，送给朋友尝个新，仁义不丢钱，丢钱仁义值千金。"（讲述人：张福友 讲述时间：2015 年 7 月 26 日 讲述地点：张福友家 录录人：董秀团、杨英、普燕、李昕、赵晓婷）

故事述评

该异文大体与上一则故事相同，不过又增加了山上的富甲有多个儿子、山下的富甲有女无儿的情节，这里还是表现了对儿子的看重，说明在民众的观念中，有儿子才是真正的财富，有女儿则是不够的。此观念符合中国传统的伦理框架。白族传统文化中虽然女性地位较高，但也不乏男尊女卑等意识的存在和影响。（撰写人：董秀团）

异文二：两富甲

以前有一对富甲，一个富，一个穷，穷的有几个儿子，富的没有儿子。

一天，富的请穷的来家里，摆了一桌好酒好菜，还有水果，四根桌腿下垫了四块黄金。富的对穷的说："我们是富甲，不用客气。"穷的吃的时候心里想他招待我这么好，我虽然穷，也要好好招待回他。穷的边吃边想办法。一天，穷的又回请富的到家里做客，因为没钱只能随便买了些酒菜回来，他让四个儿子端出桌子来招待富甲。富的想："我富甲虽然没钱，但他有四个儿子，我有这么多金银可以垫在桌子下，但也没用。"富的就气倒在穷的家里面了。（讲述人：张室顺　讲述时间：2016 年 7 月 31 日　讲述地点：张室顺家　采录人：昂晋、古珊子、李银梅）

故事述评

该故事同样通过两老友的富与穷展开叙说，通过故事说明了一个道理：富与穷并非绝对，穷者物资匮乏却拥有四个儿子，这也是一笔巨大的财富，富者虽有钱财却缺子这就是最大的匮乏。（撰写人：董秀团）

两富甲（三）

有两个男的曾结拜当富甲，其中一个住在山上，一个住在山下，两富甲对彼此都特别好。山上的富甲比较懂天文、地理、算命这些事。

有一天，山上的富甲下山了，他对山下的富甲说："富甲，你命里只能活到 36 岁，这可怎么办呀？"山下的也不知道怎么办。山上的这个便交代山下的说："你必须要做好事，你做了好事便能延长你的寿命！"山下的这个家是住在路边的，于是他就天天在路边观望可以做什么好事。

这一天，山下的富甲看见有一个帮地主家收租的人背着一袋金银珠宝从他家门前经过，走到他家菜地前面的时候那个人实在太累了，就拿那一袋钱当枕头躺在那里睡了一会儿，一睡就睡到太阳下山了。收租的一着急想着完了完了要赶不上回去了，马上起身就走了。因为走得太急就把钱袋落在那里了。山下的富甲看到后就把钱袋子捡了回去。

第二天，收租子的这个人哭着过来找钱袋子，一边哭一边说："这么多钱，我一生都赔不起啊！"山下的富甲看到后就问他："阿侄子，你在找什么？"收租的回答："我在找我的钱袋，昨天被我弄丢了。"山下的富甲说："你不要找了。你的袋子在我这里，我捡回来了也没有打开过，你看看钱对不对。你来我家吃顿饭再走吧。"收租的感激得连忙跪下给他磕头。

7 天以后山上的富甲下来见到山下的富甲后很惊讶地说："富甲，你是做好事了么？你现在寿命已经延长 7 年了！可是你接着做再多好事也不能再往上加了，42 岁以前你要把老婆和女儿过继给你的亲友。"山下的想了好久，想到一个他的好朋友国序，他这个朋友也愿意收养她们。

当山下的去到他朋友家把这件事情托付完后，就回来给自己挖坟，在挖坟的时候就挖到了一堆金银珠宝，他把这些东西给自己妻子、女儿留一些之后，就把钱财交给国序了。

国序有一个妻子、一个老母亲还有一个孩子，他母亲眼睛看不见，他们一家人心肠都特别好。他给母亲做点儿什么好吃的，他母亲都要想到先给孙子吃，国序夫妇觉得儿子总是吃了母亲的东西这很不好，就想到一个办法，半夜的时候他们把儿子的眼睛蒙上，把他背到山里面，挖了个洞想把他埋了，挖洞的时候就挖到了一大袋珠宝，就把孩子又背了回去。（讲述人：张福友　讲述时间：2015 年 7 月 26 日　讲述地点：张福友家　采录人：董秀团、杨英、普燕、李昕、赵晓婷）

故事述评

与两老友型故事通常将善恶二元对立并举不同，该故事中的两老友并非对立的两端，在两老友的名号下展开的是对行善有好报的叙说。故事结尾处国序夫妻意欲埋儿奉母的情节，应该是受到二十四孝故事的影响所产生的，也是为了进一步说明国序夫妻的孝，实与对朋友的义相呼应。🕊（撰写人：董秀团）

孤儿与皮匠 [①]

有一个孤儿去放鹞。有一天，他才把鹞放出去，鹞就跑了，一直飞到了员外家。他就偷偷地从员外家的大门进去，要去抓他的鹞。他往里面走一点儿，鹞也往里面飞一点儿，怎么抓也抓不到，越走就越往里。员外家的三女儿刚好在家，看到了他就问："你是谁？你来我家干什么？"他答道："我来抓我的鹞，我的鹞飞到你们家了，我是来抓它的。"员外的三女儿问："我给你做媳妇，你要不要？"他说："你是员外家的，而我只是个孤儿，我不要，我害怕。"她说："你不要怕，我给你做媳妇，我还给你一箱金银。"员外的女儿真的给了他一箱金银，然后就放他走了，走之前，员外的女儿跟他约好了再见面的时间，还说到时再给他一箱金银。孤儿答应了。

在他们村中，有一个皮匠，和孤儿是富甲，所以孤儿常常会住到皮匠家。孤儿和皮匠说了他白天遇到的事，还告诉了皮匠女儿和他约好了要给他金银的事情，把什么时间、什么地点都说了。皮匠听了以后就起了坏心，在孤儿和女子约好取东西的那一天，故意给孤儿灌了很多酒，把孤儿给灌醉了，在孤儿醉得不省人事的时候，皮匠就装作孤儿，在约定的时间到约定的地点拿东西去了。但是，员外的三女儿和孤儿约好在孤儿来拿金银的时候要摸一下他的手，就是这句话，孤儿没有和皮匠说。所以员外的三女儿在给皮匠金银的时候，摸了一下他的手，皮匠不知道这个员外的三女儿要干什么，所以就拿出了他用来削皮用的刀，砍了女子几刀，结果把她给砍死了，死在了她家的大门口。而皮匠则拿着金银逃回了家。后来，孤儿醒了，他想："啊呀，我的未婚妻给我一箱金银要我去拿，我倒好，醉得什么都不知道，倒在这里。"他赶快跑到了员外家，这时他的未婚妻已经被砍死在了门口，到处都是血。他用手摸了一

---

① 标题为编者所加。

下，他的手就都沾上了血，脚也踩在了血上。孤儿跑回皮匠家，血的脚印印到了皮匠家。第二天早上，员外家的人发现了，就顺着足迹找到了皮匠家，看到孤儿身上和脚上的血就打他，但是棍子打到他身上就断成两截。皮匠家有一面鼓，棍子一截弹到鼓上，一截掉在他脚下。棍子每打一下都会出现这样的情况，不知道打了多少次，都没有办法把他打死。他们想："既然用棍子打不死那就用枪打。"他们用枪对着孤儿的头，子弹射出来，但是却射到了鼓上，把鼓给打破了，还是没法把他打死。他们想："既然怎么样也打不死他，那杀人的肯定不是他了。"那些人就把孤儿的富甲也就是那个皮匠抓了起来，还说："杀人的不是他，那肯定就是你了！"他们就审问他，拿棍子打他，不管怎么打棍子都不会断。后来那个皮匠被打得受不了，最后就承认是他杀的人。他们就把皮匠判决了。孤儿还是员外家的女婿，他们重新给他娶了一个妻子。

（讲述人：张明玉　讲述时间：2005 年 1 月 23 日　讲述地点：张明玉家　采录人：董秀团、段铃玲、朱刚、赵春旺）

故事述评

该故事比较特殊，在现有的民间故事类型体系中难以找到匹配项。若单看故事的情节基干，也就是贯穿该故事始终的穷汉"因祸得福"的母题，该故事大概可以对比 AT 分类中编号为 613 的"二人行"（真与伪）型故事。613 型的故事是中国民间故事的常见类型之一，比较有代表性的，有普米族的"本分人与狡猾人"，怒族的"好人与坏人"，苗族的"善报与恶报"，壮族的"张三与李四"，水族的"阿东与阿西"，毛南族的"爱实与爱勾"，仫佬族的"两老庚"，藏族的"克斯甲和劳让"，蒙古族的"额布根敖拉"等。该故事在西南地区最为流行，尤其在白族中间，在编印成册的白族故事集中，就能找到七八篇异文。[①] 本则故事与众多异文有以下不同：第一，故事的开端不是善恶两老友的矛盾冲突，而是以另一个常见的民间故事母题"穷汉娶妻"（艾伯华）为起首，之后逐渐过渡到故事的主角两老友之上；第二，此类故事的核心母题"偷听话"，在本则故事中也有变异，体现为老友之间的直言相告。在这之后的

---

① 刘守华主编，《中国民间故事类型研究》，华中师范大学出版社，2002 年，第 586 页。

情节发展，也更多地体现出了民间故事在发展和演变过程中，幻想与现实相融合的方法（如子弹验凶）；第三，故事的结尾虽然也强调了善恶终有报的传统主题，善的一方终究获得了幸福。但是相较以前的版本，本则故事更为现实，故事主人公所收获的幸福并没有太脱离一般民众的生活，而是回归到了故事讲述的起点"穷汉娶妻"的母题上。 （撰写人：朱刚）

两富甲遇鬼

　　以前，晚上的时候会有一些鬼在路上走来走去，要是碰到人就可能会把人给抓走。有两富甲，吃了晚饭没事干，就打赌看谁胆子大，敢到外面走。第一天晚上，其中一个人到了路上，由于这个人的心肠好，所以他的身体周围有一寸半的祥光。鬼中最大的那个骑着马，走在最前面，他们走过来的时候，这个心肠好的人碰到了他们，心肠好的人身上的祥光射到了那些鬼的身上，他们就怕了，所以就退了回去，没有抓这个人。

　　第二天晚上，轮到心肠不好的人出去，他还是到了头一个人碰上鬼的那个位置，由于这个人的良心差，所以他的身上没有祥光。那些鬼看到了他，走在最前面的那个鬼对后面的鬼说："今天我们前面还是有一个人，要怎么办？"后面的鬼问："他身上的祥光有多少？"前面的鬼说："一点儿也没有。"后面的鬼说："他没有祥光的话那我们就这样子走过去好了。"所以这些鬼们就过去了，这个良心不好的人就被那些鬼的马给踩死了。（讲述人：张四喜　讲述时间：2005年2月15日　讲述地点：张四喜家　采录人：董秀团、段铃玲）

故事述评

　　俗话说"平生不做亏心事，半夜敲门心不惊"，同理，白族民众认为每个人的肩膀上都有两盏灯，到了晚上走夜路的时候这两盏灯会亮，这时那些鬼魅就不敢近人的身，这些灯明亮的程度取决于一个人良心的好坏，如果人良心不好做了亏心事，这两盖灯光就会变暗或者熄灭。

这则故事正是通过两富甲在遇鬼时完全不同的遭遇，告诫人们做人要讲良心，只要是心肠好，鬼怪也会给人让路。🌿（撰写人：段铃玲）

异文：两富甲

从前有一对富甲，一个良心好，一个良心不好。一天晚上，他们去挖水（建房前需挖塘储水），良心好的那个在路上遇到阴间的军队。军队走在前面的探路人报告说前面有人，领头的问："他头上有几寸祥光？"探路的回答说："有三寸祥光。"领头的说："那我们退后让他。"那天良心好的回去和良心不好的讲了这件事，良心坏的富甲说："如果事情是真的话，我今晚去看看，但不知道他们会不会来。"良心好的说："他们肯定会来，你今晚可以去看。"那天晚上，这两个富甲都去了，良心好的躲起来，良心坏的站在之前良心好的站的地方。时间到了，阴间军队确实来了，探路的说："前面有人。"领头的问："他头上有几寸祥光？"探路的说："有三分①。"领头的说："那继续走。"阴间军队从良心坏的富甲身上走过。两富甲回去后，过了两三天，良心坏的富甲生病就死了。这个故事告诉我们，良心好遇到什么事情都会逢凶化吉，良心不好的话祥光少，就会遇到坏事。（讲述人：李福英　讲述时间：2016 年 8 月 1 日　讲述地点：李福英家　采录人：王丽清、古珊子、李银梅）

故事述评

该故事为《两富甲遇鬼》的异文，只是细节有些差异。🌿（撰写人：段铃玲）

两兄弟

有一对弟兄，一个心肠特别好，一个心肠特别坏。心肠好的经常生病，体质不

---

① 分为中国古代长度单位，一寸为十分。

好；心肠坏的身强体壮，作恶多端。有一天，仙人托梦给心肠好的那个人，他就问仙人："为什么我心肠那么好，还经常生病，而心肠坏的人却身强力壮？"仙人说："你别看他身强力壮，到时候你们一起死一起下地狱你就知道了。"死后，他们一起下地狱，心肠好的人天天休息，心肠坏的人被折磨和审问，地狱里的人让他成天抱着烧红的铁柱。（讲述人：张佳祥　讲述时间：2016年7月31日　讲述地点：张佳祥家　采录人：王丽清、苏苑琴、李志兴）

故事述评

这则故事里有很强的业报轮回观念，可知是深受佛教影响而产生的。石龙大部分村民信奉佛教，到了一定年龄之后几乎都会加入念佛会，这样的故事在石龙的中老年人中流传甚广，并时常用来对子孙进行教育规劝。 ✒（撰写人：段铃玲）

叫花子也有三年的运程 ①

有一个孤儿和他的叔叔住在一起，帮他的叔叔放牛。叔叔向他许诺一年给他一头牛，并且还立下了字据。他那时要是请一个证人就好了，可写字据的时候只有他叔叔和他两个人而已，所以到了他给叔叔放牛的第10年，他对叔叔说："明天我就为你放了10年的牛了，你说过要给我10头牛，那我也要自己过日子了，我也想盖盖房子，娶个媳妇。"没想到他的叔叔心肠很不好，已经偷偷改了立下的字据，本来说的是一年一头牛却被他改成了一年一壶油。所以当他们拿出字据来看的时候，上面是一年一壶油。这个孤儿伤心极了，哭了一场，心想："那时候明明写的是一年一头牛的，怎么现在变成了一年一壶油了？这到底是怎么回事？"哭了一场后，他又想："这些油我能用它来做什么呢？还不如拿去做功德算了。"于是，他把这些油倒成了一小坛一小坛的，打算把这些油拿去做功德。就在他想把油捐到寺庙的前一天，寺庙里的神佛

---

① 标题为编者所加。

就跟寺里的和尚托梦了，说是要他们不要到处乱走，因为第二天有一个做大功德的人要来，所以要在寺里等着他，要好好地招待他。第二天，寺里的和尚们果真什么地方也没去，就在寺里等着，并烧好了茶水，一直就那样等着。等了很久，中午过了后，这个人终于来了。他弯着腰走了进来，说："我要来捐功德。"就这样，他给寺里捐了些油，那些和尚心想："神佛说会有做大功德的人要来，还以为要捐来什么好东西，原来只是这样一些油，还说是做大功德的。"但是，和尚们还是按照神佛的话好好招待了他。其实，这是10年的功德了，因为这是孤儿为叔叔干了10年的活换来的。

当这个孤儿把油捐掉以后，就回家对叔叔说："今天我到寺里捐油，寺里的和尚好好招待了我。他们还说做了一个梦，所以他们烧好了水，泡好了茶等着我，因为他们说我是做大功德的人。"他的叔叔听说了以后就说："唉，你这么一点儿油也能叫大功德？那我明天给他们背一大坛去。"这天晚上，神佛又托梦给寺里的人说："明天做小功德的要来，你们可以招待，也可以不招待。"第二天，他们还是在寺里等着招待。一会儿，有个人背了很重的东西走了进来，原来是背了很大的一坛油，和尚们帮他把油放了下来，他对和尚们说："昨天我侄子来捐油，回家以后他对我说你们好好招待了他，还说他是做大功德，所以今天我也背了这样大的一坛油来。"那些和尚就问他关于他侄子过去的一些情况。他说："昨天来做功德的那个是我的侄子，他和我住在一起，他帮我放牛，我们叔侄写了一张字据，说放一年给他一头牛，我把字据上的牛改成了油，刚好他放了10年的时间，我就把油给了他，他说油他没有地方用，所以就把油做成了功德。后来，他回家来就跟我说你们说他是做大功德的，好好招待了他，所以我今天也背了这么多的油来给你们。"和尚们听说了以后就说："你侄子的油虽然少，但却是10年的功德，这是10年的功劳了。你要是给他10头牛的话，那就是一群了，这样的话，他就可以成室成家，也可以娶个媳妇了。你却把字据改成一年一壶油，让他无法成家成室。你为什么要这样捉弄他？这就是你们之间的区别了。"

孤儿的叔叔虽然做了坏事，但也不知道庙里的和尚是怎么为他祈祷的，所以神佛也没有怪罪他。而这个孤儿也没有再和叔叔住在一起，而是单独生活，砍柴度日了。一天，他在砍柴的时候，砍出了一小盆像石头一样的东西，他想："这是什么东西呀？"于是，他就把衣服脱了下来，用衣服包着这些东西带回了家。回家后，他也不去问他的叔叔，而是去问一些老人："今天我去砍柴的时候看到了这样一个盆，也不晓得里面是什么，所以拿给你们看看。"老人们看了以后对他说："这些是你订婚的财物了，这回你可好了！"孤儿又到了寺里，告诉寺里的师父们说："我前次回到了家后，也灰心了，也不和我叔叔住一起了，也不和他一起吃饭了，我想要自己养活自己，所以就去砍柴了，我砍柴的时候看到那里有个这样的盆子，里面这些也不晓得是什么？"他把盆子用衣服裹着拿给和尚看，他们也很高兴，对他说："你的运程到了，这是我们给你做大会为你求来的，这回可好了！"所以，现在我们有一句话叫作"叫花子也有三年的运程"，说的就是这个了。（讲述人：张松玉　讲述时间：2005 年 2 月 12 日　讲述地点：张明玉家　采录人：董秀团、段铃玲）

故事述评

孤儿故事是民间故事中的一种重要类型。这一类型的故事通常围绕孤儿年少时生活无依，长大后苦尽甘来展开，在孤儿的成长过程中通常会有反面角色给孤儿制造诸多的磨难，而孤儿却以自己的勤劳和善良赢得美满的爱情或财富，从而过上了幸福的生活。

石龙村收集到的这两则孤儿的故事在内容上极为相似，只是第一则《叫花子也有三年的运程》比第二则《大功德和小功德》在故事内容上有延伸，除了同样讲述孤儿受到的不平等待遇外，还多了孤儿后来意外收获财富的情节，这正好符合这一类型民间故事讲求善恶有报，圆满欢喜的结局需要。

相信当听众听到孤儿为叔叔放了 10 年的牛却只得到 10 壶油时，一定都会气愤不已，而得知孤儿后来有了好报时，又将会感到由衷的欣慰。 （撰写人：段铃玲）

异文：大功德和小功德①

有一个男孩儿，他的父母早早就去世了，他和自己的叔叔住在一起，还帮叔叔放

---

① 标题为编者所加。

牛。叔叔告诉他："你帮我放 10 年的牛，我就给你 10 头牛。"这样说了后，叔叔还给男孩儿写了一张字据。男孩儿真的为叔叔放了 10 年的牛，之后，他就去找叔叔，说："我现在已经为你放了 10 年的牛了，你把我的 10 头牛给我，我也要自己成个家了。"这时，他的叔叔早就把字据上的 10 头牛改成了 10 瓶油了。男孩儿想："10 年我就只得了 10 瓶油，那我还不如把这 10 瓶油捐到寺院里做功德好了。"在他把油捐到寺院的前一天，神仙就托梦给庙里的和尚，说第二天会有一个做大功德的人要来，要寺里的和尚们好好地招待他。第二天，那男孩儿真的背上 10 瓶油共 10 斤（5 千克）来到了庙里。庙里的和尚都在那里等着，好好地招待了他。

等他回到家，就对叔叔说："你给我的那 10 瓶油，我把它捐到了寺里，庙里的和尚各个都来招待我，迎接我，还说我是个做大功德的人。"叔叔于是就想："明天我拿上 100 斤（50 千克）的一大瓶油到庙里去，他们肯定会更好地招待我了。"这时，神仙又给庙里的和尚托梦说："明天做小功德的要来，你们不用招待他了。"第二天，叔叔背了 100 斤（50 千克）油到了庙里，但是根本没有人理他。叔叔实在想不通为什么自己捐了 100 斤（50 千克）油也没有人理会，而侄子只带了 10 斤（5 千克）油捐到寺院里，还说他是做大功德的，还各个都招待他。（讲述人：张明玉　讲述时间：2005 年 1 月 23 日　讲述地点：张明玉家　采录人：董秀团、段铃玲、朱刚、赵春旺）

故事述评

该异文较之前一则结尾处比较简短，没有孤儿砍柴遇到财宝的情节。🖊（撰写人：段铃玲）

父亲变金银 [①]

有对夫妻，生有一个儿子。后来，母亲去世了，父子俩在一起生活。为了过生

[①] 标题为编者所加。

活，他们每天上山砍竹子。儿子在砍竹子的时候砍得太重了，不小心砍到了父亲的头上，把父亲的头给砍下来了。他一直在那儿哭。这时，来了一个老头儿，老头儿告诉他："你把你父亲砍开装成几缸，把他放好，7天后来拜祭一次，21天的时候再来拜祭一次，到100天的时候你再回来看看。"老头儿说完后还叮嘱他一定要记住自己的话。他记住了老头儿的话，7天的时候来拜了一次，21天的时候又来拜了一次，到100天的时候他又回来看了，发现他的父亲已经变成了几罐金银。他把金银背回家，过上了幸福的生活。隔壁员外家的儿子见到后就问他："你原先那么穷，怎么一下子日子好过起来了？"他回答："我去砍竹子的时候把我爸爸的头砍了下来，我把他装成了几缸，他就变成了金银，所以我过上了好日子。"员外的儿子听了以后说："这个我也会做。"

员外的儿子于是约上员外也一起去砍竹子，他也把父亲的头给砍了下来，把父亲的尸体装进了缸里。那个白胡子老头儿出来了，告诉他7天来看一次，21天来看一次，100天又回来看，员外的儿子答应了。他照着老头儿说的那样做，到了100天的时候把这几罐东西给背回了家，但员外的尸体却变成了几罐猴子，而且后来猴子们把一个原本很富裕的家都吃得空荡荡的了。（讲述人：张明玉　讲述时间：2005年1月23日　讲述地点：张明玉家　采录人：董秀团、段铃玲、朱刚、赵春旺）

故事述评

所谓"善有善报，恶有恶报"，穷人的儿子砍死自己的父亲纯属无意，他自己也是伤心的，所以并没有受到责难，最后父亲的尸体变成金银使他过上了富裕的生活；员外家的儿子心存歹念，想要发财故意砍死父亲，这种大逆不道的行为当然会遭到报应，理所当然得到了败家的结果。

这则故事和"一坛金子和一坛蝎子"型的故事有部分相似之处。丁乃通在《中国民间故事类型索引》中将该类型的故事列为834A型，故事讲的是第一个人发现的是金子，而到了第二个人那里就变成了蛇或蝎子之类的毒物。（撰写人：段铃玲）

养儿养女不防老 ①

有一对夫妻，他们有两个儿子，这个做爹的不知道以后孩子会不会好好服侍他们，所以总是对两个儿子说："爹手里有钱的，爹手里有钱的，以后你们两兄弟谁服侍我服侍得好，这些钱就归谁了。"两兄弟都把这话听到心里去了，所以弟弟想着要把他的哥哥害掉，而哥哥又想着要把他的弟弟害掉，两兄弟都想着要是把另外一个给害掉的话，这些钱就都是自己的了。

哥哥听说有个大山谷里有几只老虎，于是就对弟弟："听说那里有个大山洞，里面有很多的金银，我们两兄弟去捡，把那些金银捡回来，我们俩就都可以富起来了。"弟弟答应了，于是两兄弟就去了。到了那里，真的有个山洞，哥哥当时也只是想着要骗弟弟而已，没想到真的看到一个山洞，于是就想里面说不定真的会有金银。哥哥知道这里有只老虎，于是他心想："要是有点儿响动，说不定老虎就会出来把我们给吃掉，这里有个山洞，里面可能有金银，那我最好就躲在里面。"于是，他就对弟弟说："我钻到洞里先去看一下，你在这里等我，等到我看好了，你在这里'哥哥、哥哥'地叫几声，我就出来了。"弟弟答应了，他看到哥哥钻了进去，心里同样也想害死哥哥，所以看到哥哥一钻进洞去，他就拿了一块很大的石头滚到了哥哥后面，封住了石门，把哥哥给封在了洞里。哥哥想出来的时候，洞口被堵住了，出不来，于是哥哥在洞里"救命救命"地大声喊叫，老虎听到了哥哥的叫声，就出来了，看到洞外的弟弟，就把弟弟给叼走了，而哥哥也被闷死在了洞里。结果，这两兄弟都死了。

后来，他这两夫妻又添了两个女儿，他们心里想："这回没儿子了，我们要招两个姑爷，这回不能再说我们有钱这样的话了。"两夫妻有了许多钱，他们的两个女儿都长大了，招了两个姑爷。这回，夫妻俩又总是对姑爷说自己手里没钱。这样，两个姑爷不安心在他们家上门，算来算去，两个姑爷又把他们的两个女儿娶回了家，他们

---

① 标题为编者所加。

身边又没有人了。（讲述人：张明玉　讲述时间：2005年2月15日　讲述地点：张明玉家　采录人：董秀团、段铃玲）

故事述评

中国人讲养儿防老，特别是在农业社会中，这一思想更是左右着大部分的家长。养了孝顺的子女，人老了以后的生活会过得比较好；但要是孩子不孝，可能老了以后生活就会很困难。很多民间故事中都有这样的情节，就是孩子们不孝，于是老人假装自己有一箱金银，这样孩子们就突然变得孝顺起来，等到老人去世以后，才发现他所说的那些财富根本就不存在。这种情况可以说是老人为了生存的无奈之举。

此则故事中的夫妻俩开始的时候也想通过告知儿子们自己有钱的方法，好让儿子将来给他们养老，但言语间的暗示并没有达到他们想要的目的，却适得其反，让两个儿子之间产生了隔膜，导致两个儿子因为利益的冲突互相陷害致死。吸取教训的夫妻俩又想通过告知女儿、女婿自己没钱的方法，好让他们不互相暗害，但这又引起两个女婿的不安心，于是都把妻子给带走了。最后，夫妻俩都没有留住人，只好孤独终老，这一结局虽然无奈，但部分原因也归结于夫妻二人言语间对自己孩子的诱导。

故事中间讲述兄弟二人互相陷害的情节，和"不义的姐妹"型故事、"寻宝者互相谋害"型故事有相似之处。丁乃通在《中国民间故事类型索引》中将"不义的姐妹"型故事列为315型，将"寻宝者互相谋害"型故事列为763型。　（撰写人：段铃玲）

晒金银 [①]

有夫妻俩，生有三个儿子。后来妻子死了，剩下丈夫和儿子们一起生活。儿子们娶了妻子，但这三个儿媳妇都不愿伺候公公，于是就约好了三个人轮流着养父亲，大儿子一个月，二儿子一个月，小儿子一个月。但是每个月的日子不一样，因为有月大

---

① 标题为编者所加。

月小的问题，所以几个儿子间产生了很深的矛盾，这样一来他们就更加不好好地伺候父亲了，父亲的病一天比一天重。

父亲的富甲对他说："富甲，我告诉你，我有些金银，我借给你，你趁儿媳妇们干活回来的时候把金银晒在簸箕里，让她们看得见但又不要看得太清楚，在她们都看到了以后，把簸箕抬回你的屋里，锁在你的柜子里，锁的时候要让她们看见，这样她们就会伺候你了。"父亲的这个富甲真的借了一簸箕的金银给他，他把这一簸箕的金银给晒了出去，等三个儿媳妇回来的时候就躲躲藏藏地把金银收了起来，还让三个儿媳妇看到了他把金银锁在柜子里。第二天，在三个儿媳妇去干活的时候，他把柜子打开，把金银还给了他的富甲，然后把犁铁砸了下来，和一些石头一并装入了柜子里锁好。大儿媳干活回来说："爹，和我住在一起，我来伺候你。"其他的儿媳妇回来也争着要养活他。后来她们三人常常将大鱼大肉拿给父亲吃，争着伺候父亲，给他的东西吃也吃不完。有一天，她们趁着公公外出的时候就去试着抬那个柜子，柜子沉甸甸的，她们心里想："这里面肯定是一柜子的金银。"这样，她们争着伺候了公公几年后，公公生了大病，不能动弹了，几个人伺候得更加积极了。公公过世了，几个儿媳妇都要抢着给他发丧，还为这个事情产生了意见。丧事办完了以后，儿媳妇们打开柜子，这才知道里面其实是些犁铁和石头。这就是父亲的富甲给他计划好的让他的儿媳妇们伺候他的计谋。（讲述人：张明玉　讲述时间：2005年1月24日　讲述地点：张明玉家　采录人：董秀团、段铃玲、朱刚、赵春旺）

故事述评

儿女对父母的孝是中国传统文化中最强调的伦理道德之一。白族同样如此。但社会对儿女行孝的要求和现实中因娶妻、分家等因素而导致的不孝行为却也常常同时存在。百姓有百姓的生活，百姓有百姓的计谋，这则故事中，父亲的富甲给他想出的计策正是通过小小的欺骗让不孝的儿媳改变态度的最巧妙的办法。我们为老人的智慧叫好的同时，也会感叹，儿媳妇们从不好好伺候父亲到最后争抢着服侍父亲的转变，是建立在想得到父亲的遗产即钱财的基础上的。但这或许就是最真实的状况之一。故事启发我们以更冷峻的目光反思人类世俗社会自身，难道孝敬父母不是每一个人所应该做的事情吗？难道一定要建立在钱财的基础上吗？几个儿媳妇的世俗嘴脸和小丑般的行为最后在那一柜子的犁铁和石头面前完全被粉碎了。

从内容上，故事给了我们最大的启发，从艺术构思上，故事也设计得十分巧妙。民间百姓的生活智慧和生活场景完全融入了这则故事。（撰写人：董秀团）

三姐妹祭父 [①]

有两夫妻，生了三个女儿，后来，妻子去世了，只剩下了丈夫。三个女儿都已经出嫁了，她们说好轮流着伺候她们的父亲，一个人伺候一段时间。但是老头儿和这个女儿住的时候，这个不高兴，和那个女儿住的时候那个也不高兴。他只好自己一个人住，也没人伺候他。他的富甲于是就教他："这样，富甲，我教你，她们要是不养活你的话，你就装死，让她们给你背几篓的东西，那你就可以吃现成的了。"

这样对他说了后，真的有一天他就装死了，他的富甲把蒲席拿来给他盖上，还带信给他的女儿们说："你们的爹死了！"他的女儿们都回来了，说是要给他发表，还背来了许多东西。最先来的是他的大女儿，她哭道："阿爹，鸡心、鸡肝吃到你的肚子里，你怎么死了呀？"他的二女儿也回来了，哭道："阿爹，猪心、猪肝吃到你的肚子里，你怎么死了呀？"他听到她们这样哭，强忍着没有笑，他的三女儿回来了，哭道："阿爹，羊腿、猪腿吃到你的肚子里，你怎么死了呀？"她们的爹忍不住了，就说："你们几个都不好好养活我，谁吃过你们的鸡心、鸡肝，猪心、猪肝？谁吃过你们的羊腿、猪腿？"说完他一下子就站了起来，拿了根棍子要打她们："你们不好好养活我，还这样子说！"他把她们都赶回去了，留下了许多东西让他吃现成的。（讲述人：张明玉　讲述时间：2005年1月25日　讲述地点：张明玉家　采录人：董秀团、段铃玲、朱刚、赵春旺）

---

① 标题为编者所加。

故事述评

这则故事，与上一则故事《晒金银》在一些地方是相似的，都说到了儿女对老人的不孝，也都说到了老人的富甲为他出计谋。所不同的是，《晒金银》中，不孝的是儿媳，而这则《三姐妹祭父》的故事中，不孝的是女儿。在民间，一般有一种观念，即嫁出去的女儿就是泼出去的水，父母的赡养主要依靠的是儿子，而女儿是指望不上的。白族地区过去也有这样的传统观念。当然，这与传统的从夫居的婚姻模式有一定关联，与民间重男轻女的意识也不无关系。当然，这个故事比《晒金银》的讽刺意味更为强烈。从常理来看，儿媳尽管更有责任赡养父亲，但从道德和情感上来讲，很多人会理解儿媳的不孝，毕竟她与老人是没有血缘关系的，这种儿媳不孝的情况也会更普遍存在。本则故事中对父亲不孝的是三个亲女儿，这已不是普通的家庭矛盾，而是涉及人性的善恶问题。所以，故事中女儿的不孝给人们的触动会更加深刻。女儿们只有在父亲死了的时候，才拿回来很多的东西，在别人面前装个样子，表示自己是孝顺的，她们的哭词连装死的父亲都实在听不下去。老人尽管因为这一次的装死而吃到了女儿们带来的东西，但是，我们仍然会感叹，老人以后会怎么样呢？只希望不孝的女儿能从中汲取教训，受到触动，真正改过。（撰写人：董秀团）

卖碑石

从前，有一个人非常野蛮、粗鲁，不通人性。他是个独生子，他的父母心想："我们的这个儿子，这么不懂事，我们死了以后想要让他给我们打个碑石怕也是不可能的，我们只有自己先打好碑石了。"于是，他们就自己先打好了碑石。刚打好碑石，这对父母就死了。父母死了以后，这个人就变得更加懒惰了，整天什么事情都不想做。他把家里的田地都卖光了，把房子也卖了。到最后，家里实在没有什么东西可以让他卖了，他就想到去卖父母的碑石。

一天，一个过路的人到了他父母的墓边，过路人对着墓说："我今天没地方住，要在你们这里住上一晚。"他父母回答说："你在这里住我们很高兴，今天我们有地方住，你也有地方住，等到明天的这个时候，我们也没有房子了。"听了这些话，过路人觉得很奇怪，便问道："你们为什么会没有房子呢？不会的。"他们说："我们养了一个孽子，他一点儿也不孝顺我们，我们给自己盖了一间房子（坟墓），他也要把它卖掉，明天的几点几分，人家就要来取我们的碑石了。"过路人听了之后，不敢相信天下有这样的不孝之子，所以他也不赶路了，想要在那里等着看一下这样的事情是不是真的。到了两个老人说的那个时间，果然来了一些人，他们手里拿着些绳索、木棍之类的东西，看来是要来拿碑石了。过路人看了之后，就问他们："那个把碑石卖给你们的人收了你们多少钱？我来替他赔给你们，但是这些碑石你们不要拆了。"那些人答应了，于是过路人把钱赔给了他们，那些人就把碑石给留下了。这样，这座墓里的两个老人的房子就算是保住了，否则他们就没有房子了。后来，他们的这个儿子遭到了上天的惩罚，在打雷的时候被劈死了，大家都说这是他不孝的报应。（讲述人：张四合　讲述时间：2005 年 1 月 24 日　讲述地点：张四合家　采录人：董秀团、段铃玲、朱刚、赵春旺）

故事述评

　　这是一则颇富宗教色彩的故事，道德劝谕的色彩十分浓厚。在十分重视孝道的白族传统社区，有大量的民间故事围绕着孝敬父母、赡养老人的主题展开，其中数量最多的当属反面教育故事。这些故事往往以那些不孝子的故事为反面教材，通过一些神奇的情节使这些人或多或少受到惩罚。从小生活在这种社区中的人，对这样的故事耳濡目染，自然也以孝道为行为的基本准则。即便科技的发展使得人们对故事中那些神奇的情节不再坚信不疑，但是这并不妨碍他们对于孝顺的笃信。文化对个人的塑造，有时就是以这种具体而微小的方式进行的。（撰写人：朱刚）

狠毒的亲生儿子①

　　有两夫妻，丈夫起先是在京城里做官的，他们有两个孩子，一儿一女。后来，丈

① 标题为编者所加。

夫死掉了，他的妻子非常聪明，所以就在他们回老家的时候把丈夫做官时候的一件宝物带回了家。孩子们的父亲实际上是被继任他官位的那个人害死了，所以做爹的就留下话来叫儿子长大以后要替自己报仇。

后来儿子长大了，母亲就让儿子去给父亲报仇。母亲叮嘱他要到京城里找到那个把他父亲害死的人，然后想办法成为他的手下，再找机会报仇。他出门去了，走呀走，结果就晕倒在了路旁。有个孤儿要到山上去砍柴，看到了他。远远地看过去的时候，看到的并不是个人，看到的是一只黑色的老虎。孤儿心想："这次我要发财了，我捡到了一只黑老虎，那我回去就可以去卖老虎了。"等孤儿跑近，才发现不是老虎而是一个小伙子。孤儿就把他背回了家。他活了过来，就和孤儿结拜了兄弟。但是，这个人心肠不好，所以没有和孤儿告别就自己走掉了。到了京城，他找到了那个害死他父亲的当官人，但是他看上了这个当官人的女儿，所以就上了当官家的门，做了他的女婿，也不报仇了。

后来，他的母亲也到了京城，找到了自己的儿子。母亲问他："你为什么不报仇，你不能这样做，你现在这样做我很伤心！"他不但不听母亲的话，反而还推了母亲一下，把母亲推到了河里，河水把他母亲给冲走了。他把母亲推走后自己回了家。母亲被冲了很远，刚好那个孤儿出门来挑水，就把他母亲给救了回去。孤儿非常高兴，心想："我没有妈，现在老天给了我一个妈，我真是太高兴了。"他很开心，每天都上山砍柴，养活这个母亲。女儿在母亲走了以后怎么也盼不到母亲回家来，后来听说母亲淹死了，所以她自己也想淹死算了。她从桥上跳了下去，心想："我妈是在这里淹死的，那我也在这里淹死好了。"这样，她就跳到了水中。恰好，孤儿又出去挑水，也把这个女孩子给救了起来。孤儿问她："你为什么要跳河呢？"姑娘说了原因。孤儿说："你找你的母亲，刚好我也捡到了一个母亲，你跟我回家看看是不是你的母亲？"她答应了，于是就和孤儿回了家。女儿看到孤儿家里的真的是她的母亲，十分高兴。母亲对她说："这次我们母女团圆了，你们俩就配成夫妻好了。"于是就让孤儿和自己的女儿成了亲。她们家本来有些钱财，于是就对孤儿说："你也不要去砍柴了，我们去做屠夫，去杀猪。"孤儿听从了，然后就去杀猪，去集市上卖。妻子对孤儿说："你要去赶集的话，给我买张纸回来，我要剪个鞋样，给你做双鞋。"孤儿在集市上卖了一会儿肉，把买纸的事情给忘记了。到了城门外，才想了起来，看到那里贴了一张纸，就把纸给揭了回去。没想到他揭的是一张皇榜，说是要找他的岳父做官时候的那个宝贝，还说只要是寻到这个宝贝的就马上给他封个官做。那些守皇榜的人见他揭了皇榜，追在他身后说："你把皇榜揭走了，那你是有宝了？"守皇榜的一直跑着追他，追到他家门口，还给他跪下说："这回你要做官了！"孤儿说："我只是个孤儿，砍柴度日的，你们追我给我磕头干什么？"他们说："你把皇榜揭了回来，就是说你有那个宝贝，那么你要做官了。"他说："我只是个屠夫，我什么东西都没有。"那些人听了抓住他，要杀他。他说："你们要杀我也可以，但我要对我的母亲说一声。"他走进家去，他的母亲和妻子都跑出来问："怎么了？怎么了？"那些人对他母亲说："皇上要寻那个宝贝，你的儿子把皇榜揭了回来，但现在他又说没有。"他的母亲说："没关系的，有的有的，我给你们。"母亲把她藏的那个宝贝拿了出来，给他们看，他们说："是了，是了，就是这个了。"后来，就有人来接他们母子到京城中。她的那个亲生儿子也已经在那里了，说这个宝是自己父亲的，所以他要做官。而他的母亲则要让孤儿做官，两个人争得不可开交。那些人问："你要说实话，你的亲生儿子是谁，你要让哪个人做官？"她说："我的亲生儿子是那个，但是，他把我给推到了水里，我被人给救了出来，所以你们也把他推到水中，看看有没有人把他救起来，到那时看情况再说吧。"这样，那些人把她的亲生儿子的衣服全部给脱掉，从他母亲掉下去的地方把他推到了水中。他掉到水中没有人来救，就被冲走了。（讲述人：张明玉　讲述时间：2005年1月25日　讲述地点：张明玉家　采录人：董秀团、段铃玲、朱刚、赵春旺）

故事述评

该故事内容较为庞杂，含有多个已知的母题形式。同时，该故事的结构不是我们惯常所见的一个核心母题在发展过程中吸附其他母题的树形结构，而是如蔓生的植物般，没有固定的主干，后继出现的每一个母题都能决定故事推进和发展的方向。故事中，各个母题之间并没有从属关系，而是一种并列关系。这充分说明了母题链接的随机性，这种随机性发展到了这样的程度，使故事的结尾没有和开端形成呼应，只留下了一个未完的结局。所以，该故事很难用现有的故事类型进行分析，我们只能沿着故事的发展方向对其母题形式进行条分缕析。首先，该故事的中心思想是好人有好报，坏人必受惩戒，同时故事也十分强调孝义之道。在这条主线下串联了"皮匠驸马""所罗门式的判决"两个比较主要的母题。其次，故事中的各个并列母题之间的链接虽然是随机的，但是它们都是有效的功能项，都对故事的推进起一定作用。比如故事的开端，"母亲留下宝物"这个细节就在后来"揭皇榜"的母题中起了作用；"孤儿与儿子的相遇"实际上也预示了故事的发展方向。此外，虽然故事结尾并没有最终解决"报仇"这一故事发生的重要缘起，但是通过"替父报仇"这块试金石，早早验出了儿子的不孝，并将故事引至"皮匠驸马""所罗门式的判决"这两个主要的母题上。再次，在丁乃通的体系中，960"所罗门式的判决"，指的是通过"智慧裁决"来确定事物的真假。与该类型故事有所不同，本故事正好颠倒了裁决的对象——由辨别真假母亲变成了辨别真假儿子。但是我们认为，此类故事得以构成特定类型的根据，应该是"裁决"的形式，并非"裁决"的内容。由此，该母题也应划归960"所罗门式的判决"型故事。960型故事在中国普遍以"二母争子"的形式出现，我们收集的这则故事应该是一则比较独特的异文。相关资料，请参见《中国民间故事集成·陕西卷》，第637页，《孩子到底是谁的》。🖋（撰写人：朱刚）

为儿行善①

　　剑川有一对夫妇，他们只有一个儿子，他们想为儿子做件好事，妻子想："高山上没有水，恰好那里有一块平整的空地，我们就把水挑到那里送给人喝吧。"于是，夫妇俩每天早上挑水上山，到了晌午的时候，过往的人上山到了这里就过来讨水喝。夫妇俩就这样在那里给路人供水，供了好几年。妻子又对丈夫说："我们在这里供水，

---

① 标题为编者所加。

本是为了积德，但现在反而成了一种罪过。因为人家上山来，口渴了，一来就舀起水喝下去，这样走得急了后又喝得急，会喝成血奔心的。我们应该准备一些糠皮，人来了，就在水里放上一点儿，这样别人喝水的时候就会先吹开糠皮，喝得就不会那么急，才能养他们的心脏。"丈夫答应了。于是，他们筛了一些糠皮，有人过来喝水的时候就往里抓一点儿。

一天，一个地师路过那里，口非常渴，过来喝水，夫妇俩往他的水里抓了一些糠皮，这个地师非常生气，说："我口这么渴，你们却无缘无故撒些糠皮在水里，还要我吹这些糠皮耽搁时间。"夫妇俩说："不是这样的，我们这样做是怕你喝水喝急了会喝成血奔心，所以放了一些糠皮在里面，这样可以养心。"地师说："原来是这样，你们的良心真好。这样，我是个地师，我要给你们看下一块地。"于是，地师给夫妇俩看下了一块地，并告诉他们，在丈夫死后第三天让他们的儿子到路上去挡住路人要块地，那天谁给了他一块地的话，他要马上走，不能往回看，到第七天的时候才去那个地方，并将父亲埋在那儿，到父亲死了一百天的时候，才能再去，此前不能去上坟。

过了好几年，这对夫妇中的丈夫真的死了，于是他的儿子便去找路人要地，到三岔路口那里去挡人，一直到天快黑了也没有人来。他正想要回家去的时候，听到身后有吹拉弹唱的声音，他往后一看，只见走过来三个人，是三个叫花子，第一个人是个癫痫头，第二个有红眼病，最后一个是麻风病，三个人边走边晃动手杖边唱歌。他向第一个人说："给我一点儿地，给我一点儿地。"那人说："我是个头上有病的人，怎么还能给你一点儿地？我到哪儿去拿？"他又向第二个人要地，那个人说："我是一个眼睛要瞎的人，你向我要地，我又怎么看得见？"他又向第三个人要，第三个人说："你不要靠近我，我身上有这么多的斑点，我有麻风病，会把你弄脏的。你不要抱我，我不能给你地。"他一直拉着第三个人的衣服，追赶着向他要点儿地，那个叫花子就说："给，这点儿。"说着把拐杖往后一丢。于是，要地的这个人就头也不回地往家里走去，几个叫花子也走了。等到他父亲死了第七天的时候，他又到了那个地方，发现那个拐杖已经长成了靠椅的模样，于是他就把父亲埋在了那个地方。后来，他娶了妻子，本来他想要等到一百天后才去给父亲上坟，到了第九十九天的时候，他的妻子实在忍不住了，说："今天已经是第九十九天，我也想回娘家了，我们今天就去上一趟坟吧。"于是在第九十九天，他和妻子就去给父亲上坟。两人弯下腰磕头，墓碑里一下子飞出了一对金鸽子，由于他未能等到第一百天才去上坟，就破了运气，后来这个儿子做了几年的官，但也只是小官，没能做大官。（讲述人：张明玉 讲述时间：2005 年 1 月 25 日 讲述地点：张明玉家 采录人：董秀团、段铃玲、朱刚、赵春旺）

故事述评

中国有句俗话叫"前人栽树，后人乘凉"，白族民间也有类似的说法，讲的是父母积功德能惠及子女。

这则故事中的父母因自己的善举为儿子积下功德，地师指了一块坟地给他们，这块地便是父母给孩子积德所获，这也正好符合了祖先坟地风水的好坏决定着子孙后代昌盛程度的说法。

然而，这个独生子和他的妻子没能守住第一百天才能给父亲上坟的忌讳，结果破了运气，没有得到原来预想的好结果。这种禁忌母题在汉族民间故事中表现得更为突出，通常故事讲的是神仙或者有特殊能力者告诫某个年轻人或某个妇女要走到什么地方或到什么时候才能回头或打开什么东西看，但到最后一刻这个受告诫的人忍不住了，于是没有遵守和告诫者的约定，提前做了所忌讳的事情，于是可能大水漫了上来，可能这个人变成了石像，可能本来要出现的宝贝变成了其他的东西。（撰写人：段铃玲）

笨儿子的福气

有一家人，父亲早死了，只有母亲和儿子一起生活。这个儿子有点儿笨，帮人放牛也不会，所以母亲就骂他："你自己走吧，不要和我住在一起了。"母亲这样对自己的儿子说，儿子非常难过，就出门去了。他出门去要饭，走呀走，走了很远。就在他被赶出门的前一天，北姚① 铅矿的老板做了一个梦，因为以前他们那个铅矿总是什么也挖不出来，但那天他梦见有人对他说："明天会来一个人，那个来的人会带着祥马。"第二天，那个笨儿子就来了，他还拉了一根棍子夹在两腿中间走到了他们那个地方。他们帮工的就说："是了，就是这只了，祥马就是这只了！"于是，他们就让他待在那儿，果然慢慢地这个铅矿里挖出了很多的矿，一切都顺了起来。

后来，笨儿子说要回家看看他的母亲。那时他母亲还以为他已经死了，因为他走了已经有好几年了，所以也不再想念他了。但是有一天，他回来了，铅矿那儿的人还给他带了很多的钱财，因为想到他可能不会弄，所以就把钱财给他缝在了衣服中。在铅矿的时候，他们给他缝了新衣服，但是他要回家的时候，他不要他们的新衣服了，要换回自己的旧衣服，他把新衣服脱回给了他们，换上了自己的旧衣服，所以他们只好把大洋给他缝在了旧衣服中，把坏了的地方补了起来，然后还一层一层地缝起来，最后用绳子勒起来，缝成了沉甸甸的一件衣服。他的母亲原以为他已经不在了，没想到他又回来了，母亲就骂他："你又回来了，我还以为你死了，怎么你又回来了？"他对母亲说："妈，给我拿一个簸箕来。"母亲说："你要簸箕干什么？""你别问那么多，赶快拿来给我。"于是，他母亲就拿了一个簸箕给他。他站到了簸箕中间，解下一段绳子钱就掉下来一些，掉下来的都是银大洋，就这样簸箕里装了许多的钱。这样，他们的日子好过了起来，而且那些钱光母子俩用怎么也用不完，所以母子俩就把钱藏到了墙中。到了他的后代的时候，发生了火灾，火烧到了这面墙，银水就一滴滴地滴下来了。（讲述人：张明玉　讲述时间：2005 年 1 月 25 日　讲述地点：张明玉家　采录人：董秀团、段铃玲、朱刚、赵春旺）

故事述评

民间流传着一种说法叫"笨人有笨福"，这则《笨儿子的故事》正好体现了这种说法。虽然这个笨儿子的母亲对他并不好，可以说他是让自己的母亲给赶出门的，但当他帮助开矿的人带来财运过上了好日子以后并没有忘记母亲，而是带着钱财回到家中让母

---

① 白语读音，地名。

亲也过上了好日子。故事体现了笨儿子的善良和以德报怨的气度。

故事中讲北姚铅矿老板做梦以及后来笨儿子给铅矿带来好运的情节，有点儿类似"命中注定的财宝"型故事，这类故事通常会讲神仙告诉或托梦给某个人在什么地方有属于他的宝物，有的时候这个人会直接自己去找，有的时候这个人需要在某些人或某些动物的帮助下获得宝物。丁乃通在《中国民间故事类型索引》中将"命中注定的财宝"型故事列为 745A 型。🐦（撰写人：段铃玲）

瞎眼的女儿

有对夫妻有两个瞎眼的女儿，父母两人没法养活她们，于是就把她们背到了山上。父亲把羊皮挂在竹子上，并对两个女儿说："你们在这里等爹，我去砍明子，等到砍够了，我就回来接你们。"父亲走了以后，风吹着羊皮敲在竹子上发出了"咣咣咣咣"的声音。姐妹俩就想肯定是父亲在砍明子，所以就这么一直听着，过了很长时间却发现那个声音还是一直有，于是妹妹就对姐姐说："大姐，这好像不是父亲在砍明子的声音，父亲可能已经回家去了，我们姐妹俩慢慢地摸下去喝点儿水吧。"姐妹俩就这样摸索着下了山，走到前面，有一塘水，大姐摸到了水，就跟妹妹说："这里有一塘水。"她把水抹到了眼睛上，她就看到东西了，她又把水抹到了妹妹的眼睛上，妹妹也可以看到了。

两姐妹都可以看到东西以后，不顾天黑就下了山，看到前面有火光，姐妹俩就进去了，没想到这里是妖精的家。这时，公妖精出去吃人还没有回来，只有母妖精自己在家，两姐妹就偷偷地躲到了妖精家的楼上。公妖精回来后对母妖精说："我闻到家里有一股生人味。"母妖精说："我整天都在家，哪里有什么你说的生人味？"公妖精想那可能是自己闻错了。要睡觉的时候，公妖精问："今天我们俩睡铁床还是铜床？"母妖精说："睡铁床，铁床暖和一点儿。"其实妖精说的铁床就是炒锅，铜床就是汤锅。妖精俩睡到了炒锅里，等到他们睡熟了以后，姐妹俩从楼上下来，抬了几个石头压在了锅盖上，在灶里放上了柴火，点了起来，后来还在锅里加上了水熬，熬呀熬，终于把这对妖精夫妻都给熬死了，还熬成了一锅汤。第二天早上，姐妹俩把这锅汤倒到了妖精家门口，汤变成了一大片的青菜和白菜。赶马的人从他们家门口经过的时候，总会去摘她们的菜吃，吃完了以后就会死掉。一天，来了两个长得非常漂亮的赶马小伙子，对她们说："大姐，你们这些菜给我们几片吃吃吧？"她们说："这个是千万不能给你们的，吃了会死的。"他们就说："你们的心肠好，我们就在这里上你们的门吧？"姐妹俩答应了，这样两个赶马人就上了姐妹俩的门。这两姐妹的日子过得特别好，因为妖精家本来就有很多的金银。

后来，她们俩的父母听说女儿们没死，而且日子过得很不错，所以母亲就去找姐妹俩玩。母亲走的时候，姐妹俩给母亲包了一个饭团，里面包上了很多的金银。她们的父母也过上了好日子。她们的父亲说："我也上她们那里去玩玩，你上回去的时候，她们给你包了很多的金银，那我也去玩玩吧。"她们的父亲到了她们那里玩了很长时间，在他走的时候，姐妹俩也给父亲捏了一个饭团，父亲走到半路肚子饿了，就说："我把饭团吃掉吧。"于是，他把饭团打开，里面有一窝马蜂，全部都飞出来叮他，把他给叮死了。（讲述人：张明玉　讲述时间：2005 年 1 月 23 日　讲述地点：张明玉家　采录人：董秀团、段铃玲、朱刚、赵春旺）

故事述评

这则《瞎眼的女儿》起因是两姐妹由于眼睛失明而被父亲遗弃，在摸索着回家的过程中两姐妹不仅眼睛复明，而且在误入妖精家以后沉着地将妖精除掉，拥有了妖精的财产，后来还拥有了美好的姻缘。最后，姐妹俩对在遗弃自己的时候没有清楚观点的母亲给予了财物上的回报，而对亲自将自己遗弃的父亲则进行了报复。故事包含了两个主要内容：一是开头讲述父亲对女儿的遗弃以及结尾时父亲得到的报应，告诫人们做了坏事是会受到惩罚的。二是中间两姐妹杀死妖精，这属于"亨舍尔和格莱特"的故事类型，丁乃通《中国民间故事类型索引》中将之列为 327A 型，在很多民族的民间故事中都有这种关于人通过自己的智慧和勇敢将吃人的妖魔杀死的故事。

（撰写人：段铃玲）

无手姑娘

以前有一个无手姑娘，她是一个好心人。开始的时候，无手姑娘是有手的，她经常在家，等家中有人来要饭的时候，她常常会给人家施舍，她的父母亲说："你要是常常给人家东西，就要把我们家的东西全部都给完了。我们也穷，你不要这样常常给别人了。"她父亲还对她说："你要是再这样给人家施舍，我就会把你的手给砍断。"

一天，观音要来度她，于是就装成了一个要饭的来向她要饭。她给观音施舍了米，结果，观音把米全部倒在了她家的房子旁。她爹回家以后，在家周围看到都是米，就很生气。他对女儿说："跟你说过了不要再给人家东西了，你还要给，你到底是要怎么办，今天我要把你的手给砍断，不然你净把我们家的米给别人。"就这样，她父亲真的就把她的手给砍断了，还把她赶出了家门，对她说："你要去哪里就自己去吧。"

她没了手，也没有地方可以去，于是就到了一个桃园里，并住了下来。因为她没有手，摘不到桃子，所以只能咬，这样就把桃园里的桃子都咬得坑坑洼洼的。守桃园的人去看时，只看到被咬得坑坑洼洼的桃子，也不知道是谁干的。守园人在桃园里找，最后找到了无手姑娘，发现她长得漂亮极了，但是却没有手。守园人问她："你长得这么漂亮，怎么会没有手？"她说："我常给来要饭的人施舍，我爹就把我的手给砍了。"这人对她说："跟我回去做我的媳妇吧！"她就跟着那个人到了他家，做了他的媳妇，不久她身上就有喜了。

过了一段时间，她的丈夫去考状元去了，等到她的孩子生下来的时候，她的公公婆婆给儿子寄信，并在信上说："你的妻子生下了一个儿子。"刚好，帮他们送信的这个人和他们有些仇，是女子父亲手底下的人，所以就把信给改了一下，说："你的妻子生了一只狗。"她丈夫看到了以后，就回信说："是狗也没关系的，就是狗你们也帮我好好养着，等我回来抱他。"送信的人这回又把信改成了："她没有手，就算是她生了个儿子，也要把她赶出门去。"公公婆婆不让她走，但女子看到了这样的信就想：

"要是赶我，那还不如我自己走。"她叫人把她的儿子给她背在了背上，然后就走了。走了一段路，她的儿子哭了，她想给儿子喂奶，但儿子背在背上，她没有手所以就没有办法解下来。这时，他们走到了江边，她想："我没有手，不能把你解下来，不如我们淹死算了。"这样她背着儿子走到了江中，她的手突然就长出来了一只，她就想："长出了一只手，那我就把你给解下来，给你喂点儿奶好了。"她解下了儿子，给儿子喂了奶。之后她又想："只有一只手，还是什么也不能做，我们还是死了算了。"于是又走到江里要淹死，这样又长出了另外一只手来了，她的两只手都长全了。她想："这回我长出一双手来了，我们就不要死了，走吧。"走了很久，到了一座山的半山腰，那里有一座庙，里面有一锅蒸好了的饭，还有已经做好了的好几样菜。她想："今天我们就在这里吃他们的饭好了。"她把儿子给解了下来，到处找人，但是一个人也找不到，喊了很久也没有人答应。她想："奇怪了，今天是谁给我们做的饭，人一个也找不到，那我们母子俩在这里等。"但是，等了很久也还是没有一个人。庙里有很多粮食和物品，所以这母子俩就在那里生活了很久。这时，她的丈夫已经回家去找她们了，他的父母说："你寄回来了那样的一封信，说要把她赶出去，我们拉都拉不住，她自己走了。"丈夫到处找妻子，找了很多地方，后来找到了他们住的庙，把母子俩带回了家。走了一段路，往后看的时候，庙已经飘走了。原来是神仙在搭救无手姑娘和她的儿子。这时无手姑娘的丈夫已经做官了，所以就直接把她接到他做官的地方了。（讲述人：张明玉　讲述时间：2005 年 1 月 23 日　讲述地点：张明玉家　采录人：董秀团、段铃玲、朱刚、赵春旺）

故事述评

　　无手姑娘的故事又可称为断手姑娘、无手少女等，在世界民间故事类型中，被归为 AT706 型，在丁乃通《中国民间故事类型索引》和艾伯华《中国民间故事类型》中没有对这个故事的记载，但这却是一则广泛流传于我国各地的民间故事。有学者认为，这则故事虽然在各地有不同的变体，但基本结构却没有太大的变化，主要的情节单元是：继母把家中狸猫剥皮，塞入姑娘被中，诬姑娘产下私生子，姑娘的父亲将女儿双手剁去并抛弃；姑娘进了一户人家的果园，吃果子充饥，被这家的公子救下，结为夫妻；公子进京赶考中状元，姑娘在家中产下男孩儿；继母设计将公子的信改为休书；姑娘和孩子离家，胳膊上重新长出了双手；公子和妻儿最终团圆。①

这则无手姑娘的故事，主要情节与该类型故事基本一致，但也有一些不同之处。故事未将姑娘断手的原因与继母的陷害联系到一起，而是从姑娘本身出发，说姑娘喜欢布施，修改书信的也不是继母。故事中还加入了观音这一形象。在很多石龙村村民特别是中老年人和女性心目中，观音菩萨法力无边，能洞悉世间万物，是具有善心且绝对公正的大神。故事中的女主人公正是因为自己的善良和乐善好施之心经过了观音的考验，虽然遭受了一定的磨难，但最终仍获得了幸福的生活。

观音的出现，为故事增添了佛教思想影响的痕迹，故事告诫人们要乐善好施，并相信有因果的报应，总的来说，这种故事主要目的是劝世。故事中除了教育听众与人为善，还体现出女子丈夫对她的感情，不管这个女子遭遇到什么样的情况，丈夫对她仍表现出了绝对的信任和关爱，这在整个故事中也是比较动人的。☙（撰写人：段铃玲）

异文：无手姑娘

有一个小姑娘良心非常好，要饭的来讨饭都会得到她的施舍。可是，这个姑娘的父母是很小气的，有一天父母对她说："你天天给要饭的东西，把我们家都给光了，从今以后不许你再给叫花子东西，你再给的话就把你的手砍下来。"这一天，观音菩萨下凡来试探这个姑娘是否真的良心好，于是观音菩萨变成了一个叫花子到她家门口要饭，姑娘心想："父母不让我给，怎么办才好？"因为这个叫花子看起来十分可怜，她最后还是给了叫花子一点儿面粉。叫花子故意在口袋上开了一个小口，让面粉漏出去，这也是为了看姑娘的父母是否真的没良心。叫花子一路走出去，面粉撒了一路。父母回来后，看到了地上的面粉，知道姑娘又施舍了叫花子，于是就真的把她的两只

---

① 刘守华主编，《中国民间故事类型研究》，华中师范大学出版社，2002年，第558～559页。

手都砍了下来，还把她赶出了家门。

姑娘走啊走，刚好走到一个员外家，他家有一个果园，姑娘就躲进他家的果园里。果园里有很多桃和梨，姑娘虽然没有手，但她可以用嘴啃树上的果子来吃。员外发现他家的果园里的果子今天少了一些，明天又少了一些，但又不晓得是谁干的。一天，家中的仆人发现了姑娘，就去告诉员外："我们果园里有一个没有手的人在啃果子吃。"员外的儿子良心好，就叫仆人把姑娘叫回了家。员外的儿子看上了这个无手的女子，要让她做他的妻子。员外和他的妻子良心不好，他们对儿子说："像我们这样的人家怎么能讨个没有手的人做媳妇呢？让别人知道该多难听！"员外的儿子说："就算你们不同意我也要娶她，我情愿伺候她。"这样，员外的儿子就把姑娘养在家里。

后来，员外的儿子要去赶考，去之前他叮嘱家中的老仆人要好好照顾他的妻子。后来，他考上了状元。过了一段时间以后，这个无手姑娘生了一个儿子，家中的人都很高兴，叫送信的人给状元送了一封信，告诉他说生了个儿子。恰好这个送信的人到了无手姑娘娘家的时候，天已晚了，所以就投宿在她娘家，无手姑娘的父母问送信人："你要去哪里？"送信人把事情告诉了无手姑娘的父母，说："我们员外的儿子去京城考上了状元，他的妻子是一个无手姑娘，现在她生了一个儿子，我要去给状元送信。"无手姑娘的父母一听，知道这个无手姑娘应该是他们的女儿，所以他们就给这个送信人喝了很多的酒，把他灌醉后拿出信，看到上面是告诉状元无手姑娘给他生了个儿子，他们就把信给改了，改成状元的妻子给他生了只猫。状元看到信后，回信说："她给我生了只猫我也喜欢，你们要帮我好好照顾她，不能亏待她。"送信的人回来的时候又到了无手姑娘的娘家，这时候天又黑了，他又在她家住下了。无手姑娘的父母又把他灌醉了，拿出信来看，看到上面写的就又把信改了，改成："她给我生了儿子就把她赶出去。"员外家的人看到状元的回信后就把女子赶出了家门，但还是给了她一些吃的、喝的。他们把孩子背在她的背上。

无手姑娘走啊走，来到海边，她对儿子说："我们已经没路可走了，我们跳水好了。"这样，她就背着儿子跳进了水里，一跳下去，她的手就长出来了一只，她就想可能是上天叫她死不叫她的儿子死，于是，她出去给儿子喂奶，把儿子放下，然后自己又跳进水里，这时她的手又长出来了一只。这下她心想："可能是我不该死，上天派救星来了。"于是她就出来了，背上儿子又往前走。她看到前面有一座山，山上有一条可容一人通过的台阶，就沿着台阶往上走，走到山上的一个屋子里，里面有一桌八大碗。无手姑娘这时觉得很饿了，就吃了这桌八大碗的一些东西。吃完后，看到屋子里走出来一个人，正是观音菩萨，观音菩萨对她说："其实你的丈夫并没有要赶走你，是你的父母改了信。我已经告诉了你的丈夫，他很快就会回来接你，你们母子俩就在这里等他，他会来这里接你们的。"说完，观音菩萨就不见了。过了几天，状元真的来到这里把母子俩接到京城里住去了。（讲述人：张四合　讲述时间：2005 年 1 月 24 日　讲述地点：张四合家　采录人：董秀团、段铃玲、朱刚、赵春旺）

故事述评

这则故事中明确指出后来搭救无手姑娘的是观音菩萨，相较上一则前后呼应更突出。（撰写人：段铃玲）

吃谁的福禄

有一个员外，他有两个妻子。二房妻子生的孩子聪明，大房妻子生的女儿比较憨直。到了除夕那天，家里做了一桌子的酒席大家一起吃，父亲就问自己的孩子们："今天是除夕夜，我们吃的是八大碗酒席，吃的是谁的福禄呀？"二房的这些孩子聪明，于是就说："我们吃的是爹的福禄，是爹的福禄。"父亲听了很高兴，而大房生的这个女儿心直，就说："我们吃的是我妈和我们家白马的福禄。"父亲听了非常生气，就说："那我把白马给你们，你和你妈走吧！"这样，在除夕夜的时候就把母女俩给赶走了。

女儿让母亲坐在了白马上，自己挖了一点儿米饭，就这样母女俩离开了家。马一步一步地走着，还专门往山顶上走，走呀走，走到了天明，太阳也慢慢地升了起来，她们的肚子也走饿了，马又从山上走了下来，走到了山谷里。母亲对女儿说："肚子饿了，我下马，我们母女俩吃点儿饭，也给我们的马吃点儿草，这里刚好有草。"女儿把母亲从马上抱了下来，母女俩吃了饭。她们面前的山上有一个正在砍柴的人，女儿对母亲说："我去看看那个砍柴的人。"母亲答应了。女儿到了对面的山上，看到的是一个小伙子，这是个孤儿，无父无母的，平日砍柴来卖。女儿走近他，对他说："我给你做媳妇吧！"孤儿吓了一跳，就跑了，还把砍柴用的刀子都落下了。女儿把刀子拿了回来，母亲对她说："你把刀子还给人家，他的刀子，你把它拿来，他没有东西砍柴了，怪可怜的。"女子走回砍柴的地方，孤儿也折回来了，女子问他："你为什么要跑？你的家在哪里？我们跟你回去，我给你做媳妇。"孤儿说："我没有家，就算你给我做媳妇，我也没有地方去。"女子说："不管怎么说，你总有个睡觉的地方。"他回答："我睡在瓦窑里。"女子说："没关系的，我们就跟你回瓦窑好了。"孤儿说："好。"母女二人就跟着孤儿回去了，住到了瓦窑里。她们还在路上捡到了三颗金豆子，原来是员外家的金豆子跑到了母女俩的身后了。回到家，女子便要她的丈夫去赶集，她把三颗金豆子给了丈夫，让他去买点儿米、肉。孤儿说："这种东西我见过很多了，要是这些东西都可以用的话，那我早就不知有多少了，这些只是石头。"他虽然不相信，但还是拿着去了。走到了一个村子，看到鸭子在田里游水，他就用金豆子打鸭子用掉了一颗，还剩下了两颗。又往前走，看到了人家的狗在打架，他又用金豆子打狗用掉了一颗，这样就剩下了最后一颗金豆子了。到了集市上，他把这个金豆子换成了钱，买到了妻子要的东西，米也有了，肉也有了，共装了一筐。虽然金豆子只剩下了一颗，但还是买了很多的东西。回到家，他对妻子说："这东西也能买到想要的，那我见过的多了，我们去驮吧。"两个人就牵了马去拾，到了孤儿说的地方，果真有很多这样的金豆子，两个人捡了一些回到家，这样他们的日子就好过得不行。这时，他们还是住在瓦窑里。

一天，他们街上有户人家盖了一栋新房子，但是房子摇了起来，总是"咯吱咯吱"地摇，他们在里面实在是住不成了，所以就想要把房子卖掉。孤儿他们听说了这个消息就去买下了房子。他们住进去，房子也不摇了，日子过得好极了。员外家却穷了下来。其实他们确实是吃着大房和白马的福禄，所以在大房和白马不在了以后，就穷了下来，而他们的金豆子也跟着她们走掉了，所以他们只好讨饭了。员外要饭到了母女俩那里，他拿了一个碗向她们要，她们索性什么也不给他，把他给饿死了。（讲述人：张明玉　讲述时间：2005 年 1 月 23 日　讲述地点：张明玉家　采录人：董秀团、段铃玲、朱刚、赵春旺）

故事述评

　　这则故事及后面几篇异文部分混合了"负责主宰自己命运的公主"和"像爱盐那样的爱"两种故事类型的因素。丁乃通在其《中国民间故事类型索引》中将"负责主宰自己命运的公主"列为 923B 型，将"像爱盐那样的爱"列为 923 型，在有些故事中这两种类型往往相伴出现。"负责主宰自己命运的公主"在中国很多民族的故事中都出现过，比如怒族故事《三姑娘》，比如洱海地区白族中流传的民间故事《辘角庄》。值得注意的是，《辘角庄》中还反映了民间曾流行的一种婚俗——"撞天婚"。

　　石龙村收集到的这几则故事，女主角都是出生于员外家的小姐，可以说是高贵人家的少女，然而因为她们的话语或形象不能让父亲满意，于是被赶出了家门。和她同时被赶出门的往往还有一匹马（一般是白马），有的时候还有她的母亲。马将她带到了某个地方，让她遇到了一个穷苦的人，她成了这个穷人的妻子，后来他们意外收获了金银，过上了富裕的生活。而员外家则在把这个女子赶出家门后渐渐衰败了，他们这才明白家里的财运正是这个被赶出家的女孩子带来的。

　　较之"负责主宰自己命运的公主"型故事，这种"吃谁的福禄"型的故事除了表现女子为自己做主选择婚姻外，还着重说明掌握福禄的人正是这个并不受家长欢迎的女子。🍃（撰写人：段铃玲）

异文一：吃谁的福禄

　　有一个员外，家里很富有，就给几个大的女儿们都招了姑爷，留在家中。一天晚上，一家人正在吃着饭，父亲突然问道："我们现在生活得这么好，是好在哪个人身上呀？沾的是谁的福气？你们吃的又是谁的福禄？"做爹的意图其实很明显，是想让家里人夸他的德行好，吃的是他的福禄。女儿中那些年纪大一点儿的，知道父亲的意思，都说："我们吃的是您的福禄，是您的福气好，我们沾了您的光。"父亲太高兴了。但他看到最小的那个女儿什么也没有说，于是就问她："你姐姐她们都说了，你为什么什么都不说？"小女儿说："各人有各人的福气，老人有老人的福气，儿女有儿女的福气，各自吃的就是各自的福气。"父亲听了她的话，实在是太生气了，就说："既然各人吃各人的福禄，那明天你就出去自己住，吃你自己的福禄去，给你一匹马，你明天就走。"

第二天，员外果真就给了女儿一匹马，还有一些金银，就把女儿给赶出门去了。这个小女儿骑上了马，对马说："马儿呀，马儿，我现在是没地方可去了，你给我找家主人吧，你带我去什么地方，我就去什么地方。"马就这样走了很久，走到了一个瓦窑前就停住了。瓦窑里住着一个老妈妈，她于是就对老妈妈说要住在她的瓦窑里。老妈妈不同意，说是家中只有母子两个人，一个年轻女子留宿在家中是不可以的。小女儿好言好语地说了好久，老妈妈说："你不知道，我们家就母子两个人，房子也没有一间，所以只好住在瓦窑里。我的儿子平时要上山去砍柴，卖了柴才能维持两个人的生活。你一个姑娘家要住在我们这里实在是不行啊。"小女儿说："没关系的，我和你们住的话我就给你们家做儿媳妇，我来伺候您。"老妈妈说："这怎么行，我们房子也没有一间，住在瓦窑里，真的是叫花子。"小女儿说："没关系的，只要您答应让我做儿媳妇就行了。"

过了一会儿，老妈妈的儿子回来了，看到家中有一个女子，他很害羞，小女儿反而很大方地和他主动说话，他也很高兴。吃过了晚饭，小女儿就提出要给他做媳妇，起先老妈妈的儿子也不同意，小女儿说："没关系的，我不会让你们受穷的，我有钱财。"后来，老妈妈的儿子同意了。于是他们用女子带来的钱去买了些油，买了些肉。再后来，小伙子去砍柴的时候，看到了前面有一堆银子，他以为这是铁，就只拿了一块回来，那块银子下面有小女儿的名字，小女儿就问他："你的银子是从什么地方拿来的，你要说清楚。"他说："我去砍柴的地方有很多的，那只是些铁，所以我只拿了一块回来。"第二天，小女儿和他一起去看的时候，看到那些银子上写的都是自己的名字，于是两个人就借了马，去把那些银子给驮了回来，买了些材料，还盖起了房子。

原来，这个小女儿的福气很好，她在家里的时候，全家人吃的是她的福气，但她父亲把她赶了出来，所以她父亲家就慢慢地穷了下来。（讲述人：李年登 讲述时间：2005年2月13日 讲述地点：李年登家 采录人：董秀团、段铃玲）

故事述评

该故事为《吃谁的福禄》的异文。🐚（撰写人：段铃玲）

异文二：瘸腿的女儿

有一个员外，家里养了一匹白马。员外有个女儿是个瘸子，这个员外的良心很坏，他看到女儿是瘸子就不想要这个女儿了，总想把女儿给赶出去。一天，员外摆了一桌八大碗的酒席，问道："今天我们吃的这些是谁的福禄？"其他的子女都说："今天我们吃的这些就是阿爹您的福禄啊！"而他这个腿瘸的女儿却说："我们是各吃各的福禄。"员外因为女儿这句话就把女儿赶了出去，临走时把白马给了她。其实他家吃的是这个女儿和白马的福禄，而父亲却不知道。女儿走后，员外家慢慢地就没落了。

员外的瘸腿女儿和白马走呀走，走到了一个小伙子和他母亲住的地方，这个小伙子的父亲很早就去世了，小伙子和他的母亲生活很穷困，他们住在一个瓦窑里。老妈妈坐在瓦窑门口，员外的女儿对老妈妈说："大妈，我能不能在你们这里住一晚。"老妈妈说："你要在我们这里住，我很高兴，但我们家没有房子啊！"员外的女儿说："你们家没房子也没有关系，我就在你们家住一晚，你们在什么地方睡我也在什么地方睡。"员外的女儿就在他们家住下了。后来她提出要做小伙子的媳妇，小伙子说："我们只是要饭的母子俩，而你是员外家的女儿，我怎么配得上你？"但员外的女儿无论如何都要给这个小伙子做媳妇。后来小伙子终于答应了，两人在瓦窑里拜了堂。

成亲之后，员外的女儿对丈夫说："你拿上一个袋子，牵上我们的马，我们俩上山砍柴去。"两人到了砍柴的地方，没见到柴，反而看到了很多的金银。两人往袋子里拾了一些，用马驮了回来，从此他们的日子便富了起来。而此时，员外家已经没落了。有一天，妻子对丈夫说："我们怕是要回家看看我的父母亲，不然他们会以为我这个瘸腿女儿不能活下去，怕是已经死了。"于是，两人骑着马去看员外夫妇。这个时候，员外夫妇的生活已经无法维持，到了去要饭的地步了，家里什么都没有，原先的那些仆人也都已经走完了。员外夫妇羞于看到这个女儿，因为以前他们把瘸腿的女儿赶出了家门，现在自己没落了，就没脸见到她，所以员外夫妇就双双自杀了。（讲述人：张四合 讲述时间：2005 年 1 月 24 日 讲述地点：张四合家 采录人：董秀团、段铃玲、朱刚、赵春旺）

故事述评

该故事属《吃谁的福禄》的异文，只是给女主人公又增加了瘸腿的特征，所以更增加了故事情节的冲突性。🌿（撰写人：段铃玲）

异文三：瘸腿姑娘 ①

从前，有一个员外，他有一个女儿，长得很丑，还是个瘸腿。一天，这个员外的一个朋友赵员外和当地的县官说要来拜访他。员外告诉妻子："明天县官和赵员外要来家里，你姑娘在家的话，人家会笑话我们的。你想把她领到哪儿就领到哪儿去吧，反正你来处理就行了，否则的话，我把你也赶出去。"他的妻子心想："怎么办呢？把姑娘领到哪里呢？"没想到员外对妻子说的话，都被他的女儿听到了。这个姑娘就对她的母亲说："不怕，不怕，我走得了，反正命在我手里，我死不掉。不过，以后我是回来看你们还是不回来看你们也不知道了。"她妈听了她说的这些话，心里很难过，但是又没有办法。于是，她妈就给了她一包衣服，放了一些金银，把她送出了门。母女俩出了门，来到大路上，看见一匹白马挡在路的中间，她妈就问白马："白

---

① 标题为编者所加。

马啊白马，你站在路的中间，那让我们怎么过去呢？请你让一让吧！"白马还是不动。她妈又问："你是不是要让我姑娘骑在你身上啊？如果是的话，你就点点头吧！"白马点了点头。于是，姑娘就骑到了白马上，等到看不见女儿和白马的时候，她妈就回家去了。

白马驮着姑娘走了一天一夜，到了一个地方，有一间破瓦窑，这个时候，白马就停下来不动了。姑娘问白马："你不走了是把我送到这里吗？"马点了点头。于是，姑娘下了马，这个时候天也快黑了，姑娘就朝瓦窑走去，等她回头看的时候，白马已经不见了。她走进瓦窑，看到里面坐着一个老大妈，她问老大妈："大妈，我在你们这里借宿一晚上行吗？"老大妈说："不行啊，我们这里就一间破瓦窑，我还有一个儿子，实在是住不成啊。"姑娘问："你儿子到哪里去了？""他去砍柴了，每天都要去砍柴，来养活我，你住在这儿，吃一顿饭都困难啊。""不怕的，我带了一点儿钱，我们可以一起过几天，我的脚疼，走不了了。"这样，老大妈只好答应了姑娘。过了一会儿，老大妈的儿子回来了，看到姑娘，他心里想："我们家怎么来了一个丑人？"于是，他问姑娘："你是从哪里来的？"姑娘把自己的情况告诉了他。这个小伙子的心肠很好，他说："不怕，你在这里住得了，我养活你们。"这样，姑娘就在母子俩家中住下了。那个小伙子还是天天去砍柴，过了几个月，姑娘带来的钱花完了，小伙子说："再坚持几天，我再想想办法。"一天，他又去砍柴，看见一个地方有白花花的银子，他很高兴，就拿了一些银子回来。姑娘说："你是从哪儿拿回来的这些银子？我们跟你一起去拿。"在他们发现那些银子后，一夜之间，姑娘的腿也不瘸了，脸也变好看了。后来，他们又去背了一些金银回来，盖了房，买了田，过上了好日子。

员外自从把女儿赶出去，家里就渐渐衰败下来。原来，员外家富就是沾了他女儿的福气，女儿被赶走，他家也就穷了。到最后，员外夫妇只得去讨饭。一天，他们讨饭讨到了女儿家，这个时候，他们的女儿已经变好看了，员外夫妇也认不出她来。但女儿认得出他们，于是就叫她妈："妈，你们怎么了？"员外夫妇听到女儿叫才知道这就是自己的女儿。她妈说："自从你走了以后，家里一天不如一天，吃的用的都没有，没办法只好去讨饭。"她妈又问："你的脚怎么会好了？你的脸怎么也变好看了？”姑娘说：“我也不知道，这是一夜之间发生的事。”姑娘又说：“不怕，你们和我一起住得了，虽然我爹把我赶了出来，但他是我爹，我会好好待你们的。”从此，员外夫妇也和女儿一家一起过，一家人团圆了。（讲述人：张德五　讲述时间：2005 年 1 月 23 日　讲述地点：张德五家　采录人：董秀团、段铃玲、朱刚、赵春旺）

故事述评

该异文的独特之处是增加了女儿以德报怨对待父亲的结尾，对比更加鲜明。🐚（撰写人：段铃玲）

夫妻不说话 ①

有两夫妻，天天打架，两个人从来不说话。一个人要和另外一个人说什么的时候也都是互相顶撞“称处”②。一天，他们家没东西吃了，所以丈夫又去“称处”他的妻子，对着他家的板凳说：“板凳、板凳，谷子背到碓上去。”丈夫的意思是说让妻子把谷子背到碓上，舂些米出来。看到丈夫这样子对着板凳说，妻子听到后也对着家中的板凳说：“凳板、凳板，谷子背到碓上了。”意思是说她已经把谷子背到碓上了。

妻子去做饭，吃完饭后，丈夫去“称处”妻子说：“汤勺、汤勺，菜汤里盐薄。”妻子听到了就说：“勺汤、勺汤，明天才能去买盐。”两人常吵架，不说话，所以很久了他们也没有小孩儿，婆婆就心焦了。有一天，婆婆就到了楼上对着祖宗灵位拜祭，给祖宗敬饭，还说：“祖宗、先人，你们吃饭，我想要让你们给我个孙子。”做儿媳妇的在晚上去祭祖宗的时候就说：“祖宗、先人，吃饭，风吹天和下雨天。”意思就是说，夫妻俩常常吵架，所以到现在也没有小孩儿。（讲述人：张明玉　讲述时间：2005 年 2 月 12 日　讲述地点：张明玉家　采录人：董秀团、段铃玲）

---

① 标题为编者所加。
② 白语，意为不直接将自己想说的话告诉对方，而通过说别的事情来表达自己的想法。

故事述评

这是一则非常有意思的故事，反映的是家庭生活，通过有趣的言语表现了夫妻间的矛盾。

故事开始，揭示了夫妻两个互相"称处"的原因是两个人的感情不好，经常打架，相互间都不想说话，但是在一起生活不可能完全没有交流，于是只好"称处"了。故事虽然简短，但语言诙谐，能给听众留下深刻的印象，特别是当听到板凳、凳板、汤勺、勺汤的说法时会让人忍不住哈哈大笑。🚣（撰写人：段铃玲）

两夫妻①

有两夫妻，丈夫出远门了，妻子在家好了一个情人。丈夫有些怀疑妻子。一天，丈夫又对妻子说他要出门，结果趁着妻子外出劳作的时候他偷偷回家，躲到了楼上，并把楼板卸下了一块，躲在里面。到了晚上，他妻子的情人来到他们家，对他的妻子说："我们去睡觉吧。"他的妻子说："你先睡，我收拾收拾东西。"那男的先上床睡下了，丈夫偷偷从卸下的楼板那里爬了出来，把男人杀死在床上。妻子收拾好东西准备进来睡觉，这时那个男人的血已经把整个床都染红了，女人不知道还以为是情人和她开玩笑，还问："你是不是尿在床上了？"后来才发现男的已经死在了床上。这时，她的丈夫已躲回藏身之处，想看看妻子如何处理。只见妻子拿了家里的菜刀磨了起来，她把刀磨锋利后把男的砍成几截，然后放入装酒的缸中。之后，趁着天黑，女人把缸背了出去，也不知去了什么地方。丈夫看到这里就离开了，这一去过了十年才回家。

丈夫回来后对妻子很好，妻子看到丈夫回来也很开心。一天，妻子的父亲过生日，夫妇俩到了岳父家。丈夫不愿在楼下坐，说："我出门这么多年，就觉得人多的地方吵，我想在楼上待着。"他在岳父家的楼上休息，让妻子送饭给他吃。到了吃午

---

① 标题为编者所加。

饭的时候，他对妻子说："给我带些酒，还要个杯子和酒壶，酒你不用倒出来，打开壶盖，把杯子放进去把酒打出来，不要把酒泼掉。"妻子说："杯子怎么能放得进壶里，壶口这么小！"丈夫说："怎么放不下，人都可以装在缸中，杯子怎么就不能放进壶里。"妻子明白丈夫在说什么，下楼之后，越想越觉得对不起丈夫，拿了根绳子就在娘家房后上吊死了。到了晚上，丈夫不见妻子上楼给他送饭，走下楼去才发现妻子已经吊死了。于是，他就去质问他的岳父母："你们责怪她了吗？我们到了你家，也没闹别扭，你们为什么责怪她，现在她死在你们家了。"就这样，丈夫把责任推到两个老人身上，还让娘家人给妻子发了丧。后来，他还让岳父母给他重新娶了个媳妇。（讲述人：张明玉　讲述时间：2005 年 1 月 24 日　讲述地点：张明玉家　采录人：董秀团、段铃玲、朱刚、赵春旺）

故事述评

　　该故事可归入艾伯华所划分的滑稽故事 27 "对妻子通奸的惩罚"：(1) 丈夫不在时妻子与人通奸；(2) 丈夫得知，回来时通过几个看上去无意的行动或者客套话影射此事；(3) 妻子自杀了。[1] 这一类的故事具有道德训诫的色彩，是"天网恢恢，疏而不漏"这类理念的现实写照，属于"夺妻败露型"故事，世界民间故事类型编码为 AT960。[2] 根据丁乃通的分类体系，在 AT960 型之下有两个亚型：960 "阳光下真相大白"和 960B1 "儿子长大才能报仇"。此故事当属前者的一个变异形式。《中国民间故事类型研究》一书将 960 "阳光下真相大白"型故事修改为 960 "水泡做证型"，认为"阳光下真相大白"的说法沿袭自格林故事，不适合用来指称中国故事。此类故事的关键在于凶手望水泡而发笑，因而真相大白。该类故事还有另一种讲述方式，即陆容《菽园杂记》卷三中所记的"蛤蟆避水"，情节与"水泡做证"基本相同，不同之处在于凶犯在若干年之后无意中看到蛤蟆因避雨而落入水中，因而联想到当年谋杀的情景，一时失言，致使真相大白。从"水泡做证"到"蛤蟆避水"，故事的基本框架

---

① 〔德〕艾伯华著，王燕生、周祖生译，《中国民间故事类型》，商务印书馆，1999 年，第 415 页。
② 刘守华主编，《中国民间故事类型研究》，华中师范大学出版社，2002 年，第 680 页。

未变，改变的只是谋杀的手段，应是同一故事类型得到发展的结果。既往的研究结果显示，已有的"水泡做证"型故事皆出自于古籍文本，在当代采录的中国民间故事中，似乎还未发现有可供比较的文本。[①] 从这点上来看，我们收集的这则故事文本，应该具有一定的学术研究价值。（撰写人：朱刚）

泼掉的水收不回 [②]

有一个孤儿，家里很穷。开始的时候，有个女子嫁给了他，做他的媳妇。但是这个女子很贪财，所以后来当她看到孤儿很穷的时候，就反悔了，离开了孤儿，想去做有钱人的媳妇，又嫁给了一个富人。这个孤儿也只能任由她的选择，没有强迫她。

后来，富人们要去考状元。他们去考状元的时候，要这个孤儿去给他们牵马，牵到他们考试的地方。以前，给人牵马之类的人都是下等人，孤儿很穷，没有办法只好去给那些富人牵马。到了晚上住店的时候，那些人在准备考试，孤儿从门缝里偷看他们，他看到了他们考试的几道题目，并且记在了心里。刚好那些有钱人把一些不太好的纸和笔扔了，孤儿就去捡了一张纸和一支笔。他心里想："这纸也不太好，这笔也写不成，这样的东西那些有钱人是看不起的，但我可以捡来用一用。"于是，孤儿悄悄地把人家考试的题目答了，并且交了。后来，那些去考试的人都在相互炫耀说："明天我就是状元了，明天我就是状元了！"天还没有亮，睡到夜半三更的时候，他们的榜贴了出来，孤儿悄悄地出门去看，心想："自己答的卷子也交上去了，不知道状元到底是谁呢？"没想到，状元正是他自己，孤儿十分高兴，但他又一声不吭地回到店里睡觉。他想："我只是个穷人，为别人牵马的，平常都被人看不起，没想到也中了状元。今天我呀，也要在他们那些富人面前得意一下，我也去睡觉。"于是，他就去睡了。天亮了以后，他还不起来，让他牵马的那些富人在他楼上踢楼板，骂他：

---

① 刘守华主编，《中国民间故事类型研究》，华中师范大学出版社，2002年，第684页。

② 标题为编者所加。

"天亮了，你一个叫花子，还不起床，还不来烧水？"孤儿对他们说："你们踢轻一点儿，状元在你们楼下睡觉呢。"他们说："胡说八道，你一个叫花子也敢在这里说自己是状元，你就不怕人家杀了你吗？"这几个富人都忙着跑出去看到底是谁中了状元，到了贴榜的地方一看，的确是孤儿中了状元，而他们这些富人一个也没有考中。他们赶快回到店里，几个人都来给孤儿磕头。之后他们都回家了。

后来，人家敲锣打鼓地来到家里接孤儿去做官。他原来的妻子本来是嫌他穷所以不要他，嫁给了一个富人，但现在，那富人家已经落难了，而孤儿却做了状元，发达起来了。所以，他原来的妻子又跑来求孤儿，要来当他的媳妇，天天追在他的后面。孤儿对她说："你要给我做妻子的话，拿上一碗水，从马尾上倒下去，然后你接住它，如果水接满了的话，就给我做媳妇，水接不满的话，媳妇也做不成。"俗话说得好，"泼掉的水怎么能收得回"，所以，那个女的也没有做成孤儿的媳妇，而这个孤儿考中状元之后又做上了大官，生活也好了。孤儿的良心很好，他当了官后就让那些落魄的富人在他的手下做事，让他们都有事情做。（讲述人：张四合　讲述时间：2005 年 1 月 24 日　讲述地点：张四合家　采录人：董秀团、段铃玲、朱刚、赵春旺）

故事述评

这则故事的主要情节与汉族民间故事中朱买臣的故事有相似之处。《汉书·朱买臣传》中记载了朱买臣的故事，说朱买臣家中贫穷却十分喜欢读书，经常一边担柴还一边诵读，他的妻子无法忍受，让他把自己休掉。后来，朱买臣当上了太守，其妻已经改嫁，朱买臣将前妻夫妇安排住下，一个月后他的前妻自杀了。元杂剧《渔樵记》中的故事内容有了一定的改变，故事说朱买臣虽然已经苦读多年，但年近半百仍然一贫如洗。他的岳父想要激发他上进，就让女儿向朱买臣索要休书，暗中又资助朱买臣银子进京赶考，朱买臣一举及第，被封为会稽太守。前妻请求复婚，买臣坚持不肯。说明原委后夫妻和好如初。到了清朝，这个故事又演变成昆曲的《烂柯山》，剧中说穷书生朱买臣在烂柯山砍柴度日，其妻崔氏无法忍受贫寒，逼朱买臣写下休书改嫁。后来，朱买臣进京赴试高中，荣归故里。崔氏改嫁后又离异，便拦下朱买臣的马要求破镜重圆。朱买臣马前泼水，告诉崔氏覆水难收，崔氏最后投水而死。在京剧中，有《马前泼水》的剧目，其情节与《烂柯山》差不多。

在大理白族地区的大本曲中，也有《崔氏逼休》曲目，讲述的是朱买臣娶妻崔氏，中年无子。买臣家中着火，又遇水冲，一贫如洗，夫妻在瓦窑度日。崔氏不愿和丈夫艰难度日，逼买臣写下休书，另嫁与张石匠。魁星搭救，送朱买臣白檀香一棵，买臣将白檀香进贡，被封为敬宝状元。崔氏在街上遇到朱买臣，希望破镜重圆，朱买臣马前泼水，崔氏见覆水难收，当街碰死。

石龙村流传的这则《泼掉的水收不回》部分情节与朱买臣休妻的故事十分相似，其中如妻子因嫌丈夫贫穷而离开他，改嫁他人，后来看到原来的丈夫发达了又想回到丈夫身边，丈夫则无法原谅妻子，故马前泼水表示覆水难收，夫妻破镜难圆。这些情节基本都是差不多的。但故事的内容和细节还是有所不同。如朱买臣是读书识文的，但这则故事中作为主人公的孤儿并没有读书识字的经历，却出人意料地考上了状元。故事的前半部分，说到孤儿原本是为去赶考的富人牵马，然后孤儿已经知道自己中了状元，但为了在别人面前得意一下，在楼下继续睡觉，别人踩楼板的时候，他就说："你们踢轻一点儿，状元在你们楼下睡觉呢。"这一情节，与同样流传在石龙村的关于杨状元杨慎的故事十分相似。关于后者，可以参考张万松老人讲述的《杨状元的故事》。

笔者认为，石龙村流传的这则故事，是将朱买臣休妻这则汉族传统故事与白族地区广泛流传的杨状元的故事复合在一起而形成的。在民间故事的流传中，这样的复合是极有可能出现的。🐦（撰写人：董秀团）

对月羞妻①

以前，有一个人去考状元，考完试以后，家里人就给他寻了一门亲事。就在他娶

---

① 标题为编者所加。

亲的第二天，他考上状元的通知也到了，他就要去上任了。于是，这个人就向妻子、父母辞行。到了晚上，他自己心里面想："我现在是状元了，但我父母给我找的这个妻子长得难看，还是一脸的麻子，我是状元的身份，要是让来接我的人看到我妻子是这种样子的，那该有多不好意思呀！"他才有这样的想法，上天就下了批示说："你不用准备了，你的状元没有了，因为你对月羞妻、灭父。"意思是他嫌自己的妻子丑，对着月亮羞辱了他的妻子，也灭了他父母给他娶妻的恩情，这是没有德行的表现，所以上天夺了他的状元。果然，本来说要来接他的那些人也不来接他了。（讲述人：李年登　讲述时间：2005 年 2 月 13 日　讲述地点：李年登家　采录人：董秀团、段铃玲）

故事述评

　　以上两则故事，故事情节简单，线索单一，属于普通的民间生活故事，并不具有类型学上更大范围的意义属性。这类故事具有明显的道德教化功能，情节虽然简单直白，却具有明确的指向性：接受了这类故事等于接受了一套相应的文化规范。此外，在白族地区，存在着不少以"状元"为核心的故事，这一方面说明白族地区崇尚教育的传统；另一方面也说明，白族地区的文化发展到了一定的水平，从大众文化中发展出的精英文化，又以新的面貌回到了民间。这些文化的因子被地方民众加以改造和利用，成为一种特定的叙事资源，频繁地出现于人们的口头交流之中。由此可知，白族与汉族之间密切的交往关系，汉族书写文化已经影响到了白族的口头传统。除此以外，这两则故事包孕着同样的宗教观念，即佛教中的"缘起"，阐述了任何事物的发生发展都有一定的根源因由的概念。　（撰写人：朱刚）

异文：子嫌母丑 [①]

　　以前有一个人考上了状元，但他是一个非常没有良心的人。上头通知说要在某一天来接他，让他在家里等着，做好准备。他的母亲长得不好看，于是他就想："要

---

① 标题为编者所加。

是那些人来接我的时候，看到我的母亲，问这个人是谁的话我该怎么办？要是他们知道是我的母亲的话那岂不是很害羞？"于是，他就对母亲说："他们要来接我，要是那些人问到你是谁，你就说是我的仆人，不要说是我的母亲。"就是因为这样，别人知道了这件事后，很快他的状元也当不成了。（讲述人：李年登 讲述时间：2005年2月13日 讲述地点：李年登家 采录人：董秀团、段铃玲）

故事述评

这则故事的主题、大致情节与上一则一样，只不过上一则是嫌妻，而这一则变成了嫌母。在讲求孝道的传统观念中，后者更加让人不能接受。✍（撰写人：朱刚）

姐姐谋财①

以前，听说我们石龙村有两姐弟。姐姐不知道嫁到了沙溪还是剑川②。弟弟出远门做生意，赚了许多钱，回来之前，他给家中的父母亲寄了封信，说了他什么时候就能回到家中。弟弟回来的时候，路过大姐家，他就到大姐家住宿。弟弟对大姐说："我这回出门，做生意很顺利，赚了很多钱。"他的大姐是个很贪心的人，听了弟弟的话以后，就和丈夫商量说："我弟弟这回出门赚了很多钱，如果我们把他杀了，那些钱就可以归我们了。别人还以为他是出远门没有回来，不会有人知道的。"丈夫同意了，这姐姐和丈夫就把她的弟弟给杀死了。但是这夫妻俩在杀她弟弟的时候，却被他们的小孩儿看到了。

弟弟回来前曾给家中写信，父母亲就一直等着他回来。到了他说回来的时间，他还没有回来，父母亲担心了，就去他的大姐家等他，但他们在大女儿家等了两三天还是没有等到儿子回来。父母对大女儿说："明天如果还是等不到你弟弟，我们就要

---

① 标题为编者所加。
② 石龙村本属于剑川县沙溪镇，但村民平常在说"沙溪"或"剑川"的时候，主要指的是沙溪镇政府所在地寺登一带和县城所在地金华一带。

回家去了。"大女儿说："你们明天回去？那我们杀一只鸡给你们吃。"到了杀鸡的时候，十分奇怪的是一滴血都没有流出来。大女儿的儿子对她说："妈，你们那天杀我舅舅的时候血流了那么多，为什么今天杀鸡它的血流不出来？"大女儿说："小孩子不要乱说。"孩子的外公、外婆听到孩子的话以后，知道肯定是大女儿夫妻俩把他们的儿子给杀了，于是便去质问大女儿夫妇，但是这夫妇俩怎么也不承认。两个老人没有办法，于是就叫了官府的人来破案。官府的人找到了弟弟的尸体，原来姐姐和姐夫把他杀害了以后，又把他的尸体埋到了一个死人的棺木下面。那个死人刚死不久，所以夫妇俩没有弄坏棺木就把弟弟的尸体放到了死人棺木的下面。官府处死了杀人的姐姐和她的丈夫，并且把钱都还给了她的父母亲。（讲述人：张明玉　讲述时间：2005 年 1 月 23日　讲述地点：张明玉家　采录人：董秀团、段铃玲、朱刚、赵春旺）

故事述评

该故事与 AT960 型"阳光下的真相大白"故事的艺术构思有所不同，因此不能归入该类故事。AT960 型"阳光下的真相大白"故事最具特色之处，便是杀人者往往都是因为相同的场景勾起了行凶事件，并且是自己不小心透露了真相。而在该故事中，却是杀人者的儿子无意中揭发了父母的行径。但是，虽然不能归入 AT960 型故事，该故事却似乎可以视作 AT960 型故事的一种变异：由他人无意中点破杀人的情景，比起杀人者自己坦露行径，在可信度上或许更强，而且在艺术构思的精巧上前者也不弱于后者。（撰写人：朱刚）

两兄弟分家

两兄弟要分家，他们有两头牛和两只狗，哥哥给弟弟分了两只狗，给自己留了两头牛。哥哥赶着牛去犁田，一鞭下去，打死了一头牛，再一鞭下去又打死了另外一头牛，就这样，把两头牛都给打死了。弟弟赶着狗去犁田，一鞭下去就犁好了一块田，再一鞭下去，又犁好了另外一块田，很快就把田给犁好了。哥哥非常羡慕，对弟弟说："弟弟，我的牛已经被打死了，你把你的狗给我，我也去犁犁田。"弟弟是个很善良的人，于是就把狗给了哥哥。但是哥哥在犁田的时候把弟弟的那两只狗也打死了。弟弟把这两只狗葬在了田埂上，还坐在那里哭。结果田埂上长出了一棵竹子，弟弟把竹子砍回家，编成了几个鸟窝，并把鸟窝挂在家中，没想到母鸟们都来这些鸟窝中下蛋。所以弟弟光吃这些鸟下的蛋都吃不完，这样，弟弟可以什么事也不用做，只卖卖吃剩下的鸟蛋就可以过上富裕的生活了。哥哥因为牛和狗都死了，所以生活过得很穷困，于是又找到了弟弟，要去借他的鸟窝。哥哥说："你把鸟窝借给我，也让鸟来我那里下几天蛋。"善良的弟弟让哥哥把鸟窝拿回了家，结果飞来的鸟只只都在里面拉屎，一个蛋也不下。哥哥很生气，所以把弟弟的鸟窝都烧掉了。弟弟哭了一场，想着哥哥的心肠真是太坏了，然后就在哥哥烧出的那堆灰烬中找，刨到了一颗黄豆。弟弟吃了这颗黄豆然后就上街去要饭。走在街上的时候，弟弟突然放了一个屁。奇怪的是弟弟放的这个屁很香，这样弟弟索性就叫卖起香香屁来。当官的知道后，把他叫到自己住的地方，还让弟弟给自己放了几缸几瓮的屁。当官的很满意，给了弟弟许多金银，这样弟弟的日子好过得不得了。哥哥知道后问他："弟弟，你不是去要饭吗？怎么日子还过得这么好？"弟弟说："我捡了一粒黄豆吃了，结果放出了很香的屁，当官的给了我金银，所以我就过上好日子了。"哥哥说："那我也吃上一整包的黄豆吧。"哥哥真的吃了一整包的黄豆，然后也到了街上，并且叫卖起香香屁来，但是他却放出了一个奇臭无比的屁。当官的知道了很生气，就把他给抓了起来，还让人把哥哥的屁股给缝了起来才把他放回了家。哥哥回到家很想屙屎，但他的屁股被缝上了，所以只好叫自己的妻子赶快拿剪子来剪线。他的妻子还很高兴，以为自己的丈夫拿回来了很多的金银，于是连忙拿了一个很大的簸箕接在了丈夫的身下。没想到妻子才刚刚把线给剪开，丈夫就拉了自己的妻子一身。（讲述人：张明玉　讲述时间：2005 年 1 月 23 日　讲述地点：张明玉家　采录人：董秀团、段铃玲、朱刚、赵春旺）

故事述评

在石龙村，流传着很多"两兄弟分家"型的故事。在这里，我们收集到了共15则两兄弟分家故事。其中，有的讲述人讲述了两则以上的两兄弟分家的故事，如张明玉讲述了4则该类型的故事。

两兄弟分家的故事其主要内容都是围绕兄弟分家而展开，又总是说狠心的哥哥在分家的过程中欺负年幼的弟弟，但弟弟却因祸得福，最后获得了幸福的结局，而没良心的哥哥在最后也总是得到一定的报应。这样的主题，应该说与人类历史上对家庭私有财产的划分是分不开的，事实上，这一问题，应该说是很多地方具有普遍性的问题。这可能是该类型故事流传广泛、异文丰富的原因之一。同时，两兄弟分家的故事，其结尾总是反映了善良的民众惩恶扬善的美好愿望，哥哥和弟弟不同的结局也正是为了满足民众的这一心理需求。

在一些地方的两兄弟分家故事中，说的是哥哥受到弟弟的欺负，家产被弟弟所占，弟弟成为狡猾人的代名词，在一些地方民众的观念中，认为年长的哥哥是老实的，而弟弟则是狡猾的，所以就出现了弟弟在分家中欺负哥哥的情节。但是，在石龙村流传的两兄弟分家故事中，所有的故事都说是弟弟善良，哥哥贪婪，弟弟受到哥哥的排斥和欺负。因为哥哥是年长的人，在父母去世后，哥哥在年幼的弟弟面前显然是一个权威，有着很大的优势，加上哥哥如果良心坏，同时又娶了一个良心坏的女人的话，他对弟弟的欺负就成为很容易办到的事。在这些故事中，说的是两兄弟分家，但大嫂往往也是伙同丈夫欺负弟弟的角色，甚至有时她所起的坏作用还更加明显。

当然，一些地区民间故事中总是将哥哥的恶和弟弟的善相对立，可能与一些民族和地区历史上曾经实行幼子继承制有一定的关系。在历史上，我国北方的一些游牧民族，以及南方的景颇族、傈僳族、怒族、苗族等均曾有过幼子继承制。白族地区广泛流传的《九隆神话》中，说到一妇人因触水中沉木而怀孕，生下10个儿子。沉木化为龙来要儿子，其中9个儿子均被吓跑，只有最小的儿子不害怕还坐到龙背上，后来这个最小的儿子就当了王。这其中，其实也隐含着幼子继承的内容。一般认为，实行幼子继承制的民族，主要是与婚姻的形态、婚前的性自由等风俗有关，男性为了保证财产为自己的亲生儿子继承，所以要采用幼子继承的模式。而在白族地区，过去恰恰也有婚前乃至婚后的特殊场合一定程度的性自由现象，如绕三灵、石宝山歌会这样的特殊场合中的会情人、野合等。而石龙村地处石宝山腹地，每年的石宝山歌会期间石龙村村民就是主角，联系这些情况来看，即使石龙村历史上没有明确实行过幼子继承制，但村民对幼子也就是弟弟的肯定及对哥哥的否定可能却有着深层的心理缘由。

从内容和情节上看，石龙村的两兄弟分家故事涉及了一些重要情节，不同的故事对情节的关注点不一样。其中，最重要的情节就是"狗耕田"，主要讲述的是两兄弟分家，弟弟只分得狗，弟弟用狗耕田，最后弟弟得到好报，哥哥却遭到惩罚。

在民间故事的类型研究中，这一类型的故事被称之为"狗耕田"型故事。"狗耕田"型故事广泛流传于世界各地从事农耕的民族当中，日本著名学者伊藤清司就曾对中、日、韩三国的"狗耕田"故事进行过对比研究。在我们国家，全国累计收集的"狗耕田"型故事的异文已有两三百篇。[1] 在艾伯华的《中国民间故事类型》和丁乃通的《中国民间故事类型索引》中，都把"狗耕田"和"卖香屁"列为两个类型。丁乃通根据 AT 分类法，将"狗耕田"列为 503E 型，将"卖香屁"列为 503M 型，刘守华则将"狗耕田"型故事划分为单纯的"狗耕田"型、"卖香屁"型和复合混杂型三个类型。所谓的复合混杂型，故事中除含有兄弟分家弟弟用狗耕田之外，还有种南瓜得猴宝或在山野流浪中偷听神奇动物对话而交好运等情节。[2]

如果我们把石龙村的两兄弟分家故事也归入"狗耕田"型故事中进行分析的话，会发现石龙村流传的该类型故事，有的情节较完整，有的则情节不完整或缺失。本则故事就包含了狗耕田、鸟下蛋、卖香屁等主要情节，显得相对完整。从艺术表现上来说，石龙村流传的"狗耕田"故事想象丰富，比如鸟下蛋的情节、偶然的机遇听到开门口诀、因找饭团而误入龙宫鸭圈的情节等。故事的结尾，哥哥受到惩罚的方式各不

---

[1] 刘守华主编，《中国民间故事类型研究》，华中师范大学出版社，2002年，第538页。

[2] 同上注，第540页。

相同，但结果是一样的。 🪶（撰写人：董秀团）

异文一：两兄弟分家

有两兄弟，父亲已经死了，只剩下一个瞎眼的老母亲。两兄弟要分家，大哥没良心，家中有两头牛、两只狗，他把母亲和两只狗分给了弟弟，而把两头牛分给自己。弟弟赶着两只狗去耕田，打一下就犁出来很多。哥哥赶着两头牛去犁田，差不多把牛打死也只犁出来一点点。哥哥来问弟弟："弟弟，妈的眼睛看不见，我又只分给你们两只狗，为什么你的狗犁田又快又好？"弟弟说："我的两只狗我喂它吃米饭，所以犁出来多。你的两头牛你喂它们什么？"哥哥说："我喂金银，但只犁出来一点点。这样吧，你把狗借给我犁一下。"弟弟说："需要我帮你吗？"哥哥说："不消，不消。"哥哥约了大嫂，两口子赶着狗去犁田，但两只狗就是犁不出多少地，他们把两只狗打死了。弟弟把两只狗埋了。两只狗变成了一窝竹子。晚上，他们的父亲托梦给弟弟："你哥的良心丑，他的两头牛也死了，他把你的狗也打死了，你的狗已经变成竹子了，明天你去竹子那儿看看，里面有一样东西。"弟弟按梦里父亲说的去了，他在竹子旁磕了个头，突然，母亲的眼睛也看得见了，竹子中还出现了一个红口袋，里面有很多金银。弟弟把口袋拿了回去，他和母亲的日子一天比一天好过。大哥知道又来问弟弟："你的狗我打死了，你为什么会好过起来？"弟弟说了父亲托梦的事，大哥说："你有一袋金银，给我们一点儿吧，让我也好过一点儿。"弟弟同意了，贪心的哥哥拿走了整个口袋，等他把口袋拿回家，打开一看，发现金银全变成了火炭和泥巴。（讲述人：张四合　讲述时间：2005 年 1 月 24 日　讲述地点：张四合家　采录人：董秀团、段铃玲、朱刚、赵春旺）

故事述评

该异文以狗耕田、狗化竹、得金银为主要情节，还加上了父亲托梦的细节。🪶（撰写人：董秀团）

异文二：两兄弟分家

有两兄弟，爹妈死了，哥哥心肠坏，弟弟心肠好。两兄弟分家，哥哥不分给弟弟房子，只给他分了一头牛。弟弟带着这头牛一起生活，牛住哪儿他就住哪儿，种什么庄稼都种得很好。大哥种什么都没收成。大哥和嫂子偷偷去打听弟弟是怎么做的，得知是牛的原因，因为那是一头仙牛。哥嫂就起了坏心，把那头牛偷偷毒死了。弟弟把牛埋在田头，过了一段时间，那里长出了一棵松树，每次弟弟过去，松树上就会结出金银财宝，他又发了财。他大哥大嫂知道了这件事，又去打听，打听到弟弟有这么一棵树，他们就去找那棵树，树上结出的都是老鼠、青蛙、蛇什么的。他们两口子把这棵树砍了拿回去当柴烧，他家里起了火，把家都烧光了，两口子只好到处乞讨、要饭。（讲述人：李银吉　讲述时间：2016 年 7 月 31 日　讲述地点：李银吉家　采录人：董秀团、王丽清、苏苑琴、李志兴）

故事述评

该异文没有狗耕田的母题，但突出了弟弟分得仙牛，牛死后，坟上长出奇异植物，植物又结出金银财宝的情节。并突出了善恶对比。（撰写人：董秀团）

异文三：两兄弟分家

两兄弟分家的时候，弟弟什么也没有分到，于是就到门口哭。这时飞来一只小鸟，问弟弟："阿富甲，你怎么啦？"他说："我哥和我分家，我什么也没有分到。"小鸟对他说："没关系的。"于是，小鸟飞到鸟窝那边，对他说："你把鸟窝拿走吧，这回你可以好过起来了。"这以后，小鸟飞来一只就在他的鸟窝里给他下一个蛋，飞来一只就给他下一个蛋。一天，他对哥哥说："哥哥，今天你来吃我的晚饭吧，我有一窝鸟，吃的都是鸟蛋。"哥哥来到弟弟家吃晚饭，看到了弟弟的鸟窝，哥哥很羡慕。于是，他就对弟弟说："弟弟，你把鸟窝借给我吧，我也让鸟给我下些蛋。"弟弟答应了，说："好吧，你把鸟窝挂在你家边上，就会有鸟飞过来给你下蛋了。"哥哥把鸟窝挂在家旁边，过来一只鸟就给他一泡屎，飞来一只又给他一泡屎。他太生气了，于是就把鸟窝放到粪草堆上给烧掉了。弟弟很伤心，到粪草堆那里哭呀哭。哭了一会儿，弟弟在灰里刨呀刨，刨出了一颗豆子。弟弟把豆子给吃了，放出来的屁都很香。皇帝让他给自己放了一瓶经常闻着，还给了他很多金银作为奖赏。大哥也学弟弟的样子吃了豆子，但是他放出来的屁太臭了，于是皇帝就把哥哥给杀了。（讲述人：李秋吉　讲述时间：2005 年 2 月 13 日　讲述地点：李福娘家　采录人：董秀团、段铃玲）

故事述评

　　本异文主要叙述了鸟下蛋和卖香屁情节。（撰写人：董秀团）

异文四：两兄弟分家

　　有两兄弟要分家，大哥良心坏，所以什么也没有分给弟弟，还把父亲分给弟弟养。弟弟跟父亲的生活十分困难，连柴也烧不起。他家门口有棵大树，父亲对弟弟说："把这棵树砍了当烧柴吧。"于是，父亲就拿着斧子去砍树，砍了两三斧后，树上飞下来一只乌鸦，乌鸦对父亲说："死老倌儿，你砍树做什么呀？"父亲说："我们没有柴烧，所以想砍树当烧柴。"乌鸦说："你不要砍，你回去拿个撮箕，我给你下个蛋。"父亲回家拿了个撮箕出来接着，乌鸦就给他下了个蛋。乌鸦还告诉他："你回去把蛋打碎了吃。"父亲回去后，把蛋打碎，从蛋里面出来了一个十分美丽的小姑娘。姑娘给弟弟当了媳妇，从此他们的日子好过了起来。哥哥跑来问弟弟："弟弟，你说说，我弟媳妇是从哪里来的？"弟弟把事情经过告诉了哥哥。于是，哥哥第二天也让老父亲去砍树，父亲砍了两三斧，又飞来了一只乌鸦，乌鸦问他："死老倌儿，你砍树做什么呀？"父亲回答："我们没有柴，要砍树来烧。"乌鸦又让他回去拿个撮箕，要给他下个蛋。父亲拿来了撮箕，乌鸦又给他下了一个蛋。等到父亲把蛋拿回去的时候，大哥就连忙把蛋打开，突然从里面跳出来一个妖怪把大哥吃了。（讲述人：张四合　讲述时间：2005 年 1 月 24 日　讲述地点：张四合家　采录人：董秀团、段铃玲、朱刚、赵春旺）

故事述评

本异文主要讲述鸟下蛋给两兄弟带来的不同际遇，从蛋中出来姑娘给弟弟当媳妇的情节比较独特。🐟（撰写人：董秀团）

异文五：两兄弟分家

有两兄弟，哥哥没良心，在分家的时候，不给弟弟分田地，只分了一个鸡窝给他。弟弟想："只分到一个鸡窝，鸡也没有一只，自己以后怎么生活呢？"因为鸡也没有，他就把鸡窝挂在院墙的角落里，没想到，麻雀、鸟儿都飞到他的鸡窝中下蛋，下了很多。于是，弟弟把这些鸟蛋拿到街上卖，街上的人都争着买。那些麻雀拉出来的屎还变成了金银。这样，时间一长，弟弟的日子就慢慢地好过起来了。哥哥觉得很奇怪，就去问弟弟："弟弟，你的日子怎么会越来越好过呢？"弟弟把原因告诉了哥哥。哥哥说："弟弟，你把鸡窝借给我几天，我给你一头耕牛，好吗？"弟弟说："可以，可以。"这样，哥哥把牛给了弟弟，又把弟弟的鸡窝拿回去，学弟弟的样子挂在院墙的角落里。哥哥天天去看，飞来了很多的麻雀、鸟，但就是不下蛋，净屙屎，而且屎也没有变成金银。过了十几天，有一只大鹰进了鸡窝不出来，哥哥生气，拿棍子去打鹰，鹰飞出来一把抓瞎了他的一只眼睛。哥哥把鸡窝还给了弟弟，说："你发的不是这个财，你发的是什么财你不告诉我。你这个东西不好使，还是还给你吧。"这样，哥哥把鸡窝还给了弟弟。（讲述人：张德五　讲述时间：2005年1月23日　讲述地点：张德五家　采录人：董秀团、段铃玲、朱刚、赵春旺）

故事述评

本异文主要讲述的还是鸟下蛋和兄弟俩的遭遇的对比。🐟（撰写人：董秀团）

异文六：两兄弟分家

以前有两兄弟，做哥哥的心肠不好，不把家里好的田分给弟弟，尽是分给弟弟那些山上很差的坡地。弟弟想："这些地种其他东西也不会好，只能种些南瓜。"等到收获的时候，南瓜的收成很好，山上的猴子就来摘这些南瓜。弟弟知道后就自己拿着锣钹钻到一个袋子里，几只猴子又来摘南瓜，看到这个袋子就说："这个瓜大，我们把它拿回去。"当猴子们把袋子抬回猴子洞的时候，弟弟把锣钹敲响了，猴子们吓到了，纷纷逃跑。猴子洞里有许多的金银，弟弟把猴子们的金银给装了回来，从此过上了好日子。哥哥看到后就问："弟弟，我给你分的只是差的地，你种的也只是些南瓜，怎么日子还能过得这样好？"弟弟说："我种的瓜好，猴子们来偷瓜，我就躲进了袋子里，猴子们把我抬了回去，我捡到了猴子们的金银，所以日子就好过了。"哥哥非常羡慕，就跟弟弟说："我的田和你的换，我去种你的那块田，我也在上面种些瓜。"弟弟答应了，就和哥哥换了田。第二年，哥哥也在上面种了些瓜，瓜长得也很好，哥哥也学弟弟的样子，躲到了一个袋子里。猴子们来摘瓜，看到了就说："这个瓜最大我们就拿这个。"猴子们抬着袋子刚好走到河边的时候，哥哥放了一个屁。猴子们说："这个瓜烂了，我们把它丢到河里，让水冲走算了。"于是，猴子们就把袋子丢到了水里。哥哥解不开袋子，最后就被水给冲走了。（讲述人：张明玉　讲述时间：2005 年 1 月 24 日　讲述地点：张明玉家　采录人：董秀团、段铃玲、朱刚、赵春旺）

故事述评

本异文主要情节是弟弟种南瓜得猴子的金银，哥哥种瓜却被水冲走了。（撰写人：董秀团）

异文七：两兄弟分家

两兄弟要分家，哥哥给弟弟分了不好的田地。弟弟心想："既然哥哥没有给我分好的田，那我还是砍柴算了。"他到了太阳升起的地方去砍，但是因为伤心，在那里哭了。这时，飞过来一只凤凰，凤凰问他："老二，你怎么一个人在这里哭？"他回答："我哥哥和我分家，他没分给我好田，所以我没有粮食吃，只好来砍柴，想着想着心里很难过，所以就哭了。"凤凰告诉他："老二，你坐在我的翅膀上，我带你去个地方。"老二骑到了凤凰的翅膀上，凤凰带着他去到有太阳的地方，那里有很多的金银。老二拾了一些金子和银子，装在了口袋里，带回家中。回家后，老二用这些金银换了很多的粮食，从此过上了好日子。哥哥看到后就问弟弟："弟弟，我分给你的田并不好，你那么穷，怎么现在一下子就富了起来？"弟弟说："我在砍柴的地方哭，有一只凤凰飞了过来，让我和他一起去，他带我到了一个全是金银的地方，我捡了一些回来，于是，就富起来，过上好日子了。"哥哥听了就说："那我也去试试。"

哥哥也到了弟弟砍柴的地方，也在那里假装哭，凤凰飞了过来，问他："老大，你为什么会在这里哭？"哥哥说："我和弟弟分家，弟弟分给了我差的田，我日子过得太穷了，想着很伤心，所以就哭了。"凤凰说："那你和我走吧，坐在我的翅膀上，我带你去个地方，跟着我去拾些金银。"哥哥答应了，他带了一个很大的袋子，坐到了凤凰的翅膀上，到了太阳那里拾金银。凤凰对哥哥说："老大你拾够了吗？太阳快要升起来了，我们必须要回去了。"老大已经在袋子里装了很大的一袋，但他还嫌不够，还说："再等等，再等等，我还没有拾够。"太阳升了起来，凤凰飞走了，老大就在那个地方被太阳晒死了。（讲述人：张明玉　讲述时间：2005 年 1 月 23 日　讲述地点：张明玉家　采录人：董秀团、段铃玲、朱刚、赵春旺）

故事述评

本异文在兄弟分家的叙述中纳入了凤凰帮助的情节，贪心的哥哥在分家中占尽便宜仍不满足，最后被太阳晒死了。 📄（撰写人：董秀团）

异文八：两兄弟分家

两兄弟分家，大的什么东西也没有分给小的。分家后，弟弟以砍柴为生，生活很艰难。一天，弟弟想起伤心事，坐在路边哭。这时，飞来了一只凤凰，问他："你为什么在这里哭呢？"他说："我大哥和我分家，可他一样东西都不分给我。"凤凰说：

"这样啊，你跟着我，我带你去一个地方。"凤凰把他带到了凤凰山①，那里有很多金子，凤凰说："你自己去捡一些金子吧。"弟弟去捡了一块金子，凤凰让他再捡一些，他说："一块就够了，我不要了。"凤凰又把他送回家中。从凤凰山回来后，弟弟的日子变得好过起来。他大哥看见了，觉得奇怪，就来问他原因，他就跟哥哥说了。他的大哥也假装去砍柴，假装在路边哭，他也见到了凤凰，凤凰也带他到了凤凰山，他捡了很多金子，凤凰让他走，他不走。凤凰说："再不走，太阳出来会被晒死。"可他还是不听，想多捡一些。这样，太阳出来后就把大哥晒死了。（讲述人：李玉福　讲述时间：2008 年 7 月 25 日　讲述地点：本主庙　录录人：董秀团、杨建华、张金兰）

故事述评

本异文同样讲述了凤凰帮助捡金银，贪心的哥哥被太阳晒死的故事。 ✍（撰写人：董秀团）

异文九：两兄弟分家

以前有两兄弟，大哥心肠不好，两兄弟分家，哥哥只给弟弟分了一头牛，其他什么都没分给他。弟弟去犁田，心里觉得不公平，就边犁边哭。这时，飞来了一只凤凰。凤凰把弟弟带到一个有很多金银财宝的山洞里，让弟弟拿金银财宝。凤凰说："太阳出来之前，不管你拿了多少，都必须离开。"弟弟良心好，随便拿了一点儿就回去了。回去之后，弟弟日子过得比大哥好。大哥眼红了，就去问弟弟："我只给你分了一头牛，为什么你现在的日子这么好过？"弟弟如实把一切告诉了哥哥。哥哥就学着弟弟弄头牛去田里哭，那只凤凰又来了，也把哥哥带到山洞里，凤凰同样也跟哥哥说："不管你拿多少，太阳出来前你必须要离开。"但是，哥哥很贪心，太阳出来了还在拿，于是就被太阳烧死了。（讲述人：李泽应　讲述时间：2016 年 8 月 2 日　讲述地点：李泽应家　录录人：王丽清、苏苑琴、李志兴）

---

① 讲述人解释说凤凰山是太阳升起的山。

故事述评

本异文主要情节与前两则异文相同，都是叙述凤凰帮助兄弟俩捡金银，贪心的哥哥被太阳晒死。所不同的是，本异文强调捡金银的地方是山洞。☜（撰写人：董秀团）

异文十：两兄弟分家

以前有两兄弟，弟弟的良心好，哥哥的良心差。到分家的时候，哥哥什么也不分给弟弟，于是弟弟就到外面哭。哭着哭着，飞来一只凤凰，凤凰问他："大哥，你为什么要在这里哭？"他说："我哥哥和我分家，我哥哥没良心，一样东西都不分给我，我什么都没有，觉得很伤心所以就哭了。"凤凰对他说："你骑在我身上，我来帮你。"于是，他就骑到了凤凰身上，被带到了金沙江边。太阳一出来，整条江的水都干了，弟弟就到里面去拾金子。弟弟是个老实人，也不贪心，他只是实心实意地捡了一小点儿放到了衣兜里，就骑在凤凰身上回来了。

回来后，弟弟的生活就富了起来，哥哥看了以后觉得很奇怪。一天，弟弟叫哥哥来家里吃饭。哥哥来了以后就问弟弟："弟弟，我们分家的时候你那么穷，怎么现在就富起来了呢？"他回答说："哥哥，那天分完家以后我在那里哭，飞来一只凤凰，问我为什么哭，我说我们两兄弟分家，你什么都不分给我，凤凰就说让我骑在它的身上，然后它就把我带到了江边，江水一干，我就去拾了几块金子，所以就好过起来了。"弟弟很老实，把所有的经过都告诉了哥哥。哥哥听了弟弟的话，心想："我也可以学弟弟那样，去捡一些金子回来，我要是捡上这么一袋，那我以后就会更好过了。"于是，哥哥也学弟弟那样，到外面假装哭，哭着哭着，凤凰还是飞了过来，问他："大哥，你在哭什么？"哥哥回答说："我们兄弟俩分家，我弟弟良心差，什么东西也不分给我，我穷，生活过不下去了，所以来这里哭。"凤凰说："别哭了，来来来，骑在我身上。"哥哥高兴极了，赶快骑到了凤凰身上。过了一会儿，凤凰还是把他带到了那个地方，江水干了，哥哥连忙跑下去捡金子。但是哥哥心眼儿不好，又十分贪心，他早已经准备了一个很大的口袋，捡了几块还不满足，也不赶快出来，凤凰问他："大哥，你捡够了没有？"他说："没有。"过了一会儿，凤凰又问他："大哥，你捡够了没有？"他还是说："没有。"由于贪心不足，所以等到江水一涨起来，就把哥哥给冲走了。（讲述人：李福娘　讲述时间：2005年2月13日　讲述地点：李福娘家　采录人：董秀团、段铃玲）

故事述评

该异文同样讲述凤凰帮助捡金银，只不过捡的地点不是太阳所在处，而是江里，所以最终哥哥被水冲走了。🦢（撰写人：董秀团）

异文十一：两兄弟分家

两兄弟分家，哥哥没有分给弟弟好的田，所以弟弟只好去砍柴。他砍柴的地方有一间藏族人的房子，里面全部都是金和银，他听见那些人在开门的时候嘴里说一句"芝麻开门"，门就会打开了，当他们说"芝麻关门"的时候，门就关上了。他学到了以后，就走到那间屋子前，学着他们的样子说了一句"芝麻开门"，门就开了，他走进屋子里捡了一袋的金子，是真正的大洋。然后他回到家里，对他的妻子说："去把大哥家的斗借过来。"他妻子于是到他哥哥家把斗借了过来。他的大嫂是一个厉害的人物，心想："奇怪了，他们两个那么穷，借我们的斗去不知道要干什么。"所以大嫂在借斗的时候在斗的底部沾了一点儿蜂蜜。弟弟两口子也不知道，分完了大洋以后，有一枚粘在了蜂蜜上。还斗的时候大嫂看到了，就对丈夫又哭又闹："爹妈疼他们的小儿子，他们的金银也只是留给了他们的小儿子，一点儿也不给我们。"这样闹了很久，丈夫就对她说："我去问一下弟弟。"哥哥就去问弟弟："你跟我说实话，是不是爹妈把家里的金银都偷偷留给你了？"弟弟说："不是的，是那天我去砍柴，听到了那些人这么说，所以我捡到了那些人的金银，不是家里留下的。"哥哥听了弟弟的话，也想要去，就说："那是在什么地方，我也要去。"弟弟说："好的，你可以去的。"还把怎么说的口诀都告诉了哥哥。哥哥很贪心，牵了家里的马要去驮，他装了好几袋还总嫌不够。后来藏族人回来了，把他抓了起来，砍了几刀，把他砍死了，还挂在了门上。（讲述人：张明玉　讲述时间：2005 年 1 月 25 日　讲述地点：张明玉家　采录人：董秀团、段铃玲、朱刚、赵春旺）

故事述评

本异文讲述弟弟因偷听到打开宝藏之门的口诀而得到金银，故事中讲弟弟是从藏族人那里得到财宝，从地理上说，剑川再往北就是丽江、香格里拉，应该说当地人与藏族和藏族文化可能有一定的接触，同时民族之间又有着差异，因而就形成了这样的想象性叙事。　（撰写人：董秀团）

异文十二：两兄弟分家

有两兄弟，弟弟的心肠好，哥哥的心肠不好。分家的时候，哥哥没有分给弟弟东西。弟弟只好出去讨饭。有一次，弟弟去讨饭的时候，看到前面有一间房子，里面装满了金子，又看到一伙贼来了，他们嘴里说："红马、红马，开门吧！"那间房子的门就打开了。等这伙贼走了以后，弟弟也学着他们的样子开了门，走进房子里，拿了他们的一小袋金银后回了家。回到家中，他就叫哥哥来他家吃饭。哥哥问他："这么多的金银你是从什么地方拿来的？"他把经过告诉了哥哥。哥哥听了后起了贪心，赶了一头驴，拿了一个大袋子，到了弟弟说的那个地方，看到果然有一间房子，于是，哥哥就在门口说："红马、红马，开门吧！"门打开了，哥哥走进房子，看到了很多的金银财宝，于是，忙着往自己的袋子里装金银，等他把一个袋子都装满了，想要出来的时候，发现自己把要说的口诀给忘记了，所以总是在那里叫："鸡蛋开门吧，鸭蛋开门吧！"门总也开不了。这个时候，那伙贼回来了，他们开门后把哥哥给抓住了。

过了七天七夜，哥哥也没有回去，大嫂就来问弟弟："你是怎么教你哥哥的？他已经去了七天七夜，到现在都没有回来，这是怎么回事？"弟弟于是就去找哥哥，他到了那里的时候，那伙贼已经把哥哥的头给砍了下来，吊在了他们的大门上。弟弟回来后对大嫂说："大嫂，我哥哥已经被他们给害了。他们还把他的头挂在了大门上。"大嫂说："那有什么办法对付这些贼吗？"弟弟说："让我想想办法。"后来，弟弟真的想出了一个办法，他知道那些贼喜欢躲在空水缸里睡觉，就在贼回来之前，往贼窝里的水缸中倒上烧得滚烫的油，等到那些贼回来，也没有看清楚，跳到水缸里想要睡觉，没想到全部被油烫死了。弟弟把那些贼全部算计死了，那一屋子的金银都归了他和大嫂，他们两个人就做了夫妻，日子很好过。（讲述人：李海玉　讲述时间：2005 年 2 月 15 日　讲述地点：李金德家　采录人：董秀团、段铃玲）

故事述评

该异文也是偷听话得宝的故事，特殊之处在于增加了弟弟设计杀死那伙贼的情节。另外，最后的结尾大嫂和弟弟成了夫妻，这在其他的异文中是没有出现的情节。（撰写人：董秀团）

异文十三：两兄弟分家

从前有两兄弟分家，大哥很没有良心，只分给弟弟一个甑子。弟弟只好去开荒，可是没有吃的，他看到哥哥分给他的甑子上沾了一小圈米饭，就把这圈米饭抠下来，捏成几个核桃大小的饭团，去开荒的时候一天带一个，实在饿得受不住的时候稍微填一下肚子。

有一天，他把饭团放在乱石堆上，来了一只乌鸦，把饭团推到了石头缝里面，弟弟就去捡这个饭团，但他把石头搬开一点儿，饭团就往下掉一点儿，就这样，饭团一直滚到了龙宫里。等他追上饭团的时候，已经到了龙宫里。他十分害怕，躲进了鸭圈里。因为他心地善良，所以鸭子见到他也不叫。到了第二天早上，龙宫里的人发现了他，知道他良心好，就把鸭屎扫了几瓢给他。他说他装不下就只带了几块回去。等他回到家，发现这些鸭屎全部变成了金子。他的日子就好过起来了。哥哥看到弟弟好过了，就来问他："弟弟，分家的时候你只有一个甑子，现在咋个这么好过？"他一五一十地把经历告诉了哥哥。第二天，哥哥捏了头大的一个饭团，学着弟弟的样子把饭团放在石头上，又来了一只乌鸦，把饭团推到石缝里，他就去搬石头，也是搬开一块，饭团就往下掉一些，一直到了龙宫。他躲进鸭圈里，但由于他的良心不好，鸭子一看到他就害怕，所以就一直叫个不停，惊动了龙王。龙王让人去看为什么鸭子会叫成这样，龙宫里的人拿了一根铁，把它烧得红通通的，然后放到鸭圈里搅，就把他给弄死了。（讲述人：张四合　讲述时间：2005 年 1 月 24 日　讲述地点：张四合家　采录人：董秀团、段铃玲、朱刚、赵春旺）

故事述评

本异文讲述弟弟到了龙宫中的鸭圈里，得到鸭屎化为金银的奇特经历。哥哥仿效却得到了恶报。　（撰写人：董秀团）

异文十四：两兄弟分家

以前，有两兄弟，他们要分家。哥哥没良心，只给弟弟分了一个甑子。于是，弟弟就去盘荒。

一天，哥哥要结婚，就把弟弟的甑子给借去了，当他把甑子还给弟弟的时候，里面连一粒米也没剩给他。弟弟去盘荒，肚子很饿，于是心想："天哪，我哥哥确实没有良心，甑子里连几颗小米粒也没有给我留。"弟弟实在是太饿了，于是他就找了一根小棍子，在甑子底上挑啊挑，甑底的缝里塞了一粒一粒的饭，弟弟挑出来了一小点儿，合在一起做了一个饭团，带着去了盘荒的地方，想用来做自己的午饭。弟弟把饭团挂在了树上，想先干会儿活，到肚子饿得受不了的时候随便吃一点儿，可以缓解一下。可是突然飞来了一只乌鸦，啄了他的饭团几下，把饭团给啄到了一堆石头里。他想："我现在该怎么办？肚子饿得不行，我就只有一个这样的小饭团，可乌鸦还把我的饭团啄掉了，我来翻翻找找，看看能不能找到它。"弟弟在石头堆里翻了许久，把一个个石头翻开，突然看到下面有一间房子，还有一扇门，原来这是龙的家。于是，他就走到龙的家里，躲在了龙宫的鸭窝里。放鸭的把鸭子赶了回来，在龙宫里，鸡屎、鸭屎都是金和银。他躲在鸭窝里，这些鸭子也不怕他，都很快地进来了。等到龙宫里的人到里面去做饭的时候，他看到他们用一个小手磨，磨了几下，忽然间什么八大碗之类的菜肴全都给磨出来了。他想："我这回出不去了，怎么办？"放鸭的告诉他："我救你吧，我救你吧！"同时还把这个小手磨给了他。

等他回家了以后，日子就因为这个小手磨变得好过了起来。所以他就去叫哥哥来家中吃饭，他对哥哥说："大哥，今天来吃我的饭。"哥哥到了他家，闲了半天以后说："你叫我来你家吃饭，这么半天你也不烧火，你这样子是要叫我吃什么？"弟弟说："不用着急，好好闲吧！待会儿肯定有你吃的。"到了吃晚饭的时候，弟弟磨起石磨，叫出肉就出来肉，叫出鱼就出来鱼，很快就弄出来一席八大碗，热气腾腾的，很好吃。哥哥羡慕了，说："弟弟，你这个小手磨是怎么来的？"弟弟说："哥哥，那天你们结婚也不给我留点儿饭。我没有办法，所以在甑底上挑了很长时间，剔出几粒米，捏了个饭团，但一只乌鸦把我的饭团啄到了石头中。我翻的时候，翻出了一扇门，走进去，那里是龙住的地方，我躲在他们的鸭窝里，看到了他们用这个小磨，要吃什么都能磨出来，他们那里放鸭的把它偷偷给了我，所以我富了起来。"哥哥问："那他们还有没有这样的小手磨？"弟弟说："还有的。"哥哥于是就想："好吧，我也就这么做。"于是，哥哥也做了一个饭团，挂在树上，到了那个时候，还是有一只乌鸦，把他的饭团啄到了石头里，他也过去翻，翻呀翻，翻出了一扇门，哥哥走了进去，躲到了鸭窝里。一会儿，放鸭的回来了，鸭子走进来一只就害怕，走进来一只就害怕，因为躲在鸭窝里面的这个人没有良心，所以鸭子进来都害怕，都吓得跑了出来。所以放鸭的想："奇怪了，今天怎么鸭子被吓成这种，怕是里面有妖怪！"于是，放鸭的拿了根棍子拼命地朝里打，最后把这个没良心的哥哥打死在鸭窝里了。（讲述人：李福娘　讲述时间：2005 年 2 月 13 日　讲述地点：李福娘家　采录人：董秀团、段铃玲）

故事述评

本异文同样讲述弟弟和哥哥到龙宫中的不同遭遇，弟弟得到龙宫中的宝物小磨，要什么小磨就给什么的情节，与一些地方流传的"神奇的石磨"的民间故事有些相似，但与"神奇的石磨"不同，故事并非完全围绕石磨而展开，而是将之附着到了弟兄俩到龙宫的不同遭遇中。（撰写人：董秀团）

张孝和张礼

有两夫妻生了一个儿子叫张孝。后来妻子死了，丈夫重新娶了一个，又生了一个儿子取名叫张礼。再后来父亲也死了，就剩下了这母子三人。做母亲的病了，于是就去看病，医生告诉他们说，这病要用凤凰来医治，没有凤凰的话是医不好的。母亲想凤凰要到什么地方去找，怕是到了凤凰山也是抓不到的，这次自己肯定是要死的。张孝说："没关系的，我去抓好了，可以抓得到的。"母亲说："你怎么能抓得到凤凰呢？到了凤凰山也是抓不到的。"张孝说："我去抓好了，让弟弟在家照顾您。"虽然是他的继母，但张孝的心肠好，他继母的心肠也好。

到了凤凰山，看到那里有一口水井，刚好凤凰下来喝水，所以张孝就一下子逮住了它的尾巴，这样就抓到了一只，张孝马上抱着凤凰跑回家，说要给母亲治病。要回到家的时候，刚好碰到阴间的人在做水陆大会，就要关地狱门了，只等着把人抓够了就可以关了。几只鬼就要去抓张孝这样的人，刚好碰上他回家来，他们问他："你去干什么？"张孝说："我妈病了，我去给他抓只凤凰，她的病只有凤凰才能医得好，所以要用凤凰给她做药。"鬼们问他："你的名字叫什么？"他说："我的名字叫张孝。"鬼们说："我们就是来抓你了，我们要抓的就是一个叫张孝的人，你快一点儿，我们做水陆大会，要关地狱门了。"张孝答应了他们，然后回家对母亲说："他们做水陆大会，就要关地狱门了，已经把我的名字给记上了，我要死了，以后我不能照顾您了，只能让弟弟照顾您了。"他母亲哭着说："怎么能让你去死，让你弟弟去死吧。"弟弟是这个母亲亲生的，但母亲还是说："怎能让你去，让你的弟弟去，你要在家服侍我。"张孝说："不要，我去，他们记的是我的名字。"所以他就要走，他母亲和弟弟跑在他的身后，母亲对弟弟说："你去替你哥哥去死，就说你的名字才是张孝，你哥哥的名字是张礼。"这样母亲要让自己的亲生儿子去死，张礼也真的跑在哥哥的身后说："张孝是我，张孝是我，我哥哥的名字叫张礼。"这样两兄弟争了起来，两个人都争着去死，那些鬼们觉得奇怪了，心想："人们争着要去生的有，而争着去死的却没有，今天这两个人都争着要死，也不晓得是为了什么，把这两兄弟打回去，抓个替身好了，抓个替身就赶快去关地狱门了。"于是，这些鬼就抓了个替身，给替身开了光，抓进了地狱，而把这两兄弟给放了回来。所以，后来人们在磕头的时候要扎个替身，就是从两兄弟这里来的。就这样，这两兄弟就都回来照顾母亲了。（讲述人：张明玉　讲述时间：2005 年 2 月 12 日　讲述地点：张明玉家　录录人：董秀团、段铃玲）

故事述评

　　石龙村流传的这则故事，在大理洱海地区也有流传。在大理洱海一带，这个故事是以大本曲的形式出现的。在大本曲中，该故事的曲目名为《凤凰记》，又名《张孝、张礼取凤救亲》。该曲目的主要内容是说，有一个叫张德恩的人，先生下一个儿子取名张孝，后来张德恩又娶陈氏，生子取名张礼。后来，陈氏生病，张孝、张礼割股救亲。为了救生病的继母，张孝又到青龙山取凤救亲。这时，天宫降下天榜，要皇帝杀二十四人祭天，张孝榜上有名。得知张孝去取凤是为了救母，感其孝心，包拯让张孝取凤救亲后回来认罪领死。张孝回家后，说明情况，陈氏让张礼替兄长去死。包公为兄弟二人的孝和继母陈氏的爱所感动，扎了草人作为替身来抵张孝。皇上封兄弟二人为新科状元。在大本曲中，演出了一场母慈子孝的伦理剧，体现了民众心目中理想的伦理观。为救生病的母亲，张孝、张礼先有割股救亲的举动，后来又取凤救亲。陈氏对非亲生子张孝比对亲生子张礼还要好，最后还让张礼替兄长去死。这些如果仅从母亲的角度是不可理解的，实际上，陈氏的行为无疑是以社会所要求的伦理道德观念为准则的。而在母亲的榜样之下，张孝、张礼兄弟也是兄慈弟恭，相互照顾，无私忘我。

　　如果将石龙村流传的这则故事与大本曲曲目进行对比，会发现其基本情节是一致的。仅从思想内容和主题上来讲，两个故事所表达的思想也是一致的，就是母慈子孝，是对人伦的一种高度赞扬，与继母虐待非亲生子的故事形成了鲜明的对比。当然，大本曲中割股救亲的内容在石龙村的民间故事中没有出现。此外，大本曲中，说到是包公想出扎草人的办法，而石龙村的民间故事中则只讲到是鬼。从中可以看出，大本曲的曲目受汉族戏曲、曲艺的影响更多，所以情节更曲折，故事也更完整。而石龙村的民间故事，显得更加粗略和朴实。当然，由于缺乏证据，我们不能断定石龙村的这则故事与白族大本曲在流传的过程中曾经有过多大程度的关联，但二者在内容和形式上的相似性是我们不能忽略的。（撰写人：董秀团）

三兄弟

剑川有一户人家，夫妻俩有两个儿子，做母亲的长得非常漂亮，大理的一个大官看上了孩子的母亲，就把她抢到下关，还抢走了大儿子。他们的父亲后来又重新讨了一个小老婆，这个小老婆也生了一个儿子。这个后娘没良心，待前妻的儿子不好，她让自己的儿子去上学，却让前妻的儿子去砍柴。她的亲生儿子良心却很好，看到自己的母亲不给哥哥吃饭，就偷了家中的一点儿面粉，到隔壁家烤了几个粑粑，拿给他的二哥吃。二哥说："母亲知道你这样会打死你的，你以后千万不能这样做了。"后来，二哥照常天天去砍柴，弟弟照常天天去上学。这个弟弟在学堂里读书读得很好，他想："二哥比别人小，去砍柴肯定赶不上其他人。"于是，他提前向老师背了书，然后去帮他的二哥砍柴。

一天，他又提前向老师背书后去找二哥，到了山上，听到别人在喊："老虎来了，老虎来了。"于是，砍柴的一群人开始跑起来。他的二哥跑了一段路，发现弟弟没有跟上来，于是又折回去找弟弟，看到老虎把弟弟放在地上，又抓起来玩，二哥跳过去，砍了老虎的脊背一斧头，老虎惊得跳了起来，叼起他的弟弟就跑，一直跑到了下关，再怎么找也找不到了。于是，二哥就回到家里。他的后妈知道后又哭又闹，说："我儿子就这样死了吗？为什么让你活着，让我的儿子死掉？"二哥想："我这样找都找不到弟弟，弟弟一定是被老虎吃掉了，我不如割脖子自杀，死了后到阴司里面找他。"这样，二哥就割脖子自杀了。到了地下，二哥就到处去找弟弟，但怎么也找不到，他还专门到小孩儿堆里找，那里有很多吵吵嚷嚷的小孩儿，但弟弟却不在中间。在他割脖子自杀的时候，观音菩萨在他的脖子处用柳叶洒下了圣水，于是他死后身体一直是温热的，他的父亲也没有把他埋掉，天天看着他。他的患处慢慢愈合，三天后，他又复活了。在地狱里找不到，他要再回凡间找。看到他复活，后妈又开始哭闹。他又四处去找弟弟。老虎把他的弟弟叼到下关后，并没有吃他，而是把他放在了一块田里。

这时，原先抢走前妻的那个大官已经死掉了，一同抢走的大儿子已经在那里做了大官，这个大儿子虽然已经结了婚，但还没有小孩儿。这天，他们出外游玩，到田里逛，恰好碰上了这个被老虎叼来的弟弟，就把他捡了回去，想认他做儿子。小孩儿苏醒后，大哥就问他："你是哪里的人？"小弟弟答："我是剑川的，我还有个大哥，大哥和大妈一起被抢走了，我还有一个二哥在家里，我妈待我二哥不好，天天让他去砍柴，我去帮他砍柴的时候被老虎叼到这里来了，我二哥一定会到处找我的。"大哥的母亲在外面听到了这番话，就告诉儿子："这个是你弟弟，你差点儿还想认他做儿子。"大哥说："那我就认下这个弟弟。"他们又把这些告诉了弟弟，几个人相认了。过了一段时间，他们又一起外出游玩，弟弟见到了找到下关的二哥。于是，他们把二哥也带回家中，这几个儿子都待在了母亲身边。他母亲告诉大儿子："我们现在母子团聚了，我们要回去，做官也要回剑川去做。"于是，母亲和几个儿子回到了剑川。这时，后妈已经因为她儿子失踪被气死了。那时他们的父亲的眼睛已经气瞎了，如果他们再晚回来三天，他们父亲可能也要死了。于是，一家人又重新聚在一起。这些人因为良心好而重新团聚，而只有后妈，因为良心不好而死掉了。（讲述人：张明玉　讲述时间：2005年1月25日　讲述地点：张明玉家　采录人：董秀团、段铃玲、朱刚、赵春旺）

故事述评

这则故事通过讲述兄弟间的情谊，体现了善有善报、恶有恶报的思想。其中描述的小老婆生的儿子和二哥之间的感情符合"异母兄弟和炒过的种子"型故事的部分情节，讲述的是"尽管继母憎恶她的继子，但她的亲生儿子却对继子很好，甚至经常为他做一些难做的活"①。丁乃通在《中国民间故事类型索引》中将"异母兄弟和炒过的种子"型故事列为 511B 型。

故事开始，母亲和大哥被抢走导致母子、夫妻、兄弟分离；后小儿子被老虎叼走，激化了继母和继子之间的矛盾，也开始了二哥阴阳间寻找弟弟的奇异过程；结尾全家重逢，恶者死去，大团圆。

这是一个具有传奇色彩的故事，其中设置了一连串的巧合和必然，用朴实的手法表现了普通人的是非观、善恶观。宗教思想在故事中也有所体现。💭（撰写人：段铃玲）

王玉林

王玉林有三个叔伯兄弟，他们的父亲是三兄弟，所以王玉林他们三个人也就成了三兄弟，取名王玉林、王银林和王金林。这三兄弟同时出生，他们的父母想给他们分个大小，排个顺序，该谁叫谁哥哥。因为很难分，所以，大人们就商量要给孩子们称一下体重，谁称出来最重谁就做大哥。王玉林的母亲最诚实，让王玉林赤身裸体就去称了；王金林的母亲要聪明一些，所以给自己的儿子裹了几件衣服去称；王银林的母亲厉害、心毒，所以给他儿子背后包了几根柴去称。但是称下来的结果是王玉林赤身裸体却最重，背柴的反而最轻。所以王银林就被排在了最小，王金林排第二，王玉林排在第一。

等三兄弟长大了一些的时候，就要去上学了，那个时候，他们几家是住在一起的，所以兄弟几个就天天一起去读书。当时几兄弟中读书读得最不好的就是王银林了，其他两个人书读得都很好。王银林的母亲非常没有良心，总想着要把其他这些

---

① 丁乃通，《中国民间故事类型索引》，中国民间文艺出版社，1986 年，第 169 页。

人给算计死，这样的话，她儿子就会显得很能干，以后什么都会是她儿子的了。王银林的母亲在孩子们放学回家的路上挖了个洞，在里面藏了刀子、矛、棍子一类的东西。几个孩子放学后蹦蹦跳跳地回来了，王玉林没有掉下去，而王金林掉到洞中跌死了，这样就剩下了王玉林和王银林两个人。王银林的母亲又开始算计要把王玉林给害死。有一次，她做了几个包子，在包子里面放了毒药，她想通常都是王玉林放学回来得早，这样子的话他就会先吃到包子，也就可以被毒死了。放学了，王玉林很高兴地跑回家，拿起包子要吃，谁知道他们家的狗一步就跳了起来，把包子给叼走吃了。狗被毒死了，王玉林没有被毒到。又有一次，王银林的母亲又对两个孩子说，她会在孩子们放学前热好一碗饭，里面放些肉，放学回来早的人可以吃这一碗饭，而回来晚的就没得吃了。王银林的母亲知道王银林书读得不好，通常都回来得晚，王玉林书读得好，回来得会早些。那天，王银林的母亲做好了饭，在里面下了毒。放学了，果真还是王玉林可以先回家了，就在他回家的路上，看到了一只白色的喜鹊在路上一跳一跳的，王玉林就想去抓，眼看要抓到了，喜鹊又几步就跳到前面了，于是他就一直这样去抓喜鹊，但总也抓不到，这样，王玉林在路上耽搁了很久，玩了很长时间，最后，他的弟弟王银林在他之前回到家，吃掉了那碗有毒的饭，被毒死了。王银林的母亲把自己的儿子给害死了。三兄弟中就只剩下王玉林一个人了。那个时候，王玉林的父亲已经去世了，王银林的母亲心想，自己的儿子已经死了，那索性把王玉林母子俩给赶出家门好了。这样，王玉林母子俩就被赶出了家。

王玉林母子俩被赶出家门后没有办法只好去讨饭。他们到了一个村子里，向一户员外家要饭，就在他们到了员外家的头一天，员外的女儿做了一个梦，梦到一条龙爬到她家的柱子上，就在厦柱上绕来绕去的。第二天早上起来的时候，她就在想："奇怪了，我倒是要看看龙爬到厦柱上是什么样子。"于是她就老在厦柱那里等着，看看会发生什么，这时她看到王玉林母子来到家里要饭，家里的人给他们施舍，母亲到房子里接东西去了，只见王玉林就在他们家的柱子上一圈一圈地转着玩，这样转了好几道。员外的女儿想："这个人是个贵人，我要对他以身相许，做他的媳妇。"所以她就追在王玉林身后要给他做媳妇，王玉林不要，说："我们只是讨饭的人家，我不能要你当媳妇。"王玉林和他的母亲都不答应，员外的女儿则抬了一小箱银子紧紧地追在他们身后，就是要给王玉林做媳妇。王玉林说："我们连房子都没有，只是住在瓦窑里，你追在我们后面是没用的。"但员外的女儿还是一直追着他们，就这样跟着他们母子去了，硬是做了王玉林的媳妇。王玉林母子把员外的女儿带回了瓦窑，她就和王玉林母子一起过上了靠讨饭为生的日子。

过了一段时间，王玉林的母亲瞎了。王玉林则去赶考，结果考上了状元。王玉林考上状元后，在京城做了官，还被逼着在京城上了宰相家的门，娶了宰相的女儿。而家中的妻子则总是牵着母亲的手，牵来牵去地讨饭过日子。过了很久，妻子咬破手指头给王玉林写了一封血书，告诉他家里的生活实在是太困难了，并把这血书拴在了燕子的翅膀上。燕子飞到了王玉林那里，总是在他的头顶盘旋，说："王玉林无道，王玉林无道。"王玉林非常生气，说："我也是一个做官的人，你总是在我头顶叫着我无道，究竟是为什么？"他打了燕子一皮条，把燕子给打了下来，看到上面有一封妻子写给他的信。他看了信以后想："这会儿妻子和母亲要饭也不知道要到什么地方了，我要去找她们。"于是王玉林真的就去找她们了。但是去了很多的地方都没找着，王玉林只好回到家中等着。到了该祭祖的时候，王玉林就拿了很多东西到自家的坟上做施舍。他妻子和母亲听说有人要在他们家的坟上做施舍，就手牵手地到了自家的坟上。这时候，要饭的叫花子都已经聚集到了那里，在他们家的坟地上排成了几排。分东西的人从上面开始分下来，分到她们婆媳俩的时候东西就没有了。后来又要再分的时候，妻子就牵着母亲的手又排到了最上面，心想："这回可以最先分给我们了吧。"没料到的是，这次施舍的人又从下面开始分了，于是分到这婆媳俩的时候，东西又没有了。媳妇想，从上分从下分都分不到她们，这次就挤到中间应该就可以分到了。这样就牵着婆婆的手到了队伍的中间，没想到，分东西的人这回却从两头开始分，结果分到婆媳俩的时候，东西又没有了。婆婆很伤心，生气地说："看我们是两个女的，你们怎么就这么欺负我们，左也不分给我们，右也不分给我们。我们在下面的时候，你们从上面分起；我们在上面的时候，你们从下面分起；我们在中间的时候，你们又从两头分起，不管怎么样就是不分给我们，我的儿子也是去做官的，哪天要是我的儿子王玉林回来，我会让你们试试看的，你们在我家的坟上做施舍，怎么还不给我们东西？"王玉林手下的人听到了，马上就去告诉王玉林："有两个人说我们在她们家的坟上做施舍也不给她们东西，等到她的儿子王玉林回来的时候，要给我们好看。"王玉林听了就到这婆媳俩面前问："你们说的这个王玉林是个什么样的人？"老人吓得不行，还想着是自己说的话冒犯了眼前这个人了，于是婆媳俩赶快给他磕头。在他的妻子给他磕头的时候，没有什么异常的现象，当他母亲给他磕头的时候，他坐的凳子倒了，他也摔在了地上。王玉林心想："这太奇怪了。"于是就接着问："你的儿子王玉林身上有什么记号，你记不记得？"老人回答道："有的，我儿子的脚板上有排成七星形状的痣。"其实王玉林脚底上有痣他自己也不知道，听到老人这么说，他立刻脱下袜子，看了一下，发现果然是这样，于是他就对老人说："既然您是我母亲的话，让我试试舔一下您的眼睛。"这样王玉林弯下腰，舔了老人的眼睛几下，把母亲的眼睛舔开了，于是母亲又能看得见东西了。王玉林这才知道，这就是自己的母亲和妻子，于是就把她们带到了他做官的地方，他想躲开他在做官的地方娶的那个妻子，回到母亲和原来的妻子身边，但他总是避不开后来那个妻子，所以他就灌那个妻子喝酒，灌了她三升，她醉倒了，他就跑回母亲和原来的妻子身边，那个醉倒的妻子醉了三天三夜，醒了以后还是追到了他们身后。但王玉林还是回到了母亲和妻子身边，回到家乡做官了。（讲述人：张明玉　讲述时间：2005 年 2 月 12 日　讲述地点：张明玉家　采录人：董秀团、段铃玲）

故事述评

这则关于王玉林的故事，内容丰富，情节曲折，一些情节与大理白族大本曲曲目《王玉莲游西京》十分相似。《王玉莲游西京》讲述的是，王伦三弟兄年过四十各得一子，取名王玉莲、王金莲、王银莲。王玉莲三岁的时候，其父王伦病逝。王金莲的母亲，也就是王玉莲的二婶欲加害玉莲，她知道王玉莲在三兄弟中读书最好，经常最早回家，就设下毒计，说第二天谁回来得最早就赏两个包子吃，然后在包子中下了毒。不料，太白星君搭救玉莲，让狗将毒包子叼走。二婶又挖坑要害玉莲，没想到是金莲跌进坑中。二婶将王玉莲母子赶出家门，母子只好讨饭过活。讨饭的路上，王玉莲与李员外之女素梅互生爱意，订下婚约。后来，西京贼子造反，仁宗皇帝下旨抽丁征兵，玉莲被抽为兵，其父托梦传予用兵之法。玉莲被活捉，被番王招为驸马。仁宗命龙虎二将攻打番王，玉莲与二将约好里应外合，终于攻破西京。王玉莲受封西京王，与妻母团聚。

与大本曲《王玉莲游西京》进行对比，可看出两则故事在前半部分十分相似，名字的最后一字的差异，应该只是流传中读音的变异而已。只不过大本曲中，二婶是先在包子中下毒，未达目的又挖坑，却害死了亲生儿子。而在本则故事中，婶婶是先挖洞，却不想害死了王金林，于是她又在包子中下毒，这次她害死了亲生儿子。

故事的后半部分仍有相似之处，但也存在较大差异。相似的地方是两个故事中富家小姐都看上了主人公，认为他本是富贵之人，故自愿以身相许。相异的部分，大本曲中，是王玉莲被征兵到西京，最后立下功劳，受封为西京王，与妻子和母亲团聚。而本则故事是说王玉林在娶妻后又去赶考，中了状元，但被迫在宰相家上门，后来，他回祖坟上施舍，遇到母亲和妻子来讨饭，才相遇而团聚，这里，母子相认时说王玉林脚板上有七星形状的痣，也是大本曲中没有出现的。 🐟（撰写人：董秀团）

狼心的后妈①

有这样一个人，他母亲死了，父亲给他娶了个后妈，他的后妈也生了个儿子，所以他就有一个弟弟。这个后妈良心很坏，总想算计她丈夫的前妻生的这个儿子，一心想要害死他。

一天，他们两兄弟看到家门外的树上有一窝喜鹊，弟弟就让哥哥把他抬高一些，好去掏那些喜鹊。弟弟爬到了树上，抓住了两只小喜鹊，还没爬下树来，他妈就回来了，看到了这个情景，后妈就说哥哥要害死弟弟，就打这个哥哥。弟弟说："妈，是

---

① 标题为编者所加。

我让哥哥抬我上去掏的，你不要打我的哥哥，不怪哥哥，应该怪我的。"他妈不依，要哥哥把掏下来的这两只小喜鹊放回到窝中。哥哥没有办法，只好爬到树上，把两只喜鹊放回了窝中。

后来，这个后妈要哥哥去种豆，对他说七天要让豆子长出来，不然的话，不仅不给他饭吃，还要杀掉他。哥哥知道七天豆子是长不出来的，但他实在想不出什么办法来。一个老头儿托梦给他说："你听到喜鹊叫的时候就起床，然后就去种豆，把豆撒到地里，叫你的羊在你身后踩一下就可以了。"过了几天，他听见喜鹊叫了，于是就把豆子撒到了地里，还把他的羊群赶到了地里踩，这样，七天以后，豆子就长了出来。他的后妈去看，看到豆子已经长了出来，就没有办法了。

后来，后妈又让他去放羊。他们那个地方的南面有个大山谷，后妈就对他说："你要到那个山谷里去放羊，不然的话你回来我就把你杀掉。"后妈之所以这样逼着他，要让他到那里去放羊，是想让山谷里的老虎、豹子把他吃掉。他在去放羊的路上，碰到了一个老人，老人对他说："侄子，你要去那里放羊的话，阿大大教教你。你去的时候要吹几个口哨，吹上三个口哨再把羊赶进去就什么事也不会有了。"他到了那里，要进山谷的时候就吹了三个口哨。其实那个山谷里全是些老虎和豹子，人是根本不敢进去的，但是他进去的时候，那些老虎和豹子全都没有了。山谷里流出来一小股水，他在里面洗了洗脸。山谷边有一棵树，他就爬到树上歇着了。那棵树的树叶和其他的树看上去是不一样的。过了一会儿，他的肚子饿了，就吃了几片树叶子，没想到他就变得越来越好看了。到了晚上，当他把羊赶回家的时候，这个儿子已经变得相当好了。后妈看到后心想："不知道他今天吃了什么，怎么会变得这么好。"后妈于是就问他，他如实地告诉了后妈。

第二天，这个后妈就要她的亲生儿子到那个山谷放羊了。亲生儿子到了山谷，吹了口哨后进去，到了河里洗了脸，到了树上歇着的时候，老虎、豹子们都围了过来，守在了树旁，还用牙齿磨树，想要把树给磨倒，这个亲生儿子在树上给吓呆了。到了晚上，亲生儿子还没有回来，他妈觉得不对劲，心想："自己的儿子到现在也没有回来，也不知道是怎么了。"于是她就和这个前妻的儿子一起去寻自己的亲生儿子。两人到了山谷，吹了几个口哨然后走进山谷，看到这个亲生儿子已经吓傻在树上了。这个哥哥爬上去，把弟弟给抱了下来，回到家，弟弟才逐渐清醒过来。

后来这两兄弟去念书了，后妈还是想要害死这个哥哥。一天，这个后妈又对兄弟俩说："你们兄弟两个明天谁先回来，谁就吃那个大的包子。"第二天早上，兄弟俩上学去了。等他们走了以后，后妈蒸了包子，她在那个最大的包子里面放了毒。因为她知道自己的那个亲生儿子学习不好，所以总是哥哥先回来，弟弟晚回来。等到放学的时候，果然是哥哥先回来了。后妈看到这个哥哥回来了，就把那个大的包子递给他，还说："你先回来的，那你就吃这个大的。"但是这个哥哥拿了包子也没有吃，他拿在手里玩，一会儿他们家的狗跑了过来，一口就把他手里的包子给吃掉了，就这样把他们家的狗给毒死了。所以那次后妈还是没有害死他。

可是她还是想害死这个哥哥，于是她就在家门口挖了一个陷阱，在里面放上粪，然后把陷阱盖好，想着要是哥哥早回来的话就能死在里面了。可是这次，哥哥在回家的路上看到了一只长得很好看的喜鹊在他前面跳，于是哥哥就想去抓这只喜鹊，快要抓到的时候，喜鹊就往前跳几步，但始终就是抓不着，哥哥一直在那儿抓喜鹊，就把时间给耽误了，这样，弟弟在哥哥之前先回了家，弟弟踩进了陷阱里，这个后妈就把自己的亲生儿子给害死了。（讲述人：李金德　讲述时间：2005 年 2 月 15 日　讲述地点：李金德家　采录人：董秀团、段铃玲）

故事述评

这则故事与前面张明玉讲述的故事《王玉林》有相似的地方，特别是《王玉林》中婶婶害王玉林的手段与这则故事中后妈害继子的手段几乎一样，都是在包子中下毒和挖坑，而且最后害人者害死的是自己的亲生儿子。当然，两则故事也有不同，《王玉林》中王玉林还有母亲，还有王玉林考上状元、去祖坟施舍等情节。而这则故事中则主要强调的是后母对继子的虐待，她想出种种难题，让继子种豆、放羊，每一次都想找到借口害死继子，但继子总是在外力或别人的帮助之下渡过难关。

如果说，这则故事的后半部分充满的是世俗的继母的妒忌和阴谋的话，那么，故事的前半部分则充满了神奇故事的因素，他按照梦中老人所授，种的豆子七天就长出来，他按照老人的方法吹口哨，去放羊的时候躲过了野兽的威胁，而且吃了神奇的树叶后人变得更加英俊。而当换成继母的儿子去放羊的时候，他不再得到眷顾，不再有同样的奇遇，而是被老虎、豹子吓傻了。故事中，同样表达的是民间故事中善良的人终有回报而获得好的生活，丑恶的人终会受到惩罚而付出代价的思想观念。善与恶，好与坏，这样的二元对立美学原则在故事中表现得十分突出。🖋（撰写人：董秀团）

蟒蛇记

以前，有一个叫张秋布的人，有两个儿子张春方和张春元，张春方是前妻所生，前妻因病去世后，张秋布又娶了李氏为妻，生下张春元。他们生活的村子旁有一座龙王庙，庙旁有一条大蟒蛇，这条蟒蛇是龙王的三太子，由于龙现原形，在地里打滚，毁了地里的庄稼，所有的村民都说要杀死蟒蛇，张春方良心好，说不要杀它，就放了蟒蛇，蟒蛇飞到空中的时候开口说道："张春方，你救我一命，我救你一世。"

后母李氏让春方下京放贷，不想，后母给了春方假的金银，有人将春方所放贷的金银撇开一看，里面是铁，就去告官，春方因此被官府抓了起来，要被斩首。春方的家院把牢房的墙角挖开，二人跑了出来，但走投无路，春方欲跳河自尽，让家院回家报信。春方跳河，却被龙王三太子即春方以前所救的那条蟒蛇搭救。龙王三太子带他到了龙宫，并告诉他说龙宫中的金银财宝、摇钱树等宝贝一样都不要要，就要那颗斗大的夜明珠，这样，以后他将夜明珠进献给皇帝，皇帝会封他为敬宝状元。后来，春方果真把宝珠献给皇帝，皇帝要封他为官，问他想做什么官，他说什么官都不做，就做一个闲官。他还让皇帝给他盖了一幢房子。

这边家院回到家中，告诉家人春方跳河死了，后母李氏逼春方的妻子嫁给春元，春元不答应。于是，李氏将春元的大嫂和一双儿女赶出了家门。这母子三人住在一个山洞里，睡在茅草上，盖的也是茅草，没有吃的喝的，大嫂只好嚼出草的汁给两个小孩儿喝，自己则咽草充饥。此时，在学堂读书的春元告诉老师说要去看看大嫂，老师说："你良心好，你去吧，我不告诉你母亲。"于是，春元带着钱物去看大嫂，大嫂去买了一只鸡给春元做饭。杀鸡的时候，砍鸡头的血溅到了春元的衣服上，刀上也沾满了血。春元与大嫂及侄儿、侄女吃了饭后就转回去，不想在回去的路上被彝族人抓走了，当了他们的奴仆。李氏不见春元回去，就诬赖大嫂杀死了春元，大嫂被关在县衙大牢内。一双儿女流落要饭。李氏又给了家院50两银子，让家院去杀死金童玉女，家院不忍心杀之，反将李氏给的钱给了这对兄妹，又给了他们一个快板，教他们唱自己的家谱，让他们一路唱到京城逃命去。金童玉女一路唱到了京城。家院回到家中，此时李氏的眼睛已瞎。李氏原本要求家院带回金童玉女的人头，家院没有杀他们，就弄了一点儿鼻血在刀上，回来告诉李氏说人头太可怕了，也太脏，他把人头藏起来了，刀上还留着血呢，李氏用舌头舔了一下刀子，尝到血是咸的，就相信是人血，以为家院真的杀了金童玉女。

张春方当了官后，周围的人都轮流替他做工。此时，刚好轮到抓春元的彝族人，春元也和其他人一起到了春方府中做工。早晚点名的时候，春方点到春元，发现此人名字与弟弟相同，于是春方让春元留下说要问几句话，春方问："你的名字叫张春元，你是哪里的人？"春元早已认出了哥哥，便说："阿哥，我是你弟弟，人家把我抓起来了。刚才我已认出了你，但我人不人鬼不鬼的，就没敢和你相认。"于是，兄弟相认，春方让家人给弟弟洗脸、换衣。

又过了一些时间，张春方出门，看见两个小孩儿在唱莲花落，春方没认出是自己的儿女，因为春方离开时他们还只是会爬，还那么小，现在已经会走路了。春方叫两个小孩儿进来唱一段，说给他们点儿东西吃，于是金童玉女开始唱起家谱，春方听得明明白白，才知是自己的儿女，便说："我是你们的爹爹，这个是你们的叔叔。"金童玉女告诉春方说母亲被抓起来了。春方让人去打听妻子的消息，打听到后，他们几人就到了家乡的县衙，救出了春方的妻子，由于很久没有见到太阳，她的脸都是青的。县官跪在春方面前，说："我把她关起来，但觉得事情蹊跷，所以一直没有杀她。"春方、春元也跪在县官面前，感谢他没有杀人。春方让轿夫将妻子抬起，众人一起回家。这时，有人跑去告诉李氏："你儿子张春方、张春元做官回来了。"李氏说："你们不要笑话我一个瞎眼老太婆了，我儿子张春方跳河自杀了，张春元被他大嫂杀掉了，金童玉女也被家院杀掉了。"这时，春方、春元和一家人真的回来了，李氏羞愧，就上吊死了。（讲述人：张炳坤　讲述时间：2004年7月24日　讲述地点：张炳坤家　采录人：董秀团、段铃玲、赵春旺）

故事述评

《蟒蛇记》是中国传统戏曲曲艺中的一个传统剧目。在秦腔、甘肃高山剧、湖北恩施灯戏、滇剧、云南花灯戏、云南玉溪花灯、云南昭通唱书、云南文山乐西土戏等地方戏曲曲艺中都有这个剧目。在大理白族民间曲艺大本曲中，也有同名曲目。大本曲中，其主要内容是说兵部尚书张府亮病逝，留下二子，大儿张春方，为前妻王氏所生，小儿张春元，为后妻刘氏所生。刘氏欲害春方，给他假银，让春方下京收账。春方在途中救了一只大蟒。春方因用假银被捕，他投水自尽，被龙王所救，原来春方所救之蟒实为龙王太子。春元去救济大嫂李氏及侄儿、侄女，李氏去邻家借来一只鸡招待，杀鸡之血染了春元之衣，春元回去途中被女山贼霸占为夫。刘氏诬李氏杀了春元，李氏被投入牢中。龙王太子送春方龙珠一串，春方将之敬给皇上，被封为敬宝状元。春方救出妻子，巧遇弟弟，一家团聚，刘氏因羞愧上吊自尽。

如果将大本曲中的《蟒蛇记》与石龙村流传的这则民间故事加以对比，可以发现二者的内容和主要情节均基本一致，仅在细节上有一些不同。如后母用假的金银陷害，春方救下蟒蛇，蟒蛇即龙太子报恩，春方献宝，春元看望嫂嫂，鸡血污了春元之衣，春元被抓，春元之母诬告大儿媳杀了春元，最后春方救出妻子一家团聚，这些主要情节在大本曲中和石龙的民间故事中都是一致的。而在细节方面，人物的名字和姓氏有小小的差异，主要人物张春方和张春元的名字是一样的，但春元之母，大本曲中说是刘氏，而石龙流传的的故事中说是李氏。春元被抓去是大本曲和石龙村民间故事的共有情节，但大本曲中，春元是被女山贼抓去，而石龙村的这则故事中，是说被舞族人抓去。石龙村故事中的这一细小的变异，其实仍是和当地的生存环境和民族布局有一定的关系，我们知道，石龙村是一个由白族、彝族、傈僳族组成的村子，尽管居住上彝族和傈僳族分散于村落周围的山上，并没有和白族村民居住在一起，但几个民族之间的关系是比较紧密的，所以这里说春元被彝族人抓走可能是受到自然的民族分布的影响。

从上述的分析可以看出，石龙村流传的这则《蟒蛇记》的故事应该是从外地流传到石龙村的，而且在流传到石龙村后，故事的基本内容和主要情节保留了下来，仅在一些细节方面结合当地文化和民俗产生了一定的变异。（撰写人：董秀团）

异文一：蟒蛇记

有一对夫妇，丈夫叫张天粕，妻子叫李四秀，他们有两个儿子，一个叫张天左，一个叫张天右。天左和天右是同父异母的兄弟，天左的母亲去世后，父亲重新娶了李四秀生下了天右。后妈对天左很不好。两兄弟到了十几岁的时候就一起去读书，天左成绩很好，天右成绩不好。这天两人放学回家吃饭，天左的后妈对他俩说："明天午饭给你们蒸馒头吃，哪个回来得早就吃大的那个，回来得晚就吃小的那个。"后妈在大的那个馒头里放了老鼠药，她想着天左成绩好肯定回来得早，就可以毒死他。天左心好，想让弟弟吃大的那个，第二天他就让弟弟先回去，自己晚点儿再回去。后妈躲着偷看的时候，发现是天右先回来了，就赶快把馒头抢了回来。后来天右知道了这件事就特别生气，想着不再什么都依母亲了。天左害怕以后再发生这样的事情，就书也不读了，决定去做生意，天右则继续在家读书。

天左出去做生意一段时间后，娶了个老婆带着小孩儿回来。他虽然出去做生意，但是没有赚到钱，回来后，后妈和他们分家，把天左一家赶了出去。天左父亲因为怕老婆所以也只是给他们分了两袋米和一只鸡，其他就什么都没有了。天左一家没有住的地方，就只能去后山一个废旧的"犇亢"①里住。分家后，天左没办法又出门去做生

① 烧窑的老房子。

223

意了。天左的小孩儿生得特别可爱，而天右也良心好，经常偷偷地拿点儿米或者肉来看大嫂母子俩。一天，天右又拿着东西去看他们，大嫂对天右说："你经常给我们带吃的，而我们也没有好点儿的东西给你，今天就把这只分家时分到的老母鸡杀了给你吃吧！"天右忙说："不行，不行！"但是大嫂一定要杀，她拿着刀去砍鸡，天右连忙去拉她，鸡血便有几滴沾到了天右的袍子上。大嫂忙说："哎呀，把你衣服弄脏了，你把袍子脱了，我给你洗一下，不然回去让妈看到衣服上有血不好。"于是天右就把衣服脱下来给大嫂拿去洗。天右出门遇上了坏人，半路上被坏人抓走了。到了晚上，天右还没回家，母亲就去山上找他，刚一去到天左家，就看见天右血渍的袍子晒在那儿，她以为是天右的大嫂把天右杀了，就去报官，把天右大嫂抓到了监狱里。后妈还几次去官府催促要把儿媳杀掉。

天左出门去做生意，后妈给了他一些假银子，他也不知道银子是假的就走了。天左去到一个村子，村子里有条蟒蛇每年都要去破坏村民的庄稼，抓了好几年这一年才把蛇抓到，村民正准备把蛇打死。天左良心好，要把这条蟒蛇给救下来，他跟村民们说原意把银子赔给他们，让他们放了蟒蛇。蟒蛇逃走前对天左说："张天左，你救我一命，我就救你一世！"然后就消失了。天左为了救蛇把银子赔给了村民，他只得又回去拿盘缠，等他第二次来到这个村子的时候，村民已经发现他给的银子是假的了。村民便把天左丢到河里准备把他淹死，这时那条大蟒蛇出现了，它把天左救了下来。天左把家里的事情都给大蟒蛇说了一遍，大蟒蛇对他说："以后你就不要回去了，我给你个宝物，你拿着出去闯一下看以后会不会好过一点儿。"天左便拿着这个宝物去拜见了一个官员，还将礼物送给了他，并因此得到了一个官位。

天左当官了就回来看他的妻儿，天左到了"犇亢"，发现妻儿已经不在那里了。天左做了官，就有很多人给他做工。一天，他听到点名的工头叫道："张天右！"天左过去一问，才知道就是自己久未联系的弟弟。天右把家里面发生的事情告诉了天左，天左便把妻儿从牢里面救了出来。天左带着一家人回家去看父亲和后妈，这时候老父亲已经年老行动不便，躺在床上不能动弹，后妈则感到对不起天左他们，就拿着绳子去后院上吊自杀了。（讲述人：张福友　讲述时间：2015年7月25日　讲述地点：石龙小学　采录人：董秀团、杨英、李昕）

故事述评

本则异文的讲述者张福友是张炳坤的儿子，在我们对村民的访问中，只有他们父子二人给我们讲述过《蟒蛇记》，这也映射了张福友的故事讲述中受其父影响的痕迹。当然，故事的人名、细节也都有了一些不同。此外，本异文对天右如何去到天左那里做工的叙述不如前一则故事清晰。（撰写人：董秀团）

异文二：蟒蛇记

村里有一家人，男人叫张耀宝，有两个儿子名叫张天左、张天右。大儿子张天左1岁多的时候，张耀宝的老婆去世了，张耀宝就重新找了个老婆，带来了一个儿子取名张天右。两兄弟关系很好，天天一起去上学。张天左学习很好，张天右学习不怎么好，天左经常回来教天右。后妈不喜欢张天左，总想要害死他。一天，两兄弟上学前，她跟他们说："你们去上学，我在家给你们蒸馒头吃，谁学得好先回来谁就吃大的，读书不好后回家的只能吃小的。"按照平时都是大儿子学得比较好先回来，所以她在大馒头里面放了毒药，想毒死大儿子。天左、天右在不同年级的不同班级，那天张天右的老师受了风寒没有来上课，张天右他们班就能先回家，所以他就先回来了。天右拿了大馒头，他妈在窗边看见了，一把抢走了馒头。天右良心很好，知道了他妈要毒害哥哥，他就跟天左说："以后你上学回来不管早或晚，都要等我回来一起吃饭。"后来两兄弟毕业了，天右考试落榜了，天左考了状元。天左当时已经18岁，家里给他娶了妻子。考上状元后就要上任当官，3年以后才能回家。3年间，天左的妻子在家中生下了一个女儿，那个孩子是她跟弟弟天右生的而不是跟她丈夫。他们的母亲不知道那孩子是天右的。天左回来后知道了弟弟和妻子的关系，但因和弟弟关系好，所以就没说什么。

　　张天左回来后没地方上任，后母拿给他一包假银子让他去做生意。天左不知道那些银子是假的，背上银子就去了隔壁村，那个村种水稻，有一条大蟒蛇来他们水田里打滚。它来打滚那年，粮食收成好，它不来的时候，收成不好。可村里人不知道，以为它在破坏稻田，村民把蟒蛇堵住抓了起来，准备用木棍打死它。天左看见了就对村民说："你们不要打它，我愿意把这包银子赔给你们。"村民把蟒蛇放了，蟒蛇飞了起来，它在天上对天左说："你今天救我一命，我会救你一世。"说完就飞走了。张天左不知道那包银子是假的，就把银子赔给村民，但村民发现是假的，就把他绑起来，打算扔河里淹死。那条蟒蛇又把天左救了起来。天左知道后妈三番五次要害他，就没有再回家，被抓去做长工，在那里当了工头，自己不用做活，专门管着那些做工的。

　　后妈以为给了天左假银子去做生意，他肯定被害死了，就借着分家的名义把他媳妇和女儿赶出去了。后妈给了她们一些大米和一只母鸡，这母女俩来到山上，山上有个大岩洞，她们住在里面，活得很苦。弟弟张天右经常上山去看望，每次从家里偷些粮食给她们带去。有一天，嫂子说他天天上来看望，心里过意不去，就想把分家时分得的唯一一只老母鸡杀了给天右吃。大嫂拿刀准备去杀鸡，天右抓着鸡不让她杀，就在那里拉拉扯扯。大嫂一刀下去把鸡杀死了，那血就溅到天右的长袍上面。大嫂让他把长袍脱下来洗一下，要不回去他妈又要骂他。天右把衣服脱下就回家了，路上遇到地主抓长工，他被抓走了，10多天后都没有回家去。他妈担心就去儿媳那里找，在那里看见了天右的带血长袍，以为是儿媳杀死了天右，就拿着长袍去官府报官，官府的人把母女俩抓进了天牢。张天右母亲天天跑到官府里催他们赶快把母女俩处死，但是官府没有足够的证据，没有处死她们。张天右被抓到张天左当工头的这户人家，来到张天左手下干活。天左不敢相信那是自己的弟弟，经过几次开工前的点名，他确定了那是自己的弟弟，于是天左把天右叫了出来。天右把之前打听到的大嫂母女俩被送进死牢的事、自己被抓当长工的事都跟天左说了。张天左就去打听，知道了妻女被关在哪里，就在大蟒蛇的帮助下把她们救了出来。张天左和兄弟、妻女一家团聚了，他们一起回到家中，村里人看到就说："天左、天右回来了。"后妈听了不相信，她觉得是自己把天左兄弟害死了，心里过意不去，就上吊死了。（讲述人：张福友　讲述时间：2016 年 8 月 4 日　讲述地点：张福友家　采录人：董秀团、王丽清、卞宇田、苏苑琴、昂晋、杨英、古珊子、宋妮妮、李志兴、张宇）

故事述评

本则异文的讲述者同样是张福友，也就是说张福友曾经在不同的时间和场合给我们两次讲述了同一则故事，两次讲述的异文在细节上仍表现出一些不同。比如前一则异文中天左两次出门做生意，第一次出去时自己娶妻生子，回家生活不下去，无奈第二次去做生意，这次拿着后母给的假银子。本异文则是家里给天左娶了妻，但女儿是自己的妻子和天右所生，天左是在考上状元当了官后又回到家，无奈之下去做生意。按照表演理论的观点，每一次的演述都是一个独一无二的文本，同一位讲述者讲述的同一则故事的不同文本，应该说为我们的研究提供了宝贵的资料。（撰写人：董秀团）

救学生

有个小学生，他的母亲去世了，只有父亲抚养他。原先他家条件很好，母亲去世后，父亲为他找了一个后母，两年以后，后母给他生了一个弟弟，在那以后，后母对他就很不好了，因为害怕他会和自己的儿子争家产，所以后母就想把他整死。他的父亲很怕老婆，什么都听老婆的。后母对他的父亲说："你大儿子有病，要找巫公巫婆来看看。"后母找来了一个巫婆，那个巫婆是她的亲妹妹，两人串通好，巫婆说："要让你们家大儿子去死，去祭奠他亲妈才行。"他知道后很害怕，学校放学后，所有同学都回家吃饭了，唯有他留下来不走，趴在桌子上哭，老师看到就问："其他同学都回家吃饭了，你为什么还不回家？你快回去吧。"他说："我不回家，今天我后母要杀了我，说让我祭奠我妈。"老师听了说："你先回家，我吃了饭后去你家。"之后，老师吃了饭准备去他家，半路上老师的一个朋友请客，要老师去喝酒，就把老师拉去了。那一桌的人拿起酒壶倒酒，倒给老师的时候酒怎么都倒不下来，倒给其他人的时候酒流不止，这时老师突然想起来他还有件事，不能喝酒，就说："我要去我学生家，今天的事情太奇怪了。"其他朋友跟他一起去，到了学生家，大门紧锁，怎么叫也叫不开，他们用大木头撞门，撞了几下之后撞开了。他们进门之后，学生的父亲不说话，学生被钉在一块木板上，他疼得说不出话来，巫婆就在那里跳。老师赶快去通知了保安团，报警后老师也不敢在巫婆面前救学生，等保安团来了之后才拔掉学生身上的钉子，学生没有哭一声。保安团把他后妈和巫婆抓了起来。（讲述人：张福友　讲述时间：2016 年 8 月 1 日　讲述地点：张福友家　采录人：董秀团、卞宇田、宋妮妮、张宇）

故事述评

与前几则故事相似的是后母虐待和加害的母题，不一样的则是在老师搭救学生的过程中，加入了一些非常态的异兆，将老师的搭救行为神圣化，染上了几分神异色彩。巫婆的设置，体现了当地曾经的巫术信仰和巫风留存，直至今日，石龙村村民仍常常请巫婆看香看病，当地存在较突出的"神药两解"现象。保安团是民国时期的地方武装，不知该称谓是在故事流传的过程中后来加入的还是故事产生于此时期，对此还无法简单断定。（撰写人：董秀团）

埋儿奉母 ①

有两夫妇，丈夫叫张将，妻子叫媚娘，他们良心非常好。他们赡养着一个老母亲，虽然生活贫困，但他们总要给老母亲单独做一些好吃的。后来他们添了一个儿子，这个儿子就同老母亲一起吃这一点儿好的食物。孩子渐渐长大了，祖孙俩共同吃

---

① 标题为编者所加。

那么一点儿东西远远不够。孙子吃得越来越多，奶奶就变得越来越瘦。媚娘对丈夫说："我们的儿子渐渐长大了，吃了母亲的东西，母亲现在很瘦了，老人太瘦了恐怕就会死去，母亲只有一个，死了就没法找了，孩子则不一样，我们可以等老母亲去世了再生一个。我们把儿子弄死算了，否则他会把母亲的东西全吃完的。"丈夫说："是啊，你说得对。哪天我们就去把孩子活埋掉算了。"于是，他们选了一个日子，走了很长的路，在路上遇到了一个白胡子老头儿，老头儿问他们要去干什么，他们就跟老头儿说了。老头儿说："你们想得对。要是活埋孩子的话，就从这儿直走，你们会见到一块大石头，掀起大石头，把孩子压在下面就可以了。"走了很久，他们看到了前面有一块大石头，两个人合力掀起石头，看到下面有一坛金子，于是他们就把这坛金子搬回家去，也不埋孩子了，从此养活了孩子和母亲，过上了幸福的生活。(讲述人：张明玉　讲述时间：2004 年 8 月 4 日　讲述地点：张明玉家　采录人：董秀团、段铃玲)

故事述评

在我国古代，有"埋儿奉母"的故事，又称"为母埋儿""郭巨埋儿"等。该故事在东晋干宝所著《搜神记》、宋代《太平广记》以及元代郭居敬的《二十四孝》和明代嘉靖时期的《彰德府志》等书中均有记载，是我国传统的二十四孝的故事之一。故事说的是汉代时[1]有一个人叫郭巨，家中贫困，有一个老母亲，还有一个三岁的儿子。郭巨的老母亲常常把自己的食物拿给孙子吃。郭巨看到这个情况，于是和妻子商量，打算把儿子埋了，因为儿子吃了母亲的食物，母亲就吃不饱，儿子不在了还可以再有，母亲如果不在了是不能再有的。妻子不敢违抗他的话。郭巨便挖了一个坑，却在其中挖出了一坛黄金，上面还写着这是上天赐给孝子郭巨的，官不得取，民不得夺。

石龙村流传的这则《埋儿奉母》的故事和中国传统二十四孝中郭巨埋儿的故事十分相似，其情节亦围绕夫妇埋儿、上天赐金来展开。当然，这则故事与二十四孝中的郭巨埋儿相比，也有一些不同，比如，主人公的姓名有所改动，郭巨变成了张将，其

---

[1] 一说郭巨是晋代人。

妻名为媚娘。另外，二十四孝中，是郭巨提出埋儿的建议，妻子是不敢违抗他的主意。而石龙村流传的故事中，是张将的妻子首先提出埋儿的想法，这显然更加突出了儿媳妇对婆婆的孝道，尽管在很多人看来这是不可理解的，在现实生活中或许也是更不可能出现的。最后，郭巨埋儿的故事中，是在挖坑时挖到一坛金子，上面有上天赐予的文字，而在石龙村流传的这则故事中，则增加了夫妇去埋儿的路上遇到白胡子老头儿的情节，老头儿显然不是普通人，正是在他的指点下，夫妇掀石得金。显然，挖到金子，上有上天赐予等文字的情节，更加文人化，而遇到白胡子老头儿点化的情节则更富有民间故事的特点，在民间故事中，遇到神奇的人物，得到他的指点是经常出现的情节，这个人物很多时候以白胡子老爷爷、白发老奶奶的形象出现。再说，如果主人公是不懂文字的人，那么金子上有文字，他们也看不懂，而遇到一个老人，直接告诉他们去哪里挖哪里埋然后得到金子，就不存在这个问题了。所以，这样的改变，似乎更符合民众的现实情况和生活逻辑。（撰写人：董秀团）

异文：埋儿奉母[①]

从前，有一家人，家里很穷，生活都要过不下去了。他们家里养着一个老母亲，还养着两三个子女。有一天，妻子对丈夫说："实在没有办法了，吃的东西太少太少，孩子都快要饿死了。只有这样了，我们把母亲抬出去埋了吧，这样还能节约一点儿粮食，反正母亲已经老了，也快死了。"丈夫听了，十分生气，说："绝对不行，你怎么能说出这样的话呢？母亲把我生出来，把我养育大，如果母亲死了，我就没有地方去找了。儿女是可以再生养的，还是埋儿女吧。"妻子没有办法，只好同意了。于是，他们背着儿女到了山上，想把儿女活埋掉。这时，他们看到了一块石头，丈夫说："我们把这块石头挖起来，就把孩子埋在这个坑里吧。"两个人想到要把儿女活埋，心里也很难过，他们一边挖石头，一边哭，挖着挖着，忽然在石头下挖出了一坛金银。这样，他们就没有埋孩子了，他们把金银拿回了家，用它来养老母亲和几个儿

---

① 标题为编者所加。

女。（讲述人：李根瑞　讲述时间：2005 年 1 月 23 日　讲述地点：李根瑞家　采录人：董秀团、段铃玲、朱刚、赵春旺）

故事述评

这则故事的基本情节同样与二十四孝中的郭巨埋儿相似，那么，也就与上一则张明玉讲述的《埋儿奉母》的故事是一致的。当然，这则李根瑞讲述的故事也有自己的独特之处。二十四孝的故事中，是郭巨提出埋儿，张明玉讲述的故事中，则是妻子主动提出埋儿，而这则李根瑞讲述的故事中，是妻子首先提出埋人，但妻子开始时提出的是要埋母而不是埋儿。当然，如果站在妻子的立场，她的提议似乎不无道理，因为婆婆已经年迈，孩子则生命还长，所以她提出埋了婆婆，节约粮食喂养孩子。但是，从孝道伦理的角度来说，妻子的提议是人们不能接受的，所以丈夫当然没有同意她的提议，而是提出埋儿孝母。在我国历史上，一直以来十分讲究孝道伦理，认为对父母之孝应该高于对儿女之爱，在白族地区，由于深受汉文化的影响，这样的观念和宣传孝道的故事也就得到了较为广泛的流传。（撰写人：董秀团）

糟蹋粮食的人

有母女二人，她们住在石洞里，石洞就是她们的家。来来往往的人，看到她们可怜，常常给她们东西吃。一次，人家又给了她们很多东西吃，其中有一些是粑粑。这时，那个小孩儿要屙屎，她的母亲没有东西给她擦屁股，于是她就用粑粑擦她小孩儿的屁股，后来神仙知道了以后就把石洞门给封了，母女俩都死在了里面。（讲述人：李秋吉　讲述时间：2005 年 2 月 13 日　讲述地点：李福娘家　采录人：董秀团、段铃玲）

故事述评

有些民间故事具有很强的教育意义。这则《糟蹋粮食的人》就是教育听者要爱惜粮食。故事中的母女本来可怜，但她们糟蹋粮食，不珍惜别人对她们的善心，于是神仙对她们实施了惩罚，她们遭到了死的报应。（撰写人：段铃玲）

写休书①

以前，很多人在本主庙里上学。到本主庙要经过一座山神庙。在这些学生中，有一个孩子非常聪明。这个孩子总是拿一根竹棍当作马骑在腿下，每天上学的时候"嗒嗒、嗒嗒"经过山神庙然后骑到本主庙来，放了学又"嗒嗒、嗒嗒"用竹棍当马骑回家。早上一次、下午一次这个样子骑来骑去的。

有一次，山神庙里的山神和土地就托梦给教他们书的老师说："你教的这些学生中会有个是状元公，他还很调皮，经常骑着马从我们门前来来回回的，我们怕得不行，每次他从我们前面经过的时候，我们都要站起来，他来的时候我们要站起来，他回去的时候我们也要站起来。你给我们门前筑一堵墙，那样子的话我们就看不到他，也就不用一天到晚地站起来了。"

一次，这个学生和家人到街上逛，街上有一个写休书的人，那时在街上给人写休书是有罪过的。一家人逛到写休书的地方，这个写休书的人刚好写了几个字，正写到紧要的地方，所以就停笔在那里思考。这个小孩儿看到了就走了过去，他并不知道给人写休书是会有罪过的，于是就对自己的父亲说："男女分半②。"这句话提醒了写休书的人，那人就问小孩儿："那你说要怎么写才好？"小孩儿就说要这样写和那样写。写休书的人说："我还是怕写错了，不如你来帮我写吧，你写了，桌上的那些银子就归你了，你可以拿走。"他果真帮着写了那份休书，就因为这一次，他状元的前程全部就给毁了，一切都成了白辛苦了。当天，山神和土地就又给老师托梦说："墙不用砌了，你的这个学生状元考不上了。"第二天，老师就问这个学生："昨天你去了什么

---

① 标题为编者所加。
② "男女分半"，意思是让夫妻二人分离。

地方，干什么坏事了？"他说："我什么也没有做过呀。"老师说："怎么没有，你书读得好，去考试是会中状元的。"他想了又想，还是不知道自己到底哪里错了。老师还是不依不饶地问，他就给老师说了在街上给人家写了一份休书的事情，这才知道就是这件事情把他状元的前程全部给弄没了。（讲述人：李年登　讲述时间：2005年2月13日　讲述地点：李年登家　采录人：董秀团、段铃玲）

故事述评

本主崇拜是白族特有的本土宗教形式，本主作为一个区域内的保护神享受着白族群众极高的尊崇，在白族人心中供奉有本主的本主庙是神圣场所，是进行宗教祭祀的地方。而这则《写休书》的故事给人们提供了一个信息，就是除了进行宗教活动外本主庙在某些时候还具有学堂的功用。

民间有状元是天上的文曲星转世的说法，故事中的山神和土地向老师托梦让人们得知故事中的小孩儿原本有中状元的命。

民间对于夫妻间的问题一直都流行"劝和不劝分"的观点，对于很多淳朴的白族人来说两个人能结为夫妻是天注定的，若是拆散一段婚姻，那就是很大的罪过，做过这一行为的人可能会在将来遭受不同程度的报应。故事中的这个小孩儿正是由于触犯了这一思想而遭到了报应，断送了自己大好的前程。　（撰写人：段铃玲）

黄氏女

小玉英的母亲黄氏女一心向佛，一天到晚烧香拜佛。玉英爹却是个杀猪的。小玉英妈去念经，她爹总是干涉，不让她妈去。人家叫玉英妈去念经，她爹就去骂人家。一天玉英妈去念经，结果下雨了，玉英妈淋了雨就生了病。玉英妈回来对小玉英说："你去把衣服拿下来，我要换一下湿衣服。"从那天后玉英妈的病情就一天天加重。玉英妈吃素，玉英爹因为是杀猪的，不想让她妈去念经，就经常在她的饭菜里放上油、肉，她爹还对玉英讲："你妈念经淋雨生了病，又不吃肉，这样下去病好不了的。"一天，玉英爹拿了一扇排骨回来说炖给玉英妈吃，玉英妈不吃，继续吃斋。玉英妈的病情一天天加重，阎王让她去对《金刚经》，玉英妈去阎王那儿对经时，全部都对了出来。玉英妈回来后，玉英爹还是不让她念经、吃斋，过了几天玉英妈就死了。玉英妈死了以后，魂魄回来看望儿女。（讲述人：张义佳　讲述时间：2016年8月1日　讲述地点：张义佳家　采录人：董秀团、王丽清、谷珊子、李银梅）

故事述评

　　《黄氏女对金刚经》，又称为《黄氏女对经》《黄氏女对金刚》等。因发音相近，黄氏女的"黄"有时被误为"王"。在汉族地区，黄氏女的故事常以宝卷的形式流传。《金瓶梅》第七十四回《宋御史索求八仙鼎，吴月娘听宣黄氏卷》便提到黄氏女宝卷的宣讲活动。在黄氏女故事的宝卷出现之前，已有佛教传说在流传。在白族地区，本子曲、大本曲中，均有《黄氏女对金刚经》曲目。从总体上看，白族的《黄氏女对金刚经》故事大致情节甚至主要的人名均与汉族地区的宝卷相同，说明白族的该故事极有可能是自汉族地区移植而来。故事中的很多思想、观念都和佛教紧密相关。石龙村所属的剑川地区本子曲流行，黄氏女对经的故事在这里同样多以本子曲的形式出现，在民众中有较大影响，耳濡目染的民众尽管无法像民间艺人那样吟唱全部的曲本，但却能以自己的叙述方式讲述这一故事。（撰写人：董秀团）

叫花子埋人

　　以前有一对夫妻，心肠不好，每天都好吃懒做，不种庄稼，总想着算计别人。他们有个果园，种着苹果树，两个人每天守着果园，等果子成熟。果园围了围墙，果子熟了，小孩子经常爬过围墙去偷果子，夫妻俩就在墙下挖了一个大坑，在坑中放了刀之类锋利的东西，有三个孩子去偷果子，跳下去坑里都被刺死了。夫妻俩把三个孩子的尸体用草席包起来搬回家中，分别藏在凳子下、门后、床下，准备没人的时候偷偷去埋了。这天，刚好一个叫花子来到他们家，夫妻俩盘算好想让叫花子帮他们埋小孩儿，就好好招待叫花子吃喝，还对叫花子说："我俩老来得子，本来很高兴，但是我们命不好，孩子死了，你如果帮我们把他埋了，就给你一袋米。"叫花子听了很高兴，同意了。他们又对叫花子说："埋深一点儿，不然小孩儿会回来的。"叫花子说："你们放心吧。"叫花子就把凳子下的孩子抱出去埋了，然后就回去拿米。夫妻俩说："我们去找一下看看他回来没有。"他俩楼上楼下到处去找，最后从门后抱出来一个孩子，夫妻俩说："你看你办的什么事？叫你埋深一点儿你不听，你看他回来了。"叫花子也纳闷，又抱着出去埋，第二次回来说："这次埋得比上次还深。"夫妻俩说："我们还是不放心。"俩人又到处去找，女的说："这次埋得可以，好像找不到。"男的说："你找仔细点儿，床上床下都找找。"最后在床下找到了。叫花子也觉得奇怪，又出去埋了，在路上遇到一个烧瓦的窑子，他心想："埋到这个窑子里够深了。"于是就把尸体埋进那里。然后叫花子回去要米。夫妻俩问："埋哪儿了？"叫花子答："放心，这次埋在烧瓦的窑子里了。"夫妻俩说："埋那儿人家怎么烧瓦？我们要去告你！"叫花子听了害怕，米也不要就跑了。就这样，夫妻俩算计了这个叫花子。（讲述人：张德五　讲述时间：2017 年 8 月 2 日　讲述地点：张德五家　采录人：董秀团、段淑洁、杜娟、和丹清、王玉洁）

故事述评

　　故事讲述了一对坏心肠的夫妻对别人的算计，不仅狠心伤害了几个偷果子的孩子，就连叫花子也不放过。尽管该故事并没有像很多民间故事中那样设置二元对立的善恶双方进行鲜明比较，但讲述者在故事讲述的开头和结尾总会加入自己的评价性话语，表明对恶人批判的态度，所以故事讲述中传递出来的同样也是一种对恶的批评。🌙（撰写人：董秀团）

异文：背孩子的故事

　　以前有一对夫妻没有儿女，他们有一片桃园，有小孩子去偷桃，这对夫妻发现以后就去抓他们，一次就打死了五个小娃娃，他们把五个孩子背回去，放在自家楼梯下，买了五件斗篷，分别捆在五个孩子身上。

有一天，家里来了一个人，恳求这对夫妻让他在他们家里睡一夜。这对夫妻假装哭着说："你可以在我家睡，但是我家娃娃刚死，我们给你一些钱，你帮我们把孩子埋了去。"他们就抬了一个孩子给他，他抬出去一个回来看见又摆出一个。夫妻说："你是帮我们把孩子抬去哪里了，是不是太近了，孩子比你先回来了。"没有办法，他又把孩子背出去。这样重复几次，五个孩子都被抬出去了，抬完后他怕孩子又在他前面回来，没拿钱就跑了，觉也没在那家睡。（讲述人：李长顺　讲述时间：2016 年 8 月 2 日　讲述地点：李长顺家　采录人：昂晋、古珊子、李银梅）

故事述评

本异文与前一则大致相同，只是细节叙述方面稍逊前一则。孩子数目则增加到了五个。（撰写人：董秀团）

猫转世

以前有一个小伙子抓来一只猫在家里面玩，他把猫放到坛子里，盖上盖子，这样就把猫闷死了。后来，小伙子长大了，这只猫投胎转世变成这个小伙子的女儿，这个女儿生下来就瞎了。这个人就得辛苦一辈子照顾女儿，最后他也被拖累死了。（讲述人：张金瑞　讲述时间：2016 年 8 月 2 日　讲述地点：张金瑞家　采录人：王丽清、苏苑琴、李志兴）

故事述评

本则故事非常短小，并没有丰富曲折的情节，但仍鲜明地表现了因果报应的思想。（撰写人：董秀团）

苦梦游

苦梦游这个人有 18 个儿子，所以过年的时候家里没有吃的东西给儿子们。旁边有一家人条件比他家好，他就在墙上凿了个洞去偷吃人家的东西，结果被旁边的这家人发现了。这家人设了个圈套，打算当他把头从墙那边伸过来的时候就拿绳子把他套住杀了。苦梦游这个人也比较聪明，他就拿了个葫芦先从洞里伸过去，才伸过去一半儿那边就有一把刀子把葫芦砍成两半儿了。他就迅速地跑了，回家写了个纸条，纸条上写着："三十晚上苦梦游，我拿葫芦抵我头，儿孙自有儿孙福，不替儿孙受惊恐。"他偷偷地把纸条压在碗下面，想着第二天他们起来会看见的，自己就出家去了。那晚他的孩子们都饿着肚子在火塘边睡着了。

第二天孩子们去拿那个碗但是怎么拿都拿不起来，他老婆过去只轻轻一拿就拿起来了，于是就看见了他写的纸条，知道他为了给孩子们偷吃的东西险些丢了性命。

（讲述人：张福友　讲述时间：2015 年 7 月 26 日　讲述地点：张福友家　采录人：董秀团、杨英、李昕、普燕、赵晓婷）

故事述评

故事仍充满教化意味，就算是为了儿子们但偷人东西毕竟不是正道，所以苦梦游险些丢了性命，最终他选择出家离开了家庭，这也是对无奈现实的一种逃避。（撰写人：董秀团）

名人故事、机智故事及滑稽故事

鲁班的故事

鲁班这个人是做木匠的，他是彝族这些人中最大①的一个，彝族这些人都是他手下的人，都是鲁班的老百姓。老人们说鲁班这个人只有一个独生女儿，没有儿子。有个寺庙里有许多的木料，鲁班就去那里削木料，把这些木料削成五六尺高的木人。然后，鲁班就在寺庙里雕刻佛像，雕了不知道多少年，把整个寺庙都雕满了。

鲁班的女儿天天给他送饭，一天送三次。鲁班雕这些木人都是仿自己的样子雕的，所以有一天他的女儿给他送饭的时候就认不出来谁是他爹了。女儿急得哭了，回家对母亲说："妈，今天那些人各个都很像我爹，所以我今天的饭没有送掉，我不晓得要送给谁，我也不知道谁是我爹。"母亲听了就对她讲："你不用着急，你爹的鼻子上有几滴汗，而木头人鼻子上不会出汗，你到了那里，就看看谁的鼻子上有汗，然后把饭给这个人吃就可以了，他就是你爹。"听了母亲的话，女儿又折回到寺庙里父亲做活的地方，回去的时候，她果真看到了有个人的鼻子上有汗，于是就把饭给了他，他也接过去吃起饭来。这时候，鲁班对她的女儿说："你明天别来给我送饭，后天也别送饭给我，这样子别给我送饭两天，到了第三天的时候再给我送过来。"女儿答应了。到了第三天的时候，鲁班的女儿才又给他去送饭。那时候他给他的那些木人都开了光了，所以那些木人全部都活了过来，并且还可以讲出话来，他女儿吓得不行，因

① 这里的最大，不是说年纪最大，而是资历最老、地位最高的意思。

为这些人都太像他爹了，穿的衣服像他爹，模样也像他爹，于是她哭了起来，心想："这些人各个都这么像我爹，到底怎么办才好？"这时她又想起原先母亲交代她的话，于是，她大哭了一场之后就按照母亲先前的叮嘱，挨个儿去看这些人的鼻子。在这几百个人之中，果真只有她爹的鼻子上有几滴汗。她又将饭拿给她爹吃。

这时候，这些木人就开口说话了："那我去什么地方，给我指个地方，让我去哪里？"鲁班也怕了，就说："高山给你们住，哪座山高你们就到哪里去住。"所以彝族的这些人不愿意住到平坝上，山上什么地方高就住到什么地方。这些人走的时候，鲁班的伞架在那儿，他们就拿了鲁班的伞，并把伞弄成了两截，上一截做成了八角帽，下一截做成了一条裙子，这就是彝族人的服装了。所以现在我们村上边的这些彝族人还是不愿意住到坝子里，觉得坝子里住不成，他们说："坝子里住不成，我们不要住。"这就是那个时候鲁班这个人说出来的。所以现在说官哪个大要做哪个，马哪个好要骑哪个，山哪座高就要住哪座，所以他们没有坝子里的田，坝子里的这些地方他们也不喜欢住。彝族这些人就是从鲁班那里来的，彝族人把鲁班画在门上也就是这么来的。

（讲述人：张松玉　讲述时间：2005年2月12日　讲述地点：张明玉家　采录人：董秀团、段铃玲）

故事述评

鲁班是木匠行业的祖师，在民间，流传着关于鲁班的很多故事传说。大理的剑川地区，气候寒冷，土地贫瘠，所以历史上就有很多民间工匠和艺人走南闯北，这里是白族木匠最多、技艺最高超的地方。剑川木匠不仅在当地有名，而且他们的足迹遍布北京、昆明、大理等地，并在当地留下了很多技艺高超的建筑形式。根据考古发现，远在殷商时期的剑川海门口一带就有"干栏式"建筑出现。唐宋以后，剑川木雕技艺已逐渐自成体系。明、清两代，剑川木匠艺人参与了北京圆明园、昆明金马碧鸡坊、钱南园祠堂、大理大慈寺、宾山鸡足山以及丽江和中甸等地寺院的建造。清乾隆时期张弘在《滇南新语》中曾说："滇之七十余州，县及邻滇之黔，善斧凿者，皆剑民也。"民国年间，剑川木匠还参加了缅甸总统府的建筑工程，在异国他乡留下了自己的印迹。正因如此，剑川也是木匠故事、鲁班故事流传很广的地区。石龙村的木匠艺人虽然不多，但也受到了剑川匠艺氛围的影响，传诵着鲁班的故事。

石龙村流传的这则关于鲁班的故事，与剑川地区普遍流传的鲁班故事情节基本一致。如在《白族民间故事选》中收录的流传于剑川地区的民间故事《木神》，说的也是鲁班根据自己的模样造出木人帮助自己干活，女儿来送饭，不知谁是父亲，鲁班的妻子告诉女儿通过看那些人鼻子上是否有汗来辨认，女儿认出了鲁班，鲁班不解女儿怎么能认出自己，女儿说是其母所授，鲁班听后认为妻子一介女流竟能一下子识破自己的办法和手艺，于是一气之下烧了那些木人，此时木人已有灵性，埋怨鲁班用得着他们的时候叫他们干活，用不着的时候就把他们烧掉。鲁班觉得木人抱怨得有理，就答应以后自己的徒弟盖房子时先敬木人，所以剑川木匠每逢盖好房子都要用三牲、酒礼祭祀木人，这个活动被称为"送木神"。[①] 石龙村流传的这则鲁班故事，主要内容也是鲁班造出木人，女儿送饭，无法辨认谁是父亲，鲁班之妻授计女儿，通过汗珠辨认。这一主线与上述的《木神》故事是一样的。但是，石龙村流传的这则故事中，开头将鲁班造木人的环境限定在寺庙中，而《木神》故事是说鲁班要为一户人家盖四合五天井的房子。另外，石龙村流传的故事中，将鲁班与彝族村民的居住情况联系在一起，这与石龙村的民族构成和居住是有关系的，因为石龙村从行政上看由三个民族组成，即白族、彝族和傈僳族，其中，白族居于坝子，而彝族和傈僳族则散居于周围的山上。或许，正是为了解释这样的居住格局，所以在石龙村的口述史中，便将鲁班的故事与彝族群众的居住特点融合在了一个故事之中。最后，《木神》的故事主要解释的是剑川木匠盖好房子时的"送木神"之俗，而石龙村的这则故事则似乎是解释为什么彝族居住于山上，为什么彝族的服饰是我们所看到的这样，为什么彝族民众把鲁班画在门上。

总之，在石龙村流传的这则鲁班故事中，既有剑川历史上传统匠艺氛围的影响，也有当地居住格局和民族构成的原因，为我们揭示了民间故事发展、变异的一些基本规律，也就是民间故事在发展变异中，受到多种因素的制约和影响，其发展变异既与

---

① 大理白族自治州文化局编，《白族民间故事选》，上海文艺出版社，1984年，第310页。

历史传统有关，也与民众实际生活和居住环境有关。🕊（撰写人：董秀团）

鲁班修陆良桥

陆良桥是鲁班的父亲就想建的，但是没有能力建好。鲁班就去找了一个算命先生，问他自己能不能把这座桥建好。算命先生对他说："你去买点儿麂子肉和白酒，将麂子肉用油炸了分别装在两个大盘子里面，拿到南海观音北斗山那里。去到那边后你会看见有两桌人在下棋，每桌有四个人，总共八个人，下棋的那几个人就是八仙了。你过去后就把麂子肉在每个桌子上放一盘。"鲁班照着算命先生的话做了，这期间八仙就只顾下棋吃麂子肉，也没有和他说话，到最后就把麂子肉吃完便站起身拍拍衣服上的尘土准备走了。这时鲁班就迅速地在他们面前跪下说："请求神赐予我几个桥墩！"八仙听完就哈哈大笑了起来，于是就从自己身上搓拗糟^①，每个人搓了一个，总共八个，用纸包好了拿给他，叫鲁班好好拿起，少一个也不行，然后就走掉了。鲁班不相信，走到河边的时候他就把一个拗糟丢到了河里面，那个拗糟马上变成了一个大石头。这回鲁班相信了，他就赶快回家把另外七个按照自己设计的位置摆放起来。但现在少了一个，他只有让村民们自己挑石头来填，可是石头放进去一个就被水冲走一个，实在没有办法。最后还是观音菩萨托梦说："你把石头砌成一堆，然后在下面烧火，当石头烧到一定程度的时候就把它丢到河里面便能起到一定的固定作用。"这就是当地人说的"烧石看天"。剩下的这个桥墩按照此办法做好以后，鲁班就开始找人商量做石拱桥面。但是做了一段时间后，鲁班的钱已经用完了，工程便被搁置了下来，只能过段时间钱够了再做。

观音听到后就化身为一个非常美丽的姑娘，并在民间大肆宣传："桥墩那里站了一个极其美丽的姑娘，你要娶她的话就用银锭子、金锭子去打她，打中了她就会做你的媳妇。"当地有钱人家的公子哥听说后就都跑到桥墩那边看，果然有一个美丽动

---

① 方言，指身上搓下来的污垢。

人的女子站在那里，大家就用钱打她，观音是有法术的，虽然隔得很近，但就是打不中。

好多人把钱都打完了也打不到，心里不服气就又跑回家去拿钱。这时又有个人拿着银锭子去打观音，刚好被吕洞宾看见了，吕洞宾在钱打过去的时候做了点儿手脚，钱便打在了观音的肩膀上。据说打的这个人就是韦陀，所以现在我们看到观音庙前总有一个韦陀像，据说韦陀长得也很好看，观音对他也有些心动，观音成佛后，韦陀便追着她去了，但是追到门口便被观音拦了下来，后面韦陀为了观音就被定在了庙前一直守护着她。

话说钱打在观音身上之后，观音便将钱收集起来拿给鲁班去建桥，桥修好后还剩了一些钱，但是凿水必须要钉一个大桩，钉的那个桩是八十银锭一棰，因为剩了些钱，便用这些钱钉桩。通桥以后，是让部队的人先过的。完事以后鲁班终于松了一口气，坐在临时搭建的小屋子里，满意地看着这座大桥，想着现在任务终于完成了。这时候八仙中的张果老过来了，他问鲁班："师父，我这个驴子可以从桥上过去吗？"鲁班说："我这个桥千军万马都可以从上面过去，你一头毛驴当然没有问题了！"张果老就骑着毛驴走上桥，到了桥中间的时候踩塌了一个大洞。直到现在石拱桥也是无论怎么建的中间都要留一个洞，只是我们可能表面上看不见而已。鲁班这时才反应过来这个人是仙人，心想："我眼睛瞎了竟然没有认出来。"他就用墨斗把眼睛弄瞎了一只，所以现在木匠做木工活的时候一般都是睁着一只眼、闭着一只眼。（讲述人：张福友　讲述时间：2015 年 7 月 26 日　讲述地点：张福友家　采录人：董秀团、杨英、李昕、普燕、赵晓婷）

故事述评

这则鲁班故事在释原的同时融入了佛、道等诸多文化因素，一方面解释了韦陀拜护观音的寺庙修建格局，以及木匠做工时闭一只眼吊线的行为，另一方面又在鲁班修桥的举动中加入了八仙、观音等仙、佛形象。这与白族地区包括石龙村民间信仰的多元混融状况是一致的。 （撰写人：董秀团）

商纣王与王母娘娘

王母娘娘长得非常漂亮，所以她的雕像上要遮一块布只露出一双眼睛，就怕被别人看见在背后说她的闲话。纣王从天上下来当皇帝，正好王母娘娘头上的红布被风吹起了一个角，他看到王母娘娘的脸，心想："我要是能娶到她也就知足了。"可是王母娘娘不同意，就派了苏妲己那样的几个狐狸精来破坏纣王的天下，并答应如果她们把纣王的天下弄乱了就让她们成仙。王母说的是让天下乱就可以，可是她们却害了好多忠臣，元始天尊发现她们在残害忠良后就派了姜子牙下来。

姜子牙来到凡间后娶了个老婆并给他老婆算了一卦，卦上说他老婆 60 岁以后才能有小孩儿，姜子牙则要 80 岁。而他老婆有一天怪他说 60 岁了还没有子女，他就一纸休书将她给休了，并活了 360 岁。（讲述人：张福友　讲述时间：2015 年 7 月 26 日　讲述地点：张福友家　采录人：董秀团、杨英、李昕、普燕、赵晓婷）

故事述评

《封神榜》故事的开头说到商纣王对女娲娘娘不敬，这里则变成了王母娘娘，可能是在白族民间民众对王母娘娘的熟悉程度要高一些的缘故。💮（撰写人：董秀团）

秦始皇与董仲舒

玉皇大帝也叫张百忍，他忍受了一百次难忍的事才做了玉皇大帝。观音菩萨撒香，撒到什么，什么就会升天，鸡、猪、牛、马都会升天，铁犁也会升天，犁田的犁架子就变成了天上的七颗星。观音来度张百忍全家，张公一家就升天成仙了。在凡间的时候他生下七个女儿，七个女儿成仙就成了天上的七星。最后面那颗星隔着其他姐妹一小截，就是七仙女。七仙女想度董永，但董永没能上天。

董永和七仙女的儿子叫董仲舒，他是秦始皇的军师，有着半仙之份。董仲舒小时候去读书，那些同学总是骂他没有娘。董仲舒去问鬼谷子他的母亲在哪里，鬼谷子知道，但他说："你还小，等你大一点儿才告诉你。"等到董仲舒九到十岁的时候，鬼谷子告诉他，每年七月七，天上的七仙女会下凡洗澡，到时候抓住最后一个仙女，那就是他的母亲。董仲舒按照鬼谷子的指点，抓着最后一个仙女喊了三声"母亲"，七仙女问他："你怎么知道我是你母亲？"董仲舒就说是老师告诉他的。七仙女给了董仲舒三个小瓶子，并告诉他第一瓶边往前走边撒种子，不要往后看。他一撒种子，身后的路就没有了，以后他就分不清路不能再来找了。第二瓶让他送给老师鬼谷子，鬼谷子很开心，打开盖子一看却轰的一下着火了，把他算命用的书本烧了，只剩下一半儿，于是他后来算命就只能算准一半儿了。第三瓶母亲嘱咐董仲舒让他不要给别人，拿去敬宝，后来他敬给秦始皇，被封为敬宝状元，又当了秦始皇的军师。

秦始皇修建万里长城，每隔一公里（一千米）要埋一个公子，后来董仲舒出了一个主意：埋一个姓万的公子就可以抵一万个公子，让很多公子幸免于死。万公子被抓去后，他的妻子孟姜女来给他送衣服，却发现他已经死了，就在长城大哭，秦始皇看上了孟姜女，想让她嫁给他，如果同意嫁给他就可以把万公子的尸体挖出来给她，她假装答应了，后来挖出了尸体，这就是孟姜女哭倒长城的事。

秦始皇心狠手辣，小孩子出生就被放进大笼子里面做实验，不准大人和小孩子沟通，看小孩子能否会说话。母亲去喂奶，不让出声，只要出声就杀死。日子一长，到了小孩子学说话的时候他们不会说话，小鸟飞过他们头顶，小鸟说："秦始皇无道。"于是小孩子们只学到了这一句。秦始皇很生气，他说要看看这些小娃娃的心是长什么样的，于是就把小娃娃的心剖出来。秦始皇只允许他的皇子皇孙读书识字，别的小孩儿不许。他有三千个老婆，那些女人早上起床洗漱的泡沫都能把黄河水染了一半儿，他的老婆们他并不都认识，只宠幸年轻貌美的，过了五十岁的就发点儿钱让她们回老家。秦始皇向老百姓征收税，交不出来的就全部杀掉，还要把收不到皇粮的官员杀掉。到了洱源一个村子，杀手要进去杀交不了粮的人，路上遇到一个老大爷，杀手问老大爷秦始皇是有道还是无道，那个老人是半仙，就说："不是他无道，是百姓有难。"这样的回答合了杀手的心意，杀手说："以后每到立夏，我们就要来村里开杀戒，你们去山上找桦树枝插在房上，再把灶台里的灶灰撒在房子周围，这样我们就不杀你家了。"他把这个消息告诉了所有村民，后来到了那一天，只有他家一家没有那样做，杀手闯进去，发现他就是当时的那个老头儿。杀手们觉得他是一个好人，就放过了全村的人。后来这个村子就取名为漏一（邑）村。（讲述人：张福友　讲述时间：2016年8月2日　讲述地点：张福友家　采录人：董秀团、卜宇田、宋妮妮、张宇）

故事述评

董永与天女生子董仲舒的情节，最早似见于唐代《董永变文》，变文在原故事情节的基础上增加了一些内容，说天女与董永生一子名董仲，天女将儿子交付给董永后飞回天庭。长到七岁的董仲被街头小儿嘲笑辱骂说他没有阿娘，董仲遇孙宾筮卦，教他到阿耨池旁等候天女，董仲依言等到母亲，还随母到天上暂住，后来其母给他金瓶让他回凡间，董仲抱着瓶子去见孙宾，瓶中发出天火，烧了孙宾的卜筮灵验之书。石龙村流传的该故事，可看出受《董永变文》影响颇大，基本与变文中情节一致，当然也有一些不同，如变文中其子名董仲，而该故事中是董仲舒，当然这也不是该故事的创造，因为在宋元小说《董永遇仙传》中已名为董仲舒。变文中透露天机的是孙宾，该故事中则言鬼谷子。变文中拿一瓶，而该故事中三瓶，而且引出董仲舒敬宝做官的情节，并进一步附会了秦始皇修长城、征粮等事迹。

故事结尾关于"漏邑村"来源的解释与村中流传的立夏的故事有一些相似和交叉，但立夏故事将该村与黄巢的故事相联系，而这里则将之与秦始皇相联系。（撰写人：董秀团）

异文：漏一村

秦始皇当政的时候，规定家里面生了小孩儿的要把小孩儿放在笼子里挂起来，除了喂奶不准跟他说话。有一只鸟从天上飞过来就说："秦始皇无道！"那些小孩儿就学会了，小孩儿就都跟着这么说。秦始皇就说："那我看看你们的心长什么样子？"就把一百多个小孩儿的心都挖开了。秦始皇无道便在当时广为流传了。

在洱源的漏一（邑）村，秦始皇的兵来村里为非作歹。大年三十的时候，村里的每户人家都在吃的大鱼的下面藏了一把刀，大家就准备一起用刀把士兵杀死。一个老头儿在家里坐着，有个士兵跑来这个老头儿家里问他可不可以在他家躲一下，老头儿心好就让他进来了，士兵进来后就告诉他说："明天晚上我们就要来村子里面把你们全部都杀掉了！你要把白桦树的叶子摘下来围在房子的旁边，再在上面撒上炭灰，这便是记号了。"老头儿就通知村子里面的每家每户都这么做，他自己家却没有弄。

第二天晚上士兵们闯进他家，那个士兵认出了他就问他："你怎么不把房子围起来？"老头儿回答说："我死只有我一家，他们死的话是好多家呢！你杀我一个人可以，他们是几百号人呢！"士兵就走了。

因为老头儿心好观音就保护他们，晚上老头儿做梦的时候梦见村里要发洪水，观音就告诉他要怎么做，结果第二天其他村子都被淹了，就只有他们村还完好无损。

（讲述人：张福友　讲述时间：2015 年 7 月 26 日　讲述地点：张福友家　采录人：董秀团、杨英、普燕、赵晓婷、李昕）

故事述评

该异文较之前一则的讲述稍微简略一些。这也反过来说明了前一则故事中被复合在一起的一些内容是可以独立讲述的。讲述人根据不同的时间、场合、目的对讲述的重点进行了选择。☙（撰写人：董秀团）

诸葛亮的故事

诸葛亮住在卧龙山，卧龙山上有一只恶老鹰。这只老鹰在这里几千年，已经成精了。老鹰有一颗宝珠，它还经常变成一个老头子到诸葛亮那里玩，通常都是每天晚饭吃了以后就到诸葛亮那里去喝茶、抽烟。诸葛亮心想："奇怪了，这个老头子常常来我这里，已经有好几年了，但也不知道他住在哪里。"

有一天，诸葛亮就对妻子说："我今天要看看那个老头子是住在什么地方。"两个人商量好了以后，在诸葛亮和老头子喝茶、抽烟的时候，他的妻子在老头子的拐杖底下挖了个洞，在里面装进了灰，装了满满的一筒。后来那个老头子回了家，拐杖点下去就出来一小片，拐杖点下去就出来一小片，这样连成了一条线，一直到了一棵大树那里，他的拐杖就在那里停了下来，不见了踪影。第二天老头子又来了，诸葛亮的妻子说："这次要灌他酒喝。"于是诸葛亮就和老头子喝酒，喝了很多。老头子喝醉了，喝得晕头晕脑的，然后就回家。等他走了一会儿，夫妻二人就去跟踪。等他们到了树底下的时候，看到那个老头子已经睡了，睡在了鹰巢里面。诸葛亮在树下看的时候，就已经看到是老鹰睡觉打鼾了，只见老鹰的嘴里吹出来一颗珠子，然后又吸回嘴里，珠子就这样一出一进的，珠子吹出来的时候还会放光。诸葛亮悄悄地爬呀爬，爬到了老鹰那里。当诸葛亮看到它把珠子一吹出来，就把珠子给抢了过去，放到嘴里吞了下去，而老鹰由于没有珠子回到嘴里于是就一下子噼里啪啦从巢中掉了下去，再也变不成人的样子了。

当诸葛亮和妻子回到家里时，诸葛亮由于吞下了珠子，变得什么事情都知道了。后来老鹰托梦给他说："你要把我给埋起来，就这样不埋我是不行的。"诸葛亮也想把它给埋掉，但他的师父对他说："不能埋它，你把它埋掉以后它就会从里面发出来，要是它发出来的话，天下就不是你的了。就这样让它的白骨散开好了。"听了师父的话后诸葛亮就真的没有去埋老鹰。由于他吞吃了老鹰的那颗珠子，于是就什么事情都能计算得到了，他还把老鹰的翅膀给拆走，做成了他的扇子，这就是从恶老鹰那里得来的。

（讲述人：张明玉　讲述时间：2005 年 2 月 15 日　讲述地点：张明玉家　采录人：董秀团、段铃玲）

故事述评

这是一则关于诸葛亮的传奇故事，主要解释了诸葛亮的经天纬地之才和无与伦比的智慧。在《三国演义》中，诸葛亮这个文学形象的主要特征就是长于巧思。而在各地的民间故事中，诸葛亮也总是被当作智慧的象征，成为足智多谋和善用计策的代名词。后世各族人民广泛利用诸葛亮的形象来进行艺术构思，主要集中于他的智慧之上，善用计谋成为各种不同的诸葛亮故事中比较稳定的内核。本故事对诸葛亮的预知能力及羽扇的来历进行了解释，故事情节的发展也是围绕智慧这一元素铺陈而来。民间对于诸葛亮智慧的解释往往不同于书面作品，《三国演义》中那种"汉末第一人，才名贯世，有鬼神不测之机，呼风唤雨之能"一类的抽象描写并不能满足普通民众的心理需求。相反，民间的解释大多都落于实处，诸葛亮的智慧是因为他得到了神奇的"八卦衣""鹅毛扇"，或是他吃了神物的珠子，体现出一种更为具象化的思维方式：诸葛亮只有得到了什么或者吃了什么才比一般人聪明厉害。这样的现象也提醒我们，口头思维与书面思维是有所不同的，民间文学更多地体现出了口头的思维特点，用瓦尔特·翁的话概括，就是口头思维是"情景而非抽象的"。同类故事请参见，《中国民间故事全书·湖北·远安卷》，"孔明智得鹰毛扇"。 （撰写人：朱刚）

关羽的故事

关羽小时候家里比较穷。后来他交了几个兄弟，来到一个员外家，员外的女儿喜欢上了关羽。她把家里的衣服、值钱的东西拿出来，跟他私奔，来到了长安城。他们在长安城租了一间房子，这是一个有钱人家的房子。有钱人家的下人去收房租，看到关羽的妻子长得很漂亮，回去汇报给员外。员外听了起了贪心，就亲自去看，看到关羽的妻子果真很漂亮，员外就想方设法要得到她。员外请关羽去他家吃饭喝酒，关羽的妻子很担心，害怕员外加害丈夫，但关羽还是去了。员外把关羽灌醉，在他的口袋里装了金银财宝，诬赖他是小偷儿，来他们家偷取钱财。最后关羽被送到衙门，那个时候他才18岁，就被发配到边疆充军。

官府的人要在他充军的路上杀他，这一幕刚好被守城门的状元看到了。状元心想，18岁的小伙子不能杀，就下去把关羽的枷锁砍了，把关羽放了。关羽逃到了一个寺庙里。这个寺庙里塑着一尊观音像，他就躲在观音后面，观音把关羽变成一个红脸大汉。那些官府的兵追到寺庙门口看见关羽也不认识了，还问关羽有没有看见一个小伙子跑进寺庙。因为观音救了他，所以从那天开始，他就天天去长安城买供品供这尊观音像。

后来，关羽在长安城里认识了张飞。张飞是长安城里杀猪的屠夫，有一天张飞和关羽在猪肉摊前打起架来，那时候刘备是专门做草鞋的，就过来把他们推开，每人推开了好几丈，关羽就对张飞说："能人上面有能人，我们两个都这么能干了，还有人比我们强。"于是他们三人就要去结拜兄弟。后来张飞在猪肉摊旁摆了一个铜柱，他把铜柱抬起来，让他老婆把杀猪刀放在下面，然后在旁边贴了一张告示，谁能把铜柱扛起来，把杀猪刀拿出来，就把猪肉分他一半儿，然后张飞就去喝酒了。关羽过来看到告示，把铜柱抬起来了，并砍走了一半儿的猪肉，然后张飞他老婆就去叫张飞，告诉他有人把铜柱扛起来，猪肉也被拿走一半儿了。张飞出来以后就耍赖，他们两个就一起去官府说理。张飞进大门的时候故意绊了一脚，把铜铸的门槛绊断了。关羽看到了，就大笑几声，把屋顶的铜瓦片全掀翻了。官府的官员看他们各有本事，就断不了案了。这个事还是刘备帮他们平息下来的。平息后就开始分哪个做大哥，他们就比赛爬山，张飞比关羽和刘备要野蛮一点儿，他想着爬得高的就可以做老大，于是一下子就爬到最高处，而关羽不想做大哥，就想着在中间，不管从上面数还是下面数，都是中间，都是二哥。刘备比较老，就在最下面，他说从上面数下来自己当三弟也不怕，从下面数上去自己当大哥也不怕。于是就没分出来。第二天又去比爬树，张飞还是爬在最上面，关羽在中间，刘备在最下面抱着树根，还是分不出来。这时张飞看到路边有人，就问路人谁是大哥。那些过路人说："树从哪里长？树从根上起。"所以刘备就当大哥，关羽为二哥，张飞为三弟。（讲述人：张发瑞　讲述时间：2016 年 8 月 1 日　讲述地点：张发瑞家　采录人：昂晋、苏苑琴、李志兴）

故事述评

这是一则以关羽幼年逸事及刘关张三人结义为主题的民间故事。可以确定的是，关羽的形象及其传说在中国古代社会一直处于演变发展的过程中，在民间流传着数量尤其巨大的异文版本，其与真实的三国历史记录中的关羽形象已经相去甚远，更多地体现为一种基于地方文化接受的符号建构与审美过程。在本则故事中，当地人对关羽形象的文学化处理，主要通过民间文学的互文性来实现，即通过不同母题故事之间的嫁接、套用，将关羽的名字依附于一些常见的民间文学母题之上。由此，作为抽象历史人物的关羽被具化为民间故事中的典型人物，而刘关张三人结义的过程也被具象为普通人之间的智斗。地方民众与历史人物之间的距离，通过这种化抽象为具体的口头文学讲述活动被拉近。（撰写人：朱刚）

异文：关圣公

《三国演义》里的过五关斩六将斩的就是蔡阳了，他有铜皮铁骨。而斩他的人就是关羽关圣公了。关公在曹操府 18 年，每天夜看兵书，在他二位皇嫂外面的地板上睡了 18 年。两位皇嫂说："你冷的话就进里屋来睡。"他就拔出刀来说："你们再说一句，我就把你们杀了！"

18 年后关公出来，曹操已经安排好五关六将了。第一关是性子非常烈的马，养它的人也只能牵着它，没有人能骑到它身上去，并且它还会吃人。曹操就把这匹马送给关公，没想到关公走到马面前它就跪下了，关公摸了一下它的头就骑到马身上去了。

关公骑着马过了五关以后，半路从山上跑下来一只老猴子，老猴子对他说："你停下来我跟你说，你过了五关以后现在还有一个人要斩你，这个人是铜皮铁骨，你见到他以后交手时你就拿刀刺他的喉咙，不然你杀不死他的。"关公点头以后老猴子就跑回山里面去了。

关公走了不久就见到了蔡阳，蔡阳对他说："你在曹操府 18 年，此次过来可有带兵？"关公就说："没有，只有我一个人。"关公问他："你身后怎么会有这么多兵马？"趁蔡阳转过头，关公拿刀从他脖子上一刀刺去，蔡阳就被他杀死了。（讲述人：张福友　讲述时间：2015 年 7 月 26 日　讲述地点：张福友家　采录人：董秀团、杨英、普燕、赵晓婷、李昕）

故事述评

　　关公在石龙村有重要地位，村里还有专门的"三圣宫"供奉关公。三国故事在石龙村的流传，反映了汉文化在当地的影响。当然，故事的讲述中还是加入了颇富地方特色的变异，比如将关公斩杀蔡阳的计谋归因于一只老猴子的提醒，较为独特，石龙村附近的石宝山上猴群常常下山与人接触，这或许成为这一情节被创造的现实基础。（撰写人：董秀团）

唐王游地狱 ①

　　有一个钓鱼的去找鬼谷子算命，他说："阿大大，帮我算一下，怎么样才能钓到更多的鱼。"鬼谷子说："你去一个地方钓，会钓到一条大鱼，拿到集市上你说整卖要80两银子，没有人买就要切着卖，就会有一个人来买鱼。"第二天，这个钓鱼的果真钓到了一条大鱼，这条大鱼是东海龙王的三太子，出去巡海的时候不小心被渔夫钓上来了。渔夫把大鱼拿到集市上叫卖，他说："80两银子有没有人买啊？没人买我就要切开卖了。"再说龙王发现三太子不见了，派人去找，说是被钓走了，要卖80两银子。龙王没法子，给了手下人80两银子让他赶快将三太子买回来。

　　但是龙王很不服气，得知渔夫是在算命先生的指点下钓鱼，龙王就去找鬼谷子算命去了。龙王问："先生，我想算算这个雨什么时候下，会如何下？"鬼谷子说："明日午时会下雨，城外七城内三。"龙王说："我们来打个赌吧，如果先生算得不准怎么办？"鬼谷子说："如果我算不准我死，如果我算准了斩你的头。"龙王心想："雨怎么下还不是我说了算，这回你死定了。"没想到这刚算完，天上的圣旨就下来了，命令龙王按圣旨行雨，时间、大小与鬼谷子说的一点儿不差。龙王回到家中，与妻子商量，妻子说："你把时间往后推一点儿，再把大小改一改，改成城外三城内七，不就

---

① 标题为编者所加。

行了吗？"龙王一听，觉得有道理，果真这样做了。可是，龙王逆行雨点儿，违反了天条，天庭便派魏徵去斩龙王。

这龙王与唐王是富甲，便来求唐王说："陛下救救我吧！"唐王问是怎么回事，龙王说了缘由。唐王道："既然是魏徵做斩官，我可以想办法救你。"到了要处斩的那天，唐王早早就约魏徵下棋，说："我们君臣二人好久都没有在一起了，今天我们来下棋，聚一聚。"两人开始下棋，到了处斩的时辰，魏徵睡着了，唐王心想："既然睡着了，还怎么去斩龙，应该没事了。"唐王为了让魏徵睡得香一点儿，还在旁边给他扇起了扇子。没想到，这时魏徵的魂魄已经离开身体去杀龙王了，过了一会儿，魏徵醒了，对唐王说："我差点儿就杀不了龙王了，还好你给我扇扇子帮了我的忙。"这样，魏徵斩了龙王。唐王没办法，他与阎罗王也是富甲，只好下地狱去为龙王求情了。唐王到了地狱，见到阎王，阎王让他在地府里逛逛，到了有很多小鬼的地方，那些小鬼冤魂缠着唐王，不让他过去，还说："你在阳间好过，我们在阴间难过，怎么办？"阎王告诉唐王："你要给他们钱，还要答应回阳间给他们做法事，他们才会放你过去。"唐王说："回阳间做法事可以，可我现在没带钱啊，怎么办？"阎王说："有一对夫妇在阳间打草鞋卖，挣了很多钱，但他们没有子女，所以把钱都买了纸钱，烧了，存在我们这儿。我先把他们的钱借给你用，但你回阳间后要还给他们。"唐王给了小鬼们钱，回到阳间唐王又派手下人去给那对夫妇还钱，可他们坚决不要，说："我们没有攒钱，也没有借钱给别人。"唐王于是让手下人将这些钱拿去盖寺庙，这才有了寺庙。为了给阴间的人做法事，唐王派唐僧去取经，经取回来才做了超度法事，后来就成了我们的七月十四鬼节的习俗。

再说唐王回到阳间之时，阎王说："我这里缺白瓜种儿，你回去后能不能让人送一点儿来？"唐王说："我回去一定找人送来。"唐王回到阳间后，便找了白瓜种儿，又派了一个道士去化缘，寻找合适的人到地狱送白瓜种儿。道士拿着白瓜种儿去化缘，一天，他来到一个小炉匠家，这个小炉匠叫刘全，他给媳妇打了一支金钗。道士来时，刘全刚好出门了，只有媳妇李玉妹在家。道士向李玉妹化缘，可他什么都不要，只要那支金钗，李玉妹只好把金钗给了道士。道士把一包白瓜种儿给了李玉妹，还对她说："这包白瓜种儿你好好收着，会有用的。"之后，道士化成一个小伙子到当铺把金钗当了，刘全出门回来不见金钗，问李玉妹，李玉妹说把金钗化给道士了。过了几天，刘全到当铺中，见到那支金钗，问是谁来当的，当铺的人回答是一个小伙子，刘全以为媳妇与别人有私情，回来打骂媳妇，李玉妹觉得委屈，便上吊自杀了。

这时，唐王已贴出皇榜，说谁替他到地狱送白瓜种儿，他将重赏。刘全心想："媳妇也死了，不如我去送，死了也算了。"可是，没有白瓜种儿。回到家中，儿子说："我看见一个道士给了我妈一包东西，可能是白瓜种儿。"刘全找出一看，果然是白瓜种儿，于是刘全揭了皇榜，到地府送白瓜种儿。刘全到了地府，遇到了媳妇，阎王一查，李玉妹是冤死的，阎王说："不怕，你回去，我们把你媳妇也还给你。但是你媳妇的身子已经腐烂了，刚好唐王的妹妹唐御妹的寿命已到，就借她的身体还魂吧。"刘全回到阳间，这时唐王的妹妹病重快死了，后来她好了，但只认识刘全不认识唐王，因为是李玉妹的魂附在唐御妹的身上了。

唐王原想救龙王，却未救出来，所以天庭将龙王封为彩虹。（讲述人：张祖元　讲述时间：2008 年 7 月 27 日　讲述地点：张祖元家　采录人：董秀团、杨建华、赵春旺）

故事述评

这则故事，包括了魏徵斩龙、唐王游地狱、刘全进瓜等主要情节，而这些在汉族民间也流传久远，在变文中，就有《唐太宗入冥记》，在宝卷中，也有《唐王游地狱》《刘全进瓜》等。元代出现的《西游记平话》，虽然本子已佚，但在《永乐大典》卷13139 中，保留有"魏徵梦斩泾河龙"的一段故事。明代的《西游记》中，这几个主要情节均描述得较为详尽。当然，与这些文本相比，石龙村村民讲述的这则故事也有一些自己的变异。

如将算命先生说成是鬼谷子，龙王说成是东海龙王，这可能与民间鬼谷子给龙王算命的传说有关，但鬼谷子是春秋战国时期的人，这里将之与唐朝联系，可能是附会。《西游记》中说算命的是袁守诚，且是给泾河龙王算命。

这则故事中还将唐王的妹妹唐御妹理解为是人名，事实上，《西游记》中的唐御妹是玉英公主。另外，将刘全的妻子的名字说成是李玉妹，也是为了与唐御妹对应，而汉族的文本中一般说刘全的妻子名叫李翠莲。唐王给魏徵扇扇子反而帮了魏徵的忙，让他斩杀了龙王，这也是这则故事中较为独特的情节。

故事中，还加入了石龙所处的剑川一些特有的称呼和习俗，如"阿大大"，即大伯的意思，而唐王与龙王、阎王都是富甲，也反映了当地交友的一种习俗。

当然，除了细微的差异，这则故事与汉族地区流传的故事、戏曲曲艺在主要内容和核心情节上都是基本一致的，这也说明该故事应该是石龙村接受外来影响的产物。在大理洱海地区流传的大本曲中，也有《唐王游地府》《李翠莲上吊》等曲目，那么，石龙村的这则故事是受到了其他白族地区的影响还是直接来自于汉文化，还有待进一步考察。当然，说到底，其他白族地区包括洱海地区大本曲中的这些相关曲目其最终的源头仍是汉文化。所以，通过这则故事，我们也可看出石龙村确实受到了汉文化的很多影响，这是不容忽视的事实。（撰写人：董秀团）

异文一：李世民

人家都说鬼谷子料事如神，东海龙王偏不信，他就去鬼谷子那里算命。龙王说："你给我算一下玉皇下旨让我城内城外各下多少雨？"鬼谷子答："城内三点三，城外九点九。"龙王于是就和他打了一个赌，赌注即是对方项上的人头。龙王回去三天后玉皇就给他下旨下雨，城内外所下的雨量和鬼谷子说的一模一样。

于是行雨的时候龙王就把雨量给换了一下，城内九点九，城外三点三，结果城里面发水灾淹死了好多人，城外则是粮食缺水旱死在地里。龙王跑去找鬼谷子说："你赢还是我赢？"鬼谷子大声说道："你擅改天意，五月十三日玉皇就要派魏徵来斩你的龙头了！"龙王连忙求鬼谷子救他，鬼谷子把话撂下就不理他了，龙王就在鬼谷子门口跪了三天三夜。最后鬼谷子告诉他："我是没办法救你了，但是你可以去让魏徵来救你。"

龙王去唐王李世民那儿说明情况，希望他能转告魏徵救一下自己。唐王同意了，五月十三这天，魏徵拿了一盘棋在下棋，下着下着就睡着了。午时三刻快到的时候，李世民来找他，看见他已经睡着了，李世民心想："睡着就正好了，只要过了午时三刻就可以不用杀龙王了。"李世民还专门叫了人过来给魏徵扇扇子，没想到却助了魏徵一臂之力，让魏徵斩了龙王。

龙王已经不能回龙宫了，只能做一个小鬼在外面飘。当了小鬼以后，他就去破坏别人的事情，还专门去找李世民让他睡也睡不好，吃也吃不好。只有秦叔宝和尉迟敬德来李世民房间的时候，小鬼才不敢进去。这两人天天跟着李世民实在太辛苦了，后来就想了一个办法，把他俩的画像贴在李世民的门上。

李世民免于被扰后就游天宫、游地府去帮龙王说情，而上天入地也只有他能去，最后玉皇就让龙王做了天上的五色霞光，也就是我们所说的彩虹，东海龙王三太子接任了父亲的王位。李世民去天上的时候就把天宫香炉里的香灰偷了一点儿并撒下了凡间即我们所用的盐，现在世上的五个大的盐矿就是唐王所撒。

李世民又去到地府，地府里面各种东西都有，但是那里缺白瓜种儿。地府里的人要李世民的妹妹去献白瓜种儿，他的妹妹当时死期快到了，他就答应他们让妹妹送来。李世民要离开地府的时候以前他曾经误杀的人就不依了，说当年他们没有错，为何要把他们杀掉？这些人就把他围起来不让他出去。凡间有一对老夫妇他们膝下没有子女，两个人靠卖豆腐为生。他们赚了一点儿钱就会买些冥钱、金银纸锭烧到阴间，算是为死后存的钱。阎王就对李世民说："我教你，把凡间老夫妇烧的东西借一点儿分给这些小鬼，回去你再还给他们。"于是李世民就把这些钱分给了小鬼们才得以脱身。

李世民回去以后，就派人用马驮了很多金银珠宝去还给这对夫妇。夫妇俩说这不是他们的钱就没有收，还把这些钱捐了出来，修建了三塔寺。

阎王要白瓜种儿，就派了黑银财神和白银财神来抓李世民的妹妹李玉莲，却错抓成了刘玉莲。刘玉莲的家庭比较困难，孩子也还小本来死期还没到，却被抓到地府。阎王知道他们抓错了，而此时刘玉莲的尸体已经腐烂，就只有迅速地又去把李玉莲抓了过来，把刘玉莲的魂魄附在了李玉莲的身上。刘玉莲就借李玉莲的身体和家人团聚，重新活了下来。（讲述人：张福友　讲述时间：2015 年 7 月 26 日　讲述地点：张福友家　采录人：董秀团、杨英、普燕、赵晓婷、李昕）

故事述评

该异文比前一篇稍微简略一些，唐王游地狱的过程中借了老夫妇烧的金银纸钱，回阳间后还给他们，他们不要，于是唐王将钱捐出，建了三塔寺这一情节是故事在地化的一种表现，三塔寺本身在大理地区具有标志性的地位。此外，故事对民间将秦叔宝和尉迟敬德作为门神张贴在门上的习俗进行了解释。（撰写人：董秀团）

异文二：东海龙王的故事

东海龙王掌管下雨，但要根据玉皇大帝的批文来下。鬼谷子算命算得很准，东海龙王不相信，变成一个凡人到鬼谷子那里算命。他一进门，鬼谷子就知道他是龙王变的。龙王说："既然你知道我是谁，那你算一下下个月雨量是多少？"鬼谷子说："下个月的雨点儿是城外九点九，城内三点三。"龙王不相信，要和他打赌。如果鬼谷子算准了，龙王就砍下自己的头，如果没有算对，他就要砸掉鬼谷子的摊子。龙王回家后，玉皇大帝就下了圣旨，下个月的雨点儿和鬼谷子算的一模一样。听到圣旨后，龙王瘫坐在椅子上说："我输了，我输了，这次我完了。"龙王的儿子过来出了个主意，改了圣旨，下雨量改成城内九点九，城外三点三。这样城外雨量不够，城内却遭了水灾。

龙王得意地去找鬼谷子，说："你不是说算得很准吗，怎么现在的状况和你说的不一样啊？"鬼谷子说："你别得意，到五月十三日午时三刻，玉帝就要斩你的龙头了。"龙王一听就跪倒在鬼谷子面前求鬼谷子给他想办法。跪了三天三夜后，鬼谷子说："我不能救你，但是我能够告诉你谁可以救你，就是当今大唐皇帝李世民可以救你。杀你的人是他的手下大臣魏徵。"龙王去找李世民，请李世民救他，李世民同意了。五月十三日那天，唐王李世民把魏徵召来下棋，心想："魏徵下着棋就没有机会出去砍龙王的头了。"到了午时三刻，魏徵的一颗棋子掉到了地上，捡棋子的时候他就睡着了，唐王看魏徵额头上一直流汗，就给他扇扇子，以为过了那个时刻就杀不了龙王了。然而魏徵的魂魄已经飞出去把龙王杀了，魏徵醒来后对唐王说："龙王已经被我杀了，龙头挂在城门上。"唐王气得瘫坐在椅子上说："原来我不是救了他，而是害了他，我这还助了魏徵一臂之力。"

后来龙王变成了鬼，就来报复唐王，让他晚上睡不好，于是唐王就把秦叔宝叫过来晚上守护着他，这样龙王就不敢过来了。但秦叔宝一个人每天站得太辛苦，于是又叫尉迟恭来和他换班，可是还是很累，于是就想了一个办法：把秦叔宝和尉迟恭的画像贴在门上，龙王看到他们的画像也不敢进来。最后，为了有一个圆满的结果，唐王给龙王分配了一个任务，让他变成了天上的彩虹。所以有的地方说，小孩子不要指彩虹，否则就会被砍手指。（讲述人：张福友　讲述时间：2016 年 8 月 4 日　讲述地点：张福友家　采录人：王丽清、卞宇田、苏苑琴、昂晋、宋妮妮、古珊子、李志兴）

故事述评

该异文算命打赌、错行雨点儿、魏徵斩龙等情节与前篇基本一致，只是没有唐王游地狱、刘全进瓜的部分。（撰写人：董秀团）

薛仁贵

薛仁贵出生于山西一户员外家，他爹叫薛英，他的叔叔叫薛雄。后来薛英和薛雄分家，薛雄的日子很好过，薛英则一直没有小孩儿，到了 40 多岁的时候才生了薛仁贵。薛英说："这个孩子来得不易，很金贵。"所以就给他取了个名字叫薛仁贵。薛英非常兴奋，可是仁贵一直就不会说话，让薛英非常难过，他想："我有了后代，但他如果是哑巴的话，以后连娶个亲都难，咋办呢？都 11 岁了还不会说话，我们年岁都大了，也管不了他了。"后来就给他弄了一间书房读书。到了 12 岁那年，仁贵看见一只白虎从窗子跳进来，仁贵就怕得"爹、妈"这样地叫起来。他的爹妈就问他："怎么了？"他回答："我看见一只白虎进来，吓了我一跳。"原来仁贵的魂是白虎，这是白虎现身。就这样他说话了，他的爹妈都非常高兴。

后来，仁贵的爹妈死了，这样就没人管他了，他就烂吃烂造①，把家都败完了。有一个宗生，家里非常困难，和仁贵相处得非常好，宗生就约仁贵去学武艺。他们两个去学了几年武艺，回来后仁贵家里火灾，把剩下的那点儿家财也烧完了。仁贵就去叔叔薛雄家想借些钱，到了他叔叔家门口，家丁不让进，他说："我是仁贵，我进去看看我的叔叔。"于是他们才让他进去了。仁贵跟叔叔借钱，他叔叔说："借你钱是我欠你呢还是什么？你爹跟我两个一根针都分成两半儿，我又没有多分到一些。你把家产花完了，又来向我借。"仁贵说："我是乱花了一些，但学武艺也用了一些。"他叔叔说："那你就靠你的武艺去赚钱吧，不要向我借。"于是仁贵就从叔叔家出来了，他走啊走，实在想不通，心想："连叔叔也不借钱给我，我自杀算了。"于是他就把包头取下来，系到柳树上想吊死。刚好来了一对夫妇，是下面那个村的人。这两口子一个做豆腐，一个绣花卖，每天都来这个地方。丈夫见到树上吊了一个人，赶忙把他救了下来。仁贵问："你们救我干吗？我要去死，你们不要救我。"这对夫妇说："你为什么要死？"仁贵说："我一样东西都没有，我要死，你们走得了，我要二次上吊。你们如果不救我的话我已经到地府了。"这个女的对丈夫说："让他跟我们回家算了。"但是仁贵不要。于是这个女的想了个办法，让丈夫和仁贵结拜兄弟。这样，仁贵就跟着他们俩回去了。

这天晚上，这个女人对丈夫说："今天要多煮点儿饭，他跟我们回来要是吃不够就害羞了。"这两口子本来只要做两碗米就够了，于是他们就做了六碗米，煮了一点儿菜，媳妇舀给仁贵和丈夫各一碗，等到转过来的时候仁贵已把那甑饭吃光了，但他还只是吃了个半饱。于是仁贵就说："在你们这也不好住，我干脆回去算了。我住在瓦窑里面，我那边的锅也烧烂掉了，只剩一半儿。"这两口子就把他们的米给了仁贵一袋，对他说："你在我们这边住不成的话你可以先回去，如果这个吃完了没吃的，

---

① 意为胡乱花钱吃喝玩乐。

你可以来找我们，我们会给你的。"于是仁贵扛着米回去了。因为仁贵晚上没有吃饱，回到瓦窑他就把一袋米煮着吃了一大半儿。这袋米总共才吃了三天，而且还只能做成稀饭，否则三天都不够吃。三天以后，仁贵又去找他的结拜兄弟，他的结拜兄弟又给了仁贵一些米。本来，他们两口子存了一缸米，但给了仁贵两次就没了。他们两口子没有吃的了，于是，丈夫对妻子说："这样的话我们是养不起他的，我们去给他找个事干干，不然不行了。我有一个朋友在京城的刘员外家盖房子，说是当师傅，跟他说一声，给仁贵找个事干。"

这样，这个结拜兄弟把仁贵送到京城，找到了木匠师傅，对木匠师傅说："让仁贵帮你们干活，只要管他吃饱肚子就可以，不用付工钱。"木匠师傅答应了。仁贵就留在了那里干活。有一天，工人上山抬木料还没有回来，只有几个做饭的在家，他让仁贵先吃饭。给他抬了一个圆桶的饭，才一转身，仁贵就吃完了。他又给了仁贵一桶，仁贵又很快吃完了。连续吃了三桶，仁贵仍然没有吃饱。做饭的说："我们的人还没有回来，你帮忙去看一下。"仁贵到了后面的山上，看见那些工人把一根木料掉在箐里面，拿不出来。50 个人你看着我，我看着你，就是没有办法。仁贵说："让我来试试。"50 个人让到一旁，仁贵把大木料拉了上来，扛着就回来了。回来后，做饭的人已经摆了好几桌饭，每桌有一大甑子的饭，仁贵把几桌的甑子都吃空了。木匠师傅对下面的人说："这个人太能吃了，我们养不起。今天再试一下他的本事，不行的话就不要他了。"仁贵吃完饭后问："饭吃了去干什么？"木匠师傅说："那边拉来了几船木料，你去搬木料吧。"仁贵出去，把一捆捆的梁头扛了回来，每捆都有八九根。几条船的木料，他一会儿就搬完了。师傅又说："水没有了，你去抬水。"他给了仁贵一对桶，仁贵说："这个太轻了。"于是，仁贵把两个缸抬起来，在缸上捆了一根绳子，中间插了一根梁当扁担，很快就抬回来好多的水，把院子都全淹了。师傅说："够了够了，这些水把柴都浇湿了。你还是去劈柴吧。"仁贵一下子就把柴全劈成了小块小块的，做饭的非常高兴，对木匠师傅说："把所有人都辞掉，只留一个薛仁贵就行了。其他人还要工钱，他又不要，只是吃得多一点儿。"木匠师傅就把其他人都辞了，仁贵就在那儿劈柴、挑水、干活，一直干到春节前。仁贵非常伤心，因为别人都回去过节，他却没有地方可去。师傅就让他在那里守场子。

一天，下雪了，天气非常冷，仁贵躲在棚子里。恰好这天刘员外家的姑娘刘金娣和大嫂出来踏雪，她们各穿着一件红衣服，十分好看。刘金娣一看见仁贵，就喜欢上了他。她见仁贵长得很英俊，但冻得直发抖。等她回到房中，就翻出了一些旧衣服，要送给仁贵。那会儿天色已晚，她没看清，就把那件红衣服丢下去给了仁贵。等第二天早上仁贵起来，看见棚顶上有一件红衣服，心想："这是上天看我可怜，所以给我送了一件衣服。"他把衣服穿上身，在腰间系了一根草绳，然后到刘员外家帮他们扫雪。员外看见仁贵穿的这件衣服，以为是儿媳的，就让儿媳把衣服拿出来给他看，儿媳将衣服拿了出来。员外又让金娣把衣服拿出来看，金娣拿不出来，就在那里哭。她的大嫂过来问她："妹妹，你的衣服昨天还穿呢，到底去哪了？"金娣说："我看到帮我们家盖房子的那个人太冷了，昨晚下雪，想给他一件衣服，拿错了，就拿成我的衣服了。"员外不相信，以为金娣和仁贵有私情，要杀了女儿和仁贵。员外的家丁告诉仁贵："你快跑吧，你穿了小姐的衣服，员外要杀你了。"仁贵丢下扫把就跑了。员外又让金娣的哥哥去杀金娣。哥哥给了金娣一些银子，说："妹妹，你快跑吧，去找薛仁贵吧。"哥哥杀了一只狗，将狗丢进井中，然后假装在井边哭，瞒过了员外。

再说仁贵跑到了一座破庙中，听到有人来，他躲到了帘子后面。这时，金娣和奶娘进来了。金娣给神像磕头，奶娘问她："你喜欢薛仁贵吗？"金娣说："喜欢的。正是因为喜欢才要给他衣服，但衣服丢错了。""那么，如果我们找得到他，你就当他的媳妇算了。"仁贵从帘子后走了出来，吓了金娣和奶娘一跳。金娣说："我们刚才说的话你也都听到了，我就做你的媳妇了。"仁贵说："可是我没有房子住，我们只好去金山后面住了。"这样，他们到那里住下了。每天，仁贵出去打猎，去射天鹅，射下来，他的妻子去卖。

这样过了几年。一天，仁贵正在打猎的时候，他的结拜兄弟找到了他，说："听说朝廷正在招兵，我们去当兵吧。"仁贵说："我要回去问问你嫂子，她让我去我就去。"二人回来一问，金娣答应了。仁贵就对妻子说："我走了如果你生下男孩儿就取名薛丁山。"后来金娣果然生了一个男孩儿。

再说李世民做了个梦，梦见有人要杀他，杀他的这个人叫盖苏文。李世民说："我要叫三声，看有没有人来救我。"盖苏文说："你就是叫十声，也没有人会来救你。"李世民于是大叫："谁来救我李世民，我愿意将万贯家财两半儿分。"忽然天上飞下来一个穿白袍骑白马的人，问他："你要武的救还是要文的救？"李世民说："都可以。"于是这个人连人带马把他救了出来。李世民问："你叫什么，是哪里人？"这个人说了一大通，说什么姓薛之类的。第二天，李世民把梦告诉了军师，军师说："你要去山西省招兵，要招薛仁贵。"这些话被张士贵听见了，张士贵说："要招兵，我去就可以了。"这样，张士贵就跑到龙门县去招兵，要招十万兵马，但他不要薛仁贵兄弟。可是这样的话，左招也不够，右招也不够，最后，只好把薛仁贵兄弟招了进去。张士贵对薛仁贵说："你是薛仁贵，我是张士贵，你的贵冲着我的贵。"这样，又把仁贵赶了出去。结拜兄弟让仁贵改名，改成叫薛礼，他们又进去招兵处。张士贵认得他俩，所以还是不要。仁贵说："我的贵也没冲着你嘛，我把名字都改掉了。"张士贵说："你穿着一件白袍，我们看着不顺眼。"仁贵说："你不要我就算了。"然后就回去了。仁贵回去后很生气，喝醉了酒，跑到山上，看见一块大石头，就在那里睡觉。迷糊中听见"救命"的声音。原来，这程咬金去催粮，遇上了老虎，老虎在追他。仁贵猛地站起来，敲了老虎几锤子，把老虎敲死了。程咬金说："人家正在招兵，你这么能干的人，怎么不去当兵？"仁贵说："我想去，但张士贵不要我。"程咬金问："为什么不要？"仁贵把事情说了。程咬金写了一封信给张士贵，让仁贵拿着信去找张士贵。张士贵见到程咬金的命令，只好要了仁贵。他对仁贵说："你不知道，我不让你去是为你好，李世民做了一个梦，他要杀你，你偏要去，怎么办呢，只好走一步算一步了。"仁贵就当上了兵。

后来，大家发现一个洞，里面滚滚冒烟。别人都害怕，不敢下去，张士贵为了害仁贵就让他下去。仁贵在洞里一直往下走，不知到了哪里。等走到底的时候看见一幢房子，里面蒸着一个甑子，打开一看，里面有九条龙。仁贵肚子很饿，他去旁边找人没找着，就把龙的尾巴扯下来一截，把它们吃了。但他更加饿了，他又把甑子的上面那层拿掉，下面有两只老虎，他又把老虎吃了。然后他把蒸锅水也喝掉了。这时，出来了一个小姑娘。"薛礼、薛礼。"姑娘这样叫他。仁贵说："不好意思，我把你们的九条龙和两只虎都吃了。"姑娘说："这是我们为你准备的。"小姑娘又给了他支箭，还给了他几个药丸，对他说："你把别人杀死、杀伤了，只要给他们一点儿药丸，就可以了。"姑娘又给了他几件衣服，说："这是避火衣，穿上它，可以从火中间走过去，火会让开。"仁贵下去后，其他人在上面等了他三天三夜他还没上来。上面的人等不得，走掉了。仁贵上来后，就走啊走，走到一个村子，看见一家门口坐着一个老头儿在哭，门上贴着喜字。他问："老伯，今晚我在你们这儿住一夜行吗？"老头儿说："我们家住不下。"仁贵说："怎么住不下？你们家门口喜字都贴好了，你们很好过，怎么住不下？"老头儿说："对联和喜字已经贴好了，是因为后山有贼今晚要来抢我的女儿，我们斗不过他们，所以我才哭的。"仁贵说："我在你家住，可以对付他们。你们有没有兵器？"老头儿说有，于是就让他去试兵器。仁贵说这件也不行，那件也不行。老头儿告诉他："我家还有一件祖上传下来的兵器，就是顶房子的那根铁棒，因为房子坏了，用它来顶房子。"于是，他们把铁棒拿出来，仁贵说："这件兵器很合手。"到了晚上，那些贼来了，仁贵与他们杀起来，他用铁棒将那些强盗打得脑浆迸裂，没打死的跑了一些，剩下的被抓住了。仁贵说："你们为什么要做贼？跟我去当兵好不好？"那些人说："好！"仁贵就带上了他们。

一天，仁贵他们和敌人打仗。他们在下面打，李世民在上面看。他看到一个穿白袍骑白马的人杀得最猛，杀了很多的敌人，但不知道他是谁。这人正是仁贵。这时，仁贵的白袍被撕破了一点儿，张士贵告诉他："你的白袍被撕掉了一点儿，你要把它换给我，不然回去后李世民会杀了你的。"仁贵把袍子换给了张士贵。张士贵把仁贵的白袍拿给自己的女婿穿上。李世民问张士贵："我哪天才能见到薛仁贵？我要亲自去点名。"仁贵的名字在名册的最后，点了三天三夜都没有点到他。李世民一边点名，一边喝酒，他就喝醉了。张士贵就帮他点，故意跳过了仁贵，没有点到仁贵的名字，所以李世民还是没有见到仁贵。后来，一天晚上李世民又去找仁贵，这时，仁贵刚好出来，自言自语说："我薛仁贵什么时候才能出头？我来了这么长时间，打仗这么勇猛，为什么我还不能出头？"李世民听了，说："今天终于找到薛仁贵了。"他跑过来，一把抱住了仁贵，仁贵以为李世民要抓他，把李世民摔倒了，摔得昏了过去。李世民的两个儿子过来把他抬回去了，张士贵对仁贵说："这回你们要赶快跑了，不然李世民把你们抓起来是要杀头的。"仁贵很害怕，问张士贵："那我们跑到什么地方呢？"张士贵说："跑到山上，我让人给你们搭了一个小竹棚，让他们给你们送饭。"这样，仁贵和结拜兄弟躲到了竹棚里。后来，张士贵又上山去给竹棚放火，仁贵他们就跑。仁贵穿上小姑娘给他的那件避火衣，火就烧不到他的身上了。仁贵他们在山上的一个寺庙里住了一段时间。一天，他的同伴去打猎了。他听到马在叫，心烦意乱的，便骑在那匹马上想试一下。刚骑上去，马就猛往山下冲，跑到箐沟里。这时，盖苏文刚好把李世民赶到了箐沟里。李世民做的梦很准。盖苏文对李世民说："这回你就任我宰割了。"李世民说："看看有没有人来救我。"这样，李世民大叫三声，仁贵从山上飞了下来，和盖苏文杀了起来。仁贵问李世民："你是要文救还是要武救？"李世民说："武是怎么救，文是怎么救？"仁贵说："武救的话把你连人连马拖出来，文救的话先把你救出来再救你的马。"李世民说："那就武救。"于是仁贵就连人带马把他拉了出来。李世民问："你叫什么名字？"仁贵答："我叫薛仁贵。"李世民说："我找你好多时候了，薛仁贵就是你，今天才见到你。"这样，李世民把薛仁贵带了回去，把万贯家财分了一半儿给他，还让他做了大官。（讲述人：张明玉　讲述时间：2005年1月23日　讲述地点：张明玉家　采录人：董秀团、段铃玲、朱刚、赵春旺）

故事述评

薛仁贵东征的故事在民间广泛流传，各地的民间艺人根据这一文学原型，结合地方传统生产出大量的艺术创作。薛仁贵的故事之所以经久不衰，原因在于薛仁贵的平民出身对于底层平民百姓具有的亲切感和吸引力。民间文学中，薛仁贵被塑造成一种理想的化身：他由无名小卒一举成名，后来改换门庭、光宗耀祖，迎合了普通老百姓的价值寄托。据正史记载，东征高丽应是唐太宗所为，但是经过长期的民间传说的改造，逐渐演变为薛仁贵东征。宋元平话《薛仁贵征辽事略》是目前所知最早的薛仁贵故事。故事以薛仁贵、盖苏文为主角，但故事的主题却不是二人的冲突，二人的对立只是为故事铺垫线索。薛仁贵与其顶头上司张士贵的矛盾才是情节冲突的焦点，通过薛仁贵立功、张士贵冒功，表现了勇敢与怯懦、正直与邪恶、忠良与奸佞的斗争主题。我们收集的这则薛仁贵故事，在后半部分与《薛仁贵征辽事略》的主题基本吻合，应该是相同的故事母题的不同版本。颂扬忠良、鞭挞奸臣是民间文学中深受老百姓欢迎的主题，这也许是两则故事相隔巨大的时间跨度仍表现出相似性的原因所在。在故事的前半部分中，薛仁贵乃白虎星下凡也是一个稳定的母题，由此也演变出薛仁贵的白衣形象。在许多民间文学作品中，薛仁贵往往身着白袍，而白袍也成为勇猛善战的英雄形象的象征。（撰写人：朱刚）

异文：薛仁贵征东

薛仁贵是山东人，出生的时候力气就很大，长到三五岁的时候，有一次母亲把他关起来，他就把房间的门窗都砸烂了。他吃得也很多，每天要吃一斗米。他家里很穷，父母喂不起他，更没办法让他读书，就让他自己出去找活路，能填饱肚子就行。他就出去找活了，可是一直都没有找到，他出去之后父母就去世了，他都没有能够回家看看。

薛仁贵后来到了刘汉白家里，刘汉白家是做豆腐的，家里有两个老人，没有儿女。在刘家一个多月，他把刘家也吃光了。刘汉白给薛仁贵找了个事，让他去柳员外家帮忙盖房子，在包工头下面干活。薛仁贵在柳员外家还是很能吃，一个人就把十五六个人的饭全部吃光了，其他工人就有意见了，大家都骂他。可是他也很能干活，一个泥潭需要挑一百担水，平时需要十多人挑一天才能挑完，然而薛仁贵肩上能挑两担，每只手上挂两桶，一个人半个晌午就能挑满。包工头看见后觉得他这个人不简单。第二天到山上抬木料，其他人每人抬一根，他一个人抬十根，包工头看到之后觉得实在不简单，就把工人辞去了十个。十多个工人拔中柱都拔不起来，他一个人一只手就能拔起来，之后又一个人把它抬回来，包工头看见又辞去了十个工人。

这样做工一直做到过年前几天，包工头说："我给你们发工钱回家过年，过完年之后你们再回来，但需要留一个人看守工地，有没有人愿意。"薛仁贵见其他没有人愿意，就说自己愿意留下来，唯一的要求就是要供应他吃饱饭，工钱可以不要。大年三十那天，天下起了大雪，晚上薛仁贵睡在屋子里连被子也没有，睡着之后白虎现身，身上出现了一只白虎。柳员外的女儿柳小姐看见了，觉得他衣服太单薄，就从楼上扔下一件衣服，衣服刚好盖在他身上。第二天他起床后发现衣服，以为是上天赐给他的，就穿上了，然后开始扫木料上的雪。正好柳员外来工地看木料，就看到了薛仁贵身上穿的衣服，柳员外认出了衣服，那衣服世上只有两件，一件在儿媳那里，一件在女儿那里，于是他就回家盘问，让她们把自己的那件衣服拿出来。儿媳拿出来了，女儿却很久都没有拿出来。柳小姐说自己也不知道衣服去哪儿了。因为当时柳小姐只是急忙中随手从箱子里拿了一件，也不知道扔给薛仁贵的就是那件衣服。柳员外让她们去看看薛仁贵穿的衣服，柳小姐看了无话可说，百口莫辩。柳员外不依，必须要她拿回衣服，可是薛仁贵已经穿坏了，拿不回来了。柳员外很生气，要逼死柳小姐，柳小姐的母亲和哥哥、嫂嫂千方百计想救她。柳员外限她在三天之内去死。限期到的前一天，员外出门做客了，母亲把柳小姐的衣服和鞋子放在了井边，嘱咐家丁柳员外回来的时候喊三声"柳员外到"。他们还准备好一条狗，在家丁喊"柳员外到"的时候把狗推下井去了，母亲和大嫂在井边大哭。柳员外看到以为女儿真的投井了，就让人把井填了。

柳小姐的母亲和哥哥给了奶妈一些钱财，让奶妈带着柳小姐去找薛仁贵。找到薛仁贵时，他正在吃饭。她们一进门就喊他，他害怕就跑出去了，奶妈追回了薛仁贵，让他必须娶柳小姐为妻。薛仁贵说自己没有房子，没有家，只是在金山下面的一个窑洞里面住。奶妈说不管怎么样也要他娶柳小姐，还把柳小姐哥哥给的一些钱拿出来让仁贵和柳小姐成亲。

成亲后，柳小姐让薛仁贵去投军，认为这样才有出路。薛仁贵去投军，第一次去到张士贵那里，张士贵不接收他，因为他们俩名字里都有"贵"字，是相克的。第二次去，薛仁贵把自己的名字改成了薛礼，可是还是被张士贵认出来了。张士贵仔细一看，发现他还是薛仁贵，所以对他一顿毒打。打了三十大板，把背都全打烂了。薛仁贵被赶出来，慢慢走回家。半路上听见有人喊救命，发现是一只老虎在追赶一个人。薛仁贵就去把老虎赶跑了。他救的这个人叫候敬德，原来候敬德去催粮的路上碰见了老虎。候敬德问薛仁贵有一身本领为什么不投军，薛仁贵说第一次去投军因为名字和张士贵的相冲，没有能进去，第二次也没有成功。于是，候敬德给了他一块令牌，让他把令牌给张士贵看，这样，他当上了兵。张士贵让他当个伙头兵，让他做饭、干杂活，各种为难他。张士贵带兵出去打仗，连连失败，就让伙头军去打。薛仁贵带着和他拜过兄弟的伙头军去打仗，征东打辽国，打一场胜一场。等回到皇帝面前，张士贵说全部是自己女婿郝中宪的功劳。郝中宪抢了薛仁贵的战功，薛仁贵很生气，把盔甲脱给郝中宪。薛仁贵最好的兄弟周青就让他下次打仗不要去了，让郝中宪去打。结果郝中宪节节败退。

张士贵的女儿嫁给李世民叔叔李大忠，李大忠比她大二十岁。李大忠和张士贵三番五次勾结起来害薛仁贵，几次之后，薛仁贵就不去打仗了，这样一来，李大忠和张士贵他们就打不了胜仗。几次失败后又请薛仁贵上战场，薛仁贵拒绝了，可是后来出于对朝廷的忠心，他还是去了，又打了几次胜仗。

李世民上山打猎，他的侍卫层层保护。李世民看到一只白兔，下令不用箭射，想活捉兔子。李世民去追白兔，兔子走一截停一会儿，快抓住了，兔子又跑掉，不去抓，兔子就停在那儿。最后李世民抓兔子掉进了一个泥坑里。那只白兔是盖苏文变的，盖苏文原来是天上的驴，因为做了坏事下凡到人间，薛仁贵的出世就是为了控制盖苏文，这是天意定的。这时薛仁贵在上面把盖苏文打跑了。李世民大喊："有人救得天子，万里江山两半儿分。"无人应答，第二次喊："有人救得天子，万里江山三七开。"还是无人应答，最后喊："有人救得天子，你为君来我为臣。"薛仁贵答有人在的。他问李世民："主上，你要武度还是文度？"李世民说："我一国之主，但武度、文度我不知道。"于是薛仁贵用武度，他骑马飞到坑里，把李世民连人带马抱了上来。李世民问："你叫什么名字？"答："薛仁贵。"李世民在出来打猎前已经梦到一个白虎小将救了他，薛仁贵把自己的来历告诉李世民。李世民让他为君他不要，李世民就封他为平凉王。李世民吃饭、睡觉都在想薛仁贵这个救命恩人。当了四年平凉王之后，薛仁贵想要回家看望妻子，李世民同意了，还给了薛仁贵一块免死金牌。但是薛仁贵没有收，金牌由军师徐茂公收了起来。皇帝允许仁贵想回家多久就回多久。

薛仁贵投军前妻子就已经有身孕了，薛仁贵嘱咐说如果生男就叫丁山，生女就叫丁莲。等他回来的时候，孩子已经十多岁了。薛仁贵回去时，薛丁山正在练射箭，薛仁贵不知道那是自己的儿子，说："小伙子，你一箭能射几雁？"丁山答他一箭能射三雁，箭箭不脱开口雁 ①，薛仁贵说我一箭才能射两雁，你口出狂言，于是就向薛丁山肩上射了一箭，薛丁山的师傅把他救走了。薛仁贵与薛丁山两父子都是虎，两人不能同时在一起打仗，总是父在子不在，子在父不在。

薛仁贵回到窑洞，妻子柳金花已认不出他了。薛仁贵说自己是薛仁贵，妻子最后认出，让他进去。薛仁贵看到家里有很多男人的鞋子，心想："这么大的鞋是谁的？"于是就问妻子那是谁的鞋子，妻子说是他们儿子的。薛仁贵问儿子去哪里了，妻子答："射雁去了。"薛仁贵这才意识到刚才被自己射伤那个就是自己的儿子。这时进来一个姑娘叫柳金花"妈妈"，薛仁贵生气地说："我出去时你才有身孕，怎么现在会有两个孩子？"柳金花才告诉他，她生下的是一对龙凤胎。薛仁贵后来把妻子和女儿带到了平凉王府上。

李大忠、张士贵又害薛仁贵，给他传了一道假圣旨，说李世民不管是吃饭还是睡觉都在思念他，想要马上见到他。薛仁贵问需不需要人马跟随，李大忠说不用，你一个人就行。薛仁贵就独自一人骑上一匹白马去了。到了大门外，李大忠在那儿等着他，李大忠说："薛仁贵，来喝一杯酒，我也想你了。"酒里面有迷药，薛仁贵被迷倒了。李大忠有一个风流美貌的女儿。李大忠、张士贵把薛仁贵背进女儿的房中，要求女儿去跟皇上说薛仁贵闯进她的闺房强暴了她。女儿很生气，说她不愿意做这样的事，这样害人是不行的。他女儿要把薛仁贵送出去，可是李大忠不许，最后女儿只能对他说："如果你硬要我这样做，那么我就撞死给你看。"李大忠执迷不悟，女儿撞墙死去。李大忠把薛仁贵和女儿的尸体抱到床上放在一起，盖上被子，把打破的酒瓶子放在薛仁贵手中，派人叫李世民来看，称薛仁贵喝醉了酒强暴了女儿并把她打死了。

---

① 意为箭刚好射入雁张开的嘴巴中。

李世民亲眼看到，薛仁贵怎么也说不清了。薛仁贵醒过来以后，李世民要定他死罪，冬至那天就要处死他，程咬金帮他苦苦求情，可是还是不行，周青求也不行。尉迟恭和徐茂公在瓦岗山没有回来，听见薛仁贵出事了，就回来要救他。尉迟恭先回来，以前他学法时师傅曾经对他说过："马也死，铜也断，人就亡。"他骑上马去救薛仁贵，半路上，马就跑死了。他闯进皇宫到了李世民面前，说请皇上开恩，李世民不答应，尉迟恭拉着他的前袍不准他走，李世民就拔出了剑把袍子割断，表明断绝恩义。尉迟恭说这样的话我也就去死吧，他自己把铜打在紫陵门上打断，头撞到墙上撞死了。李世民让手下先好好安葬尉迟恭，之后再谈薛仁贵的事。趁着这几天，程咬金到瓦岗山找到了徐茂公。徐茂公回来到皇帝面前为薛仁贵求情，李世民还是不答应，于是徐茂公拿出了当初李世民给的免死金牌，薛仁贵马上就被放出来了。李世民让他继续当平凉王，薛仁贵拒绝了，说他要回家。可是程咬金不让他回家，只答应他回家几天然后再把他叫回来。

程咬金到薛仁贵家叫他，薛仁贵的家人做了一口棺材把薛仁贵放了进去，对程咬金说他已经死去了。程咬金看了一下，说死了就死了吧，就带着手下走了。到了晚上，程咬金等化装成山贼，回到薛仁贵家抢走了薛仁贵的女儿。奶妈大叫"山贼把丁莲抢走了"，薛仁贵听到后马上从棺材里跳了起来要救女儿。程咬金的计谋成功，薛仁贵无法拒绝，同意回到朝廷。薛仁贵的女儿薛丁莲替父抱不平，把李大忠的妻子杀死了。后来去打仗，李大忠对程咬金说："今天薛仁贵要杀我，伯父你要救救我。"程咬金说："好，好，你去大钟下面躲着。"于是用大钟把李大忠罩住，然后程咬金在大钟外面烧火，把李大忠烤死了，这事报给李世民他也不得不接受。张士贵是被薛仁贵打死的。张士贵的儿子张天佐和张天佑来报仇，把薛仁贵打得遍体鳞伤。薛仁贵回家休养，睡在床上。睡着之后白虎现身，薛丁山不知情，看见了白虎，害怕白虎伤了父亲，于是就一箭射过去。走进一看，箭正正地射在了薛仁贵的头上，薛仁贵死了。

说不完的杨家将，唱不完的薛仁贵。之后便是薛仁贵儿子薛丁山的故事了。

薛丁山有两个妻子，分别是窦仙桃和樊梨花，窦仙桃很坏。樊梨花和薛丁山的故事就很多了，薛丁山三休樊梨花，樊梨花三难薛丁山。樊梨花的父亲和杨凡的父亲交情很好。两家的妇人同时怀孕，两家人就指腹为婚，如果是一男一女就让他们成亲，生下来刚好就是一男一女。杨家生了男孩儿杨凡，樊家生了樊梨花，樊梨花被许配给了杨凡。樊梨花长得很美，而杨凡却长得丑陋，樊梨花不想嫁给他。樊梨花的大哥和二哥曾想说服樊梨花嫁给杨凡，不要嫁给薛丁山，可是她不听。大哥二哥用花枪刺向她，她侧身一躲，二人互相把对方刺死了。她父亲说："你不听大哥二哥的话也就算了，你把他们杀掉，我砍死你！"父亲拿刀去砍她，她一躲，父亲自己撞死了。樊梨花不嫁给杨凡，二人就打斗起来，樊梨花用暗器飞镖把杨凡杀死了。杨凡的血喷上天，滴下来滴到樊梨花的身上，樊梨花就怀孕了。

樊梨花一心要嫁给薛丁山，可是薛丁山一直拒绝她。后来薛丁山要去吴国破盖苏文的阵法，那阵法只有樊梨花才能破。薛丁山去请樊梨花，樊梨花想要刁难薛丁山一番。薛丁山去到樊家的时候，下人告诉他："你要在大门外三步一叩才能进来。"薛丁山照做了，进去了之后又被告知樊梨花不在家。第二次他三步九叩，还是没有见到樊梨花。第三次一步三叩，进门后发现全家人都在哭，说樊梨花死了。薛丁山不信，打开了棺材，把樊梨花叫了起来。后来，樊梨花三番五次救了薛丁山，薛丁山同意娶她，即使她当时肚子里怀着孩子。后来樊梨花生下了因杨凡的血而怀上的孩子，取名为薛刚。薛刚一次在大街上骑马，撞死了一个公主，就要被诛九族。薛刚其实是杨凡为了报仇而让樊梨花怀上的。（讲述人：张福友　讲述时间：2016 年 8 月 1 日　讲述地点：张福友家　采录人：董秀团、卞宇田、宋妮妮、张宇）

故事述评

本则薛仁贵故事与上文的版本在内容上存在较大差异，前面的版本主要聚焦于薛仁贵的生平，而本则故事更多地讲述其征战的经历。在某种意义上，前面一个版本更多地体现了薛仁贵故事被地方化后的样貌，而现在的故事则更多地与已知的薛仁贵故事发生了互文性的勾连，虽然这种互文性也是一种基于地方文化调适后口头文学变异的结果。薛仁贵的故事广泛流传于中国各地，其中包含了一些与历史记录相吻合的事实，但更多的则是一代又一代文人、小说家、戏剧家和民间艺人的艺术加工。因此，我们可以看到，从《旧唐书·薛仁贵传》中的记录，再到《薛仁贵征辽事略》《薛仁贵跨海征辽》《薛仁贵衣锦还乡》《贤达妇龙门隐秀》《白袍记》《定天山》等作品，最后到集大成之作《说唐后传》，薛仁贵这一历史人物和文学形象不断被加工，并进一步理想化和神化，最终演化成一个"箭跺式"的人物。作为当地白族口头文学的组成部分，本则薛仁贵故事在体现出变异性的同时，也继承了上述中国俗文学传统中的某些母题，例如薛仁贵与李世民、张世贵、盖苏文等人的故事，薛丁山射白虎，薛丁山与樊梨花的故事等。此外，故事讲述者曾提及"说不完的杨家将，唱不完的薛仁贵"的说法，这固然是口头演述中一种具有程式化特征的言说行为，预示了故事家即将进行叙事内容上的转换。但是，这也表明在汉族地区广为流传的杨家将、薛仁贵故事，即使在边疆地区的白族民众中也是耳熟能详的。这说明白族口头传统受到汉族书面文学的深刻影响，也可作为图解口头诗学中口头性与书面性之间有机互动关系的典型案例。（撰写人：朱刚）

呼延赞报父仇

呼延赞的父亲叫呼寿庭，母亲姓刘。父亲是皇上齐德王手下的一个将军，跟他同在朝廷做官的宰相欧阳方是个奸臣。一次，呼寿庭和欧阳方在皇帝面前发生冲突，欧阳方回去后就把呼寿庭暗杀了。欧阳方还看上了呼寿庭的妻子刘氏，她是京城最漂亮的女子，欧阳方就想把她占为己有。当时刘氏正怀着呼延赞，她知道是欧阳方杀了自己的丈夫，但是没有能力反抗，就偷偷逃回了老家。两三个月后，呼延赞出生了。欧阳方知道后就派人来追杀想要斩草除根。呼延赞生下来就不会哭，杀手觉得他是废人一个，就没有杀他。那些人回去后，呼延赞也没有去读书，在母亲的喂养下长到了12岁，他母亲也认为儿子是废人了，就把他送到了寺庙，住了两年。到了14岁，有一天晚上太白金星下凡把他的哑骨取走了，同时还教他武功以及很多本领。从此，呼延赞十八般武艺样样精通了。第二天早上他就会喊妈，会说话了。他母亲奇怪他为什么到了 14 岁才会叫妈。他告诉他妈昨晚一个白胡子仙人下凡取走了他的哑骨，仙人还教了他十八般武艺，还在母亲前展示了一番。那天晚上，太白还告诉他，他家院子里石阶下面有兵书宝剑，那块石头只有他才能搬得动。于是他就去找，取出了兵书宝剑。那本兵书是无字的。头天晚上看，第二天如果有事兵书就显示；如果没有什么大事，就依然空白。他母亲对他说："你现在能说话了，还会十八般武艺，我们的出头之日到了。"母亲让他出门闯荡。后来欧阳方招兵，呼延赞就被招去了，他不知道自己的父亲是被欧阳方杀害的，在欧阳方的手下做了很久。后来他母亲问他在哪里做事，他说在欧阳方手下，他母亲听了之后很难受。过了段时间，欧阳方就知道了呼延赞就是呼寿庭的儿子，就把自己的女儿许配给了呼延赞。欧阳方的女儿知道父亲干的那些事情，但是呼延赞什么都不知道。呼延赞把欧阳方的女儿娶回家后，他妻子对母亲相当敬重，服侍得很好。一日三餐前都会到祖宗牌位前上一炷香，每日三炷香。每次敬香时还要用柏树枝三小截，说道："一敬香，保佑母亲得安康；二敬香，保佑夫妻双全；三敬香，保佑出入平安。"她对婆婆很好，婆婆好几年都不知道他是欧阳方之女。后来婆婆听外人说了之后知道了，就马上把呼延赞叫回来。呼延赞很孝顺，回来之后正好吃早饭。他问母亲："为什么事这个时候把我叫回来？"母亲说："你妻子正在楼上烧香，你去把她杀了。"呼延赞就跑到了楼上，到最后两级台阶的时候他倒退了两步，刚好听见妻子敬香时的心愿。听了之后，他不忍心杀妻，就在楼梯上发呆。妻子问他怎么了，其实她心里很明白："你母亲把你叫回来就是要你杀了我，你来杀吧。"他还是不说话，妻子说："你把剑拿过来，我自己割。"他拔出了剑扔向妻子，妻子二话不说就自刎了，当场死去。呼延赞下去告诉母亲，才到厨房就发现母亲已经上吊身亡了。他把母亲和妻子的尸体掩埋了，锁了家门后又回到了岗位。

母亲一死，他父亲被谁杀害就成了一个谜。他回到朝廷，欧阳方骗他说他的父亲是被皇上害死的，于是他当场就去和皇上厮杀。两人武艺不相上下，厮杀得体力不支，都没有了力气，倒下就睡着了。梦中他父亲托梦给他，说杀自己的人是欧阳方而不是皇上。这样呼延赞才知道了真相。醒来之后他对皇帝说："杀杀杀，报复之仇丢开吧，情愿助你保国人。"此事之后，齐德王重用了他，把他留在身边成为一把手。

而呼延赞也没有对欧阳方做什么，只是将事情向齐德王禀报了，最后齐德王治罪了欧阳方。（讲述人：张福友　讲述时间：2016 年 8 月 1 日　讲述地点：石龙村云南大学调查研究基地　采录人：董秀团、赵晓婷、昂晋、卞宇田、苏苑琴、古珊子、宋妮妮、张吉昌、李志兴）

故事述评

　　该文本是中国民间文学中的重要题材"呼家将"的故事。与前文提及的"薛家将""杨家将"故事一样，"呼家将"的故事在中国各地的民族中也广为流传。"呼家将"的故事主要以呼延赞和呼延庆二人为核心，其事迹在《皇宋通鉴长编纪事本末》《三朝北盟会编》《建炎以来系年要录》《宋史》《续资治通鉴》等史书中都有所记录。作为宋朝的开国将领，呼延赞随太宗皇帝南征北战，功勋卓著，为北宋王朝的建立做出了贡献。世人有感于其忠君爱国、戎马一生的光荣事迹，同时也基于当时的历史语境，不断地将其征战沙场的故事进行创作和演绎，"呼家将"的故事也随着时间的发展不断得到充实。从历史上来看，宋元时期的"呼家将"故事并没有定型，但为后来的发展奠定了基础。到了清代，该故事得到了前所未有的发展，最终形成了完整的故事系统。"呼家将"故事在发展过程中存在着从简单到细致，从真实到虚构的发展趋势，到了清代已完全脱离了史实。本则关于呼延赞的故事就充斥着神奇的色彩，比如太白金星教授本领的叙事情节。但是，忠诚与奸佞、正义与邪恶之间的斗争始终是此类故事的核心。究其根本，与普罗大众的审美意识、情感爱憎是分不开的，在很大程度上受到听众文化心理和审美趣味的深刻影响。（撰写人：朱刚）

异文：呼延赞报父仇

　　齐德王是一个小国家的皇帝，欧阳方是他下面的一个大官，呼延赞的父亲叫呼寿庭，呼寿庭是欧阳方手下的一个武官，在立下很多功劳以后遭到欧阳方的迫害。呼延赞的父亲被欧阳方害死的时候他还没有出生，他母亲就带着还未出世的他到寺庙里面避难，在寺庙里出生后他就是个哑巴，并和母亲在寺里一住就住了 12 年。

在他 12 岁这一年的晚上，太白金星下凡来教他武艺并把他的哑骨取了出来。第二天早上他去叫他母亲起床。他对母亲说："我昨天晚上做梦，梦见一个白胡子的老爷爷来教我武艺，还把我的哑骨给取了，我现在给您练一下武怎么样？"母亲说："好，那你练给我看一下。"结果头晚上才教他的，第二天他就已经练得炉火纯青了。太白金星还对他说："这个寺庙里有一套经书和宝剑在寺门第三个台阶底下压着，这块石头有 800 斤（400 千克）重，只有你翻得动！"呼延赞过去看了好久发现宝剑是一把很好的剑，可是经书上却没有字。原来这本书你明天要做什么事情，今天去看才会显现出来。

呼延赞拿着宝剑和书就去找齐德王报仇了，他在皇宫杀的人可谓血流成河，最后把齐德王也打倒了，这时候他也累了就坐在地上睡着了，梦中他梦见他父亲跟他说："杀我的人不是齐德王，你在齐德王这里当他的保国神一段时间你就知道是谁杀的我了！"呼延赞听完后就立马站起来跟齐德王说要做他的保国神，齐德王听后反倒给他下跪并欣然同意了，就这样呼延赞就做了齐德王的保国神也就是他的大将军。

一段时间后，呼延赞在齐德王这里做得很顺利，日子也过得挺好。这时候欧阳方发现他就是呼寿庭的儿子，他就把自己最中意的一个女儿许配给了呼延赞。过门后因为母亲还是一个人住在寺里，呼延赞就把妻子送过去照看母亲。他的妻子知道公公是自己父亲所杀，所以就对婆婆格外好，晚上都要亲自给她洗脚，一天给她点三次香，现在我们点香上三次也是从这里开始的。她在上香的时候还要祈求："一敬香，保佑母亲得安康；二敬香，保佑夫妻双全；三敬香，保佑平平安安。"一段时间后他母亲发现这是欧阳方的女儿，就急忙把儿子叫回来了。呼延赞以为母亲生病了就连忙回来。母亲说："我没有生病，我教你的那些你还记得吗？记得的话就去楼上把你媳妇杀了！"这实在如同一个晴天霹雳，呼延赞和妻子感情一向很好，他心里实在不忍，最后思量再三他还是拿着宝剑上楼了，上去后他的妻子正在那里敬香，呼延赞听到她所祈祷的话就下不了手站在那里犹豫不决。妻子就对他说："既然你回来了，就上来吧！"呼延赞还是站在那里不动，妻子就说："我知道母亲叫你回来是来杀我的是吧？"他还是没有说话，妻子继续说："既然你下不了手的话，你就把你的宝剑丢给我，我自己解决吧！"呼延赞就把宝剑丢了过去，他的妻子就拿着宝剑自刎了。

妻子死后他就迅速地从楼上跑下来和母亲说："母亲，已经杀掉了！"可是叫了几声后都没有人应声，跑出去外面一看，他母亲也已经悬梁自尽了。他把妻子和母亲埋了以后就直接去找他岳父报仇去了，最后把欧阳方也杀了。（讲述人：张福友　讲述时间：2015年7月26日　讲述地点：张福友家　采录人：董秀团、杨英、普燕、李昕、赵晓婷）

故事述评

该异文主要情节与前一则是相似的，但相比较而言，细节不如前一则丰满，如父亲托梦的情节是缺失的，所以在前后衔接上有交代不清的地方，即没有交代呼延赞是如何得知杀父仇人是欧阳方的。（撰写人：董秀团）

八郎九妹

八郎九妹，是因为这家人有八个儿子、一个姑娘而得名。后面几个儿子去打仗了，回来的时候就只有杨五郎和杨六郎两个人活着，杨五郎怕死当了和尚。

杨七郎死的时候是带箭而死。当时潘子美的儿子和杨七郎比武，双方立下了生死状。潘子美的儿子功夫不如杨七郎，被杨七郎打死了。而潘家又有些势力，就请了一些杀手射箭把杨七郎杀死了。

杨六郎的父亲叫杨元锦，儿子杨忠虎。他们家的帮工朱家天子这个人在当天子以前，智力不太好，痴、聋、憨、哑，但是良心很好。在他当天子以前，他去杨六郎家帮他们放牛，母亲则在杨家帮忙做饭。

有一天，他去放牛，在放牛的地方有潭水，水旁边有一小丛青草，牛今天吃了明天草又长出来了。吃饱了以后，水潭里就又跑出来一头牛和放的牛一起玩耍。他回去后杨六郎就问他："你天天去一个地方放牛，怎么还能把牛养得这么肥？"他就把情况和杨六郎说了一遍。杨六郎于是就把他已经去世的父亲的一小段骨头，碾成粉和米饭一起捏成米团，交给朱家天子说："你明天去放牛的时候等牛出来就把米团塞到牛的嘴里。"朱家天子连夜跑回去到自家坟上挖了点儿父亲的骨头回去做了一个米团。第二天当牛出来的时候他就把米团放进了牛的嘴里，牛当时转头就要走了。朱家天子想起杨六郎的米团还没有放进去呢，情急之下就把挂包挂在了牛身上。后面他去放牛的时候，以前长草的那里就不再长出青草了。

第七天的时候，有一只喜鹊去杨六郎家的屋顶上叫："朱家天子万万年，万和将军杨六郎！"这时候朱家天子的母亲正好在杨六郎家洗碗，手里拿着一把筷子。因为他家有十八个人，手里面就捏着十八双筷子。朱母就说："五百年就够了，不用万万年！"洗筷子的时候就拿筷子在锅里顺手敲了一下锅底。灶神爷就跑去天上告朱家母亲说："朱母打了我三十六棍！"于是上天就把一万年减成了五百年。而杨六郎就最多只能做官做到将军了。

皇帝死后他的儿子为了皇位互相争斗，最后大家决定既然每个人都争皇位的话就去民间找一个人当天子。于是就拿了一件龙袍让看中的人试。一般的人穿上后就全身发抖，话也说不清楚，最后就选了朱家天子。这天他们经过朱家天子放牛的地方，当时他在那里四脚朝天地睡觉，人们把龙袍给他套了上去。朱家天子穿上后就喊都喊不醒了，只得把龙袍脱了才把他叫醒。大家回去后又让朱家天子试龙袍，穿上后刚好合适，于是就把他请了回去登基当皇帝。杨六郎也因为朱家天子在他家做过帮工，就跟着朱家天子做了将军。

朱家天子登基前有痴、聋、憨、哑的问题，但是登基后就变得特别聪明了，还把国家治理得很好。（讲述人：张福友　讲述时间：2015 年 7 月 26 日　讲述地点：张福友家　采录人：董秀团、杨英、普燕、李昕、赵晓婷）

故事述评

"杨家将"与"呼家将"的故事一样属于流传久远、具有强大生命的民间传奇故事，二者之间的关系实属同树异枝，既同时在《北宋志传》中有所记录，又能在之后的发展过程中各自敷衍流传，分别发展出两个不同并具有完整体系的故事母体。历史上，"杨家将"的故事一直得到中国民众的喜爱并在各地广为流传。从最初的宋代话本、元杂剧，到明代的传奇、小说，再到清代的地方戏，文人创作与民间艺术的丰富养分一直滋养着"杨家将"故事的不断发展和演进。本则故事讲述了杨六郎的若干故事，虽然在大的类目上属于"杨家将"故事这一基本类别，但是其中的细节却又建立在大量的虚构及地方化的基础之上。特别是杨家将与统治阶级之间的矛盾，在民间故事中以一种特别而具体的方式得以表达，明显地体现出民众对于历史问题的认识和主观情感，原来"杨家将"故事悲剧性的结局在民间故事中往往会有圆满的结局。🦢

（撰写人：朱刚）

穆桂英破天门阵

杨家一共有五兄弟。杨五郎杨宗保的武器是一把斧子，穆桂英是一个美丽泼辣的女子。杨宗保为了降龙木去到穆桂英家里，被穆桂英抓起来了。好几年后，杨宗保才回到朝廷。受了很多苦难之后穆桂英和杨宗保在一起了，但是穆家要求杨宗保要做上门女婿，杨宗保心里很不情愿。几年后，杨宗保把穆桂英娶回家，重新回到朝廷。杨宗保出去打仗，奶奶过寿那天，传来了杨宗保战死的消息，穆桂英决定帮他报仇。杨门女将全部出征，最后把辽国灭了，替杨宗保报了仇。后来，杨家的男子都上战场战死了。穆桂英英勇能干，一个女将上战场，把瓦岗山的敌军（戴很高的帽子，身上披着动物皮毛）全部击退。穆桂英一个人为杨家报了仇，也保住了杨家所有人。

孙岩是天上的一个神仙。他想杀死人间的凡人，就带着天兵天将下凡来杀老百姓。穆桂英去阻止他，孙岩就派天兵天将下来和穆桂英打。穆桂英是个能干的女子，天兵天将杀不了她，她对他们说："你们想杀我简直是妄想。"

穆桂英要破天门阵。开始破不了，后来想了一个办法。孙岩吃素，怕不干净的东西。穆桂英家有一位花花公主，刚生了一个小孩儿，于是就把生孩子的污血和胎盘等放在穆桂英的花枪上，交战时，孙岩害怕不洁之物，于是穆桂英就破了天兵天将布下的天门阵。（讲述人：张庆长　讲述时间：2016 年 7 月 31 日　讲述地点：张庆长家　采录人：卞宇田、宋妮妮、张宇）

故事述评

一般认为，中国文学史上的"杨家将"故事是在民间文学的基础上创作而来的。其最初在北宋民间广为流传，民间艺人在此基础上将其改编为话本，文人再进一步加工为小说和戏剧。我们现在所熟知的《杨家府演义》《北宋志传》等小说，以及《四郎探母》《穆桂英挂帅》等戏剧，也是在大量的民间口头故事、传说等形式的基础上创作出来的。反过来看，这些书面文学作品也对民间文学具有深入的影响，这则故事正是汉族书面文学作品对白族口头文学施加影响后产生的作品。在已知的书面文学作品中，"破天门阵"故事的主要人物是杨六郎，穆桂英应该是从"破天门阵"故事中派生出来的艺术形象。穆桂英在"杨家将"故事中所占的篇幅并不多，而且主要与"破天门阵"的情节有关。但作为一个无视封建礼教又骁勇善战的女性英雄，这样的艺术形象自然得到广大老百姓的青睐。所以在本则故事中，与"破天门阵"有关的情节都被附会到了穆桂英的身上。从"杨家将"故事的发展过程来看，明代"杨家将"演义小说的最大特点就在于对杨门女将系列形象的塑造。此类文学描写，连同后来出现的戏曲中的杨门女将形象，对于各地民间的口头传统文学均产生了深远的影响。

（撰写人：朱刚）

岳飞的故事

据说岳飞是天上的如来身边的一只大鹏。如来的身边还有只蝙蝠，他们是如来身边的人中最得力的两个。有一天，蝙蝠在大鹏的身边放了一个屁，大鹏就对它说："在最大的一个神面前你怎么还放屁呀？"说完还啄了一下蝙蝠的头。如来看到了，就说："你们两个怎么无缘无故就在我旁边打起架来了？让你们下凡去。"如来骂了他们，还把他们打发到凡间去了。这只蝙蝠到了凡间变成了一条黑龙，而大鹏则下凡投胎生在了岳员外家里，就是岳飞。

岳飞出生后，满月那天，家里请满月酒。客人们吃完酒席纷纷离开了。最后一个客人要走的时候，看了一眼岳飞，说："这小孩子长得真漂亮！"还摸了一下他的头，岳飞马上哭了起来，怎么也不停，无论谁哄他，他还是不停地哭。家里的人很着急，不知道要怎么办。他们那个地方有座庙，庙里有一个长老，本事很好，他们就去问那个长老："请您看看这孩子怎么了？麻烦您教我们一个让这孩子不要再哭的方法吧！"长老教他们说："你们做一个木桶，让他和他的母亲两个人坐在里面，上面撑上一把伞，那小孩子就不哭了。"家人拿了一个木桶，让他和母亲坐在里面，还在上面撑了一把伞。这样一来，小孩子真的就不哭了。就在他一停止哭泣的时候，黑龙发起了大水，把这个木桶给冲走了。开始的时候，岳员外攀在了木桶边上，但是过了一会儿，他的手酸了于是掉了下去，被水给冲走了。母子俩坐在木桶里顺水漂着。当木桶快要被水掀翻的时候，几只乌鸦来搭救他们了，木桶要是往那边倾乌鸦就往另外一边停，压住桶不让它倒掉，不论是木桶往哪边倒，乌鸦都会及时将它平衡过来，所以不管怎么样，岳飞母子都很平安。顺着水冲了很久，到了几个村子。因为发大水，冲了很多柴到了村子那里，许多村民都出门来抢柴，说："发大水，冲了很多的柴下来，我们去捡柴去。"有一户人家的男人也去捡柴，看到了坐在木桶中的岳飞母子俩，就把他们捡回了家。他的妻子看到了，就骂他说："别人家捡了那么多的柴火，你倒好，什么都不捡，捡了这母子俩回来干什么？"他说："我这是在救人命呀！"这样，他们母子俩就在这户人家住下了。

岳飞渐渐长大了，他的母亲就教他写字。因为没有纸，于是母亲就用一些草木灰倒在地上，铺平了，拿上一根棍子在上面画，这样教他认字。岳飞很聪明，学得很快，也学得很好。他们借住的这户人家有两个儿子，读书很不好，家人就给他们请来先生来家中教他们。请来一个，兄弟俩合力打他一顿，把先生给打跑了；再请来一个，兄弟俩还是把人家给打跑了。没有一个人能管得下这两个孩子，请了好几个不同的老师也没有用。家人又给他们请了一个新的老师，两兄弟中的哥哥想要先收拾一下这个新老师，结果这个老师一巴掌就把他给打倒了。哥哥害怕了，弟弟看到也不敢过来。这个老师把这两兄弟给制服了，从此兄弟俩都乖乖跟着这个老师学习，老师经常给这两个学生布置下文章让他们读。有一天，老师要上街赶集，于是就给这两个学生布置了两篇文章，并把他们关在楼上让他们自己在那里念。而这两篇文章兄弟俩是一点儿都不会读，弟弟就想了个办法，他对哥哥说："哥哥，我给你想个办法。我们拿根绳子，你在上面拉着绳子，把我从窗户里吊下去。我去请岳飞，让岳飞来帮我们念，让他来帮我们做作业。"他们果真这样做，弟弟请到了岳飞，哥哥用绳子把他从窗户里吊了上去。岳飞给他们作了非常出色的两篇文章，两个人都高兴极了，但是他们没有看到岳飞在文章最后用很小的字写上了自己的名字。后来当他们的老师回来的时候，开始还非常感叹，说兄弟俩这次的文章写得很出色了。看到最后，发现了岳飞的名字，知道这些文章是岳飞作的。所以后来老师就让岳飞跟着他学习，还资助了岳飞一部分钱让他去赶考了。（讲述人：张明玉　讲述时间：2005 年 2 月 15 日　讲述地点：张明玉家　采录人：董秀团、段铃玲）

故事述评

关于英雄岳飞的传奇故事，从古至今有很多。其中，关于岳飞诞生和成长的故事又是重要的一支。既往研究显示，岳飞出生的故事往往以"奇生"的母题为核心，并且存在模式化的叙事特征。[1] 在该故事中，包含了"大鹏转世"及"弃子不死"两个模式化的母题，在《说岳全传》《法苑珠林》等书中均有类似情节记载。首先，岳飞为大鹏转世的说法，当源自佛家典故，并以因果报应为核心，结合民间想象铺陈而来；其次，岳飞诞生后洪水泛滥的情节，与广为流传的洪水神话并无太大关联，只是借由洪水泛滥，强调岳飞出生后遭遇大难仍能安然无恙而已。与此相同的还有《西游记》中唐僧出生被弃、沿江而流的故事，它们都是从正反两个方面突出降生者的天赋神奇、与众不同，由此给英雄不寻常的一生提供了合理的依据。在这两个常见的母题之外，本故事还有上学读书的情节，这应当被视作一种地方化的结果。当地白族有重视教育的传统，所以读书这一母题在很多民间故事中都有所表现。应当注意的是，像岳飞传奇这类广为流布的民间故事，在不同的地域和民族间往往有不同的表现形式。这是一种母题被地方化的结果，体现了一种文化要素被一定文化价值观改造的过程。

---

① 李琳，《中国古代英雄诞生故事与民间叙事传统》，《郑州大学学报》，2006 年第 5 期。

而借由这种文化改造，通过对比，也能增加我们对于地方文化的理解。（撰写人：朱刚）

张居正与艾自修

有一个读书人，姓张，名字叫居正。在张居正读书的学校上面有一座庙，庙里有个伺候香火的女人，是只狐狸精。张居正去读书，经常到那个庙里去玩，狐狸精夺了他的元气，他的身体就慢慢地变得很瘦弱，经常生病。

张居正的老师是鬼谷子先生，他教学生读书。有一天，他发现张居正的情况不对，就问他："居正，你有什么病呀，怎么变得这么瘦弱？"张居正回答说："老师，我什么病也没有。"鬼谷子就问他："你有没有觉得没有力气呢？"他回答说："力气倒是感觉很少，精神也不太好。"鬼谷子说："这是怎么搞的？"他说："我也不知道是怎么回事。"

鬼谷子先生算了一下，知道了是狐狸精搞的鬼，就对张居正说："你经常到看庙的那个女人那里玩，所以她夺了你的元气，你要赶快采取措施，不然的话你会死的。"张居正很着急，问老师自己该怎么办。鬼谷子教他说："今天你去她那里，闲聊一会儿就说你的肚子疼，哎呀哎呀地叫，她有千年的道行，所以有个宝，她会把宝放到你的嘴里，你的病就会好了。她拿给你的时候，你含一下就还给她。过一会儿，你又说你肚子疼，她又会把她的宝给你，你还是含一下就还给她。过一会儿你又要说你的肚子疼了，就在第三回你要把这个宝咽下去，那样子的话，你就可以健康起来了。"于是，那一天张居正就到庙里找那女子去了。在她那儿闲聊了一会儿，他果真假装肚子疼起来，还哎呀哎呀地叫，女子看他可怜，就把自己的宝拿出来给他含，还叮嘱他不能咽下去，过一会儿要拿出来。他把宝含在嘴里，过了一会儿，女子问他："你好些了吗？"他说："好些了，好些了。"就把宝还给了女子。过了一会儿，他又叫着说肚子又疼了，女子又吐出宝喂给他，含了一会儿他又说好了，又把宝还给了女子。第三次，他又说疼了，还装出疼得不得了的样子，在火塘边滚来滚去的，女子又拿出宝喂给他，同样叮嘱他不能咽下去。但这一次，他却直接把这个宝给咽下去了。女子看到了，于是对他说："我本是只狐狸，有千年的道行，修了这么多年，就修了这么点儿东西，我好心喂你，你却把它给吞下去了，吞了也就算了。那么你要一天来看我一次，我不在这个世间了，你也要一天来看我一次，我只是一只动物，你要给我挖个洞，把我给埋了。记住洞要挖在干净的地方。"狐狸跟他说了之后，他也就回家了。要是他一天去看狐狸一次就好了，可是他没有去，差不多半个月了他才又去了。当他找到女子的时候，看到的是一只死在房子边上的狐狸。他也不埋葬它，看到尸体发臭了，他还吐了口唾沫在上面。由于没有埋葬，狐狸又摄入了气息，又变成了一个非常漂亮的女子。女子画了些自己的画像，画像被皇帝手下的人看到了，他们想："这个人长得太美了，肯定会合皇帝的意思，是可以做娘娘的。"于是那些人就把画像拿到了皇帝那里，皇帝看了以后说："这是最漂亮的人。"所以皇帝娶了这个狐狸变成的女子。

后来张居正去赶考，考上了状元。那时还有一个叫艾自修的人也和他一块儿去考试，他们是同村的，还是邻居，所以就一起去了。艾自修的文采要稍差些，张居正的文采要好一些，人也要聪明些，所以张居正考上的是头名状元，艾自修也考上了，但考的是上榜的人当中的最后一名。二人于是就同朝为官了。

那个狐狸精变成的女子要报复张居正，想害死他。于是，变成娘娘的狐狸精就来勾引张居正，和他好上了，还和他上了皇帝的龙床。这样子过了很久，别人倒是不知道，可艾自修知道了这件事，但他也什么都没说。只是张居正一天到晚地嘲笑他说："艾自修，自修不自修，白面书生背虎榜。"也就是嘲笑艾自修考的是最后一名。日子久了，艾自修也非常生气，他知道张居正和娘娘的事情，于是就贴了大字报说："张居正，居正不居正，黑心宰相卧龙床。"这样贴了好几张，被人看到了，皇帝就来问他的妻子，而娘娘也承认了。所以皇帝就对她说："你备一把剪刀，他来找你的时候，你把他的衣服给剪掉一块。"娘娘果然准备了一把剪刀，张居正来找她的时候，她就把张居正的衣服给剪了一块下来，张居正并不知道。第二天早上，娘娘对皇帝说：

"我把他的衣服给剪了一块下来了。"并将那块布拿给了皇帝。皇帝就在当天召集了当年考上的全部人员，并说："你们这些人没志气，发给你们一件好的衣服，撕烂了一条也不知道，看看这个是谁的。"这个人说没有，那个人也说没有。张居正也不知道那就是他的。谁也没说，皇帝就派人一个一个查，发现是张居正的衣服上少了一块，把那块布拼在他衣服上，不多不少刚刚好。于是，皇帝叫人把他给绑了，还赶了五头水牛，然后把拴牛的绳子分别拴在张居正的头上、两只手上和两条腿上，又朝着牛开了一枪，牛吓了一跳，五只牛往五个不同的方向跑，这样就把张居正给拉死了。这就是狐狸精对张居正的报复。(讲述人：李年登　讲述时间：2005年2月13日　讲述地点：李年登家　采录人：董秀团、段铃玲)

故事述评

　　根据传说，张居正与艾自修是在明朝嘉靖年间同科中举的。艾自修是中举的人中的最后一名，张居正为此经常嘲笑艾自修。后来，艾自修发现张居正与太后娘娘或说皇后娘娘有染，便针对张居正嘲笑自己的上联对了一个下联揭露此事，神宗皇帝知道后，给张居正定罪，说他"亵渎皇恩"，所以将他削职为民，发配边疆，永不赦返。在传说中，张居正与太后私情的暴露，恰恰是起因于张居正对艾自修的嘲笑，所以艾自修抓住机会报复了他。

　　而本则故事中，张居正命运转折的主要原因并不是艾自修，而是由于张居正得罪了狐狸精，所以狐狸精才变成宫中的娘娘，来勾引和报复他，最后张居正落了个被五牛分尸的下场。尽管开头确实是狐狸精夺了张居正的元气致使他身体受损，但后来张居正骗了狐狸精的宝，狐狸精因此丧命，至此狐狸精并没有说要报复张居正，而只是告诉他要将自己埋掉，并要求一天来看它一次。但是，张居正并没有这样做，他不仅不来看它，而且也没有将它埋葬，还在狐狸的尸体上吐口水。正因如此，狐狸才又变成了漂亮女子展开对张居正的报复行为。尽管狐狸精本非善类，但仅从这个故事而言，在张居正与狐狸精的交往中，张居正的行为还是有不当之处，才会落到如此下场。

当然，这则故事中，将张居正与娘娘的私情归结为是狐狸精的报复，主要是强调了一种因果报应、善恶有报的观念。也就是将原来故事中的人际纠纷上升到了善恶业报。同时，故事的神奇性和幻想性也得以增强。在石龙村，流传着多种形式的宗教信仰，如佛教、本主崇拜、原始宗教等，这些都强化着村民内心深处对善恶的看法和善恶有报的思想。所以，这则故事中将张居正的命运与狐狸精的报复联系在一起，实际也是反映了村民心目中强烈的因果报应、善恶有报的信仰和观念。（撰写人：董秀团）

和乾隆做富甲

以前，乾隆逃难，这里住几天，那里住几天，一直逃到了很远的地方。在那里，乾隆遇到了一个盘荒养蜂的人。于是，乾隆就和这个人做了富甲。乾隆在养蜂人那里吃蜂蜜、吃荞麦。乾隆还对他说："富甲，我们两个做了富甲，现在我在这里吃你的，那么今后你要来找我。"后来，乾隆回到京里，登基做了皇帝。养蜂人就要到京城里去找乾隆，他带了些蜂蜜和荞麦去，还抓了一只天鹅要送给乾隆。那时到京城的路还是很不方便的，所以他一边走就一边把东西给吃掉了，走到半路的时候，天鹅的毛也被弄得很乱了，他想这么乱糟糟地送给乾隆也不好，应该给天鹅梳洗一下。于是，他找了个水潭，想在水潭边给天鹅梳洗一下。结果一不小心，天鹅就飞走了，他只抓住了天鹅的一根羽毛。养蜂人于是就拿着这根羽毛到了京城。到了京城，他就去皇宫找乾隆。守门的把他拦住了，问他："你是谁？来这里干什么？"他回答："我来找乾隆。"守门的又问："你是什么人？来找皇上干什么？"他回答："我是他的富甲，他让我来找他的。"守门的看他是一个穿着羊皮褂的人，头发又乱又脏，还说他和乾隆是富甲，谁也不相信，于是就不让他进去。可他一直在那里，坚持说乾隆和他是富甲，于是守门人进去通报，说："皇上，外面有一个穿羊皮褂的人要见皇上，他硬要说他是皇上的富甲。"乾隆一听是穿羊皮褂的，知道是养蜂人来了，便说："是的，是的，你们赶快叫他进来。"养蜂人终于见到了乾隆，他对乾隆说："富甲，本来我给你带了些蜂蜜和荞麦，但路上没吃的就被我吃了。我还给你带了一只天鹅，但不小心飞走了，我只抓住了一根羽毛。"乾隆说："富甲，你带的东西真的很好，千里送鹅毛，礼轻情意重。"这样，这个养蜂人就在皇宫里玩了一段时间，然后才又回去了。在他要回去的时候，乾隆给了他一块铜牌，还给了他一道羊皮圣旨。拿着圣旨和铜牌就意味着要他回去做官了，但这个养蜂人不认识字，回来的时候到了洱源那一带，借宿在人家家里面。那些人看到了他的东西就问他："你这些东西是从哪里拿来的？"他说："是我的富甲给我的。"他们说："你的这个东西很值钱的。"他说："这个铜的牌子能值什么钱呀？"他们问："你这个要多少钱？换给我们吧！"他说："我就喜欢放牛，我家住在山区，我盘荒过生活而已，钱也不用了，你们给我几头牛吧。"所以那些人就给了他几只牛马，换走了他的铜牌。这样，官也不是他的了。回到家，他的牛马也死掉了，羊皮圣旨也被家里的狗撕烂了。后来，上天给他写了一道圣旨，上面只有"羊皮圣旨狗拉去"这么几个字。（讲述人：张四喜　讲述时间：2005 年 2 月 15 日　讲述地点：李金德家　采录人：董秀团、段铃玲）

故事述评

　　该故事是"千里送鹅毛"故事的一种变异。作为一个文学典故，"千里送鹅毛"的故事出自宋代罗泌的《路史》，讲述了唐朝时一个叫缅百高的人进贡天鹅，一不小心天鹅飞跑，只剩下一根羽毛。缅百高无奈，只好拿着这根天鹅毛去见唐朝皇帝。他一面叩头，一面唱道："将鹅贡唐朝，山高路远遥。沔阳湖失去，倒地哭号号。上复唐天子，可饶缅百高。礼轻人意重，千里送鹅毛。"皇帝念他聪明就宽恕了他。我们收集的这则故事，皇帝换成了乾隆，但是情节基干没有变，与《路史》上的记载基本一致。在故事的后半部分，讲述者链接了一个类似"傻瓜空欢喜"型的故事，主人公从皇帝那里得来的赏赐全部落空，"羊皮圣旨狗拉去"成为他滑稽下场的总结。

（撰写人：朱刚）

乾隆皇帝

乾隆小的时候，他的叔叔要争皇位。他父亲对他说："我死了以后他们会把你害死的，你先出去逃难避一下吧。"这样他父亲死后乾隆就出去流浪了，他的叔叔继承了皇位。他叔叔在皇宫里一天要念乾隆的名字三次，不然睡不踏实。

乾隆在大理流浪，当他走到右所的时候，遇见一个老奶奶给两个犁田的人送饭。大家在路边吃饭，就叫乾隆过来一起吃，乾隆推辞了。那两个人一再邀请他过来吃饭，乾隆就跟他们说："你们这个地只要犁浅浅的一点儿就会长得很好了。"他走到牛街那里，又遇见了两个犁田的小伙子在路边吃饭，送饭的是个小姑娘。大家也不叫他吃饭，乾隆就和他们说："你们这个地的话，挖得越深越好！"所以直到现在，右所那里的地犁很浅就能耕种，而牛街那里的地需要挖得很深才可以。

下午天快黑的时候，他来到观音堂，有一个老妈妈在很小的一块地里栽秧。老妈妈就跟他说："天晚了，小兄弟你就在这里住吧！"乾隆说："老妈妈你良心好，你这块地的话可以打出来1000斤（500千克）。"老妈妈就笑着说："不用1000斤（500千克），500斤（250千克）就够了！"到现在，他们那里的两分田产量可以达500斤（250千克）。

当他走到鹤庆的一个村子时，有一个小男孩儿在赶地里的麻雀。他就对小男孩儿说："小伙子，你可以借我一下火吗？我想抽烟。"小男孩儿说："可以的，爷爷，但我要回家去拿，请你在这里帮我看一下，不然等下鸟又回来吃谷子。"乾隆答应了，小男孩儿就回去给他拿火。乾隆说："这里不要有麻雀。"所以到现在，那里也没有麻雀吃谷子。

乾隆又去到了兰坪的一个村子。在那里他结识了一个人，还和那个人结为富甲，乾隆的这个富甲是个放羊的，乾隆就在那里帮他干活，住了三年。三年以后，乾隆要走了，就对他的富甲说自己在大理的某个地方，以后有什么事情就可以来找他。

第二天乾隆走到海云居的时候口渴就进去讨水喝，但是寺里只有开水没有茶叶，他就从树上摘了几片叶子，那叶子泡的水就比茶还好喝。

乾隆去到洱源的一个寺庙的时候，正逢三月三。洱源的牡丹花开得特别好，洱源县太爷的太太带着儿子去寺里赏花。小孩儿比较调皮就要去摘牡丹花，乾隆就告诉他："不要摘，你不听话的话，等下爷爷打你嘴巴呢！"他们回去以后小孩儿的嘴边就肿起来了一大块，县太爷就问是谁打的他？县太爷的太太答没有人打他，又忽然想起白天的事，就说："莫非是今天在寺庙里见到的那个老头儿，他跟小孩儿说了句摘花是要打嘴巴的。"县太爷就立刻进去翻他的书，出来后他就说他知道为什么了。之后他下令让士兵去把寺庙包围起来，把乾隆抓起来，关进大牢，并打算在冬至的时候把他杀掉。看守监狱的晚上做了个梦，梦里有人跟他说此人不能死。于是他就对乾隆说："冬至那天你就要被处死了，你有没有亲戚朋友我帮你去说说看能不能救你。"乾隆答："你既然有心救我，那烦请你去给我买点儿笔墨进来吧！我写完以后你就拿着我的手书马上走，一直走到大理皇宫，如果守卫不让你进去，那你就硬闯进去，你进去以后我的叔叔就下来了，你把手书给他就可以了，他自会知道怎么做。"看守监狱的人按照他的话找到了他叔叔，并把手书给了他叔叔。乾隆叔叔看完手书后就立刻下旨去攻打洱源县城，把县太爷也抓了起来。乾隆得救后就把这个看守全家也接去了大理。（讲述人：张福友　讲述时间：2015 年 7 月 26 日　讲述地点：张福友家　采录人：董秀团、杨英、普燕、李昕、赵晓婷）

故事述评

清乾隆帝在位六十年，是一个治国有方且极具传奇色彩的皇帝。他的趣闻逸事难以计数，在很长一段时间内都是后世民间艺人和文人笔下重要的创作素材和灵感来源。例如，咸丰、同治年间出现的小说《圣朝鼎盛万年青》（又称《乾隆巡幸江南记》《乾隆下江南》等）就将乾隆下江南的故事与方世玉的故事捏合到一起，并深入地影响了其后小说、戏曲、曲艺等文学类别的创作。直到现在，仍有影视作品对这部小说的内容和题材进行整理和改编，我们也能时不时地在电影、电视屏幕上见到人们对乾隆皇帝的现代想象。相比起下江南，本则故事并没有跌宕起伏的情节，而是将乾隆皇帝与一些地方风物的传说相联系，以一种特殊的想象方式对当地传统农耕习俗的一系列细节进行了阐释。当然，此类传说之不具真实性是显而易见的，故事讲述家将其附会在乾隆身上也并不是为了说明它的历史来源，而是通过使其与著名的历史人物产生牵强的联系，说明这些习俗是传统的、久已有之的。虚构的历史赋予可观察的现实一种习俗上的合法性，这是该文化的内部成员可以接受的一种习惯的合理性。至于故事最后讲述的乾隆与县官的斗争，则大体上传达了一种"善总会战胜恶"的观念，这也是白族民间故事当中一个比较具有普遍性的母题。（撰写人：朱刚）

异文一：乾隆的故事

乾隆在大理国，他父亲雍正去世前怕他被叔叔杀死，让他出去流浪几年再回来，先让他叔叔做几年皇帝。可是后来他的叔叔生病严重，在宝座上都坐不稳了，要念几遍"乾隆、乾隆"才能坐得稳。乾隆从大理走出去，走到右所村。右所村边上有两头牛在犁田，有一个老妈妈来送饭，两个人在那里吃午饭，看见他就邀请他过来一起吃饭。他没有留下吃饭，但是心里很欣慰，对他们说："你们犁地犁浅一点儿就好，不用犁深。"后来他在路边睡觉，第二天到了牛街，又遇见几个犁田的，有个小姑娘去田里送饭。在路上遇到让都没有让他，也没有叫他吃饭，他说："你们挖地要用锄头挖，挖得越深越好。"晚上太阳落山了，他到了观音山附近的村子，有个老妈妈在田里插秧，那是只有两三分的一丘田，她对乾隆说："小伙子，来我家闲闲吧。"乾隆拒绝了，就在路边睡。他说："你们一年打1000斤（500千克）粮食。"老太婆说："不用1000斤（500千克），只要能打500斤（250千克）就够了。"从此以后，那丘田无论是哪年，都能打500斤（250千克）粮食。有一个小孩子在赶鸟，他对小孩子说："你帮我回去拿点儿火，我要抽烟，我帮你看着。"小孩子回去拿木炭，乾隆对小鸟说："你们远退30里（15千米）！"等到小孩子出来，小鸟都不见了。后来他又到了玉华村。在那里，观音菩萨拿着100条干黄鳝在卖，卖30两一条。乾隆说他要买一条，可是观音认出了他，不卖给他。后来来了一个小伙子，他说他没有吃过干黄鳝，决定买一条。付钱的时候，观音没有收他的钱，观音对他说："你去找个高点儿的地方，挖个洞，别吃它，把他放进洞里。"小伙子照做了，黄鳝就变成了一条龙。其余99条没有人买，观音把它们带到了老君山。所以现在老君山就有99条龙。

老君山上有一把金椅子。那里的木知府请鬼谷子给他算命，鬼谷子算出来他死后没有棺材。木知府不信，说自己身为知府，怎么可能死后没有棺材。他想去老君山坐一下金椅子，让手下抬了七个金棺材上山。木知府还有穿山链和赶山鞭两件宝贝。他坐上金椅子，椅子就转了起来，里面的龙王说话了："你把你的穿山链和赶山鞭交出来我才放过你。"他只好交出东西。回来的时候大雪封山特别冷，于是就烧了一个金棺材取暖。后来一直烧，一共烧掉了六个，只剩下一个了。到了山脚，他说他还不会死去，把带的最后一个棺材也敲掉吧，省得抬着费力。可是刚敲掉最后一个棺材他就死了。于是他真的就是死后没有棺材了。

乾隆到了兰坪县的一个地方，他交了一个朋友是放羊的，他们一起在一个岩洞里住，住了几个月。后来他对他朋友说："以后我要去大理了，你可以去那里找我。"途中路过石龙村的磨面房，他在那里睡了一觉，写了一首诗："比里拱咚①碓，邋里邋遢睡，不明不白来，不明不白去。"第二天早上他到了海云居，有两个老妈妈在寺庙里。他问她们有没有茶叶，她们说没有，然后他用手一指旁边的一棵梨树说："把那棵树上的叶子取下来可以喝。"到现在，那棵树的叶子依然可以采下来喝。在那里喝过茶后，肚子饿了，可是两个老妈妈那儿只有荞面，没有其他吃的，于是就给他吃了点儿荞面。三天后他到了洱源县的一个寺庙，在那住了三年。那里有两口井，一口出酒，一口出油。有多少人就够多少人吃，有一人够一人，有十人够十人。他还在那里种花，种了一株牡丹花。三月三的时候，洱源县县太爷的太太带儿子到寺庙看牡丹花。小孩子太调皮要去摘牡丹花，乾隆让小孩子别摘花，花是给人看的。可是小孩子不听，他就说："你不听话的话我就要打你嘴巴了。"县太爷的太太不让

---

① 拟声词，形容磨房中碓的起落之声。

小孩子摘花，带他回了家。回家不一会儿，那个小孩儿的脸就肿了起来。县太爷问："你是跌倒了还是有人打你？"太太说没有跌倒也没有人打。后来她想起来在寺庙的时候是有一个人说如果小孩子不听话就要打他嘴巴的事情。县太爷听过之后很生气。他去翻书查看，书上说寺庙里面那个人不简单。第二天他带了衙役官差护卫包围了寺庙，抓了乾隆，那天已经是冬至前的第四天。抓人的前一天，看牢房的牢头做梦梦见一只黑虎进了他的牢房。黑虎一只脚踩在门槛上，就是不跨进牢门。第二天乾隆就被带到了牢房，他坚决不进去，后来很多人把他推进去。牢头悄悄对他说："小弟，后天他们要整你，你还有没有什么心愿我可以帮你，有没有熟人？我可以帮你去找。"乾隆说："如果你有心帮我，那就去街上买两寸红布、一支笔、一块墨就行了。"牢头买回来之后拿给他。他在红布上写了一道圣旨，好好包起来交给牢头，对他说："请你马上帮我去大理国皇宫找我叔叔。如果侍卫不让你进去的话你别怕，推他们一下你就能进去了。进去之后看到一位穿长袍、拖鞋的，那就是我叔叔了。你就把我写的拿给他看。"他叔叔看了是圣旨，就把它交回给牢头。过一会儿让人重新请回牢头，进了房间点起香炉接旨。后来叔叔派兵包围了洱源县，撤掉了县太爷，救出了乾隆。乾隆将那里取名为那枯县，不准洱源人盖有房檐的房子，不准他们戴有帽檐的帽子。

乾隆回去登上了皇位。因为牢头救了他，他派人把牢头一家接到了皇宫居住。后来，乾隆那个放羊的朋友来看望他，捉了两只天鹅想要送给他。可是到了剑川，天鹅飞走了一只，只剩下一只了，他就很谨慎。到了大理皇宫外，他想去水里洗一下天鹅。洗的时候不小心又让天鹅飞走了，只抓住了一根羽毛。进宫以后，他把这些事情经过跟乾隆说了。乾隆跟他说："千里送鹅毛，礼轻情意重。"这样，他的心里就不再难受了。放羊的朋友在皇宫里过了一年锦衣玉食的生活后决定要回家了。跟乾隆说了之后，乾隆同意了。乾隆告诉他宫里的金银任他拿，可是这位朋友什么都没有要，只要了在路上吃的食物。乾隆给了他一块铜牌，那是世袭土司官的令牌，可是他却不知道。走回家的路上遇到另一个放羊人，他就给放羊人看了他的铜牌。放羊人看出那块铜牌不一般，就提出说用自己30多只羊换他的铜牌，他很高兴地答应了。后来他赶着30多只羊回家了，而那个路上遇到的放羊人去当上了土司。（讲述人：张福友　讲述时间：2016年8月2日　讲述地点：张福友家　采录人：董秀团、卞宇田、宋妮妮、张宇）

故事述评

　　同一个故事讲述家张福友的这两则故事，虽说在一些细节上有所差异，但基本上还是利用乾隆这一文化符号对一种重要的地方风物和传统习俗进行文化阐释。值得注意的是，两则故事采录的时间相隔了几乎一年，所以二者之间的差异无可避免。但是，我们同时也能在两个文本之间看到一些稳固的母题结构，虽然在类型上不好划定，但其中涉及的对象几乎是相同的，如耕地的深浅、田地的产量、海云居的茶、善与恶的斗争等。这说明，至少在讲述人看来，上述话题是当地文化中相对比较重要的一些元素，值得通过故事讲述的言语行为再次对其加以强调。🖋（撰写人：朱刚）

异文二：海云居的苦茶树

　　乾隆到乡下走访，经过海云居。到海云居，没有茶水喝，旁边的随从问他没有茶怎么办？乾隆就指着旁边的苦茶树说："这不是有很多茶树吗？也可以喝的。"从那以后，人们才知道那个可以喝，直到现在还在喝。（讲述人：张定坤　讲述时间：2016年7月31日　讲述地点：张国宝家小卖部　采录人：昂晋、古珊子、李银梅）

故事述评

　　该故事讲述海云居附近茶树的来历，与上文张福友讲述的两则关于乾隆的故事一样，把茶树、喝茶的典故附会到了乾隆身上。海云居是当地民间信仰最重要的场所之一，其又名"茶山寺"，相传为普联和尚所建。该故事中，谁发现茶树、开启喝茶的习俗并不重要，重要的是茶及树本身。因为海云寺在信仰中的重要地位，需要对一些细节给予文化上的阐释。阐释本身就是一种传达文化信息的行为，海云居的重要性不言而喻，茶倒还在其次。🖋（撰写人：朱刚）

杨状元①的故事

杨状元这个人小的时候就很喜欢读书。他第一次去考状元的时候，家里很困难。他们院子里有一些有钱人，他得知他们也要去考试，就对他们说："你们几位去考试，那我也和你们一起去，我呢，也没有行李，也没有路费，我和你们一起去，可以给你们做饭，照料一下你们的马，也跟着你们去逛一下。"那个时候，那些要去考试的有钱人家的人是需要有人给他们牵马的，所以他们也高兴地说："好好好，你跟我们一起去，一起去。"

在路上，那些去考试的人还故意和他开玩笑。有一天，他们看到一家正在办丧事，几个人抬着棺材，杨状元故意问："哎，你们几位，这个叫什么？"他们说："四人抬轿。"实际上是四个人抬了个棺材，里面有个死人。往前走了很久，看到有人在犁田，他又问："哎，你们几位，这个又叫作什么？"他们说："二牛抬杠。"又往前走的时候看到了有人在积粪，他又问这个叫什么，他们说："蒸炒酱。"他们以为他什么都不懂，所以就故意这样说。

他们到了京城，找到一个地方住了下来。那些考试的人对他说："好，你先去给我们烧些水，水烧好了，你就做饭，做好了饭就叫我们，我们去那里看一会儿书。"他答应了，于是就去烧水、做饭，做好了饭，喂好了马，就叫那些人来吃饭。吃完饭，他们对他说："你好好睡一觉，明天早一点儿起来烧些水，我们洗洗、吃吃饭，然后去考试。"他答应了，其他人也去睡了。

第二天早上，他起来后烧好水，做好饭，然后就去叫那些考试的人起来吃饭。他们吃好饭，就叮嘱他说："你在家喂喂马，给我们做饭，但不用着急，慢慢来，今天我们去考试，不晓得什么时候能结束，可能会晚一些才回来。"他把一切都准备好，等到那些人去考试的时候他也偷偷地跟在了他们身后，进了考场那里。他拿了一张他

---

① 杨状元，指的是杨慎。

们的纸，因为没有笔，所以拿了一根鸡毛当笔，他也没有墨盒，所以就捡了一个，在里面磨了些墨。考生的试卷已经送了进去，那些考试的人也坐在了桌子边。他也进去看了看试卷的题目，发现那些题目都相当简单。他的本事很好，很快就写好了，把试卷给交了，于是他先回到了住的地方，给他们做了饭。等到那些人回来的时候，他的饭也做好了，马也喂好了，洗的水也烧好了。他就叫那些人吃饭，他们说："好，先吃饭，吃完饭再说，今天肚子都饿了。"那些人吃完饭洗洗就要睡了，睡前还叮嘱他："明天你也晚起来一些好了，我们会睡到晚一些才会起床的，明天他们的榜会贴出来，我们要去看看榜。你在家里把午饭给我们做好。"他答应了。到了东方破晓的时候，听到了放炮的声音，一炮、二炮是叫人起床的，二炮的时候就可以看到榜了。于是，他就起床了，到了放榜的地方，看到了榜，知道自己考了个头名状元，和他一起去的那些人则一个也没有考上。看完榜，他折回到住的地方，烧好了火，看时间还早，就又躺在自己的草席上。因为以前那些放马的人都是睡在楼底下，用草席铺在地上就睡了。过了一会儿，那些考试的人起床了，从楼上下来。这个时候，他已经知道了考试的结果，就想和那些人开个玩笑。于是他笑着说："哈哈哈，你们几个走得轻一点儿，你们把灰给抖到状元郎头上了。"以前，老人们会说："你们在这里乱说乱吹的，状元郎就在楼底下！"说的就是这个杨状元了。那几个人起床后下楼洗漱好了，出去看榜的时候，看到他们几个一个都没有上榜，而为他们牵马的人反而考上了头名状元。这几个人相互说："我们在来考试的路上，还曾经故意取笑过这个杨状元，现在他考上了，我们没有考上，这可怎么办？"他们商量了一下，一起去向他道歉，还对他说："这次你考上了，而我们没有考上，我们是一起来的，所以你要给我们弄点儿事情做做。"他说："简单，简单，我给你们弄点儿事情做做，现在先吃饭，吃完饭，我给你们找样事情做。"他把要做的事情写在一条一条的小纸上，上面写着"二牛抬杠""四人抬轿""蒸炒酱"之类的，净弄些来的时候他们和他开的那些玩笑。他一考上状元就到了京城里，他们给他配了兵马，给了他钱财，他还回来请了客，搞得很热闹。

俗话说"贵人多有难"，杨状元是贵人，但先前也受过很多的苦。他很能干，但京城里的一些人不服他。杨状元这个人是我们云南人①，就是我们上边一些的人了，其他的人不服他，所以总是要找他的事，总到皇帝面前告他的状。有一次，他们又去告他的状，皇帝就要把他贬到地方上。杨状元的心里其实就想回我们云南，所以他故意拿了一把香去祈祷，还说："宁从峨眉山，莫从云南碧鸡关，那里蚊子有四两，跳蚤有半斤（0.25千克）。"意思是说宁可去四川之类的地方，也千万不要让我去云南，那里的蚊子有四两那么大，跳蚤有半斤（0.25千克）那么重，是一个很恐怖的地方。那些官员派人打听到了以后就去向皇帝报告。于是皇帝就派了两个人来云南调查，刚好遇到了一个老妈妈去割草，割的是蚊子草，他们问她："大妈，你割什么草？"她说："我割蚊子草。"两人也没去调查，以为割蚊子草是要割给蚊子吃的草，于是就回去报告说："是的，他们云南那边的蚊子也要给它割草吃。"这样，皇帝就说："他越是不想去的地方，就越要让他去。"于是他们就把他派到了云南，在云南待了很长一段时间。

后来，皇帝又把他召回了京里。但有一些官员还是不服他，一天到晚地找他的碴儿。那时候他从云南回京，带了些荞面去，一天他在他的小锅里把荞麦面搓成了一小条一小条的，然后把那些一条条的荞麦面放到了皇帝的寝室门口，皇帝起来一看以为是出恭出的，就把人们给集中起来，要查这个是谁的屎。结果那些人因为都要害杨状元，就都说是杨状元弄在那里的，杨状元看到大家都这样说，于是就说："好，你们都说是我，那我就把这些东西给吃了。"于是，杨状元就把那些东西给吃掉了，其实谁都不知道他吃的是荞面，皇帝看到了就对所有人说："要是以后还出现这样的事情，那查出来是谁干的就要谁把这些都给吃了。"大家都同意了。第二天。皇帝起床以后到寝宫外，又有那些东西了，而这次真的是杨状元弄在那里的屎。和上次一样，皇帝还是召集了所有的人，说："好的，前次你们都说是杨状元，杨状元一个人把那些东西都给吃了。这次你们几个人一个人吃一些，无论怎么说也就是要你们几个人吃了。"所以皇帝就让那些人一人吃了一些，把杨状元的屎给吃了。这样杨状元就算计了他们一次。

---

① 杨慎并非云南人，是被充军到云南。

后来，他们又把他给派回了我们云南。到了大理的时候，他晚上写字，风很大，把他的灯给吹灭了，他把灯给点上了，说："哎，风不敬我。"意思是风把他的灯给吹灭了，让他字也写不成。从那以后，他在大理住的房子虽然没有装修，外面的风吹得也很大，但他的家里却再也没有风吹进来过。他在大理住了几天，后来就到了我们沙溪，当时他先到了甸头，就睡在甸头一家人的碓上，就只来了一天而已，他走的时候就在他们那里留下了一首诗，写在了他们的碓上："比里拱咚碓，邋里邋遢睡，不明不白来，不明不白去。"于是就又走了，到了一个叫水的坪①的地方，刚好是平田撒种的季节，人们都在那里放水。杨状元看到了一个赶小鸟雀的人，就要去试试他，说："我现在很想抽烟，但没有火。你给我拿个火我要抽根烟。"赶雀的人说："我给你拿个火也很简单，但我走掉的话，小鸟就会把我的种子给吃掉了，不然给你拿个火我也是很乐意的。"杨状元说："没关系的，没关系的，你仔细看好了，要是被吃掉一颗的话我负责，你给我拿个火，我在这里帮你赶鸟。"于是那个人就帮他去拿火了。他想这个人是个好人，要帮他赶鸟。所以他就说："你们这些麻雀远退30里（15千米），不要在这个地方。"所以，水的坪30里（15千米）的范围内都没有鸟雀了，鸟雀都全部飞到外面去了。

后来他又到了甸头里面一些的地方，那里有两个无子无女的孤老。他到了他们家里，和他们住在一起，就想要帮他们一下，让他们过得好一些。杨状元在他们家里生活得很好，平时给他们做做饭，挑挑水什么的。除夕前的一天，他说："大妈，过几天除夕就要到了，别人有钱的去买东西，我这个人也没有什么手艺，只会画点儿画，你去赶集的时候给我买几张纸，再给我买些墨回来，到时候我给你画几张画，你可以把画拿去卖了。"老妈妈答应了，于是就在赶集的时候给他买了些纸和墨回来，但总也没见到他画画，老妈妈心急了，就问他："你说给我画几幅画让我去卖一下，明天就是街天②了，可是你今天都还没有画出来，那明天我怕是不能去卖了。"他说："大妈，不用急的，我一天就可以画出来，就算是明天画也可以赶得上的，你不用着急。"

---

① 在剑川县羊岑乡六联。
② 意为赶集的日子。

他纸都不叠一下，把纸拿过来就揉，像老妈妈们洗衣服那样，把纸揉了一通，然后把他磨的那碗墨泼在了纸上，两个老人想："啊呀，这样子怎么行，人家画画都是一笔一笔的，而你画画怎么是这样的？把墨汁泼在上面，揉几下，滚几下，这样的画怎么能卖得掉？"于是两个老人心里暗暗伤心。那天要赶集了，他就向老妈妈吩咐说："大妈，你去卖画，但是在路上的时候不能把画给打开，风太大了，你要是在路上掀开了，风就把它给吹跑了，你就没办法把画给拿回来了。到了卖东西的地方，你再把它给掀开。"老妈妈连声说："好好好！"就去赶集去了。到了山口那个地方，老妈妈回头看了看，看不到他们的村子了，于是就想："这里应该可以了，看不到村子了，别人是一笔一笔画的，他是用墨泼在上面的，我先打开看看，这画到底能不能卖得成。"当她把画给打开的时候，发现这画画得好极了，上面还闪闪发光的，有些锦鸡什么的。画拿到了街上很快就给卖完了。买回家去的那些人把画挂在堂屋上，撒上几颗谷子锦鸡还会从画上走下来吃，吃完了再回到画上去。老太太卖了些钱回来，就对杨状元说："要不你再画几张有鸡的画，你画的那些一下子就给卖完了，你既然画了，那就多画几张，让我们再卖一下。"但是他怕人家发现他就是杨状元，所以就说："大妈，就要到除夕了，这是最后一个街天了，没有卖的时间了，买的人也不会有了，等到明年的时候我们多画几天，多画一些，多卖一些。"到了第二年除夕的时候，他对老两口儿说："大爹、大妈，你们两个今天不要到外面去，今天外面会出事，所以你们要把大门给紧紧关好，别人再怎么叫你们也不要开门，外面出的这个事情是危险的事，你们要小心，千万不要开门。我呢，出去逛一下，晚饭好的时候我会回来吃晚饭的。你们要记住千万不要给人开门。"他出去的时候就在大门上写了一副对联："家家户户过肥年，唯独饿死杨状元。"这个对联被一些人看到了，知道了杨状元就在他们家，于是想要帮助一下杨状元，大家拿着钱、米、肉等东西去叫门，但门关得紧紧的，也没有人答话，所以那些人只好把东西从墙外丢进去，钱也丢进去，米也丢进去，肉也丢进去。到了晌午的时候没声音了。老两口儿到院子里一看，尽是些米、钱和肉什么的。两个人把这些东西收拾好，做好了饭等他，但是他从此就没有回来，直接走掉了。（讲述人：张万松　讲述时间：2005 年 1 月 24 日　讲述地点：石龙村村委会　采录人：董

秀团、段铃玲、朱刚、赵春旺）

故事述评

关于杨状元的故事，在云南昆明和滇西可以说是家喻户晓。杨慎，字用修，号升庵。四川新郡县人，明代正德辛未年（公元 1511 年）状元。嘉靖年间，因反对追封皇帝亲生父母而触犯当朝，遭廷杖，充军云南，老死滇西。杨状元在云南待了 30 多年，其中有很长时间他都生活在大理一带，和当时白族的文人李元阳游览苍山洱海和鸡足山，写下很多名篇佳作。在云南各地和白族民间，也流传着大量关于他的传说故事，如《状元访鸡山》《对偶》《杨升庵在澄江的传说》《种生姜》《白族种香椿的来历》《玉汤盆》等①，有的说的是杨状元的才华和学识，有的说的是杨状元与当地人民的深厚友谊，有的说的是杨状元对当地百姓的帮助。

本则故事说杨状元是云南人，这应该是云南百姓对杨状元十分熟悉和喜爱的缘故，当然也不排除可能是杨状元曾充军云南而被人们误认为本是云南人。故事中，杨状元为了被发配到云南而耍了一个小聪明，皇帝派来的人来调查遇到老大妈在割蚊子草，以至于认为云南的蚊子确实很大，这个情节设置得十分巧妙，也非常富于幽默感。而杨状元恶整那些总是和他作对的人的内容，也充满了世俗性，在这里，杨状元好像不是一个学识渊博的状元，也不是一个儒雅敦厚的学者，却像是一个喜欢恶作剧的民间百姓、世俗中人。故事中的后半部分，主要强调的是杨状元的神奇和不凡，他说"风不敬我"，从此风就不往他家里吹，他让麻雀远退 30 里（15 千米），麻雀果然就不在那个地方出现，他画的画妙笔生花，连画上的锦鸡都能从画上走下来。这些，都表现了杨状元的不凡和神性，在民间民众的心目中，杨状元已经不是普通的凡人，而是像神一样的人，在他的身上，有那么多不平凡的特性，所以他能够以超凡的能力来帮助贫苦人和他想要帮助的人。故事的最后，百姓们看到杨状元的对联，就主动地给他送来米、肉、钱物，这也充分表明了百姓们对杨状元的仰慕和崇拜之情。

---

① 张福三主编，《云南地方文学史》（古代卷），云南人民出版社，1997 年，第 483 页。

石龙村是一个地处山区较为封闭的村落，但在这里却同样流传着关于杨状元的故事，说明即使是相对封闭的村落，其与外界的交流从来都不曾隔绝。民间文学的流动性和强大的生命力在此显现无疑。（撰写人：董秀团）

杨状元做客

一个做官的人请客，请其他那些当官的来他家里做客。虽然请客那天来的都是些大官什么的，但他把主宾的位置一直留在那里，说是要留给他的富甲。但他的富甲总也没有来，那些人等得都发火了。过了好大一会儿，他的富甲来了，到了以后就直接坐到了主位上。他的富甲看上去整个人都很脏，身上有许多污垢，一点儿也不卫生，所以其他那些来做客的当官的都不高兴了，说："你把我们请来这里，却看不起我们，你那个富甲，看上去邋里邋遢的，你还给他坐主宾的位子，却让我们坐次位。这里还有几副对联，我们不写了，你让他写好了。"他说："你们先吃午饭，先吃午饭。"那些人就吃了，他偷偷地把这个事情跟他的富甲说了，于是他的富甲就走了出去，三下两下就把对联给写好了。写完了，那些人还不知道。他写好了就走掉了。那些人还对那个请客的官说："你的对联让你的那个富甲写好了。你的那个富甲是什么地方的人？你把主位留给他，不给我们坐，你今天是看不起我们啊！"那个做官的说："不是的，那个人是杨状元，你们不认识他，我们两个从小就做富甲了。"他们说："既然他是杨状元，那你的对联就更要让他写了。"他说："他已经写好了，现在已经走掉了。"那些人于是就争着去看杨状元写的对联。杨状元的对联写得非常精彩，那些人都远远不及他。他们问："杨状元还会回来吗？"那个官说："不回来了，也不知道到什么地方去了。"后来，他们怎么也找不到杨状元了，因为杨状元是不喜欢在别人面前露面的。

（讲述人：张万松 讲述时间：2005 年 1 月 24 日 讲述地点：石龙村村委会 采录人：董秀团、段铃玲、朱刚、赵春旺）

故事述评

这则故事主要讲述杨状元的才华过人和杨状元不喜欢张扬、不喜欢抛头露面的性格。但是，杨状元又并非一个孤僻之人，恰恰相反，他所不喜欢结交的，是那些趋炎附势的人，而对于交心的人或普通的老百姓，他却乐于深交。所以，杨状元才会和故事中的人成为富甲，也就是最好的朋友。故事中将杨状元描述成一个不修边幅、不重外表的人，这恰恰是反衬出杨状元的特立独行和他的与众不同。故事中对杨状元形象和来做客情景的描述，与张明玉讲述的《龙富甲》故事的部分情节有些相似，都说到主人请客，留下主宾的位子，而这位主宾来了之后，也不和旁人交谈，所以引来其他客人的不满。当然，《龙富甲》中，是客人要求龙现出原形而被吓死，杨状元的故事中，则是说众人看到杨状元留下的对联，自愧不如。显然，相较之下，杨状元的故事更具生活气息。 （撰写人：董秀团）

木知府

据说木知府有一对赶山鞭和催山链，专门用来对付手下人。他还有 100 匹马，专门去驮金银财宝，每次去驮时他都要自己骑一匹，所以回来的时候，有 99 匹马驮着金银财宝，他就总是说不够，是马夫拿了，所以每次都要把马夫杀掉。马夫们受不了了，到老君山去求龙王。龙王在龙潭里显现出很多金桌、金椅，手下人报告木知府，木知府看到后说："这些金桌、金椅真漂亮，我真想坐一下。"他的话刚说完，金桌子、金椅子就漂到了龙潭边，木知府就坐了上去，可他刚坐上去，金桌椅又漂回到龙潭中间，他就出不来了。有人告诉他说："把赶山鞭、催山链丢到龙潭里，你就可以出来了。"他将赶山鞭和催山链丢进龙潭，这样他就漂到水边出来了。后来，他去找算命先生算命，算命先生告诉他："你这个人太毒，死了都没有棺材。"木知府听了很害怕，于是，不管走到哪里都命手下人抬着棺材跟着他。有一天，他们经过雪山，太冷了，没有办法，只好把棺材劈开烧了，可木知府还是被冻死了，所以他死了就真的没有棺材。（讲述人：张灿兴　讲述时间：2008 年 7 月 26 日　讲述地点：张灿兴家　采录人：董秀团、杨建华、赵春旺）

故事述评

　　这则故事中说的木知府，指的应是丽江府的知府。剑川地区在清乾隆时期曾归入丽江府，剑川与丽江之间也有不可分割的联系。本则故事从思想内容来看，对木知府是批判态度，木知府的残暴和狠毒最后遭到了报应，他再想办法也无法摆脱死后连棺材也没有的命运。所以，这则故事中表现的情感和思想倾向是较为明显的。木知府死后没有棺材的情节与张福友讲述的《乾隆的故事》中相应情节类似。　（撰写人：董秀团）

段总兵

　　从前剑川有个段总兵，在他还没出生的时候，家中很穷，他的父亲年轻时没钱讨媳妇，那时他爷爷的富甲有两个女儿，所以他爷爷就让富甲将一个女儿嫁给自己的儿子。结婚后，有一天，段总兵的母亲去拜金华山，她拿着簸箕去龙潭边洗菜，忽然有一条红鱼从龙潭中跳了起来，跳进她的围裙里。这样，她就生下了段总兵。所以，传说段总兵是龙转生。

　　后来，段总兵的父亲被派去四川的一个县当县长，段总兵的母亲也一起去了，所以段总兵是在四川出生的。那时，四川人喜欢养虎豹。到了寒冬腊月的时候，段总兵的父亲带着一些随从去收赋税，这些随从是丽江人，和他们一起去四川的。他们在天黑的时候才返回，没想到四川人把养的虎豹放出来，把段总兵的父母都吃掉了。段总兵父亲的一个随从逃了回来，拿了一个毯子，把段总兵裹在里面，跑回老家，将段总兵养大。

　　段总兵 12 岁时缠着养父说要去远游，到了 13 岁时，养父便和他一起去省城告状。他们写好了状纸，却不知将状纸呈给谁，成天在街上乱转。一天，养父把一件"贴边衣"①穿在身上给别人看，有个老头儿看见他们觉得奇怪，就问他们是不是有事，他们便说了要告状之事。老头儿对他们说："你们在这里等，明天有个穿长衫马褂的人会从这里经过，你们把这件衣服给那个人，他会帮你们告状。"第二天，果真有个穿长衫马褂的人过来了，他们把"贴边衣"给了这个人，这个人便帮他们到皇帝处告状，为段总兵的父亲雪了冤仇。后来，皇帝说要留段总兵在朝中做官，段总兵说自己要子承父业，愿意回到父亲为官的那个县做官。皇帝将他派到了那个县，那个地方的人又把虎豹放了出来，段总兵一声令下，把虎豹吓得跪下磕头，他命人用铁链锁住了虎豹，后又叫随从去查曾经放虎豹吃他父亲的主谋，法办了那些人，他还把父亲原来没收完的税都收完了。（讲述人：张祖元　讲述时间：2008 年 7 月 27 日　讲述地点：张祖元家　采录人：董秀团、杨建华、赵春旺）

故事述评

这则故事的开头，说到段总兵是龙转生，说他的母亲因红鱼跳入围裙而生下他，带有感生神话的痕迹，而这样的情节，在白族地区并不少见。其主要的目的是为后面的故事中主人公的能干和不凡做铺垫。在这则故事中，段总兵一声令下，连虎豹都下跪求饶，这显然是将主人公神化了。

故事中将地点具体化，提到四川、丽江、剑川、金华山等地名，同样是为了增加故事的可信度。当然，之所以提到这样的地名而不是其他的地名，是有原因的。剑川和金华山是本地地名和山名，而四川与云南相邻，与云南交往颇多，丽江更是与剑川相邻，剑川在历史上还曾经归属丽江府，所以这些地名因与故事讲述地的联系和交往而进入了故事文本。🐦（撰写人：董秀团）

---

① 讲述人解释说是一件很好很值钱的衣服，但未说具体是什么样子的。

双挂印

公孙珍一家是宋朝人，他父亲叫公孙义，妻子叫尹素珍，这一家人良心很好。公孙义在朝中当官，有一个奸臣贾国柱和他同朝为臣。公孙义一家良心好，是忠臣，皇上很器重，贾国柱心里不服，他多次陷害公孙义一家，想尽办法想破坏公孙义一家的生活。

公孙义大寿那天，亲朋好友一起到他家花园里观花，在花园里，太白金星给了他们家三朵宝花，那是天上的花，很珍贵。他们把花收起来。公孙义让公孙珍进朝献宝，献给皇帝一朵，献给文武大臣一朵，自己家中留一朵。贾国柱知道这个消息之后，就派家丁去公孙义家借花，打算借了就不还，占为己有。公孙义家知道贾国柱的用意，不肯借给他，贾国柱心中很是愤恨。后来皇帝给了公孙珍"进宝状元"的称号，贾国柱就更加嫉恨，多次陷害公孙家。此时恰逢北方国家派兵来攻打宋朝，贾国柱知道后马上向皇上进言：公孙珍文武全才，应该派他挂帅抵御外敌。事实上，公孙珍是个文官不是武将，不懂打仗之事，派他出去凶险万分，可是皇上不知道其中的真实情况，就同意公孙珍出征。后来公孙珍带兵驻守抵抗北国。

公孙珍出征后，有一天，他的妻子尹素珍睡着后做了一个梦，梦见太白金星点化她，说公孙珍是状元的命，让尹素珍替公孙珍去应考，同时给了尹素珍七篇文章，全部都是考试的内容，让她好好学并牢记心中。尹素珍起床后把梦的内容告诉了公公，公孙义说："神圣之言，不可不信。"公孙义让儿媳进京考试，果然一考就中了状元。考上之后，需要满城游行，公孙义担心贾国柱知道是他儿媳去替考，犯了欺君之罪，到时全家遭殃，于是公孙义告诉尹素珍一定要小心，不能让贾国柱看出破绽，知道尹素珍是女儿身。

后来，花马国的人又来攻打，贾国柱又上奏本请求让新状元尹素珍去带兵打仗。于是尹素珍女扮男装去挂帅，公孙义派了两名家将施恩、方苞跟随尹素珍去征战。这两名家将很得力，他们的军队击败了花马国军队，同时，公孙珍那边也取得了胜利。这就是双挂印。说明善有善报，恶有恶报，有孝心就能使家国平安。（讲述人：张定坤　讲述时间：2016年8月1日　讲述地点：张定坤家　采录人：赵晓婷、苏苑琴、卞宇田、张宇）

故事述评

《双挂印》又称《公孙珍拜寿》，这是石龙村每年春节期间在本主庙戏台上演出的乡戏的核心戏目。石龙村村民至今保留着春节期间唱乡戏的传统，从初二开台，一直唱到初六谢台送神。初五是本主会，也就是本主的生日，所以该日必演含有拜寿情节的《公孙珍拜寿》，以戏中的"拜寿"作为给本主拜寿的象征。在各地戏曲中多有《双挂印》剧目，但一般所述为杨家将的故事，这里则与杨家将故事无关。石龙村村民唱的乡戏属于滇戏，或许该剧目为滇戏剧目直接引入。（撰写人：董秀团）

头名状元 ①

皇帝张贴皇榜，让大家来考试。有一个十一二岁的小孩儿，他的父亲也要去考。小孩儿总是追在父亲的身后，父亲不让儿子去，但儿子总是要跟着。父亲骑马，儿子就在后面跑。父亲停下来，打他一顿，他哭一会儿，在父亲走了一段路以后又追着去了。他就这样一直追在父亲后面，追了好远的一段路程，太阳也落山了。父亲实在没有办法，只好让儿子跟着自己一起去了。

到了考试的地方，来考的人非常多。但是批卷的时候，师父却发现考得好的没有几个。那个小孩儿子就在考试的地方玩，抱在他们的柱子上，脚踩在厦盘②上，在那里不断地绕着圆圈，一圈一圈地绕着。批卷的师父看到考得好的人也没有，正在那里发愁，看到有个小孩儿在那里玩，就问道："小弟，你读过书吗？"小孩儿回答说：

---

① 标题为编者所加。
② 磉盘是柱础的俗称。柱础是中国建筑构件的一种，是承受屋柱压力的奠基石。

"我自己读过的。"那个师父又问他："你今年几岁了？"他回答："我已经 12 岁了。"批卷师父说："爷爷给你出个题目，你来回答，好不好？"小孩儿说："好。"批卷师父就出了个上联给他对，说的是："小学生踏厦盘，双手抱柱团团转。"小孩儿马上对了一个下联："大师父改作业，足踏高炉步步高。"批卷师父觉得他对得非常好，就破例把他定为头名状元。所以他爹没有考上，儿子却考了个头名状元。（讲述人：李年登 讲述时间：2005 年 2 月 13 日 讲述地点：李年登家 采录人：董秀团、段铃玲）

故事述评

这是一则颇有地方特色的故事，并不具备类型化的特点。当地素有重视教育的传统，高中状元是大量民间故事中获得幸福的美满结局之一。在这样的文化传统之下，当地人中识文断字的比例也较一般的农村社区为高。其中，最有代表性的便是写对联的传统。对联在村民的日常生活中扮演着重要的角色，婚庆、祭祀、发丧、过年过节都能派上用场。一个以口头交流为主的社区，如果书面文学的传统水平较高，不难想见，口头传统中也必定掺杂着一定数量的书面传统。本故事正是一例。当然，书面文学进入口头传统一定会经过改造，并且在一定程度上丧失部分的书面文学特征。总的来说，这些诗性的语言与日常语言还是有一定的差别。（撰写人：朱刚）

高个子

有两夫妻，生了一个儿子。这个孩子才出生的时候就已经有一尺长了。而且这个孩子一天就会长高一尺，于是到了满月的时候，就有三丈高了。三丈高的孩子家里住不下，于是夫妻俩就商量着说："他在家里住不下了，眼看把屋顶都要捅破了，我们还是把他领到山上吧。"父母把这个孩子带到了山上，这个小孩儿就在山上一天天地长大了。他每天长高一尺，长得非常高，都顶到天空了。他在山上生活，靠的是吃山上的野物，像野鸡、小鸟一类的。这些鸟飞起来，他不用走一步就可以把它们抓住了，所以，他就靠吃这些东西生存了下来。一天，到了他们那个地方当官的人的生日，于是，这个长得很高的人就从山上下来，到了自己家，从屋顶上对在房子里的父母说："今天是当官的那个人的生日，所以我专门回来了，你们也要给他祝寿去。"他的父母答应了，还说："去过生日的话，你也要一块儿去。"他说："你们先去，到了那个地方，就要走到当官的身边。那个当官的看到我，被我吓了一跳的时候，马上就让我爹坐到那个当官的坐的位置上。"到了该去祝寿的时辰了，夫妻俩给当官的献上了他们的礼物。而他们的儿子则一步从半空中踩到了那个官的面前，当官的真的被吓了一跳，被吓倒了。他的父亲乘机坐到了当官的坐的那个位置上，所以他的父亲就做了官了。（讲述人：张明玉　讲述时间：2005年2月15日　讲述地点：张明玉家　采录人：董秀团、段铃玲）

故事述评

"怪异儿"故事是一种在世界范围内广泛流传的故事类型，最著名的要算"拇指汤姆"，它不仅遍及亚欧大陆，连非洲及中北美洲等地也有所流传。此类"怪异儿"故事的母题由怪异儿的出世及怪异儿创造奇迹组成。[①]怪异儿常出生于多年未育的家庭，而且一出生，就显得与众不同，预示了他将来的不凡作为。怪异儿创造的奇迹多表现在惩治县官、打败强大敌人、战胜恶魔等方面，主要突出了他那与生俱来的神奇力量。我们所收集的这则故事，也当属此类，只是在母题的两个构成方面即出生和创举上都有所弱化，情节也简单了许多。这应当视作民间故事的一种发展或变异，只是变异的方向由复杂变为简单。（撰写人：朱刚）

拇指小孩儿

有两夫妻，无儿无女。到了年纪很大的时候，妻子怀孕了，到了12个月的时候才生下一个小孩儿，这个小孩儿只有拇指那么大。才一出生小孩儿就会说话了。一天，小孩儿对父亲说："爹，今天我们俩去逛街，我跟你一起去。人家要是给你16两

[①] 刘守华主编，《中国民间故事类型研究》，华中师范大学出版社，2002年，第453页。

银子，你就要卖掉我。"他爹家里穷，所以有点儿贪钱，听了小孩儿的话，于是就把孩子放在了帽子上出发了。到了街上，人家看到这个小孩什么都会说，什么都懂，很羡慕，于是就给他父亲出 16 两银子，要买走他，他的父亲就真的把小孩儿给卖了。父亲叮嘱买的人说："不要把他放在你的口袋里，不要让他走路，他还不会走，你要像我一样，把他放在你的帽子上。"那个人相信了这个父亲的话，就把他放在了自己的帽子上，一路上跟他说着话。到了家门口，他忘了跟小孩儿说，把头撞到了门上，于是就把小孩儿给撞掉了。这样，小孩儿就逃回了家。他就用这种方法给他的父母弄到了 16 两银子，而他也回到了家里。

后来，家里买了一些马，小孩儿又和他的父亲去赶马。他对父亲说："爹，今天赶马的时候你把我放到最大的那匹马的耳朵里。"父亲答应了，于是把拇指小孩儿放到了马的耳朵里。走了一会儿，遇到了一群贼，贼把他们的马群给抢走了，抢到了贼的家里。这个拇指小孩儿只能跟着马匹进了贼人家。这些贼抢了许多的东西。一天，他们又到一户员外家抢东西，拇指小孩儿也跟着他们到了员外的家中。贼人到员外家的楼上翻东西的时候，小孩儿就躲到了门背后的楼梯下。员外家的人知道有贼来抢东西，就把贼给赶跑了。而小孩儿出不了门于是就在那里哭。员外家的人听到后就说："怎么老有人在哭，哭的人在什么地方呀？"他回答说："我在这儿，我在这儿。"人们又说："你在哪里，怎么看不到你？"他说："我在这里，我在这里。"于是，他从楼梯下走了出来。大家一看，这是一个只有拇指大小的人，人们问他到底是怎么一回事。他把事情的经过都告诉了员外这家人。以前的员外家是有军队的。所以，员外家的军队就去找到了这些贼，贼把抢到的马匹、金银等很多东西都还了出来。拇指小孩儿家被贼抢去的东西也回到了他的家里，他的父母从此就富了起来。（讲述人：张四合 讲述时间：2005 年 1 月 24 日 讲述地点：张四合家 采录人：董秀团、段铃玲、朱刚、赵春旺）

故事述评

该故事可以对应 AT 分类中编号为 700 的"拇指汤姆"型故事。据研究，"拇指汤姆"型故事在我国流传较少。原因在于，我国流传的"拇指汤姆"型故事纯粹表现的是怪异儿一系列的游历冒险，这种漫无目的的游历冒险，在我国讲孝道、恋故土的农业社会难于被接受。[①] 在我们收集的这则故事中，多年未育的夫妇生下怪异的孩子，本身就具有一定的文化内涵。娶妻生子作为一般的人生规律，也是一种文化的定律，若违背，必定带来怪异后果。故事中生出小不点儿就是违反规律的一种后果，只不过通过神奇的经历，这个看似不幸的怪异儿却给父母带来了财富。同类故事，参见《中国民间故事集成·四川卷》，"枣核儿"；《中国民间故事集成·浙江卷》，"豆团"；《中国民间故事集成·吉林卷》，"小豆孩儿"。（撰写人：朱刚）

梦先生

有这样两夫妻，丈夫每天都很辛苦，要天天上山砍柴来养活妻子。而妻子趁着丈夫出去干活的时候，经常偷偷地做东西吃，常常把丈夫的一份也吃掉。丈夫说她的时候，妻子还总和丈夫吵架。有一天，丈夫对妻子说要上山去砍柴，走出去了一会儿以后，丈夫偷偷转了回来，偷看妻子。他看到自己的妻子煎了几个鸡蛋，做了一些肉在吃。吃完了以后还故意在那里叫骂，说是邻居家的人把自己的东西给偷吃了。丈夫看到这一幕以后也并不张扬。一天，丈夫又去砍柴，一直到了很晚才回到家。妻子问："你今天怎么这么晚才回家呢？"他说："我今天回来晚是因为我在砍柴的地方睡着了，还在那里做了一个梦，所以就回来得晚了。"妻子问："你做了什么梦？"他说："我梦见你在家里偷东西吃，吃了鸡蛋，还吃了肉。"妻子说："没有的事情，你怎么能乱说？"就这样，她和自己的丈夫吵起架来。吵完了以后，还跑回了娘家。

一天，丈夫又去砍柴了。这时他偷偷地把妻子娘家的牛牵了出去，拴在了山上的一个地方。他岳父到处找牛，怎么找也找不到，妻子于是就告诉自己的父亲："我丈夫做梦最准了，只要让他帮我们梦一下就肯定能找到牛了。"牛是丈夫自己牵走的，所以他假装做了梦，很快就把牛找了回来，给岳父家牵了回去。有一天，邻居家怀孕

---

① 刘守华主编，《中国民间故事类型研究》，华中师范大学出版社，2002年，第456页。

的母猪不见了，岳父叫他帮着梦一下，看看猪跑到什么地方去了。他叫邻居家的人在屋里睡觉，他自己则睡在屋外，还对邻居家的人说："你们不要出来，要是你们出来的话，我做的梦会很不准的，就算是你们醒来了也不要说话，否则我做的梦也就会不准了。"半夜的时候，他就出去找猪，终于找到了母猪。这时的母猪已经生下小猪了，他把那一群猪全找到了以后就回来睡觉了。睡了一会儿天就亮了。看到太阳出来了，他故意发出了一个响声。屋里的人听到以后就说："他醒来了，有动静了。"他们便出来问他："你梦出来了吗？"他说："梦出来了。"就这样，他顺利地帮邻居家找到了猪。

于是，他的岳父到处跟人家说他做梦的本事，夸他梦做得有多准多准。有一个当官的，官印丢失了，贴出了告示要找官印。岳父想女婿做梦很准的，于是就把告示给揭了回来。守告示的人跟着他的岳父回了家，说是要让砍柴人做梦找官印。于是把他给接到了京城中，还杀猪款待他。但是他去了十多天也没有梦出来。一天，他说："我现在梦不出来，所以要回家去一趟。"就在他回了家以后的第二天，有两个差人又来接他回京继续做梦了。这两个差人，一个走在他的左边，一个走在他的右边。在路上，他心想："反正梦做不出来，左也要死，右也要死。"所以就老在嘴边重复："左也死，右也死。"而巧的是，这两个差人就是把官印藏起来的人。往前看过去，刚好看到有一只白鹰叼了一条黄鳝，白鹰和黄鳝还在厮打，他便加了一句："左也死，右也死，黄的不死就白的死。"意思是说，要是这黄鳝不死的话就会是白鹰死了。他老是这样重复，两个差人却以为他知道了他们偷藏官印的事，心想："肯定是他回了一趟家就把真实的结果给梦出来了。"两个差人就给他跪下磕头说："请救我们一命吧。印是我们藏起来的，你虽然梦到了，但也不要说。不然的话，他们就会把我们给杀掉的。我们把印交给你好了。"他说："是呀，我梦到你们把印藏起来了，你们把印拿给我吧。"这两个人把印交给了他。他把官印藏在了这个当官的花园中的一个架子底下，并用一片瓦给盖住了。然后他去告诉那个当官的说："我回了一趟家，就梦出来了。印在你们家的花园里呢。"就这样他把官印找到了交给了当官的。

这个当官的太高兴了，就想："这个人这么聪明，不如招他做女婿好了。"这样他就做了这个当官的的上门女婿。他的妻子想考考他，就把金杯和玉壶藏到了箱子里，然后问他："你做梦梦得那么准，那你知不知道我把什么藏到了箱子中？"做丈夫的答不上来，他想到了现在自己和妻子在房中的情形。恰好，妻子的名字叫金杯而丈夫的名字叫玉壶。于是他便一边拍箱子一边说："金杯杯，玉壶壶。"他的妻子太高兴了，就说："你梦得太准了。"后来他想："这件事情我还是要找个方法避免。不然以后老有人要我做梦，而我又梦不出来，那就不好了，得想个办法把这样的情况解决一下。"他拿了妻子的绣花线，绕在一个烟斗上，并约妻子到湖边玩，说："我已经到你们家来了一个月了，但还没有去过湖边，我们一起去湖边玩玩好了。"妻子答应了，两个人一起到了湖边。在划船的时候，他告诉妻子道："我做梦这样准是因为我有一样好东西，只是你不知道而已。"他妻子说："是什么？拿出来给我看看！"他便从怀里拿出了一个五颜六色的东西，上面有红的一道道，绿的一道道。还没有等他完全拿出来，他妻子就说："赶快拿给我！"他心里在算计他的妻子，于是就说："你要小心，要是把这个东西掉到水里我就不能再做那样准的梦了。"妻子说："不会掉的。"但是他在妻子还没有把东西拿稳的时候就放手了，所以东西掉到了湖里。他装作很着急的样子，对妻子说："现在怎么办，现在怎么办，我以后做梦就会不准了，爹一定会责骂我们的，该怎么办？"妻子说："没关系的。"他还装作要跳到水里捞的样子，说："我一定要把它捞上来。"妻子说："你要这样子的话会被淹死的，不能下去。我回去和爹说，你用来做梦的那个东西丢失了，那样你做梦不准也没关系的，爹不会责怪我们的。"就这样，他通过这个方法避免了给人家做梦找东西的麻烦事情。妻子回来告诉了父亲以后，父亲也不追究了。这样这个人就在京城里做了上门女婿，过上了幸福的生活。而他以前的那个好吃懒做的妻子则什么也没有得到。（讲述人：张明玉　讲述时间：2005年1月23日　讲述地点：张明玉家　采录人：董秀团、段铃玲、朱刚、赵春旺）

故事述评

这是一个在欧亚大陆十分流行的故事类型，在 AT 分类法中的编号为 1641 "万能医生"，已知的异文超过 400 篇。[①] 艾伯华将此类故事定义为 "190 有言必中" 型，基

---

① 刘守华主编，《中国民间故事类型研究》，华中师范大学出版社，2002 年，第 665 页。

本情节构架为"一个人被认为能够做出正确的预言","他多次尝试但是总是偶然获胜","他因此获得最大的幸福与最高的荣誉"。[①] 此类故事在其他民族中也广为流传，如藏族的"猪头卦师""懒汉"，宁夏回族的"梦先生的故事"，新疆维吾尔族的"算卦先生"，湖北的"黄蛤蟆"，吉林的"姚发算卦"，满族的"梦神仙"等。[②] 有学者曾对此做出总结，认为该类故事建立在日常生活的基础之上，通过一些偶然的巧合，使情节递转奇迹出现，造成主人公命运的大起大落；故事家巧妙地将不同时空背景上发生的纠葛串联在一起，利用智慧幽默的语言将一些凡人小事编织成富于艺术魅力的民间故事。[③]

该故事虽然在类型上隶属于 1641 型故事，但也自有其特点。总的来说，1641 型故事既幽默有趣又耐人寻味，人们将其称为"懒汉奇遇"，既有对游手好闲之徒的嘲讽，又有对小人物因巧遇而发迹的赞叹。而我们收集的这则故事，主人公本身是一个勤劳的农夫，只因妻子的自私行为才通过机智使别人认为他获得了"预知"能力。在故事的最后，主人公的"预知"能力被解除，也是通过个人智慧，让自己的命运转折获得了合理的解释。这种情节的发展，无疑体现着地方民众对于家庭伦理以及社会发展的价值标准，也是一种文化观念与叙事艺术有机融合的结果。（撰写人：朱刚）

算计[④]

有一对夫妻，计划好了要去谋算员外家儿子的钱。因为员外家有个独生子，他家又特别有钱。夫妻二人计划好了，由丈夫假装出远门，妻子就在家里依计行事。

妻子把员外的儿子约到家中要和他做情人。到了晚上，员外的儿子穿着一套非常好的衣服，带着很多的钱来找这个女的。女的告诉员外的儿子："我收拾收拾东西，

---

① 〔德〕艾伯华著，王燕生、周祖生译，《中国民间故事类型》，商务印书馆，1999 年，第 279 页。

② 刘守华主编，《中国民间故事类型研究》，华中师范大学出版社，2002 年，第 660 页。

③ 同上注，第 666 页。

④ 标题为编者所加。

你先进房睡下。"员外的儿子就进房躺下了。女的又跟他说："你把衣服都脱掉吧。"女的又继续收拾东西，员外的儿子就真的脱光了衣服。这时做丈夫的在大门外大声喊道："开门，开门，我回来了。"妻子进屋对员外的儿子说："我丈夫回来了，你赶快抱上衣服，藏到柜子里去。"员外的儿子慌忙抱上衣服躲进了柜子，并在柜子里缩成了一团。丈夫进来了，妻子给他做饭吃。这是夫妻二人先就商量好了的。吃完饭要睡觉。丈夫对妻子说："今天我才出远门回来，不能在床上睡，把两个柜子拉在一起，我要睡在柜子上。"丈夫于是就睡在了拉在一起的两个柜子上。因为知道里面有人，所以丈夫要吓唬他，就说道："柜子里好像有人的样子。"妻子说："柜子里怎么可能有人呢？"他们故意这么说，丈夫说："怎么会没人，里面还有窸窣的声音。"员外的儿子在里面吓得直发抖。丈夫又说："我出远门也没有什么钱，明天我们把这两个柜子背出去卖了好了。"妻子说："柜子不要卖。"丈夫说："卖了算了。"妻子故意说："这种柜子不会有人买的。"丈夫说："卖吧，卖吧，要是没人要我们就把他丢到河里，让水冲走算了。"员外的儿子在柜子里吓得要命。

第二天早上起床做了饭，丈夫说："我们俩合力把它抬出去卖了，要是卖不掉就丢了好了。"夫妻二人合力把柜子抬到了台阶上。员外的儿子这时已被吓得一塌糊涂了，连忙在柜子里说："大哥，我在里面。"丈夫说："你怎么会在我家的柜子里？你是什么人？"员外的儿子说了他是谁家的人，于是丈夫就把他的父母给叫了过来讲道理。丈夫说有个人在我的柜子里，而我的柜子里原来有多少钱，有什么样的衣服。还说如果里面有好几套衣服，那说不定里面有一套是员外的儿子的。但如果里面只有一套的话，就是自己的啦。说好了以后，打开柜子，里面的情况和丈夫说的果然一样。于是员外家赔了他好多的钱，而柜中的钱和衣服也都归了他，员外的儿子被他们赤身裸体地给放了回去。就这样他们把员外的儿子算计了。（讲述人：张明玉　讲述时间：2005年1月24日　讲述地点：张明玉家　采录人：董秀团、段铃玲、朱刚、赵春旺）

故事述评

该故事表面上似乎是丁乃通所划分的"夫妻间的故事"，但实际上它的核心却在于"斗智"，属于"长工与地主的故事"的一种异文。在以"通奸"为圈套的情节中，我们可以找到1358型"施巧计，奸夫淫妇同吃惊"故事的一些影子，但是这样的情节设计只是为了向地主讨便宜。同时，与一般的"长工与地主的故事"有所不同，本故事不是同地主斗争维护了自己应得的利益，而是主动设局算计地主。然而，正是从这一点来看我们将该故事归入了"长工与地主的故事"，因为此类故事的重点在于农民与地主之间的矛盾。实际上，在 AT 分类中并没有此类故事的特定类别，它们被分别划入"愚蠢妖魔的故事"和"男人的笑话"之中（金荣华）。这样的分类显然不能显示该类故事的特色和价值。金荣华对此做了修正，将生活故事 1000～1199 重新命名为"恶地主、恶霸与笨魔的故事"，同时将各地流行的长工故事划分为五个不同的类型。[①] 🐟（撰写人：朱刚）

王皮子的故事

有一个人名叫王皮子，十分聪明，很会骗人。一天王皮子和他的富甲们一起去放猪，那些人就想让王皮子骗他们一次，于是对他说："王皮，我们听说你最会蒙人了，你就骗我们一次吧，让我们看看你到底是怎么骗人的。"他说："骗你们一次倒是容易，就怕一会儿我妈过来会骂我，你爬到树上帮我看一下吧，看看我妈来了没有。"那个人听了，果真爬到树上四处看了看后说："没事，你妈没有来，骗我一次好了。"说完他就下了树，这时候，王皮子对他说："我不是已经把你骗到树上了吗？"（讲述人：张明玉　讲述时间：2005 年 2 月 15 日　讲述地点：张明玉家　采录人：董秀团、段铃玲）

故事述评

王皮子在石龙村是家喻户晓的人物，他是骗子，以骗人为专长，言行滑稽，有时还颇为可恶。王皮子骗人不分男女老少，不管亲朋好友，有利可图的时候行骗，无利

可图的时候也会行骗。

这则王皮子的故事和下面的异文中，王皮子的骗人手法都是假装忙于某事没时间行骗而达到了骗人的目的，故事中的受骗者开始的时候都是主动要求王皮子骗自己的，最后受骗者在不知不觉中上了当。听到故事的人不得不佩服王皮子骗术的高明。（撰写人：段铃玲）

异文一：王皮子的故事

有几个女孩子去干活，王皮子从她们身边经过，她们向王皮子叫道："大哥王皮，大家都说你会骗人，你也骗我们一次来。"王皮子说："我没有时间骗你们，要是在这里多耽搁一会儿，我的家人会骂我，还会打我的。"她们说："不怕，不怕，你骗我们一次好了。"他说："那你们爬到树上看一看我的家人有没有过来，不然他们过来的话会打我的。"那几个女孩子真的爬到了树上去看。王皮子在树下说："看，我现在不是已经把你们骗上树了吗？"（讲述人：李年登　讲述时间：2005年2月13日　讲述地点：李年登家　采录人：董秀团、段铃玲）

故事述评

与上一则故事相同，受骗者被白白骗上了树。（撰写人：段铃玲）

异文二：王皮子的故事

王皮子这个人挺坏的。以前，一些老人会烧制坛子、瓮之类的东西，然后拿到村子里去卖。有一次，卖坛子和卖瓮的两个人各背了一些坛子和瓮来到王皮子在的村子里来卖，他们见到王皮子就说："王皮，他们说你挺会骗人的，我们不相信，那么你来蒙我们一次吧。"王皮子说："骗你们，我哪有那个时间，天上有两个太阳我都还没时间看呢，哪有时间骗你们。"卖坛和卖瓮的那两个人心想："奇怪了，从来没见过天上有两个太阳,天上怎么会有两个太阳呢?"于是,他们抬头一看,额头上背东西的带子掉了,把他们的一筐子瓮和坛都给倒了出来砸碎了,天上哪有什么两个太阳。王皮子说:"你们说要我骗你们一次,这回骗到你们了吧!"(讲述人:董桂兰 讲述时间:2005 年 2 月 13 日 讲述地点:董桂兰家 采录人:董秀团、段铃玲)

故事述评

本异文中受骗者因被骗而砸碎了自己的瓮和坛子。🕊(撰写人:段铃玲)

异文三:卯批驳

以前有个外号"卯批驳"的人,他的名字叫崔官。崔官以前是个皇帝,但是他"发偏"①,正因如此,他才会以坑蒙拐骗为生。一天,两个背着松针的村民从他前面经过便对他说:"叔叔,拉我们一下吧,东西太重了!"崔官说:"现在天上有两个太阳我都没时间看呢,我哪里有时间帮你们!"这时候,另外几个背东西的过来也和他说了同样的话,崔官说:"哎呀!我妈经常追着我骂我、打我,我害怕,不敢帮你们了!"众人便说:"不会,不会,你妈不是真的怪你。"崔官说:"那你们爬到树上看一下我妈来没有,没有的话我就来拉你们!"其中有一个年轻点儿的小伙子就说:"我来,我来,我来爬!"当他利索地爬到树上的时候,发现崔官已经跑了。(讲述人:张福友 讲述时间:2015 年 7 月 25 日 讲述地点:石龙小学 采录人:董秀团、杨英、普燕、李昕)

故事述评

这里讲述的是外号为"卯批驳"的崔官的故事,讲述者说崔官也就是崔判官,和王皮子是同一个人。🕊(撰写人:段铃玲)

---

① 意为没有教育好。

王皮子换锅

以前有一个人叫王皮子，他很会算计。有一次，王皮子想把哥哥家的锅给算计过来，于是，他想了一个办法。王皮子把一个石头碓烧成红通通的，然后叫他的哥哥来他家吃晚饭。他哥哥来吃晚饭的时候说："怎么好半天了，你都不烧火，还叫我来吃饭，你是要让我吃什么呢？"王皮子说："一会儿就可以吃饭了，一会儿就可以吃饭了。"哥哥说："你又没有烧火，一会儿就要吃饭了，是怎么吃？"他说："你不知道就算了，你好好地待着，一会儿就可以吃饭了。"其实王皮子事先早就把菜做好了。这时候，他对哥哥说："'哗'的一下，就可以吃饭了。"果然，他往石碓里倒下饭菜，"哗"的一下就热熟了。他哥哥说："王皮，你的这个石碓一样的锅是从什么地方拿来的？"王皮子说："这个不能说出去，这些是我从龙王家里拿回来的，不能说出去。"哥哥说："我们去砍柴，走的路又远，要不然我把我的锅换给你，你把你的这个锅换给我。"王皮子说："好吧，换给你，换给你，谁让你是我哥呢。"就这样他把他的碓换给了他哥。他哥回到家，才发现这是动也不会动，怎么烧火都烧不红的一块石头。王皮子就这样换走了他哥的锅。（讲述人：李福娘　讲述时间：2005 年 2 月 14 日　讲述地点：李福娘家　采录人：董秀团、段铃玲）

故事述评

这则故事属于"巧骗和傻瓜"型，丁乃通在《中国民间故事类型索引》中将"巧骗和傻瓜"型故事列为 1539 型。这一类型的故事通常围绕一个人将假法宝卖给他人展开，这个假法宝有时候就是自己会做饭的锅。

石龙村这则《王皮子换锅》的故事讲的是王皮子设计让哥哥相信自己的石碓是从龙王家拿来的宝贝，可以自己将饭做熟，并假装自己是为了兄弟的情谊才将这样的宝贝和哥哥家普通的锅进行对换。

这则故事和通常见到的"巧骗和傻瓜"型故事相比，缺少了受骗者质问行骗者为什么法宝会失灵而行骗者再一次找理由对他实施欺骗的情节。（撰写人：段铃玲）

王皮子偷羊

王皮子去偷他岳父母家的羊。岳父母家养了一只狗，他怕狗会叫，于是就捡了一个松球，在上面捏了些面粉丢给那只狗，所以狗一夜都在咬那颗松球，里面的面粉也总是咬不出来。然后王皮子把他岳父母家的锅给搬了下来，盖在了他们家的狗本来睡觉的位置上，然后就去偷他们的羊去了。他偷了羊出来，狗也没朝着他叫。王皮子把羊给杀了，把羊头放进了岳父母家的灶坑里，还在羊的嘴巴里插了一根竹篾，把羊的嘴巴给撑开。他还把羊肚、羊肠一类的东西放到了楼梯下，而在楼梯的最上面，他摆了一个木墩子在那里。然后他把他们家的羊肉拿走了。睡到半夜的时候，岳母感觉有些不对，于是就叫起来说："是不是有人把我们的羊给偷吃了，是不是有人把我们的羊给偷吃了？"岳父赶快起了床，下楼的时候踩到了木墩子上，乒乒乓乓就从楼梯上滚了下来，他的手一摸，摸到了一手的肠子，其实这些都是羊肠子，只是他不知道，还以为是他自己的，于是他慌忙叫道："他妈，你快点儿，我的肠子被摔出来了。"他岳母裤子都来不及穿就去拿火，想着说孩子他爹把肠子给摔出来了，要赶快拿火到他那里。她把手伸到了灶坑里想要拿几根柴火，撑在羊嘴巴里的竹篾掉了下来，羊头咬在了她手上。她连忙向丈夫叫道："他爹，我没穿裤子，所以灶君老爷咬我的手了，灶君老爷咬我的手了。"其实是羊头咬在了她的手上。后来他们二人才发现其实他的肠子也没有摔出来，灶君老爷也没有咬她的手。于是岳父就去骂他们家的狗："你这只狗，以前总是叫叫叫的，现在人家来把我们的羊偷吃了，你却不叫。"岳父很生气，拿着木墩砸向那只狗，却把他们的锅给砸破了。（讲述人：董桂兰 讲述时间：2005年2月13日 讲述地点：董桂兰家 采录人：董秀团、段铃玲）

故事述评

在石龙村收集到的这则"王皮子偷羊"的故事属于很典型的"滑稽女婿偷岳父"的故事类型，丁乃通在其《中国民间故事类型索引》中将此类故事列为 1525V 型。

"滑稽女婿偷岳父"型故事通常开头是因为女婿和岳父的一次打赌，说要偷走岳父家的某种牲畜，一般说来这个牲畜会是羊，然后女婿做好充分的事前准备，顺利偷到了羊，将之杀死后把它的各种部件摆放在不同的位置，等到岳父家人发现不对劲的时候，却因为女婿设计的情景引来一片混乱。 （撰写人：段铃玲）

王皮子卖马

王皮子有一匹马，他想去算计他岳父母的钱，就往马的屁股里塞了几块犁铁，然后叫岳父母来家里吃早饭。他家的马翘着尾巴要拉屎的时候，他对妻子说："把盆拿过来，马拉出来了，马拉出来了。"岳父母对他说："马要拉屎，要拿你就拿个簸箕嘛，干吗要拿个盆呢？"他说："你们说的是什么话，马拉的全部都是金和银，用簸箕接怎么行。"这样，他的妻子就拿过来一个盆，用盆接在马屁股下面，只听见砸出了"咣咣咣"的声音。他岳父想："噢，原来他们家的这匹马真的会拉金子。"王皮子对岳父说："我们的马真的会拉金子呢，爹，要不我把马卖给你们算了，我们还年轻，我们去干活也能喂饱我们的肚子，而我妈和你两个人年纪也大了，再去干活也辛苦，你们要是没钱花了，就叫它给你们拉点儿金银，你们可以去卖一下，让你们的生活过得好一些。"岳父听了他的话，十分高兴。于是岳父就买了他的马。回到家中，岳父母发现马拉出来的全部都是马屎，没有拉出来金银，岳父母就去问他："怎么回事，王皮，马在你那里的时候拉的是金，怎么会到我们家中的时候拉的是屎，没拉出金来。"他说："你们喂它吃什么？"他们说："我们割给他吃草呀。"他说："哎呀，我是塞给它吃犁铁，它才拉出金的，你们给他吃草，它怎么能拉出金来？"这样，王皮子的岳父母两个人，岳母抓住马，岳父往马嘴里塞犁铁给马吃，把他们的马给喂死了。

所以王皮子就这样算计了他岳父母的钱。（讲述人：董桂兰　讲述时间：2005 年 2 月 13 日　讲述地点：董桂兰家　采录人：董秀团、段铃玲）

故事述评

这则故事属"巧骗和傻瓜"型故事。丁乃通《中国民间故事类型索引》中列为 1539 型。石龙村的这则故事包含了"巧骗和傻瓜"型故事的重要情节。

故事围绕王皮子算计岳父母的钱展开，故事让听众开怀大笑的同时，也表现了王皮子的狡诈，嘲笑了岳父的贪财和愚笨。（撰写人：段铃玲）

王皮子卖棍子

王皮子和妻子不想干活，总想着去算计他的岳父母。他用纸卷了一根棍子，然后叫妻子装死。他的妻子装死后，他去叫岳父母，对他们说自己的妻子死了。他的岳父母听到消息后，就来到王皮子家哭女儿。王皮子说："哎呀，爹，妈，你们两个人先不要哭了，我差点儿就忘记了，那里有一根棍子，不管是人还是什么东西死了，只要用这根棍子打一下就可以还阳过来的，我来试一下。"于是，他拿出他的那根棍子，打了妻子三下，妻子就真的活了过来。他岳父说："你母亲和我，我们两个经常吵架、打架，你的棍子卖给我好了。"岳父母买走了他的棍子，价格还挺贵的。回去后，岳父和岳母打架，岳父心想反正有那根棍子，于是就拼命地打，把岳母给打死了。这时候，他的岳父拿出那根棍子来，打他的岳母，打了好几棍，他岳母也没能起来。岳父去找王皮子说："王皮，上次你用棍子打了三下我女儿就可以站起来了，这回你的岳母被我打死了，我打了她不知多少下，她都没有站起来，这是为什么？"他说："阿爹，你把这根棍子拿回去后放在了什么地方？"岳父说："我把它放在了门背后。"王皮子说："你怎么用它来锁门呢，这是要放在祖宗牌位前给它焚香的呀。你现在这样子，怎么可能能把人打活过来。"这样，王皮子又阴了他岳父一次。（讲述人：董桂兰　讲述时间：2005 年 2 月 13 日　讲述地点：董桂兰家　采录人：董秀团、段铃玲）

故事述评

这则故事也属于"巧骗和傻瓜"型故事。王皮子算计岳父母的结果是让岳母付出了生命的代价，让人再次感叹于岳父的愚蠢和轻信。如果说其他行骗故事中的王皮子带给人的是狡猾和奸诈的感觉，那这则故事中的王皮子却让人感觉到了可恶、可恨。🕊（撰写人：段铃玲）

崔官的故事

崔判官原先叫作王皮子。王皮子的岳父母很贪钱，王皮子不知道从哪里骗来了几个金豆子，拿到岳母跟前炫耀，岳母问："这金豆子是从哪里来的？"他说："是我家的马拉出来的。"岳母又问："喂给马吃什么才能拉出金豆子？"他答："喂铁片。"然后他悄悄拿了两颗金豆子塞进马的屁眼，还故意让岳母看到了马拉屎把金豆子拉出来的过程，岳母相信了，回去后和老伴喂马吃铁片，喂了两天马就死了。

岳父母算不过他，趁他睡觉的时候把他装进了麻袋挂在柳树上，准备淹死他。岳父抽完一袋烟后准备用斧子砍柳树，却发现没带斧子。岳父母回家拿斧子，他们走了不久，一个放羊人路过那里，他是个驼背，王皮子在麻袋里看到了，就说："我能把风湿医好。"放羊人听到后就想让他帮自己医病，就把他救下来了，下来后王皮子反而把放羊人装进麻袋挂在了树上。岳父母过来，放羊人大喊："我是放羊的，不是之前你们绑的那个人。"可是岳父母说："我们刚才亲手绑的人，不会有错。"于是他们就继续砍树，最后麻袋掉进水里放羊人被淹死了。王皮子把放羊人的羊群赶到了自己家中，岳父母回去看见觉得很奇怪。王皮子对他们说："你们把我放在水里简直是太好了，正好碰到龙王分家产，他们要分给我金银财宝我没有要，只要了一群羊。"贪财的岳父母问："这种好事我们能不能赶上？"王皮子说："今天还可以，明天就赶不上了，但是你们去的话要带一个磨盘，这样他们才会给你们分家财。要从刚刚你们扔我进去的那个位置下去。"岳父母贪财，相信了他的话，背了个手推磨去了。到了那里，岳父母互相推辞，后来还是岳父先下去，下去就被水呛了，他叫老伴下去救他，岳母以为岳父叫她快跳下去，于是岳母也跳下去，两人都被淹死了。

王皮子做了太多坏事，阎王爷要来捉他。先派了两个小鬼来，但是这两个小鬼眼睛不好使，他就故意舂辣子面，说："好，等我舂完这个治眼睛的药，我就跟你们走。"小鬼一听是治眼睛的，就说："给我们试试嘛。"王皮子就把辣子面抹到小鬼的眼睛里，结果把小鬼弄得很狼狈地逃走了。之后小鬼们都不敢来了，阎王又派黑白无常来，王皮子知道他有胃病，就故意在磨花椒面，说："等我把这个胃药磨好后，就跟你们走。"黑白无常一听，就去尝了一下，结果吃过量了，嘴一下子麻得说不出话来，又难受，于是也回去了。阎王很气愤，又派了牛头来抓他，王皮子说："你来了，太好了，你前面那些人是空手回去，你来嘛，我给你面子，我闲一会儿就跟你去，但我去了我媳妇一个人犁不了这些田，你帮我犁一下田。"结果牛头帮他犁田累得受不了，牛头说你不去也算了，就自己回去了。阎王实在无法，只好亲自出马，他骑着千里马来。王皮子知道后，就买了一只大绵羊，在阎王爷进来之前一直拿着梳子给羊梳洗。等阎王爷到了，王皮子说："坐坐坐，你何必亲自来，我有一只万里羊，一会儿就到你阎王府了。"阎王想要这只万里羊，提出拿千里马换，王皮子说："可以是可以，但是我俩的衣服鞋子也要全部一起换，不然我的万里羊不会走的。"阎王答应了。王皮子说："这个羊有脾气，你骑上它，它叫一声的话你就必须住一个晚上。"之后王皮子骑着千里马到了阎王殿，而阎王骑着万里羊，叫一声住一晚，几个月以后才到阎王殿。王皮子跟小鬼们说："骑着羊的那个人过来你们就使劲打死他，他就是王皮子。"结果真正的阎王来了以后，黑白无常、牛头马面和小鬼们都过来打，把阎王打死了，而王皮子就成了阎王。（讲述人：张福友　讲述时间：2016年8月1日　讲述地点：石龙村云南大学调查研究基地　采录人：董秀团、王丽清、古珊子、卞宇田、宋妮妮、昂晋、苏苑琴、张吉昌、李志兴）

故事述评

这是石龙村流传的"王皮子"系列故事中内容最丰富的一则。故事的前半部分属于"巧骗和傻瓜"类型，后半部分则是"铁匠和死神"类型，其中还有部分内容符合丁乃通《中国民间故事类型索引》中 1563A "让他吧"的类型。整个故事内容层层递进，讲述了王皮子骗亲人、骗小鬼、骗阎王，最后自己当上阎王的故事。🛶（撰写人：段铃玲）

异文一："卯批驳"

外号"卯批驳"的那个人名字叫崔官，后来他成了阎罗王。千里马、万里羊的传说讲的就是他了。阎罗王派了三个小鬼去抓他，"卯批驳"却对小鬼说："你们稍等一下，我眼睛疼，我去拿点儿眼药。"小鬼一听就高兴地说："太好了，我们眼睛也疼，你给我们也拿一点儿吧！""卯批驳"拿了点儿辣椒粉吹到他们的眼睛里就跑掉了。

第二次阎罗王又派了两个鬼来抓他，"卯批驳"对他们说："上次拿了点儿眼药他们就跑了，那这次我就拿点儿胃药。"小鬼说："也给我们一点儿吧！""卯批驳"说："给你们一点儿也简单，那你们随我一起过来吧。""卯批驳"就把他们带到了春花椒的地方，给他俩一人吃了点儿花椒，小鬼被花椒麻着就跑了。

第三次小鬼就不敢来抓他了，就只有让猪八戒去抓"卯批驳"。"卯批驳"说："我可以和你去，但是我们俩走了以后，我老母亲一个人在家里种庄稼种不完，麻烦你一下，用你的耙子帮我把地翻完我们就走。""卯批驳"就在地里放了好多钉子，把猪八戒的耙子弄坏了，猪八戒心想："给你耙地还把我的耙子弄烂了。"于是就跑回去了。后面又叫了牛头过来，"卯批驳"说："那我们两个把地耕完就走！"牛耕了一会儿肚子饿了，但是"卯批驳"不给它吃东西，它耕地实在太累了，就饿晕被拉回去了。

最后阎罗王只得亲自过来，他有一匹千里马走一千里（五百千米）才睡一天。"卯批驳"有一只万里羊，阎罗王来的时候他正在给万里羊梳头。他对阎罗王说："你来我知道了，我就是在这里等你的，你等我一下，我给我的万里羊梳一下毛就跟你走。"阎罗王心想："我只有一匹千里马，他怎么会有一只万里羊？"就问他："那我能不能和你换万里羊？""卯批驳"说："我的是万里羊，怎么能和你换。"阎罗王："我和你换了，我就让你先走。""卯批驳"就把万里羊换给了他，他们俩还交换了衣服，不换衣服千里马不认主人是骑不回去的。结果阎罗王想骑上绵羊走，可根本骑不了，无奈只有用脚走回去。"卯批驳"则骑着千里马很快就到地狱了。"卯批驳"给小鬼们下令："等"卯批驳"到门口的时候，你们就一人拿一根棍子乱棍把他打死好了。"底下的小鬼就一起欢呼，想着以前他捉弄我们，现在终于可以出口气了。等阎王爷到的时候大家就一起把他打死了，"卯批驳"就顺理成章地做了阎王爷。

"卯批驳"也经常欺骗他的岳父母，他们对他没有办法。这天岳父母把他抓住捆起来放进袋子里，然后拉到河边的大树上挂着。岳父母想把他的绳子砍了淹死他，又想起忘记拿斧头了，于是又返回去拿斧头。这时一个放羊的路过河边，"卯批驳"便从袋子里叫道："医风湿病医得怎么样了？医风湿病医得怎么样了？"放羊的本身是有些风湿，"卯批驳"对他说："你把我解开，我把你的风湿病医好了，你再把我挂上去也不迟。"放羊的答应了，爬到树上把袋子解了下来，"卯批驳"被解开后就把放羊的捆了起来丢进袋子里挂回树上，自己赶着羊群走了。

岳父母拿着斧头出来打算把他淹死的时候，放羊的忙在袋子里喊道："我不是你儿子，我不是你儿子，我是放羊的！"两个老人以为"卯批驳"还在骗他们，便把放羊的丢进水里冲走了。

岳父母回家后看见院子里赶进去了好多羊，他们疑惑放羊的怎么把羊赶到他们家了，这时候"卯批驳"出来了，说道："爹、妈，你们今天做的这件事情实在是做得太好了！幸好你们把我淹到河里了，我去到河里，遇到了龙王和二太子、三太子分家，他们有好多的金银财宝让我随便拿，但是我都不要，我想着我们是农民要挑肥割草，我还不如要一群羊呢。""卯批驳"的岳父母也贪财，就问他："那我们现在去拿还赶得上吗？""卯批驳"忙说："现在去正好，就是到了下午也赶得上呢！"两个老人问："龙宫里需要些什么？""卯批驳"答："他们需要大门口的那两个石凳子，你们背着那两个石凳子过去就能换你想要的任何东西了。""卯批驳"就给他岳父母一人背了一个石凳去河边了。他们来到河边的时候发现水流太急，要跳下去都有些害怕，老两口儿便相互推说让对方先跳下去，最后岳父胆子大一点儿，就背着石头先跳下去了，他在水里拼命挣扎让老婆救他，他老婆以为是叫她也一起下来，就跟着跳了下去，结果，两个人都被淹死了。（讲述人：张福友　讲述时间：2015 年 7 月 25 日　讲述地点：石龙小学　采录人：董秀团、杨英、普燕、李昕）

故事述评

同上。两则故事由同一讲述者在不同时间讲述，细节稍有差异。🐚（撰写人：段铃玲）

异文二：戏阎王 ①

石钟寺住着一个人，阳寿已尽，鸡神就来抓他。他在路上撒了一些碎米，告诉鸡神："你抓我吓了我一跳，我把碎米撒掉了，你帮我捡起来，我就跟你去。"鸡神就帮他捡碎米。他就说："鸡来吃我的米！"就去打鸡，把鸡神打跑了，这样鸡神抓他就没有抓成。鸡神回去告诉猪神，猪神又来抓他。他对猪神说："我的慈姑还没有挖，你帮我挖一下，挖掉咱俩就走。"于是猪神拿嘴帮他拱，拱了一下，他说："猪来拱我的慈姑！"又去打猪，把猪神也打跑了，又没有抓成他。这样抓了好几次，羊神也来抓他，所有的动物神都来抓他，但他每次都把他们算计了。有一天，地府里最大的官阎王来抓他，阎王骑着一匹马来，他知道了，就牵了一只羊，拿了一个鞍，对阎王说："我正打算要跟你走呢，准备骑羊走。"走着走着，他对阎王说："你那个只是一匹千里马，我这个是万里羊，我们俩换一下得了。不过，我的万里羊认生，我们俩要把衣服也换一下，否则它不会让你骑的。"于是，阎王就跟他换了。他告诉阎王："万里羊叫'咩咩'②，你就停下来住一天。"阎王骑上他的羊，那只羊受不了，老是"咩咩"地叫，阎王以为羊让他住下来，所以就住了。他则骑着阎王的千里马走了，阎王就没有

---

① 标题为编者所加。

② 白族话中它和"晚"同音。

赶上他。这个人骑着阎王的千里马，穿着阎王的衣服，假装成阎王到了地府，等到阎王赶回来的时候，这个人已经坐在阎王的位子上了，他告诉手下人："这是哪里来的叫花子，把他打出去。"手下人就把真阎王打跑了。（讲述人：张明玉　讲述时间：2005 年 1 月 25 日　讲述地点：张明玉家　采录人：董秀团、段铃玲、朱刚、赵春旺）

故事述评

该异文属于丁乃通《中国民间故事类型索引》中 330A "铁匠和死神"型。故事弱化了死神的恐怖形象，以诙谐的手法展现出人的智慧具有无穷的力量，可以改变、主宰自己的命运。

本则故事中的主人公就居住在石龙村附近的石钟寺，他不仅聪明，甚至还有点儿狡黠。前来抓他的阴间官吏并不是阴森恐怖的鬼怪，而是各种农村中经常可以见到的家禽牲畜，有鸡，有猪，有羊。故事中的阴间官吏在主人公的要求下帮他捡碎米、挖慈姑，这些也是日常的生产劳作，富于生活气息。（撰写人：段铃玲）

傻瓜出远门

有一家人生了个儿子，但这个儿子长大了却有些傻，他的父母想让他到外面闯一闯，学聪明一些。于是就让他和村里一个外出的人一起出远门，还给了他一大包钱。他在同伴后面解了个手便迷了路，找不到同伴们。他走到了一个村子。这个村子有一块田，里面有些野鸭子。刚好来了一个给田找水的人，他就说："阿大大，你的这群鸭卖给我，我在这里养鸭子好了。"找水的人说："好，我把我的这群鸭子卖给你，你把你的钱给我。你先不要赶这些鸭子，我走得远远的以后你再赶它们。因为我的鸭子认生，只有我走得连影子都看不到的时候你才能赶它们走。"他把钱给了这个找水的人，等那人走得无影无踪的时候他便赶鸭子。才一赶，鸭子就全部飞了起来。他想："我的鸭子上天了。"于是又接着走，走到了村子里，有户人家正在办喜事，他就到他们家吃了早饭、午饭和晚饭。晚些时候，客人都走得差不多了，他没地方去，就到了新房，躲到了新娘的床底下。客人走光的时候，新郎问新娘："我们办喜事前这段时间找不到你，你到什么地方去了。"新娘说："我到天上去了。"床底下这个人听到后就从床下钻了出来，问道："大姐，你到了天上，那你看到我的那群鸭子了没？"他这样一下子钻了出来，把新郎、新娘吓得半死，他们连忙问道："你是什么人？怎么会在这里？"他说："我今天买了一群鸭子，但我的鸭子都飞到天上去了。你到了天上，那你有没有看到我的鸭子？"他们听得莫名其妙，后来左问右问，问清了他是哪里的人，于是就把他带回了他父母的身边。（讲述人：张明玉 讲述时间：2005年1月23日 讲述地点：张明玉家 采录人：董秀团、段铃玲、朱刚、赵春旺）

故事述评

此故事的分布比较普遍，不同的研究者笔下均有收录：丁乃通的1266B"傻瓜买雁"；艾伯华的"滑稽故事"中"傻瓜Ⅴ：做生意"；金荣华的1266B"傻瓜买野鸭"。实际上，在艾伯华的分类中，"傻瓜Ⅴ：做生意"的对应母题（2）"买野鸭当成家鸭；赶回家时，它们飞跑了"与本则故事更为接近。此类傻瓜故事母题形式单一，情节集中于无赖利用骗局诱使傻瓜上当，并以此营造出喜剧效果，故事讲述的主要目的是娱乐群众。这从后来故事发展到傻瓜躲在床下，与新婚夫妇的幽默对答可以看出。同类故事可参见《中国民间故事集成·浙江卷》，第767～768页，"傻瓜得宝蟹"。
（撰写人：朱刚）

憨姑爷（一）

一户人家招了个姑爷，但这个姑爷人却很憨。有一次，憨姑爷出去挑水，看到两头牛打架，他就去给牛劝架。于是两头牛就合着去打他，把他弄得青一块紫一块的。他跑回家中，父母看到后就骂他："这回看到两头牛打架你不能再去劝架了，什么东西在互相啄和顶你都不能去劝架。"后来他出门看到两只公鸡在打架，他也害怕得跑开了。他和妻子一起出门，上桥过河的时候，妻子在他身后把一块石头丢到了河里，发出了"咚"的一声，他问妻子："你往里面丢了什么？"妻子说："我往里面丢了荞麦面。"憨姑爷以为妻子把他的荞面饼丢进水了，于是就下水去找，到水里去摸。正好他的弟弟过来了，看到了就问："大哥，你在干什么？"他说："你大嫂把荞面饼丢到水里去了，所以我要找到它。"弟弟也就下水去帮着他摸。弟弟的手都给冻僵了，冷得不行，于是就把手给合起来放在嘴巴上哈气取暖。他看见后就说弟弟把他的荞面饼给吃掉了，于是就打了他的弟弟一顿。（讲述人：张明玉　讲述时间：2005 年 2 月 15 日　讲述地点：张明玉家　采录人：董秀团、段铃玲）

故事述评

这是一则"滑稽故事"中的"傻女婿"型故事。这类关于傻瓜的故事具有普遍性，丁乃通所著的《中国民间故事类型索引》就收集了 148 种关于笨人的故事类型，其中 24 种与《世界民间故事类型》中收录的笨人故事几乎完全相同，显示了各国民间故事在寓意、选材及审美方面的共性。在现今已收集到的傻瓜笑话中，叙述傻女婿的笑话是最多的一类。世界上很多地区和民族都有关于傻女婿的故事。（撰写人：朱刚）

憨姑爷（二）

以前有一个很笨的人，别人给他取名叫憨姑爷。他媳妇娘家有人结婚，媳妇对他说："憨姑爷，你今天穿一件滑溜一点儿的衣服，我们回娘家去做客。"他想："我媳妇叫我穿得滑溜一点儿，我要到街上好好买一件。"于是，他到了街上，摸摸这个也觉得不滑溜，摸摸那个也觉得不滑溜，最后摸到了一床席子，觉得这个是最滑溜的，所以他就买了一床席子回来。媳妇问他："憨姑爷，你买席子干什么？"他说："你不是说我们要去你娘家做客，让我穿得滑溜一点儿吗？所以我去买了这一件滑溜的衣服。"媳妇说："不是不是，我说的是衣服，不是席子。"

后来，他的媳妇生了个儿子，要他去丈母娘家报喜。媳妇说："你去了以后，告诉我父母，就说我已经生了个儿子了。"憨姑爷怕自己忘了媳妇的话，所以就一边走，一边在嘴里念叨着："生了个儿子，生了个儿子。"但是他太高兴了，不看路，踩到了一只母蛤蟆，母蛤蟆被踩得发出了"哇"的一声，吓了他一跳。于是他的心里就总想着"哇"，把生了个儿子记成了生了个"哇人"。到了那里，他对岳父母说："我媳妇已经生了。"岳父母问他："生了个什么？"他说："生了个哇人。"他们想："天哪，哇人是什么样的人，肯定是很糟糕的人。"于是就对他说："憨姑爷，你说我们的女儿生了个哇人，哇人也不知道是什么样的人。不管她生出什么样的人，你还是背一些糯米面回去给她吃，等水开了的时候才把面放下去，然后用笊篱来捞。"他说好，于是就回去了。走呀走，看到前面有一股水流过，流得扑通扑通的。他想这就是水开了，所以赶快把糯米面给放了下去，又找来了笊篱去捞，但是什么也没有捞到。（讲述人：李福娘　讲述时间：2005 年 2 月 14 日　讲述地点：李福娘家　采录人：董秀团、段铃玲）

故事述评

该故事可以归入艾伯华所划分的滑稽故事 6"傻女婿"型故事。在艾伯华的体系中，"傻女婿"型故事一共有 6 个亚型，其中第一个亚型"祝寿"又有 6 种表现形式。我们收集的这则故事，前半部分与"傻女婿：祝寿 6"型故事类似。同样的故事在浙江地区有流传：要傻瓜穿上漂亮的衣服展示一下，他却穿着草垫子来了。故事的后半部分则有自己的特点，在傻瓜忘词的情节上与"傻女婿：织布机"型故事相近。不难看出，这类傻瓜故事的主要目的是娱乐，道德教化的色彩相对薄弱。但是，故事中傻瓜出错的一些细节多包含日常生活的知识，人们由此也可以学到一些生活经验。

（撰写人：朱刚）

傻儿媳

从前有一个老妈妈，她的儿媳很笨，她就想去试一试儿媳到底有多笨。有一天，她告诉儿媳妇："你去卖一只羊，这只羊别卖。这只羊卖掉，牵回羊圈里，再买一个找虱子的小姑娘，再买九样菜。"儿媳想不通，说："这只羊又要卖，又不能卖，什么意思？去哪里拿钱买小姑娘，买九样菜？"但是婆婆说的话，又不能不照办。儿媳把羊牵了出去，一边走一边哭，在路上遇见了一个老奶奶，老人问她："你哭什么呀？"她把事情跟老人说了。老人说："这很好办呀。你把羊毛剪掉卖了，然后买把梳子，这就是找虱子的小姑娘。你再买一捆韭菜回去，就可以了。"儿媳照着老人的话做了，这样就完成了婆婆说的差事。（讲述人：张明玉　讲述时间：2005 年 1 月 23 日　讲述地点：张明玉家　采录人：董秀团、段铃玲、朱刚、赵春旺）

故事述评

　　该故事大略可归入艾伯华划分的"滑稽故事"中的"傻媳妇"型故事，但在情节上又不能对应此类故事的现有亚型。该故事以傻媳妇为核心，讲述了婆媳之间的对抗，传达了一种生活的智慧。婆媳关系历来都是民间故事中一个重要的主题，也是日常生活中一个重要的组成部分。该故事对此没有多着笔墨，而是借由婆媳关系呈现民众的生活智慧。至于进入叙事的三种物品：韭菜、羊和梳子，皆为白族人民日常生活中的寻常之物。用人们最熟悉的物品讲述生活的知识和道理，往往更容易为人们接受，同时也便于记忆，是民众喜闻乐见的口头艺术形式之一。（撰写人：朱刚）

观音菩萨

观音菩萨的名字是千手千眼观世音，是她父亲妙庄王取的。妙庄王有三个女儿：大公主妙音、二公主妙缘、三公主妙善。妙善是观音菩萨下凡转世的，也是三姐妹中最漂亮、最能干的一个。在她们刚出生后不久，妙庄王就让她们抓周，妙善抓了一串佛珠，父亲觉得姑娘抓佛珠不好，就想把她的手摊开往里面放只笔进去，可是刚满月的小孩儿的手竟然掰不开。

妙善长大一点儿后就经常帮助其他人，哪家人地锄不完了，她就要去帮忙；哪家人太穷了，她就要施舍给他们东西。所以回家吃饭的时候经常赶不上两个姐姐，而两个姐姐又良心不太好，她就只能吃点儿剩菜剩饭，有时还要受她们的责骂。

后面妙善就偷偷地跑去南海找师父修行了，这个时候两个姐姐已经嫁人了。妙庄王在家也给妙善安排了一门亲事，男方就是妙善的表哥韦陀，妙善也相中了他，但是却不愿意和他成家。妙庄王知道她已经跑了，就去南海找她，得知妙善不愿意后，妙庄王就对她说："既然你不愿意，那这里有一些花种子，如果你能在今天之内把这些花种子一颗一颗地在山坡上全部种完，那我就答应你！"妙善接过花种子去到山坡上，一边种一边哭："这么多花种子我得种到什么时候呀？"哭着哭着就睡着了，等她醒过来篮子里的种子竟然都没有了，抬头一看原来是鸟儿们嘴里叼着花种子正在一颗一颗地往山坡上种。妙善就提着空篮子回来了，妙庄王不相信她把种子都种完了，就派人去山坡上看，才相信确实如此。这时妙庄王又想反悔，便说："既然这样，那你把花种子全部一颗一颗地给我收集回来我就走了！"妙善就又哭着出去了，哭着哭着便睡着了，这时候鸟儿们又把花种子翻出来放在篮子里，妙善就提着篮子回来了，但是妙庄王又反悔了，还把妙善带回了家。

妙善回来后又偷跑了出去，到了百雀寺，这庙里有99个和尚，妙善过去后就刚好是第100个，而且只有她一个女弟子。妙庄王知道她去百雀寺后很生气，想着她当尼姑也就算了，可是仔细一打听才知道寺里只有她一个尼姑，其他都是和尚，就说："好好的表哥你不要，却要跑到男人堆里当尼姑！"妙庄王动员了他家的兵马势力将百雀寺包围了起来，不准人出去，还放了一把火烧了寺庙，那99个和尚就全部被烧死在里面了，妙善则是因为她师父变成了一只大鸟把她叼了出来，救了她一命。妙庄王放完火回到家里的时候想要坐下来却发现已经坐不下了，因为他身上长了99个疮，吃也不能吃，睡也睡不了，身上也是各种疼，宫里的医生都无能为力。这时候妙善幻化成算命先生来到宫里对他说："你这个病只能你三女儿来医，其他人都医不好！明天你们就去街上找一个给人治病的女子，她会在那里喊：'哪个需要治病？哪个需要治病？'你们去找她便可。"

第二天他们真的在街上寻见了这个女子，其实这个女子也是妙善幻化的。他们把女子接回家里，女子对妙庄王说："我就是你的三女儿了！"妙庄王不相信，说道："不可能，三女儿已经被我烧死了！"妙善便把事情的经过跟父亲说了一遍。又对父亲说："你把我的眼睛挖出来，手脚指头全部砍掉剁成末敷在疮上面病就好了。"当医生照着妙善的方法做时，疮便消失了。妙庄王连忙向女儿下跪道："千手千眼观世音！"

妙庄王这个人良心不好，在世的时候做了很多坏事，死了后下了十八层地狱，也是观音去把他救出来的，妙庄王转世只能投胎为黄牛。

再后面观音的母亲也去世了，但是她大姐、二姐良心不好，故意为难她，让她连母亲最后一面也没有见着。观音修道成佛了，两个姐姐的丈夫知道后就对她们说："如果你们两个也能成佛，就骑在我们的身上！"后来观音还是把良心不好的两个姐姐带着升天了。这就是现在观音大姐、二姐塑像是骑在夫君身上的原因。（讲述人：张福友　讲述时间：2015 年 7 月 26 日　讲述地点：张福友家　采录人：董秀团、杨英、普燕、赵晓婷、李昕）

故事述评

观音成佛之前是妙庄王的三女儿，因潜心修佛不被父亲所容，后来自愿奉出双手救治父亲，这一传说在民间流传广泛。在石龙村，观音庙是较大的一座寺庙，对观音的信仰留存于人们的生活当中，每年的观音会是石龙村老年人最为重视的佛会之一。观音信仰的存在是观音传说至今得以流传的原因之一，与此同时，有关观音的故事传说在不断地被讲述中也强化了村民对于观音的崇拜和信仰。（撰写人：董秀团）

异文一：观音修行

观音菩萨有三姐妹，大姐妙音，二姐妙缘，观音就是老三妙善。他们的父亲妙庄王是一个没有良心的人。三姐妹生下来的时候家里人让她们抓周，妙善抓的是佛珠。后来，大姐、二姐许配给了别人，妙庄王把老三许配给了她的表哥韦陀。韦陀很喜欢妙善，但妙善不要。韦陀去找她，她手一指："你不要进来。"所以现在韦陀都是塑在观音寺的门口。

妙善开始修行的时候，她的父亲百般刁难她，在一个山坡上让她把整片山坡都撒满花种儿。她太累了，就在那里睡着了，小鸟儿们都飞过来用嘴叼着花种儿种进小洞里，她睡醒后看到，就跑回家告诉父亲，她父亲去检查，虽然觉得这是不可能发生的事，可是的确如此。父亲回去后又对她说："明天去把所有的花种儿收回来，一颗也不许少。"第二天她还是去到那里睡觉，小鸟儿们又飞过来帮她一颗一颗地收回了花种儿。这样，她父亲才同意她修行。后来她到了白雀寺修行，那里有 499 个和尚，尼姑只有观音一人，她父亲要让她回家，就召集了家里所有护卫，把白雀寺包围起来，然后点了火，把里面的和尚全部烧死了，只剩下妙善一人，之后飞来一只老鹰救出了妙善。被烧死的 499 人到了妙庄王的身上，让他长出了 499 个疮，他受不了了，于是请来了鬼谷子先生，鬼谷子先生告诉他："能够医治你的病的只有你的三女儿，我也救不了你，你只能去找你三女儿。"妙庄王答："可是她已经被我烧死了。"妙庄王不抱希望的时候，善良的妙善扮成了一个行医者，她被请去给妙庄王看病，到家后妙善告诉父亲："我是你的三女儿。"可是妙庄王不相信，妙善说是她的师父搭救所以她才没死。然后她让父亲把她的手指、脚趾、眼珠全部挖出一起碾碎涂到疮上，只涂了一点儿疮就消了，499 个疮都涂完，药也刚好用完。父亲说："你真是千手千眼观世音！"妙善的手脚又生出来了。后来妙善修成正果，法号观音，她大姐、二姐嫉妒她，也想去修仙，她们俩的丈夫说："你们俩都能修成正果的话就让你们骑到我们身上。"后来观音将她们度上去了，所以他们的丈夫一个变成了大象，一个变成了老虎，让她们骑着。

之后观音的母亲去世了。父亲妙庄王也去世了，由于他良心不好，去世后阎王把他压在十八层地狱，观音去救父亲，可是阎王不允许，最后看在观音的面子上把她父亲变成了一头黄牛。

十八罗汉以前是山贼，他们良心好，劫富济贫。观音度他们的时候，变成一个很漂亮的姑娘，他们把她抓起来，各个都说要她当老婆，他们都在争抢，最后不好定夺就决定把她放走，于是把她拴在草上，想让她自己逃走，可是观音没有逃走，他们出去抢东西一个多月后回来，发现观音还在那个地方，他们问她为什么不跑，观音说："我只有一条命，如果我跑了就会伤害草，草有多少条命你们自己看看。"他们受到了感化，于是观音把他们度上了天。（讲述人：张福友　讲述时间：2016 年 8 月 2 日　讲述地点：张福友家　采录人：董秀团、卞宇田、宋妮妮、杨英、张宇）

故事述评

本则异文为同一位讲述人在不同时间和场合的再次讲述，与前一则相比，情节大致相当，但也体现出少量细节的差异，比如寺庙中的人数。此外，本则异文还增加了观音度化十八罗汉的情节。（撰写人：董秀团）

异文二：观音母

传说观音家有妙善、妙云、妙音三姐妹，观音是妙善，是第三个女儿。妙善的父亲是一位皇帝，一直没有儿子，想要儿子却生了几个女儿。妙善出生的时候她父亲很不高兴，把她交给了奶妈。妙善后来出家修行，去到五百罗汉在的白雀寺，她父亲打发手下把他们的寺庙烧了。妙善的父亲后来头上长了一个疮，怎么都医不好，这可能是因为她父亲当皇帝时人也不好。观音的心是最好的，后来说要她的手做药引才能治好父亲的疮，观音就救了父亲，治好了他的病。（讲述人：李定鸿　讲述时间：2010 年 7 月 19 日　讲述地点：李定鸿家　采录人：董秀团、张鸿松）

故事述评

这则观音传说，情节相对简单些，但主要母题是具备的。（撰写人：董秀团）

异文三：观音故事

有个关于观音三姐妹的故事。妙善出生时，她爹很不高兴，因为她生下来就拿着佛珠玩，于是奶娘就将妙善带回去养，奶娘还有一个儿子，三人就一同到山上去住。后来妙善的母亲病了，让妙善回去，但是妙善的大姐、二姐的心肠不好，不让她进门，于是妙善在门外跪了三天三夜，后来妙善的母亲死了，发灵那天早上，妙善的大姐、二姐也不让妙善进去，但是妙善还是抢着想要看她母亲一眼。所以后来在民间就流传着抢丧的习俗，亲生儿女要在死去的父母抬出去之前看父母最后一眼。（讲述人：李玉福　讲述时间：2016 年 7 月 31 日　讲述地点：李玉福家　采录人：卞宇田、赵晓婷、宋妮妮、张宇）

故事述评

该异文属于比较简略的观音故事，主要强调母丧未得见最后一面的情节，实际上是为了解释白族民间的抢丧习俗。（撰写人：董秀团）

异文四：观音会

一家有三姐妹，大女儿叫妙章、二女儿妙音、小女儿妙善，三姐妹中，妙善心肠最好。她们的父亲妙庄王品行脾气非常不好。妙庄王让三姐妹浇花，当时是冬天里最冷的时候，他要她们在这时候把花浇开放，大女儿和二女儿不浇，三女儿去浇了，只因事先父亲对她们说，只要把花浇开，就同意她们出家。三女儿把花浇开了，可是她父亲却反悔了，不准她出家。她父亲又给了她三斗花种子，让她去种，她种完了，回来后父亲又让她把花种子收回来，小鸟儿们都去帮她把种子收回来，捡回来之后父亲才允许她出家了。

三女儿妙善出家后住在南海，她死后尸体留在南海而她的灵魂上了天去往菩萨庵，世称观音菩萨。后来她的大姐、二姐也相继成佛，都骑在自己丈夫身上，大姐夫成了狮子，二姐夫成了大象。每年的观音会，全村人都去朝拜观音菩萨。（讲述人：张庆长　讲述时间：2016 年 7 月 31 日　讲述地点：张庆长家　采录人：卞宇田、宋妮妮、赵晓婷、张宇）

故事述评

该异文属于比较简略的观音修行的故事，但浇花一说在其他异文中未见，较为独特。（撰写人：董秀团）

异文五：观音菩萨的故事

观音的父亲是妙庄王，母亲是鲁国母。观音还在她母亲肚子里的时候，母亲去算命，算命先生说孩子出生以后会是与众不同的人。但生出来是个女孩儿，她的父亲重男轻女，听算命先生说观音与众不同，怕她做不好的事，就要杀了她。她母亲不忍心，把她放在篮子里，漂在水上顺流而下。一对夫妻去砍柴，听到孩子的哭声，就对着那个方向说：假如你以后是个好人，就漂出来，如果是一个魔头，就不要漂出来。观音的篮子就漂了出来，两夫妻收养了她。夫妻俩带她到街上买玩具，她一样都不要，只要佛珠。观音长大以后经常行善积德、做好事，最后上天成佛。她带着两个姐姐修行，两个姐姐也成了佛，她们就合称观音三姐妹。观音还把父母也带过去成佛了。（讲述人：张室顺　讲述时间：2016年7月31日　讲述地点：张室顺家　采录人：昂晋、古珊子、李银梅）

故事述评

　　该异文主要讲述观音出生前后的奇异状况，以此来突显其不凡。这是民间故事传说在塑造和突出主人公神异性时的一种常用手法。（撰写人：董秀团）

异文六：观音的故事

　　观音原来在天上有个名字是"慈行"，是个男的。释迦牟尼佛随时下来看民间的百姓。那时邪魔妖怪多，作恶的人也多，善人比较少，佛下来看了以后回到天上命令慈行下凡，到人间斩除邪魔妖怪，教人不做坏事，做好事。

　　慈行变为妙庄王的女儿三公主投生凡间。母亲怀她18个月，生出来的前一天晚上，天上出现红云。妙庄王想要一个儿子，但生下来一个女儿。慈行在天上时在池塘边看天书，池塘里有一条妖怪变成的鱼，鱼跳起来把天书咬进池塘里去了。慈行心里不舒服，就跳进池塘里把天书拿回来。慈行变成女子下凡投生后，那条鱼也现了原形，跟着她一起下凡，她出生以后，妖怪天天跟在她后面，想要弄死她。那时人间有两个国家，妖怪经常去另一个国家的大将霍米师面前说三公主是个妖怪。霍米师也去跟王太后，也就是三公主的奶奶说她是个妖怪，一怀18个月，听都没听过，催着王太后弄死她。三公主姨妈在普陀山，听说要把三公主弄死，姨妈连夜回来把她抱到普陀山，这事别人不知道，只有妖怪知道。妙庄王派了几个大将途中保护，一个大将在天亮时用一块红布包着木头充当三公主。大将骑着一匹马，抱着包着的木头来到海边一块大岩石上，大吼说这三公主是个妖怪，要淹死掉，还故意让渔民听到。大将回去以后对王太后说把三公主丢进大海淹死了，王太后不信，派另一个大将到海边问渔民，渔民说："什么大将我们不知道，但是他抱着说这是三公主，是妖怪，要淹死掉。"大将回去告诉王太后说三公主已经被淹死了，王太后信了，但是妖怪不相信。妖怪一直跟着三公主到普陀山，几次都要下手，每次都电闪雷鸣，下不了手，是因为佛保佑了她。三公主的姨妈有个儿子李根，李根的父亲有天上送的两本药书，他就专门到山上挖草药，哪个地方有平民百姓就送给他们，他的药最好，什么病都可以医好。

三公主长大以后就专门跟着李根采草药。在采药的时候，妖精去试着害了她几次，还是伤害不了她。她十一二岁的时候在海边搭了个石头房子，塑了佛像，天天两次去拜佛像烧香。到了十七八岁，李根跟她说你爹生病好不了了，你妈的眼睛也瞎了，她听了就回去医父母。她扮成医生，对两个姐姐说药引是亲生儿女身上割下的一块肉。大姐、二姐已经不认识她了，她先说要割大姐身上的肉，大姐说身体不好，叫她去割二姐的肉，她去找二姐，二姐又说爹妈女儿不止一个，要大姐和她每人割一块。两个人互相推都不愿意割。三公主说："你们都是亲生儿女都不愿意割，我是医生我来割。"说完，就在自己手臂上割了一块。她把父母医好后，他们就知道了，其实她是三公主。

三公主又去了白雀寺，里面的尼姑都对她很好，妖怪又去挑拨住持，住持千方百计想弄死她，要她每天砍柴500斤（250千克），不让她吃饭。饭菜都在厨房外的污水沟里，她就捡这些剩的脏饭菜吃。过了几年以后，霍米师派兵过来把白雀寺烧了，想把她烧死在里面，但没有烧死，佛把她救出来了。霍米师把大将、士兵全部调过来，想要灭妙庄王，把他们全部杀光，她把爹妈、大姐、二姐都救出来了。霍米师又来到普陀山把李根和他的父母杀掉，天上的佛来度他们，李根被封为韦陀，三公主被封为观音菩萨，大姐是文殊菩萨，二姐是普贤菩萨。（讲述人：张定全 讲述时间：2016年8月2日 讲述地点：张定全家 采录人：昂晋、古珊子、李银梅）

故事述评

该异文将观音修行的阻力归于妖怪阻挠，与其他文本中主要是其父妙庄王阻挡有所不同。而妖怪一再阻挠和加害的原因又在于观音下凡前二人之间就埋下的过节。因

而本故事中因果轮回的观念似乎更加突出。🪶（撰写人：董秀团）

观音度文昌和玄帝

观音旁边的那两个人是文昌和玄帝。

观音度玄帝的时候，玄帝和他妻子住在一起。观音变成了一个很漂亮的女子去叫玄帝，被玄帝的妻子看见了，玄帝的妻子就拿了个棍子去打他骂他说："你说你没做什么，那现在这个漂亮的女子来找你干吗？"玄帝也不知道为什么就只有矢口否认。而这个女子却还在那里叫他，玄帝就拿着棍子追出去打她想证明自己的清白，不料不小心掉进了河里。这时候，这个女子变成了观音问他："你往下面看你看到了什么？"玄帝说："我看到了自己的尸体。"这样，玄帝才明白观音是来度化自己的。

文昌帝的手长在一起，这是因为有两口子去离婚要写离婚字据，但有个字不知道要怎么写，文昌帝从他们旁边经过就说："这个字反着写就可以了。"结果这么一说就泄露了天机，他的手就长在了一起，也抬不起来了。后来，观音把文昌也度化成佛了。（讲述人：张福友 讲述时间：2015 年 7 月 26 日 讲述地点：张福友家 采录人：董秀团、杨英、李昕、普燕、赵晓婷）

故事述评

文昌主宰功名、利禄和官运，所以读书人常拜文昌。异文中所述也透露了文昌与读书识字的关联。关于玄帝，有几种说法，一种说玄帝是颛顼，又说玄帝指夏禹，又或说玄帝是指道教所奉的真武帝。不管这里的玄帝到底指的是哪个历史上或神话传说中的人物，有一点是毋庸置疑的，那就是在白族民众心目中，观音的地位大大超过了这些人物。所以，故事的主题是观音度玄帝，正是在观音的指引和度脱下，玄帝才得以成为神佛。

观音度玄帝的方式是导引他的肉身摔下山箐，使肉身与灵魂脱离。这一点，与大理洱海地区白族大本曲曲目《傅罗白寻母》中观音度脱罗白的方式是一样的，观音派出的黑鱼精化为书生导引罗白跳下山洞，脱了肉身，罗白就成了目连，不再是凡人，而成了可以上天入地的神仙。

总之，该故事反映了白族地区观音信仰的兴盛和人们对观音的崇奉。🦑（撰写人：董秀团）

异文：观音度玄帝

以前，玄帝还不是神仙，只是一个凡人。有一天，观音来度他成佛。观音化成一个年轻漂亮的女子，来到玄帝家门口，向他招手，勾引他。玄帝的妻子看见了，很是生气，对他说："你平时在家里有那么多规矩礼数，这也不行，那也不行，在外面还不知道是什么样子呢？要不然现在怎么有女子到家门口来找你？"玄帝也很生气，心想："这个女子玷污我的名声。"所以就拿了一把刀追了出去，要去杀那女子。那女子在前面跑，玄帝就在后面追，到了一个山箐，女子一下跳过了山箐，玄帝也跟着要跳过去，没想到他的身体摔下了山箐，肉身摔死了。这时，观音才现了真身，观音指着玄帝的肉身对玄帝说："你看，那是什么？"玄帝说："那是我的骨头。"观音说："我就是来度你成佛的。"这样，玄帝就变成神仙了。（讲述人：张祖元　讲述时间：2008 年 7 月27 日　讲述地点：张祖元家　采录人：董秀团、杨建华、赵春旺）

故事述评

该异文观音度玄帝的过程与上一则相同，但细节似乎更为生动。🦑（撰写人：董秀团）

观音度罗汉

观音旁边的十八罗汉在成佛之前是 10 户人，他们劫富济贫，抢到什么东西总要先分给穷人，帮助别人。观音变成一个非常漂亮的女子来到他们村，他们手下的人就把这个女子抓了起来，准备让她去做他们老大的老婆。十八罗汉见到这个女子以后都争着让她做老婆，最后实在争不开了，就说算了先把她捆起来，但是只是把她绑在了一堆草上面而已，本意就是想让她跑掉。这几个人出去外面三个月后回来发现观音还在这堆草上绑着，他们就问她："为何不走？"观音答："我若死了，也只是一条命而已，可是我要是跑了，这堆草就要被我拔出来了，这样得伤多少无辜的性命啊！"他们几个人心想："莫非这就是观音菩萨。"就连忙下跪，菩萨就现身了，从此以后他们就跟着观音菩萨了。（讲述人：张福友　讲述时间：2015 年 7 月 26 日　讲述地点：张福友家　采录人：董秀团、杨英、李昕、普燕、赵晓婷）

故事述评

在张福友讲述观音修行故事的时候也曾涉及十八罗汉的故事，这里则将观音度化十八罗汉单独讲述。🐛（撰写人：董秀团）

观音摆渡 ①

以前，有一个村子，旁边有一条河，河很宽，有钱的人家坐船就请人渡过去，没钱的穷人，坐不起船，就过不了河。观音菩萨看到这个情况，就决定下凡来救世度人，帮助那些穷人过河。于是，观音菩萨变成了一个渡船人。有一天，来了一个人，说："我想过河，但是我没有钱，您能不能渡我过去呢？"观音菩萨知道这个穷人良心很好，平常也做了很多好事，于是就回答说："可以，可以。"这样，观音菩萨就把那人渡过了河。等到那人想要道谢的时候，观音菩萨说了一句"观音菩萨为船主，不渡无缘渡有缘"，然后就不见了。这个人才知道刚才渡自己过河的是观音菩萨。为了报答观音菩萨，这个人回到村里以后，想在村中的一块大石头上刻上观音菩萨的像，

---

① 标题为编者所加。

当他去搬那个大石头的时候，在下面挖出了一坛金银，从此，这个穷人就好过起来了。（讲述人：李根瑞　讲述时间：2005 年 1 月 23 日　讲述地点：李根瑞家　采录人：董秀团、段铃玲、朱刚、赵春旺）

故事述评

白族地区观音的信仰十分普遍，可以说达到了妇孺皆知的程度。而且，在白族民众心目中，观音菩萨同样是救苦救难的化身。这则故事鲜明地表达了观音济世救人的思想。这样的故事，给那些穷苦的好人提供了无限的憧憬，特别是故事最后说到被观音渡过河的人为了报答观音，想要雕刻观音之像，没想到又挖出了一坛金银，终于摆脱了穷苦的生活，这样的奇遇可能是每个穷苦之人都想要得到的，现实生活中无力改变自己命运的他们，只好寄希望于神佛的帮助，寄希望于命运的突然转变。这则故事将对观音的信仰与民间故事的结构结合起来，为那些善良的穷苦人描绘了一幅值得期待的图景。（撰写人：董秀团）

观音救关公

有一个人不好好干活，总是去做贼。大家把他抓起来后商量决定要把他给杀了。他一下子悔悟了过来，心里就在想："从今以后我不做贼了，我下定决心了。"他看到前面有一座庙，就逃到了里面。庙里面有个老妈妈，这个老妈妈其实是观音菩萨变的。他也不知道，于是就跪在了老妈妈面前说："大妈，救我一下，我在这里做你的徒弟，我不走了。"老妈妈问："你是谁？怎么会跑到这里来？我为什么要救你？发生了什么事情？"他回答说："我以前做过错事，我原本是做贼的，偷人，抢人，但是现在我知道做错了。他们要抓我，杀我，所以请你救我一下！"他跪在观音面前就不站起来。开始的时候，老妈妈并不答应，过了一会儿，他还是不站起来，老妈妈说："如果你真的要我救你的话，那我咬一口你的手指头，你同意吗？"他说："我同意，我同意！"于是，这老妈妈咬了一下他的手指头，然后马上把他变成了一个红脸的人，这就是关公了。这时来抓他的那些人也走了进来，但他们已经认不出他了，因为这时候他的脸色已经变了。他们看到庙里有一个老妈妈，就问她："我们要抓一个人，他逃到这座庙里来了，怎么现在找不到他了？"老妈妈说："没有，没有人进来这里，这里只有我和红脸的这个人，没有其他人了。"他们说："我们要找的不是这个人。"关公也说："没有其他的人了。"那些人在庙里搜，一个人也没有搜出来，最后就走了。关公也下定决心从此以后什么都不做，就只在寺庙里侍奉香火，这样他就做了老妈妈的徒弟。后来，老妈妈准备告诉关公自己的真实身份，就坐回了她的座位上变回了观音菩萨，关公才知道了救他的是什么人，于是赶快跪下去给观音菩萨磕头。所以现在观音菩萨为大，关公为小，但关公又比其他的神佛都大，在我们村，我们把他塑在了三圣宫。（讲述人：张松玉　讲述时间：2005 年 2 月 12 日　讲述地点：张明玉家　采录人：董秀团、段铃玲）

故事述评

观音菩萨的信仰在大理地区非常兴盛，地位很高。在民间，流传着观音《负石阻兵》《观音伏罗刹》等民间故事。在一定程度上，白族民众对观音的信仰超出了其他的佛教神灵，包括佛祖释迦牟尼。石龙村同样有浓厚的观音信仰氛围。当然，对观音的信仰又是与其他的宗教信仰密切交融的。在这里，有本主庙，供奉本主，还有观音庙、三圣宫，三圣宫内供奉的就是关公。应该说，观音代表的是佛教的信仰，而关公则是道教供奉的神灵，但是在民间，民众往往不去关注这个神是哪家哪派的，也就是说各种宗教流派常常是和平共处，甚至是相互交融的。在石龙村，不管是本主崇拜，还是佛教、道教、原始宗教，都有自己生存的空间。村中的念佛会、洞经会和崇拜本主的活动也时有交叉，念佛会和洞经会都经常到本主庙和其他的寺庙中活动，而有时念佛会与洞经会还会同时参与活动。有的村民既是念佛会的成员也是洞经会的成员。

当然，仅从这个故事而言，村民将观音的地位置于关公之上，而在石龙村，最大的信仰团体是"念佛会"，比洞经会的成员要多得多。从这个意义上说，可以认为石

龙村的宗教在多元共存的格局中，又体现出以本主崇拜为核心，同时佛教信仰高于道教信仰的特点。（撰写人：董秀团）

观音度人

以前有两口子，丈夫出去打工，妻子在家看孩子。这丈夫出去后经常往家里寄钱，可是妻子却在家里又和别人好上了。妻子给丈夫写信："谷子出穗又旺雨，白露无雨成秋分；谷子出穗天无雨，百穗是金身。"丈夫收到信后一直不给她回信。妻子便又给他写了一封："大菜地也荒掉，变成放马场，田埂放水口也已经没人帮我挖，你媳妇我在家很看重自己的贞操并洁身自爱。"丈夫收到信后心里很清楚妻子已经和别人在一起，便打算回家一趟。

路上，他在一个旅店里寄宿了一个晚上。在店里他看中一张被熏黑的观音像，想买下来，店家要价30两银子，刚好是他出去打工挣的钱，于是他便把所有的钱拿去买了那张观音像。可是买了画像以后就没有住店的钱了，在他的恳求下好心的老板便收留了他一晚。晚上睡觉的时候他梦见观音菩萨对他说："见岩不坐船，碰油莫洗头，一斗谷子米三升。"

第二天早上，他起来要回家，回家需要坐船，可他身上已经没有钱了。他便向店家恳求可否借他些盘缠。店家心好便又借了些钱与他。他拿着店家给他的钱准备去坐船，远远地看去，海里面有一块大石头，便想起昨天晚上做的那个梦，于是他就打算走路回去，刚走了一小会儿就看见他想坐的那艘船撞在了石头上正沉入海底。他回到家就对妻子说："你给我写了那么多信，我没有办法就回来了，想给你买点儿东西，但是买了这个画像就没钱了。"他媳妇听了以后就和他吵架，吵到快要打起来了。这男人去拿了根棍子，正好墙角柜子上放的一瓶油被他用棍子不小心打翻了，油就倒在了他头上。他又想起昨天晚上的那个梦，心想："不能洗头。"就顺手把头发抹了一下，到晚上便睡去了。

半夜的时候，妻子的情人听说这丈夫回来了，便到他们家打算把他杀了。那人走到卧室摸到他的头，因为他的头发上泼了油所以显得特别柔顺，那人以为摸到的是女的，就没有杀，反而把睡在他旁边的女人给杀了。

第二天他妻子的情人知道误杀人后就先去报案。他说："我第一天回来，我老婆在外面找人，现在赖到我头上我也说不清楚了！"县衙的人把他带走拷问，他实在受不了了就对他们说："你们来帮我分析一下，回来的前天晚上我梦见菩萨对我说'见岩不坐船，碰油莫洗头，一斗谷子米三升'，这是什么意思？"县官就去翻书，一斗谷子可以加工成三升米和七升糠。县官就问他："村子里有没有叫米三或糠七的人？"村里确实有一个叫糠七的，这其实就是那个杀人犯，于是县官就把糠七抓住杀掉，把这个男的放回去了。

回家后他就把观音的画像洗干净挂在墙上，做饭的时候他就拿炭条在地上照着画观音的像，发现画得还挺像，于是就拿了一张纸过来在观音像前画花鸟鱼虫，画出来的东西都是栩栩如生。他就拿着画好的画去街上卖，卖得特别好，大家都抢着买他的画。后面他的画被卖到了一个员外的府上，员外把画挂在墙上，画里面的鸟儿都活灵活现似要飞出去一般。员外差人打听到这是他画的，就把他请了过去让他又画了几张，画得都特别好，员外心里满意就把自家女儿许配给了他，他就做了员外家的女婿。员外和他商量结婚以后就专门卖画，到时候能赚好多钱。

可是结婚以后，他画的鸟就不再那么生动了，也不像以前一样像可以飞出去一般栩栩如生。话说观音度他也就到此为止了，即让他成家。（讲述人：张福友　讲述时间：2015 年 7 月 26 日　讲述地点：张福友家　采录人：董秀团、杨英、李昕、普燕、赵晓婷）

故事述评

故事讲述了观音菩萨对一个普通人的救度，同时观音菩萨的救度并不是永无止境的，让他成家也就算告一段落了，这样的故事体现了人们对观音菩萨依赖的同时也说明人不能永远依靠神佛的救度来度日。（撰写人：董秀团）

海神娘娘与观音像

从前有两兄弟做生意，卖药材。一次，他们去卖药的时候投宿到一个店里。那晚狂风暴雨，两弟兄各住一间。半夜弟弟听到敲锣打鼓的声音，海神娘娘要过来做他的媳妇。弟弟说："我是做药材生意的，是要钱没钱的穷光蛋，娶你这么漂亮的夫人，我受不起。"还把海神娘娘赶走了。第二天晚上，海神娘娘又来了，说："我们的前世姻缘还有 3 年的时间。"这天晚上，弟弟答应了。

海神娘娘让弟弟把街上的药材全买回来，一共花了 36 两银子。而他们的钱，也刚好只有 36 两。第二天，那里的人就来找他们买药，这些药全部卖出去了，赚了 3600 两银子。海神娘娘又叫他把街上红色的布、白色的布全买回来，又刚好把全部的银子花完。然后又叫他把布拿到街上去卖，刚好碰到士兵来买布做旗子，布又全部卖了出去。第四天晚上，海神娘娘请弟弟吃饭，不让哥哥知道。海神娘娘夹了一块肉扔到弟弟的脸上，弟弟说："你为什么把肉扔到我脸上？"海神娘娘说："别人的肉长不到我们脸上。"就是说人家的肉你用不了，人家的钱你花不了。第五天，他们两兄弟要回去，海神娘娘就嘱咐弟弟："海里见岩不坐船，逢油不洗头。"回去的时候他们看见海里有岩石就没坐船了。他们到了一个店里吃饭，看到店里的墙上挂了观音菩萨的画像，这个画像被烟熏得很黑，弟弟花了 16 两银子，把画像买走了。回到自己家，那时候没有灯，挂的是油灯，弟弟不小心撞到了油灯，油流到了他头上，他准备去洗头的时候，想起了海神娘娘的话，就没有洗头直接去睡觉了。弟弟本来是有老婆的，他老婆就在家里乱搞，瞎搞的那个对象姓董，这个姓董的知道弟弟回来了，就打算过来把他杀了。那天晚上没灯，看不见，姓董的就摸，以为摸到柔软的头发就是女人的，摸到粗糙的头发就是男人的，然后他就摸到弟弟的头发，因为淋了油，头发很软，姓董的以为这是女的，又摸到弟弟妻子的头发，比弟弟的粗糙，就以为是男的，结果反而把女的杀了。第二天，弟弟就去报官，断来断去都断不出是弟弟杀的还是姓董的杀的，断案的时候，旁边有个鼓，不知道怎么了就响了起来。"咚、咚、咚"，判官就知道是姓董的杀的，最后姓董的被判了死刑，弟弟就没有事了。其实，就是买回去的那个观音画像救了他。（讲述人：张发瑞　讲述时间：2016 年 8 月 1 日　讲述地点：张发瑞家　采录人：苏苑琴、昂晋、李志兴）

故事述评

此故事的后半部分与上一则有相似之处，前面部分则夹杂了海神娘娘和弟弟的姻缘故事。（撰写人：董秀团）

释迦牟尼的故事

二月八太子会的太子是释迦牟尼九世。海云居的 3 个塑像是释迦牟尼和他的师父燃灯古佛、燃灯古佛的师父毗罗古佛。

古语说："凡事神仙做，哪有凡人做神仙。"释迦牟尼就下凡去人间修炼了。在这个地方有 10 个皇帝，但是太子只有一个，其他都是女儿。太子偏偏不爱美女，他父亲就安排了二月八把长得好看的姑娘都抓过来放在东、南、西、北门路两旁排好，太子就带着仪仗队骑着小白马游四门。燃灯古佛给太子施了法术，当见到长得好看的姑娘时，太子看着就像妖精一样，长得丑的又看成是美女。

太子从东门到南门也一直没有看到合适的，随行的人就纳闷，怎么看了这么多也没有合适的？正好走着也累了，就坐下来休息一下。太子下来去到一个开阔的地方看到那里有一潭水，旁边有一个燃灯古佛幻化的老头儿在那里哭泣，水潭里有一些小蝌蚪在活蹦乱跳的，也有一些蝌蚪已经死了。太子问道："为何哭泣？"老头儿说："做人干吗？反正都要死，这些动物也一样，水干了，这些活蹦乱跳的蝌蚪不也还是会死？"太子心里似乎有些明白了，于是太子去西门随便游了一下，连北门都不想去了。

当太子从西门过来的时候，他师父又变成了一个老妇人和一个姑娘，在两只刚死掉的牛马和两只死了好长时间的牛马旁边哭泣。太子上前问道："为何哭泣？"老妇人答："做人也没意思，做动物也没有意思，反正都要死，人死了也就跟动物一样。"太子就有些害怕了。他到北门的时候就直接骑着马回去了。

太子回去后他父亲问他："有没有看中哪个姑娘？"太子答："一个也没有看上！"皇帝就生气了，发火骂他。太子后面就直接跑了，他到大雪山住了 365 天，不吃不喝。实际上是 365 年，这天上的一天就算一年。皇帝打听到他的住处后，便带着兵马要找他回来，他对父亲说："你不要接近我，因为我头上有燕子窝，腋窝下有刚孵化出来的小燕子，你见到它的话，它就死了。"这也是至今流传的只要你见到燕子窝或者鸟窝里还没有长毛的小燕子、小鸟，它就会死的原因。皇帝生气地说："岂有此理，我怎么不能靠近你？"然后就拔出刀子在他面前划了两刀，那两刀就变成了现在的金沙江和黄河。这便是释迦牟尼的第九世了，他父亲回去后就气急而亡，释迦牟尼便转世为第十世了。

第十世的时候，释迦牟尼专门去修行，就把前世的事情都忘记了。（讲述人：张福友　讲述时间：2015 年 7 月 26 日　讲述地点：张福友家　采录人：董秀团、杨英、李昕、普燕、赵晓婷）

故事述评

释迦牟尼是佛教的最高神，白族地区有浓厚的佛教信仰，所以也有关于释迦牟尼的故事。在剑川，民间盛行二月八太子会，在寺登街还保留着太子游四门的习俗。石龙村的民众在二月八时也会到沙溪寺登参与该活动，村中的老人也会在村中组织太子会的相关活动。村中有一习俗，凡是婚后不育或者只有女儿没有儿子的人家，就主动承担配合老人家举办太子会的仪式活动，认为这样做有求子的功效。（撰写人：董秀团）

异文：释迦牟尼的故事 ①

三圣宫里面有一个太子像，是一个光着身子的小孩儿，一只手指天，一只手指

---

① 张四华说这个故事是他的师父李兴成讲给他的。

地，他就是释迦牟尼小时候。据说释迦牟尼一出生就是一只手指天，一只手指地，意思是天上地下，唯我独尊。到结婚年龄的时候，因为他是国王的儿子，从来没有出过王宫。到二月八那天，他去游寺，看见打打杀杀的人太多了，为了一点儿东西都可以争得死去活来，而皇宫里什么都有，他就不想当太子。他在菩提树下感悟，不吃不喝，想把这个世道改一下。燕子飞到他的头上做窝他也不动，所以后来佛祖头上就戴燕窝帽。最后，他修行出来，把他的想法传给人们，学的人越来越多，成千上万，释迦牟尼决定四海为家，走到哪里讲到哪里，到处收弟子。（讲述人：张四华　讲述时间：2016年7月31日　讲述地点：张四华家　采录人：王丽清、苏苑琴、李志兴）

故事述评

该异文比上一则释迦牟尼的故事要简短一些，不着重于情节敷衍，而重在强调释迦牟尼所见所感所悟。 （撰写人：董秀团）

药王菩萨

药王菩萨是天上的神仙，他常常到凡间给人治病。无论一个人病到什么程度，他都可以把人给治好。有一天，药王菩萨带了一个弟子走了很远的路，到了一个龙潭，药王菩萨觉得口很渴，想喝水。于是，他们在龙潭边喝了一口龙潭的水。刚喝下去，药王菩萨就说："这里的水味道不对，看来这龙潭里的龙身上有病啊。"龙潭里的龙王已经病了好多年了，但是没有人能医好他的病。当药王菩萨说话的时候，刚好被龙王的儿子听到了，龙王的儿子就去告诉父亲："那里过来了两个人，喝了我们的水以后就说这条龙身上有病。"龙王一听，知道这两个人一定不是普通人，就叫儿子赶快把人给请回来。龙王的儿子把药王菩萨和弟子请进龙潭。这龙王本是一条白龙，平时都变成人的样子。龙王对药王菩萨说："我要是不现出龙身，你就医不了我，所以我现在要现出龙身，你不要害怕。"药王菩萨说："你变吧，你变出来以后我好给你医。"

龙王于是变出了龙身，龙腰有瓮那么大，身上的鳞片有淘米用的簸箕那么大。药王菩萨说："你把鳞立起来，让我看看。"龙王把身上的鳞立了起来，药王菩萨就看到有东西在里面刺龙的身体。龙王说："就是有东西在刺我，让我疼痛难忍，有什么药能治我的这种病？"药王菩萨对徒弟说："你回去拿个袋子，割一袋长根菜，我们给他医病。"等到徒弟回来后，把这些长根菜倒到龙的身上，那些刺龙王身体的毒就爬到了长根菜上面，再把长根菜给割掉，龙的病也就好了。龙王非常高兴，为了表示感谢，要给药王菩萨东西，但是无论他给什么，药王菩萨都不要。药王菩萨和弟子在龙宫待了两天后，就离开龙宫走了。

他们又走了很久，到了皇帝住的地方，刚好皇帝正犯头疼，所有医生都医不好他的病。皇帝把药王菩萨叫来，对药王菩萨说："听说你是一个非常聪明的人，什么病都能医好，我的头很疼，你给我医一下。"药王菩萨检查了以后说："你的头疼病需要把头给剖开，否则的话是医不成的。"皇帝心想："他要把我的头剖开，这怎么会是医病呢？他肯定是想害我，然后登上我的皇位。"于是，皇帝就叫手下人把药王菩萨抓起来，并想好了第二天几点几分就要把他杀掉。药王菩萨想："这次我连做医生都做不成了，他要把我杀了。"药王菩萨被关起来以后，正好那个时候皇后怀孕了，整天足不出户，躲在他们的花园里，收拾着花草。就在要杀药王的那天，有一条白蛇，其实就是药王医治过的那条白龙，从他们花园的墙上爬了过来，咬了皇后一口，下人连忙报告皇帝："皇上，有一条蛇咬了娘娘一口，她现在快要不行了。"皇帝没有办法，只好叫药王菩萨去医病。皇帝对药王菩萨说："如果你医不好皇后的病，我今天就把你杀掉，如果你把她的病给医好了，我就不杀你。"其实在头一天晚上的时候，白龙就给药王菩萨托梦说："明天我会咬皇后一口，你给他医病的时候，药就是你看到的墙上的一根草，拿下来捣碎了，给她擦，她就会好。"药王菩萨于是到花园里采下墙上的那根草，将它捣碎，给皇后擦，于是她就好了。因为药王菩萨医好了皇后的病，所以他被皇帝放了出来。他想："我是天上派下来传授给凡间医术的，本来要把皇帝的头剖开来治好他的头疼病，没想到他却不相信，想要杀我。看来这个剖头医病的医术是不能传给凡间了。"所以，药王菩萨就没有把把头剖开给人医病的技艺传授下来。（讲述人：张

四合　讲述时间：2005 年 1 月 24 日　讲述地点：张四合家　采录人：董秀团、段铃玲、朱刚、赵春旺）

故事述评

这则故事与《白族民间故事》中收录的故事《医龙病》[1]较为相似，特别是药王菩萨为白龙医病的主体情节基本一致。不同之处是，《医龙病》中说龙生病后自己很伤心，还担心别人误喝龙塘里的水，经常化作一个老人坐在龙潭边，遇到有人喝水就劝阻，后药王菩萨来帮他医病。这里塑造了一条善龙的形象。而且，故事中说到药王菩萨也是龙王。而本故事则说药王菩萨喝了水后知道龙有病，没有龙王化为人阻止别人喝水的情节。

另外，药王菩萨为龙王医病的方式也有一些不同。《医龙病》中说的是药王菩萨让龙显出原形后，用小钳子夹出其鳞中的毒虫，喂给小鸡吃，这样就医好了龙的病。而这则故事中是说药王菩萨让龙现出原形后，在它的身体上倒了长根菜，那些毒就爬到了长根菜上。这里的长根菜，虽然多方询问故事的讲述人，但讲述人表示只是听老人说有这样一种菜，不知道具体是什么样子。

最后，《医龙病》故事情节较为简短，医好了龙病故事也就结束了。而此则故事在药王菩萨医好龙王的病后，又延伸出为皇帝医病被抓，白龙为了报答药王菩萨的治病之恩想办法救他的情节。故事中药王菩萨本要为皇帝医病却被抓的原因也非常有意思，说药王菩萨为皇帝医病，本来是想把剖开头治病的方法传给凡人，却因为皇帝不相信，最终没有传成。

在大理白族地区流传着很多关于龙的故事，而这则关于医龙病、龙报恩的故事是众多关于龙的故事之一，塑造了一个生动的龙的形象。龙是有神奇和高超的法术的，但龙也会像人一样生病，也会像人一样感恩和报恩。🍃（撰写人：董秀团）

异文：药王菩萨

有一天，药王菩萨带着徒弟路过一个龙潭，因口渴，喝了几口龙潭里的水。喝了

---

[1] 大理州《白族民间故事》编辑组，《白族民间故事》，云南人民出版社，1982 年，第 123 页。

水，药王菩萨对徒弟说："这条龙有病。"徒弟问："师父，您是怎么知道的？"药王菩萨说："因为这水喝起来有点儿臭。"于是，他们把龙叫了出来，说可以为他医病。药王菩萨看了看，知道是龙的鳞下有蜈蚣，于是药王菩萨和徒弟先回去抓了很多蟑螂。之后，又来到龙潭，进了龙宫，对龙王说："你要现出原形，我才好帮你医病。"龙王说："如果我现出全身，怕会吓着你们，这样吧，我一天现出一截身子。"这样，龙王一天现出一截真身，每现出一截，药王菩萨就用蟑螂去吃龙王鳞下的蜈蚣，同时让徒弟在旁边画下龙王的原形。最后，全身都现过原形，只有头没有现，龙王说："这头不能再现出原形了，要不会把你们吓死的。"结果，徒弟在旁边已经画了龙的身子，就剩龙头没画。所以，后来的人画龙的时候，就是不会画龙头，因为没看过是什么样子，人们就把麒麟的头画上去当了龙头。（讲述人：张灿兴　讲述时间：2008 年 7 月 26 日　讲述地点：张灿兴家　采录人：董秀团、杨建华、赵春旺）

故事述评

　　这则异文与上一则故事既有相似之处，也有不同的地方。两则故事都是说药王菩萨喝了龙潭里的水知道龙有病，后来又帮龙医病。不同的是，药王菩萨为龙王医病的方式有所不同。后一则故事中的医病方式与前面提到的《医龙病》中更加接近，都是想办法去除龙鳞下的毒虫。另外，前一则故事后半部分药王为皇帝医病的情节在本则故事中也没有出现。

　　在这则故事中，还有一个独特的释原情节，药王菩萨让徒弟在旁边画下龙的原形，却因最终没有看到龙头，所以后来的人不会画龙头，只能用麒麟头来顶替。

（撰写人：董秀团）

阿弥陀佛的故事

　　阿弥和陀佛是两个人的名字。这两个人的心肠都很好，阿弥有一块地，种不过来，就借给陀佛去种，陀佛去耕地的时候，耕出了一坛金银财宝。陀佛说这块地是阿弥的，金银财宝也应归他，就去还给阿弥。阿弥说财宝是陀佛耕出来的，就应该归陀佛："我耕了这么多年都没有耕出来，你耕出来就是你的。"他们两个推来推去，两个都不要，最后就去官府里让官员来判。官员也不好判，就说："你们拿这个金银财宝去建一个寺庙吧。"他俩就去建庙，这座庙建完了，他俩就变成了两尊佛像，也就是现在常说的阿弥陀佛。（讲述人：张发瑞 讲述时间：2016年8月1日 讲述地点：张发瑞家 采录人：苏苑琴、昂晋、李志兴）

故事述评

同样的一件事，换了别人可能会争来争去，而这两个人却是推来推去，没有丝毫的贪婪之心。故事宣扬的是善有善报的佛教伦理。（撰写人：董秀团）

文昌帝君

文昌帝君最早是天上的星宿，他下凡到四川，曾在四川当皇帝。当时的西南人民还很野蛮，为了征服野蛮民族，统一西南，他就创造了包括吹拉弹唱和各种动作的洞经音乐，用洞经音乐来感化西南这一片的人民，最后西南人民被感化了，这里就一直传习着洞经音乐。（讲述人：张国用 讲述时间：2016年7月31日 讲述地点：张国用家 采录人：王丽清、苏苑琴、李志兴）

故事述评

洞经音乐是古代中原地区道教丝竹乐传入西南地区后与当地本土音乐结合的产物。一说洞经音乐发源于宋代的四川省。在大理地区，洞经音乐一直在民间得到广泛流传。石龙村也有洞经会，在当地的民俗生活中，洞经会也是人们比较积极参与的。故事也在一定程度上体现了汉文化对西南民族的影响。（撰写人：董秀团）

目连救母

一户姓傅的员外家长年吃斋，一直吃了九代。后来，傅员外娶了一个叫刘善四的女子，很多年了，他们都没有孩子。一天，刘善四到花园里闲逛，看到花坛里长了一个萝卜，她看见萝卜忽然觉得很馋，就把那个萝卜吃掉了。后来，刘善四便怀孕了。孩子出生后，家人给他取名叫傅萝卜，这就是目连。傅萝卜长大后，不愿住在家里，要住到寺院里吃长斋，他爹被气死了。目连的母亲刘善四有一个弟弟叫刘贾，刘贾告诉姐姐："我的姐夫也死掉了，你也不用再吃长斋了，你还是开荤算了。"刘善四听了弟弟的话，便开荤了。弟弟又说："你的身子太虚弱了，一时半会补不起来，你要杀只鸡来吃。"刘善四就杀了一只鸡吃。她弟弟又说："你最好还要再杀一只狗吃，这样才能把身子尽快补起来。"于是，她又杀了一只狗。这样，原本吃斋的人又是吃鸡又是吃狗的，便毁了傅家多年的修为，刘善四也死掉了，还被打入地狱。

后来，目连从寺院回到家中，看到家已经毁了，母亲已经死了，而且被压在十八层地狱中，目连就想去救母亲。到了十八层地狱，问看门的人，他们不给他钥匙，还说钥匙已经被丢到大海里去了，拿不出来。目连就请了一个能下水的人去吸海水，把海水吸干了，拿到了钥匙。目连拿到钥匙后放出了母亲，他们便一起回家。走了一段路后，他的母亲感到口渴，就对目连说："我口渴了，你给我找点儿水来喝。"目连用一块青石凿出了一口井，他母亲喝了觉得这股水实在太好喝了，就想，如果别人喝到了岂不可惜，于是，她便背着儿子在井里屙了一泡屎。这样，地狱里的人马上又将她抓了回去。目连在前面等了好久也没见母亲来，便折回去找母亲，发现母亲已经被抓走了。他又到地狱里去问，地狱里的人告诉他说，他的母亲已经转世投胎了，找不到了。目连得知母亲转世后变成了一个员外家的一只狗，便不停地去找母亲。一天，目连打扮成了一个化缘的人，找到那户员外家，员外家的这只狗本来是一只非常凶恶的狗，就像老虎一样凶，什么人也无法走进他家。但是，当目连走进员外家的时候，这只狗便坐了下来，并向他摇尾巴。目连知道这就是自己的母亲了。员外家化给目连钱，目连不要，化给他经书，他也不要，还说，什么东西都不要，就要那只狗。员外说这是他家的护家狗，不能化给他。目连坚持要化狗，好说歹说，最后员外终于把狗化给了他。在回去的路上，目连把狗放在担里，狗放一头，经书在另一头，目连心想："我要是把经书挑到身后，那是对经书的不敬；要是把母亲挑到身后，那是对母亲的不敬，我要平着挑。"于是，目连便平挑着担子，走路的时候，碰到什么挡路的树木，那些树木都给他让路，只有一棵枯松和一棵棕树不给他让路，于是枯松上飞来一只鸟对它说："你如果被砍掉，那就什么都不会剩下了，你的根也会枯掉。"这样，松树被砍了以后根部就会朽掉，不能再发出来。棕树上停的那只鸟对它说："你要被千刀万剐，一月被剥一次皮，一年要被剥皮12张。"最后，目连历尽困难终于救回了母亲。（讲述人：张明玉　讲述时间：2004年8月4日　讲述地点：张明玉家　采录人：董秀团、段铃玲）

故事述评

目连救母的故事，在中国有广泛的流传，且故事的历史十分久远。追本溯源，目连的原型出自印度佛典。目连原名没特迦罗，自幼出家，法名摩诃目犍连，或称大目犍连，本为释迦牟尼座前十大弟子之一，神通第一。1851年，英国人、印度考古局局长孔宁汉在孟买东北549英里（约883.53米）的山奇发现写着舍利弗和目犍连名字的盛放骨灰的石匣，证明目犍连实有其人。

目连的事迹是随汉文翻译佛经活动从魏晋时期开始传入中国的。目连救母的故事最早见于《经律异相》《撰集百缘经》及《杂譬喻经》等佛经。诸家在追溯目连救母故事渊源时常引用的是晋代竺法护译的《佛说盂兰盆经》："……大目犍连始得六通。欲度父母报乳哺之恩，即以道眼观视世间。见其亡母生饿鬼中，不见饮食皮骨连立，目连悲哀，即钵盛饭往饷其母。母得钵饭，便以左手障饭，右手揣饭，食未入口化成火炭，遂不得食。目连大叫悲号啼泣，驰往白佛，具陈如此，佛言："汝母罪根深结，非汝一人力所奈何，汝虽孝顺声动天地，天神地神邪魔外道，道士四天王神，亦不能奈何。当须十方众僧威神之力，乃得解脱。……佛告目连：十方众僧于七月十五日僧自恣时，当为七世父母。及现在父母厄难中者，具饭百味五果汲罐盆器，香油锭烛床敷卧具，尽世甘美以著盆中。供养十方大德众僧。……现在父母七世父母六种亲属，得出三涂之苦。……尔时目连比丘及此大会大菩萨众，皆大欢喜，而目连悲啼泣声释然除灭。是时目连其母，即于是日得脱一劫饿鬼之苦。……佛告诸善男子、善女人、是佛弟子修孝顺者，应念念中常忆父母供养乃至七世父母。年年七月十五日，常以孝顺慈忆所生父母，乃至七世父母为作盂兰盆施佛及僧，以报父母长养慈爱之恩……"①从佛经中的目连故事到俗讲、变文如《目连缘起》《目连变文》，再到各种版本的目连救母宝卷和宋代的杂剧，目连救母的故事不断发展并中国化。到明代，有郑之珍的《新编目连救母劝善戏文》，清代御臣张照奉命改编应承大戏《劝善金科》，在这一发展过程中还有各种地方目连戏的涌现和兴盛。

在大理洱海地区的大本曲中，有曲目《傅罗白寻母》，讲的同样是目连救母的故事。石龙村流传的这则《目连救母》，主要内容和情节与其他地区的目连故事基本一致，但在细节上仍有一些不同之处。

关于目连之母堕地狱的原因，佛经里也说她"罪根深结"，《目连变文》中，刘氏的罪行是"悭贪而欺诳佛法"，"不肯设斋布施"。《大目乾连冥间救母变文》中，刘氏的主要罪过是有"悭吝之心"，隐匿供佛的资财，"欺诳凡圣"。《目连缘起》中，则是"在世悭贪，多饶煞害"，"朝朝宰杀，日日烹脆"。《目连救母出离地狱升天宝卷》中，刘氏的罪名是"不信三宝"。以上所举，对刘氏"恶"的抨击充满了佛教色彩，是以佛教规范为评价标准的。开斋杀生是违反了佛教戒律，不敬三宝、欺诳佛法是对佛门的不敬。而石龙村的这则故事中，目连之母单纯就是因为听了弟弟的话而开荤，吃了鸡，又吃了狗，毁了长年吃素所积累的德行。当然，这则故事中，还有一个特殊的情节，就是目连第一次救出母亲之后，母亲喝了水不愿意别人也喝到，在水里屙了屎，所以立刻又被抓回地狱。据笔者的调查，这一情节，在剑川地区的民间故事中多

---

① 《大正新修大藏经》本经集部第十六卷，佛陀教育基金会印赠。

有出现，但却不见于其他地区包括大理洱海地区的同类故事中。但这一情节，恰恰又与佛经中的一些故事惊人地相似。如《撰集百缘经》中《富那奇堕饿鬼缘》的故事："目连见一饿鬼身如焦柱，腹如大山，咽似细针，发如锥刀，缠刺其身。此鬼四向驰走，求索屎尿，以为饮食，疲苦终日而不能得。目连问造何业，受如是苦，此鬼饥饿已极，无力回答。目连随即白所见于佛，并问：'他所造业行，受如是苦？'佛陀解说，舍卫城中有一长者以售甜甘蔗汁致富，一辟支佛至其家，乞甘蔗汁疗疾。长者因前约不得不出去，行前他告诉妻子富那奇，他走后施辟支佛药饮。然其夫走后，富那奇暗尿于辟支佛钵中，以甘蔗汁盖覆钵上，献与辟支佛。辟支佛知她污秽其钵，投弃于地，空钵而去。富那奇命终堕饿鬼中，正是目连所遇。"这似乎是表明，剑川地区包括石龙村流传的目连救母故事保留着更多的佛经中原初性的内容。

在故事的结尾，有松树和棕树不给目连让路的情节，于是一只鸟对松树和棕树发出了诅咒。这其实是结合了松树和棕树本身的特征，解释它们为何会具有这样的特征，但故事中把解释附会到了目连救母故事之上。这一情节十分有意思，在一些地方的目连救母故事中有这一情节，但具体的植物的种类和发出诅咒者有所不同。

目连救母的故事，善是其根本，孝是其核心。劝孝是该故事最重要的主题。不管是佛经、变文、宝卷还是在杂剧和各地方剧种中，目连故事的核心都是一个"孝"字。行孝是目连这一人物形象的根本特征。佛经中的目连，身上的神性多于人性。中国是一个孝文化十分发达的国家，故事传入后，目连渐渐演化为世俗中国孝子的典型。目连之善莫大于其对母亲之孝，对目连形象的塑造是借助于他寻母、救母的孝行而完成的。剑川金华镇西北边，有一座地藏寺，地藏寺中的古戏台上，有清道光年间白族学者王兆曾撰写的一副对联："虽云罔极报深恩，只不过曾之养，舜之孝，哪闻十殿寻亲，孝子如斯真古怪；纵使开荤成大恶，终莫若武于唐，吕于汉，何尝百般受罪，阎王未免太糊涂。"有学者认为此对联指明佛家宣扬的目连救母的孝道脱离实际，标准不明，是非不清。[①] 但结合对联题在地藏寺中的戏台之上，同时再结合后一句中

[①] 云南省剑川县志编纂委员会编纂，《剑川县志》，云南民族出版社，1999 年，第 750 页。

对阎王的批评，似乎对联作者对目连救母之事并非完全持否定态度，倒更像是对目连十殿寻母之罕见的感叹，连曾、舜之孝亦不过如此，目连却能"上穷碧落下黄泉"，作者的语气中似乎包含着一种反语的成分，所谓"孝子如斯真古怪"似乎更像是对明知不可能而为之的执着与坚韧的赞扬。从这里也可看出中国传统的"孝"对白族文化影响之大。🖋（撰写人：董秀团）

异文一：目连救母

目连是个大孝子，他的母亲是刘氏，刘氏没有良心，被抓到地狱。目连就去找母亲，他拿着夜明珠到十八层地狱中去找，后来把母亲从地狱中救了出来。走着走着，刘氏说她口渴，于是目连就用锡杖戳了一下地面，戳出了一口井。刘氏喝了水，口不渴了，母子往前赶路。可是她心想："那么好的一潭水，如果让别人喝了，实在是划不着。"于是，她又转回来在水中屙了屎。这样，阎王又把她抓回到地狱中，而且把她关在很深的地方。目连又到地狱中找母亲，十殿阎王和目连打赌说："如果你能找到你母亲，我们拜你为师。"后来，目连确实又找到了母亲，所以十殿阎王就拜他为师了。目连的母亲被转生为狗，目连装成一个化缘的，来到刘氏转生的那家，主人给他什么他都不要，就是要化那只狗。主人于是把狗给了他。目连就一头挑着经书一头挑着母亲，可是把母亲挑在前是不敬经书，把母亲挑在后又是不敬母亲，于是他只好平着挑。路上，所有的树都给他让路，只有棕树不让，目连就说："你不给我让路，我让人剥你的皮！"所以，棕树的皮总是被人剥掉。后来，目连被封为地藏王菩萨，他的塑像旁有一条狗或狮子，那就是他的母亲。（讲述人：张灿兴 讲述时间：2008 年 7 月 26 日 讲述地点：张灿兴家 采录人：董秀团、杨建华、赵春旺）

故事述评

这则目连救母的故事，与上一则故事基本内容一致，特别是在剑川地区普遍流传的目连之母为了不让别人喝水在水中屙屎的情节仍是故事的主要母题之一。故事结尾平挑经书和母亲的情节，同样反映了敬佛与行孝之间的平衡。对棕树剥皮的附会解释也被保留了下来。不同的是，这则故事叙述较为简单，对目连如何到地狱中救母的过程描绘得不是十分详细。🍃（撰写人：董秀团）

异文二：目连救母

目连良心很好，他的母亲刘氏没有良心。目连 16 岁的时候就开始念佛了，出家去当小和尚。他的母亲不同意他当和尚，一直打骂他，让他回家，可他就是不回。到目连 18 岁时，他母亲去世了，那时候他已经修成了正果。因为他母亲生前良心差，阎王把他母亲压在了十八层地狱，目连知道后马上去十八层地狱救母亲。他做了很多法事救出母亲后，把母亲带回家，背一段路，走一段路，走到一个山坡上时，他母亲说想要喝水。当时目连有一根佛杖，他就用佛杖往地上一敲，敲出了一潭清水，水十分甘甜好喝。喝了水之后，他母亲对目连说："你先走，我在后面解个手。"目连走了一段路之后，他母亲就把尿尿进了那个水潭里，因为她不想让别人喝。目连在前面想，母亲怎么还不来，就回去找，发现阎王又把她抓走了，因为她又做了坏事。

这件事情后，不管目连做什么事都无法救出母亲，最后阎王看在目连的面子上，把目连的母亲变成了一只小狗放了出去。之后目连开始寻找母亲，他挑个担子，名义上是化缘，其实是在寻找被变成小狗的母亲。后来，他找到了一个员外家，他家养了一条小白狗，之前村里人跟目连说："千万不要去员外家，他家的狗太凶了，至少要两个人才能把它看管住，你还是不要进去了。"可是目连偏要进去。进去之后，那只狗一看到目连就跳到了目连的肩上，一直在摇尾巴。其实这条小狗就是他的母亲。员外对他说："你为什么要来我家，我家狗太凶了，你来做什么？"目连回答说来化缘，可是员外给他金银他都不要，他说想要员外家的小狗，可是员外又要留那条狗看家，不给目连，目连请求了很久，最后员外终于答应了。目连带走了小白狗，他的担子一边放着化缘得来的经书纸文，另一边放着员外家要来的小狗。他把担子担在肩上，可是十分为难，如果把经书放在前，母亲在后，那么就是不尊敬母亲；可是如果母亲在前，经书在后，那就是不尊重经书。最后他决定平着挑担子，路边的树木全部为他让路，唯独有一棵松树不让他，他说："我要把你砍掉，让你以后都不会发起来。"后来走到一个村子，又有一棵棕树也不让他，他说："我要剥你的皮，一年剥12次。"最后，目连把母亲送回了家里，每天回来看望一次。后来，目连成佛了。（讲述人：张福友 讲述时间：2016年8月1日 讲述地点：张福友家 采录人：卞宇田、宋妮妮、张宇）

故事述评

本异文与其他故事的不同主要是开头有目连母亲阻止他出家修行的情节。母亲在水中屙屎的情节在这里则变异为尿尿。🔥（撰写人：董秀团）

张公百忍

张公就是后来的玉皇大帝，他是被观音菩萨度到天上成仙的。成仙以前，观音菩萨试了他100次，他一共忍了99次，只有一次没有忍住。那次是张公在门外，他老婆回屋睡觉了，观音变成了一个很帅的男子，叫长白星君，问张公："我能和你老婆睡觉吗？"张公不答应，心想："我不在家的时候随便你，但是我在家的话就不行。"他拿斧子要砍长白星君，当时长白星君正在张公老婆床上，一斧子砍下去砍到了长白星君，砍出了一堆金子。

第一忍：观音变成了一个挺着肚子、衣服破烂的老太婆，张公收留了她。她对张公说："谢谢大哥让我在你家住，但是我今天就要生，而且我要到你家祖宗堂前生。我生孩子后，洗孩子的水必须是做饭用的水，盆子必须是洗菜盆，洗孩子的水你必须要喝完。"她生孩子的时候哭天抢地，张公都满足了她的要求，洗孩子的水也都喝完了。他不知道那盆水不是普通的水，而是仙水。老太婆告诉他："你明天早早起床接我们母子。"第二天他去接老太婆，发现她和小孩儿都不见了，只见洗孩子的盆里有一大盆金子。

第二忍：观音化身为一个又丑又瞎衣服破烂的老太婆，到张公家说："我听说你会医眼睛，你用你的舌头帮我舔舔眼睛可能会好点儿。"张公舔她的眼睛时候她往张公身上吐口水，张公只是擦了擦，并没有怪罪。（讲述人：张福友　讲述时间：2016 年 8 月 2日　讲述地点：石龙村云南大学调查研究基地　采录人：董秀团、卜宇田、宋妮妮、杨英、张宇）

故事述评

张公百忍的故事在白族民间流传广泛，大理地区的张姓白族人家还会把"百忍家风"或"张公百忍"四个大字题于照壁，意为秉承百忍的家风。石龙村的张公百忍故事把考验张公的说成是观音菩萨，体现了观音在当地有无比尊崇的地位。（撰写人：董秀团）

异文：观音度百忍

玉皇大帝的名字叫张百忍，人家就是往他身上泼水也好或者欺负他也好，他几乎什么都能忍。正规算的话他只有 99 忍，观音给他算了 100 忍。因此，春节写对联的时候只有姓张的人才会写百忍。

张百忍一个人在家的时候，观音就变成了一个身材非常瘦小的并且怀着孩子的妇人来到他们家。观音对他说："大哥，今天我实在没有地方去了，可否在你这里借宿一晚？"张百忍欣然答应了，还给她做了晚饭吃。饭后，观音问张百忍他去哪里睡，张百忍说："我去寺里睡好了。"

半夜三更的时候观音就来叫他："我的孩子马上就要出世了，接孩子的水要用锅里面烧的清水，盆要用做饭的盆，不能用洗脸或者洗脚的盆来接生。"张百忍同意了，并按照她的要求把水端到了楼上，走的时候观音对他说："今晚你就不要上来了，明天你再上来看我。"第二天他上去的时候，盆里面全部都是金子，但是人却已经不见了。张百忍有了这盆金子就成了当地的一名员外。

第二次，观音就变成了一个老头儿来到他们家，并问他能不能在他家借宿，张百忍还是欣然答应了。吃完晚饭后，老头儿就问他："你家有几个女儿？"百忍回答有 7 个，老头儿就说："那今天你的 7 个女儿中的一个就借我一晚上，还要再借我一间房子睡觉。"张百忍还是有些生气的，想了好久觉得实在不妥，自己女儿还未出嫁，而这个老头儿又老又丑，但是他最后却还是答应了，他老婆不同意，还是他去动员说服他老婆的。他把自己的小女儿送到了老头儿的房间，并把门关了起来，虽然女儿还很小并且一直在哭。张百忍出来后心里面觉得实在不舒服，正好门上还有一个小缝，他就从门缝里偷看，观音知道他在偷看，就故意把小女孩儿放在床上，张百忍实在看不下去就走了。

第二天起来去到房间，看到和她女儿睡的只有一些金条，老头儿已经不在了。他就问小女儿老头儿有没有动她，她就摇摇头说没有。这时候观音显世的事情也便清楚了。（讲述人：张福友　讲述时间：2015 年 7 月 26 日　讲述地点：张福友家　采录人：董秀团、杨英、李昕、普燕、赵晓婷）

故事述评

该异文中观音变妇人生子的情节与前一则相同，观音变身老头儿让张百忍女儿陪睡的情节前文未涉及，而前文中老太婆让张公舔眼睛的情节本异文未涉及。每一忍都可以独立为单独讲述的小故事。张公百忍的故事通过强调张公能忍常人不能忍而最终被度化为神仙，宣传的是一种宗教信仰的观念。当然，故事中这些常人不能忍受的事情从俗世道德观念来看确实是为人们所难容的。收录故事只是为了客观呈现当地流传故事的样貌，并不意味着我们认同张公毫无原则的忍让之举。（撰写人：董秀团）

唐僧取经

唐僧姓陈，他父亲叫陈光蕊。白雀寺的师父给唐僧取名字叫陈江流。

陈光蕊带着有孕在身的妻子和老母亲一起去开县赴任。途中要过河，划船的船手刘洪别有心机，对他们说船上坐不下这么多人，无奈之下陈光蕊就和母亲商量让她先在这边的客栈住下，三天后他们便来接她过去。陈光蕊夫妻俩就坐上船先走了，在路上陈光蕊遭到刘洪的袭击，被推入河中生死不明，唐僧当时在母亲肚子里刚刚满三月，其妻本想随他一起跳入江内，但因腹中的胎儿遂没有跳下去，只能依了刘洪让他假冒陈光蕊并随他去开县。

话说之前鬼谷子先生曾跟每天钓鱼砍柴赡养母亲的班禅童子说："钓着大鱼街上卖，钓着小鱼喂母亲。"有一天，鬼谷子跟他说："今天你就去某个地方钓鱼，等钓到一条大鱼你去街上卖的时候，你就叫卖说买不起就一截一截地卖，但不能真的把鱼切开！"当他去市场卖鱼的时候，陈光蕊正好从他前面经过，陈光蕊见那条鱼一直眨眼睛，觉得很可怜，这鱼不能被吃掉，就以30两银子的价格将鱼买了下来放回了海里。鱼游进了水里，几次对着陈光蕊跳出水面表示感谢，原来这条鱼是龙王三太子。

陈光蕊被丢进海里，三太子得知此人即为自己的救命恩人，便把他救了下来，此一救陈光蕊便在龙宫住了10多年。

儿子、儿媳妇一走就没有回来接她，陈光蕊的母亲便被店老板赶到了一个无人住的窑洞里居住，一住就是17年，唐僧快成年的时候他奶奶的眼睛都已经瞎了。

陈光蕊的妻子和刘洪去到开县后产下了唐僧，刘洪本来打算如果生的是女儿就留下来，生的是儿子就把他杀掉，结果生下的是一名男婴就准备将他杀死。唐僧的母亲对他说："你等等，好歹是自己的孩子，请让我喂他三天。"刘洪答应了。第三天的时候，刘洪出去办案不在家里面，唐僧的母亲就把他的一个脚指头咬了下来，把这段指头用布包好，如若它腐烂了就说明孩子已经死了，如若没有就说明孩子还活着。唐僧的母亲写了一封血书放在他身上，把唐僧放在了一个小箱子里面随水冲走。唐僧的师父去河边打水的时候，远远地听见了孩子的啼哭声，于是便朝哭的方向说："良心好的就过来，良心差的就去吧！"于是在船都划不过来的情况下，那个箱子便自己朝他漂了过来，这位师父把唐僧救起，收养了他，把血书藏了起来。唐僧刚好成为寺里的第100个和尚。

　　唐僧的母亲还没来得及给他取名字，师父从血书中知道小孩儿姓陈，就给他取名为陈江流。等到江流长大一点儿的时候，师父就让他背那封血书，并教他怎么去找他的母亲，他给江流缝了一件皮袄让他穿着去街上一边跳舞一边讲述血书上的事情。

　　有一天，江流的母亲去街上，听到了江流的诉说，心里便知道这是自己的儿子，于是便把江流叫到一边去问他的过往，一听更加确认这是自己的孩子。她对江流说："你先回去，我过几天会来寺庙里看你。"待唐僧母亲回到家中，见到刘洪回来后，便对着他哈哈大笑，刘洪不解地问："自从你和我在一起后还未曾笑过，今天为什么笑了？"她答道："今天你不在，不然你比我还开心呢！我在街上遇见一个跳舞说书的人，跳得太好了。"刘洪看她心情好了许多便不再看得太紧。

　　第三天的时候，她就假装生病，对刘洪说："当初是你杀了我丈夫才让我嫁来这里，我曾经许愿来到开县要给寺庙的人每人捐赠一套衣服和一双鞋子，这样我的病就会好。"刘洪听后答应了，立刻差人缝制了100套衣服送到山上。唐僧的母亲逐一给僧人们穿上衣服，最后还有一套衣服没穿，她便知道剩下这个就是她儿子了。她把衣服鞋子给江流穿戴好，把袋子里的那截脚趾头给他安上，脚趾连接起来刚刚好，母子俩得以相认。母亲告诉他："你回去请你舅舅带兵马过来这里救我，我到时候就在这里等你们。"

　　他母亲走后的第三天，江流真的把舅舅请来了，并把刘洪几个坏人抓了起来。他母亲教他："只有把他们带到你父亲被推下水的地方处置他们才能救你父亲，别的地方都不行。"这一天，江流就把他们带到父亲掉下河的地方，把他们捆起来，身上浇上香油当成蜡烛点着，并请人在旁边念经。他父亲也从水里出来了，三太子问他："你在这里住了多少年了？"陈光蕊说："多少年我不知道，但是花已经开了17次了。"太子说："花开17次，那就是17年了，你儿子也17岁，你该回去了。"

　　陈光蕊出来以后，先是去打探母亲的消息。走的时候是把母亲安排在旅店里，他就又去到那里问母亲的下落，店家矢口否认，还是旁边一家好心的邻居对他说："你母亲在这里的第三天就被赶出去到窑洞里了！"陈光蕊找到母亲的时候她已经在要饭了，眼睛也瞎了。最后，还是唐僧用舌头舔了一下奶奶的眼睛，她才又重见光明的。

初八这天，村民们举行法会，念经超度，祭奠亡灵，但是他们没有经书，观音就化作一个穿着破烂的老太婆去庙里面要东西吃，人们施舍了一些吃的东西给她。观音拿着食物问他们："既然你们在这里做法会，那你们没有经书怎么念经？"旁边有一人识得此人不凡，就把她叫到一边问她："我们没有经书要怎么办？"观音说："没有经书得找人去取经！"于是就请了唐僧去取经。传说唐僧取经经历九九八十一难，这便是其第一难了。（讲述人：张福友　讲述时间：2015年7月26日　讲述地点：张福友家　采录人：董秀团、杨英、李昕、普燕、赵晓婷）

故事述评

这里讲述的是唐僧身世故事，与汉族地区所述基本一致，应该是受到了汉族地区故事的影响。

故事讲述唐僧出生之前父母遭害，以及唐僧刚出生被母亲放入箱子漂入水中得和尚相救的内容，与汉族戏曲和地方戏曲中的《江流记》《唐僧出世》以及白族大本曲中的《金箱记》内容相似。但是在细微处也有一些变化，如说唐僧的父亲救了龙王三太子，这为后来龙王三太子搭救唐僧之父并让唐僧父母团圆做了铺垫。（撰写人：董秀团）

异文：唐僧的故事

有一个人以打鱼为生。有一次，他为了抓到更多的鱼，去找算命先生算命。算命先生说："你明天会抓到一条鱼，有人来买这条鱼时你要跟人家要很多的钱，如果人家不出这个价，你就说要把鱼砍了卖。"第二天，渔夫真的抓到了一条金鱼，后来来了一对夫妇买走了这条鱼，把鱼放回水中。这对夫妇就是唐僧的父母，而这条鱼是龙王三太子。

后来，唐僧的父亲要去做官。去上任的路上，两个船夫害死了唐僧的父亲，把他推入水中淹死了。这时，唐僧的母亲已经怀有身孕，看到丈夫被害，她也想死，但想到肚中的孩子，又没有死。两个船夫霸占了唐僧的母亲。他们说："如果你生下的是女孩子，我们就养。如果你生下的是男孩子，就打死他。"后来，唐僧的母亲生下一个男孩子，就是唐僧，她对两个船夫说："让我暂时喂这个孩子几天奶，再让他死，行吗？"两个船夫答应了。趁两个船夫不备，唐僧的母亲把他放在一个箱子里，里面放了一封血书，说明前因后果，然后把箱子放入水中，让它漂走了。刚好有个和尚看到了这个漂在水中的箱子，听见有婴儿啼哭，他就说："如果你是好人，就漂过来，如果你不是好人，就不要漂过来。"话才说完，箱子就漂到了岸边，和尚打开箱子，看到血书，非常同情，于是将唐僧带回去抚养。后来，唐僧长大了，按照血书查找，终于找到了他的母亲。母亲对他说："我只是生你，没有将你养大，是你师父养大了你，你要回去听你师父的话。"后来唐僧就听师父的话去取经了。

再说唐僧的父亲，因为曾经救过龙王三太子，所以当他被船夫推下水后，龙王三太子就把他救了。唐僧的母亲去告官，将两个船夫杀了，然后她又到河边点了些蜡烛，嘴里念着唐僧父亲的名字，龙王三太子听见，就把唐僧的父亲送了出来。这样，唐僧的父母就团聚了。（讲述人：李富花　讲述时间：2008 年 7 月 25 日　讲述地点：李富花家　采录人：董秀团、杨建华、张金兰）

故事述评

该异文对故事的描述较为简略，对于唐僧取经的原因也只简单说成是听师父的话，与张福友讲述的和《西游记》等小说中的叙述不太一样。

值得注意的是，讲述这则故事的李富花老人是一个山区不识字的老奶奶，据她介绍，她的故事是小时候听父亲、叔叔所讲，那么表明这样的故事在当地早有流传，也反映了外来文化对石龙的影响。（撰写人：董秀团）

悟空学艺

当初开天辟地的时候，观音把我们百姓变了出来。然后就让唐僧这个人出世，要让他去取经，要让悟空去保护他。

悟空是仙人下凡，他是早上出生的，生在一户孤寡老人家中。这夫妻二人没有孩子，他们家有一颗南瓜长在了书房上面，南瓜的茎蔓盘到了书房上。半夜三更的时候悟空出世了。这对孤老说："奇怪了，有小孩儿哭的声音，而且还是男孩儿。"夫妻俩起床到外面去看，到处去找，寻遍了所有的角落都没有找到。他们这里听听，那里看看，最后听出来哭声是从那个南瓜里发出的。两人把南瓜抬了下来，拿个斧子砍，把南瓜砍开，看到里面有个小孩儿。他们把小孩儿抱出来，把他给喂养大了。

大了以后让他去读书，他的书读得相当好，而且那时候他已经会千变万化了。他们的那个老师到外面到处乱逛，其他的同学就对他说："悟空，你样样都会，那今天你给我们变一棵松树吧。"他说："好，我给你们变一棵松树，但是变出来以后你们看一下就行，然后你们叫我的名字三声，我就变回来，不然的话我就变不回来了，老师回来看到了会骂我们的。"他们到了下面，他滚了一道就变成了一棵松树，同学们还来不及叫他的名字，老师就从外面进来了，老师叫了他的名字三声，他就变了回来。老师知道了这件事，就说："先变松，后来搅翻天宫，这个人是个会出世的大人物。"所以嘴巴上虽然要求他很严格，但是心里都偏向了他。

到了第二天，老师又出去了，其他那些同学又说："悟空，今天你给我们变什么呢？"他说："今天我给你们变个老虎。但你们要早些叫我，否则又要给老师抓住了，老师会打我们的。"那些人说："好，你今天一变出来我们就叫你。"于是他一滚，又变了只老虎出来，这时他们的老师又刚好从门口进来，同学都来不及叫他，所以他就成了一只老虎在那里等着。过了一会儿，他们老师叫了他，把他给变了回来，并叫他上前，打了他的头三巴掌，踢了他的屁股一脚。

那天晚上，他们老师吃完晚饭后睡下了。半夜三更的时候，悟空就去找他们的老师了，老师正睡得香。他到了老师那里一会儿翻他的锅，一会儿翻他的缸，一会儿翻他的碗，一会儿又去烧火，总是这样折腾，把老师给弄醒了。老师骂他说："啊咦，你现在来这里干什么？"他说："这是你告诉我的呀，你叫我三更半夜来你这里的呀，你要让我干什么？"老师说："我什么时候对你说了？"他说："你拍了我的头三下，那个是三更半夜，你踢我的屁股一脚，所以我就从后门走，今天你睡了都把后门给我留了，所以我就从那个后门进来了，难道不是吗？"老师说："你先去把我的夜壶给倒了。"他问："老师，倒到什么地方去？"老师说："上不沾天，下不沾地。"他拿起夜壶到了外面，心想："老师说上不沾天，下不沾地，天上不能倒，地上也不能倒，那只有我喝掉了。"于是，他拿起夜壶把东西给喝了下去，这夜壶里其实装的是仙水。当他把那壶仙水喝了后就成仙了，他的本事也更大了。

之后，他就逃跑了，逃了几天，他听说老师要给同学们上"滚"课，他想："不行，我的'滚'课还没有上，我还是要回去补我的'滚'课。"于是，他又回去了。回去后，老师问他："你又回来干什么？你逃跑就逃跑了，还回来干什么呢？"他说："我的'滚'课还没有上，我回来补课。"于是，老师给他们上"滚"课，那个小滚滚一道能上天，滚一道能下地，他学到了"滚"课就又走了。

这回他到了天上，和玉皇大帝折腾，不是吃了他们的干拉①等东西，就是吃他们的仙果，把他们的书翻来翻去的。他这样做是想得到玉皇大帝的几句"口福"，但那玉皇大帝总是骂他，他想："我总也得不到他的几句口福，那我给他写在经书上。"于是，他就在经书上写道："悟空后来九访天宫，悟空后来大闹天宫。"那天他其他的东西都没有乱翻，玉皇大帝想："咦，行的嘛，今天他一天都没有乱翻东西，那些吃的东西他也没有乱动。"玉皇大帝看到书上有几个字，就在那里念出声来："悟空后来九访天宫，悟空后来大闹天宫。"这时，孙悟空变成一只蚊子躲在了桌子的角落里，一听到玉皇大帝念这句话就马上现了身，还说谢谢玉皇的金口，接着就逃出去了。玉皇大帝那个时候没有提防，还被吓了一跳。后来，孙悟空一高兴就上天，一高兴就下地，这样子闹来闹去，还大闹天宫。

再后来，孙悟空还和龙王的三太子做了富甲，这也是上天安排的。一次，悟空说："哎，今天要去富甲爹那里要件宝，要件武器。"到了龙宫，他对龙王说："富甲爹，今天我要向你要件东西。"龙王问："什么东西？"他说："一件武器。"刚好，龙

---

① 白族民间的一种素供品，是用糯米粉做成的薄片，由油煎后供给神。

王有一把大刀有一吨重，龙王就对他说："好，那把大刀要是你拿得起，就归你了。"他用小指头勾住了大刀，还把大刀在指头上绕，边绕边说："不行，这个太轻了。"龙王说："这个你觉得轻，如果你能把定海神针拿起来，就把它给你。"他说："你说的是真的吗？不会骂我吧？"龙王说："哎，富甲爹怎么会骗你，你要是拿得起，那你就拿去吧。"悟空绕了个小圈，绕到定海神针上蹲了起来，他用他的小指头在定海神针上摇来摇去，整个龙宫都被摇得动了起来。他停了下来，又绕了一圈从定海神针上绕了下来，对龙王三太子说："你再去问富甲爹一声，他是不是真的把这个给我了，他要是真的给我，那我就拿去了。"三太子就去问他爹东海龙王："我富甲问了，说那个定海神针你是不是真的给他，你要是真的给他，那今天他就要把它给拿走了。你为难不了他，他用小指头摇几下，我们的整个海都给他摇动了，波浪也起来了很多，你到底给不给他？"龙王说："说了就说了，给他就给他，那定海神针不晓得有几万斤重呢，只要他拿得起来，那就拿去好了。"三太子于是就对悟空说："我爹说了，他给你就给你了，只要你拿得起来，那就拿去吧。"

悟空于是把定海神针拿了起来，海水哗哗地流了进去，把整个大海都流干了一截，水都流进了那个坑里。他拿到定海神针后，对这神针说："变，变小一点儿。"定海神针就变小了一些，他又用手指着说："再变小一点儿。"针又再变小了一点儿，后来就变成了一根针那么大小，悟空把它夹在了自己的耳朵后面，像现在的人夹烟一样，他又绕了个小圈绕了出去。龙王和三太子在龙宫里吵了起来，三太子说："你还说他拿不起来，他变了几下就把它给变小了，我富甲把它夹在耳朵上都可以。"龙王说："那就让他拿去，拿去。"悟空有了那一根东西更是相当威风了。天上的人又把他给抓去了，把他盖在了一个大钟下，而那个大钟也是有几吨重，那些人就在大钟旁边放火，烧大钟，想把他烧死在里面，但都烧不到他。他冷的时候就到烧着的那一边烤一下，烤热了又到没有烧着的地方清凉一下，这样他的眼睛还成了火眼金睛，看得更明了，地里面也可以看得进去，照妖镜似的，过来一个人是真是假他一看就都知道了。把他给放出来的时候，他更是大打大闹，大家对他实在是没办法了，所以观音菩萨就要度他，说："他们说悟空你小滚一圈就可以十万八千里，我和你打个赌，看你能绕完我的几个手指头吗？"他说："这个太容易了，我随便绕一下就可以了。"观音说："是吗？你一下就能绕得过去吗？"于是，观音就摊开手掌，他一下就绕了过去，观音还来不及翻过手掌。所以她又说："悟空，这回你跳得慢一点儿，我的眼睛看得不清楚，你绕过一个手指头在上面停一下给我看一看，绕过一个停一下，叫我一声，让我看一下。"观音想的是要是他绕得太快了，那就来不及把手掌翻过来了。这回，悟空跳到了最后一根手指头上的时候，观音把手给翻了过来，变成了一座五指山，把他给压在了下面，压着的时候还差一点儿就让他给掀翻了，观音连忙给贴上了封条，封条贴了上去，悟空才没有办法了。

后来，唐僧出世了，观音菩萨要他去取经。临走的时候，观音对他说："你一个人走是不行的，要打发个人保护你，不然这个世界你是走不通的。让悟空和你一起去吧，你到了五指山给他开门。"唐僧于是就去了五指山，距离还有七八十公里（七八十千米）的时候，悟空已经在"师父、师父"地叫了。唐僧那时还听不到，慢慢走近了的时候，就听到他"师父、师父"地叫，唐僧答应了他，对他说："悟空，这次和我去吧。"他说："好，但是你要先给我开门。"唐僧说："我来给你开门，不然你出不来。"唐僧于是把封条给撕了，悟空对他说："师父，你要退后30里（15千米），不然我出来的时候你会害怕的。"唐僧退了一些，问："够了吗？"他说："不够，不够，一定要退30里（15千米）。"唐僧退了30里（15千米）的时候，突然就电闪雷鸣，悟空把山给掀翻了，出来的时候，耳朵、嘴巴里树根都有了，身上、眼睛里全都是灰，他抖了抖身上的灰，就像是狂风卷起了漫天风沙。于是，悟空就和唐僧走了。走呀走，前面有一只黑虎，这是妖精，要来吃唐僧了，黑虎总是跟在他们身后。后来他们又聚集了猪八戒和沙僧，这样老虎更是近不了他们的身了。再后来，老虎上前来，孙悟空拿出棒子给了他一棒，老虎就化成青烟飘到空中了。最后，他们取到了经，妖魔鬼怪也收拾了很多。取完经，神仙要度唐僧了，弄了一条河要唐僧过，悟空知道是怎么回事，于是说："我们往那边绕，绕远一点儿过去就好了，不要坐船。"唐僧和其他几个人不听，说坐船一下子就可以过去了。等他们坐上了船，走到中间的时候就掉到了河里，还是悟空把他们给救了出来，不然的话，海龟就要把他们给吃了。

没吃到他们，所以海龟就把他们取回来的经的经心给吃掉了。回来的时候刚好观音菩萨变成了一个老妈妈在他们前面舀水，她还变了一对木桶，把木桶的两个底给拿掉了。等到唐僧他们走近的时候观音就说："唐僧取经无经心。"唐僧也对她说："大妈舀水无桶底。"观音说："是啊，大妈舀水无桶底，唐僧取经无经心，这是一样的。"当唐僧打开经书的时候发现里面没有经心了，所以现在我们做的那个"笃笃笃"敲的木鱼就是代表经心了。（讲述人：张万松　讲述时间：2005年1月24日　讲述地点：石龙村村委会　采录人：董秀团、段铃玲、朱刚、赵春旺）

故事述评

《西游记》是中国明代吴承恩写的一部小说，其影响非常大，在我国各地都流传着关于《西游记》的故事，可以说《西游记》的故事在民间是妇孺皆知的。《西游记》的故事，是在民间传说的基础上加工而成的。唐僧取经，在历史上是实有其事的。唐太宗贞观元年（627），玄奘和尚离开长安，到天竺（印度）游学。他历尽艰难险阻，最后到达了印度，在那里学习了两年多，之后于贞观十九年（645）回到了长安，带回佛经657部。后来玄奘口述西行的所见所闻，他的弟子辩机将之辑录成《大唐西域记》12卷。到他的弟子慧立、彦琮撰写的《大唐大慈恩寺三藏法师传》，则为玄奘的经历增添了许多神话色彩，唐僧取经的故事也开始在民间流传。到了南宋时期有《大唐三藏取经诗话》，金代院本有《唐三藏》《蟠桃会》等，元杂剧有吴昌龄的《唐三藏西天取经》、无名氏的《二郎神锁齐大圣》等，这些都为《西游记》的创作奠定了坚实的基础。吴承恩正是在民间传说、话本、戏曲的基础上创造出了这部著名的小说。而在吴承恩创作了《西游记》之后，唐僧师徒取经的故事在民间得到了更为广泛的流传。

这则悟空的故事与《西游记》有一致的地方，也有一些不同之处。

比如，开头首先说到开天辟地的时候，观音创造了人，变出了人，这是中国古代神话和各民族创世神话中"神造人"类型的神话。当然，在这里造人并非重点，所以只是一笔带过。

关于孙悟空的出生，《西游记》中是说从石头中出来的，是石猴。而这则故事中，不是说从石头中生出来，而是从南瓜中生出。云南少数民族中普遍流传着葫芦生人的神话，剑川则有从冬瓜中生人的说法，瓜与葫芦本为同类，因而这里的南瓜生人母题不知是否是结合当地原有故事情节的一种变异。

悟空学艺的过程则和《西游记》中较为相似，但也有自己的特殊之处，尽管情节并不是十分紧凑和合乎逻辑，但将学艺时悟空调皮的一面表现得淋漓尽致。故事中将孙悟空后来大闹天宫也说成是讨了玉帝的金口，这也是《西游记》中所没有的情节。

孙悟空和龙王三太子做富甲的内容也很有特点，这也是《西游记》中所没有的内容。同时，《西游记》中，制服孙悟空的是如来佛，但这里的故事说是观音菩萨，观音在大理白族的民间故事中具有很高的地位，在一定程度上甚至超过了如来佛祖，这是为多数人所公认的，或许正是因此，所以这里的故事把制服孙悟空的人说成是观音。当然，这里的故事对取经的过程讲得十分简略，并未将其作为重点描述。话又说回来，在一则民间故事中要想把小说中复杂的取经过程呈现出来，那也是不太可能的。

在故事的结尾，提到唐僧师徒取经回来后掉到河里，差点儿被海龟吃掉，这在《西游记》中描述得更加详细。有意思的是，这则故事中将唐僧取回来的经没有经心与白族民间民众敲木鱼的信仰习俗相联系，对这个习俗做出了解释，这是这则故事本土化的表现和变异性的创造。在石龙村，不管男女，凡到了50岁以上，一般都会加入念佛会，这是一个佛教的民间组织，加入者每逢会期或重大活动时均要敲木鱼念经。在这则故事的流传中，将村民熟知的敲木鱼的习俗与唐僧取经的事情联系在一起，是当地流传的异文的一个显著特色。👒（撰写人：董秀团）

财神的故事

有一个无父无母的人，生活很贫困，没有人管他，也没有人给他做主。他有时候去要饭吃，有时候也帮别人干活，靠人家给他的一点点东西生活。后来，观音菩萨把他收在了手下，让他当了一份差，到村子中去催人家交粮。

一天，他到一个村子里的一个闲汉家里催粮。这个闲汉家里困难，家中只有一窝鸡。闲汉对他的妻子说："客人来了，我们也不能给他什么，虽然说母鸡也舍不得它的孩子，但是明天也只能把母鸡杀掉给客人吃了。"闲汉这样子和妻子说，而这个催粮的人刚好就睡在了他们家的楼上，所以就听到了他们的话。母鸡在鸡窝里也听到了主人的话，于是就给小鸡们留下话："明天他们要杀我了，我不能再照顾你们了，你们要记住，别人的菜园子里头不要去扒，不然人家会打你们的，而且老鹰也会捉你们，所以你们不要到树丛里去。"这个来催粮的人懂得鸡语，所以他听懂了母鸡对小鸡的嘱咐。听了母鸡的话后，他怎么也睡不着，心想："明天我要早早地走，不然他们就要把母鸡杀给我吃，那样的话这些小鸡就和我一样无依无靠了。"第二天早上，主人家来叫他起床洗脸的时候，床上已经没有人了，他已经走了。

也不知道走了多久，他又投宿到了一户人家家里，那户人家只有一个独生女儿，所以女孩子的爹就想把他招为上门女婿。于是，他上了他们的门。自从他上了门以后，就狠心了起来，去做了屠夫，养猪杀猪。他们住的那个地方，后面有一座文昌阁，里面塑了些佛像。文昌阁里有个管理香火的师父，这个师父每天起了床，洗漱完了以后就要点上香火，敲起木鱼。这个屠夫想："我来到这个世界上一场，也没干出什么事情，那么，什么事情最毒我就做什么吧。如果那个师父木鱼敲起来的时候我去杀猪，这件事应该是最毒的了。"后来，这两个人做事总在同一个时辰。

有一天，他又打算要杀他的母猪了。那时他的那头母猪正怀着孕，里面有12只猪仔。头一天母猪托梦给寺中的师父说："每天你们两个做事的时辰是一样的，你一敲木鱼他就杀猪，所以，你明天为了我一定不要敲木鱼，那样就可以救13条性命，先让我把我的12个孩子生下来，再让他来杀我。"寺里的师父醒了后，心想："奇怪了，我做的这个梦到底是怎么回事？但是，为了救13条性命，我还是按照母猪说的那样做好了。"第二天早上，他真的不起床，老是在那里睡觉。屠夫熬不住了，于是就上山来对他说："师父，到了这个时辰你都还不开门，这是为什么？"师父说："不开就不开。"寺院的大门是关着的，但屠夫把他们的大门给捅开了，他走了进去，叫师父起来。师父说："不起来，为了你，我也不起来。"这样，两个人吵起架来，吵来吵去。屠夫说："你刚才说为了我也不起床,那么你一定要告诉我你为了我不起床的原因。"看寺的师父说："你养的一头母猪,它肚子里怀了 12 只仔,今天你打算要杀它,是不是?"他说："是的,我今天要杀这只母猪,但我不信它肚子里有 12 只仔,这你是怎么知道的?我不信!"师父说："你不信,那你先回家去看看,如果不是那样的话,你就回来杀了我。"

屠夫生气极了,他跑回家,把猪圈门打开一看,他那只母猪的 12 只仔已经排成一排在喝奶了。这时候,他对寺庙里的师父佩服极了,把东西一丢,就走到寺庙里跪在这个师父面前说："您说风便成雨了,是的,我的母猪生了 12 只小猪是真的。您还知道什么?您如果知道什么和我有关的事的话,您一定要救一下我的命!"说完,他就跪在师父面前也不站起来。师父说："我没有这个本事。"他还是不站起来,说:"您不答应那我永远也不起来,我就跪死在这儿了!"他就这样在那里跪着,一直跪到了中午,那个师父不答应,他也不站起来。这时,师父心软了,就对他讲:"我对你说你还不信,现在服了吗?"他说:"服了服了,不管怎么样,您都要救我!您答应救我了,我就起来,您要是不答应,那我就活活地跪死在您面前!"师父说:"你有本事就不要起来,你要是有心的话,就这样一直跪着,不吃饭三七二十一天,我也不吃,我们比赛一下,你能不能答应?"他说:"好,好,就算您不让我吃,我也答应了。"

由于屠夫的心很快就悔悟了过来,所以神灵保佑着他,饿了那么多天也没有死。到了第 21 天的那个早晨,师父对他说:"你也可怜,肚子饿了,今天是第 21 天,你起来吧。明天早上起来洗好脸,点好香火,然后做饭吃。""好的,好的。"他答应着。第二天早上,他起了床,洗漱完了,扫完了地,烧好了香火,干干净净地收拾好了,然后去做饭。他们没有水,所以屠夫挑上水桶到寺门外面的水井那里挑水。有只黑虎守在水井上,不让开,也不让人靠近。他赶它,它也一动不动。过了很久他也没有回去,师父和寺里的其他人担心起来,就出门去找他,找到他的时候,看到他在那里跟老虎说:"你不让我,那你就咬我吃我吧!"老虎向他摇头,表示不吃他。他又说:"那你不吃我的话,过一会儿我骑在你的身上好吗?"老虎向他点头,表示可以让他骑在身上。于是,他索性真的骑到老虎身上了,老虎和他上了天,成仙了。

他的师父和其他的徒弟看到了，师父对他说："救我一下，救我一下！"其实，他的师父在和他比试不吃东西时，在自己的衣袖里藏了些包子，背着屠夫偷偷地吃，而屠夫却真的饿了 21 天。如果师父也和屠夫一样不吃东西 21 天，那他们两个都可以成仙的。屠夫听到师父叫他，就说："师父，您袖子里的包子还没有吃完，您吃完了我再回来接您。"这个人就是财神，我们求财就是向这个人求，这个财神是能说风成雨的。（讲述人：张松玉　讲述时间：2005 年 2 月 12 日　讲述地点：张明玉家　采录人：董秀团、段铃玲）

故事述评

说到财神，通常会想到赵公明，他那身跨黑虎、浓须黑面的形象在很多地方的财神庙中都可以看到。其实在民间，财神有文武之分，武财神除了有大家熟识的赵公明外，还有关羽；文财神有比干、范蠡；另外像刘海、利市仙官等在一些地方也以财神的形象出现。

《财神的故事》中的财神虽然姓名不可考，但其身跨黑虎的形象和赵公明有几分相似。财神属于道教人物，但这则故事明显受到了佛教"放下屠刀，立地成佛"思想的影响，让这个屠夫在顿悟了之后很快就修行成功，成了财神。

故事还通过母鸡对小鸡的嘱咐和母猪对师父的托梦，表现了母子离别时的痛苦和母爱的伟大。

故事描述财神骑的虎，开始时说的是黑虎，到故事末变成了白虎，这是由于对"白虎在堂"这一说法只理解字面的意思而造成的讹误。这里未加改动，保留了讲述者的原话。

石龙村春节唱戏是初二开始，那天开场必须是"跳财神"，有财神下凡开金口赐福的情节。🦢（撰写人：段铃玲）

异文一：财神的故事

村里面的财神，以前是帮地主去穷人家收钱的。当他去到最后一家的时候，这家人没钱交不了租，又因为天色太晚，财神就住在了他们家。而财神是听得懂鸡语的。

这天晚上，那家的两口子商量明天起来把两只鸡杀了，这两只鸡呢，又刚好生了一群小鸡，晚上这两只鸡就和小鸡们说了好多话，交代了明天主人就要把它们杀了，以后小鸡们去外面的时候不要走得太远，不然会被黄鼠狼叼走，等等。恰好被财神听到了，财神天还没亮就跑回去了。

回去以后，他发现自己做什么都赚不了钱，后来就跑去杀猪了。他们家里与寺庙离得很近，每天早上出门前他都会听到寺庙里有一个老头儿起来洗脸烧香，出门的时候又总会遇到一起。

有一天，村民过来叫他第二天帮忙去杀猪，他答应了。第二天他起来后一直没有听见寺庙老头儿起来的声音，到太阳出来还没见动静，他心里嘀咕那老头儿会不会有什么事情，于是，就过去找老头儿了。过去后看到老头儿坐在庙里等他呢，于是他就问："叔叔今早怎么没有起来？我要去帮他们杀猪，但是一直没听见您的声音，怕您身体不适就来看看您。"老人说："昨天晚上做梦梦见你要去杀猪，那头猪就来找我。今天早上你就当为了我晚点儿过去，猪肚子里面有 11 头小猪，就等它把小猪生了再过去杀它。"财神将信将疑地听着，去到那家人家里一看，母猪刚好生了 10 头小猪，有一头还没有生出来。他看见以后就跑了，回去把所有杀猪的东西都丢掉了。

从此，他就去老头儿那里修行做了和尚。他去的时候正好是庙里的第 100 个和尚，他们就对财神说："你来也可以，但是 49 天不能吃饭。"财神同意了，他每天早上都起得很早，起来后就去扫地、挑水、帮别人烧热水，然后就进自己房间念经了，而其他这些师兄经常在他旁边蒸馒头吃。财神是知道他们在吃的，但是他告诉自己一定要坚持 49 天不吃东西，最后，他真的做到了。在最后一天他去挑水的时候遇见一条黑龙拦着他的去路，他就对黑龙说："你要吃我是吗？请让我先把水挑回去你再来吃我好吗？"黑龙摇了个头，当他出来的时候，就问黑龙，既然不吃他，那要他做什么，是要他坐在龙身上吗？黑龙点了个头，财神便爬到了黑龙的身上，于是他就和黑龙一起升天了。（讲述人：张福友　讲述时间：2015 年 7 月 25 日　讲述地点：石龙小学　采录人：董秀团、杨英、普燕、李昕）

故事述评

该异文结尾处财神升天骑的是黑龙。🖌（撰写人：段铃玲）

异文二：财神的故事

从前有个七八岁大的孤儿，这个孩子命硬，爹妈受不起，享不起这种福，就都早早离世了。他就抱怨老天：我从来没有做过坏事，我这么好的人，为什么爹妈这么早就离开了我？

没有爹妈，他自己去读书，学木匠，去帮人盖房子。他去了一两个月后，他帮忙的那户主人对家人说："他来我们家一两个月了，什么好吃的都没做给他吃，明天就要完工了，就把家里的母鸡杀了给他吃，让他好好上路。"孤儿听到那只要被杀的母鸡嘱咐小鸡："不要去糟蹋人家田地里的粮食。"他听到母鸡这样交代小鸡很不忍心，就跑了，跑到山里的寺庙里当和尚，在寺庙里待了一两年。寺庙的住持跟全部人说："现在我们要开始修行，不吃不喝。"但木匠不在的时候，他们就偷偷吃饭，木匠在的时候，他们就不吃，就是故意不给他吃。这样持续了49天，木匠去挑水时，那水潭旁边有一只老虎，他就跟老虎说："你要吃我你就吃，你不吃就走开。"那老虎跪在水潭旁边，让木匠骑在它身上就飞上天了。飞到寺庙上面，木匠就喊话给住持："住持，你们在我背后吃糯米饭，我就上天了。"（讲述人：李银吉　讲述时间：2016年7月31日　讲述地点：李银吉家　采录人：王丽清、苏苑琴、李志兴）

故事述评

这则故事为同类型财神故事的简略版本。🖌（撰写人：段铃玲）

异文三：财神的故事

财神以前是个杀猪的，他有个邻居早上都会敲木鱼。每当这个人敲木鱼的时候，杀猪的也起来开始杀猪。敲木鱼的早敲一点儿，他就早一点儿起来杀猪，晚敲一点儿，他就晚一点儿起来杀猪。

有一次，他第二天要杀的猪肚子里面已经有了小猪仔。头天晚上，这头母猪就出现在敲木鱼的人梦里，说："你明天早上敲木鱼晚一点儿，等我把孩子生了再敲，不然我死了，我的孩子也死了。"到了那天早上，杀猪的人想："敲木鱼的今天怎么一早上都没敲？"他就去问敲木鱼的人，敲木鱼的说："因为这头猪有身孕，它说要把小猪生出来再杀它，让我晚一点儿敲。"杀猪的去猪圈里看，果真母猪已经下出猪仔。他很感动，自那天以后，就再也没有杀猪了。

之后，他马上到寺里修行。因为他之前杀猪，寺里的住持就故意为难他。住持说："你可以来我们寺庙修行，但是必须要坚持七七四十九天不能吃饭。"其实，期间别的和尚都吃了馒头，就他什么都没吃。49天后，住持说："49天到了，你出去打水回来，我们做饭。"他出去打水时井边有一头老虎在那里，动也不动，也不让他。他就问："你要把我吃掉吗？"老虎摇头，又问："你是不是让我骑在你身上？"老虎点头。他就骑在老虎身上升天了。他打水很长时间都没回来，其他和尚着急了，说出来看一下，就看见他已经升天了。这些和尚跟他说："你要升天了，等我们一下，把我们也带走。"他就说："你们的馒头还没吃完，你们先把馒头吃完，我先走了。"

财神是演戏里最大的神，唱财神的主角必须在家里供起，天天磕头，至少唱戏前7天都要吃素。7天过后，到唱的那一天，所有戏班子的人来接他，去到戏台上。唱的时候坐在老虎上，这老虎是人扮的老虎。（讲述人：李长顺　讲述时间：2016年8月2日　讲述地点：李长顺家　采录人：昂晋、古珊子、李银梅）

故事述评

本异文结尾对本村春节唱戏供奉财神、"跳财神"的情况进行了简要描述。🐚（撰写人：段铃玲）

异文四：灶王府君的故事

灶王府君是独生子，父母早逝，他去拜师学木匠。师父没良心，对他不好，他跟了师父一段时间就自己出去做。因为他聪明，做的工艺好，盖的房子也好，所以请他的人也多。

一次，他去帮一家人做，做了很长时间，也做了很多工程，他良心好，就只要了一点点工钱。快做完的时候，那家人要宰鸡给他吃。他平时就在鸡窝旁睡，懂得鸡语，那晚他就听见母鸡对10多只小鸡说："明天我要被宰了吃，你们要听主人的话，不要去菜地吃菜。"他听到觉得太可怜了，第二天一早，饭也不吃，钱也没拿，就走了。

他走了以后，到了一个寺庙，决定在那里修行。跟了个师父修行，天天辛苦做活，先是三七二十一天不吃饭不喝水，他还是没事，还有力气。又是七七四十九天不吃饭不喝水，还是跟平时一样不饿。其实，师父和其他弟子都吃了，师父还以为他不知道，实际上他是知道的。一天他去挑水遇上老虎，他就给老虎磕头，说："要么让我路，要么吃掉我。"老虎反而起来给他磕头，他就骑着老虎上天去了，修成了仙。在空中他跟师父说："你们包子没吃完慢慢吃，我先走了。"

灶王府君的老虎就是他的坐骑，现在供奉的塑像、图画上都是老虎坐骑。名字虽然是"灶王府君"，但不是管灶的，是管家里平安、兴旺的。（讲述人：张室顺　讲述时间：2016年7月31日　讲述地点：张室顺家　采录人：昂晋、古珊子、李银梅）

故事述评

这则故事为财神故事的异文，虽然此处说的是灶王府君，但故事情节却与财神故事如出一辙。🐦（撰写人：段铃玲）

与财神做富甲

有这样几个人，晚饭吃了以后在一起赌博。几个人打赌，对其中的一个人说："我们赌你把那个财神背回来。"那个男的就说："好的，我背回来给你们。"于是，他就把财神背回了家。等他回了家，他的那群朋友全部都跑完了。他就把财神背到了他们家的楼上，摆在了家中的牌位那里，服侍他香火，给他做宵夜，完了以后又把财神背回了庙中。第二天，到了他把财神背回家的那个时候，财神又自己回来了。这样连续来了三天，每次财神来，他都好好地伺候他香火，然后再把他背回财神庙中。一天，财神又来了，对他说："你这个人良心好，服侍得好，我们两个做富甲吧。"他答应了，于是就和财神做了富甲。财神对他说："你要什么？我帮助你。"他说："富甲，你不知道，我们家里穷，所以让我们家富起来吧。"财神说："可以的，只要你说出来，然后把你的缸、瓮的盖子掀开。"这样，他打开家中缸、瓮的盖子，看到里面吃的、喝的什么东西都有了。他家本来有间破房子，财神给他们换了间好房子，生活过得好了。财神又问："富甲，你还要什么？"他说："你不知道，我媳妇长得难看，换个好看一些的就好了。"财神说："这个简单。"那天，财神把皇帝的妹妹，那个长得最漂亮的公主的头给割了下来，而把富甲的妻子的头换给了公主。第二天起床的时候，他的妻子的脖子上那些地方都还是血迹，但是头已经合上了，变成了非常漂亮的一个人，但她的心还是原来的那一个。一天，财神又对他说："富甲，这回你还要什么？"他说："你不知道，我的媳妇长得太漂亮了，我怕别人把她抢走，而我不怎么识字，所以让我多知道一些学问。"财神说："这个简单，简单。"所以财神又把他们那个会计的脑子和心取了过来，换给了他。他就变成了一个非常聪明的人，什么事情都可以想得到。这样，他和妻子变成了又知书又富有的两夫妻了。（讲述人：张明玉　讲述时间：2005 年 2 月 12 日　讲述地点：张明玉家　采录人：董秀团、段铃玲）

故事述评

大体上，我们可以将该故事归入艾伯华所划分的第 133 号"鬼判官"型故事。理由是，虽然具体的情节内容有所差异，但该故事中主人公与财神交朋友的母题，与"鬼判官"型故事中主人公与掌管生死簿并预言死亡的判官交朋友的母题，在本质上应属同一类型。具体而言，在艾伯华所归纳的"鬼判官"型故事的 9 个情节单元中，有以下几处与本故事相同或类似：(1) 几个朋友打赌，看谁能夜里去城隍庙，对着判官喝酒；(3) 他们结下了友谊；(5) 一天夜里，他把自己的心跟另外一个人换了；(6)

后来他把妻子的脸跟另外一个人的换了，她因此变漂亮了；（9）判官一直与胆大的人是好朋友，直到他死去。[1] 在艾伯华所收录的两个文本中，一个来自《聊斋志异》，另一个是在浙江绍兴民间收集的故事。他认为，后者起源于18世纪，并且很有可能受了前者的影响。此外，本文在某种程度上与浙江的文本有些类似，差别在于它们在结尾处没有道德导向，而《聊斋志异》中的记载则含有颇为典型的道德行为。另外，从这则故事中我们也能看出，当地民众对幸福夫妻的一般定义：既富有又知书达理。如果说对物质生活的渴望更带有普遍性的话，那对于知识的渴求则从某个侧面体现出了当地白族人对于学识的重视，这与我们调查所见的重视教育的民间传统是一致的。当然，故事中提到财神将会计的脑和心换给了富甲，这里的会计显然是后来的名词。

（撰写人：朱刚）

城隍的故事

有一口井，里面淹死了一个人，已经泡了三年。有一个书生是个孝子，这个淹死的人经常从井里出来和他一起烤火，一起吃饭。这个淹死的人和这个孝子做了富甲，两人一起吃，一起住，这样一直过了三年。有一天，这个淹死的人要抓替身了，于是他对孝子说："富甲，明天我就要抓替身了。"孝子问他："你要抓个什么样的人呢？"他说："明天我要抓的这个人是个要分家的人，他的大哥给他分田，他想要的是南边的那一块，他们不分给他，只分给他北边的那一块，这不合他的意，他要出来自杀，他要跳井的时候，我就把他拉进井里，那么我就可以出来了。"书生记住了他的话，于是第二天就到井边去等。等到午时，那个分家的人哭着出来了，跑到井边要自杀。书生把他拦住了，对他说："我来帮你们分家，我来帮你们分。你想要南边的这块田，是吧？"那人说："是的。"书生说："没关系，我帮你告诉他们，让他们把那块地分给你，你不要为这么一小点儿事就要去自杀。"这样，那个淹死在井里的人就没有

---

[1] 〔德〕艾伯华著，王燕生、周祖生译，《中国民间故事类型》，商务印书馆，1999年，第219页。

抓到替身。他对书生说："富甲，你不要这样做，我在井里泡得实在受不了了，我已经泡了好几年，太难受了，你千万不要再这么做了。"书生说："别怕，别怕，吃饭你和我一起吃，要烤火你就过来，没关系的。"于是，那个淹死的人又在井里泡着，又泡了三年。

到了又一个整三年那天，他对书生说："富甲，明天我又要抓替身了。"书生问他："你要抓一个什么样的人？"他说："明天我要抓的是一个坐月子的人。她的孩子刚满月，她们家的母鸡躲到柴垛里孵蛋去了，找不到，她的婆婆说是她把母鸡杀了吃了，和她吵架。还是午时那个时候，她要从家里哭着跑出来，我就把她淹死在井里，这样，我就可以出来了。"第二天，那个书生又去井边等着，过了一会儿，那个女子真的披头散发地从家里冲出来，书生对她说："你不要怕，你们家的母鸡在柴垛里，我去教你找。"他们在柴垛里找到了母鸡，这样一来，那个淹死的人又没有抓到替身。他虽然有点儿不高兴，但还是被书生说服了。

这样又泡了三年，一天他又对书生说："富甲，明天我又要抓替身了。"书生问："你又要抓一个什么样的人？"他说："明天那个人还很年轻，他骑着一匹白马欢快地跑过来，我指一下他的马，他就会掉下来，跌进井里啦。"第二天，书生又到了路边，远远地就拦住了骑马的人，并对那人说："你千万不能跑得这么快，这样一不小心会掉进井里的。"那人就停了下来。于是，淹死的人又一次没能抓到替身。淹死的人对书生说："你不要再这样做了，我已经泡了十几年了，你不能再这样做了。"书生还是说："不怕，不怕。"

这样过了很久，因为他心肠好，泡了那么多年，上天就把他封为城隍了。后来，那个书生也做官了，做的是专门负责破案的官。城隍对书生说："富甲，你破案的时候，只要点上一炷香，无头案也包你破得出来。"有一天，一个出门的人家里的老母亲死了，他就回家去，在路上，遇到了帮他家挖墓坑的人。出门的这人手里拿了一包钱从那些人旁经过，那些人就把他给杀死了，还把他的尸体埋在了墓坑的下面。隔了几天，那个老妈妈也下葬了，就埋在儿子尸体的上面。这个书生实在破不出这个案子，于是就点了一炷香，香才点上，就飞了起来，还发出"吱吱吱"的响声，香一直飞到墓上插在上面，还说："挖开它。"于是，人们把坟墓挖开，发现那个出门的人就在墓坑的下方。书生终于破了案。后来，再多的案子这个人也可以通过城隍朋友的帮助而顺利破出来。（讲述人：张明玉　讲述时间：2005年1月25日　讲述地点：张明玉家　采录人：董秀团、段铃玲、朱刚、赵春旺）

故事述评

城隍是阴间的地方长官，负责守护城市的安宁、管理阴间的亡灵，并兼有主持正义、判断善恶的职责。中国的很多地方都有城隍庙，各个地方供奉各自的城隍。白族地区很多不同规模的城镇也有自己的城隍庙，供奉自己的城隍。

抓替身通常讲的是非正常死亡的人，在死后魂魄只能困在死去的地点，难以超生。于是他们会在死亡的地方等人来，然后让那个人意外身亡，这样他的魂魄才能从那个地方出来，好转世投胎，重新做人，而那个意外身亡的人就做了前一个人的替死鬼，又在同样的地点等着新的替身来。

蒲松龄在《聊斋志异》中记录了一个《考城隍》的故事，上面讲述了一个人在卧病的时候，魂魄参加了阴间的考试，获得了某个地方城隍的位置的故事。本则故事虽和《考城隍》同样都在说城隍的故事，但故事内容完全不同，故事中的两个人当上城隍的方法也完全不同。

故事里的城隍和孝子是一对富甲，虽然他们人鬼殊途，但并不妨碍他们之间的友谊，虽然孝子三次破坏了城隍抓替身的机会，但城隍并没有特别责怪孝子，这里同时体现了孝子和城隍的善心。因为如此，上天才让城隍和孝子分别获得了阴间和阳间的官位，孝子还在城隍的帮助下顺利破了很多案子。🦋（撰写人：段铃玲）

异文：城隍的故事

城隍从前是个学生，那时太子无德，经常做坏事。天上知道后要下来把太子收走，但因为是太子，一时没有办法。

天上一个神仙下凡装成乞丐要毁掉太子。乞丐坐在大桥上等他，太子很嚣张地骑马过来，马上挂了一串铃铛，来到乞丐面前，乞丐突然站了起来，马惊了把太子抖到河里，太子淹死了。

淹死的人，三年找个替死鬼，才能从水里出来。太子淹死的三年间，魂魄一直在学生的油灯上烤火，因为他们经常在一起，就成了富甲。到了满三年的前一天晚上，太子对城隍说："明天我就可以出去了，有人替我的身。"城隍就问他："替你的人长什么样？"他就说，有一对夫妻，养了一只大母鸡，下了一窝蛋要孵，因为很久没看见鸡，男的问女的说："是不是你把鸡偷吃了。"女的觉得名声被坏了，要投河自尽。城隍心地善良，到处打听有没有这样一对夫妻，果然有一对夫妻，他就劝那女的回去，告诉她鸡在哪里孵小鸡，证明鸡不是她偷的，妻子就没有寻死。

后面这天晚上，太子又过来烤火，说："因为你泄露了我的事情，你这样做我要再在水里待三年，没有替身。"城隍就说："你既然都待了三年，那你就多待几年，不然你活生生抓别人下来当替身，太残忍了，我心头上过不去。"

又过了三年，头天晚上，太子又跟城隍说："富甲，明天有人来做我的替身，你不要再泄露我的事情，我在水里待不住了。"城隍就问替身是什么样的人，他说有一个人去讨媳妇，会骑马从大桥上经过，新郎骑马来，他一来我吓吓他，让他掉进水里做我的替身。第二天，城隍就去桥头等迎亲队，娶亲的快到桥头时，他喊："你们不要过来，今天这日子不吉利。"迎亲队没有上来，替死鬼的事情就泡汤了。

后面这天晚上太子又过来城隍这里烤火，然后跟城隍说："富甲，你不要再泄露我的事情，我待不住了，现在我又不得不再待三年。"这件事情被天上的神仙知道以后，他们觉得城隍是良心很好的人，就把他封为城隍，把太子封为血湖大王。（讲述人：张万鸿　讲述时间：2016 年 8 月 2 日　讲述地点：张万鸿家　采录人：昂晋、古珊子、李银梅）

故事述评

该异文和上一则故事情节基本一致，只是在故事的最后学生被封为城隍，而死去的太子被封为血湖大王。学生成为城隍发生于故事的结尾，但讲述者在整个故事中都

以城隍来称呼学生，对此，采录人进行了保留。🐦（撰写人：段铃玲）

吏部天官

从前有一家人，他们家的坟头上刻了一匹马，坟地前有一块麦田。到了晚上，这匹马就经常走到麦田里吃麦子。麦田的主人叫吏部天官，他们曾去捉，但从来没有捉住过。有一天，早上很早的时候吏部天官的娘娘①就到麦田里去，想看看到底是谁家的马在吃麦子。她走出去的时候，远远地就看见一匹白马在麦田里，于是她脱下包头，走过去把包头拴在马的嘴上，但这匹马还是跳脱了。马一直跑，她一直跟在后面，到了坟地，就看见马跳上了坟头，嘴里还挂着包头。她回来后就生病了，病得要死。吏部天官回来后，来看他的娘娘。来到她家门口，他听见几个鬼在说话，说要跑到哪里躲起来，一个说要躲在这儿，一个说要躲在那儿，最后它们说要躲在石缸里。吏部天官听到了它们的话，知道娘娘的病和这几个鬼有关，就去问他娘娘到底是怎么生病的，他的娘娘把事情说了，吏部天官就写了几道神符，上面写着"天也封，地也封，吏部天官紧紧封"几个字。他用神符把石缸封起来，然后抬去埋了，这样，那些鬼就永世不得翻身，而他娘娘的病也就好了。从此以后，如果在坟头上刻马的画像，就一定要刻上缰绳。这样，马就不会跑下来了。（讲述人：张四合　讲述时间：2005 年 1 月 24 日　讲述地点：张四合家　采录人：董秀团、段铃玲、朱刚、赵春旺）

故事述评

唐时，吏部一度曾改称天官。宋时，称吏部尚书为吏部天官，有由天子亲自指派之意。而在道教中，天官为其供奉的天、地、水三官之一。

这则《吏部天官》的故事由两方面内容组成，一为吏部天官如何替他娘娘除鬼；二是对在坟头刻马时还要刻上缰绳的原因进行解释。故事中的吏部天官明显兼有俗世

---

① 指姑姑，即父亲的妹妹。

官员和道教神仙的色彩，他不仅拥有自己的土地，还会书写符咒用以降鬼。🦢（撰写人：段铃玲）

牛头马面①

一个人去赌钱，回家的时候，牛头马面要来抓他，他从他们家隔壁那个门进来，就听到自己的身后有"突突突"的声音，还喘着气，他往身后一看，后面爬过来了一只又不像牛也不像马的东西。那东西"嗒嗒嗒"地踏它的蹄子几下，又往他的身后爬一截。到了院子里，那东西还是"嗒嗒嗒"地追在他的身后。那东西"嗒嗒嗒"地一直追到了屋檐下。无论他到了什么地方，那东西还是追到他的身后，还"突突突"地喘着气。他跑到田野里，那东西就追着他到了田野里，他又迅速跑回院子里，那东西又马上追到了他的身后，踏着蹄子，喘着气，非牛非马的一个。他要关门，但是被那个东西吓了一跳，最后就被抓走了，这个人就死了。（讲述人：张明玉　讲述时间：2005 年 2 月 12 日　讲述地点：张明玉家　采录人：董秀团、段铃玲）

故事述评

通过民间故事，可以得知在石龙很多形象都曾扮演着阴司使者的角色，像黑白无常、牛头马面、鸡神、猪神、羊神，还有各种鬼。石龙的本主庙里供奉有猪头神和牛头神，村民们认为人会死就是因为被这两尊神将人的魂魄抓到本主庙的结果。这则故事中出现的牛头马面不同于石龙村村民原有的阴司使者的形象，应该是受到佛教文化和汉文化影响，想象地狱形象，把牛头和马面混合后的结果。🦢（撰写人：段铃玲）

---

① 标题为编者所加。我们在对张明玉进行访问的时候，她的婆婆张松玉也在旁边，张松玉补充说："相信这样的事情是真实存在的，因为我的父亲去开会，回来的时候看到两个穿白衣服的鬼在玩，在那里你拍我的手，我拍你的手，在拍着玩。我爹有刀，于是就拿出刀，冲过去问：'你们两个在这里拍手玩干什么？'就这样追他们，把他们追到了下面的菜园里，把他们追翻在了那里。"

张青

以前有一个人叫张青，有一年，他去京城考状元。他家离京城很远，他走了几天几夜，到了一个村子，想到一户人家过夜。这家人让他到一院空房子里住。村子中的人告诉他："你千万不能去那里住，那是一院闹鬼的房子，已经有 10 多年没人住了。"张青说："不怕不怕，我也没办法了，就住那里好了。"于是他就住进去了。晚上，他点了一盏灯，开始写字，忽然觉得后面来了一个人，他转回头，看见一个舌头吊在胸前的女鬼。他心里很害怕，但却装出不害怕的样子问女鬼："你要干什么？"女鬼就不见。可过了一会儿，女鬼又出现了。等到女鬼第三次出现的时候，张青说："你到底想干什么？"女鬼说："像你这样不怕鬼的人我还没见过呢。以前有一个人住到这里，一看见我就吓死了。我跟你说，我原来是这家的姑娘，叫李翠莲，我想嫁的那家人太穷了，所以我爹妈不同意我嫁给他，逼我嫁给员外的儿子。我没有办法，就在这间房子的中梁上上吊了。我想求你一件事，如果你答应，我可以做你的媳妇。"张青说："你是鬼，我是人，怎么能做夫妻呢？"女鬼说："我已经投胎到别家去了，还没有嫁出去呢，我求你把这根梁换掉，你换了以后就可以到那家去找我，你要一路叫我的名字，你到了，我就会在那儿等你了。等你见到那家的姑娘的时候，用这个袋子套在她的脖子上就行了。"然后，女鬼又告诉张青她投胎的那家人叫什么，家在哪里。张青说："那等我考试回来再做这件事吧。"女鬼说："你不用去考了，今年你考不上的。过几年你再去得了。你要尽快把这些事做了，我已在别处投胎 18 年了，我们的姻缘是上天注定的，你要马上去办。"说完，女鬼就不见了。

房主原以为张青肯定被吓死了，等到天亮就赶快去看他，刚到门口，看见张青出来了。房主说："昨天晚上睡得好吗？"张青说："睡得好，别人都说你们这房子里面十几年没人了，这是怎么回事？"房主就把女儿的事跟张青说了，还说女儿死了后，他们重新盖了房子，也有很多人来买那院旧房子，但来的人都被女儿吓死了，后来就没有人来买了。张青说："只要把房子的那根中梁换掉，就没事了。"房主说："如果你能压得住，这房子就给你了。"张青就出去买了一根梁回来，替换了原来的中梁。

之后，张青就上路了，他一路走一路叫着姑娘的名字，每到过江、河、桥的时候就说："李翠莲别怕，跟我走！"就这样，按照女鬼说的地址，来到了一个村子的王员外家。他对王员外说："我要来娶你们的女儿。"王员外心想："我这个姑娘嫁也嫁不出去，今天怎么会有人来娶她呢？"原来，王员外家的女儿生下来后，话也不会说，买给她衣服她也不穿，成天光着身子，舌头是吐出来的，就像吊死鬼一样，因为她的魂魄还在原来的家中。王员外听张青说要娶女儿，连忙说："可以，可以，我把女儿嫁给你，过一会儿我就把女儿领来给你。"王员外让张青先吃晚饭，吃完饭，王员外打开了一间房子的门，把张青推了进去，锁上了门，原来他是怕张青见到女儿后反悔。王员外把女儿带了过来，张青看见那个姑娘手舞足蹈，他赶忙把准备好的袋子套到她的脖子上，那姑娘好像被吓了一跳一样，舌头也缩了回去。姑娘看到自己光溜溜的，很害羞，就躲到了床上，盖上了被子。姑娘问他："你的名字是不是叫张青？"张青说："是的。""你买梁、换梁我都知道了，我一直跟着你，这是我们前世一个欠一个，注定的姻缘，因为我早生，你晚生，我等了你18年。这次我重新投胎，我们就一样大了。"张青拿来衣服，让姑娘穿上，那天晚上他俩在那儿聊了一夜。第二天，王员外夫妇过来看张青有没有跑掉，看见张青和女儿出来了，女儿变了个样子，舌头也缩回去了，还穿起了衣服。王员外问张青："你怎么知道我家有个女儿还没有出嫁？"张青把前面的事情一五一十地告诉了他们，还说："你们的女儿18岁了，但是她的魂不在这里，是我把她的魂带回来的。这就是我俩的姻缘了。"在王员外家住了10多天后，王员外就把姑娘打发 ① 给了张青，送了他一驮金银。张青家里的人也十分着急，心想："他去考试怎么去了那么久？"忽然看到张青回来，还带着一个媳妇和一驮金银，全家人都高兴得不得了。

过了两三年，张青的媳妇告诉他："这次你去考试吧，肯定会中头名状元。"于

---

① 打发，当地的说法，也即嫁的意思。

是，张青又上京赶考，果然就中了状元。张青把媳妇和家人都接到了京城，他们的日子越过越好。（讲述人：张德五　讲述时间：2005 年 1 月 23 日　讲述地点：张德五家　采录人：董秀团、段铃玲、朱刚、赵春旺）

故事述评

《聊斋志异》中记述了很多关于女鬼的故事，比如聂小倩、连城、伍秋月等，这些女鬼美丽、哀婉，为了追求属于自己的幸福勇敢地和邪恶力量斗争，其中一部分在还魂后过上了幸福的生活。

在石龙也有很多这种关于女鬼的故事，虽然这些故事在艺术的表现手法上较为粗糙，情节设置简单，人物的形象也略为单薄，但从中仍能感受到女鬼们对生存、爱情和婚姻生活的渴求。

故事中的女鬼其实早已转世投胎，只是因为原来的尸体没有得到安置，所以魂魄一直上不了身，等她遇上有缘人，便将自己托付给他，最后和解救她的人过上了幸福的婚姻生活。翠莲的死是因其婚姻的不自由，通过 18 年的等待，终于等到了和她有注定姻缘的人，于是她通过对自己婚姻的主动追求，让自己重生。故事在某种程度上表现了古代女性在生活中独立性和自主权的低下，也表现了女子争取美好生活的决心。（撰写人：段铃玲）

异文：长舌头的女儿 ①

有个独生女，父母都死了，她心里就想："只剩下我一个人，活着也没有意思，我也死了算了。"给父母办完丧事以后，她就在家门后面上吊死了。因为只有她一个人，所以她死了以后没人把她给解下来，也没人给她发丧。她的骨头就这么一直吊着。

一天，她的魂魄转世投胎，投生在了一户富裕的员外家。因为她是吊死的，所以

---

① 标题为编者所加。

投胎出生后她就一直吐着舌头，一条长长的舌头吊在外面，连话都不会说。外人听到员外家有个漂亮的女儿纷纷来求亲。这个女儿从来都不外出，被关在家中的花园里，一旦有人来提亲就把那个提亲的人放入花园中。这个女儿长成那个怪模样，所以进去的人都给吓死了，有些人被吓死后还被她吃掉了，因此进去花园的人很多，但没有一个出来的，都给她吓死在里面了。

　　有一个孝子去考状元，走到女子吊死的那个地方时，天晚了，没地方歇脚，于是他就进她家歇下了。进屋后发现没有人，他还想，没人更好，这样清净。到了晚些时候，吹来一阵微风，这个女子变出来走近他问道："你是什么地方的人？"他答："我是剑川人。"女子说："你去考试，我和你一起去，你只要叫我的名字，我就会跟你走。我要去员外家，我已经投生在人家家里了，因为尸身没有解下来，所以虽然投生到人家家里，魂魄还是上不了身。"他问她："你叫什么名字？"她答："我叫翠莲。"第二天早上，这个读书人叫了她的名字，于是她就跟着他走了。走了很久，到了个村子，听到一户人家在招女婿他就索性不去考试了，想到这户人家家里看看。这恰好就是翠莲投生的那户人家。员外家的人像以前那样，把他带到了花园中。读书人把翠莲也叫了进去，翠莲才一进去，那女子的舌头马上就缩了回去，成了一个窈窕美丽的女子，两个人就在里面谈起了婚姻大事。员外家的人去偷看，想看看他有没有被吓死，却听到里面有说话的声音，于是想："今天真奇怪了，以前别人走进去，从来都听不到说话声的，我家小姐是不会说话的呀！舌头都长到腰间了，根本就不会说话，今天这个人进去却和她在说话，这是怎么回事？"这时，两人在花园里已经把终身大事定下了，叫家人开了门。家人看到出来了两个登对俊美的人，读书人就直接在那儿做了员外家的女婿了。（讲述人：张明玉　讲述时间：2005 年 1 月 24 日　讲述地点：张明玉家　采录人：董秀团、段铃玲、朱刚、赵春旺）

故事述评

　　与上一则故事不同，翠莲的死是因为父母去世后生活的无依，直到碰到了孝子，

在孝子的帮助下获得了新的生命，并和他成了婚。 ✎（撰写人：段铃玲）

白骨精[①]

以前，有一个女子被人给杀了，但因为她家早就已经没有其他人了，所以这个女子被人杀了以后不知道多少年过去了，还是当初被吊死时候的样子，一副骨架被吊着。后来，一个出门的人到她家里借宿，这个鬼变成了个女人的样子去接近他。这时离她死去的时候不知道是过了几十年还是几百年了，所以她都已经成精了。女子一定要给这个借宿的人做媳妇，而这个出门的人家中已经有了妻室，孩子也已经有了，所以他就不要。但是，这个女子还是一定要给他做媳妇。后来，这个出门人终于拗不过这个女子，所以这个妖精就做了出门人的媳妇，这出门人也就在她家住了三年。

后来，男人回家了一段时间，妖精在他走后一直生活在自己家中。等到男人又回到妖精家里的时候，男的跟她说："你可以跟我回家去，这次我回家是要跟我原来的媳妇离婚了，所以你可以和我一起回家去了。"于是，妖精就跟着男人回家了。他们回到村子里后，发生了奇怪的事情，不管怎么样，每天黄昏的时候村中的小孩子就会有一个不在了。这是被妖精吃了。村中的人想："是什么妖精，把我们的小孩儿吃了？而且妖气太厉害了。"所以，后来到了晚上，村中的人就不让小孩子出门，大人也不出门了。

一个老人对男人说："你带回来的这个媳妇是个妖精，她来了以后小孩子就被吃了，她吃了这么多人，她是个妖精。"男人不相信，老人对他说："你回她家看看吧，到了她家，你到他们楼上去，看看她是什么样子。"于是，男子到女子家看了看，看到了一具骨架。原来，这个女子之所以能变成妖精，是因为她家的房子破了一个洞，恰好太阳就从这个洞里照进来，照到了女子的骨架上，时间长了，她就变成了个白骨精，还会出来咬人吃。男子回到自己的村子里，老人对男子说："你今天回去，妖精

---

① 标题为编者所加。

没东西吃了，就会吃你。"男子还是不相信。老人告诉他："你今天到楼上去睡，你不要睡着，你看着，这个妖精会来吃你的。这是我已经磨好了的一把小刀，她来的时候你捅她一刀，就可以把她杀死了。"果然，到了老人说的那个时间，妖精变回了原样要来吃他了。妖精披头散发，手指很长，嘴巴也很长。当妖精靠近的时候，他便捅了她一刀，捅断了她的脖子，把这个妖精给杀死了。从那以后，他们村中的小孩子再也没有丢失过，一切都平安了。（讲述人：张四合　讲述时间：2005 年 1 月 24 日　讲述地点：张四合家　采录人：董秀团、段铃玲、朱刚、赵春旺）

故事述评

在石龙收集到的女鬼故事中，有一部分是关于厉鬼的。

这个故事中的女鬼死因与《张青》和《长舌头的女儿》差不多，但是这个女鬼并没有转世投胎，而是成为厉鬼，专门祸害人，在这一点上这个故事中的女鬼和蒲松龄《聊斋志异·画皮》中的女鬼有相似性。女鬼跟着出门人回到他的村子后就开始吃村中的小孩子，最终女鬼的身份被一个老人识破，老人教给出门人方法除掉了女鬼。

在很多地方，老人都是智慧的象征，他们有着丰富的处世经验和洞悉事物的能力，所以老人在很多鬼故事里都曾扮演过除魔者的角色。🖎（撰写人：段铃玲）

鬼妻①

一个剑川人出门到外地去，他出门去的地方有一户人家有个独生女儿。他向那个女子许诺说要在那里上她家的门。后来，他的父母叫他回剑川，所以就没上成她家的门。而这个女子却一直在等他，她相信了他说的话，所以就一直等着。等到她的父母两个都死了，她也没有再找人来上门。她的父母死了以后，她想："我的父母都死了，我也没有招到个人上我的门，那我也死了算了。"她就吊死在了她们家的花园中。她

---

① 标题为编者所加。

家人丁稀少，也没有什么人到她家里，所以也没人知道。

这个女子村中有一个人和一个剑川人做富甲，两个人常常在一起赶马，这个人就想把这个剑川人害死然后把整群的马占为己有。因为这个女子死后她家里总是闹鬼，还把一些路过她家借宿的人给吓死了，以前进去过的人没有一个能活着回来的。于是，她的村子中的这个赶马人就想把他的富甲骗到这个女子家去，想把他给吓死，这样就可以把马全部都夺过来了。他这样打算好了以后，就对剑川人说："富甲，我跟你说，如果你敢去那个屋子里住一晚，那我们的马群可以全部都归你。"这个剑川人答应了，那天晚上，他真的就到那里住了。等他走进屋里后，人们还从外面把门给锁上了。他走进去，看到出来了一个女子，舌头还伸得很长，女子问他："你是什么地方的人？"他回答："我是剑川的。"女子说："是剑川人的话就好了，我最喜欢的就是剑川人。"女子还对他说第二天要和他一起回剑川去，并对他说："我的丈夫也是剑川人，他和我说好了要来上我家门的，但最后也没有来，你明天回剑川那我就和你一起走。"那个剑川人答应了，女子很高兴就和他说了很多，连她家的钱在什么地方，金银首饰在什么地方都和他说了。女子还告诉他："明天你走的时候只要点上一炷香，我就会跟你走了，到了我丈夫家门口，只要把香插下去，我就可以自己走了。"

第二天早上，他的富甲来开门的时候还想着剑川人已经被吓死了，没想到剑川人已经把屋子收拾得干干净净，连饭也做好吃了。收拾好了以后，剑川人就点上了一炷香出门了。女子就这样跟着他到了剑川，到了女子原来好的那户人家门口，他把香插在门口，女子就自己进去了。这时，女子变作了以前的模样问原来那个男的："你许诺过要到我家上门的，为什么最后没有来？"他说："我没有来是因为我另外娶妻了。"她说："没关系的，你有妻子了，那我就给你做小老婆好了。"于是她就给这个男的做了小老婆，接着她就开始捉弄他的大老婆，没多久就把他的大老婆给捉弄死了，他大老婆生的儿子他们就养着。每到了晚上，这个女子总要出来咬人吃，所以剑川的小孩儿总会几天就少掉一个，几天就少掉一个。一天，她丈夫出门的时候遇到了一个算命的人，算命的对他说："你这个人有阴气，可能你的媳妇是鬼。"他说："怕是不会的。"算命的人说："真的，你的媳妇肯定是鬼。"他说："那我媳妇要是鬼的话，我该怎么办？"算命的说："这会儿可能她要打算害你了，这样吧，我教你，你去一个地方捡上 7 块小石头，在上面涂上狗血①。"算命的又问他："是不是你的媳妇晚上会出去？"他说："是的。"算命的接着说："她出去以后，你躲到你家楼上，然后把楼板挖个小洞，可以偷看到你们的房间，等你看到她回来，就把这 7 个小石头打在她身上，然后把一碗水倒在她身上，那你就可以打败她了，否则的话，她会把你吃掉的。"他相信了，那一天他收集到了需要的水和石头，把一切安排好了以后，在自己家的楼板上挖了个洞，抱上儿子，躲在楼上看。到了晚上，吃完晚饭，女子就出门去了，半夜三更才回来。那时她是回家来准备吃自己的丈夫的，这时她已经吃了一些人，嘴巴上还鲜血淋淋的。她从门里进来，她的丈夫看得真切，的确是伸着舌头，长着长长的牙齿的鬼的样子。她的丈夫看到她的这个样子以后吓了一跳，忘记了把东西丢在她的身上，那个孩子哭了起来，脚还踢来踢去的刚好把小石头踢在了她的身上，石头掉一个在她的身上就发出"叽"的一声，掉一个就发出"叽"的一声，7 个石头打了下去，水也倒了下去，她就马上飘掉了，什么也没有了。这样才把她给打败了。幸好是小孩儿哭，不然她的丈夫吓坏了，是没办法把石头打下去的，总之，这样才把她给打败了。（讲述人：张明玉　讲述时间：2005 年 1 月 25 日　讲述地点：张明玉家　采录人：董秀团、段铃玲、朱刚、赵春旺）

故事述评

《鬼妻》中的女鬼生前是一个痴心的人，因相信了一个剑川人的许诺于是一直等着他，然而那个人一直没有出现，加之父母的去世，这个女子失去了生存下去的依靠，于是自杀而亡，从这个意义上说，故事是以悲剧开头的。

这个女子带着怨气身亡，加之无人安葬，化为鬼后难以与人为善是自然的事情，于是她家里便经常闹鬼，也吓死过一些人。等到这个被自己富甲暗算的剑川人投宿到她家时，因为听说是从自己喜欢的人家乡来的，于是这个女鬼没有加害于他，反而

---

① 民间的说法，狗血具有辟邪和驱鬼的作用。

是满怀着能通过这个人可以让自己和自己喜欢的人再相见的希望，高兴地和这个人交谈，甚至告诉了他自己家的钱财在什么地方这类事情。这个剑川赶马人带着女鬼找到了先前和他有约定的那个人，女鬼隐瞒了自己是鬼的事实，做了他的小老婆，同时也开始了自己的报复。后来被算命的发现了她的秘密，于是自然她的报复也就以失败而告终。（撰写人：段铃玲）

异文：妻子变妖精

这是从老人处听来的故事。以前有个剑川人出去外省打工，跟外省的女人结婚，一直没孩子就回来了。外省媳妇在家里等他等得很伤心，气疯了，成了妖精，到处问丈夫的行踪，问到了一个剑川的人，就被那人带到了剑川她丈夫家。晚上，男的偷看她睡觉，看到她变成了妖精，打不走，骂不走，赶不走，天天赖在家里面。男的就请了个大和尚来做会念经。大和尚跟剑川男的说："你必须跟她回去，因为她是独生女，你不跟她回去就会被吃掉。"回去后，照着大和尚教的方法，回去照样做夫妻，还生了几个孩子，但是女的在晚上还是不时变成妖精。有一天晚上，女的又变成妖精，男的就把她抓住，念大和尚教的咒语，妖精就吃不了他。男的说："你必须把你的妖精皮撕掉。"女的就撕掉妖精皮变回了人。后来他们家里面的孩子也很有出息，书读得好，当官发财了。家里过得好都是拜大和尚所赐，要不是大和尚，就断子绝孙了。

这个故事是劝女的也好，男的也好，嫁人了或者是上门的，特别是独生子女，要踏实一些，不管你的对象怎样，都不要断人家香火，不然自己下场也不好。（讲述人：张室顺　讲述时间：2016 年 7 月 31 日　讲述地点：张室顺家　采录人：昂晋、古珊子、李银梅）

故事述评

相较而言，本异文在讲述中更侧重规劝的功能。（撰写人：段铃玲）

鬼嫂①

以前有这样一户人家，家里的人常常生病，所以到最后家中的人都死得差不多了。只有一个弟弟，出远门去了，还没有回来。而他的大嫂是在家的人中最后死的，所以每当家中的人死了一个，大嫂就把人装到柜子里一个，死了一个，又装到柜子里一个。她把家中的人都装到柜子里了，最后只剩下了她自己，到她死的时候也没有人为她收殓，所以她就死在了家里的楼板上。她家的屋瓦上破了一个洞，风从那里吹了进来，所以她就成精了。弟弟出远门终于回来了，她对弟弟说："弟弟，你回来了，我给你做饭。"然后，她就去做饭。但是做了好久，弟弟也没有见大嫂把饭做好，他想："奇怪了，大嫂说要给我做饭，怎么这么久了也没有见她把饭做好？"他走到楼上，看到大嫂已经死在楼上了，他想："我大嫂在那里给我做饭，但这里死掉的这个人就是我大嫂。"他把家中的柜子拉开，看到他的父母、兄弟、姐妹都在里面，他吓了一跳，于是就逃出了家门。他的大嫂来追他："弟弟，等一下，等一下！"但是他怕他的大嫂，所以拼命地跑。一直跑到一座山那里，他的大嫂就要追上了，正好那里有一棵树，他一下子闪到了树后面，他大嫂一下子冲了过来，结果抱到了树上，把指甲插到了树里，拿不出来了，所以弟弟才逃走了，否则的话她要是把弟弟抓住了，可能几口就把他吃掉了。（讲述人：张明玉　讲述时间：2005年2月12日　讲述地点：张明玉家　采录人：董秀团、段铃玲）

故事述评

这则故事情节设置相对简单，大嫂给家人逐个收殓，而自己死去时却因无人照管，最后成精了，弟弟回家后发现嫂嫂已经变成了鬼，所以想法赶快逃脱。（撰写人：段铃玲）

———————
① 标题为编者所加。

鬼儿 ①

有三兄弟都死了，他们的爹到苟瓜人街②上看望他们。以前是有苟瓜人街的，活的人和死的人可以一个看得见一个。他们的爹想他们了，所以就到那个街上去看他们。到了那里要歇店，于是这个父亲便去找了个人家，借宿在那里。那家的老人对他说："你在这里睡好了，我给你铺一张床，你的三个儿子会来看你的，你不用去找他们，他们会来找你的。"他的三个儿子死后，一个去卖东西，一个去教书，一个做了屠夫，几个人都在阴间过上了好日子。

那天，他宿店那家的老人给他铺了一张床，并给他算了一下，在他的床上放了一个木墩，在木墩上铺上了他的衣服，假装成他的样子，然后老人叫这个做父亲的到他们家的楼上去偷看，并对他说："你要到楼上仔仔细细地看，一会儿你的儿子们就会来看你了，但是你不要吭声。"老人这样叮嘱他，他答应了。一会儿，他的大儿子来了，对着那个伪装成他的木头说："我们都不想念你，你还想念我们，我们是欠你的吗？"说完就向木头砍了几斧子。他的第二个儿子也来了，也说："我们不想你，你还想着我们，我们欠你多少？"然后，又向他砍了几刀。第三个儿子也来了，他是做屠夫的，拿着他的杀猪刀，说："我活着的时候，不会说话，你就连个媳妇也不给我讨，现在说想我们，还来看我们，我们欠你什么了？"所以，就在木墩上拼命地剁，把那个木墩给剁碎了。他们的爹在楼上差不多把尿都给吓了出来。后来他的几个儿子都走了。老人对他说："你出来好了，你的几个儿子都走了。"这时，他们的爹已经被吓得连话都说不出来了。

后来他回到家，孩子们的母亲想他们的孩子已经想得不得了了，见到丈夫回来，马上就问："你看到我们的几个孩子了吗？"他说："看到了，看到了，三个都看到了。

---

① 标题为编者所加。
② 白语音译，这是过去对阴阳街的叫法，相传农历三月二十八日时，阴间和阳间的人可以相见。

但以后我坚决不再去看他们了，这次为了去看他们，我差点儿连命都没有了，幸好，我去借宿的那户人家主人好，帮我算了一下，不然的话，他们就把我给杀死在那里了，这回我决不会再去看他们了，也不会再想他们了。"他就这样对自己的妻子说，后来他们干脆不去看他们的儿子，也不再想他们了。（讲述人：张明玉　讲述时间：2005 年 2 月 15 日　讲述地点：张明玉家　采录人：董秀团、段铃玲）

故事述评

这则故事属于"老父阴曹寻子"型。讲述的是父亲由于对自己死去孩子的思念而去某个能让阴间和阳间的人互相探访的地方看望他们，发现自己的孩子不仅不想念自己，反而对自己的父母心怀怨恨，最终失望而归。

凌纯声和芮逸夫将这类型的故事界定为"阴阳界"神话。[1] 丁乃通则根据 AT 分类法在其《中国民间故事类型索引》中将"老父阴曹寻子"型故事列为 471B 型。

故事里说到的阴阳街打破了生死的阻隔，给人鬼创造了重逢的机会，虽然父母单方善良的愿望最后被残酷的现实毁灭，但同时也让他们得到了解脱，可以更好地继续生活。🕮（撰写人：段铃玲）

异文：鬼儿 [2]

有一对夫妇，生了三个小孩儿，可这三个小孩儿都是到 12 岁的时候就死了。这对夫妇十分想念他们的孩子，于是男人就去赶三月街 [3]。据说三月街上阴阳可以相见，能看到死去的孩子。男人走到半路，看见有一家人，就去投宿。他对这家的老头儿说："我要去赶三月街，想在你们家借宿一晚。"这老头儿其实是个仙人，知晓一切，于是对他说："你去赶三月街主要是干什么？"男人回答："我想去看看我的三个孩子，

---

① 凌纯声、芮逸夫，《湘西苗族调查报告》，民族出版社，2003 年，第 216 页。
② 标题为编者所加。
③ 是在大理古城西面苍山脚下举行的节日，每年农历三月十五开始，一般要过 7 天。三月街的历史悠久，从 1991 年起，被定为大理州的"民族节"。

他们都是 12 岁就死了。"老头儿说："你不能住在这儿，因为你的三个儿子今天就在我家，如果你住这儿，你会把命丢掉的。"男人说："既然你说我的三个儿子在这儿，那你让我住也好，不让我住也好，我都要住在这里。他们是我的儿子，我只是想看看他们，他们怎么会害我呢？"老头儿只好答应了他，在楼上楼下各铺了一张床，楼下的床上放了一截木头，盖上被子，装成有人睡的样子。楼上的床就给那个男的睡。老头儿把楼板取掉了一小块，并告诉男人，到了晚上什么时间就从那里往下看。

到了那个时候，男人就照老头儿的吩咐往下看，看见他的三个儿子进来了，每个人手里拿着一把刀，朝着楼下的床乱砍一通，还说："你不是我们的爹，我们是你的爹，前世你欠我们的还没还完也就算了，你还在我们后面今天哭，明天哭，我们的同伴不高兴，骂我们，打我们，我们没有去处，我们要把你剁成肉酱。"男人将这一切看在眼里，心想："老头儿说的果然是真的。"第二天，男人就回家去了，他媳妇说："你怎么就回来了？"他说："他妈，你不要再想他们了，那三个是鬼，他们不是我们的儿子，他们只是来骗我们的。"男人把一切都告诉了媳妇，从此以后，这两口子就不想他们的儿子也不哭了。（讲述人：张四合　讲述时间：2005 年 1 月 24 日　讲述地点：张四合家　采录人：董秀团、段铃玲、朱刚、赵春旺）

故事述评

故事里的儿子们认为父亲亏欠了自己，想要置父亲于死地。与前一则故事不同，该异文强调帮助父亲的人是神仙。（撰写人：段铃玲）

鬼村 ①

有个地方有一个鬼村，白天的时候看不见这个村子，也看不到里面的鬼，到了晚上，太阳落山以后才能看得见他们。鬼村的人生病了总会请隔壁一个村子的医生来给

---

① 标题为编者所加。

他们看病，请医生也总是在太阳落山了以后才请。医生常去给他们打针什么的，也总是在那里吃了晚饭再回来。医生想："下边那个村子的人真多。"但是村子叫什么名字他从来也不想，有的时候他还会想那个村子的人真有钱，但是他们给他的钱从来都花不出去，可他也没有想原因，还是经常去给他们看病打针。

一天，天黑的时候，他们又来叫他，请他去村子里给人接生。医生收拾好了东西跟着他们去了。接生接了好久，到了三更半夜，孩子终于出生了。他很辛苦，那户人家给他端来了一碗面条，他吃完面条后对他们说："今天太辛苦了，天也已经太晚，我就在你们这里借宿一宿了。"他们也说："好的，好的，你就睡在这里得了。"他们给他铺了张床，他就在那里睡了，因为太累，他睡得太香了，一觉就睡到了大天亮，太阳都出来了。他醒来后一看，自己其实是睡在露天的一块草地上，根本就没睡在床上，他一下子就坐了起来，心想："不是的，我昨晚接生了，那么我手上都会有血的，怎么会没有？"想着想着就有点儿不舒服，想要吐。吐出来的面条原来全部都是蚯蚓，吐出了一大堆，他顿时吓得清醒了过来，赶快回了家。后来那个村的人就没有再请他去看病，他也没有再去过那个地方了。（讲述人：张明玉　讲述时间：2005 年 2 月 15日　讲述地点：张明玉家　采录人：董秀团、段铃玲）

故事述评

人死以后是什么样，会去到什么地方，会过什么样的生活，这样的问题在科学不发达、文化水平不高的阶段和人群中通常会有不同的猜测。这则故事正是对这些问题的一个想象。

在故事里鬼村和世俗世界中的村子没有区别，鬼村里有很多居民，鬼生病了会请医生来看病，需要打针，会生小孩儿，会付钱，有着和人相似的饮食习惯。只是这个村子只有在晚上才能看得到，其中的居民也只有在晚上才活动。

故事在艺术表现手法上并没有刻意渲染恐怖气氛，而是采用平静的语调叙述了发生在一个医生身上的事情。故事的结尾医生发现了鬼村的真实面目，于是鬼村的居民们再也没有打扰过他，而他虽然受到了惊吓但也并没有遭到什么不测。听众也可知道正是因为以前这个医生从来不探究村子叫什么名字、为什么他们付给自己的钱从来都花不出去，所以才常常被鬼村的居民请去看病，现在他发现了鬼村的秘密自然就和这个村子断了联系。🦅（撰写人：段铃玲）

老头儿遇鬼

一个老头儿到外面闲逛，到了半夜三更的时候，他看到黑衣财神和白衣财神①两兄弟把住在村子北边的一个70多岁的老奶奶抓走了。老头儿想："奇怪了，他们在那里嘀嘀咕咕地说些什么呀？"于是，他就走了过去，想看个究竟。白衣财神和黑衣财神收起了他们的舌头，用屁股顶了老头儿几下，把他给顶开了。老头儿回去以后就到那个老奶奶的家里跟她的家人说："某天某时，你们的母亲要走了，哭也没地方哭了，黑衣财神和白衣财神把她抓去了。"老奶奶的孩子们就骂他："你这个人，怎么能这样子咒我们的母亲呢？你快滚吧！"

隔了六七天以后，那家的老奶奶真的死了。这个老头儿在自己家里闲着的时候，这个老奶奶的孩子们来给他道歉，说："那时你跟我们说一声就好了，那样子的话，我们先去拜祭一下，也许就不会有这种事情了，我们的母亲就不会死了。"但是他们当时不相信他，还骂他瞎说，所以现在一切都晚了。（讲述人：李海玉　讲述时间：2005年2月15日　讲述地点：李金德家　采录人：董秀团、段铃玲）

故事述评

在石龙，人们认为一个人在去世之前总会有些征兆，比如突然在村中的某个巷道看到这个人走过，但事实上这个人此时正生着病，躺在家里床上，于是没过几天这个人真的就死了。

在石龙人，特别是石龙的中老年人心目中，一些死亡的情况如果提前有了预兆，

---

① 即黑白无常。

如根据梦境中的某些特殊信息，然后采取一定的应对措施，如做法事、酬神，就可以避免死亡。

这则故事正是石龙村村民死亡观和灵魂观念的体现。🔥（撰写人：段铃玲）

回家过节①

以前有一对夫妻，砍柴为生，平常他们经常去供奉本主。在他们死后，到了七月十四的时候两人的灵魂回家来过节。他们在桥上相遇，老头儿对老太婆说："你去找女儿，我去找儿子。"老太婆到了女儿家，女儿早已经做好了八大碗摆在那儿，老太婆吃得很好。老头儿到了儿子家，发现什么东西都没有，儿子也不在家。老头儿很生气，因为儿子不好好照顾他，老头儿就让孙子夭折了。（讲述人：张海印　讲述时间：2008年7月25日　讲述地点：本主庙　采录人：董秀团、杨建华、张金兰）

故事述评

这则故事虽然很短小，但通过七月十四鬼节女儿家和儿子家对待亡灵的不同态度引起的不同结果，说明家中的祖先必须要得到尊崇和祭拜，否则也会对家人不利。这种观念显然与祖先崇拜、灵魂崇拜有关。🔥（撰写人：董秀团）

死而复生的姨母②

以前有一对姐妹，从小无父无母，一直是由姨母抚养。后来她们的姨母得了重病死了，到了阴曹地府。阴曹地府里的那些人照例问了她一些问题。他们问："怎么你这样一个还无子无女的人就到了这个地方了？"她答道："我得了重病，无药可医了。

---

① 标题为编者所加。
② 同上。

我虽然无子无女，但我有一对外甥女，我大姐和姐夫都死了，所以我抚养她们。现在我病得无药可医，被抓到这里了，就是俗话说的鸡子离开鸡母了。"这样，她被带到了十殿阎王那里，十殿阎王问清了她的情况后说："这个人无子无女的，还抚养了两个外甥女，现在她生了这个病，医不好，所以来到这里，那我们要想办法让她活。"虽然她的魂魄进了地府，但她的身子还是热的，所以家里人还没有将她梳洗入殓，还让她躺在家中的堂屋里，这样躺了七天七夜。到了鸡鸣的时候，那些地府里的人就说："这人一定要她给救活了，不然她的两个外甥女太可怜了。"这样，地府中管生死簿的那个鬼就把她的阳寿改了一下。她本来应该是活 22 岁就死的，他们给她加了寿，加到了 79 岁。她在地府里拿了一些红色的果子，回来榨成汁喝掉就医好了自己的病。这样，她又继续养大了两个外甥女。（讲述人：张四喜　讲述时间：2005 年 2 月 15 日　讲述地点：李金德家　采录人：董秀团、段铃玲）

故事述评

　　民间故事里描述的阴间并不总是阴森恐怖的，而阴间的鬼也并不总是残忍冷酷的。从这则故事可以知道，在石龙人看来，阴司里的鬼不仅遇事会判断分析，还很有人情味。

　　故事中的姨母因为生病无药可医而亡，两个年幼的外甥女就失去了依靠，不难想象以后这两个小孤女的生活将会有多么艰辛，阎王听说这样的情况就让她复活继续供养自己的两个外甥女。故事有好的结尾，符合大众对圆满结局类故事的心理需求。

（撰写人：段铃玲）

李翠莲上吊 ①

　　有个女人名字叫李翠莲，大家都说她的心肠特别好，所以观音菩萨就想去试试

---

① 标题为编者所加。

她，看看她的心肠是不是真的好。一天，观音装成了一个化缘的，来化她的东西。李翠莲给她什么东西她都不要，钱也不要，米也不要，李翠莲于是就问："那你要化什么东西呢？"观音说："化给我一支金钗。"李翠莲的这支金钗是她做银匠的丈夫专门为她打造的。她心肠好，所以就把金钗化给了观音。观音化到金钗后，变成了一个英俊的小伙子，到了李翠莲丈夫那里，把金钗卖给了她的丈夫，还说："这是人家给我的。"李翠莲的丈夫回到家，说他的妻子欺骗了他，并骂她，打她，说："你的金钗到哪里去了？"李翠莲说："一个老奶奶从我这里化走了。"丈夫不相信，拿出金钗对妻子说："明明是个小伙子，你怎么说是个老奶奶。"李翠莲想："我的金钗明明是个老奶奶化去的，怎么会是个小伙子呢？既然说也说不清楚，那我不如吊死算了。"就在李翠莲上吊的时候，刚好有几只鬼要去抓唐王的妹妹唐翠莲，要去抓的时候，几只鬼喝醉了酒，把人的名字给忘记了，几只鬼就在那里想名字，最后只想起了翠莲二字。这时刚好李翠莲出来了，他们问她："你的名字叫什么，你要去干什么？"她回答说："我叫李翠莲，我要去吊死。"鬼们说："要去吊死就刚好了，我们就是要来抓你的。"所以就这样把李翠莲给抓到了阴间。

过了几天，阴间就贴出了皇榜来，说需要几颗白瓜种儿。刚好在李翠莲给观音化金钗的时候，观音给了她几颗白瓜种儿，并对她说这些白瓜种儿是有用的，要李翠莲好好藏起来。李翠莲就把这几颗白瓜种儿藏到了屋梁上，而那个时候，她的儿子刚好在她的身边所以就看到了。那时阴间贴出来的皇榜说的是只要找到了白瓜种儿，死掉的人也可以放回来。李翠莲的丈夫对儿子说："我们没有白瓜种儿，不然的话就可以把你妈救回来了，真是可惜。"儿子说："爹，我们有白瓜种子的。"丈夫说："你不要乱说，我们到什么地方拿白瓜种儿？"小孩儿说："有的，就是那个把我妈妈的金钗化去的老奶奶给了我妈几颗白瓜种儿，她把它们藏在那里了。"孩子这样对自己的父亲说，父亲找了一下，果然找到了，于是就拿了几颗种子种到了家里的花坛里。种下去后，不一会儿就长了出来，傍晚就开了花，第二天早上就结出了果，真的是白瓜子。他想这应该就是白瓜种儿了，于是就把瓜摘了下来，送给了皇帝，他们马上把瓜送给了阴阳官。阴间果然就要把李翠莲放还给他们了，但这时李翠莲的肉身已经腐烂了。这时鬼们也发现要抓的是唐翠莲，抓错人了，所以又重新抓了唐翠莲，把她的身子换给了李翠莲，把李翠莲给放回来了。唐翠莲是个麻子脸，所以李翠莲回家以后，她的儿子也不要她，不喜欢她，其实，他不知道，这个就是他妈，只是身子换了而已。（讲述人：张明玉　讲述时间：2005年2月12日　讲述地点：张明玉家　采录人：董秀团、段铃玲）

故事述评

关于李翠莲上吊的故事，在各地都有广泛流传，特别是在一些地方戏曲、曲艺中，这是经常出现的一个剧目。有的将之叫作《李翠莲上吊》，有的叫作《刘全进瓜》，讲述的就是李翠莲将金钗化给和尚而引来丈夫的怀疑和不满，为表清白，李翠莲上吊以死明志。后来，丈夫刘全进瓜，李翠莲复活。有的学者认为该故事是从《西游记》当中分化出来的。该故事在大理白族大本曲中有《金钗记》《李翠莲上吊》《刘全进白瓜》等名称。

本则故事的特殊之处在于开头说到来化缘的是观音而不是和尚。我们知道，观音的角色曾经历了从男身观音到女性形象的转变，在民间，民众多数认同的是女性观音的形象。在大理白族地区，虽有"观音老爹"这样的男身观音，但女性观音的形象更深入人心。在剑川包括石龙村也是一样的，村民经常挂在嘴边的观音菩萨是一位慈善的女性，常被亲切地称为"观音老母"。故事中也反映了民众的一些信仰和观念，如对地狱的看法，对人死后的看法等，我们也可从中了解到当地民众的民间信仰和宗教意识。（撰写人：董秀团）

牛角能装八千

以前，有一个人叫山官，这个山官懂得法术，所以他就出门到了剑川。有几个妖精对他说："阿大大，我们和你一起去，骑在你的骡子上好不好？"他说："好的，你们跟我一起骑好了，但是我的马认生，所以你们要骑在我的前面，要是骑在我后面的话它会把你们掀下马的。"那些妖精答应了，于是就骑到了山官的前面，他就在后面给它们施咒语，给它们画符，在它们身上打朱签①，让它们骑回了他家。到了他家的时候，他给它们缝了上面有一道道符的衣服，让它们帮他干活。几个妖精给他干活，他净和它们说反话，他说："把人家田里的石头搬到我们田里来。"这样说的话，鬼就把他们家田里的石头搬到别人家田里。他又对妖精们说："把我们田里的粪搬出去，搬到别人田里。"妖精又把人家田里的粪搬到了他们田里，这样山官家里的田就特别好。山官是可以看得到这些妖精的，大家却看不到，所以妖精把人家的粪搬走，别人也不知道。这样，这几个妖精在他们家里生活了好几年，天天帮他家干活也没有人知道。一天，他不在家，几个妖精就逼他的妻子说："大妈，给我们洗一下衣服。"因为他曾经叮嘱过妻子千万不要给它们洗衣服，所以他的妻子原本不想洗。但是，那些妖精在家里一直求山官的妻子，他妻子于心不忍，就去给它们洗衣服了，它们就脱衣服。脱掉一个就"吱"的一声跑掉一个，脱掉一个又"吱"的一声再跑掉一个，后来全部都跑掉了。山官回家来的时候这三个妖精都跑掉了。

山官懂法，所以请了人帮他割稻子，他有两个院子，一个旧院子，一个新院子。他的旧院子外面下雨而里面天晴在打谷子，"里院打谷，外院下雨"就是这样的。他把稻子装了一院子以后对帮工们说："我们去剑川看戏，听说有人在唱戏，我们去看看。"他让帮工们往自己的衣袖里看一下，这样就到了剑川唱戏处了，唱完戏又让他们往他的衣袖里看了一下又回到他家了。帮工们回到家，他又让他们打他那一院子的谷子。其中一个帮工不相信他说的，就不往他的衣袖中看，于是就落在了他们后面，过了几天几夜才走回到家中。

除夕那天，山官去赶集，他买了一个猪头背在筐里。这时，街上的对联已经贴得很热闹了，他还老在街上转悠，人家就对他说："阿大大，你该回家煮你的猪头了，猪头也要煮很久才可以煮好的，我们现在也要封门了，你家里的人等你怕是也等了好半天了。"他就想："这些人为什么要这样说我？"所以，他就在走的时候买了一些豆

---

① 朱签，亦作"硃签"，是以朱墨作记的封签，是过去官府委办紧要事件临时发的凭证。

子，一边走就一边往身后撒。那个坝子在他走了以后，整天都有敲锣打鼓的声音，坝子里的人也担惊受怕了一天。他在回家的路上遇上了一开始说的那三个妖精，于是他又把它们抓回了家。

后来，他又去赶集，先前的时候，那里发生了大旱，水一滴也没有，田里正等着要插秧。他到那里的时候，那里的人们正在求雨，他看到了就对他们说："你们这样子不是求雨，这样子做能求到几滴水呢？你们这样子根本就不是求雨！"这个山官穿的衣服也是单薄破烂的，他这样说，那里的人非常生气，他们就说："像你这样的人，我们从来也没有见过。你说我们这样做不是求雨，那你求给我们看看！"他说："好的，我求给你们，我求给你们。"只见他踩到搭起的桌子的高处，也不用绳索，一次就飞到了上面，他站得高高的在桌子上祷告，随后恶风暴雨就下来了，下得昏天黑地的。村民们跪下来说："够了，够了，下得太多了！"但他还是不停，雨还在不停地下，那些人不停地求他说可以了，他才从桌子上下来。他下来以后，那些人问他："您辛苦了，我们给您多少？"他给了他们一只牛角说："多的不要，只要把我的这只牛角装满就行。"他们想："这只牛角才能装几个钱。"于是，就往里面装银子，但是不管怎么装，总也装不满，等到要装满的时候，已经装了八千两银子了。所以"牛角能装八千"这句话就是从这里说出来的。（讲述人：张明玉　讲述时间：2005 年 2 月 12 日　讲述地点：张明玉家　采录人：董秀团、段铃玲）

故事述评

这里讲述的是一个名为山官的法术高强的人的故事。整个故事由四个部分组成，第一部分为山官抓鬼为自己服务，第二部分为山官请人帮忙打谷和带人到剑川看戏，第三部分为山官赶集，第四部分为山官施法求雨。在很多民族的民间故事中都有这样一类法术高强的人，如湘西苗族故事中的戴老师。

故事开头说到山官去剑川，这可能是因为这个山官就生活在白族地区，甚至就居住在石龙或附近一带，也可能是为了增加故事的可信度，即通过使用确切的地名，使人相信这个故事的真实性。（撰写人：段铃玲）

异文：牛角能装八千

以前羊岑有一个姓施的老头儿，懂得一些法术。有一天，他骑着一匹马去做客，回去的路上，遇到了五个妖精，妖精对他说："阿大大，我们和你一起回去好吗？"他说："好啊，和我一起回去吧。"几个妖精很高兴，要和他骑马，要坐在他的后面，他知道这几个是妖精，妖精吃人的时候就从后脑勺开始吃，所以他就说："你们骑在我的前面。"几个妖精骑在他的前面，他就用符咒定住了它们。回到家中，他给妖精们做了五件麻布衣服，上面贴了符咒，让它们到田里干活。但是每次都要和妖精说反话，他说："把我田里的肥拿到别人的田里。"这样，妖精就会把别人田里的肥拿到施老头儿的田里。他如果说："把别人地里的石头捡到我田里来。"妖精就把他田里的石头捡到别人的田里去。

一天，施老头儿去做客，临走前他交代自己的老婆："如果那几个人让你洗衣服，你一定不能洗。"因为如果那几个妖精脱下衣服，就会跑掉。等施老头儿走了后，几个妖精对老妈妈说："大妈，我们身上有虱子，实在是受不了了，求大妈帮我们洗洗吧。"老妈妈不忍心，答应帮他们洗。可是一个脱下衣服，就跑掉一个，最后几个妖精全跑光了。等施老头儿回来，看到妖精都没了，就揍了老伴儿一顿。

有一次，施老头儿请人来帮他收谷子。第一天，他想给那些人显示一下法术，就对他们说："我们午饭后去鹤庆看戏。"帮工的人都很奇怪，吃过午饭还要去鹤庆那么远，怎么去？吃过午饭，施老头儿说："你们往我的袖子里看一眼。"帮工们往他的袖子里一看，就到了鹤庆了。大家看了戏，准备回来。施老头儿说："你们还是往我的袖子里看一眼。"其他帮工都看了，有一个帮工觉得奇怪，就没看，这样其他人都回到了羊岑，只有那一个帮工没能回来。后来没办法，他走了好几天，要饭回来了。帮工们回来后，第二天，施老头儿让帮工们把谷子放在院子里，这天隔壁那家也在打谷子，因为以前那家人得罪过施老头儿，他就说了一句："前家打谷，后家下雨。"这样，就用法术让后面那家院中下雨，打不成谷子，而他家院中却没下，把谷子打完了。

有一年，天旱，有一个村子请施老头儿去设坛做法求雨。村中有五个小青年不服他。施老头儿为了整治他们，说："为了求雨，你们几个人要每人头顶着一口锅，跪在院子中。"那几个人心想："跪就跪，如果你求不下来雨，到时再让你好看。"于是，几个人头上顶着锅，跪在院子中。施老头儿施起法术，开始下大雨，院子里都积满了水，那几个人泡在水里，想站起来，可发现站不起来，头上的锅也拿不掉。他们这才知道施老头儿真有法术，赶快向他求饶。施老头儿这才放了他们。最后，村子里的人问施老头儿："您给我们求下了雨，这工钱怎么算呢？"施老头儿拿出一个牛角号，说："把这个装满就可以了。"那个村的人看着这个牛角号不大，心想："这回算是便宜了。"于是就往牛角号里装钱。可是，一直装却不见牛角号满，已经装了八千挂钱，牛角号还是没有满，那些人着急了，求他说："您就行行好吧。"施老头儿这才罢休。后来，"牛角号能装八千"这句话就流传了下来。（讲述人：张灿兴 讲述时间：2008 年 7 月 26 日 讲述地点：张灿兴家 采录人：董秀团、杨建华、赵春旺）

故事述评

在这则异文中，故事的主人公是羊岑的施老头儿，这样的地方化处理，也是为了增加故事的可信度。故事的基本情节也与前一则大致相同。在求雨这个情节中，本则故事增加了惩罚五个不服气的小青年的内容。（撰写人：段铃玲）

砍妖精①

一个老头儿去守麦田，一个妖精变成了一个长得非常好看的女子对他说："阿大大，我今天要在你这里睡。"老头儿说："我这里睡不下，你到下面的那个村子里借宿去，到下面的那个村子只有一小截的路，你到那里去睡吧。"妖精说："没关系的，大大，我就在你这里睡了。"老头儿说："好吧，你要在我这里睡，那你就在这里睡好

---

① 标题为编者所加。

了。"妖精对老头儿很不放心，老是去偷看他，看到老头儿拿出刀来，便问道："大大，你的这个刀子怕什么东西？"老头儿说："我这把刀最怕的就是小瓜、南瓜一类的东西，其他的什么都不怕，石头一类的也不怕。"老头儿就这样子骗妖精。老头儿把窝棚戳烂了几个洞，然后从洞里偷看妖精，看到妖精睡下了以后拉自己的左耳朵，拉了一会儿，拉出了一床褥子，然后妖精睡在了褥子上，接着又拉自己的右耳朵，拉出来一床被子，盖在身上，妖精就这样睡了，老头儿就这样在那里偷看它，妖精都不知道。睡了一会儿，妖精也起来偷看老头儿，看到老头儿睡着了，于是就在那里拉自己的嘴巴，把嘴巴拉成了又长又尖的样子，伸到老头儿那里想要咬老头儿吃。这个时候，老头儿拿出刀往它那伸出的嘴巴上砍了下去，妖精发出了"叽"的一声，就变成了一丛瓜，整整有满满的一间，老头儿用刀砍那些瓜，把所有的瓜都给砍完了，妖精也就被砍死了。（讲述人：张明玉　讲述时间：2005 年 2 月 12 日　讲述地点：张明玉家　采录人：董秀团、段铃玲）

故事述评

在民间故事里经常会出现一些妖精的形象，它们愚笨但也凶残，会破坏人的劳动成果也会吃人，通过化作人的形象接近人，找到合适的时机就会害人。这类妖精故事通常出现在山区民族或居住在山区的人群中，像独龙族的《烧鬼》、基诺族《老猎手智灭"特缺"》等。

故事中的老头儿利用妖精的愚蠢和轻信，骗妖精说自己的刀子怕的是瓜类，当妖精变成一丛瓜后，老头儿轻易地除掉了它。（撰写人：段铃玲）

异文一：老头儿和妖精

我们村有个老头儿去旁边那座山里守荞麦田，妖精要到他那里借宿。妖精对他说："阿大大，我在你这里借宿。"他答应了。老头儿知道这是妖精，于是在做饭的时候焖了一锅饭，饭的一边他放了盐，另外一边没有放盐。放了盐的那一边咸得不得了，他让妖精吃，而他吃的是没有放盐的那一边。吃完饭，妖精口渴得不得了，他就给了妖精一个竹筒让妖精到水井那里舀水。他先把竹筒的底部给割破了，妖精去舀水，但竹筒是漏的，于是妖精折回来对他说："大大，这个筒漏。"他说："往里面抓一把沙子吧。"妖精往里面抓了一把沙子也不行，舀进一些水又漏了出来，舀进一些又漏了出来，于是妖精总是对他说："大大，这个筒漏。"而他总是对妖精说："往里面抓些沙子。"然后，他便逃跑。等他跑回家，妖精也跟在他后面到了他家，他要叫家里的人给他开门，但他吓了一跳，所以叫门的时候叫成了："呜啦呜啦①开门来，呜啦呜啦别开门。"意思是叫家人来给他开门，又叫家人别给他开门。妖精追到他身后，因为他叫别开门所以妖精把他抓回去吃了。（讲述人：张明玉 讲述时间：2005年2月12日 讲述地点：张明玉家 采录人：董秀团、段铃玲）

故事述评

故事中的老头儿懂得利用妖精的蠢笨让自己获得逃生的机会。但是和前一则故事中老头儿对妖精是积极消灭的态度不同，本则故事里的老头儿只想着如何拖住妖精，达到自己安全离开的目的，并没有积极想要除去妖精的意向，所以这种被动的态度产生了不同的结局。本则故事中的老头儿在逃生时的不镇定使得他最终没有逃脱被妖精吃掉的结局。 （撰写人：段铃玲）

异文二：老头儿和妖精

以前，村里有个老头儿去守荞子。一天，他正在做饭，来了一个妖精，说要和他一起吃饭。他在做饭的时候，一半儿放了很多盐，一半儿没放。老头儿趁妖精不注意，把桶底弄了一个洞。吃的时候，他就让妖精吃有盐的那边，自己吃没盐的那边。吃完饭，妖精口渴了，说要喝水。他说："桶里没水了，你自己拿桶到河里打水喝吧。"妖精拿着木桶，到河里打水喝，可每次水都漏光了。妖精回来问老头儿："阿

---

① 白语记音。

大大，这桶漏啊，怎么办？"老头儿说："你抓把沙子就可以堵住洞了。"妖精又去打水了。趁这个机会，老头儿往家里跑。妖精发现放了沙子根本堵不住漏水的桶，于是又返回来，发现老头儿跑了，妖精就在后面追。等老头儿跑到家门口，眼看妖精要追上来了，心里发慌的他大叫："呜啦呜啦，开门啊；呜啦呜啦，别开门。"这样，他老婆也不知道到底是开门还是不开门，老头儿不停地叫，就变成了一个疯子。（讲述人：张万松　讲述时间：2008 年 7 月 27 日　讲述地点：张万松家　采录人：董秀团、杨建华、张金兰）

故事述评

本异文和前一则故事的不同之处是结尾老头儿变成了疯子。🦋（撰写人：段铃玲）

异文三：妖精的故事

在石龙后山上种了一片荞麦，一个姓李的老头儿在那里看守那片地。晚上睡觉的时候，有一个妖精到了他那里，老头儿已经认识它了。妖精对他说："阿大大，今天要在你这里吃饭，还要在你这里睡一觉了。"老头儿答应了。煮饭的时候，老头儿在饭里一边放了好多盐，一边没放盐，给妖精盛饭的时候故意把盐多的饭盛给妖精吃，没盐的老头儿自己吃。妖精吃了盐多的饭后口渴想喝水，就拿着老头儿的竹筒去打水喝，但是老头儿在筒的底下挖了个洞，任妖精怎么打也喝不到水。妖精一边跟老头儿说："阿大大，这个竹筒是漏的。"一边把手伸到筒里面去舀水却什么也舀不到。

这个时候，老头儿就迅速往家里跑，跑到水库边的时候刚好鸡打鸣，妖精就没了。老头儿跑到家门口连忙敲门："快给我开门，快给我开门！"老头儿回去后便被吓疯了。（讲述人：张福友　讲述时间：2015 年 7 月 26 日　讲述地点：张福友家　采录人：董秀团、杨英、李昕、普燕、赵晓婷）

故事述评

该异文结局同上一则。🦋（撰写人：段铃玲）

异文四：老头儿和妖精

以前，可能是我们这里一个姓姜的老头儿，在羊岑与石龙相接的山坡上开荒。因为怕野兽去吃庄稼，他就到那里守着。一天，一个妖精想吃掉他，妖精变成人来到他旁边，说："阿大大，我来和你一起吃饭，一起住好吗？"老头儿知道是妖精，但也没办法，只好答应了。老头儿开始煮饭，煮好后，他在饭的一半儿放了很多盐，把这部分给妖精吃。吃完饭，妖精觉得口渴，想要喝水。老头儿事先已经把水桶的底弄通了。老头儿让妖精拿着那只桶去打水，妖精去到水边，可桶是漏的，怎么也打不着水。妖精回来问老头儿："阿大大，这桶是漏的，打不着水，怎么办啊？"老头儿说："你抓一把沙子塞在桶里就行了。"这时，老头儿已经开始往家里跑了。妖精拿了一把沙子去堵漏桶，可怎么也堵不上。妖精发现老头儿跑了，于是就去追老头儿，一直追到后山，可老头儿已经跑回家了，妖精没有追上他。（讲述人：张灿兴　讲述时间：2008 年 7 月 26 日　讲述地点：张灿兴家　采录人：董秀团、杨建华、赵春旺）

故事述评

本异文的独特之处在于结尾老头儿逃出了妖精的魔掌，回到了家中。💫（撰写人：段铃玲）

异文五：妖精的故事

村里有个人去看守自己家的田地，在那里搭了个屋子住下。一天晚上，有个妖精变成一个小姑娘过来敲他的门，对他说："阿大大，今晚我想在你这里过夜。"他没有答应，妖精又变成了一个很漂亮的小姑娘，问了同样的话，他同意了。妖精在他家坐了一会儿后，他发现这个女孩儿不是好人，做饭的时候他一半儿放了适量的盐巴，另一半儿放了很多盐巴，把盐多的那一边给女孩儿吃。妖精吃得太咸，想喝水，他就在桶上挖了一个洞，让妖精去打水。打水要到山下，妖精去打了水又漏掉，怎么也打不上来。妖精大声问他："为什么水打不上来？"他就一直往家跑，跑到村边水库附近的时候，鸡叫了，天快亮了，妖精也就回去了。他到家的时候已经吓得不行，后来就疯了。

于是他的儿子代替他去守山。儿子不知道父亲经历了一些什么，只拿了根铁棍。去山上以后，妖精来敲门，问小伙子她能不能留在那里吃饭睡觉。小伙子比较聪明，说："你可以在这里吃饭，但是这里睡觉睡不下。"妖精说："那我能不能在火边坐一下？"他同意了，晚上睡觉的时候他把铁棍一头放在火上烧，另一头握在手中，后来他看到妖精张着大嘴越来越靠近他，他就把烧烫的铁棍插进了妖精的嘴巴里，妖精发出了一声惨叫就死了。之后，来了几只大灰熊糟蹋庄稼，先是来了一只小的，他做了一个陷阱，在一根木头中间弄了一条缝，打上了一个桩，灰熊到了那里就骑在木头上，要拔里面的桩，一拔桩两边就夹拢了，于是灰熊就被夹在了里面，一会儿就死了。第二次，他重新做了个更大的陷阱，用绳子把一块大石头拉高，灰熊过来碰到机关，就会被石头砸死，做好之后他想试一试好不好用，就去试了一下，结果把自己砸死了。他们家从此就绝了后，那山上的屋子也荒废了。（讲述人：张福友　讲述时间：2016年 8 月 4 日　讲述地点：张福友家　采录人：董秀团、王丽清、卞宇田、宋妮妮、昂晋、古珊子、苏苑琴、杨英、张宇）

故事述评

这则故事的前半部分内容和前面的异文一致，后半部分增加了儿子通过自己的智慧杀死妖精的内容，但这个聪明的儿子最后却死于意外，这样的结局不禁让人唏嘘。☙（撰写人：段铃玲）

异文六：老头儿和妖精

很久以前，人们吃荞麦，要撒荞麦种儿种地。有个老人晚上去守荞麦地，他在那儿吃饭、睡觉。那时有很多妖精鬼怪，有个妖精想吃老人，来了好几次。有一天晚上，老人拿了竹筒让妖精去打水，竹筒没有底，妖精不知道。因为竹筒没有底，妖精老是打不满水，妖精就没有时间吃老人。老人回来时让家里人开门："呜啦呜啦，开门来；呜啦呜啦，门别开。"后面妖精没吃到老人，也没再去荞麦地找老人。妖精是女的，会吃人，整天发出"哈哈"声。村子里如果谁生病，就跟着亲朋里的老人到本主庙去磕头，拿供菜、供果、猪头、公鸡、面条、红糖祈福。（讲述人：张义佳　讲述时间：2016年8月1日　讲述地点：张义佳家　采录人：董秀团、王丽清、古珊子、李银梅）

故事述评

石龙人认为一个人如果得了不明原因的病症通常是因为撞上了不洁之物，需要到本主庙磕头祈福才能恢复健康，所以这则故事在结尾增加了解释民俗的部分内容。（撰写人：段铃玲）

异文七：老头儿和妖精

以前，石龙片区主要是种麦子和洋芋等作物，山上有个妖怪经常吃人，还会变身。有个老人种了苦荞，野猪经常来偷吃，他就去田边住下来守着，在田边烧火做饭。妖怪看见以后说："我今晚要和你一块儿吃饭。"老人发现它在水里没有倒影，知道是妖怪。老人就煮了一锅饭，在一边撒上很多的盐巴，另一边撒上一点点，让妖怪吃了盐多的一边。妖怪吃完后口渴，要喝水，老人就让妖怪自己去河边打水喝并给它一个底部有漏洞的水桶，妖怪没法把水桶灌满水，于是对老人说："这个桶底部有个洞。"老人对妖怪说："你拿点儿泥巴把洞糊起来。"趁着妖怪打水的时候，老人跑回了家中。（讲述人：张长宝　讲述时间：2017年8月2日　讲述地点：张长宝家　采录人：董秀团、段淑洁、杜娟、和丹清、王玉洁、李志兴）

故事述评

本异文增加了老人看到来者在水里没有倒影而知道它是妖怪的细节。（撰写人：段铃玲）

护身符

很久以前，石龙村的三官庙里住着一个老和尚和他的徒弟。秋天到了，山上的松果开始掉下来。村子里的小孩儿们天天去捡松果，庙里的小和尚也想去。他就对老和尚说："师父，我也去捡松果吧？"老和尚说："不行，山上有鬼婆。"小和尚不听，说："没事的，我和村里的小孩子一起去，怕什么？"老和尚没办法，只好答应了，但交代他："你一定要早点儿回来，这里有三张护身符，你好好拿着。"小和尚带着护身符，上山捡松果去了。在山上，他没有遇着村里的小伙伴，就一个人去捡。他想："天黑以前，我就可以把这个箩筐捡满了。"天黑了后，小和尚背起松果想回庙里。突然刮起一阵大风，原来是鬼婆来了。小和尚来不及逃跑，被鬼婆捉住了。鬼婆把他带到了鬼屋里，小和尚很害怕。全身发抖，后来就迷迷糊糊地睡着了。

到了半夜，小和尚醒了。他睁开眼一看，吓得拼命大叫，原来鬼婆正张开大口想要吃他。他心里很害怕，想逃走，就对鬼婆说："老婆婆，我要去尿尿。"鬼婆说："好吧，你去尿吧。"鬼婆用一根绳子绑在他的腰间。小和尚来到厕所，立刻解开腰间的绳子绑在一根柱子上，又拿出一张护身符，贴在柱子上，说："如果鬼婆喊我，你就代我回答。"说完，他就逃走了。鬼婆见小和尚去了很长时间都没回来，就在屋里喊："小和尚，尿完了没有？"护身符立刻回答："还没有。"之后，鬼婆又问了好几次，都是同样的回答。鬼婆生气了，她用力拉绳子却拉不动，她赶忙追出来一看，小和尚已经不见。鬼婆就去追，差不多要追上小和尚的时候，小和尚丢出第二张护身符说："快变成一堆沙子！"一下子出现了一堆沙子挡住了鬼婆的路。过了一会儿，鬼婆又快追上小和尚了。小和尚拿出最后一张护身符，朝后面丢下后说："快变出一条大河！"他的身后马上出现了一条大河。小和尚一口气逃到了庙门口，他用力敲门并叫道："师父快救我，鬼婆追来了。"老和尚开了门，然后让小和尚躲进大箱子里，把大箱子吊在屋梁上。这时，鬼婆赶来了，她说："老和尚，快把小和尚交出来！"老和尚说："这里没有啊！"鬼婆说："我明明看到他进来了。"鬼婆看见屋梁上吊着一个大箱子，就对老和尚说："把大箱子放下来让我看看。"老和尚说："箱子太大，我放不下来。你自己动手吧。"鬼婆于是真的动手去放箱子，这时，老和尚就开始念咒语："变大！变大！"鬼婆就变得很大，双手可以摸到箱子了，老和尚又念咒语："变小！快变小！"鬼婆就变小了，小得像一粒豆子。老和尚把她投进火里烧化了，然后把小和尚放出了箱子。从此，这里就没有鬼婆害人了。（讲述人：张德五　讲述时间：2005 年 1 月 23日　讲述地点：张德五家　采录人：董秀团、段铃玲、朱刚、赵春旺）

故事述评

这个故事当由 AT 分类中的 333C "老虎外婆"型故事演化而来。若是将宗教的因素扣除，本故事中的一些情节与 333C 型故事有诸多相似之处。比如，孩子找借口离开房子，身上却被女妖用绳子捆住，孩子施计逃走；女妖发现受骗，一路追上孩子，孩子将女妖骗入箱子或柜子，最终消灭了她。在这两个母题上，本故事与 333C 型故事具有相似性，但是在具体的细节上却加入了宗教的元素。老和尚帮助孩子一路脱逃以至最终杀死女妖，是一种利用宗教力量对抗妖魔的表现。佛教是当地人在对抗未知时的精神依赖，凡事诉诸神佛成为一种习惯，由此反映到民间故事中，使得原来的故事发生了一定程度的变异。同样，这里发生变异的是母题链，母题本身作为稳定的结构单元并未太受影响。🐟（撰写人：朱刚）

大甑底和小甑底 [①]

有两姐妹，姐姐叫大甑底，妹妹叫小甑底，她们有个瞎眼的母亲。母亲去田地里赶麻雀，发出"嚯嚯"的声音，一个妖精听到了，也学着母亲的样子发出赶鸟的声音。母亲问："学我的是谁，来我这里给我找找虱子吧。"妖精到母亲身边把她给吃了，又变成了母亲的样子，然后她来到两姐妹的家中，对两姐妹说："大甑底、小甑

---

① 白语发音为"倒维呗塞维呗"。

底，过来给我开门，我回来给你们做饭了。"两个女儿说："你把手伸进来让我们看看。"妖精把手伸了进去，她们看了后说："你不是我们的妈，我们妈妈的手上有颗痣，你手上只有毛。"妖精往手上吹了一口气把毛吹跑了，捡了一颗羊屎，粘在了手上，又去叫门。姐妹俩还是让她把手伸进去看看，她把手伸进门缝给她们看。姐妹俩给她开了门。

睡觉前，妖精对姐妹俩说："大瓵底、小瓵底，你们两个给我提点儿水，提到清水的和我睡一头，提到浊水的睡在我脚边。"大瓵底提的是浊水，而小瓵底不知道，提的是清水。妖精让小瓵底和她睡在了一起，半夜的时候就把小瓵底吃了。吃骨头的时候发出了很响的声音，大瓵底听到就问："妈，你在吃什么？"妖精说："今天妈去帮人家插秧，他们给了我几颗炒豆，所以现在吃的是炒豆。"大瓵底明白了，就说："妈，我想去解手。"妖精说："你解在床脚好了。"大瓵底说："这样会弄到爸爸的东西上的，不能这样做。"妖精说："那你在外面那间解。"大瓵底说："在外面那间也会弄到爸爸的东西上的，我要到外面去。"妖精说："好吧，那你快点儿回来。"大瓵底带着一块烧红了的犁铁跑到外面，爬到了一棵桃树上。过了很长时间大瓵底都没有回来，妖精就跟到了外面，看到大瓵底已经爬到了高高的桃树上，她就对大瓵底说："大瓵底，你摘桃吃，也给我摘一个下来。"大瓵底说："好的，桃子很好吃，你把眼睛闭上，我丢一个给你。"妖精闭上了眼睛，大瓵底丢了一个桃子到她的嘴里，妖精说："真的很好吃，再给我丢一个下来。"大瓵底把烧红的犁铁丢到了她嘴里，一下子就把她给烧死了。妖精死了以后，变成了一大片的荨麻，长在桃树下，大瓵底没法从桃树上下来，只能待在树上。

第二天，几个赶马的人路过，大瓵底叫道："几位大哥，你们把我抱下来，我给你们做媳妇。"赶马人身上都披着蓑衣，他们把蓑衣披在荨麻上，大瓵底一下来，几个人就抢着上前拉她，都要争着让她当媳妇，拉着拉着就把大瓵底给拉死了。（讲述人：张明玉　讲述时间：2005年1月24日　讲述地点：张明玉家　采录人：董秀团、段铃玲、朱刚、赵春旺）

故事述评

这是一则典型的"老虎外婆"类型的故事，又称为"狼外婆""老虎妈子"等。这一类型的故事在丁乃通的《中国民间故事类型索引》中被定为333C型。

国外和国内的很多民族中都有这种类型的故事，比如哈尼族神话《太阳和月亮》，比如大理地区白族中流传的《荨麻和艾蒿》。

"老虎外婆"的故事主要围绕着妖怪或恶兽在吃了小孩子的亲人后又想吃掉小孩子而展开，通常孩子中较大的那个在发现了一些端倪后对这个"亲人"产生了怀疑，最后成功逃脱并消灭了妖怪。

本则故事中，对姐姐怀疑妖精和采取应对措施描写较为详细。 （撰写人：段铃玲）

异文一：两姐妹与妖怪

从前有一个村子，常常有妖怪来村里吃人。村中有一个老妈妈，丈夫早死了，只剩下一对女儿和母亲相依为命。老妈妈的两个女儿长得很漂亮，村里来说媒提亲的人很多，可母亲舍不得她们，一直没有把她们嫁出去。有一天，老妈妈要出门，去之前她叮嘱两个女儿："我回来的时候，我如果说'一闪一闪开门来'你们就给我开门，如果我说'一闪一闪门不开'你们就不要开门。"老妈妈交代完女儿就走了。这时，刚好来了一个妖怪，听到了老妈妈说的后面一句话"一闪一闪门不开"。妖怪把老妈妈吃了，然后又变成了老妈妈的模样来叫她的女儿们开门。妖怪说："一闪一闪门不开。"女儿听到后就不开门。妖怪就大叫："开门开门，我是你们的妈。"大女儿说："你把手伸进来让我看看。"妖怪把手伸了进去。大女儿说："你不是我妈，我妈手上没有毛，她的手很光滑，你的手粗糙，我们不开门。"妖怪到外面把手上的毛拔掉、蹭掉，弄干净，第二次又去叫门："开门开门，我是你们的妈。"她们又让妖怪把手伸进去，妖怪把手伸进去，两姐妹看到手上没有毛，但又说："你不是我妈，我妈手上戴着一个玉镯头。"妖怪又去变了一个玉镯头戴在手上，第三次又来叫门。两姐妹又让妖怪把手伸进去，这一回看到手上没有毛，还戴着一个玉镯头，姐妹俩就开了门。吃了晚饭，要睡觉了。以前两个女儿不跟母亲睡，那天，妖怪提出让小女儿和她睡一头，大女儿睡在她脚旁边。妖怪说："这几天我出去，回来得晚，觉得有点儿不舒服，你们要睡在我旁边。"大女儿说："我跟你睡得了。"妖怪说："两个都要和我睡，你睡脚那头，你妹妹睡在我手臂里，和我睡一头。"

到了半夜，妖怪开始吃妹妹，把骨头咬得"咯咯"响，姐姐说："妈，你在吃什么？""我去帮人家栽秧，人家给了我几颗炒豆。""你也给我几个吃吃。""只有几个小的，我吃完了。"过了一会儿，妹妹的血流在床上，姐姐踩到了血，又问："妈，我的脚下好像有湿湿的东西？""哦，是你妹妹尿床了。""妈，把她叫起来，我带她去撒泡尿。""不用了，不用了。"这时候，姐姐开始有点儿怀疑，她偷偷用脚踩了一下，没有踩到妹妹。她说："妈，我的脚有点儿冷。"这样就把脚缩了回来。睡到天快亮的时候，姐姐跑出去了，还拿了一把刀。妖怪发现了，来追她，姐姐看见一棵桃树，就爬了上去，上面有很多桃子，妖怪爬不上去，就在下面说："下来下来，你妹妹在家哭了，快回去。"姐姐说："我不回去，这上面有很多桃子，白里透红，很好看，我喜欢吃桃子，我要在树上吃桃子。"妖怪听了嘴馋，说："你丢一个下来给我吃。"姐姐说："好的。"于是，姐姐摘了一个桃子丢给妖怪，妖怪吃了觉得很好吃。姐姐又说："妈，你把嘴巴张大点儿，我再丢一个给你吃。"妖怪张开嘴，姐姐把刀丢进妖怪嘴里，把妖怪杀死了。妖怪死了以后在桃树下变成了一丛荨麻，有四五尺高，姐姐下不去，只好在树上等着。

早饭后，过来了一队马帮，有好几个人，她说："大哥，把我救下来，下面有荨麻。""我们也没有办法，你上去的时候是怎么上去的？""我上去的时候还没有荨麻，你们哪个把我救下来，我就做哪个的媳妇。"赶马的年轻小伙子们冲上前去，把披毡披在荨麻上，她就从上面跳了下来，小伙子们一齐上前争抢，一个拉她的头，两个拉她的腿，两个拉她的手，还有几个拉她的身子，你拉我扯，把她拉成了几块，最后谁也没娶到她。（讲述人：张德五　讲述时间：2005 年 1 月 25 日　讲述地点：张德五家　采录人：董秀团、段铃玲、朱刚、赵春旺）

故事述评

该异文对两姐妹验证来人是否为母亲的情节叙述较为详细。 🖋（撰写人：段铃玲）

异文二：大甑底和小甑底

大小甑底在家里面，她妈白天去地里的时候就被妖精给吃了。然后，妖精来到她们家准备吃这两姐妹，妖精在门口叫："开门，开门，我是你妈！"大甑底就说："你不是我妈，我妈还没有回来呢，你把手伸进来让我看一下，我妈的手上有一颗红痣。"妖精就做了一个泥巴的手伸了进去，姐妹俩看了就把门打开了。开门后妖精对她们说："今天你们俩去打两桶水，打到清水的那个晚上就和我睡在一边，打到浊水的那个就睡我的脚那边。"结果，妹妹打到了清水，姐姐是浊水，晚上的时候妹妹就和妖精睡在了一边。半夜，妖精把小甑底吃了，血顺着流了下来，大甑底摸到就问妖怪："妈，我怎么会摸到有水？"妖精回答："是你妹妹的尿。"大甑底知道是妹妹的血就假装出去上厕所，还带着一个犁头，然后爬到了一棵梨树上。

第二天，妖精出来问她："你在树上做什么？"大甑底："我在吃梨子。"妖精："那你给我也摘一个吧。"大甑底就给妖精丢了一个下来，还问妖精好不好吃，妖精说："好吃，再给我丢一个。"大甑底说："那你把眼睛闭起来。"妖精真的把眼睛闭起来了，大甑底就把犁头丢在她嘴里，妖精就死掉了。梨树下面一下长出了好多带刺的草，大甑底下不来了，她就对树下的人说："你帮我去拿个羊皮袄铺在地上让我跳下来，我就做你媳妇。"树下有三个人，他们各自回去拿了一块皮袄铺在地上，大甑底下来后三个人见她长得特别好看就都争着要娶她，三个人拉着大甑底把她拉成了三块，就这样大甑底最后也死了。（讲述人：张福友　讲述时间：2015 年 7 月 26 日　讲述地点：张福友家　采录人：董秀团、杨英、李昕、普燕、赵晓婷）

故事述评

异文的主要情节与其他异文相似。 🖋（撰写人：段铃玲）

异文三：大甑底和小甑底

以前大多数人家种麦子，有鸟啄麦子，人们吃过饭就去赶鸟。有两姐妹，姐姐叫大甑底，妹妹叫小甑底，她们的母亲去赶鸟，两姐妹去给母亲送早饭。母亲赶鸟的时候叫一声"颤"，妖精也学着叫一句。母亲说："如果你是坏人，你就走，如果你是好人，你就下来帮我捉虱子。"妖精就下来把她吃了。那两姐妹来田里时，母亲已经被妖精吃了。两姐妹跑回家，妖精假装成母亲的样子跟过来。两姐妹没开门，妖精把手伸进门缝，两姐妹说："你不是我妈，我妈手上有玉镯子，你手上没有。你手上有毛，我妈没有。"妖精第二次过来，把她妈的玉镯子戴在手上伸进门缝，两姐妹以为是妈妈，就把门打开了。

门开了后，妖精对两姐妹说："你们姐妹俩用罐子去打水，一人打一罐，打回来清水的睡在我怀里，打回来浑水的睡我脚边。"妹妹打了清水，姐姐打了浑水。天黑后睡觉，睡着睡着，姐姐听到妖精吃妹妹的声音，她问妖精吃什么，妖精说："今天我去插秧，他们给了我几颗豆子，我在吃豆子。"姐姐觉得脚踩到湿的东西，其实那是妹妹的血，她问妖精湿的是什么，妖精说："是你妹妹尿床把床弄湿了。"姐姐发现妖精把妹妹吃了，就找了个借口说要撒尿，妖精说让她在床边撒，姐姐说不行，那样会把屋子弄臭。妖精让她去灶房撒，她说这样不礼貌，灶房里面有灶君，怕有罪过。姐姐说要去外面撒，妖精给她系了一根头发，把她拉住。姐姐出去时拿了一个犁田的犁头。姐姐出去就没再回来，门口有一棵桃树，她爬到了桃树上。妖精出来喊姐姐，妖精爬不到桃树上。姐姐对妖精说："妈，你吃不吃桃？"妖精说吃，姐姐就让妖精把眼睛闭上，丢了一颗又甜又软的桃子到妖精嘴里。姐姐问妖精好不好吃，妖精说好吃，姐姐说："那我再丢一颗到你嘴里。"妖精把眼睛闭上，嘴巴张开，姐姐把犁头丢进妖精嘴里，把妖精砸死了。

妖精变成荨麻，荨麻长在桃树下，姐姐下不来，刚好有三个放羊人经过那里，姐姐就喊他们："几位大哥救我一下。"放羊人把身上披的羊毡子铺在荨麻上，姐姐说："你们三个都救我，谁接住我，我就做谁的媳妇。"三个人听到就都去接，三个人都接到了，你说是你的，我说是我的，抢来抢去就把姐姐撕成了几块。（讲述人：李福英　讲

述时间：2016 年 8 月 1 日　讲述地点：李福英家　采录人：王丽清、古珊子、李银梅）

故事述评

　　本异文开头增加了母亲去赶鸟的情节。　（撰写人：段铃玲）

异文四：大甑底和小甑底

　　以前传说村里闹妖精，有个老头儿去麦田里赶小鸟。他在田边叫了一声，妖精就跟着学叫一声。老头儿："学我的人是谁？能不能出来帮我抓一下头上的跳蚤？"妖精就出来帮老头儿抓头上的跳蚤，抓一只放到嘴里吃一只，最后妖精把老头儿头上的跳蚤吃完了，又把老头儿整个人都吃了。

　　吃完后，妖精变成一个妇女来到一户人家喊门，那家里只有一对小姐妹。两姐妹很聪明，因为她们知道妈妈的手很白，她们就叫妖精把手伸进门看一下。看到妖精手心有毛，两姐妹就说："我妈手上没有毛，你不是我妈。"那妖精就出去外面生了一堆火把手上的毛烧了。妖精又去叫门："大姑娘、小姑娘，我是妈妈，快给我开门。"姐妹让她把脸伸进去，因为她们妈妈脸上有颗痣，她们说："你脸上没有痣，你不是我妈妈。"妖精跑到外面点了一颗痣又回来叫门，这次姐妹俩把门开了，让妖精进去。

　　到晚上睡觉了，妖精就让姐妹俩睡她两边，姐姐比较聪明，自己去睡一边。睡到半夜，妖精把妹妹吃了，那血流出来，姐姐感觉到了，就问："妈妈，怎么床有点儿湿？"妖精说："可能是你妹妹尿床了。"过了一会儿，姐姐听到妖精吃妹妹的骨头"咯噔咯噔"响，就问妖精是什么声音，妖精说："今天去帮人干活，人家给了我几颗蚕豆，我在吃蚕豆。"姐姐说："我也想吃，给我几个。"妖精说："已经吃完了，明天再带回来给你。"姐姐觉得不对劲，就跟妖精说："妈妈我要去上厕所。"她就逃了出去，爬到一棵桃树上。妖精出来找她，看见她在一棵桃树上，就让她下来："你快下来，摔下来怎么办？"姐姐爬上桃树前准备了一把镰刀，她说："妈妈，上面有个桃子我够不着，你上来帮我摘下来。"那妖精要抬头爬上去，姐姐就把镰刀放下去伸到妖精嘴里，把妖精刺死了。

妖精被刺死后变成了一窝荨麻，姐姐不敢下来。来了两个放羊的，姐姐叫："两位大哥，谁把身上的羊皮褂放荨麻上让我下来，我就嫁给谁。"两个放羊的都把羊皮褂放荨麻上，姐姐跳了下来，两个放羊的都要她做媳妇，他们一人拉姐姐的一只手，拉来拉去，把姐姐拉成了两半儿。（讲述人：李泽应　讲述时间：2016 年 8 月 2 日　讲述地点：李泽应家　采录人：王丽清、苏苑琴、李志兴）

故事述评

本异文妖精假装成两姐妹的母亲，两姐妹辨认真假的情节描述比较细致。🐟（撰写人：段铃玲）

装巫师

据说这是发生在村里人身上的真实故事。从前有几个人去从军，从战场上逃回来，在路上干粮全都吃完了。他们肚子饿，走不动，就找到一户人家，正好这户人家家里的小娃娃生病，他们其中一个脑子比较灵活，就跟这户人家说他是个巫师，可以帮他们驱鬼，这样小孩子的病就会好。然后，他就对他们说："你们要用大鱼大肉、公鸡、猪头、几个大粑粑去村口的大榕树下祭拜一下。你们拿过去的东西千万不要拿回来，磕完头就直接回来。"这户人家去的时候，这个人跑了出去，把那户人家拿出去的东西打包走了，别的那几个人在那哈哈大笑。这个装巫师的人说："笑什么笑，不装巫师吃什么？猪头、粑粑打包起，路上做口粮。"（讲述人：张金瑞　讲述时间：2016 年 8 月 2 日　讲述地点：张金瑞家　采录人：王丽清、苏苑琴、李志兴）

故事述评

石龙村村民有本主、佛教、道教等各种信仰，但同时在故事中又体现出一种反迷信的因子，故事中体现的思想很像大理地区流传的《本主不吃牛》的本主传说。《本主不吃牛》讲述洱源山区的白族人杀牛祭拜本主的故事。一次，一个农夫的妻子生病，巫婆说要杀牛祭本主，病才会好，农夫只有一头牛，舍不得杀，就把牛拴在本主像上请本主自己宰吃。晚上，牛因太饿大吼大挣，把本主神像拖回了家，农夫对本主说，既然本主老爷也不忍心宰这头牛，让我拉回来就行了，怎么敢劳您大驾呢？然后就把本主神像背回了本主庙。尽管本异文在具体情节上与《本主不吃牛》并不一致，但故事中体现出的对宗教信仰不迷信的态度却是很相似的。（撰写人：董秀团）

钓鱼老人的故事

以前，有一对母子非常贫困，穷到房子都没有，在瓦窑里睡。白天儿子去砍柴，卖了换钱孝敬母亲。因为他经常去砍柴，日子渐渐好起来，也盖了房子。一天，他去砍柴，看到一个老人在钓鱼，鱼钩是直的，不是弯的，他就跟老人说："你要钓鱼鱼钩应该是弯的，直的钓不上来的。"老人生气地对他说："明天你去街上卖柴的时候，会闯大祸。"

第二天，他挑着柴到街上，碰到员外的儿子，他把员外的儿子给撞死了。回去以后，他把整件事说给母亲听，母亲说："明天一早你就到那个老人那里去磕头，他不答应你就不要起来，那个老人是仙人，让他救你性命。"第二天，他就照着母亲的意思去做，跪到天黑也不起来。老人见他如此，对他说，你回去在灶房挖一个槽，睡在里面，嘴里要含米，坚持七七四十九天。员外去抓他，找不到他就去算命，算出了他在那里，算命的说："这人已经死了好几天，虫都从嘴里爬出来了。"过了这一劫后，他又出来砍柴卖柴，有人看见他，疑惑这不就是撞死员外儿子的那个人吗。旁边的人说那人已经死了很久，这个人不是，这件事就渐渐淡了。（讲述人：李长顺　讲述时间：2016年8月2日　讲述地点：李长顺家　采录人：昂晋、古珊子、李银梅）

故事述评

这则故事中，智慧的长者（仙人）预言了即将出现的祸事，又设计帮助当事人死里逃生。🖎（撰写人：段铃玲）

真实的鬼故事

以前，我爹妈在石宝山对歌台亭子那里烧炭，白天、晚上都在那里。以前，那些地方有强盗杀人，人死了变成鬼。晚上吃饭的时候，来了两个小姑娘，一大一小，一个说冷，一个说饿。我爹妈给她们吃的，让她们吃了就走。但是她们一到吃饭的时候就来，像做客一样，后来就习惯了，所以我爹妈也一直给她们吃的。

后来，我爹妈到石宝山做会，跟那儿的师父讲了这事，师父建议请大师父下来做法。他们准备了饭菜，把鬼送走了。自从念经做法以后，两个鬼就没来过了。（讲述人：张室顺　讲述时间：2016 年 7 月 31 日　讲述地点：张室顺家　采录人：昂晋、古珊子、李银梅）

故事述评

这则故事的讲述人将故事内容和自己亲人的经历相结合，不仅增加了故事神秘奇异的感觉，同时也增加了故事的可信度。石龙村村民经常参与石宝山庙宇的做会等事宜也是当地的真实情况。🖎（撰写人：段铃玲）

后　记

　　从 2004 年云南大学"云南少数民族调查研究及小康社会建设示范基地"的子项目"白族调查研究基地"选择在石龙村进行建设开始，我们来到石龙村已经有不知道多少次了，特别是寒暑假，几乎都是在石龙和村民一起度过的。在与村民不断接触的过程中，我们逐渐融入了当地村民的生活，越来越觉得自己已经成为他们中的一分子，也越来越深刻地体验到文化人类学"主位"视角带给我们的对当地文化的深层体认。正是在与村民的亲密接触和交流中，我们被带入了石龙村传统民间故事那丰富多彩的世界，听到了一个个或精彩或朴实或感人或滑稽或虔诚或怪异的民间故事，也让我们萌生了要将这些故事记录下来让更多的人看到的想法。通过数次的调查，我们采录了 291 则民间故事。在收集完成后，我们对故事进行了初步整理，为了保持故事的原貌，除了给一些没有标题的故事加上标题，并在一些方言词汇和习惯性表达上加上注释以外，并不对故事的语言进行所谓的润色和修改，甚至一些明显是后来出现的新词汇如果在故事的讲述中出现我们依然予以保留。因而，我们对故事的理解和认识，主要体现于每篇故事末尾的"故事述评"当中，在这个部分，对每则故事的类型、母题、内容、主题、艺术表现等各方面进行有针对性的评述和分析，希望通过这样的工作将石龙村的民间故事置于更宽广的视野当中加以审视。一些故事有丰富的异文，如两兄弟分家型故事，为了分析的便利，在第一则故事中进行相对详细的述评，在后面异文的述评中则主要强调该异文的特色。当然，由于水平和视野所限，我们的分析和述评肯定还有很多不太准确的地方，也可能因为所掌握的资料的限制得出了一些略有偏颇的结论，但我们相信，这样一个抛砖引玉的工作能够让更多的人关注到石龙这个偏远山区村寨中至今流传的民间故事，也为我们的民间文学研究增添一些活形态的资料，所以我们不揣浅陋，将故事及自己的粗浅理解一并呈现在读者面前，并期待大家的指正和批评。

在这里，我们要衷心地感谢那些石龙村村民，是他们不厌其烦地给我们讲述一则则民间故事，没有他们的配合和付出，就不会有这本书的面世。比如村民张明玉，为我们讲述了 71 则故事，花费了大量的时间和精力。尽管占用了村民太多的时间，但每一位受访者对我们的工作都十分配合，这是我们将永远铭记在心的。每一则故事，我们都对讲述者、采录者、采录时间等做了说明。

感谢"云南少数民族调查研究及小康社会建设示范基地"项目总负责人何明教授给予的支持和指导。何老师一直为项目统筹规划，精心指导，给项目组提供了大量学习和调研的机会。还要感谢云南大学文学院段炳昌教授，段老师从基地筹建之初到现在一直不断关心和支持石龙基地的建设和我们的调查工作。感谢大理州、剑川县、沙溪镇各级领导和相关部门对本项目的大力支持，感谢石龙村的张四宝、姜伍发、张四春、李根繁、张瑞鹏等村镇干部对我们工作的协助和支持。

几次的调查工作参与采录者众多，前面几次的调查采录中，董秀团、段铃玲、朱刚、赵春旺通力合作，共同努力。这其中，要特别感谢时任石龙村"天保员"的赵春旺，每一次都承担着我们的翻译兼录音等工作，为整个调查付出了辛勤的劳动。后续的调查采录中，董秀团以及所带领的数届诸多研究生先后参与了工作，石龙村村民张吉昌、李志兴、张金兰、李银梅、张宇等先后担任了采录工作的翻译。每则故事均对此进行了备注。也要感谢所有参与调查采录的人员。还有很多村民或放假回村的大学生在这 10 多年的田野调查中担任了我们的向导和翻译，但因他们参与的不是民间故事的采录工作，所以其名字未在本书中出现。虽然如此，也要借此机会对他们表示最诚挚的感谢！故事述评的工作由董秀团、朱刚和段铃玲三人分工承担，在每则故事背后均注明了具体的述评人。朱刚毕业后在中国社会科学院工作，段铃玲就职于云南省博物馆，他们都是在基地建设工作开始之时就参与项目工作并对我帮助极大的人，在此也向两位作者致以诚挚谢意！序言部分的总体梳理由董秀团承担。

还要感谢黄龙光教授的推荐，感谢商务印书馆太原分馆李智初总编辑对书稿出版给予的大力支持，感谢责任编辑冯淑华女士对书稿付出的辛勤劳动！在书稿确定了出版意向后，我为书稿的题目冥思苦想，是同事和好友曾莹女士为我想到了"野有蔓草"这个我认为非常合适的标题。当她告诉我这个题目的时候，我不禁拍案叫好。正如曾莹跟我说的："民间故事，就是山野间的不知名的草。生长恣意而自在，有着最动人的生机与热情。"是啊，这山野间不知名的草，却以最恣意的生长方式带给人们最独特的美，希望更多的人来领略这不一样的美！

书稿的出版，得到了本人入选的国家"万人计划"青年拔尖人才支持计划的相关经费支持。能够入选该项目，得到相关部门领导和工作人员的支持和帮助是我的荣幸。

最后，我要感谢我的家人。父母年迈却仍为我分担养护女儿的责任，丈夫长期以来支持我的工作，对我宽容、忍耐。年幼的女儿时刻都想黏着妈妈，但为了调查我却数次狠心留下她在家中，希望以后的日子里妈妈能对她有更多一些的陪伴。

董秀团

2018 年 4 月 2 日

图书在版编目(CIP)数据

野有蔓草:大理石龙民间故事集/董秀团,朱刚,段铃玲
编著.—北京:商务印书馆,2019

ISBN 978-7-100-16582-2

Ⅰ.①野… Ⅱ.①董…②朱…③段… Ⅲ.①民间
故事—作品集—大理白族自治州 Ⅳ.①I277.3

中国版本图书馆 CIP 数据核字(2018)第 204084 号

野有蔓草:大理石龙民间故事集
董秀团 朱 刚 段铃玲 编著

商 务 印 书 馆 出 版
(北京王府井大街 36 号 邮政编码 100710)
商 务 印 书 馆 发 行
北京顶佳世纪印刷有限公司印刷
ISBN 978-7-100-16582-2

2019 年 10 月第 1 版　　开本 710×1000 1/16
2019 年 10 月北京第 1 次印刷　印张 28¾
定价:89.80 元